PRÍNCIPE LESTAT

ANNE RICE

PRÍNCIPE LESTAT

As Crônicas Vampirescas

Tradução de Alexandre D'Elia

Título original
PRINCE LESTAT
The Vampire Chronicles

Copyright © 2014 *by* Anne O'Brien Rice

Todos os direitos reservados incluindo o de reprodução
no todo ou em parte sob qualquer forma.

Agradecimentos são feitos a Alfred A. Knopf pela autorização
de reproduzir excerto de "Sunday Morning" de *The Collected Poems*,
de Wallace Stevens, *copyright* © 1954 *by* Wallace Stevens, *copyright*
renovado © 1982 *by* Holly Stevens. Reproduzido com autorização
de Alfred A. Knopf, um selo da Knopf Doubleday Publishing Group,
uma divisão da Random House LLC. Todos os direitos reservados.

Direitos para a língua portuguesa reservados
com exclusividade para o Brasil à
EDITORA ROCCO LTDA.
Av. Presidente Wilson, 231 – 8º andar
20030-021 – Rio de Janeiro, RJ
Tel.: (21) 3525-2000 – Fax: (21) 3525-2001
rocco@rocco.com.br
www.rocco.com.br

Printed in Brazil/Impresso no Brasil

Esta é uma obra de ficção. Nomes, personagens, lugares e incidentes
são produtos da imaginação da autora, foram usados de forma fictícia.
Qualquer semelhança com pessoas reais, vivas ou não, acontecimentos
ou localidades é mera coincidência.

CIP-Brasil. Catalogação na fonte.
Sindicato Nacional dos Editores de Livros, RJ.

R381p	Rice, Anne, 1941-
	Príncipe Lestat / Anne Rice; tradução de Alexandre D'Elia. – 1ª ed. – Rio de Janeiro: Rocco, 2015.
	(As Crônicas Vampirescas)
	Tradução de: Prince Lestat: the vampire chronicles
	ISBN 978-85-325-2979-4
	1. Romance norte-americano. I. D'Elia, Alexandre. II. Título. III. Série.
15-25495	CDD-813
	CDU-821.111(73)-3

ESTE LIVRO É DEDICADO A

Stan Rice, Michele Rice, Christopher Rice

e

Karen O'Brien e Cynthia Rice Rogers

Victoria Wilson

Lynn Nesbit

Eric Shaw Quinn

Suzanne Marie Scott Quiroz

e

Às Pessoas das Redes Sociais

e às minhas musas,

Mary Fahl

e

Jon Bon Jovi

De meu travesseiro de pedra, eu sonhei com o mundo mortal lá em cima. Ouvi sua voz, sua nova música, como se fossem cantigas de ninar enquanto estou deitada aqui em meu túmulo. Vislumbrei suas fantásticas descobertas, conheci sua coragem no santuário eterno de meus pensamentos. E embora esse mundo me exclua com suas formas deslumbrantes, eu anseio por alguém com a força necessária para vagar por ele destemidamente, para percorrer a Estrada do Diabo através de seu coração.
    – Allesandra,
       ainda sem nome
         em *O vampiro Lestat*

Velhas verdades e magia ancestral, revolução e invenção, tudo conspira para nos distrair da paixão que de uma forma ou de outra nos derrota a todos.
E finalmente fatigados dessa complexidade, sonhamos com aquele tempo antigo em que nos sentávamos no colo de nossa mãe e cada beijo era a consumação perfeita do desejo. O que podemos fazer a não ser ir em busca do abraço que deve agora conter não só o Céu como também o Inferno: nossa perdição mais uma vez, mais uma vez, mais uma vez.
    – Lestat
       em *O vampiro Lestat*

Na carne começa toda a sabedoria. Cuidado com a coisa que não tem carne. Cuidado com os deuses, cuidado com a *ideia*, cuidado com o demônio.
    – Maharet a Jesse
       em *A rainha dos condenados*

Sumário

Gênese do Sangue xiii

Jargão do Sangue xvii

Parte I
O VAMPIRO LESTAT

1 – A Voz   3

2 – Benji Mahmoud   14

3 – Fareed e Seth   19

4 – Problemas na Talamasca
e na Grande Família   35

Parte II
**A AUTOESTRADA ATRAVÉS
DO JARDIM SELVAGEM**

5 – A história de Rose   85

6 – Cyril   118

7 – A história de Antoine   125

8 – Marius e as flores   149

9 – A história de Gregory   158

10 – Everard de Landen   194

11 – Gremt Stryker Knollys   217

12 – Lestat
As selvas da Amazônia   228

13 – Marius
Reunião no litoral brasileiro   251

14 – Rhoshamandes e Benedict   272

15 – Lestat
Sejas sempre humilde   292

16 – Fareed
Momento de decisão   300

17 – Gregory
Portão da Trindade
Dança comigo?   312

18 – Lestat
Sevraine e as Cavernas de Ouro   324

19 – Rhoshamandes
O assassinato mais infame   351

Parte III
RAGNARÖK NA CAPITAL
DO MUNDO

20 – Rose
Nas torres sem topo de Midtown   369

21 – Rhoshamandes
A artimanha do diabo   380

22 – Gregory
Portão da Trindade
Herdando o vento   389

23 – Lestat
Na multidão de conselheiros   396

24 – Lestat
Aquele que corta o nó   417

25 – Lestat
O jardim do amor   430

26 – Lestat
Reféns da sorte   435

27 – Lestat
Espelho, espelho meu   443

Parte IV
A PRINCIPALIDADE
DA ESCURIDÃO

28 – Lestat
O discurso do príncipe   465

29 – Lestat
Pompa e circunstância   476

30 – Cyril
O silêncio ouvido ao redor do mundo   486

31 – Rose
O povo da Lua e das estrelas   489

32 – Louis
"Sua vez chegou por fim"   493

Apêndice I
Personagens e sua cronologia   501

Apêndice II
Um guia informal das
Crônicas Vampirescas   505

Gênese do Sangue

No começo havia os espíritos. Eles eram seres invisíveis, ouvidos e vistos apenas pelos feiticeiros ou bruxas mais poderosos. Alguns eram tidos como malévolos; outros eram saudados como bons. Eles podiam encontrar objetos perdidos, espionar inimigos e, vez ou outra, afetar as condições meteorológicas.

Duas grandes bruxas, Mekare e Maharet, viviam num belo vale em uma das encostas do monte Carmel em comunhão com os espíritos. Um desses espíritos, o grande e poderoso Amel, podia, em seus atos maldosos, tirar sangue de seres humanos. Pequeninas porções de sangue entravam no mistério alquímico do espírito, embora ninguém soubesse como. Mas Amel amava a bruxa Mekare e estava cada vez mais ansioso para servi-la. Ela o via como nenhuma outra bruxa jamais viu, e ele a amava por isso.

Um dia, as tropas de um inimigo vieram – soldados da poderosa Rainha Akasha do Egito. Ela queria as bruxas. Ela queria o conhecimento delas. Seus segredos.

Essa monarca perversa destruiu o vale e as aldeias de Mekare e Maharet e levou as irmãs à força para seu próprio reino.

Amel, o furioso espírito próximo da bruxa Mekare, dedicou-se à tarefa de punir a Rainha.

Quando estava deitada, à beira da morte, apunhalada seguidamente por conspiradores de sua própria corte, esse espírito, Amel, apoderou-se dela, fundindo-se com seu corpo e com o seu sangue e concedendo-lhe uma nova e aterradora vitalidade.

Essa fusão resultou no nascimento de uma nova entidade no mundo: o vampiro, o bebedor de sangue.

Do sangue dessa grande rainha vampira, Akasha, todos os outros vampiros de todo o mundo nasceram ao longo de milênios. Uma troca sanguínea foi o meio de procriação.

Para punir as gêmeas que se opuseram a ela e a seu novo poder, Akasha cegou Maharet e cortou a língua de Mekare. Porém, antes que elas pudessem ser executadas, o intendente da Rainha, Khayman, ele próprio um bebedor de sangue, transmitiu às gêmeas o poderoso Sangue.

Khayman e as gêmeas levaram a cabo uma rebelião contra Akasha, mas não conseguiram deter seu culto de deuses bebedores de sangue. Por fim, as gêmeas foram capturadas e separadas – exiladas na condição de párias –, Maharet para o mar Vermelho e Mekare para o grande oceano a oeste.

Maharet logo encontrou terras que lhe eram familiares e prosperou, mas Mekare, levada oceano afora a terras ainda por serem descobertas e nomeadas, desapareceu da história.

Isso foi há seis mil anos.

A grande Rainha Akasha e seu marido, o Rei Enkil, ficaram mudos por dois mil anos, mantidos como estátuas num santuário por anciãos e sacerdotes que acreditavam que Akasha continha o Cerne Sagrado – e que, caso ela fosse destruída, todos os bebedores de sangue do mundo pereceriam com ela.

Entretanto, com o advento da Era Comum, a história da Gênese do Sangue foi completamente esquecida. Apenas alguns poucos anciãos imortais passaram o mito adiante, embora não acreditassem nele mesmo enquanto o contavam. Contudo, deuses do sangue, vampiros dedicados à antiga religião, ainda reinavam em santuários ao redor do mundo.

Aprisionados em árvores ocas ou emparedados em celas de tijolos, esses deuses ficavam ávidos por sangue até as festividades sagradas nas quais recebiam oferendas: malfeitores julgados e condenados dos quais eles se refestelavam.

NA AURORA DA ERA COMUM, um ancião, um mantenedor dos Divinos Pais, abandonou Akasha e Enkil no deserto para que o sol os destruíssem. Ao redor de todo o mundo jovens bebedores de sangue pereceram, queimados até a morte em seus caixões, em seus santuários ou em seus cursos à medida que o sol brilhava sobre a Mãe e sobre o Pai. Entretanto, a Mãe e o Pai eram fortes demais para perecer. E muitos dos mais antigos também sobreviveram, apesar de sofrerem queimaduras atrozes e dores excruciantes.

Um bebedor de sangue recém-criado, um sábio acadêmico romano chamado Marius, foi ao Egito para encontrar-se com o Rei e com a Rainha e protegê-los de modo que o holocausto jamais voltasse a devastar o mundo dos Mortos-Vivos. E a partir daquele momento, Marius fez deles sua responsabilidade sagrada. A lenda de Marius e d'Aqueles que Devem Ser Preservados perdurou por quase dois milênios.

No ano de 1985, a história dessa Gênese do Sangue foi contada a todos os Mortos-Vivos do mundo. Que a Rainha estava viva, que ela continha o Cerne Sagrado, isso era parte da história. Essas informações apareceram num livro escrito pelo vampiro Lestat, que também contou a história em canção e dança, em filme e no palco onde se apresentava como cantor de rock – proclamando que o mundo deveria conhecer e destruir todos de sua própria espécie.

A voz de Lestat despertou a Rainha de seus mil anos de silêncio e sono. Ela levantou-se com um sonho: que ela dominaria o mundo dos humanos por meio da crueldade e da chacina e se tornaria para eles a Rainha do Céu.

Porém as gêmeas ancestrais surgiram para deter Akasha. Também elas haviam ouvido as canções de Lestat. Maharet apelou à Rainha para que desse um fim à sua supersticiosa tirania do sangue. E a muito desaparecida Mekare, erguendo-se da terra após incontáveis eras, decapitou a grande Rainha, e incorporou ela própria o Cerne Sagrado enquanto devorava o cérebro da moribunda Akasha. Mekare, sob a proteção de sua irmã, tornou-se a nova Rainha dos Condenados.

Lestat mais uma vez escreveu a história. Ele esteve lá. Viu a transmissão do poder com seus próprios olhos. Deu seu testemunho a todos. O mundo mortal não reparou nas "ficções" dele, mas suas história chocaram os Mortos-Vivos.

E assim a saga das origens e das batalhas antigas, de poderes vampirescos e de fraquezas vampirescas, e guerras pelo controle do Sangue Negro tornou-se conhecimento comum da tribo dos Mortos-Vivos ao redor de todo o mundo. Tornou-se a propriedade dos velhos em coma há séculos em cavernas ou túmulos, dos jovens bastardos em selvas, pântanos ou favelas urbanas, que jamais haviam sonhado com seus antecedentes. Tornou-se propriedade dos sábios e sigilosos sobreviventes que haviam vivido em isolamento através das eras.

Tornou-se o legado de todos os bebedores de sangue ao redor de todo o mundo saber que eles compartilhavam um laço comum, uma história comum, uma raiz comum.

Essa é a história de como esse conhecimento mudou a tribo e seu destino para sempre.

Jargão do Sangue

Quando o vampiro Lestat escreveu seus livros, ele usou inúmeros termos ensinados a ele pelos vampiros que conheceu em sua vida. E esses vampiros, que somaram detalhes ao trabalho dele, oferecendo suas lembranças e suas experiências em forma escrita, acrescentaram termos deles próprios, alguns muito mais antigos do que aqueles jamais revelados a Lestat.

Esta é uma lista desses termos, que agora são comuns entre os Mortos-Vivos ao redor do mundo.

O Sangue – Quando a palavra está em letra maiúscula refere-se ao sangue vampírico, transmitido de mestre a novato através de uma troca profunda e frequentemente perigosa. "No Sangue" significa que uma pessoa é um vampiro. O vampiro Lestat tinha mais de duzentos anos "no Sangue" quando escreveu seus livros. O grande vampiro Marius tem mais de dois mil anos no Sangue. E por aí vai.

Bebedor de sangue – O termo mais antigo para vampiro. Esse era o termo simples de Akasha, que ela mais tarde procurou suplantar pelo termo "deus do sangue" para aqueles que seguiam sua trilha espiritual e sua religião.

Esposa de Sangue ou Esposo de Sangue – o companheiro vampiro de alguém.

Crianças dos Milênios – Termo usado para imortais que viveram mais de mil anos e mais especificamente para aqueles que sobreviveram mais de dois milênios.

Crianças da Noite – Termo comum a todos os vampiros, ou a todos no Sangue.

FIlhos de Satanás – Termo para vampiros da alta antiguidade e depois que acreditavam ser literalmente crianças do Diabo, que serviam a Deus, ainda que por meio dos dons concedidos por Satanás, já que se alimentavam da humanidade. Eles encaravam a vida de modo penitencial e puritano. Negavam a si mesmos todo prazer, exceto a ingestão de sangue e o comparecimento a ocasionais Sabás (grandes encontros) nos quais eles dançavam. Viviam debaixo da terra, frequentemente em catacumbas e clausuras imundas e lúgubres. Nunca mais se viu ou ouviu falar dos Filhos de Satanás desde o século VIII, e é muito provável que o culto tenha acabado.

A Assembleia dos Articulados – Gíria moderna popular entre os Mortos-Vivos para os vampiros cujas histórias aparecem nas Crônicas Vampirescas – particularmente Louis, Lestat, Pandora, Marius e Armand.

O Dom das Trevas – Termo para o poder vampírico. Quando um mestre concede o Sangue a um novato, esse mestre está oferecendo o Dom das Trevas.

O Dom das Trevas – Refere-se à transformação do novo vampiro propriamente dita. Verter o sangue do novato e substituí-lo pelo poderoso Sangue de algum vampiro é operar o Truque Escuro.

A Estrada do Diabo – Termo medieval utilizado entre os vampiros para a trajetória de cada vampiro mundo afora; um termo popular dos Filhos de Satanás que viam a si mesmas como servas a Deus por meio do Diabo. Seguir pela Estrada do Diabo era viver como um imortal.

A Primeira Cria – Vampiros descendentes de Khayman que se rebelaram contra a Rainha Akasha.

O Sangue da Rainha – Vampiros criados pela Rainha Akasha para seguir sua trilha no Sangue e combater os rebeldes da Primeira Cria.

O Cerne Sagrado – O cérebro residente ou a força vital governante do espírito Amel, que está dentro do corpo da vampira Mekare. Antes de estar em Mekare, ele habitava a vampira Akasha. Acredita-se que cada vampiro do planeta esteja conectado ao Cerne Sagrado por alguma espécie de teia ou rede invisível de tentáculos. Se o vampiro que contém o Cerne Sagrado for destruído, todos os vampiros do planeta perecerão.

O Dom do Fogo – Poder telecinético dos vampiros mais velhos que lhes possibilita queimar matéria. Eles são capazes, através do poder de suas mentes, de queimar madeira, papel ou qualquer substância inflamável. E eles podem queimar também outros vampiros, inflamando o Sangue em seus corpos e reduzindo-os a cinzas. Somente vampiros mais velhos possuem esse poder, mas ninguém é capaz de dizer quando e como um vampiro adquire esse dom. Um vampiro muito jovem criado por um vampiro antigo pode imediatamente possuir esse poder. Um vampiro deve ser capaz de ver aquele que ele ou ela deseja queimar. Em suma, nenhum vampiro pode queimar outro se não puder enxergá-lo, se ele não estiver perto o suficiente para direcionar esse poder.

O Dom da Nuvem – Habilidade dos vampiros mais velhos por meio da qual eles desafiam a gravidade no intuito de se erguerem e se deslocarem na atmosfera mais elevada para cobrir longas distâncias com facilidade, viajando nos ventos invisíveis para aqueles que estão abaixo. Novamente, ninguém é capaz de especificar quando um vampiro pode vir a adquirir esse poder. O desejo de possuí-lo pode operar maravilhas. Todos os verdadeiramente antigos o possuem, independentemente de saberem ou não disso. Alguns vampiros desprezam o poder e jamais o usam a menos que sejam forçados a fazê-lo.

O Dom da Mente – Termo vago e impreciso que se refere a poderes sobrenaturais da mente vampírica em diversos níveis. Através do Dom da Mente, um vampiro pode vir a aprender coisas do mundo acima mesmo quando está dormindo sob a terra. E conscientemente, usando o Dom da Mente, ele pode vir a escutar por telepatia os pensamentos de mortais e imortais. Ele pode vir a usar o Dom da Mente para escolher imagens, assim como palavras, de outros. Ele pode vir a usar o Dom da Mente para projetar imagens nas mentes de outras pessoas. E, por fim, ele pode vir a usar o Dom da Mente para destrancar telecineticamente uma fechadura, abrir uma porta ou interromper o funcionamento de um motor. Novamente, vampiros desenvolvem o Dom da Mente de forma lenta e ao longo do tempo, e apenas os mais antigos podem irromper nas mentes dos outros em busca de informações que eles não desejam conceder, ou enviar uma rajada telecinética para romper o cérebro e as células sanguíneas de um ser humano ou de outro vampiro. Um vampiro pode escutar muitas pessoas ao redor do mundo, ouvindo e vendo o que outros ouvem. Mas para destruir alguém telecineticamente, ele ou ela precisam ser capazes de ver a vítima que têm como alvo.

O Dom do Encanto – Refere-se ao poder dos vampiros para confundir, distrair e encantar mortais e às vezes outros vampiros. Todos os vampiros, até mesmo os novatos, têm esse poder em algum nível, embora muitos não saibam como usá-lo. Ele diz respeito a uma tentativa consciente de "persuadir" a vítima da realidade que o vampiro quer que ela abrace. Ele não escraviza a vítima, mas a confunde e ilude. Depende de contato visual. Não é possível encantar alguém a distância. Na verdade, é mais frequente que o processo envolva o uso de palavras, assim como olhares, e certamente a ação também envolve o Dom da Mente em algum nível.

Novatos – Um novo vampiro muito jovem no Sangue. Designa, também, as ninhadas de alguém no Sangue. Por exemplo, Louis é o novato de Lestat. Armand é o novato de Marius. A gêmea ancestral Maharet é a novata de sua irmã, Mekare, que é a novata do ancestral Khayman, que é o novato de Akasha.

A Pequena Dose – Roubar sangue de uma vítima mortal sem que esta saiba ou sinta, sem que a vítima tenha de morrer.

Criador – Termo simples para o vampiro que trouxe alguém para o Sangue. Está sendo lentamente substituído pelo termo "mentor". Às vezes, o criador também é chamado de "mestre". Entretanto, esse jargão está fora de uso. Em muitas partes do mundo é considerado um grande pecado ir contra ou tentar destruir seu criador. Um criador não pode jamais ouvir os pensamentos de um novato, e vice-versa.

A Rainha dos Condenados – Termo dado à vampira Mekare por sua irmã Maharet uma vez que Mekare instalou o Cerne Sagrado em si mesma. O irônico é que Akasha, a Rainha caduca que tentara dominar o mundo, chamava a si mesma de Rainha do Céu.

O Jardim Selvagem – Termo utilizado por Lestat para o mundo, encaixando-se com a crença de que as únicas leis verdadeiras do universo são as leis estéticas, as leis que governam a beleza natural que vemos ao nosso redor no planeta.

Os Mortos-Vivos – Termo comum para vampiros de todas as idades.

Parte I

O VAMPIRO LESTAT

1

A Voz

Anos atrás, eu o ouvi. Ele balbuciava.

Foi depois de a Rainha Akasha ter sido destruída e a gêmea muda e ruiva, Mekare, ter se tornado "a Rainha dos Condenados". Eu testemunhei tudo isso – a morte brutal de Akasha no momento em que nós todos pensávamos que também morreríamos junto com ela.

Foi depois de eu ter trocado de corpo com um mortal e voltado a meu próprio e poderoso corpo vampírico – rejeitando o velho sonho de voltar a ser humano.

Foi depois de eu ter estado no Céu e no Inferno com um espírito chamado Memnoch e retornado à Terra como um explorador ferido sem mais nenhum apetite para o conhecimento, a verdade e a beleza.

Derrotado, fiquei deitado por anos no chão de uma capela em Nova Orleans, num antigo convento, separado da multidão de imortais que eternamente mudava ao meu redor – escutando-a, querendo reagir a ela, ainda que, de algum modo, jamais conseguindo captar um olhar, responder a uma pergunta, agradecer um beijo ou um sussurro de afeição.

E foi então que ouvi a Voz pela primeira vez. Masculina, insistente, dentro de meu cérebro.

Balbuciando, como eu disse. E pensei, bem, talvez nós bebedores de sangue possamos enlouquecer como os mortais, sabe, e isso é algum artifício de minha mente deturpada. Ou quem sabe ele seja algum ser ancestral portentosamente aleijado, cochilando em algum ponto nas proximidades, e, de algum modo, eu, por telepatia, consigo compartilhar sua miséria.

Há limites físicos à telepatia em nosso mundo. É claro. Mas, também, vozes, súplicas, mensagens, pensamentos podem ser transmitidos através de outras mentes, e é perfeitamente concebível que esse pobre palerma pudesse estar murmurando consigo mesmo do outro lado do planeta.

Como eu disse, ele balbuciava, misturando línguas, antigas e modernas, às vezes recitando uma frase inteira em latim ou grego, e então incorrendo em repetições de vozes modernas... frases de filmes e até de canções. Sem parar, ele implorava por ajuda, de um modo bem semelhante à diminuta mosca com cabeça humana no fim de uma obra-prima do filme B, ajude-me, ajude-me, como se também ele estivesse preso na teia e uma aranha gigante se aproximasse. Tudo bem, tudo bem, o que eu posso fazer, eu me perguntava, e ele era rápido na resposta. Aqui por perto? Ou isso é apenas o melhor sistema de transmissão do mundo dos Mortos-Vivos?

– Ouça-me, venha até mim. – E ele dizia isso repetidamente, sem parar, noite após noite, até a frase transformar-se em um ruído. Sempre consegui desligá-lo. Sem problema. Ou você aprende a desligar-se das vozes telepáticas quando é um vampiro ou enlouquece de vez. Consigo me desligar dos gritos dos vivos com a mesma facilidade. Eu preciso. Não existe outra maneira de sobreviver. Mesmo os muito antigos conseguem desligar-se das vozes. Estou no Sangue por mais de duzentos anos. Eles estão no Sangue há seis milênios.

Às vezes ele simplesmente ia embora.

Por volta dos primeiros anos do século XXI ele começou a falar em inglês.

– Por quê? – perguntei.

– Porque você gosta – disse naquele ríspido tom de voz masculino dele. Riso. Riso dele. – Todo mundo gosta de inglês. Você precisa vir até mim quando eu o chamo. – E então ele começava a balbuciar novamente, numa confusão de línguas, os únicos assuntos eram cegueira, asfixia, paralisia, desamparo. E involuía novamente para "Ajude-me", com fragmentos de poesias em latim e grego e francês e inglês.

Isso é interessante por quem sabe uns quinze minutos. Depois disso, tornava-se repetitivo e inconveniente.

É evidente que eu nem me dava ao trabalho de dizer não.

Em determinado ponto, ele gritava:

– Beleza! – E balbuciava incessantemente, sempre retornando ao ponto inicial. – Beleza! – E sempre com um ponto de exclamação que eu podia sentir como um dedo sendo enfiado em minha têmpora.

– Tudo bem, "beleza", e daí? – eu perguntava. Ele gemia, chorava, entrava num estado de delírio incoerente e entontecido. Eu o desliguei por um ano, creio. Mas eu podia senti-lo resmungando sob a superfície e, então, dois anos depois, pode muito bem ter sido cinco, ele começou a se dirigir a mim pelo nome.

– Lestat, você, príncipe moleque!

– Ah, corta essa.

– Não, você, príncipe moleque, meu príncipe, garoto, ah, garoto, Lestat... – Então ele exprimiu essas palavras em dez línguas modernas e seis ou sete línguas antigas. Fiquei impressionado.

– Então me diga quem você é, ou alguma outra coisa – pedi, lúgubre. Eu tinha de confessar que, quando me sentia extremamente solitário, ficava feliz de tê-lo por perto.

E aquele não foi um bom ano para mim. Eu estava vagando sem destino. Enjoado de tudo. Furioso comigo mesmo devido ao fato de que a "beleza" da vida não estava me sustentando, não tornava a minha solidão suportável. Eu estava vagando à noite nas selvas e em florestas com as minhas mãos erguidas para tocar as folhas dos galhos mais baixos, chorando sozinho, balbuciando eu mesmo muitas coisas. Vaguei pela América Central visitando ruínas maias e fui às profundezas do interior do Egito para andar na vastidão do deserto e ver os desenhos antigos nas rochas a caminho dos portos do mar Vermelho.

Jovens vampiros indisciplinados invadiam sem parar as cidades por onde eu vagava – Cairo, Jerusalém, Mumbai, Honolulu, San Francisco –, e fiquei cansado de colocá-los na linha, de castigá-los por chacinar os inocentes em suas caçadas vis. Eles eram pegos, jogados em cárceres humanos, onde pegavam fogo quando amanhecia. Ocasionalmente, caíam nas mãos de peritos forenses de verdade. Maldita inconveniência.

Isso jamais teve consequência alguma. Mas posteriormente falarei mais sobre esse assunto. A multiplicação dos indisciplinados por todos os lados fazia com que eles arrumassem problemas entre si próprios, e suas brigas e rixas de gangues tornavam a vida muito feia para o resto de nós. E eles não pensam duas vezes antes de tentar queimar ou decapitar algum outro bebedor de sangue que se intrometa em seu caminho.

É um caos.

Mas quem sou eu para policiar esses paspalhões sobrenaturais?

Quando foi que eu estive do lado da lei e da ordem? Supostamente, eu sou o rebelde, *l'enfant terrible*. Portanto, permito que eles me mandem para longe das cidades, inclusive para longe de Nova Orleans, deixo que me mandem para longe. Meu amado Louis de Pointe du Lac foi embora logo depois, e desde essa época mora em Nova York com Armand.

Armand, e dois jovens bebedores de sangue, Benjamin e Sybelle, e quem quer que se junte a eles em suas suntuosas incursões ao Upper East Side.

Nenhuma surpresa aqui. Armand sempre foi habilidoso em destruir aqueles que o ofendem. Ele foi, afinal de contas, por centenas de anos, o mestre de cerimônia dos antigos Filhos de Satanás em Paris, e ele queimava às cinzas qualquer bebedor de sangue que não obedecesse às perniciosas regras antigas daqueles miseráveis fanáticos religiosos. Ele é autocrático, implacável. Bem, ele pode ter essa missão.

Mas deixe-me acrescentar aqui que Armand não é o código moral que uma vez pensei que ele fosse. Muito do que eu pensava sobre nós, nossas mentes, nossas almas, sobre nossa evolução ou involução moral, estava simplesmente errado nos livros que escrevi. Armand não é desprovido de compaixão, não é desprovido de coração. Em muitos aspectos, ele está simplesmente começando sua existência depois de quinhentos anos. E o que eu realmente sei a respeito de ser imortal? Estou no Sangue desde quando, 1780? Isso não é muito tempo. Não é muito tempo mesmo.

Fui para Nova York, a propósito, para espionar meus antigos amigos.

Eu ficava parado do lado de fora da esplêndida residência deles no Upper East Side em noites quentes, escutando a jovem vampira Sybelle tocar piano e Benjamin e Armand conversando.

Que residência impressionante – três prédios colados um ao outro e transformados em um *grand palazzo*, cada qual com seu próprio pórtico grego e degraus frontais e a pequena cerca de ferro decorativa. Apenas a entrada central era utilizada, com o nome em bronze inscrito acima da porta: PORTÃO DA TRINDADE.

Benji é o vampiro responsável por um talk-show no rádio transmitido a partir de Nova York noite após noite. Nos primeiros anos, o programa era transmitido da maneira regular, mas agora a rádio é via internet, alcançando os Mortos-Vivos ao redor de todo o mundo. Benji é inteligente de uma maneira que ninguém poderia jamais ter previsto – um beduíno de nascença, trazido para o Sangue com a idade de doze anos talvez, de modo que ele terá a pequena estatura de 1,58m para sempre. Mas Benji é uma dessas crianças imortais que os mortais sempre acreditam ser um adulto diminuto.

Não consigo "ouvir" Louis quando estou espionando, é claro, já que eu o fiz, e criadores e novatos são surdos uns para os outros, mas meus ouvidos sobrenaturais jamais estiveram funcionando melhor. Do lado de fora da casa, capto facilmente sua voz suave e rica e as imagens de Louis nas mentes dos outros. Eu conseguia ver os murais barrocos vividamente coloridos no teto da casa através das cortinas de renda. Muitos tons de azul – céus azuis com densas nuvens rolando em tons dourados. Por que não? E eu conseguia sentir o cheiro daquelas lareiras crepitantes.

O complexo de prédios tinha cinco pavimentos, uma residência grandiosa em estilo *Belle Époque*. Havia porões embaixo e, lá no alto, um imenso salão de baile no sótão com um teto de vidro aberto às estrelas. Eles haviam transformado o local num palácio, sem dúvida. Armand sempre foi bom nisso: utilizar reservas inimagináveis para pavimentar seus estonteantes quartéis-generais em mármore e em tábuas antigas e para mobiliar as salas com as mais finas peças já produzidas. E ele sempre garantia a segurança do local.

O triste e pequenino pintor de ícones russo, sequestrado e trazido para o ocidente, abraçara por completo, há muito tempo, sua visão humanista. Marius, seu criador, certamente deve ter visto isso com alguma satisfação séculos atrás.

Eu queria me juntar a eles. Sempre quero me juntar a eles e jamais o faço. Na realidade, a maneira como eles viviam me deixava maravilhado – saindo de limusines Rolls-Royce para ir à ópera, a concertos, ao balé, percorrendo juntos as aberturas de exposições dos museus, tão bem integrados no mundo dos humanos ao redor deles, até mesmo convidando mortais para tomar vinho e outras bebidas naqueles salões dourados. Contratando músicos mortais para tocar. Como eles se passavam esplendidamente bem por humanos. Eu ficava maravilhado por jamais ter vivido dessa maneira, por jamais ter sido capaz de fazer isso com tanta elegância um século ou mais atrás. Eu os observava com os olhos de um fantasma faminto.

A Voz murmurava, berrava e sussurrava sempre que eu estava lá, rolando seus nomes num caldo de ofensas e ruminações e exigências. Uma noite, a Voz disse:

– Beleza foi o que proporcionou isso, você não vê? Foi o mistério da Beleza.

Um ano depois, eu estava andando pelas areias de South Beach em Miami quando ele entoou essa mesma frase novamente em meus ouvidos. Por um tempo, os indisciplinados e patifes estavam me deixando em paz. Eles tinham medo de mim, tinham medo de todos os antigos. Mas não o suficiente.

– Proporcionou o quê, cara Voz? – perguntei. Senti que era uma questão de justiça lhe dar alguns minutos antes de desligá-lo.

– Você não consegue conceber a magnitude desse mistério. – Ele falava num sussurro confidencial. – Você não consegue conceber essa complexidade. – Ele estava dizendo essas palavras como se houvesse acabado de descobri-las. Ele chorou. Eu juro. Ele chorou.

Foi um som horrível. Eu não me envaideço da dor de nenhum ser, nem mesmo da dor de meus mais sádicos inimigos, e lá estava a Voz chorando.

Eu estava caçando, sedento, embora não necessitasse beber, à mercê da ânsia, do desejo profundamente agonizante por sangue humano quente e pulsante. Encontrei uma jovem vítima do sexo feminino, irresistível em sua combinação de alma imunda e corpo esplêndido, pescoço branco muito tenro. Eu a tomei no fragrante quarto escurecido do local onde ela própria morava, luzes da cidade além das janelas, subindo sobre os telhados para encontrá-la, essa mulher clara com gloriosos olhos castanhos e pele em tom de nogueira, cabelos pretos como as cobras de Medusa, nua entre os lençóis de linho branco, lutando comigo enquanto eu enterrava minhas presas em sua artéria carótida. Faminto demais para qualquer outra coisa. Dê-me os batimentos cardíacos. Dê-me o sal. Dê-me o viático. Encha a minha boca.

E então o sangue irrompeu, rugiu. Não se apresse! Eu era a vítima subitamente aniquilada como se atingido por um deus fálico, espancado pelo sangue que esguichava de encontro ao chão do universo, o coração batendo, esvaziando a frágil forma que ele procurava proteger. E veja, ela estava morta. Oh, tão cedo. Lírio esmagado no travesseiro, exceto pelo fato de que ela não era nenhum lírio e eu havia visto seus pequenos e encardidos delitos purpúreos enquanto aquele sangue me fazia de bobo, me devastava, me deixava morno, na verdade quente, em todo o corpo, lambendo meus lábios.

Não consigo ficar muito tempo próximo a um humano morto. Novamente nos telhados.

– Você gostou disso, Voz? – perguntei. Eu me estiquei como um gato sob a Lua.

– Hummm – respondeu ele. – Sempre amei isso, é claro.

— Então pare com essa choradeira.

Ele se afastou, então. Aquilo foi algo inédito. Ele me abandonou. Eu o acertei com uma pergunta atrás da outra. Nenhuma resposta. Ninguém lá.

Três anos atrás, isso aconteceu.

Eu estava num estado deplorável, deprimido e cabisbaixo, chateado e desencorajado. As coisas estavam ruins em todo o mundo vampiresco, sem dúvida nenhuma. Benji em suas intermináveis transmissões clamava para que eu abandonasse meu exílio. E outros estavam se juntando a ele nesse apelo.

— Lestat, nós precisamos de você.

Histórias de infortúnios abundavam. E eu não conseguia mais encontrar muitos de meus amigos — nem Marius, nem David Talbot e nem mesmo as gêmeas ancestrais. Era passado o tempo em que eu podia encontrar todos ou qualquer um deles facilmente. Isso não mais acontecia.

— Nós somos uma tribo sem pais! — gritava Benji na estação vampiresca da internet. — Jovens, sejam sábios. Fujam dos velhos quando os virem. Eles não são nossos anciãos, independentemente de quantos anos eles tenham no Sangue. Eles recusaram toda a responsabilidade por seus irmãos e irmãs. Sejam sábios!

Nessa aterradora noite fria, senti-me sedento, mais sedento do que conseguia suportar. Oh, eu não necessito mais do sangue, tecnicamente. E tenho tanto sangue de Akasha em minhas veias — o sangue primevo da velha Mãe — que consigo existir para sempre sem me alimentar. Mas eu estava sedento, e tinha de estancar a minha miséria, ou pelo menos foi isso o que eu disse para mim mesmo, numa pequena agitação noturna na cidade de Amsterdã, alimentando-me de cada perverso e matador que encontrava pelo caminho. Escondi os corpos. Fui cuidadoso. Mas foi uma experiência sinistra — aquele delicioso sangue quente pulsando em mim e todas aquelas visões de mentes imundas e degeneradas que o acompanhavam, toda aquele intimidade com as emoções que eu deploro. Ah, as mesmas velhas, as mesmas velhas. Eu estava doente do coração. Em estados de espírito como esse, sou uma ameaça aos inocentes, e sei muito bem disso.

Por volta das quatro da manhã, a situação estava lastimável. Eu estava num pequeno parque público, sentado num banco de ferro no sereno, o corpo encolhido, numa parte maltrapilha da cidade, as luzes noturnas tinham uma aparência brilhante e fuliginosa em meio à névoa. Eu estava com o corpo todo enregelado e temia simplesmente não conseguir aguentar mais.

Eu não ia conseguir "ter sucesso" no Sangue. Eu não seria um imortal de verdade como o grande Marius ou Mekare, Maharet ou Khayman, ou mesmo Armand. O que eu estava fazendo não era viver. Em determinado ponto a dor era tão aguda que se assemelhava a uma lâmina girando em meu coração e em meu cérebro. Eu me encolhi ainda mais no banco. Eu estava com as mãos apertadas na nuca e não queria nada além de morrer, simplesmente fechar os olhos para tudo relacionado à vida e morrer.

E a Voz veio, e a Voz disse:

– Mas eu amo você!

Senti um sobressalto. Eu não ouvia a Voz havia muito tempo, e lá estava ela, aquele tom íntimo, tão suave, tão absolutamente carinhoso, como uma mão me tocando, acariciando minha cabeça.

– Por quê? – perguntei.

– De todos eles, você é quem amo mais – disse a Voz. – Eu estou com você, te amando agora.

– O que é você? Outro anjo de faz de conta? Outro espírito fingindo ser um deus, algo assim?

– Não – respondeu ele.

Porém, no momento em que ele começou a falar, senti essa calidez em meu interior, essa repentina calidez tal como os viciados descrevem quando estão impregnados da substância que anseiam, essa adorável e reconfortante calidez que eu encontrava de maneira tão passageira no Sangue, e eu começara a ouvir a chuva, ouvi-la não como uma sucessão de pingos deprimentes, mas como uma adorável sinfonia suave de sons nas superfícies que me cercavam.

– Eu amo você – repetiu a Voz. – Agora, levante-se. Saia desse lugar. Você precisa fazer isso. Levante-se. Comece a andar. Essa chuva não está tão fria pra você. Você é forte demais pra essa chuva e forte demais pra essa tristeza. Vamos lá, faça o que eu estou dizendo...

Eu fiz.

Eu me levantei e comecei a caminhar e percorri o trajeto de volta ao velho e elegante Hôtel de l'Europe onde estava hospedado, e entrei no quarto espaçoso e esplendidamente decorado com papel de parede e fechei as longas cortinas de veludo adequadas para me protegerem do sol que nascia. Brilho intenso do céu branco por sobre o rio Amstel. Sons matutinos.

Então, parei. Pressionei os dedos sobre as pálpebras e fraquejei, fraquejei sob o peso de uma solidão tão terrível que eu teria escolhido a morte naquela ocasião se ao menos tivesse tal oportunidade.

— Vamos lá, eu amo você – disse a Voz. – Você não está sozinho nisso! Jamais esteve. – Eu podia sentir a Voz dentro de mim, ao meu redor, abraçando-me.

Finalmente, deitei-me para dormir. Ele estava cantando para mim agora, cantando em francês, cantando alguns versos escritos para o belo *étude* "Tristesse" de Chopin...

— Lestat, vá pra sua casa na França, para a Auvergne, onde você nasceu – sussurrou ele, como se estivesse bem do meu lado. – Para o velho *château* de seu pai. Você precisa ir pra lá. Todos os seres humanos precisam de um lar.

Aquilo soou tão carinhoso, tão sincero.

Aquelas foram palavras muito estranhas. Eu de fato era dono do velho e arruinado *château*. Anos atrás, eu mandara arquitetos e pedreiros reconstruí-lo, embora desconheça o motivo pelo qual eu fizera aquilo. Eu agora via uma imagem do *château*, daquelas antigas torres redondas erguendo-se daquele penhasco acima dos campos e dos vales, onde nos velhos tempos tantos haviam sentido fome, onde a vida fora tão amarga, onde eu fora amargo, um menino destinado e determinado a fugir para Paris, a ver o mundo.

— Vá pra casa – sussurrou ele.

— Por que você não está fenecendo como eu, Voz? – perguntei. – O sol está nascendo.

— Porque onde eu estou não é de manhã, adorado Lestat.

— Ah, então você é bebedor de sangue, não é? – perguntei. Senti que o pegara. Comecei a rir, a gargalhar. – É claro que você é.

Ele ficou furioso.

— Seu miserável, ingrato, degenerado príncipe moleque – ele murmurava... e então ele me abandonou novamente. Ah, bom. Por que não? Mas eu não decifrara de fato o mistério da Voz, nem de longe. Será que ele era apenas um velho e poderoso imortal se comunicando de outra parte do globo, refletindo suas mensagens telepáticas através de mentes vampíricas como a luz é refletida de espelho a espelho? Não, aquilo não era possível. A voz dele era muito íntima e precisa para algo assim. Você pode enviar um chamado telepático para outro imortal por esse método, é evidente. Mas não é possível se comunicar diretamente como ele vinha fazendo comigo durante todo esse tempo.

Quando acordei, anoitecia, é claro, e Amsterdã estava repleta de ruídos de trânsito, bicicletas zunindo, uma miríade de vozes. Aroma de sangue pulsando em corações.

– Ainda está comigo, Voz? – perguntei.

Silêncio. Contudo, eu tinha uma sensação distinta, sim, a sensação de que ele estava lá. Eu me sentia arrasado, com medo de mim mesmo, pensando em minha própria fraqueza, minha própria inabilidade para amar.

E então aquilo aconteceu.

Eu me dirigi ao espelho de corpo inteiro na porta do banheiro para ajustar a gravata. Você sabe como sou um dândi. Bem, mesmo deprimido e cabisbaixo, eu estava usando um paletó Armani muito bem cortado, uma camisa, e, bem, eu queria ajustar minha fulgurante, vistosa gravata de seda lindamente pintada à mão e... o meu reflexo não estava lá!

Eu estava lá, mas não o meu reflexo. Era outro eu, sorrindo para mim com olhos triunfantes e cintilantes, ambas as mãos encostadas no vidro como se estivese preso numa cela. As mesmas roupas, sim, e eu mesmo até o último detalhe dos longos cabelos louros encaracolados e os cintilantes olhos acinzentados. Mas não era um reflexo em hipótese alguma.

Fiquei petrificado. O tênue eco do *doppelgänger* chegou aos meus ouvidos, assim como todo o horror que tal conceito conota. Não sei se sou capaz de descrever o quanto aquilo era arrepiante – aquela figura de mim mesmo habitada por outro, olhando para mim de soslaio, deliberadamente me ameaçando.

Permaneci com uma expressão sóbria e continuei a ajustar minha gravata, embora não pudesse ver nenhum reflexo do que estava fazendo. E ele continuou sorrindo daquele jeito gélido e debochado, enquanto o riso da Voz erguia-se em meu cérebro.

– Por acaso eu devo gostar de você por isso, Voz? – perguntei. – Eu pensava que você me amava.

Ele ficou aturdido. Seu rosto – meu rosto – se encrespou como o rosto de um menininho prestes a soluçar. Ele levantou as mãos como se para proteger-se, dedos pairando no ar, olhos trêmulos. A imagem sumiu, para ser substituída pelo meu verdadeiro reflexo ali parado, confuso, levemente horrorizado, e nem um pouco zangado. Alisei a gravata pela última vez.

– Eu realmente o amo – disse a Voz com tristeza, quase em prantos. – Eu amo você! – E ele começou a falar, a grunhir e a discursar, e todos aqueles vocábulos estavam subitamente rolando juntos, russo, alemão, francês, latim...

Naquela noite, quando Benji começou sua transmissão de Nova York, disse que as coisas não podiam continuar daquele jeito. Ele clamou para que os jovens fugissem das cidades. Implorou mais uma vez para que os anciãos da tribo aumentassem os esforços.

Fui para a Anatólia para escapar de tudo isso. Eu queria ver a Hagia Sophia novamente, caminhar sob aquelas arcadas. Queria vagar pelas ruínas de Göbekli Tepe, o mais antigo assentamento neolítico já descoberto. Para o inferno com os problemas da tribo. O que dava a Benji a ideia de que nós éramos uma tribo?

2

Benji Mahmoud

Eu imaginava que Benji Mahmoud tivesse provavelmente doze anos de idade quando Marius fez dele um vampiro, mas ninguém sabia ao certo, incluindo o próprio Benji. Ele nascera em Israel numa família de beduínos, então fora contratado e levado para os Estados Unidos pela família de uma jovem pianista chamada Sybelle – que era claramente insana –, de modo que ele pudesse ser um companheiro para a garota. Ambos os jovens conheceram o vampiro Armand em Nova York em meados da década de 1990, mas só foram introduzidos ao Sangue um pouco mais tarde, quando Marius operou o Dom das Trevas em ambos como um presente para Armand. É claro que Armand ficou furioso, sentiu-se traído, lamentou o fato de que vidas humanas sob seu encargo houvessem sido interrompidas daquela maneira *et cetera*, mas Marius fizera a única coisa que poderia ser feita com dois humanos que estavam vivendo, para todos os fins práticos, em Nosso Mundo e rapidamente haviam perdido o interesse por quaisquer outros. Humanos tutelados dessa maneira são reféns da sorte. E Armand deveria ter percebido isso, que algum outro vampiro inimigo iria arrebatar um ou outro ou ambos os jovens apenas para atingir Armand. É assim que esse tipo de coisa facilmente se dá.

Portanto Marius os trouxe.

Eu não era eu mesmo naquela época. Estava depauperado e alquebrado graças às minhas aventuras com Memnoch, um espírito que afirmava ter sido "o Diabo" do sistema de crença cristão, e eu mal reparava em tudo aquilo, sabendo apenas que amava a música de Sybelle e poucas coisas além.

Quando reparei de fato em Benji Mahmoud, ele já estava morando em Nova York com Armand, Louis e Sybelle, e ele já havia inventado a estação de rádio. Como mencionei anteriormente, no início se tratava de uma transmissão tradicional, mas Benji era inventivo demais para suportar as limitações que o mundo mortal lhe impunha e logo passou a operar o programa de rádio como um *stream* via internet ao vivo da residência no Upper East Side, frequentemente falando com as Crianças da Escuridão todas as noites e convidando-as a realizar ligações telefônicas de todas as partes do mundo.

Nos dias de transmissão, Benji falava em voz baixa, com a música de Sybelle ao fundo, uma voz que sem intensificação específica não podia ser ouvida por ouvidos mortais, na esperança de que os vampiros do mundo recebessem a mensagem. O problema era que vários dos vampiros tampouco conseguiam ouvi-lo. Então, quando Benji foi para a rádio via internet, abandonou esse truque. Ele simplesmente falava, falava a Nós e não prestava nenhuma atenção aos entusiastas de historinhas de vampiro ou aos pequenos góticos que ligavam o computador para ouvir o programa, livrando-se deles de acordo com o timbre de suas vozes com facilidade suficiente para dedicar seu tempo de programa às verdadeiras Crianças da Escuridão.

A linda música do piano de Sybelle era uma parte importante do programa, e às vezes as transmissões dos dois atingiam cinco ou seis horas por noite. Em outras, elas simplesmente não aconteciam. Entretanto, a mensagem de Benji logo foi ouvida de um canto do mundo a outro:

"Nós somos uma tribo; nós queremos sobreviver; e os anciãos não estão nos ajudando."

Quando ele começou a falar disso – dos órfãos e dos indefesos assombrando cada cidade na Terra e da negligência e do egoísmo dos "anciãos", eu pensava que certamente alguém ficaria ofendido, alguém o desligaria, ou pelo menos retrucaria as palavras dele de algum modo dramático.

Mas Benji estava certo em relação às coisas. Eu não. Ninguém se importava em detê-lo porque na realidade ninguém dava a mínima. E Benji continuou falando com os indisciplinados e com os patifes e órfãos que ligavam para ele à noite sobre como ser cuidadoso, como perseverar, o que fazer para fortalecer o malfeitor, encobrir a matança e lembrar-se sempre de que o mundo pertence aos humanos.

Benji também dava aos Mortos-Vivos em todo o mundo um jargão, apimentando seus comentários com termos das Crônicas Vampirescas, incluindo alguns que eu não utilizara antes, ou talvez nem ouvira falar, estabelecendo uma linguagem que todos pudessem compartilhar. Interessante, isso. Ou pelo menos eu achei interessante.

Algumas vezes fui a Nova York apenas para espionar Benji. Por volta daquela época, ele já havia desenvolvido um estilo pessoal e definido. Ele usava ternos de três peças muito bem cortados, normalmente cinza ou marrons risca de giz de lã escovada, lindas camisas em tom pastel e resplandecentes gravatas de seda Brooks Brothers, e sempre usava um chapéu de feltro preto italiano, o perfeito chapéu de gângster, e sapatos bicolores impecavelmente limpos.

Como consequência, mesmo com sua pequena estatura, ossos pequenos, rosto redondo e esfuziantes olhos pretos, ele não se parecia nem um pouco com uma criança, mas como um homenzinho, e esse passara a ser seu apelido predileto. "Homenzinho." Ele era dono de mais de cinco galerias em Chelsea e no SoHo, de um restaurante em Greenwich Village próximo à Washington Square e de um antiquado armarinho onde ele adquiria seus chapéus. Homenzinho tinha documentos legais em abundância, incluindo uma carteira de motorista, além de cartões de crédito, telefones celulares, uma ou duas bicicletas e frequentemente dirigia seu restaurado carro esportivo MG TD nas noites de verão em Nova York, porém, na maioria das vezes, ele saía numa limusine Lincoln preta com um motorista e passava muito tempo em cafés e restaurantes fingindo estar jantando com mortais que o consideravam fascinante. Ele e Sybelle caçavam bem nas vielas atrás desses estabelecimentos. Ambos conheciam a arte da Pequena Bebida e podiam satisfazer-se com inúmeras Pequenas Bebidas em casas noturnas e bailes de caridade, sem jamais tirar a vida ou deixar incapacitada alguma vítima inocente.

E ao passo que Sybelle era uma presença até certo ponto remota e misteriosa ao seu lado – esplêndida em vestidos de estilistas famosos e usando gemas caríssimas –, Benji possuía uma grande quantidade de amigos humanos, que o achavam muito excêntrico, divertido e encantador com seu "programa de rádio vampiresco", o qual consideravam "arte performática" do tipo mais inteligente, imaginando que era ele quem fazia todas as vozes presentes no programa, incluindo as Crianças da Noite que falavam japonês e chinês e que conversavam por horas e horas em sua língua nativa, fazendo com que os poderes sobrenaturais de Benji se estendessem ao máximo enquanto ele lutava para manter o ritmo da conversação.

Em suma, Benji era um estrondoso sucesso como vampiro. Ele tinha uma página na internet sobre o programa de rádio e um endereço de e-mail, e às vezes lia no ar as mensagens que recebia, por assim dizer, mas a coisa sempre se resumia à mesma questão: nós somos uma tribo, e na condição de tribo temos que nos manter unidos, sermos leais, gostarmos uns dos outros, e nos concentrarmos em perdurar nesse mundo onde os imortais podem ser queimados ou decapitados como qualquer outra pessoa. Os anciãos nos venderam!

E sempre, sempre, havia um alerta de Benji aos Mortos-Vivos: "Não venham pra Nova York. Não tentem me achar. Estou aqui para vocês via telefone e e-mail, mas nunca ponham os pés nesta cidade ou terão de enfrentar Armand, e eu não gostaria que isso acontecesse com ninguém." Na verdade, ele estava sempre os alertando para o fato de que nenhuma cidade podia realmente comportar o número de vampiros que passaram a Nascer para a Escuridão, e os novatos tinham de ser astutos, precisavam procurar novos territórios e tinham de aprender a viver em paz com os outros.

No telefone, as pessoas que ligavam deixavam correr suas desgraças. Elas estavam ansiosas e temerosas; delatavam as rixas que aconteciam por toda parte; e morriam de medo dos anciãos que os queimariam assim que os vissem. Em vão eles procuravam o grande Lestat, o grande Marius, a grande Pandora, procuravam, procuravam, procuravam.

Benji sempre se compadecia, aconselhava, e às vezes simplesmente compartilhava do pesar deles.

– Eles não nos ajudam, não é? – declarava Benji. – Por que Lestat escreveu os livros dele?! Onde está o grande acadêmico David Talbot, e o que houve com a grande Jesse Reeves, Nascida para a Escuridão nos braços da antiga Maharet? Que bando de egoístas autocentrados e obcecados pelos próprios umbigos eles são!

E então Benji começava novamente:
– Lestat, onde você está?
Como se eu fosse um dos anciãos. Ora, por favor!
Bem, em termos de influência, sim. É claro. Eu escrevi a minha autobiografia. Eu me tornei o famoso astro de rock, tipo, por cinco minutos! Escrevi a história de como Akasha foi destruída e como a fonte de poder foi tirada dela e instalada na vampira Mekare. Eu admito. Fiz tudo isso. Escrevi e publiquei o meu relato do Ladrão de Corpos e de Memnoch. Ok, ok. E sim, se as minhas canções e os meus clipes de rock não tivessem se espalhado pelo mundo, talvez a velha Rainha Akasha jamais houvesse se levantado de seu trono e operado a Grande Queima, na qual vampiros de todo o planeta foram transformados em cinzas. Meu erro, tudo bem, eu admito isso.

Mas eu tenho o quê? Duzentos e trinta e três anos no Sangue? Algo assim. Como eu disse antes, de acordo com os padrões de quem quer que seja, sou um moleque, um menino imprudente!

Os verdadeiros anciãos, os que Benji estava sempre provocando, insultando e ridicularizando, eram as Crianças dos Milênios – os grandes imortais – Marius e Pandora, e as gêmeas ancestrais, é claro, Mekare e Maharet, e o companheiro delas, Khayman. Benji deixou isso suficientemente claro.

"Como pode essa Mekare ser a Rainha dos Condenados se ela não governa?", Benji perguntava às vezes. "Por acaso a irmã gêmea dela, Maharet, não se preocupa conosco como se fôssemos uma grande família vampiresca? E onde está Khayman, tão ancestral quanto as gêmeas, e por que ele não se preocupa conosco enquanto lutamos por esse mundo em busca de respostas? Como é possível que essa Jesse, essa jovem Jesse de nosso mundo, não insista para que esses anciãos escutem as nossas vozes?"

Tudo isso era ao mesmo tempo incrível e assustador para mim, como expliquei. Mas mesmo que ninguém movesse uma única palha para silenciar Benjamin, será que isso levaria a alguma coisa? Será que faria com que algo acontecesse?

E, enquanto isso, outras coisas estavam acontecendo, coisas ruins. Coisas realmente ruins. E algumas coisas boas também, quem sabe.

Benji não era o único vampiro fazendo algo totalmente novo sob as estrelas do Céu.

Havia Fareed, que aparecera muito antes de Benji. E tampouco eu imaginara que Fareed duraria.

3

Fareed e Seth

Conheci Fareed e Seth seis anos antes do fim do século passado. Isso foi depois de eu ter conhecido o Ladrão de Corpos, mas antes de ter conhecido Memnoch. E, embora eu tivesse achado na época que o encontro havia sido acidental, percebi mais tarde que muito provavelmente não fora esse o caso, já que eles estavam me procurando.

Foi em Los Angeles, numa noite agradável e encantadora, quando concordei em conversar com eles num café ao ar livre não muito distante de onde haviam me abordado no Sunset Boulevard – dois vampiros poderosos, um antigo e outro jovem que havia sido turbinado pelo poderoso sangue do outro.

Seth era o antigo e, como sempre acontece com esses grandiosos sobreviventes, eu o reconhecia como tal graças a seus batimentos cardíacos muito antes de vê-lo pessoalmente. Eles podem encobrir suas mentes, esses monstros antigos, e podem se passar por humanos, sim, por mais velhos que sejam, e eles o fazem. Mas não são capazes de impedir que um imortal como eu escute seus batimentos cardíacos e junto com eles um som tênue semelhante à respiração. Só que o som se assemelha a um ronco de motor quando sai dessas criaturas. E esse evidentemente é o sinal para que você saia correndo, a menos que queira ser queimado até se transformar numa fina porção de pó preto ou num pontinho de graxa na calçada.

Mas eu não corro de coisa alguma, e naquela época eu não tinha muita certeza se ainda queria continuar vivo por mais tempo. Não muito tempo antes desse encontro, eu tinha queimado a minha pele até que assumisse uma tonalidade marrom-escura no deserto de Gobi, numa fracassada tentativa de acabar com tudo isso, e dizer que a minha atitude naquele momento significava que tudo podia muito bem ir para o inferno é dizer o óbvio.

E também eu sobrevivera a muitas coisas; bem, então por que eu não sobreviveria a um encontro com um outro antigo? Eu conhecera as gêmeas em primeira mão, não conhecera? Eu conhecia a Rainha. Por acaso eu não tinha a proteção delas?

Porém, naquele época, eu também ficara sabendo de mais uma coisa. É que o meu rock, os meus videoclipes e o fato de eu haver despertado a Rainha também haviam tirado inúmeros imortais ao redor do globo de seus sonos, e quem e o que eles eram ninguém realmente sabia ao certo. Eu sabia apenas que eles estavam à solta por aí.

E, assim, lá estava eu descendo o Sunset no meio da mais densa das multidões, simplesmente amando aquilo, meio que esquecendo que eu era um monstro, esquecendo que eu não era mais um astro do rock e fingindo mais ou menos ser o belo Jon Bon Jovi.

Eu assistira a um show do Jon Bon Jovi alguns meses antes disso e, em meu pequeno walkman, eu estava reproduzindo suas canções uma atrás da outra, de forma obsessiva. E lá estava eu, sabe, zanzando, flertando aqui e ali, sorrindo para os formosos mortais que vagavam pela rua, levantando vez ou outra meus óculos escuros de lentes rosadas para dar uma piscadela para este ou aquele, deixando meu cabelo esvoaçar naquela eterna brisa fria da Costa Oeste e simplesmente, bem, simplesmente sentindo prazer e amargura, quando eis que surgem aqueles batimentos cardíacos, aqueles fatais batimentos cardíacos.

Bem, Maharet e Mekare não haviam desaparecido por completo do mundo naquela época, até onde eu sabia. O que eu fiz agora? E quem é que vai me importunar por causa disso? Foi quando vislumbrei aqueles dois notáveis bebedores de sangue vindo na minha direção, o mais baixo com uns bons 1,80m de altura e uma magnífica pele dourada, cabelos encaracolados muito pretos ao redor de seu belo rosto inquisitivo, olhos verdes enormes e lábios bem-feitos num sorriso franco, roupas alinhadas, suponho, um terno inglês feito sob medida, se fosse eu a julgar, e belos sapatos escuros e estreitos, também feitos sob medida. O mais alto era um magro gigante de pele também bastante escura, embora a dele fosse bronzeada, eu podia ver muito bem, e antiga. Seus cabelos pretos muito curtos cobriam toda a cabeça bem-feita e os olhos eram amendoados. Suas roupas pareciam excêntricas nas ruas de West

Hollywood, embora talvez não o fossem para a cidade do Cairo ou Jetta – um *thawb* branco até os tornozelos e calças brancas com sandálias abertas.

Que par, e antes que estivéssemos a um metro e meio de distância, o homem mais baixo, o jovem, novo no Sangue, estendeu uma das mãos em um sinal de boas-vindas. De imediato, ele começou a falar com um sotaque anglo-indiano fluido e ressonante, informando que era o dr. Fareed Bhansali e que aquele era seu "mentor", Seth, e que eles adorariam ter o prazer da minha companhia em seu café predileto nas proximidades.

Um pequeno entusiasmo tomou conta de mim, quase a ponto de encher meus olhos de lágrimas, mas mantive esse sentimento longe da vista deles. Eu criei a minha solidão, não criei? Eu começara isso há muito tempo, então por que toda aquela emoção?

O café era bonito, com mesas cobertas por toalhas de linho quase da cor do céu noturno com a eterna iluminação da grande metrópole esparramada oscilando na camada de nuvens densas. E havia uma sutil e agradável música de cítara tocando com linhas melódicas dentro e fora de meus pensamentos enquanto nos sentamos no local, cada qual brincando com sua comida e vez ou outra erguendo um garfo cheio de curry para saborear o aroma. E o vinho estava fulgurante e resplandecente nas diáfanas taças de cristal.

E então eles me deixaram perplexos.

Está vendo aquele prédio do outro lado da rua? Não, não, aquele outro, bem, aquele era o prédio deles e o local onde mantinham o laboratório, e eles receberiam de bom grado a minha cooperação em oferecer-lhes algumas biópsias que não me causariam dor alguma – tecido epitelial, cabelo, sangue, esse tipo de coisa.

Então se desenrolou a história de como, em Mumbai, no ano anterior, Seth estivera no quarto do hospital onde Fareed se encontrava à beira da morte, um brilhante cientista, pesquisador e médico no auge da carreira, em consequência de uma intriga da parte de sua mulher e de um colega também pesquisador. Fareed, em coma profundo, imaginou ser Seth uma fantasia de sua imaginação torturada.

– E você sabe – ele me disse naquele ondulante e belo sotaque anglo-indiano –, pensei que a primeira coisa que eu faria seria me vingar da minha mulher e do amante dela. Eles tinham roubado tudo de mim, inclusive minha vida. Porém esqueci essas coisas quase instantaneamente.

Seth havia sido um curandeiro em tempos antigos. Quando ele falou, seu sotaque também era antigo, mas não consegui situá-lo, e como eu poderia, já que ele fora trazido para o Sangue na aurora da história?

Ele era o que as pessoas chamam de esquelético, com ossos maravilhosamente simétricos no rosto, e mesmo as mãos com os imensos ossos do punho e das juntas me eram interessantes, bem como as unhas, semelhantes a vidro, é claro, e então havia também a maneira como seu rosto frio se incendiava com expressividade quando falava, e a face impassível semelhante a uma máscara imposta pelo Sangue desaparecia por completo.

– Eu trouxe Fareed pro Sangue devido ao fato de ele ser médico – explicou Seth. – Não consigo entender a ciência desses tempos. E não entendo por que não existe nenhum médico ou cientista entre nós.

Agora eles tinham um laboratório completo com todas as máquinas concebíveis que a ciência médica inventara.

E logo eu me encontrei nos andares superiores daquele prédio, seguindo-os por aposento atrás de aposento vividamente iluminado e observando, maravilhado, a equipe de jovens bebedores de sangue pronta para realizar o exame de ressonância magnética ou a tomografia computadorizada, ou tirar o meu sangue.

– Mas o que vocês vão fazer com esses dados? – quis saber. – E como é que vocês fazem tudo isso, enfim, vocês estão trazendo cientistas para o Sangue?

– Você nunca pensou seriamente sobre algo assim? – perguntou Fareed.

Depois que as biópsias e os tubos de ensaio cheios de sangue foram levados, nos sentamos no jardim do terraço, com grandes barreiras de vidro temperado nos separando do frio vento do Pacífico e as luzes do centro de Los Angeles refulgindo na névoa agradável.

– Eu não entendo – disse Fareed – um mundo no qual os bebedores de sangue mais famosos e cheios de classe são todos românticos, poetas que levam para o Sangue apenas aqueles que amam por motivos sentimentais. Ah, eu admiro muito os seus textos, entende, cada palavra deles. Seus livros são escrituras para os Mortos-Vivos. Seth me deu todos eles imediatamente, me disse que eles serviriam para que eu aprendesse. Mas você nunca pensou em trazer para o Sangue aquelas pessoas de quem você realmente necessita?

Admiti que essa simples ideia me deixava com medo, tanto medo quanto um mortal talvez tivesse de projetar descendentes geneticamente para entrar em determinados ramos das artes ou em determinadas profissões.

— Mas nós não somos humanos. — Fareed pareceu ficar imediatamente constrangido ao perceber o quanto aquilo soava óbvio e tolo. Ele chegou a de fato enrubescer.

— E se um outro tirano sangrento surgir? — perguntei. — Alguém que fizesse Akasha parecer uma colegial com suas fantasias de dominar o mundo? Você percebe realmente que tudo o que eu disse sobre ela é verdade, não percebe? Ela teria transformado o mundo se nós não a houvéssemos impedido, teria transformado a si própria numa deusa.

Fareed ficou mudo e em seguida olhou de relance para Seth com a mais ansiosa das expressões. Porém Seth apenas olhava para mim com extremo interesse. Ele estendeu uma de suas mãos enormes e delicadamente a dispôs sobre a mão direita de Fareed.

— Está tudo muito bem — disse ele para Fareed. — Por favor, Lestat, continue.

— Bem, suponha que tal tirano surgisse entre nós novamente — prossegui —, e suponha que esse tirano trouxesse para o Sangue os especialistas e os soldados de que necessita para implementar uma conquista verdadeira. Com Akasha, tudo era primitivo, seu esquema, com uma "religião revelada" no cerne que teria feito o mundo retroagir; mas suponha o seguinte, com laboratórios como este, um tirano poderia criar uma raça de vampiros fabricantes de armas, fabricantes de drogas que alteram a mente, fabricantes de bombas, aviões, sejá lá o que fosse necessário para instalar o caos no mundo tecnológico existente. E então? Sim, você tem razão, aqueles de nós que são conhecidos de todos hoje em dia são românticos. Nós somos. Nós somos poetas. Porém somos indivíduos, com uma imensa fé no indivíduo e um amor pelo indivíduo.

Interrompi minha fala. Eu estava soando demais como alguém que efetivamente acreditava em algo. Lestat, o sonhador. No que eu acreditava? Que éramos uma raça amaldiçoada e que deveríamos ser exterminados.

Seth retomou o pensamento e respondeu de imediato. Sua voz era profunda, lenta, afiada por aquele indefinível sotaque oriental.

— Por que você acredita nessas coisas a nosso respeito, você que rejeitou as religiões reveladas de seu mundo de forma tão cabal? O que somos nós? Somos mutações. Entretanto, toda evolução é conduzida, certamente, por mutações. Eu não estou afirmando que entendo isso, mas por acaso não é verdade o que você escreveu sobre como Akasha foi destruída e como o Cerne, a fonte, seja lá como você chame isso, a raiz que nos anima, foi transferido para o interior do corpo e do cérebro de Mekare?

– Sim, isso é tudo verdade – concordei. – E elas estão por aí, aquelas duas, e ambas são do tipo reservado, eu asseguro a você, e se elas pensam que nós temos qualquer direito a existir como espécie, jamais deixaram isso claro para o resto de nós. Se elas descobrirem esse laboratório, elas vão destruí-lo... talvez.

Eu me apressei em acrescentar que não tinha nenhuma certeza daquilo.

– Por que elas fariam isso quando nós podemos oferecer a elas tantas coisas? – perguntou Fareed. – Porque posso produzir olhos imortais pra Maharet, a cega, de modo que ela não precise mais usar olhos humanos, trocando-os eternamente à medida que eles morrem em suas cavidades oculares? É uma coisa muito simples pra mim produzir esses olhos imortais com os protocolos sanguíneos adequados. E a muda Mekare, eu poderia determinar se ainda resta algum cérebro nela que algum dia despertará por completo.

Devo ter aberto um sorriso amargo.

– Que visão.

– Lestat, você não quer saber do que são feitas as suas células? – perguntou ele. – Você não quer saber que compostos químicos estão em seu sangue que mantêm a senescência em seu corpo completamente controlada?

– Senescência? – Eu não sabia exatamente o que significava aquela palavra. Nós somos coisas mortas, eu estava pensando. Você é um médico para os mortos.

– Ah, mas Lestat – retrucou Fareed. – Nós não somos coisas mortas. Isso é poesia, e é uma poesia antiga, que não perdurará. Só a boa poesia permanece. Somos coisas bem vivas, todos nós. Seu corpo é um organismo complexo que desempenha o papel de anfitrião para um outro organismo predatório que está, de alguma forma, transformando-o pouco a pouco, ano após ano em nome de algum propósito evolucionário específico. Você não quer saber o que é isso?

Aquelas palavras mudaram tudo para mim. Elas eram um leve amanhecer, pois vi então todo um reino de possibilidades que jamais vislumbrara antes. É claro que ele poderia fazer coisas como aquela. É claro.

Ele então continuou falando sem parar, de forma científica, e eu suponho, brilhante, mas sua terminologia se tornou mais densa e mais ininteligível. Por mais que eu tentasse, jamais fui capaz de esquadrinhar coisa alguma referente à ciência moderna. Nenhuma quantidade de inteligência sobrenatural me permitia realmente absorver textos médicos. Eu tinha apenas o conhecimento rudimentar de um leigo sobre as palavras que ele estava usando – DNA, mitocôndria, vírus, tecido celular eucariótico, senescência, genoma, átomos, partículas subatômicas –, seja lá quais fossem. Eu me debruçava sobre os livros daqueles que escreviam para o grande público e retinha pouco ou nada além de respeito, humildade e um profundo senso de minha própria condição deplorável em estar do lado de fora da vida, quando a vida em si envolvia tantas revelações magníficas.

Ele sentiu que era inútil.

– Vamos, deixe-me mostrar a você uma pequena parte do que eu posso fazer – disse Fareed.

E lá fomos nós novamente em direção aos laboratórios. Quase todos os bebedores de sangue já tinham ido embora, mas captei o tênue aroma de um ser humano. Quem sabe de mais de um ser humano.

Ele me ofereceu uma tantalizante possibilidade. Por acaso eu queria sentir uma paixão erótica da mesma maneira que eu sentira quando era um jovem de vinte anos em Paris, antes de morrer? Bem, ele podia me ajudar a alcançar isso. E se ele conseguisse, eu produziria sêmen, e ele gostaria de obter uma amostra disso.

Eu estava perplexo. É claro que eu não iria recusar uma oferta daquelas.

– Bem, como é que você vai coletar o sêmen? – Eu ri, chegando a enrubescer contra a vontade. – Mesmo quando eu estava vivo, eu preferia levar a cabo as minhas experiências eróticas com outras pessoas.

Ele me ofereceu uma escolha. Atrás de uma parede de vidro estava sentada sobre uma grande cama macia uma jovem humana, vestindo apenas uma camisola de flanela, lendo um grosso volume em capa dura sob a luz tênue de uma luminária. Ela não podia nos ver através do vidro. Ela não podia nos ouvir. Imaginei que ela tivesse talvez 35 ou 36 anos, o que é uma idade bastante jovem para a época em que estamos, embora esse não fosse o caso duzentos anos atrás, e eu tinha de confessar a mim mesmo: ela me parecia familiar. Seus cabelos eram fartos, compridos, ondulados e distintamente louros apesar do tom ser escuro, tinha olhos profundamente azuis que eram um pouco claros demais, quem sabe, para serem bonitos, feições bem equilibradas e uma boca com aparência bastante inocente, porém generosa.

A sala era semelhante a um palco com seu papel de parede e a roupa de cama de linho azul, luminárias com babados e até mesmo um quadro na parede, que talvez pudesse ser encontrado num quarto comum, de uma velha rua de aldeia na Inglaterra do século XIX. Gansos, um córrego e uma ponte. Somente os textos médicos sobre a mesa e o pesado livro nas mãos da mulher pareciam deslocados.

Ela estava lasciva em sua camisola branca de flanela, com seios altos e firmes e pernas compridas e bem torneadas. Ela marcava alguma coisa no livro com uma caneta.

– Você pode copular com ela, e, dessa forma, eu retiro a amostra de dentro dela – explicou Fareed. – Ou então você mesmo pode pegar a amostra pra mim como desejar, do velho jeito solitário. – Ele fez um gesto com a mão direita abrindo os cinco dedos.

Não ponderei por muito tempo. Quando escorreguei para um corpo humano graças às maquinações do Ladrão de Corpos, eu desfrutara da companhia de duas belas mulheres, mas aquilo não acontecera neste corpo, meu corpo, meu corpo vampírico.

– A mulher é bem paga, é respeitada, sente-se em casa aqui – disse Seth. – Ela própria é médica. Você não vai nem surpreendê-la nem horrorizá-la. Ela jamais fez parte de um experimento como esse antes, mas está preparada para isso. E ela será recompensada quando tudo estiver terminado.

Bem, se nada de mau vai acontecer a ela, pensei. Como era pura e jeitosa naquela aparência americana bem asseada que exibia, e aqueles brilhantes olhos azuis e seus cabelos da cor de trigais. Eu quase podia sentir o cheiro dos cabelos dela. Na realidade, eu podia sentir, sim, uma adorável fragrância de espuma de sabão ou xampu e luz do sol. Ela parecia deleitável. E irresistível. Eu queria cada gotinha de sangue dela. Será que a sensação erótica poderia sobrepujar aquilo?

– Tudo bem, eu topo.

Mas como exatamente aqueles cavalheiros conseguiriam fazer um corpo morto como o meu produzir de fato sementes como se estivesse vivo?

A resposta veio rapidamente com uma série de injeções e um tubo intravenoso que ao longo do experimento lançaria um poderoso elixir de hormônios humanos em meu sangue, sobrepujando a tendência natural do corpo vampírico de resistir à senescência tempo suficiente para que o desejo se desenvolvesse, o esperma fosse produzido e então ejaculado.

Achei aquilo hilariantemente engraçado.

Eu poderia escrever um ensaio de quinhentas páginas sobre como essa experiência se dera, porque senti novamente um desejo biologicamente erótico, e caí sobre a jovem de maneira tão impiedosa quanto qualquer aristocrata ávido de minha época cairia sobre uma ama de leite em sua aldeia. Porém foi precisamente como o meu adorado Louis dissera muito tempo atrás, "a pálida sombra do assassínio", ou seja, a pálida sombra de beber sangue, e acabou quase que de imediato, ao que pareceu, e então a paixão desapareceu, retornou às profundezas da memória mais uma vez como se jamais houvesse sido estimulada, o ápice, a ejaculação esquecida.

Eu me senti estranhamente constrangido nos minutos que se seguiram. Estava sentado na cama ao lado daquela humana de cabelos loiros e pele clara, com as costas contra um ninho de travesseiros cobertos por um linho de cheiro delicioso, e sentia que devia conversar com ela, perguntar como viera parar naquele lugar e por que estava lá.

E então, repentinamente, enquanto eu estava lá sentado, imaginando se aquilo era adequado ou mesmo sábio, ela me contou.

Seu nome era Flannery Gilman, disse ela. Num cristalino sotaque americano da Costa Oeste, ela explicou que "nos" estudava desde a noite em que eu aparecera como um astro de rock num palco nas proximidades de San Francisco, quando tantos de minha espécie haviam morrido como consequência de meu grande esquema para me tornar um artista mortal. Ela vira vampiros naquela noite com seus próprios olhos e até então não tinha a menor dúvida da existência deles. Vira-os mais tarde imolados no estacionamento. Na realidade, ela raspara amostras de suas peles queimadas e recolhera restos fluidos do asfalto. Reunira ossos vampíricos queimados em sacos plásticos e revelara mais tarde centenas de fotografias do que havia testemunhado e capturado em filme. Ela passou cinco anos estudando e escrevendo sobre seus vários espécimes, preparando um dossiê de mil páginas para provar nossa existência e contrapor todas as objeções que ela podia antecipar da parte de seus colegas médicos. Tornara-se pobre por conta de sua obsessão.

A que isso tudo levou? À mais absoluta ruína.

Muito embora ela houvesse se conectado a pelo menos duas dúzias de outros médicos que afirmavam haver visto e feito experiências com vampiros. Ela examinou suas amostras, revisou seus relatórios e usou-os como referência, mas mesmo assim todas as associações médicas gabaritadas do mundo fecharam as portas para ela.

Riram da jovem, ridicularizaram-na, negaram-lhe bolsas de pesquisa e, por fim, impediram-lhe a entrada em convenções e conferências. Ela foi apontada publicamente como motivo de riso por aqueles que a ostracizaram e foi aconselhada a procurar "ajuda psicológica".

– Eles me destruíram – disse ela calmamente. – Eles me arruinaram. Fizeram isso com todos nós. Eles nos colocaram no mesmo saco dos que acreditam em astronautas ancestrais, nos poderes das pirâmides, no ectoplasma e na cidade perdida de Atlântida. Eles me enviavam para a terra de ninguém de sites birutas e para convenções da Nova Era e encontros onde éramos recebidos apenas por entusiastas que acreditavam em todo tipo de coisa, desde tabuleiros Ouija ao Pé Grande. A minha licença para praticar medicina foi revogada na Califórnia. Minha família se voltou contra mim. Para todos os efeitos práticos, eu estava morta.

– Entendo – afirmei, sombrio.

– Imagino se você entenda mesmo. Há evidências abundantes nas mãos da ciência ao redor de todo o planeta de que vocês existem, sabia? Mas ninguém jamais vai fazer droga nenhuma sobre isso. Pelo menos não na atual situação.

Eu estava mudo. Eu deveria saber.

– Eu achava que uma vez que um vampiro caísse nas mãos de médicos, ele estaria acabado.

Ela riu.

– Isso já aconteceu diversas vezes. E posso dizer exatamente o que se dá quando isso acontece. O vampiro, tendo sido mantido em cativeiro em algum lugar protegido durante o dia, acorda no pôr do sol para destruir seus captores e devastar o cárcere em que se encontrava, o laboratório ou o necrotério deles. Caso ele ou ela esteja fraco demais para fazer isso, então os captores são geralmente submetidos a algum encanto que os deixa tontos e acabam soltando a vítima, e a represália logo se segue com todas as evidências fotográficas e médicas imoladas junto com as testemunhas. Às vezes outros bebedores de sangue aparecem pra ajudar a libertar os cativos. Às vezes, um laboratório inteiro pega fogo e quase todo mundo nas instalações é morto. Documentei pelo menos duas dúzias de relatos que se encaixam perfeitamente nesse padrão. Cada um tinha uma série de explicações oficiais "racionais" sobre o que acontecera, com sobreviventes marginalizados, ridicularizados e por fim ignorados. Alguns sobreviventes acabaram em hospícios. Você não precisa se preocupar com nada.

– E agora você trabalha com Fareed.

– Aqui eu tenho um lugar. – Ela abriu um sorriso delicado. – Aqui sou respeitada pelo que sei. Pode-se dizer que eu nasci de novo. Ah, você não pode imaginar a idiotazinha que eu era naquela noite em que eu o vi no palco, tão cheia de certeza de que causaria o maior alvoroço no mundo da medicina com aquelas fotos.

– O que você queria que acontecesse? Quero dizer, o que você queria que acontecesse conosco?

– Eu queria primeiro e principalmente que acreditassem em mim e depois eu queria que vocês fossem estudados! Exatamente o que Fareed está fazendo aqui. O que é estudado "lá fora" não me diz mais nada. – Ela fez um gesto como se o mundo mortal estivesse do outro lado da parede. – Não tem mais nenhuma importância para mim. Eu trabalho para Fareed.

Eu ri baixinho.

A cálida e natural sensação erótica já desaparecera havia muito. O que eu queria fazer naquele momento, é claro, era sugar cada gota de sangue daquele precioso, adorável e curvilíneo corpinho quente. Entretanto me contentei em beijá-la, me aconchegando na garota e encostando os lábios no pescoço quente dela, escutando aquele ressoar de sangue em sua artéria.

– Eles prometeram transformá-la, não prometeram? – perguntei.

– Prometeram. Eles são pessoas honradas. Isso é bem mais do que posso dizer sobre meus colegas de medicina americanos. – Ela se virou para mim, aproximando-se o bastante para me dar mais um beijo rápido no rosto. Não a detive. Seus dedos foram em direção ao meu rosto e ela tocou minhas pálpebras.

"Obrigada", ela disse. "Obrigada por esses momentos inestimáveis. Ah, eu sei que você não fez isso por mim. Você fez isso por eles. Mas mesmo assim obrigada."

Eu assenti e abri um sorriso. Segurei o rosto dela enquanto a beijava agora com um fervor proveniente do Sangue. Eu podia sentir o corpo dela ficando mais quente, abrindo-se como uma flor, mas o momento havia passado e fui embora.

Mais tarde, Fareed e Seth me contaram que eles tinham a intenção de cumprir a promessa. Ela não era a única médica ou cientista louca e obcecada por vampiros que eles haviam convidado. Para falar a verdade, eles se desviavam de sua rota para recrutar esses "desmiolados" que haviam sido ostracizados pelo mundo. Afinal de contas, era mais fácil convidar para o nosso milagre aqueles cujas vidas humanas já estavam arruinadas.

Bem antes de amanhecer, nós três caçamos juntos. O Sunset Boulevard estava um tumulto só, como costumam dizer, e a Pequena Bebida estava à disposição por todos os lados, bem como um casal de tratantes desprezíveis do qual eu me alimentei com um cruel abandono em uma ruela.

Acho que os experimentos médicos haviam me deixado com uma sede desesperada. Eu deixava o sangue preencher a minha boca e o mantinha assim por um longo tempo antes de engolir, antes de sentir aquela grande inundação de calor percorrer meus membros.

Seth era um matador implacável. Os antigos quase sempre o são. Eu o observei drenar uma jovem vítima do sexo masculino, observei o corpo murchar enquanto Seth consumia cada mililitro de fluido vital. Ele mantinha a cabeça do jovem morto de encontro a seu peito. Eu sabia que ele queria esmagar o crânio e em seguida o fez, rasgando o invólucro cabeludo ao redor do osso e sugando o sangue do cérebro. Então ele dispôs o cadáver de uma maneira quase que amorosa sobre pilhas de refugos no beco, cruzando os braços da vítima, fechando os olhos dela. Ele inclusive recolocou o crânio em sua forma original e alisou o escalpo rasgado sobre ele, afastando-se como se fosse um sacerdote inspecionando um sacrifício, murmurando algo baixinho.

Seth e eu nos sentamos no jardim do terraço ao amanhecer. Os pássaros haviam começado a cantar e eu podia sentir o sol, o cheiro das árvores dando-lhe boas-vindas, o cheiro das flores do jacarandá que se abriam bem abaixo de onde estávamos.

— Mas o que você vai fazer, meu amigo, se as gêmeas vierem? – eu quis saber. – Se as gêmeas não quiserem que esse grandioso experimento tenha prosseguimento?

— Sou tão velho quanto elas – respondeu Seth em voz baixa. Ele ergueu as sobrancelhas. Seth estava elegante em seu comprido *thawb* branco de colarinho alinhado, uma aparência bem sacerdotal, na realidade. – E posso proteger Fareed delas.

Ele parecia estar absolutamente certo daquilo.

— Muitos séculos atrás – disse ele –, havia dois campos guerreando, conforme a Rainha contou a você. As gêmeas e o amigo delas, Khayman, eram conhecidos como a Primeira Cria e lutaram contra o culto da Mãe. Entretanto, eu fui feito por ela para lutar contra a Primeira Cria, e tenho mais do sangue dela em mim do que eles jamais tiveram. Sangue da Rainha, era assim que nós éramos apropriadamente chamados, e ela me trouxe por um motivo muito importante: eu era filho dela, nascido do ventre dela quando era humana.

Um calafrio sombrio percorreu o meu corpo. Por muito tempo não fui capaz de falar, não consegui nem ao menos pensar.

– Filho dela? – finalmente sussurrei.

– Eu não as odeio – disse ele. – Nunca quis lutar contra elas, na verdade, nem naquela época. Eu era um curandeiro. Não pedi o Sangue. Na verdade, implorei à minha mãe para que me poupasse, mas você sabe o que ela era. Você sabe como ela se fazia obedecer. Você sabe tanto quanto qualquer um daquela época. E ela me trouxe para o Sangue. E, como eu disse, não temo aqueles que lutaram contra ela. Sou tão forte quanto eles.

Eu permanecia admirado. Agora podia ver nele a semelhança com ela, podia ver isso na simetria de suas feições, na curva especial dos lábios dele. Mas eu não podia *senti-la* nem um pouco nele.

– Como curandeiro, viajei pelo mundo durante minha vida humana – ele respondeu aos meus pensamentos. Seus olhos eram brandos. – Eu tentava aprender tudo que pudesse nas cidades dos dois rios. Penetrei nas profundezas das florestas do norte. Eu queria aprender, entender, saber, levar de volta comigo grandes curandeiros do Egito. Minha mãe não era capaz de realizar tais coisas. Ela estava convencida de sua própria divindade e cega para os milagres do mundo natural.

Como eu entendia tudo aquilo.

Eu tinha de partir. E não sabia por quanto tempo ele suportaria a chegada da manhã. Eu, entretanto, estava exausto, ávido para procurar abrigo.

– Eu agradeço por me receber aqui – eu disse.

– Venha nos visitar sempre que quiser – ele disse. Seth me estendeu a mão. Olhei fixamente para os olhos dele e senti mais uma vez, de forma poderosa, sua semelhança com Akasha, embora ela tivesse sido bem mais delicada, bem mais bela em termos convencionais. Ele tinha uma luz feroz e fria nos olhos.

Seth sorriu.

– Eu gostaria muito de ter algo pra lhe dar – eu disse. – Eu gostaria muito de ter algo para lhe oferecer em retribuição.

— Ora, mas você nos deu muito.

— O quê? Aquelas amostras? — zombei. — Eu me referi à hospitalidade, simpatia, algo assim. Eu estou de passagem. Tenho estado de passagem há muito tempo.

— Você deu a nós dois mais uma coisa — ele insistiu. — Embora não saiba do que se trata.

— O quê?

— A partir de sua mente nós aprendemos que aquilo que você escreveu da Rainha dos Condenados era verdade. Nós tínhamos de saber se você havia descrito com veracidade o que viu quando minha mãe morreu. Entenda, nós não tínhamos como esquadrinhar o ocorrido de forma completa. Não é tão fácil decapitar alguém tão poderoso. Nós somos poderosos demais. Certamente você está ciente disso.

— Bem, estou, sim, mas mesmo a carne mais antiga pode ser penetrada, retalhada. — Eu parei. Engoli em seco. Eu não podia falar daquilo de uma maneira tão crua e insensível. Eu não podia pensar novamente naquele espetáculo, a cabeça cortada da Rainha e o corpo, o corpo que lutava para alcançar a cabeça, os braços que tentavam agarrá-la.

— E agora vocês sabem. — Respirei bem fundo e bani todas aquelas imagens da minha mente. — Descrevi tudo com muita precisão.

Seth assentiu. Uma sombra escura passou por seu rosto.

— Nós sempre poderemos ser despachados dessa maneira. — Ele estreitou os olhos como se estivesse refletindo. — Decapitação. Mais seguro do que a imolação quando estamos falando dos anciãos, dos mais antigos deles...

Um silêncio caiu entre nós.

— Eu a amava, você sabe — declarei. — Eu a *amava*.

— Sim, eu sei. E, veja bem, eu não. Portanto, isso não me importa muito. O que importa bem mais é que eu amo você.

Eu fiquei profundamente comovido, porém não conseguia encontrar palavras para expressar o que queria muito dizer. Eu o abracei e o beijei.

— Nós vamos nos ver de novo — prometi.

— Vamos, sim. Esse é o meu sincero desejo — sussurrou ele.

Anos mais tarde, quando procurei por eles novamente, ávido por ambos, desesperado para saber se estavam bem, não consegui encontrá-los. Na verdade, nunca mais os encontrei.

Eu não ousava enviar uma chamada telepática para eles. Sempre mantive meu conhecimento sobre eles bem guardado em meu coração, pois eu os temia.

E, por muito tempo, vivi em terror imaginando que Maharet e Mekare poderiam tê-los destruído.

Em algum momento mais tarde, alguns anos após o início do novo século, fiz algo bastante incomum para mim. Eu estava meditando acerca de como Akasha morrera, pensando no mistério de como nós podíamos ser destruídos tão facilmente por meio da decapitação. Fui até a loja de um especialista em armaduras e armas antigas e o contratei para fazer uma arma para mim. Isso foi em Paris.

Eu mesmo a projetara. No papel, ela parecia o machado de um cavaleiro medieval, com um cabo estreito de sessenta centímetros e uma lâmina em forma de meia-lua com o comprimento de, quem sabe, mais uns trinta. Eu queria que o cabo fosse pesado, tão pesado quanto o artesão poderia deixá-lo. E aquela lâmina, ela também tinha de ser pesada, porém mortalmente afiada. Eu queria o metal mais afiado da face da Terra, seja lá que metal fosse. Deveria haver um gancho e uma correia de couro na extremidade do cabo, exatamente como nos tempos medievais, de modo que eu pudesse usar aquela correia ao redor do meu pulso ou carregar o machado com a lâmina sob um dos meus sobretudos.

O artesão produziu um artefato de rara beleza. Ele me alertou para o fato de que se tratava de algo pesado para que um homem o brandisse de forma confortável. Eu não iria gostar da peça. Eu ri. Era perfeita. A lâmina cintilante em forma de crescente podia cortar em dois um pedaço de fruta madura ou um cachecol de seda que voasse ao sabor da brisa. E o machado era pesado o suficiente para destruir uma árvore tenra da floresta com um golpe poderoso.

Depois disso, eu mantive meu pequeno machado de batalha sempre à mão, e frequentemente o levava comigo, pendurado em um botão dentro de meu casaco, quando saía em minhas andanças. Seu peso não era nada para mim.

Eu sabia que não teria muita chance contra o Dom do Fogo de um imortal como Seth, Maharet ou Mekare. Entretanto, eu poderia usar o Dom da Nuvem para escapar. E num confronto cara a cara com outros imortais, com esse machado eu teria uma vantagem fantástica. Caso eu o usasse como um elemento surpresa, ele poderia abater provavelmente qualquer um. Por outro lado, como seria possível surpreender os mais antigos? Bem, eu tinha de tentar proteger a mim mesmo, não é?

Não gosto de ficar à mercê de outros. Não gosto de ficar à mercê de Deus. Eu polia e afiava o machado vez ou outra.

Eu me preocupava muito com Seth e Fareed.

Certa vez ouvi falar que estavam em Nova York. Em outra ocasião, chegaram até mim boatos de que haviam sido vistos no Novo México. Porém não consegui encontrá-los. Pelo menos eles estavam vivos. Pelo menos as gêmeas não os haviam destruído. Bem, talvez as gêmeas jamais os destruíssem.

E, à medida que os anos foram passando, houve mais e mais indicações de que Maharet e Mekare pensavam pouco ou até mesmo não pensavam nada sobre o mundo dos Mortos-Vivos, o que me leva agora a meu encontro com Jesse e David dois anos atrás.

4

Problemas na Talamasca e na Grande Família

Benji já estava fazendo suas transmissões havia bastante tempo quando finalmente me encontrei com Jesse Reeves e David Talbot em Paris.

Eu entreouvira a súplica telepática de David à vampira Jesse Reeves instando-a a vir até ele. Era algo mais ou menos como uma mensagem codificada. Somente alguém que soubesse que ambos os bebedores de sangue haviam sido no passado membros da antiga Ordem da Talamasca teria compreendido a mensagem – David ligando para sua erudita companheira ruiva pedindo que ela, por gentileza, se encontrasse com seu velho mentor, que a vinha procurando em vão, com notícias a compartilhar acerca de seus velhos compatriotas. Ele chegara ao cúmulo de mencionar como referência um café da Margem Esquerda para o encontro, um lugar que eles conheciam de anos anteriores, "aqueles tempos ensolarados", e jurara que ficaria vigiando o lugar toda noite até que a visse ou ouvisse falar dela.

Fiquei chocado com tudo isso. Em minhas andanças, sempre imaginara que Jesse e David fossem companheiros estáveis, que ainda estudassem juntos os registros antigos nos aposentos secretos em meio à selva da Indonésia mantidos por Maharet e sua irmã gêmea. Fazia anos que eu não visitava aquele local, mas eu tinha em mente que deveria ir até lá em algum momento próximo devido aos problemas que estava sofrendo em meu coração e a minhas dúvidas gerais acerca do meu próprio vigor para sobreviver à miséria que então me via obrigado a suportar. E também eu ficara muito preocupado com a possibilidade de que as persistentes transmissões de Benji ao "mundo vampiresco" pudessem por fim irritar Maharet e fazer com que ela saísse de seu retiro para puni-lo. Não era difícil provocar Maharet. Eu sabia muito bem disso. Depois de meu encontro com Memnoch, eu a provoquei e fiz com que ela saísse de seu refúgio. Eu me preocupava com isso mais do que admitia para mim mesmo. Benji, a inconveniência.

E agora aquilo, David em busca de Jesse como se não a visse há anos, como se não soubesse mais onde Maharet ou Mekare podiam ser encontradas.

Eu estava pensando seriamente em sair em busca das gêmeas antes. E finalmente eu o fiz.

Subi aos céus com certa facilidade e dirigi-me ao sul, localizando o ponto exato apenas para me dar conta de que ele havia sido abandonado há muito tempo.

Era arrepiante andar em meio às ruínas. Maharet tivera no passado diversas salas de pedra ali, jardins com portões, áreas seguras onde ela e sua irmã podiam circular em solidão. Havia um bando de criados mortais nativos, geradores, receptores de satélite, até mesmo máquinas de refrigeração e todos os confortos que o mundo moderno podia fornecer num local tão remoto. E David me contara a respeito das bibliotecas, das prateleiras com tábuas e pergaminhos antigos, de suas horas de conversa com Maharet sobre os mundos que ela testemunhara.

Bem, o local estava em ruínas e tomado pelo mato, algumas das salas haviam sido intencionalmente derrubadas, os velhos túneis subterrâneos estavam agora parcialmente tapados com rochas e terra e a selva engolira uma vastidão de equipamentos eletrônicos enferrujados. Todo traço de habitação humana ou vampírica havia sido obliterado.

Então aquilo significava que as gêmeas haviam desaparecido dali e nem mesmo David Talbot sabia onde elas estavam. David que era tão fascinado e destemido em relação às gêmeas, tão ansioso para aprender o que elas tinham a ensinar.

E então David estava ligando para Jesse e implorando para que ela se encontrasse com ele em Paris.

Confidente ruiva, preciso vê-la, preciso descobrir por que não consigo encontrá-la.

Agora entenda, eu fiz de David um vampiro, portanto não consigo ouvir suas mensagens telepáticas diretamente, não, não consigo, mas eu as captava a partir de outras mentes, como acontece com muita frequência.

Quanto a Jesse, ela era uma vampira novata, sim, feita na noite da minha paródia de show de rock em San Francisco algumas décadas atrás. Mas ela fora feita por sua adorada tia Maharet, sua ancestral de acordo com a linhagem de sua família e uma guardiã vampírica que, como eu já expliquei, tinha um dos Sangues mais antigos e potentes do mundo. Então Jesse não era em hipótese alguma uma novata qualquer.

A mensagem de David era emitida seguidamente, com a informação de que ele rondaria a Margem Esquerda até que Jesse aparecesse.

Bem, eu decidi rondar também o local até encontrar David ou ambos.

Eu me dirigi a Paris e me instalei numa suíte que mantinha há anos no esplêndido Hôtel Plaza Athénée, na Avenue Montaigne, com o closet repleto das vestimentas mais espetaculares (como se isso escondesse a ruína decrépita em que eu me transformara), e me preparei para ficar ali e manter minhas buscas até que David e Jesse aparecessem. O cofre dessa suíte guardava todos os documentos costumeiros, cartões de crédito e o dinheiro de que eu necessitaria para uma estada confortável na capital. Levei comigo um telefone celular que eu recentemente pedira a meus advogados que obtivessem para mim. Eu não queria encontrar Jesse ou David na condição de vagabundo suicida, esfarrapado e maltrapilho. Eu realmente não era mais isso em espírito e, embora tivesse um parco interesse em todas as coisas materiais, me sentia mais tranquilo na capital como membro da sociedade humana.

Era bom estar de volta a Paris, melhor do que eu esperava, com toda aquela vida atordoante ao meu redor e as magníficas luzes da Champs-Élysées, vagar novamente pelas galerias do Louvre nas primeiras horas da manhã, rondar o Pompidou ou simplesmente andar pelas velhas ruas do Marais. Eu passava horas na Sainte-Chappelle e no Musée de Cluny admirando as antigas paredes medievais do local, tão semelhantes aos edifícios que eu conhecera quando era um menino vivo.

O tempo todo eu ouvia os bastardos bebedores de sangue bem próximos a mim, guerreando uns com os outros, brincando de gato e rato nos becos, perseguindo e torturando suas vítimas mortais com uma perversidade que me deixava impressionado.

Mas eles eram um bando de covardes. E não detectavam a minha presença. Oh, vez por outra eles sabiam que um dos antigos estava passando, mas nunca se aproximavam o suficiente para confirmar suas suspeitas. Na verdade, eles fugiam ao ouvir o som de meus batimentos cardíacos.

O tempo todo eu tinha esses desconcertantes lampejos dos velhos tempos, meus tempos, quando havia execuções sangrentas na Place de Grève, e até mesmo as vias públicas mais populares ficavam enlameadas e imundas, e os ratos eram donos da capital tanto quanto os seres humanos. Agora a fumaça de gasolina era a proprietária daquelas paragens.

Mas, principalmente, eu tinha de admitir que me sentia bem. Eu inclusive fui ao Grand Palais Garnier para uma apresentação de *Apollo*, de Balanchine, e vaguei pelo magnífico foyer e pela escadaria por pura diversão, admirando o mármore, as colunas, os dourados e o pé-direito altíssimo tanto quanto a música. A Paris, minha capital, a Paris onde eu morrera e renascera estava enterrada debaixo dos grandes monumentos do século XIX que eu via ao meu redor, mas ainda era a Paris onde eu sofrera a pior derrota de minha vida imortal. A Paris onde eu talvez morasse novamente todas as noites se pudesse superar a minha cansativa miséria pessoal.

Eu não tive de esperar muito por Jesse e David.

A cacofonia telepática dos novatos me informara que David estivera nas ruas da Margem Esquerda, e em poucas horas eles também estavam cantando canções sobre Jesse.

Fiquei tentado a enviar uma rajada de alarme aos novatos para que deixassem a dupla totalmente a sós, mas eu não queria interromper o silêncio que mantivera por tanto tempo.

Era uma noite fria de setembro e eu logo avistei os dois por trás do vidro, numa barulhenta e movimentada *brasserie* chamada Café Cassette na Rue de Rennes. Eles tinham acabado de se ver quando Jesse se aproximava da mesa de David. Fiquei escondido num umbral escuro do outro lado da passagem, espionando-os, confiando no fato de que eles sabiam que alguém estava lá, embora não esperassem que fosse eu.

Enquanto isso, os novatos apareceram em disparada, fotografando-os aparentemente com celulares que se assemelhavam à placa de vidro dada a mim por meus advogados. Logo em seguida eles fugiram de vista o mais rápido que podiam, sem que David ou Jesse lhes dessem o mais ínfimo sinal de reconhecimento.

Aquilo me atingiu como uma punhalada, já que eu sabia que também seria fotografado assim que os abordasse. Esse é o costume agora entre nós. Era sobre isso que Benji vinha falando. Era isso o que estava acontecendo com os Mortos-Vivos. Não havia como evitar isso.

Continuei escutando e observando.

Agora David não é um vampiro no corpo no qual nasceu. O notório Ladrão de Corpos que encontrei anos atrás foi amplamente responsável por isso, e quando eu trouxe David para a Escuridão, como nós graciosamente colocamos esse fato, ele era um homem de setenta e quatro anos habitando um corpo masculino, jovem e robusto de cabelos e olhos escuros. Então essa é sua aparência agora e é a que sempre terá, mas, no fundo do meu coração, ele permanece como o velho David de sempre – meu velho amigo mortal, que um dia fora o gentil Superior Geral da Talamasca, e meu parceiro no crime, meu aliado em minha batalha contra o Ladrão de Corpos – meu magnânimo novato.

Quanto à Jesse Reeves, o sangue quase incomparável de Maharet fizera dela um formidável monstro. Ela era alta e magra, com ossos semelhantes aos de um pássaro e cabelos acobreados e ondulados na altura dos ombros, cujos olhos ferozes sempre viam o mundo a partir de uma distância descomprometida e de um profundo isolamento. Tinha um rosto oval e parecia excessivamente casta e etérea para ser o que qualquer um chamaria de bela. Na realidade, tinha a neutralidade sexual de um anjo.

Ela foi para o encontro num elegante conjunto de safári com jaqueta e calça cáqui bem passada, e lá estava David radiante ao vê-la chegar, o cavalheiro britânico num tweed de Donegal cinza com recortes de tecido nos cotovelos sobre um colete de camurça marrom. Ele se levantou para abraçá-la, e de imediato eles começaram a se confidenciarem em abafados sussurros que eu podia facilmente escutar de meu esconderijo nas sombras.

Bem, eu consegui aguentar aquilo por quem sabe três minutos. Então a dor se tornou simplesmente insuportável. Quase fugi. Afinal de contas, eu desistira de tudo aquilo, não desistira?

Mas então me dei conta de que tinha de vê-los, tinha de abraçar a ambos, tinha de colocar meu coração perto dos corações deles. Assim, disparei pela rua chuvosa, entrei no café e sentei-me bem ao lado deles.

Houve um súbito corre-corre de bebedores de sangue *paparazzi* nos umbrais aqui e ali, e eles se amontoaram do outro lado do vidro para tirar as fotos inevitáveis – *É Lestat*. E em seguida desapareceram.

David e Jesse haviam me visto antes de eu ter cumprido metade do trajeto até lá, e David correu para se encontrar comigo e me abraçar. Jesse nos abraçou. Fiquei perdido por um momento nos batimentos de seus corações, nos aromas sutis que seus cabelos e suas peles exalavam e na pura suavidade da afeição que emanava do mais firme dos toques. *Mon Dieu, por que eu imaginei que isso fosse uma boa ideia!*

Agora vinham todas as lágrimas e recriminações, junto com mais abraços, é claro, e beijos ternos e fragrantes, e os adoráveis e macios cabelos de

Jesse novamente roçando minha bochecha e os olhos rígidos de desaprovação de David me fixando impiedosamente, muito embora houvesse lágrimas de sangue em seu rosto e ele fosse obrigado a enxugá-las com um de seus impecáveis lenços de linho.

– Tudo bem, vamos sair daqui – eu disse, e encaminhei-me para a porta com os dois lutando para se manterem em meu ritmo.

Os adejantes vampiros *paparazzi* correram em todas as direções com exceção de uma intrépida jovem com uma câmera fotográfica de verdade soltando flashes enquanto dançava para trás diante de nós.

Eu tinha um carro esperando para nos levar ao Plaza Athénée, e nós ficamos em silêncio durante a curta viagem, embora tenha sido a experiência mais estranha e sensual estar com eles, tão perto, no assento traseiro do carro, avançando em meio à chuva com as tênues luzes borradas pela água que se acumulava nos vidros e aos *paparazzi* que nos seguiam. Eu sentia dor por estar tão próximo a eles, e também me sentia muito contente por isso. Eu não queria que eles soubessem como estava me sentindo. Na verdade, eu não queria que ninguém soubesse como estava me sentindo. *Eu* não queria saber como estava me sentindo. Então fiquei rígido e quieto e olhei pela janela enquanto Paris passava veloz ao nosso redor com toda a inesgotável e imortal energia de uma grande capital.

Na metade do caminho, ameacei imolar os *paparazzi* que se amontoavam dos dois lados do veículo se eles não começassem a dispersar imediatamente. E funcionou.

A suntuosa sala de estar revestida com papel de parede da minha suíte era um perfeito santuário.

Logo nos acomodamos sob as suaves luzes elétricas na tênue porém confortável *mélange* de estilos do século XVIII e moderno dos sofás e cadeiras. Eu adorava o conforto daqueles móveis robustos e apreciava os pés curvos, os detalhes de cobre dourado e o brilho do cetim das mesas e arcas de madeira.

– Escute, eu não estou dando nenhuma desculpa por ser um exilado – declarei logo de imediato em meu costumeiro inglês áspero e duro. – Estou aqui agora e isso é suficiente. Caso eu queira contar para vocês o que tenho feito todos esses anos, bem, eu vou ser obrigado a escrever um maldito livro sobre isso. – Porém, eu estava tão contente por estar com eles. Até berrar com aqueles dois era um prazer sublime, em vez de meramente pensar e sentir falta deles, sentir saudades e imaginar como estavam.

— É claro — disse David com sinceridade e os olhos subitamente vermelhos. — Estou apenas contente em vê-lo, só isso. O mundo inteiro está contente em saber que você está vivo. Você em breve vai ficar sabendo disso.

Eu estava prestes a dizer algo duro e indelicado quando percebi que na realidade "o mundo inteiro" em breve saberia com todos aqueles indisciplinados lá fora disseminando suas fotos e vídeos de iPhones. A rajada telepática inicial deve ter sido como um meteoro chocando-se com o mar.

— Não subestime a sua própria fama — eu disse baixinho.

Bem, nós sumiríamos dali em breve. Ou então eu daria uma de durão e desfrutaria de Paris a despeito daqueles pestinhas. Porém, Jesse estava falando naquela voz tranquila com um sotaque que era uma mescla do americano com o britânico, atraindo-me de volta à sala.

— Lestat, nunca foi tão importante que nós fiquemos juntos. — Ela parecia uma freira com um véu desfiado de cabelos ruivos.

— E por que você acha isso? — eu quis saber. — Como podemos mudar o que está acontecendo lá fora? Por acaso não foi sempre assim, mais ou menos assim, enfim, o que foi que realmente mudou? Deve ter sido assim antes.

— Muita coisa mudou, aparentemente — respondeu ela, mas não de maneira argumentativa. — Entretanto há coisas que devo confessar a você e a David, porque não sei para onde ir ou o que fazer. Fiquei muito contente quando percebi que David estava me procurando. Talvez eu jamais tivesse a coragem de vir até você por conta própria, até nenhum de vocês dois. David, deixe-me falar primeiro, enquanto tenho coragem, depois você pode explicar o que quer me contar. É sobre a Talamasca, eu entendo. Mas por enquanto a Talamasca não é a nossa maior preocupação.

— O que é então, caríssima? — perguntou David.

— Eu estou arrasada — disse ela —, porque não tenho permissão para discutir essas coisas, mas se não fizer isso...

— Confie em mim. — David a tranquilizou. Ele pegou sua mão.

Jesse estava sentada na beirada da cadeira, os pequenos ombros curvados, os cabelos caídos ao redor dela como um véu de ondas.

— Como vocês dois sabem, Maharet e Mekare resolveram se esconder. Isso começou alguns anos atrás com a destruição de nosso santuário em Java. Bom, Khayman ainda está conosco, e eu me desloco como bem entendo. E nada foi dito no sentido de me proibir de procurá-lo. Porém há algo errado, muito errado. Eu estou com medo. Estou com medo de que nosso mundo possa deixar de existir... a menos que algo seja feito.

Nosso mundo. Estava perfeitamente claro o que ela queria dizer. Mekare era a hospedeira do espírito que nos animava. Se Mekare fosse destruída, nós todos também pereceríamos. Todos os bebedores de sangue ao redor do mundo seriam destruídos, incluindo aquela gentalha lá fora no entorno do hotel.

– Ocorreram alguns sinais iniciais – Jesse parecia hesitante –, mas eu não os notei. Somente em retrospecto eu vim a perceber o que estava acontecendo. Vocês dois sabem o que a Grande Família significava para Maharet. Lestat, você não estava conosco quando ela contou a história, mas você sabia e você escreveu todo o relato desse espisódio em detalhes. David, você também está ciente de tudo isso. Os descendentes humanos da minha tia a mantiveram viva através de milênios. A cada geração ela reinventava uma persona humana pra si mesma de modo que pudesse cuidar da Grande Família, cuidar dos registros genealógicos, distribuir as doações e os bens, manter os ramos e os clãs em contato uns com os outros. Eu cresci nessa família. Muito antes de eu jamais haver sonhado que havia algum segredo cercando a minha tia Maharet, eu sabia como era ser parte daquilo, da beleza daquilo, da riqueza da herança. E eu sabia até mesmo naquela época o que aquilo significava para ela. E hoje em dia eu sei muito bem que essa era a vocação que mantinha a sanidade dela quando tudo o mais fracassara.

"Bom, algum tempo antes de nós sairmos das instalações de Java, ela obtivera sucesso em tornar a Grande Família totalmente independente de si própria. Ela confessou para mim que o processo levara anos. A família é enorme, com ramos existentes em quase todos os países do mundo. Ela tinha passado a maior parte da primeira década do novo milênio em escritórios de advocacia, bancos, bibliotecas e arquivos para que a família sobrevivesse sem ela."

– Mas isso tudo é bastante compreensível – disse David. – Ela está cansada, talvez. Talvez ela queira descansar. E o mundo em si mudou de modo tão dramático nos últimos trinta anos, Jesse. Agora com os computadores é totalmente possível unir e fortalecer a Grande Família de uma maneira que não era possível antes.

– Tudo isso é verdade, David, mas não nos esqueçamos do que a Grande Família significava para ela. Eu não gostava de ver o cansaço. Não gostava de ouvir o cansaço na voz dela. Eu perguntava muitas vezes se ela continuaria controlando tudo como sempre fizera, muito embora minha tia não tivesse mais de desempenhar nenhum papel oficial.

– Ela certamente desempenhará – tentou David.

– Ela disse que não – retrucou Jesse. – Ela disse que o tempo dela com a Grande Família estava encerrado. E me lembrou que foi a interferência dela na minha vida, como ela chamou o fato de ela ter se aproximado de mim como a minha adorada tia Maharet, que por fim resultou em eu ter sido introduzida, como ela colocou a coisa, no nosso mundo.

Tudo isso era obviamente verdade. Sempre fora costume de Maharet visitar muitos de seus descendentes mortais. E ela se sentira em particular atraída pela jovem Jesse. E a jovem Jesse fora mantida tempo demais na companhia de bebedores de sangue para não perceber que alguma coisa profundamente misteriosa deixava essas "pessoas" separadas das outras. Portanto, Maharet estava certa.

– Eu não gostava disso – continuou Jesse. – Eu sentia medo disso, mas quando a pressionei, ela disse que era assim que tinha de ser feito. Ela disse que nós estávamos vivendo na era da internet, na qual o escrutínio tornava impossível manter o sigilo do passado.

– Bom, eu também acho que ela tem razão sobre isso – disse David.

– Ela falou que a era da informação estava criando uma crise de inacreditáveis dimensões para qualquer raça, grupo ou entidade que no passado dependera do sigilo. Ela disse que as pessoas vivas hoje em dia não estavam se dando conta de como essa crise é grave.

– Mais uma vez, ela está certa também sobre isso – disse David.

Eu não queria admitir, mas concordava com tudo aquilo. A grande e internacional Igreja Católica Romana estava sendo colocada de joelhos pela internet ou pela era da informação. E estamos falando apenas de uma instituição desse tipo.

As incessantes transmissões, websites e blogs de Benji; bebedores de sangue indisciplinados com iPhones munidos de câmeras fotográficas; celulares via satélite que eram mais eficazes do que a telepatia para alcançar indivíduos a qualquer tempo, em qualquer parte do mundo – tudo isso era revolucionário em um nível além da imaginação.

– Ela disse que era passado o tempo em que um imortal podia arrebanhar uma rede de seres humanos como ela fizera com a Grande Família. Ela disse que os registros antigos não teriam nem mesmo sobrevivido às investigações modernas se ela não tivesse feito o que fez. Compreendam, ela disse, ninguém jamais teria como entender realmente quem ela era e o que ela fizera com a Grande Família. Essa era uma história para nós entendermos. Os seres humanos sempre acreditariam que aquilo era uma ficção desatinada mesmo que lessem os livros de Lestat. Porém, mais cedo ou mais tarde, novos e empreendedores membros da família começariam a pesquisar com exaustiva profundidade. Caso ela não tivesse se retirado de cena e escondido seus rastros, todo o empenho teria ficado atolado em perguntas não respondidas. A Grande Família em si teria sido atingida. Bom, disse Maharet, ela tinha cuidado disso. A coisa levara seis anos, mas ela conseguira fazer aquilo e agora tudo estava acabado e ela podia ficar em paz.

– Em paz – repetiu David respeitosamente.

– Sim, bom, eu senti uma profunda tristeza nela, uma melancolia.

– E, ao mesmo tempo – sugeriu David –, ela demonstrava pouco interesse por qualquer outra coisa.

– Exatamente – concordou Jesse. – Você está absolutamente certo. Por horas e horas, ela escutava as transmissões de Benji de Nova York, as reclamações de Benji no sentido de que a tribo estava sem pais, que os bebedores de sangue estavam órfãos, e ela dizia sem parar que Benji estava correto.

– Então ela não ficou zangada com ele – concluí.

– Jamais – disse Jesse. – Mas eu nunca soube de nenhuma ocasião em que ela tenha ficado zangada com quem quer que seja. E só sabia que ela sentia tristeza.

– E como fica Mekare em tudo isso? – perguntei. – Como tem sido com Mekare desde que Akasha foi morta? Essa é a pergunta que me atormenta a maior parte do tempo, embora eu não queira particularmente admitir isso. Como vão as coisas com aquela que era a verdadeira Rainha dos Condenados? – Eu sabia muito bem que Mekare dera a impressão desde o início de ser imutável, incomunicável, muda de alma bem como muda de corpo, algo misterioso que obviamente amava uma pessoa e uma pessoa apenas, sua gêmea Maharet.

"Não houve nenhuma mudança nela ao longo desses anos?", eu insisti.

Jesse não respondeu. Ela olhou para mim em silêncio e então ela desabou. Pensei que Jesse fosse ter um colapso nervoso, mas ela conseguiu se recompor.

Ela olhou para David, que se recostou no sofá e respirou bem fundo.

– Mekare jamais demonstrou nenhum sinal de compreensão sobre o que de fato aconteceu com ela. Ah, no começo Maharet tinha esperanças.

— Se é que existe uma verdadeira mente ali — completou Jesse —, ninguém consegue alcançá-la. Quanto tempo levou para que minha tia se resignasse com isso eu não tenho como dizer.

Eu não estava surpreso, mas horrorizado. E em todos os momentos em minha vida em que estivera em contato com Mekare, eu ficara inquieto, como se estivesse lidando com algo que parecia humano, porém não era mais humano em hipótese alguma. Agora, todos os bebedores de sangue verdadeiramente são humanos. Eles nunca deixam de ser humanos. Podem falar em ser mais ou menos humanos, mas eles são humanos, com pensamentos humanos, com desejos humanos e discursos humanos. O rosto de Mekare jamais foi mais expressivo do que o rosto de um animal, tão misterioso e inalcançável quanto o rosto de um animal, algo que parece inteligente, ainda que não seja nem um pouco inteligente da maneira como nós somos.

— Ah, ela sabe que está com sua irmã e demonstra amor por sua irmã — disse David —, mas além disso, se algum pensamento, qualquer pensamento verbal coerente que seja tenha alguma vez emanado de Mekare, eu jamais o ouvi, e nem Jesse. E nem Maharet, até onde eu saiba.

— Mas ela permanece dócil, administrável — retruquei. — Ela sempre deu a impressão de ser assim, absolutamente complacente. Vocês não acham?

Nenhum dos dois respondeu. Jesse estava olhando inquieta para David e então virou-se para mim como se houvesse acabado de ouvir a minha pergunta.

— Certamente essa é a impressão que dava. No começo, Maharet passavas noites, semanas até, conversando e caminhando com ela, levando-a para passear pela construção no meio da selva. Ela cantava para Mekare, tocava músicas para ela, a colocava sentada na frente de televisores, fazia com que assistisse a filmes, filmes resplandecentes, coloridos e repletos de luz solar. Não sei se você se lembra de como o complexo é grande, com todos aqueles salões, ou de como o local conta com áreas cercadas bem propícias a caminhadas solitárias. Elas estavam sempre juntas. Maharet estava obviamente fazendo tudo a seu alcance para acalmar Mekare.

Eu realmente me lembrava daqueles gigantescos espaços cercados com arcos e telas com a selva explodindo de encontro às grades de aço. Orquídeas, os barulhentos e selvagens pássaros sul-americanos com suas longas penas amarelas e azuis, as trepadeiras gotejando florações amarelas ou cor-de-rosa. E não havia pequeninos macacos brasileiros matraqueando nos galhos superiores? Maharet importara toda criatura e planta pequena e colorida possível e imaginável. Era uma experiência maravilhosa vagar pelas trilhas descobrindo cavernas de pedra secretas e pitorescas, fontes e pequenas quedas-d'água – estar em meio à natureza e ainda assim, de algum modo, estar ao mesmo tempo a salvo dela.

— Mas eu soube logo de início – prosseguiu Jesse – que Maharet estava decepcionada, quase brutalmente decepcionada, só que, é claro, ela nunca confessava isso. Todos aqueles longos séculos em busca de Mekare, certa de que Mekare podia estar em algum lugar, e então Mekare aparece para cumprir sua maldição contra Akasha e depois aquilo.

— Posso imaginar. – Eu me lembrei do rosto de Mekare, semelhante a uma máscara, aqueles olhos tão vazios quanto os de uma boneca francesa.

Jesse prosseguiu, uma ruga franzia sua testa lisa, suas sobrancelhas louro-avermelhadas captavam a luz.

— Nunca houve uma menção, nunca houve uma declaração ou uma decisão. Entretanto, as longas horas de conversa cessaram. Não havia mais leituras em voz alta, música, nem filmes. E depois disso havia apenas uma simples afeição física, as duas andando de braços dados, ou Maharet em sua leitura com Mekare sentada imóvel numa praia próxima.

E, é claro, pensei comigo mesmo, pensei horrorizado que essa coisa, esse ser sem forma e sem pensamento, continha o Cerne Sagrado. Mas, pensando bem, por acaso isso era assim tão ruim? Por acaso era tão ruim para a hospedeira do Cerne Sagrado ser desprovida de pensamentos, desprovida de sonhos, desprovida de ambições, desprovida de desígnios?

Akasha, quando se levantou de seu trono, era um monstro.

"Eu seria a Rainha do Céu"', dissera ela para mim enquanto chacinava mortais e me incitava a fazer o mesmo. E eu, o consorte, cumprira suas ordens com muita facilidade, para a minha vergonha eterna. Que preço eu não pagara pelo poderoso Sangue que ela me dera e pelas instruções? Não é de espantar que eu me mantenha escondido agora. Quando eu rememorava a miríade de aventuras de que participei, às vezes tudo o que eu via era vergonha.

Maharet descrevera com acuidade sua irmã como a Rainha dos Condenados.

Eu me levantei e me dirigi à janela. Fui obrigado a parar. Muitas vozes lá fora na noite. Benji na distante Nova York já estava transmitindo a aparição de Lestat em Paris, com David Talbot e Jesse Reeves. Sua voz amplificada escapava de inúmeros dispositivos lá fora, alertando os novatos.

– Crianças da Noite, deixem eles em paz. Para sua própria segurança, deixem-nos em paz. Eles ouvirão a minha voz. Eles me ouvirão implorando a eles que falem conosco. Deem tempo a eles. Para sua própria segurança, deixem-nos em paz.

Eu voltei ao sofá. David estava esperando paciente, assim como Jesse. Certamente a audição sobrenatural deles era tão aguçada quanto a minha.

– E então houve o momento em que Marius veio até ela – disse Jesse, olhando ansioso para mim.

Eu assenti para que ela continuasse.

– Você está ciente dessas coisas. Marius veio em busca da permissão de Maharet para acabar com Santino, o vampiro que fizera tantas coisas para prejudicá-lo ao longo dos séculos, o vampiro que colocara as Crianças de Satanás contra ele em Veneza.

David balançou a cabeça afirmativamente e eu fiz o mesmo. Dei de ombros.

– Ela odiara o fato de ter sido solicitada para participar de um julgamento, de que Marius queria convocar uma espécie de tribunal que desse permissão para que ele fizesse o que queria fazer. Ela recusou a permissão para que Marius fizesse mal a Santino, não porque ela não acreditasse que ele não deveria exterminar o outro vampiro, mas porque não queria ser a juíza. E ela não queria um assassinato debaixo de seu teto.

– Isso era claro – disse David.

Marius recontou essa história em suas memórias. Ou alguém a recontou. Até onde eu sei, as memórias podem muito bem ter sido melhoradas por David. Provavelmente foram. Pandora e Armand estiveram presentes naquela corte ou tribunal quando Marius se postou diante de Maharet com sua solicitação, desejando vingança contra Santino, mas abjurando do pedido caso Maharet não desse sua bênção. E alguém levou Santino para lá, mas quem fez isso exatamente? Maharet?

Foi Marius quem havia dito que alguém tinha de reinar. Foi Marius quem levantara toda a questão da autoridade. O que poderíamos esperar de alguém que entrou para o Sangue durante a era da grande Pax Romana? Marius sempre foi o eterno romano racional, o crente na razão, na lei e na ordem.

E então havia sido outro bebedor de sangue, Thorne, um antigo novato de Maharet, um velho norueguês, ruivo, romântico, recentemente saído da abençoada solidão da terra, que destruíra Santino por motivos pessoais. Foi uma cena feia e violenta, Santino queimado por Thorne bem diante dos olhos de Maharet, que chorou. Sua indignação não foi tanto a de uma rainha, mas a de uma governanta cujo lar foi conspurcado. E Thorne deu prosseguimento a esse ato de desobediência e desafio oferecendo a Maharet um precioso presente: seus olhos sobrenaturais.

Maharet fora cega toda a sua vida de bebedora de sangue. Cegada por Akasha antes de ingressar no Sangue, ela usava os olhos de suas vítimas mortais, mas eles nunca duraram muito tempo. Thorne dera a ela seus olhos de vampiro. Ele pedira à muda e insensível Mekare que lhe tirasse os olhos e os desse a sua irmã. E foi o que Mekare fez. Thorne permanecera complexo depois disso até onde todos sabiam, um prisioneiro das gêmeas, cego, sofrendo, talvez com satisfação.

Quando li esse relato nas memórias de Marius, me lembrei da promessa que Fareed fizera de conseguir olhos sobrenaturais permanentes para Maharet. Será que ele teve a oportunidade de cumpri-la?

– Aquilo quebrou alguma coisa dentro dela – explicou Jesse –, aquele julgamento horrível. Não a rebelião de Thorne, entendam bem. Ela amava Thorne e lhe perdoou. Ela manteve Thorne conosco depois disso. Mas simplesmente o fato de Marius apelar a ela, dizendo que deveria haver uma lei entre nós, que alguém tinha de ter autoridade. Isso a quebrou. Isso deixou muito claro que ela não era a soberana dos Mortos-Vivos.

Aquilo jamais me ocorrera. Eu imaginava que alguém tão antiga e poderosa simplesmente seguira em frente, acompanhando uma trilha que estava muito além de nossas diversas disputas.

– Acho que foi depois disso que ela começou a obliterar todos os contatos com a Grande Família, e eu a vi escorregar cada vez mais fundo para dentro de seu próprio silêncio.

– Porém ela convocava jovens de tempos em tempos, não convocava? – perguntei. – E David, você ainda estava indo e vindo...

– Sim, ela continou convidando outros aos arquivos – disse David. – Ela era especialmente tolerante comigo. Mas acho que eu também a decepcionei naqueles primeiros anos. Às vezes eu não era capaz de suportar os arquivos, com todo o seu conhecimento secreto que o mundo exterior jamais veria. Ela sabia como eu me sentia a esse respeito. Ela sabia que leituras das cidades e impérios perdidos só faziam com que eu me sentisse menos humano, menos vital, com menos objetivos. Ela via tudo isso. Ela sabia.

— Mas Maharet me contou uma vez que nós passamos por ciclos, todos nós – protestei. – Estou num ciclo ruim agora. É por isso que eu queria tanto conversar um pouquinho com ela. Eu achava que ela era a grande especialista em ciclos de desespero e em ciclos de confiança. Eu achava que ela era a única que poderia sê-lo. Eu achava que ela era a mais forte de nós todos.

— Ela é um ser falível, em última análise – disse David –, exatamente como você ou eu. Muito provavelmente o dom dela para a sobrevivência depende de suas próprias limitações. Não é assim que sempre funciona?

— E como é que eu vou saber, cacete! – xinguei, irritado, mas David apenas sorriu como se não ligasse para a minha falta de educação, como se jamais houvesse ligado. Ele dispensou minhas palavras com um gesto e olhou para Jesse.

— Sim, ela realmente trouxe jovens para o complexo – disse Jesse, pegando o fio da meada. – Porém só alguns. Então há cerca de quatro anos uma coisa completamente inesperada aconteceu.

Ela respirou fundo e recostou-se mais uma vez, apoiando as solas das botas na mesa de centro. Pequenas e delicadas botas de couro marrom.

David estava esperando, e, do mundo além, ouvi a voz de Benji transmitindo de Nova York:

— Se vocês não querem um desastre, eu digo para deixarem eles em paz. Reproduzam a minha voz. Deixem a minha voz implorar a eles para que venham até nós, para que falem conosco, sim, mas não se aproximem deles. Vocês conhecem o poder deles. Vocês sabem o que eles podem fazer.

Fechei a minha mente para as vozes.

— Tudo bem – disse Jesse, como se vencesse uma exaustiva discussão consigo mesma. Ela ficou mais uma vez com as costas retas, cruzando as pernas de uma maneira graciosa e esticando o braço esquerdo ao longo das costas da cadeira. – Isso foi há quatro anos, como mencionei. E ela recebeu a visita de um bebedor de sangue muito estranho, quem sabe o mais estranho que já conheci ou de quem eu tenha ouvido falar, e ele a pegou completamente de surpresa. Seu nome era Fareed Bhansali e, acreditem se quiser, ele é médico e cientista. Aquilo era uma coisa que Maharet sempre temera em particular, um bebedor de sangue cientista, um bebedor de sangue que talvez pudesse utilizar conhecimentos que ela via como mágicos para tomar o poder no mundo.

Eu estava prestes a protestar que conhecia Fareed, que o conhecia muito bem, embora só tivéssemos nos visto uma vez, quando percebi que ela já captara isso, que ela havia visto isso em meus pensamentos, e David estava sinalizando que também conhecia Fareed. Muito bem. A história de Seth e Fareed estava nas ruas.

— Mas Fareed Bhansali jamais procuraria usar o poder de maneira insensata ou equivocada — disse David. — Eu o conheci, nos sentamos juntos, conversei com ele, conversei com Seth, seu mentor. — ("Mentor", ao que parecia, havia substituído a palavra "criador", e eu não via o menor problema nisso.)

— Bem, mais que depressa Maharet também descobriu isso. Fareed contou para ela que podia facilmente devolver os olhos para Thorne e fornecer a ela os olhos de um bebedor de sangue que seriam dela por toda a eternidade. Ele disse que podia implantar esses novos olhos com uma destreza cirúrgica, de modo que eles durariam para sempre. Ele explicou que sabia como anular o Sangue em nós e deter sua incessante guerra contra as mudanças por tempo suficiente para fazer as alterações no tecido necessárias para o casamento dos nervos e fibras biológicos. — Jesse suspirou. — Eu não entendi grande parte do que ele falou. Também não creio que Maharet tenha entendido. Entretanto, Fareed era brilhante, inegavelmente brilhante. Ele explicou que era um verdadeiro médico para os de nossa espécie. Ele disse que havia recentemente atado uma perna funcional a um vampiro ancião chamado Flavius que havia perdido o membro antes mesmo de ser trazido para o Sangue.

— É claro, Flavius — retrucou David. — Flavius de Pandora, o escravo ateniense dela. Mas isso é maravilhoso.

Eu também conhecia essa história. Sorri. É claro que Fareed era capaz de fazer aquilo. Porém, o que mais?

Jesse continuou:

— Bem, Maharet não gostava da ideia de que um jovem novato fosse cego com esse propósito. Porém ele logo contornou essa questão ética, dizendo para que ela escolhesse uma vítima para si mesma, uma vítima a qual ela considerasse como inteiramente adequada e justa para lhe servir de alimento. Ele pegaria essa vítima, a deixaria inconsciente e então impregnaria o corpo de sangue vampírico. Após remover os olhos, ele se livraria da vítima. Ela poderia estar presente em todos os estágios se assim desejasse. E, mais uma vez, ele enfatizou que a colocação dos olhos envolveria suas habilidades de cirurgião combinadas com mais impregnações de sangue vampírico para aperfeiçoar o resultado. Os olhos dela seriam dela pra sempre. Ela tinha apenas de escolher a vítima, como ele disse, dentre todas aquelas ao alcance de seu ouvido, todas aquelas com olhos da cor adequada.

Isso fez com que um calafrio percorrese meu corpo: "olhos da cor adequada". Aquilo trazia lampejos de algo horrível, porém eu não queria ver exatamente o que era. Eu me sacudi e fixei minha atenção em Jesse.

– Ela aceitou a proposta dele – continuou Jesse. – Entretanto, na verdade, ela aceitou mais do que isso. Ele queria receber em seu laboratório nos Estados Unidos não só ela como também Mekare. Ele tinha um lugar imenso, aparentemente o sonho de qualquer cientista louco. Acredito que era em Nova York naquela época. Eles haviam tentado inúmeras localizações. Porém Maharet não queria se arriscar a tentar levar Mekare até aquele lugar. Em vez disso, Maharet gastou o equivalente a um resgate de um rei para levar toda a equipe e todo o equipamento de Fareed até nós. Ela mandou levar tudo de avião até Jacarta e depois de caminhão até o complexo. Eletricistas foram levados, novos geradores comprados e instalados. Quando tudo ficou pronto, Fareed tinha o que precisava para realizar todo tipo de exame conhecido da ciência moderna em Mekare.

Novamente, ela interrompeu sua fala.

– Você está falando de visualização magnética – eu disse. – Tomografia computadorizada, tudo relacionado a isso.

– Exatamente – concordou Jesse.

– Eu devia ter imaginado. E todos esses anos, temi por Fareed, temi que ela tivesse acabado com ele, que houvesse mandado ele e sua equipe pelos ares.

– E como é que ela poderia ter feito isso com Seth protegendo Fareed? – lembrou David. – Quando você conheceu Fareed, certamente também conheceu Seth.

– Ela poderia muito bem ter feito um adendo considerável às operações – acrescentei. – Ela poderia ter queimado todos eles. Mas você está dizendo que... – Olhei para Jesse. – Você está dizendo que eles são todos amigos.

– Aliados – ela me corrigiu.

– Mekare submeteu-se aos exames?

– Completamente – respondeu Jesse. – E com toda a humildade. Mekare nunca reclamou de nada, pelo menos não que eu tenha notícia. Nada. E então eles fizeram os exames. Havia alguns médicos novatos com eles, e Seth estava sempre trabalhando com Fareed. Foi assustador para mim conhecer Seth. Foi asssustador para Khayman conhecê-lo. Khayman o conhecera quando Seth era uma criança humana. Quando Seth era o príncipe herdeiro de Kemet. Algum tempo depois que o Sangue entrou em Akasha, ela expulsou Seth. Khayman jamais soubera que Seth havia sido transformado em um bebedor de sangue. Khayman o temia, temia algum laço de sangue antigo entre mãe e filho que ele dizia que talvez pudesse ser mais poderoso do que o nosso Sangue. Khayman não se importava com nada que estava acontecendo, com aqueles cientistas retirando amostras de tecido e fazendo raios x, que se sentavam com Maharet até altas horas da madrugada, discutindo todas as propriedades de nossos corpos, as propriedades da força que faz de nós o que somos.

– Eu desisti da linguagem científica – declarei. – Nunca pensei que precisaria disso. E agora eu gostaria muito de ter estado lá e de ter entendido tudo que eles me disseram. – Mas isso não era cem por cento verdadeiro. Abandonei Fareed e Seth de livre e espontânea vontade anos atrás quando eu poderia muito bem ter pedido para permanecer por tempo indefinido. Fugi da intensidade dos dois e do que eles talvez pudessem descobrir a nosso respeito.

– Então qual foi o desfecho de tudo isso, droga? – indaguei subitamente, incapaz de me conter. – O que foi que eles descobriram, droga?

– Eles disseram que Mekare era desprovida de mente – disse Jesse. – Eles disseram que o cérebro na cabeça dela era atrofiado. Eles disseram que havia tão pouca indicação de atividade cerebral que ela era como um ser humano em coma, mantida com vida apenas pela raiz do cérebro. Aparentemente, ela ficara enterrada tanto tempo numa tumba, possivelmente uma caverna, ninguém sabia ao certo, que até mesmo a visão dela havia sido afetada. O poderoso Sangue na verdade endureceu o tecido atrofiado ao longo do tempo. Eu não conseguia esquadrinhar bem a coisa. É claro que eles levaram umas três noites para dizer isso com todas as negações, qualificações e tangentes mais incríveis do mundo, mas o ponto principal é esse.

– E quanto ao outro? – eu quis saber.

– Que outro? – disse Jesse.

Olhei de relance para David e então de volta para ela. Ambos pareciam de fato confusos. Aquilo me surpreendeu.

– E quanto ao Cerne Sagrado? – insisti.

Jesse não respondeu.

David interveio:

— Então o que você está perguntando é se esses vários instrumentos de diagnóstico poderiam detectar o Cerne Sagrado?

— Bom, é claro que é isso o que eu estou perguntando. Céus! Fareed estava com a Mãe em suas garras, não estava? Vocês não acham que ele estaria atrás de provas de um parasita dentro dela com algum tipo de atividade cerebral própria?

Eles continuaram a me encarar como se eu estivesse louco.

— Fareed me contou — prossegui — que essa coisa, Amel, era uma criatura, da mesma maneira que nós somos criaturas, que ela possui vida celular, limites, é passível de ser conhecida. Fareed deixou tudo isso claro para mim. Simplesmente não consegui entender todas as deduções dele, mas ele deixou claro que estava obcecado pelas propriedades físicas do Cerne Sagrado.

Ah, por que eu não havia escutado mais? Por que eu fora tão pessimista a respeito do futuro de Fareed? Por que eu tinha uma mentalidade tão sombria e apocalíptica?

— Bom, se ele detectou alguma coisa — disse Jesse —, não ouvi nada a respeito. — Ela refletiu por um longo momento e então perguntou: — E quanto a você?

— E quanto a mim quando?

— Quando você bebeu de Akasha — insistiu ela com delicadeza. — Quando você a tomou nos braços. Você ouviu alguma coisa, detectou algo? Você esteve em contato direto com o Cerne Sagrado.

Balancei a cabeça em negativa.

— Não, nada que eu pudesse identificar. Ela me mostrou coisas, visões, mas tudo vinha dela, sempre dela. Até onde sei, tudo vinha dela. — Mas eu tinha de admitir que aquela era uma pergunta interessante. — Eu não sou Fareed — murmurei. — Eu tinha apenas algumas ideias vagas, na maior parte religiosas, confesso, sobre o Cerne Sagrado.

Minha mente viajou de volta às lembranças de Maharet descrevendo a gênese dos vampiros. Amel entrara na Mãe e então Amel deixara de existir. Ou pelo menos foi isso o que os espíritos disseram a Maharet. Essa coisa que era Amel, invisível embora imensa, estava agora difundida entre mais bebedores de sangue do que em qualquer momento anterior da história. Era uma raiz plantada na terra da qual uma miríade de plantas brotaram de modo que a raiz perdeu sua forma, seus limites, sua "radicalidade".

Mesmo depois de todos esses anos, eu não gostava de falar daquela intimidade com Akasha, de ser o amante da Rainha, de beber seu espesso, viscoso e magnífico sangue. Eu não gostava de pensar nos olhos escuros dela, na pele branca e brilhante, em seu sorriso franzido. Que rosto, que retrato de inocência em alguém que conquistaria o mundo humano, em alguém que queria ser a Rainha do Céu.

– E Mekare – prossegui. – Você nunca bebeu dela?

Jesse olhou para mim mais uma vez por um longo momento como se eu houvesse dito algo chocante e desagradável e em seguida simplesmente fez que não com a cabeça.

– Eu nunca ouvi falar que alguém tenha se aproximado dela em busca de seu sangue. Jamais vi Maharet beber o sangue de Mekare ou oferecer seu sangue à irmã. Não tenho certeza se elas fariam uma coisa dessas, ou se já fizeram, quer dizer, depois daquele primeiro encontro.

– Tenho uma profunda desconfiança de que se alguém tentasse alguma vez beber o sangue dela – disse David –, ela encararia esse fato como algo vil e destruiria essa pessoa, talvez de alguma maneira rude, com os próprios punhos, por exemplo.

Seus punhos. Os punhos de seis mil anos. Algo a se considerar. Uma imortal de seis mil anos poderia destruir esse hotel com os punhos quando bem entendesse e se tivesse tempo livre para isso.

Mekare destruíra Akasha de um modo simples e rude, isso era certo, jogando-a de encontro a uma janela de vidro laminado com tanta força que o vidro se espatifou. A cena passou novamente diante de meus olhos, vi aquela grande placa dentada descendo como uma lâmina de guilhotina para cortar a cabeça dela. Mas eu não vira tudo. Talvez ninguém tenha de fato visto, exceto Maharet. Como o crânio de Akasha havia sido quebrado? Ah, o mistério que envolve esse fato: a combinação de vulnerabilidade e força descomunal.

– Eu nunca soube que Mekare possuísse qualquer noção de seus poderes – prosseguiu David –, qualquer noção do Dom da Nuvem, do Dom da Mente ou do Dom do Fogo. A partir de tudo o que você me disse, ela apresentou-se para enfrentar Akasha com a certeza de uma igual, nada mais do que isso.

– Agradeça aos deuses por isso – disse Jesse.

Quando se levantou para matar a Rainha, Mekare veio por terra, caminhando noite após noite através de selvas e desertos, passando por montanhas e vales, até alcançar o complexo de Sonoma onde nós todos havíamos nos reunido, guiada por quais imagens, quais vozes, nós jamais soubemos. De qual túmulo ou caverna ela viera nós tampouco teríamos algum dia a oportunidade de saber. E eu entendia agora as implicações completas de tudo o que Jesse estivera nos contando. Jamais haveria respostas às nossas perguntas acerca de Mekare. Jamais haveria uma biografia de Mekare. Jamais haveria uma Mekare teclando em um computador e extravasando seus pensamentos para nós.

— Ela não sabe que ela é a Rainha dos Condenados, sabe? – perguntei.

Jesse e David olharam fixamente para mim.

— E por acaso Fareed ofereceu-se para fazer uma nova língua para ela? – insisti.

Mais uma vez a minha pergunta chocou a ambos. Obviamente era extremamente difícil para nós todos lidar com as implicações da existência e do conhecimento de Fareed. E com o poder e o mistério de Mekare. Bem, nós estávamos ali para conversar, não estávamos? A pergunta da língua me parecia óbvia. Mekare não tinha língua. Sua língua havia sido cortada antes que ela fosse incorporada ao Sangue. Akasha era a culpada. Ela cegara uma e cortara a língua da outra.

— Acho que ele fez essa oferta, sim – explicou Jesse –, mas não havia jeito de comunicar isso a Mekare ou de fazê-la cooperar. E estou apenas supondo. Não tenho certeza. Elas são todas surdas para os pensamentos umas das outras, essas anciãs, como você sabe muito bem. Porém, como de costume, não ouvi nada que emanasse de Mekare. Eu tinha aceitado a ideia de que ela era desprovida de cérebro. Ela estava disposta o bastante a ser a vítima passiva dos exames, aquilo não era problema. Mas além disso, sempre que Fareed se aproximava ou tentava examinar sua boca, ela olhava fixamente para ele como se estivesse observando a chuva cair.

Eu podia muito bem imaginar o quanto aquilo deve ter sido assustador até mesmo para o intrépido Fareed.

— Ele conseguiu narcotizá-la? – eu quis saber.

David ficou visivelmente chocado.

— Sabia que você de fato está ultrapassando todos os limites da paciência? – murmurou ele.

— Por quê? Por não colocar a coisa de uma maneira poética?

— Somente por intervalos de tempo muito curtos – respondeu Jesse –, e somente algumas vezes. Ela ficava cansada das agulhas e o encarava como uma estátua que acabou de ganhar vida. Fareed não tentou novamente depois das primeiras três vezes.

– Mas ele tirou o sangue dela – lembrei.

– Isso ele fez antes que ela chegasse a perceber o que estava acontecendo – disse Jesse –, e, é claro, Maharet estava acompanhando todo o procedimento, persuadindo-a, acariciando-lhe os cabelos, beijando-a e implorando pela permissão dela na língua antiga. Entretanto, Mekare não estava gostando daquilo. Ela mirava os tubos de ensaio com uma espécie de nojo, como se estivesse olhando para um inseto execrável que se alimentava dela. Fareed conseguiu tirar amostras da pele dela, amostras de cabelo. Eu não sei o que mais. Ele queria tudo. Ele nos pediu tudo. Saliva, biópsias de órgãos, biópsias que ele podia pegar com agulhas, entende? Medula óssea, fígado, pâncreas, o que quer que ele pudesse obter. Eu dei tudo isso a ele, assim como Maharet.

– Ela gostava dele, ela o respeitava – concluí.

– Sim, ela o ama – Jesse apressou-se em dizer, enfatizando o tempo presente –, ela o respeita. Ele de fato forneceu os olhos de um bebedor de sangue para ela e devolveu os olhos para Thorne, os olhos que ele dera a Maharet. Ele fez tudo isso e colocou Thorne debaixo de suas asas quando foi embora, levou Thorne com ele. Thorne estava definhando no complexo há anos, mas foi sendo restaurado aos poucos ao longo daquele tempo. Thorne queria encontrar Marius e Daniel Malloy novamente, e Fareed levou Thorne com ele. Mas Maharet amava Fareed, e ela também amava Seth. Todos amávamos Seth. – Ela começara a divagar, repetindo a si mesma, revivendo a história.

– Seth estava lá naquela noite muito tempo atrás no antigo Kemet quando Akasha condenara Mekare e Maharet à morte. – Jesse visualizava a cena. Eu visualizava a cena. – Quando era criança, ele havia visto a língua de Mekare ser cortada e visto Maharet ser cegada. Mas Seth e Maharet falavam juntos como se essa antiga história não possuísse efeito sobre eles. Absolutamente nenhum efeito. Eles concordavam em muitas coisas.

– Tais como? – provoquei.

– Você poderia pelo menos tentar ser educado? Só tentar! – sussurrou David.

Entretanto Jesse me respondeu sem hesitar:

– Eles concordavam com o fato de que seja lá o que descobrissem para nós, jamais deveriam interferir na vida humana desse mundo. Que independentemente do que conseguissem para nós, não deveriam jamais oferecer isso ao mundo humano. Talvez chegasse um tempo, como Maharet costumava falar, em que a ciência dos vampiros passasse a ser a nossa maior defesa contra as perseguições, porém esse tempo ainda pertencia a um futuro remoto e, muito provavelmente, talvez jamais chegasse. O mundo dos humanos deve ser respeitado. Eles concordavam em tudo isso. Fareed dizia que não tinha mais nenhuma ambição no domínio dos seres humanos, que nós éramos o povo dele. Ele nos chamava assim, o povo dele.

– Benji o amaria – observei. Porém eu estava imensamente aliviado em ouvir tudo aquilo. Mais aliviado do que era capaz de expressar.

– Sim – Jesse concordou com tristeza. – Certamente Benji o amaria. Fareed tinha um jeito de referir-se a nós como "o povo", "Povo do Sangue" e como "o Povo no Sangue".

– Nosso povo, nossa tribo – eu disse, ecoando Benji.

– Então o que aconteceu, caríssima – perguntou David –, para que vocês todos tivessem de abandonar o velho complexo?

– Bom, foi o seguinte. Seth contou para Maharet sobre outros antigos. Ele contou pra ela o que eu tenho certeza de que não vai surpreender ninguém aqui, que havia antigos em toda parte que haviam sobrevivido ao Tempo das Queimadas de Akasha, que tinham observado a chacina, mas jamais a temeram. E então ele contou pra ela sobre os antigos que foram despertados por aquilo assim como ele havia sido. Seth estava na Terra havia mil anos quando ouviu sua música, Lestat, e quando ouviu a voz da mãe dele respondendo à sua. Seth contou que Maharet não estava ciente do quanto o rock de Lestat e o levante da Mãe haviam mudado o mundo vampírico. Ela não fazia a menor ideia de como esses eventos haviam não somente despertado antigos como também proporcionado a outros uma consciência global.

– *Mon Dieu*, uma consciência global – repeti. – Então vou ser culpado de um jeito ou de outro por tudo?

– Bom, esse pode ser o aspecto menos importante de toda a questão. – David se aproximou para pegar minha mão. – O fato de você ser ou não culpado não é relevante, é? Por favor, deixe de ser o Príncipe Moleque por cinco minutos e vamos ouvir Jesse.

– Sim, professor – eu disse. – Por acaso eu não acabo sempre ouvindo?

– Não o bastante, eu diria. – Ele suspirou e olhou de volta para Jesse.

– Bom, Maharet queria encontrar um desses antigos, não um dos recém-revividos, mas um especialmente sábio e estimado por Seth, e este era um bebedor de sangue que morava na Suíça, às margens do lago Genebra, um ser com um poderoso entendimento sobre o mundo humano. Ele mantinha algo semelhante a uma família vampiresca desde a antiguidade tardia. Na realidade, o vampiro Flavius era amigo de confiança e seguidor desse antigo.

– Que nome ele usa conosco? – perguntei.

– Ela nunca me informou com exatidão – disse Jesse. – Porém sei que a vasta fortuna dele está associada a corporações farmacêuticas e a investimentos. Eu me lembro de Seth dizendo isso. Maharet então foi à Suíça se encontrar com ele. Ela me ligava com frequência enquanto estava lá.

– Vocês conversaram por telefone?

– Ela nunca foi avessa a telefones, computadores, celulares, seja lá o que for nesse sentido. Lembre-se de que ela era minha tia Maharet no mundo na época em que eu não fazia a menor ideia sobre seu verdadeiro segredo. Ela era mentora da Grande Família havia séculos. Maharet sempre funcionou bem no mundo.

Eu assenti.

– Acontece que ela amou esse antigo que vivia em Genebra, amou a vida que ele construíra pra si mesmo e para todos aqueles sob seus cuidados. Ela não se revelou para ele. Ela o estava espionando, através das mentes de seus amados. Mas ela o amou. Quando ela me ligava, não revelava o nome dele ou o local onde ele se encontrava por motivos óbvios, porém todos os seus relatos eram jubilosos. Esse bebedor de sangue havia sido trazido por Akasha para lutar contra rebeldes como Maharet, Mekare e Khayman. No lugar onde eles eram chamados a Primeira Cria, esse vampiro havia sido o Capitão do Sangue da Rainha. Mas nenhum dos velhos ódios importava mais para Maharet, ou pelo menos foi o que ela me contou. E várias vezes ao telefone ela me disse que observar essa criatura ensinou-a toda sorte de coisas, que o entusiasmo dele pela vida era contagioso. Eu entendi que tudo aquilo era bom pra ela.

Eu podia perceber que David também não sabia nada sobre aquele ser e estava fascinado.

– E esse é apenas um entre inúmeros imortais dos quais nós não sabemos nada? – perguntou ele com delicadeza.

Jesse fez que sim com a cabeça.

– Ela contou ainda que esse bebedor de sangue de Genebra era tragicamente apaixonado por Lestat. – Ela olhou para mim. – Apaixonado pela sua música, pelos seus escritos, por suas divagações, tragicamente convencido de que, caso conseguisse conversar com você sobre todas essas ideias em sua cabeça, encontraria em você uma alma gêmea. Ao que parece, ele ama sua dedicada família de bebedores de sangue, mas eles se cansam da incessante paixão que ele tem pela vida e de suas inesgotáveis especulações sobre a tribo e as mudanças que nós experimentamos. Ele sente que você o entenderia. Maharet nunca disse se concordava com ele sobre isso ou não. Ela queria se aproximar do ser. Ela estava pensando fortemente nessa possibilidade. A mim parecia que ela queria aproximar vocês todos dele em algum momento. Entretanto, ela foi embora sem se aproximar dele. E o que ela queria inicialmente, bem, tudo isso logo mudou.

– Então o que aconteceu? Por que ela não fez o que tinha em mente? – pressionei. Eu jamais duvidara que Maharet pudesse me encontrar onde quer que eu estivesse. Eu imaginava que esse grande e poderoso bebedor de sangue em Genebra também era capaz de me encontrar. Enfim, na verdade, eu não sou nem um pouco difícil de ser monitorado.

– Ah, sim, você é – Jesse discordou de meus pensamentos. – Você está muito bem escondido.

– Bom, e daí?

– Mas voltemos à história, por favor – pediu David.

– O motivo foi o que aconteceu no complexo enquanto ela estava ausente – disse Jesse. – Permaneci lá com Khayman e Mekare e diversos jovens bebedores de sangue que estavam estudando os arquivos. Não tenho certeza sobre quem eram esses jovens. Maharet os levara para lá antes de partir, e tudo o que eu sabia era que ela aprovara cada um deles e lhes dera acesso aos velhos registros. Bom, Khayman e eu dividíamos a responsabilidade de manter a fornalha acesa, como você talvez colocasse esse tipo de coisa. E, por duas noites, fui à Jacarta caçar e deixei as coisas com Khayman.

"Quando voltei, descobri que metade do complexo havia pegado fogo, alguns dos jovens, quem sabe todos eles, haviam sido obviamente imolados, e Khayman estava atônito. Maharet também havia retornado. Algum instinto lhe havia clamado para que retornasse. A devastação foi horrível. Vários pátios cercados por telas foram queimados e algumas das bibliotecas viraram cinzas. Antigos pergaminhos e tábulas estavam perdidos, porém a visão verdadeiramente hedionda era a dos restos daqueles que aparentemente haviam sido queimados até a morte."

– Quem eram eles? – eu quis saber.

– Honestamente, eu não sei – disse Jesse. – Maharet nunca me contou.

— Mas você não conheceu esses jovens bebedores de sangue? — insisti. — Certamente você se lembra de algo sobre eles.

— Sinto muito, Lestat. Eu não me lembro deles. Tudo que posso dizer é que não os conhecia pelos nomes ou pela aparência. Eles eram jovens, muito jovens. Havia sempre jovens indo e vindo. Maharet os levava para lá. Eu não sei quem pereceu. Simplesmente não sei.

David estava visivelmente chocado. Ele havia visto as ruínas da mesma maneira que eu, mas ouvir aquele relato nos deixava mais uma vez impressionados.

— O que Khayman tinha a dizer sobre tudo isso? — perguntou David.

— É exatamente isso. Ele não conseguia se lembrar do que havia acontecido. Ele não conseguia se lembrar de onde ele estivera ou o que fizera ou o que vira durante a minha ausência. Ele estava reclamando de confusão mental e de dores físicas, na verdade, dor física na cabeça, e pior, ele estava perdendo e recobrando a consciência de tempos em tempos bem na nossa frente, às vezes falando na língua antiga e outras vezes em idiomas que eu jamais havia ouvido. Ele balbuciava. E, às vezes, parecia estar falando com alguém dentro da cabeça dele.

Eu me recordei do que andava acontecendo comigo e tranquei minha mente como se fosse um cofre.

— Khayman estava obviamente sofrendo — continuou Jesse. — Ele perguntou a Maharet o que poderia fazer para passar a dor. Ele apelou a ela como bruxa para curar a dor como se eles estivessem novamente no Egito antigo. Ele disse que havia alguma coisa em sua cabeça que estava produzindo a dor. Ele queria que alguém tirasse essa coisa lá de dentro. Ele perguntou se aquele médico de vampiros, Fareed, poderia abrir sua cabeça e tirar a tal coisa de lá. Ele continuava falando na língua antiga. Eu captei a mais inacreditável e vívida cascata de imagens. E, às vezes, acho que ele pensava mesmo que eles estavam de volta àquela época. Khayman estava machucado, louco.

— E Mekare?

— Quase a mesma de sempre. Porém não exatamente a mesma. — Jesse fez uma pausa.

— Como assim? — perguntei.

Jesse tirou as imagens de sua mente antes que eu pudesse captá-las. Ela foi atrás de palavras.

— Sempre houve uma conduta com Mekare. Entretanto, quando eu entrei pela primeira vez no complexo, quando vi pela primeira vez toda a lenha queimada e o teto caído, bom, eu dei de cara com Mekare parada em uma das passagens, e ela estava tão alterada, tão diferente, que por um momento senti que estava olhando para uma estranha. – Mais uma vez Jesse fez uma pausa, desviando o olhar e em seguida voltando a fixar sua atenção em nós. – Eu não consigo explicar. Ela estava lá parada, os braços ao lado do corpo e encostada na parede. E estava olhando para mim.

Agora a imagem realmente pegou fogo. Eu a vi. Certamente David também a viu.

– Agora sei que isso não parece ser nem um pouco marcante – a voz de Jesse foi se tornando cada vez mais baixa até se transformar em um murmúrio –, mas preciso contar a vocês, eu nunca a vi olhar para mim daquele jeito antes, como se de repente ela me conhecesse, me reconhecesse, como se alguma inteligência houvesse se acendido dentro dela. Era como encontrar um estranho.

Eu podia ver tudo aquilo muito bem. Tenho certeza de que David também podia. A imagem, porém, era sutil.

– Bom, eu estava com medo dela – prosseguiu Jesse. – Com muito medo. Eu não tenho medo de outros bebedores de sangue por motivos óbvios. Mas, naquele momento, eu tive medo dela. A expressão no rosto de Mekare era muito pouco comum. Porém, ao mesmo tempo, ela estava apenas olhando fixamente para mim. Fiquei petrificada. Eu pensei, essa criatura possui poderes suficientes para ter feito tudo isso, para ter queimado esse lugar, para ter queimado aqueles jovens. Essa criatura pode me queimar. Mas é claro que Khayman também tinha esse poder e eu ainda não sabia que ele não conseguia lembrar de nada.

"Maharet apareceu e abraçou Mekare, e então pareceu que Mekare era novamente a mesma de sempre, divagante, com olhos serenos, olhos quase cegos, de pé com as costas retas e o corpo todo macio, e de volta à sua velha graciosidade característica, andando com os velhos movimentos simples, a saia fluindo ao redor de si, a cabeça ligeiramente curva, e quando ela olhou pra mim novamente, os olhos estavam vazios. Vazios. Entretanto, eram os olhos dela, se vocês estão seguindo o meu raciocínio."

Não falei nada. A imagem continuava a soltar labaredas na minha mente. Senti um calafrio percorrer todo o meu corpo.

David permanecia calado. Eu estava calado.

– E Maharet desmontou o complexo e nós saímos de lá – disse Jesse. – E ela nunca mais deixou Mekare sozinha depois disso, não por muito tempo.

Nunca mais ninguém foi convidado. Na verdade, ela me contou que nós precisávamos nos afastar, nos isolar do mundo. E até onde eu sei ela nunca entrou em contato com o bebedor de sangue de Genebra, embora eu não possa ter certeza disso.

"Quando estabelecemos nosso novo refúgio, ela mandou instalar ainda mais equipamentos eletrônicos e passou a usar os computadores regularmente para todo tipo de coisa. Eu pensei que ela houvesse atingido um novo nível de envolvimento com a época atual. Mas agora eu fico imaginando. De repente, Maharet simplesmente não queria sair de novo. Ela tinha de se comunicar por meio do computador. Sei lá. Eu não consigo ler a minha criadora telepaticamente. E Maharet não consegue ler Khayman ou Mekare. Os integrantes da Primeira Cria não podem ler uns aos outros. É tudo muito próximo. Ela me disse que também não conseguia ler esse bebedor de sangue de Genebra. Sangue da Rainha ou da Primeira Cria, os realmente velhos não conseguem ler os pensamentos uns dos outros. Suponho que tecnicamente Seth seja Sangue da Rainha. Os membros do Sangue da Rainha eram os verdadeiros herdeiros da religião de bebedores de sangue de Akasha. Os membros da Primeira Cria permaneceram os rebeldes, e os membros da Primeira Cria davam o Sangue sem regras ou códigos àqueles que eles alistavam ao longo dos séculos. Se alguém pudesse rastrear a linhagem da maior parte dos bebedores de sangue dessa era, eu desconfio que eles voltariam até a Primeira Cria."

– Você está provavelmente certa – eu disse.

– O que aconteceu com Khayman? – perguntou David. – Como está ele?

– Algo está muito errado com ele – disse Jesse. – Até este exato momento. Ele desaparece por noites e noites sem fim. Ele não se lembra para onde vai ou o que faz. A maior parte do tempo fica sentado em silêncio vendo filmes antigos nas TVs de tela plana do complexo. Às vezes, ele escuta música a noite inteira. Ele diz que música ajuda a aliviar a dor. Ele assiste aos seus velhos vídeos de rock, Lestat. Ele os coloca para Mekare e assiste, e tenho a impressão de que, de alguma maneira, ela assiste aos vídeos também. Outras horas ele não faz rigorosamente nada. Mas ele sempre volta a mencionar a dor de cabeça.

– Mas e Fareed, o que Fareed diz sobre essa dor? – eu quis saber.

– É justamente isso, Maharet nunca mais convidou Fareed a nos visitar. Ela nunca mais convidou ninguém, como já mencionei. Se ela manda e-mails pra Fareed, eu não sei nada a respeito. O envolvimento de Maharet com o computador é na verdade parte do afastamento dela, se vocês estão seguindo o meu raciocínio. Eu vim até aqui contar para vocês essas coisas porque acho que deveriam saber, vocês dois. E deveriam compartilhar isso com Marius, e com os outros, da forma que bem entenderem. – Jesse se recostou na cadeira. Ela deu um longo suspiro como se para dizer a si mesma: "Bom, agora está feito, você confiou neles e não há mais como voltar atrás."

– Ela agora está protegendo todos os outros de Mekare – concluiu David em um tom suave. – É por isso que ela se escondeu.

– Exato. E não existe mais nenhuma conexão com a família humana, como eu disse antes. Vivemos noite após noite em paz e felicidade. Ela não pergunta aonde vou quando saio, ou onde estive quando volto. Ela me aconselha a respeito de milhares de coisinhas, exatamente como sempre fez. Mas ela não confia mais em mim a respeito das coisas mais profundas! Para falar a verdade, ela se comporta como alguém que está sendo vigiada, monitorada, espionada.

Tanto David quanto eu permanecemos em silêncio, mas eu sabia perfeitamente bem o que ela queria dizer. Ponderei. Eu não estava preparado para compartilhar com eles nenhuma das minhas vagas e problemáticas desconfianças em relação ao que estava acontecendo. Nem um pouco preparado. Eu não estava compartilhando as minhas desconfianças nem comigo mesmo.

– Mas mesmo assim – disse David –, pode muito bem ter sido Khayman quem queimou os arquivos e destruiu os jovens.

– Pode muito bem ter sido, sim – concordou Jesse.

– Caso Maharet realmente pensasse que foi Khayman, ela faria alguma coisa – concluí. – Ela o destruiria se sentisse que tinha de fazê-lo. Não, foi Mekare.

– Mas como ela poderia destruir Khayman? Khayman é tão forte quanto ela – retrucou David.

– Tolice. Ela poderia levar a melhor sobre ele – eu disse. – Qualquer imortal pode ser decapitado. Vimos isso com Akasha. Ela foi decapitada por um pesado pedaço de vidro dentado.

– É verdade – disse Jesse. – A própria Maharet me contou isso assim que me trouxe para o Sangue. Ela disse que eu ficaria tão forte no futuro que o fogo não poderia me destruir, nem o sol. Entretanto, a maneira segura de assassinar qualquer imortal era separar a cabeça do coração e deixar a cabeça e o corpo sangrarem. Ela me informou a respeito disso antes mesmo de Akasha ir para o complexo de Sonoma com você. E então foi exatamente isso que aconteceu com Akasha, só que Mekare tirou o cérebro de Akasha e devourou-o antes que a cabeça e o coração sangrassem.

Todos nós refletimos em silêncio por um longo tempo.

– Vou repetir, jamais houve o menor indício de que Mekare tivesse ciência de seus próprios poderes – declarou David com delicadeza.

– Correto – disse Jesse.

– Mas, se Mekare fez isso, ela deve conhecer seus próprios poderes – continuou David. – E Maharet está lá para verificar tudo o que ocorre com a irmã quando ela está acordada.

– Talvez.

– Então, para onde tudo isso está se encaminhando? – perguntei. Tentei não dar um tom exasperado à pergunta. Eu amava Maharet.

– Eu não acho que ela algum dia venha a destruir a si mesma e a Mekare – disse Jesse. – Mas eu não sei. O que eu sei é que ela escuta o tempo todo as transmissões de Benji direto de Nova York. Ela escuta as transmissões no computador. Ela se recosta na cadeira e escuta por horas e horas. Ela escuta tudo que eles têm a dizer. Se ela tivesse a intenção de acabar com a tribo, acho que me avisaria. Eu simplesmente não acho que ela tem a intenção de fazer isso. Porém creio que ela concorda inteiramente com Benjamin. As coisas estão muito ruins. As coisas mudaram. Não foi apenas a sua música, Lestat, ou o despertar de Akasha. É a época em si, é o ritmo acelerado do avanço tecnológico. Ela disse uma vez, como eu acredito que eu tenha contado a vocês, que todas as instituições que dependiam de sigilo estão agora ameaçadas. Ela disse que nenhum sistema baseado em coisas ocultas ou conhecimentos esotéricos sobreviveria a essa época. Nenhuma nova religião revelada poderia ter espaço nesses tempos. E nenhum grupo que dependesse de propósitos ocultos poderia sobreviver. Ela predisse que haveria mudanças na Talamasca. "Os seres humanos não mudarão fundamentalmente", disse ela. "Eles irão se adaptar. E à medida que forem se adaptando eles explorarão incessantemente todos os mistérios até descobrirem os fundamentos por trás de cada um deles."

– É exatamente o que eu penso sobre essa questão – ofereci.

– Bom, ela está certa – disse David. – Aconteceram mudanças na Talamasca e é isso o que eu queria contar. É por isso que eu lhe enviei aquele chamado. Eu não teria ousado perturbar Maharet quando ela obviamente não queria ser perturbada, mas tenho de confessar que estava esperando novidades quando você apareceu e agora estou um pouco atônito. O que tem acontecido na Talamasca ultimamente não significa tanto assim.

— Bom, o que está acontecendo? — eu quis saber. Eu imaginava se não estava me tornando uma inconveniência. Entretanto, se eu não os instigasse, aqueles dois entrariam em longos períodos de silêncio e de olhares significativos, e, francamente, eu queria informações.

Era da informação. Imagino que eu faça parte disso, mesmo que não consiga me lembrar como usar o meu iPhone de tempos em tempos e não consiga reter nenhum conhecimento tecnológico profundo sobre os computadores que eu às vezes uso.

Jesse reagiu aos meus pensamentos.

— Bom, a resposta para tudo isso é usar a tecnologia com regularidade. Porque nós sabemos agora que nossas mentes sobrenaturais não nos dão nenhum dom superior a todo conhecimento existente, somente os mesmos tipos de conhecimento que nós compreendíamos quando éramos humanos.

— Exato, é isso mesmo. Isso sem dúvida é verdade — confessei. — Eu pensava que fosse diferente, porque aprendera latim e grego com muita facilidade depois de entrar no Sangue. Entretanto, você está absolutamente certa. Então vamos voltar para a Talamasca. Imagino que eles já tenham digitalizado todos os registros, certo?

— Correto. Eles completaram esse processo vários anos atrás — confirmou David. — Tudo está digitalizado. As relíquias estão em ambientes dignos de museus sob os cuidados das casas matrizes em Amsterdã e em Londres. Toda e qualquer relíquia foi fotografada, registrada em vídeo, descrita, estudada, classificada et cetera et cetera. Eles tinham começado tudo anos atrás quando eu ainda era o superior-geral.

— Você está falando com eles diretamente? — perguntou Jesse. Ela própria jamais desejara fazer isso. Desde que viera para o Sangue, ela jamais procurara entrar em contato com seus antigos amigos de lá. Eu levara David para lá. Ela não. Por um tempo, eu fustigara a Talamasca, testara a paciência de seus estudiosos, vez ou outra me envolvera com seus membros, mas isso já fazia muito tempo.

— Não — disse David. — Eu não os perturbo. Porém de vez em quando eu visitava meus velhos amigos em seus leitos de morte. Eu sentia uma obrigação nesse sentido. E para mim é bastante simples entrar nas casas matrizes e penetrar nos recintos dos doentes. Faço isso porque desejo me despedir daqueles velhos amigos mortais e também conheço o que eles estão experimentando. Morrer sem muitas respostas. Morrer sem jamais ter aprendido nada através da Talamasca que fosse transformador ou transcendente. O que sei agora do estado atual da Talamasca, sei graças a esses encontros e o que neles observo, eu simplesmente observo, escuto, espreito e capto os pensamentos daqueles que sabem que alguém está escutando, mas não quem ou o quê. – David suspirou. Ele pareceu estar subitamente fatigado. Seus olhos escuros estavam franzidos e havia um tremor em seus lábios.

Eu via sua alma tão claramente naquele novo corpo jovem que era como se o velho David e o novo David houvessem se fundido completamente para mim. E, de fato, sua antiga persona formava a expressão de seu rosto jovem. Uma multiplicidade de expressões faciais havia reformado os penetrantes olhos pretos em seu rosto. Mesmo sua velha voz passara a soar através das novas cordas vocais, como se ele as tivesse afinado novamente e as aprimorado apenas as utilizando para todas aquelas palavras infalivelmente educadas, ditas com suavidade.

– O que aconteceu – disse ele – é que o mistério dos Anciãos e das origens da Ordem foi enterrado de uma maneira nova.

– Como assim? – perguntou Jesse.

David olhou para mim.

– Você está familiarizado com tudo isso. Nós nunca soubemos de fato quais eram as nossas origens. Você sabe disso. Sempre soubemos que a Ordem havia sido fundada em meados do século VIII e nós sabíamos que havia uma incalculável riqueza em algum lugar que financiava a nossa existência e as nossas pesquisas. Sabíamos que os Anciãos governavam a Ordem, mas não sabíamos quem eles eram ou onde estavam. Tínhamos as nossas regras de ouro: observe, mas não interfira; estude, mas jamais procure usar o poder de uma bruxa ou de um vampiro para fins pessoais; esse tipo de coisa.

– E isso está mudando? – perguntei.

– Não. A Ordem está tão saudável e virtuosa quanto sempre esteve. Eles estão, no mínimo, prosperando. Há mais jovens acadêmicos que sabem latim e grego chegando hoje do que antes, mais jovens arqueólogos, como Jesse, que acham a Ordem atraente. O sigilo foi preservado, a despeito de seus livros encantadores, Lestat, e de toda publicidade que você tão generosamente atraiu para a Talamasca, e, até onde eu sei, houve poucos escândalos em anos recentes. Na verdade, nenhum.

– Então qual é o grande problema?

— Bom, eu não chamaria de problema. Eu chamaria de um aprofundamento do sigilo de uma forma nova e interessante. Em algum momento nos últimos seis meses, Anciãos recentemente indicados começaram a se apresentar a seus colegas e a estimular a comunicação com eles.

— Você está se referindo a Anciãos na verdade escolhidos entre as próprias fileiras da Ordem. — Jesse abriu um sorriso ligeiramente irônico.

— Exato.

— No passado — prosseguiu David —, sempre nos diziam que os Anciãos vinham das fileiras, entretanto, uma vez que eram escolhidos, eles se tornavam anônimos, exceto pra outros Anciãos, e sua localização jamais era revelada. Nos tempos antigos, eles se comunicavam por carta, enviando seus próprios portadores para entregar e retirar toda a correspondência. No século XX, eles passaram a usar a comunicação via fax e computador, porém, eu repito, eles próprios permaneciam anônimos e sua localização desconhecida. É claro que o mistério era esse; ninguém jamais conheceu pessoalmente nenhum membro convidado para se tornar um Ancião. Ninguém jamais se encontrou pessoalmente com alguém que afirmava ser um deles. Portanto, era estritamente uma questão de fé o fato dos Anciãos serem escolhidos entre as fileiras, e, já na época da Renascença, como vocês sabem, membros da Talamasca desconfiavam dos Anciãos e ficavam profundamente desconfortáveis por não saberem quem eles realmente eram ou como transmitiam seu poder às sucessivas gerações.

— Sim, eu me lembro de tudo isso — eu disse. — É claro. Marius fala sobre isso em suas memórias. Até Raymond Gallant, seu amigo na Talamasca, perguntou a Marius o que ele sabia a respeito das origens da Ordem, como se ele, Raymond, se sentisse inquieto por não saber mais.

— Correto — concordou Jesse.

— Bom, agora parece que todo mundo sabe quem são os Anciãos — disse David — e onde suas reuniões vão ocorrer, e todos estão convidados a se comunicar com esses novos Anciãos diariamente. Entretanto, é óbvio, o mistério dos Anciãos antes dessa época ainda permanece. Quem eram eles? Como eram escolhidos? Onde residiam? E por que eles agora estão entregando o poder a membros conhecidos?

— Parece o que Maharet fez com a Grande Família — atestei.

— Isso mesmo.

— Mas você nunca pensou seriamente que eles eram imortais, pensou? — perguntou Jesse. — Nunca pensei isso. Eu simplesmente aceitava a necessidade do sigilo. Fui informada que a Talamasca era uma ordem autoritária ao me juntar a ela, fui informada que era algo parecido com a Igreja de Roma, com sua autoridade absoluta. Nunca espere saber quem os Anciãos são, onde eles estão ou como sabem o que sabem.

– Sempre imaginei que fossem imortais – disse David.

Jesse ficou chocada, porém também achou aquilo um pouco divertido.

– David, você está falando sério?

– Estou, sim. Durante toda a minha vida achei que imortais haviam fundado a Ordem para espionar e registrar as atividades dos outros imortais, espíritos, fantasmas, lobisomens, vampiros, seja lá o que fosse. E é claro que nós tínhamos de espionar todos aqueles humanos que podiam se comunicar com os imortais.

Eu estava refletindo.

– Então a Ordem coletou toda essa informação ao longo de séculos enquanto o mistério central, as origens, permanece inexplorado.

– Exatamente. E, no mínimo, essa mudança nos afasta ainda mais do mistério central – prosseguiu David. – No decorrer de algumas gerações, todo o mistério poderá muito bem ter sido esquecido. Nosso passado sombrio não vai ser mais intrigante do que o passado sombrio de qualquer outra instituição antiga.

– Isso parece ser o que eles querem – eu disse. – Eles estão saindo de campo antes que alguma investigação séria seja instalada, interna, ou vinda de fora da Ordem, para descobrir quem eles são. Mais uma decisão motivada pela era da informação? Maharet estava certa.

– E se houver um motivo mais profundo? – quis saber David. – E se a Ordem tiver sido de fato fundada por imortais, e se esses imortais não estiverem mais interessados em ir em busca do conhecimento que tanto queriam? E se abandonaram sua busca? Ou então, e se eles já descobriram o que queriam saber?

– O que isso poderia ser? – perguntou Jesse. – Ora, nós agora sabemos mais sobre fantasmas, bruxas e vampiros do que jamais soubemos.

– Isso não é verdade – retrucou David. – O que nós estamos discutindo aqui? Pense.

– Ainda há muitas coisas que desconhecemos – eu disse. – Muitas suposições. A Talamasca possui uma história incrível, não há dúvida quanto a isso, mas não vejo por que a Ordem não poderia ter sido fundada por acadêmicos e mantida por eles, e o que qualquer coisa nesse sentido poderia provar. Na superfície de tudo isso, os Anciãos simplesmente mudaram seu método de interação com os membros.

– Não gosto nada dessa história – comentou Jesse devagar. Ela parecia estar tremendo. Jesse esfregou a parte posterior dos braços com os longos dedos brancos. – Eu não gosto nem um pouco disso.

– Maharet alguma vez contou a você qualquer coisa sobre a Talamasca, qualquer coisa inteiramente pessoal que apenas ela sabia? – perguntou David.

– Você sabe que ela não fez isso. Maharet sabe tudo sobre eles; ela acha que são inofensivos. Mas não, ela nunca me confiou coisa alguma. Ela não é assim tão interessada na Talamasca. Nunca foi. Você sabe disso. David, você mesmo fez essas perguntas a ela.

– Existiam lendas – disse David –, lendas que nós jamais discutimos. Que nós havíamos sido fundados para rastrear os vampiros da Terra, e todo o resto da pesquisa era essencialmente sem importância, que os próprios Anciãos eram vampiros.

– Eu não acredito nisso – declarei –, mas, também, você convivia com toda essas conversas, eu não.

– Dizia-se que, quando alguém morria dentro da Ordem, os Anciãos vinham até o moribundo pouco antes da morte e se revelavam. Porém eu nunca soube quem começou com essa história antiga. E à medida que eu acompanhava um colega após o outro morrendo em meu tempo, passei a saber que isso não era verdade. As pessoas morriam com muitas questões não resolvidas sobre o trabalho de suas vidas e o valor dessa atividade. – David olhou para mim. – Quando nos vimos pela primeira vez, Lestat, eu era um velho desiludido e esgotado. Você se lembra disso. Eu não tinha certeza se todo o meu trabalho estudando o sobrenatural chegara a alguma conclusão.

– Seja lá qual for o caso, o mistério permanece sem solução – eu disse. – E talvez eu deva tentar encontrar a resposta. Porque acho que esse novo desenvolvimento tem alguma coisa a ver com a crise que a nossa espécie está enfrentando. – Porém logo parei de falar, sem ter certeza do que mais poderia dizer.

Eles ficaram em silêncio.

– Se tudo está conectado, eu não gosto disso – murmurei. – Toda essa história é apocalíptica demais. Eu consigo viver com a noção de que esse mundo é um Jardim Selvagem, que as coisas nascem e morrem por motivos casuais, que o sofrimento é irrelevante diante do grande ciclo brutal da vida. Eu consigo viver com tudo isso. Mas creio que não consigo viver com as grandes conexões abarcantes entre coisas tão longevas quanto a Grande Família, a Talamasca e a evolução da nossa tribo...

O fato era que eu simplesmente não conseguia reunir tudo aquilo. Então por que agir como se a ideia fosse assustadora para mim? Eu queria reunir tudo, não queria?

– Ah, bem, então você admite que existe uma crise. – Um traço de sorriso apareceu no rosto de David.

Suspirei.

– Tudo bem. Existe uma crise. O que eu não entendo é o motivo exato da crise. Ah, eu sei, eu sei. Eu acordei o mundo dos Mortos-Vivos com as minhas canções e com os meus vídeos. E Akasha acordou e saiu destruindo tudo. Tudo bem. Eu entendi. Mas por que todos esses indisciplinados estão agora por toda parte? Eles não estavam antes. E qual é o impacto desses antigos despertando e por que nós precisamos de uma Rainha dos Condenados, para começo de conversa? Quer dizer então que Mekare e Maharet não estão nem aí para a tarefa de governar. E daí? Akasha nunca governou. Por que as coisas simplesmente não voltam à forma que sempre foram?

– Porque o mundo inteiro está mudando – explicou David, impaciente. – Lestat, você não vê, o que você fez ao "aparecer" para o público como vampiro era parte do *zeitgeist*. Não, isso não mudou o mundo mortal em nada, é claro que não, mas como você pode subestimar os efeitos causados por seus livros, suas palavras, por tudo isso em todos os bebedores de sangue sobre a face da Terra? Você deu às massas rudimentares aí de fora uma história que narra uma origem, uma terminologia e uma poesia pessoal! É claro que isso acordou alguns antigos. É claro que isso revigorou e animou os apáticos. É claro que isso tirou do torpor andarilhos que haviam desistido de sua própria espécie. É claro que isso encorajou indisciplinados a fazer outros indisciplinados usando os famosos Dom das Trevas, Sangue Escuro e todo o resto!

Nada daquilo foi dito com desprezo, não, mas com uma espécie de fúria típica de um acadêmico.

– E sim, eu fiz a minha parte, sei disso – continuou David. – Publiquei as histórias de Armand, Pandora e, finalmente, de Marius. Entretanto, o ponto que eu estou tentando salientar é o seguinte: você concedeu um legado e uma definição a uma população de predadores que estava encolhendo e odiando a si mesma, e que jamais ousara reivindicar para si mesma qualquer identidade coletiva semelhante a que você propôs. Portanto, sim, isso mudou tudo. E tinha de mudar.

– E então o mundo humano deu a eles computadores – completou Jesse –, aviões melhores e em maior quantidade, trens e automóveis, o número deles tem crescido exponencialmente e suas vozes tornaram-se um coro ouvido por todos de oceano a oceano.

Eu me levantei do sofá e me dirigi à janela. Nem me importei em fechar a cortina solta e diáfana que a cobria. As luzes de todas as torres das cercanias estavam magnificamente belas em meio à fina nuvem de gaze branca. E eu podia ouvir os novatos lá fora, movendo-se lentamente, ponderando, cobrindo as várias entradas do hotel e relatando uns aos outros variações de: "Nada acontecendo aqui. Continuem vigiando."

– Você sabe por que isso o desconcerta tanto? – David se aproximou de mim. Ele estava zangado. Eu podia sentir o calor que emanava dele. Naquele jovem corpo forte e corpulento ele estava da minha altura, e aqueles intensos olhos pretos fixaram-se em mim com toda a sua alma. – Eu vou te dizer por quê! Porque nunca admitiu para si mesmo que o que você fez escrevendo seus livros, compondo suas músicas, cantando suas canções... você nunca admitiu que tudo isso foi feito para nós. Você sempre fingiu que se tratava de um grande gesto para a humanidade e em benefício dela. "Livrem-se de nós." É isso mesmo! Você nunca admitiu que era um de nós, falando com o resto de nós, e o que você fez, você fez como parte de nós!

Eu fiquei subitamente furioso.

– Foi para mim mesmo que eu fiz aquilo! Tudo bem. Eu admito. Foi um desastre, mas foi para mim que eu fiz aquilo. Não havia "nós". Eu não queria que a raça humana se livrasse de nós, isso era uma mentira, eu admito. Eu queria ver o que aconteceria, quem apareceria naquele show de rock. Eu queria encontrar todos aqueles que eu havia perdido... Louis, Gabrielle, Armand e Marius, talvez Marius principalmente. Foi por isso que eu fiz aquilo. Tudo bem. Eu estava sozinho! Eu não tinha nenhum motivo grandioso! Admito isso. E daí, droga?

– Exatamente – disse ele. – E você afetou a tribo inteira e nunca assumiu um grama de responsabilidade por ter feito isso.

– Ah, pelo amor do inferno, você vai pregar ética vampírica de um púlpito? – ironizei.

– Nós podemos ter ética, podemos ter honra, podemos ter lealdade e qualquer outra virtude essencial que aprendemos como humanos. – Ele rosnava para mim em voz baixa, como os britânicos frequentemente fazem, com um verniz de prateada polidez.

— Ah, vá fazer a sua pregação nas ruas — eu disse, enojado. — Vá participar do programa de rádio do Benji. Ligue e diga isso a ele e a todos por lá. E você quer saber por que eu me exilo?

— Cavalheiros, por favor. — Jesse estava sentada em sua poltrona, imóvel, com uma aparência diminuta, frágil, abalada, os ombros curvos como para se proteger do estrondo de nossa discussão.

— Desculpe, caríssima. — David voltou à sua cadeira ao lado dela.

— Escute, eu preciso do tempo que resta antes de amanhecer — ela pediu. — Lestat, quero que você me dê o seu iPhone, e você, David, deixe eu lhe dar todos os números também. E-mail, números de celular, tudo. Nós podemos ficar conectados uns com os outros. Você pode mandar e-mails para Maharet e para mim. Você pode nos telefonar. Por favor, vamos compartilhar agora todos os nossos números.

— E daí? A Rainha no poder em seu esconderijo está disposta a compartilhar o número de celular dela? — perguntei. — E e-mails?

— Está — disse Jesse. David concordara com a solicitação dela e ela estava teclando no pequeno aparelho cintilante, com os dedos adejando sobre ele com tal velocidade que mais pareciam um borrão.

Eu voltei, desabei pesadamente no sofá e joguei meu iPhone na mesinha de centro como se a estivesse desafiando.

— Pegue isso aí!

— Agora, por favor, compartilhe comigo todas as informações que você está disposto a compartilhar — ela solicitou.

Eu disse a ela o mesmo que dissera a Maharet anos atrás. Entre em contato com meu advogado em Paris. Quanto aos meus e-mails, bem, eu os mudava o tempo todo à medida que esquecia como usá-los e tentava aprender tudo de novo com algum serviço novo e melhor. E eu sempre esquecia ou perdia os aparelhos ou os computadores velhos e então era obrigado a recomeçar todo o processo.

— E todas as informações estão no telefone — eu disse. Eu o destravei e o entreguei a ela.

Eu a observei atualizar os aparelhos. Eu a observei compartilhar minhas informações com David, e as informações de David comigo, e senti vergonha de admitir que estava contente de possuir esses números efêmeros. Eu faria um registro de tudo isso para meu advogado e ele manteria tudo nos bons e nos maus momentos, mesmo quando eu mesmo me esquecesse de como fazer para acessar as informações on-line.

– Agora, por favor – disse Jesse finalmente. – Espalhem a notícia. Expressem a minha preocupação a Marius, a Armand, a Louis, a Benji, a todos.

– Benji vai pirar com certeza se tiver acesso a "informações secretas" sobre as gêmeas terem quem sabe imolado a si mesmas – declarou David. – Isso eu não vou fazer. Mas vou, isso sim, tentar encontrar Marius.

– Certamente existem antigos em Paris – eu disse –, antigos o bastante para terem nos espionado aqui essa noite. – Eu não estava falando da gentalha.

No entanto, eu tinha a sensação de que Jesse não se importava. Deixe a gentalha ouvir, era o que Jesse parecia estar dizendo. Deixe os antigos ouvirem tudo isso. Jesse estava desgastada devido aos conflitos e à ansiedade. E nem mesmo sua confiança em nós arrefecera a dor que sentia.

– Você já foi feliz no Sangue? – perguntei subitamente.

Ela ficou sobressaltada.

– Como assim?

– No começo, durante aqueles primeiros anos. Você era feliz?

– Era. E eu sei que eu ficarei feliz novamente. A vida é uma dádiva. A imortalidade é uma dádiva preciosa. Não deveria ser chamada de Dom Escuro. Isso não é justo.

– Quero ver Maharet pessoalmente – declarou David. – Quero ir para casa com você.

Jesse balançou a cabeça em negativa.

– Ela não vai permitir isso, David. Ela sabia o que eu queria contar quando o encontrasse. Ela permitiu isso. Mas Maharet não vai receber ninguém em casa agora.

– Você ainda confia nela? – perguntou David.

– Em Maharet? Sempre. Sim, em Maharet.

Aquelas palavras foram bastante significativas. Ela não confiava nos outros dois.

Jesse estava se afastando de nós e indo em direção às portas duplas que davam para o corredor.

– Eu dei a vocês o que eu tenho para dar por enquanto – concluiu ela.

– E se eu quiser encontrar aquele vampiro em Genebra? – eu quis saber.

— Essa seria uma decisão sua. Ele é apaixonado por você. Não consigo imaginá-lo fazendo algum mal a você. Alguém alguma vez já tentou lhe fazer algum mal?

— Você está brincando? – perguntei com amargura. Em seguida, dei de ombros novamente. – Não, não acho que alguém ainda faça esse tipo de coisa hoje em dia.

— É com você que eles contam... – disse ela.

— É isso o que Benji diz! – murmurei. – Bom, não há motivo para eles contarem comigo. Posso ter começado tudo, mas com toda a certeza do inferno não posso dar um fim nisso.

Ela não respondeu.

David levantou-se de repente, foi até ela e a tomou nos braços. Eles se abraçaram em silêncio por um momento e então ele foi com Jesse até as portas.

Eu sabia que ela era tão boa no Dom da Nuvem quanto eu, ainda mais com todo aquele sangue antigo. Ela sairia do hotel pelo telhado com tanta velocidade que poderia muito bem dar a impressão de ser invisível.

David fechou as portas atrás dela.

— Quero sair andando. – Minha voz estava espessa, e subitamente eu percebi que chorava. – Quero ver aquele velho distrito onde os mercados ficavam antigamente e a velha igreja. Não passo por lá desde... Você quer vir comigo? – Naquele momento, eu estava quase decidido a fugir, simplesmente ir embora. Mas não o fiz.

David assentiu. Ele sabia o que eu queria. Eu queria ver a área de Paris onde no passado Les Innocents, o antigo cemitério, existira, sob o qual, em catacumbas iluminadas por tochas, Armand e sua assembleia de Filhos de Satanás mantinham uma corte. Fora lá que, tornado órfão por meu criador, eu descobrira com choque os outros de minha espécie.

Ele me abraçou e me beijou. Aquele era o David que eu conhecia intimamente naquele corpo. Aquele era o poderoso coração de David encostado em mim. Sua pele era sedosa e fragrante com um sutil perfume masculino e seus dedos estavam me excitando vagamente enquanto ele me tomava a mão. Sangue do meu Sangue.

— Por que as pessoas querem que eu faça algo a respeito disso? – perguntei. – Eu não sei o que fazer.

— Você é um astro em nosso mundo – disse ele. – Você mesmo se transformou nisso. E antes que você diga alguma coisa áspera ou raivosa, lembre-se. Era isso o que você queria ser.

Passamos horas juntos.

Nós nos deslocamos sobre os telhados com tanta rapidez que era impossível sermos rastreados pelos novatos lá embaixo.

Perambulamos pelas ruas de Les Halles e pelo escuro interior da grande igreja antiga de Saint-Eustache, com suas pinturas de Rubens. Nós procuramos a pequena Fontaine des Innocents na Rue Saint-Denis – uma pequenina relíquia dos tempos antigos – que no passado se situava ao lado do muro do cemitério desaparecido.

Isso deixou meu coração não apenas contente, como também angustiado. E deixei que retornassem a mim as lembranças de minhas batalhas com Armand e seus seguidores que acreditavam tão fervorosamente que nós éramos servos ungidos do Diabo. Quanta superstição. Quanta podridão.

Por fim, alguns dos vampiros *paparazzi* nos encontraram. Eles eram persistentes, porém mantiveram distância. Nós não tínhamos muito tempo.

Dor, dor e mais dor.

Nenhum traço restava do velho Teatro dos Vampiros ou do local onde ele antes estava situado. É claro que eu sabia disso, mas tinha de visitar a velha geografia de uma forma ou de outra, confirmar que o velho mundo imundo de minha época havia sido coberto de pedras e tijolos.

A magnífica casa do século XIX de Armand – que ele construíra em Saint-Germain-des-Prés – estava fechada e era mantida por mortais inadvertidos, repleta de murais, tapetes e móveis antigos cobertos por lençóis brancos.

Ele reformara a casa para Louis pouco antes do alvorecer do século XX, mas não creio que Louis tenha jamais se sentido em casa dentro dela. Em *Entrevista com o vampiro* ele nem chega a mencioná-la. Os gloriosos pintores, atores e compositores do *fin de siècle* não tinham significado nada para Louis, apesar de toda a sua pretensão à sensibilidade. Ah, mas eu não podia culpar Louis por evitar Paris. Ele perdera sua adorada Claudia – nossa adorada Claudia – em Paris. Como poderia ser possível esperar que ele se esquecesse de tudo aquilo? E ele estava ciente de que Armand era um gato selvagem entre espectros, não estava?

Mesmo assim... Paris... Eu também havia sofrido ali, não havia? Mas não nas mãos de Paris, não. Paris sempre preencheu os meus sonhos e as minhas expectativas. Paris, a minha eterna cidade, o meu lar.

Ah, mas a Notre Dame, a grande e vasta catedral de Notre Dame era sempre Notre Dame, e lá nós passamos horas juntos, seguros nas frias sombras daquele grande bosque de arcos e colunas onde eu estivera mais de duzentos anos antes para chorar por minha transformação, e estava, de um certo modo, chorando pelo mesmo motivo até aquele momento.

David e eu percorremos as estreitas e silenciosas ruas da Île Saint-Louis enquanto conversávamos. Os novatos *paparazzi* estavam a alguns quarteirões de nós, porém não ousavam se aproximar mais. O grandioso prédio onde eu transformara minha mãe, Gabrielle, em uma Criança da Escuridão ainda estava lá.

Gradualmente, recomeçamos a conversa, de forma bastante natural. Perguntei a David como ele conhecera Fareed.

– Fui atrás de Fareed. Eu tinha ouvido uma grande quantidade de fofocas acerca desse cientista vampiresco maluco, de seu anjo da guarda antigo e de seus experimentos "malignos", sabe, o disse me disse dos bastardos. Então fui para a Costa Oeste e procurei por ele até encontrá-lo.

David descreveu a nova instalação onde Seth e Fareed estavam agora, sãos e salvos na vastidão do deserto californiano, além da cidade de Palm Springs. Lá, ambos haviam construído o espaço perfeito para eles – isolado e protegido por dois conjuntos de muros altos e portões mecânicos, com túneis para evacuação de emergência e um heliporto. Eles administravam uma pequena clínica para mortais que sofriam de males incuráveis, embora o verdadeiro trabalho ocorresse em laboratórios seguros em amplos edifícios de três pavimentos. Eles estavam próximos o bastante de outros espaços médicos para que suas atividades atraíssem pequena ou nenhuma atenção e distantes o bastante de tudo para ter o isolamento e as terras de que necessitavam, mas que não podiam ter em Los Angeles.

Eles deram as boas-vindas a David imediatamente. Na verdade, eles foram tão hospitaleiros que ninguém poderia imaginar que agissem de outra maneira com quaisquer outras pessoas.

David pressionara Fareed a respeito de uma questão bastante especial: como sua mente e sua alma estavam agora ancoradas naquele corpo no qual ele não havia nascido, enquanto seu corpo original estava em um túmulo na Inglaterra?

Fareed fizera todos os exames possíveis e imagináveis em David. E não conseguiu encontrar nenhuma prova de que alguma "inteligência" existia dentro dele que não tivesse sido gerada e expressa através de seu próprio cérebro. Até onde Fareed podia ver, David era David naquele corpo. E sua conexão com ele era absolutamente segura.

"Antes de você entrar no Sangue", dissera Fareed a David, "é bastante possível que você tenha existido nesse corpo. Você pode ter sido alguma espécie de entidade desencarnada, um fantasma, em outras palavras, capaz de possuir outros corpos suscetíveis. Eu não sei. Não tenho como saber. Porque você está no Sangue agora e muito provavelmente esse Sangue, com toda a certeza, amarrou-o à sua fisicidade."

Especulação. Essas palavras, porém, reconfortaram David.

Ele também sentiu que Fareed e Seth jamais procurariam usar seu conhecimento científico contra humanos.

– Mas e os novatos deles? – perguntei. – Eles já estavam trazendo médicos e cientistas para o Sangue quando os conheci.

– Fique tranquilo. Eles selecionam e escolhem com cuidado. Os pesquisadores vampíricos que encontrei eram como idiotas sábios de sua profissão, obcecados, focados, completamente desprovidos de quaisquer esquemas grandiosos, apaixonados por estudar nosso sangue nos microscópios.

– E esse é o projeto central dele, não é? Estudar nosso sangue, o Sangue, por assim dizer?

– É uma proposição frustrante a partir do que eu entendo, tendo em vista que, seja lá o que o Cerne Sagrado for fisicamente, nós não podemos vê-lo. Caso ele seja composto por células, essas são infinitamente menores do que as células que podemos ver. O que quer dizer que Fareed está trabalhando com propriedades.

David prosseguiu com suas divagações, porém passou a tratar novamente da poesia científica e eu não conseguia absorver o conteúdo.

– Você acha que eles ainda estão lá, naquela mesma localização?

– Sei que estão – garantiu David. – Eles tentaram inúmeras outras antes que não funcionaram.

Talvez aquilo tenha acontecido quando eu os estava procurando.

– Eles estão lá. É possível encontrá-los sem maiores dificuldades. Inclusive, eles ficariam extremamente contentes se você fosse visitá-los.

A noite rumava em direção ao seu fim. Os *paparazzi* haviam se retirado para seus caixões e seus covis. Eu disse a David que ele podia ficar com a minha suíte no hotel pelo tempo que desejasse, pois eu precisava ir para casa o mais depressa possível.

Porém eu não faria aquilo logo de imediato. Nós estávamos percorrendo a Grand Couvert des Tuileries na escuridão velada pelas árvores.

— Estou sedento — declarei em voz alta. E David logo sugeriu um local onde talvez pudéssemos caçar.

— Não, eu estou sedento pelo seu sangue. — Eu o empurrei para trás de encontro ao tronco fino, porém firme de uma árvore.

— Seu moleque levado. — Ele se agitou.

— Ah, sim, me despreze por favor — eu disse enquanto me aproximava. Empurrei o rosto dele para um dos lados, beijando primeiro seu pescoço e então enterrando as presas muito devagar, minha língua pronta para aquelas primeiras e radiantes gotas. Acho que o ouvi dizer uma única palavra: "Cautela", porém uma vez que o sangue atingiu o céu da minha boca, eu não estava mais ouvindo nem vendo com clareza e não me importava com mais nada.

Tive de me forçar a me desgrudar dele. Eu mantive o sangue na boca o máximo de tempo que pude até que ele deu a impressão de ser absorvido sem que eu o houvesse engolido, e deixei aquelas últimas ondas de calor passarem através de meus dedos dos pés e das mãos.

— E você? — perguntei. Ele estava ali curvado de encontro à árvore, obviamente tonto. Fui abraçá-lo.

— Saia de perto de mim — grunhiu David. E começou a andar, afastando-se rapidamente de mim. — Enfie esse seu imundo *droit du seigneur* bem no meio do seu coração ganancioso.

Entretanto, eu o alcancei e ele não resistiu quando o abracei e caminhamos juntos daquela forma.

— Mas essa é uma ideia. — Eu o beijei rapidamente, embora ele mirasse à frente e continuasse a me ignorar. — Se eu fosse "Rei dos Vampiros", eu tornaria direito de todo criador beber de seu novato sempre que assim o desejasse. Talvez dessa forma eu considerasse bom ser rei. Por acaso Mel Brooks não disse: "É bom ser o rei"?

E, então, em sua brincalhona e refinada voz britânica, ele disse com uma aspereza incomum:

— Faça a gentileza de calar a boca.

Parecia que eu estava ouvindo *outras* vozes em Paris. Parecia que eu estava sentindo coisas. Parecia que eu poderia ter prestado um pouco mais de atenção, e não amontoado tão cavalheirescamente todas as intrusões em minha mente com os vampiros *paparazzi*.

Houve um ponto logo depois disso quando nós estávamos andando perto das velhas catacumbas, onde as ossadas do velho cemitério do século

XVIII, Les Innocents, haviam sido reunidas, em que ouvi algo, um som distinto e queixoso, a voz de um velho imortal cantando, rindo, murmurando: "Ah, jovem, você está percorrendo a Estrada do Diabo em tal glória." Eu conhecia aquela voz, conhecia aquele timbre, aquele tom lento e cadenciado. "E com seu venerável machado de batalha por baixo de sua esplêndida indumentária." Mas fechei meus ouvidos. Eu queria estar com David naquele momento, e somente com David. Nós fizemos nosso caminho de volta a Tuileries. Eu não queria complicações ou novas descobertas. Eu ainda não me encontrava preparado para estar aberto como uma vez estive aos mistérios que me cercavam. E, portanto, ignorei aquela estranha canção divagante. Nunca nem soube se David podia ouvi-la.

E, finalmente, eu disse a David que tinha de voltar para meu exílio, eu não tinha escolha. Assegurei a ele que não estava correndo o risco de tentar "acabar com tudo", simplesmente não me encontrava nem um pouco preparado para me reunir com outras pessoas ou para pensar sobre as horrendas possibilidades que haviam alarmado Jesse. Naquele momento, ele já estava totalmente amolecido e não queria que eu sumisse.

Sim, eu tinha um refúgio seguro. Um bom refúgio. Fique tranquilo. Sim, vou usar a magia do iPhone para me comunicar.

Eu tinha me virado para partir quando ele me segurou. Seus dentes foram direto para a artéria antes que eu pudesse pensar no que estava acontecendo, e seus braços envolveram o meu tórax com força.

A pegada de David era tão forte que desfaleci. Ao que parece, eu me virei e o abracei, pegando a cabeça dele com a minha mão esquerda, e lutei com ele, porém as visões haviam se aberto e, por um instante, eu não soube distinguir um domínio do outro, e as trilhas podadas e as árvores das Tuileiries haviam se tornado o Jardim Selvagem de todo o mundo. Eu caíra num estado de rendição divina, com o coração dele batendo de encontro ao meu. Não havia contenção em David, nenhuma cautela como a que eu exibira ao me alimentar dele.

Recobrei os sentidos no chão, com minhas costas voltadas para o tronco de uma jovem castanheira, e David havia desaparecido. E a noite levemente refrescante transformara-se em uma cinza madrugada de inverno.

Assim, fui para casa – para o meu "local escondido", apenas alguns minutos distante dali através das correntes de vento, para ponderar o que eu aprendera com meus amigos, pois eu não era capaz de fazer nada além disso.

Na noite seguinte ao me levantar, captei o aroma de David em meu paletó, até mesmo nas minhas mãos.

Lutei contra o desejo que estava sentindo por ele e forcei-me a reaprender a usar meu poderoso computador e a obter ainda outro endereço de correio eletrônico através de outro servidor. Em seguida, enviei uma longa missiva a Maharet. Perguntei se poderia, quem sabe, fazer-lhe uma visita, onde quer que ela se encontrasse, e, caso ela não concordasse, se não poderia se comunicar comigo através daquele mesmo recurso eletrônico. Eu a fiz saber que estava ciente de como as coisas mudavam para nós e como as súplicas de Benji por liderança da parte dos anciãos ecoavam os sentimentos de muitos, embora eu mesmo não soubesse como reagir àquilo. Eu pedi os pensamentos dela.

A comunicação dela foi breve. Eu não deveria tentar encontrá-la. Sob nenhuma circunstância deveria tentar me aproximar dela.

É claro que perguntei o motivo daquele aviso.

Ela nunca respondeu.

E, seis meses depois, os contatos dela foram desconectados. E-mail inválido.

E, com o tempo, esqueci novamente como usar o computador. O pequeno iPhone tocava inúmeras vezes. Era David. Nós conversávamos, brevemente, e então eu me esquecia de recarregar o aparelhinho. Ele me contou que encontrou Marius no Brasil e que estava se encaminhando para lá para conversar com ele, que me disse que Daniel Malloy, o companheiro de Marius, estava com um humor excelente e que o levava até Marius. Entretanto, não tive mais notícias dele.

A verdade era que eu perdera meu iPhone. E voltava agora a ligar para meus advogados em Paris e em Nova York com meu antiquado aparelho fixo, como sempre fizera.

Um ano se passou.

Eu estava alojado no *château* de meu pai nas montanhas da Auvergne – em meu esconderijo especial "totalmente visível", por assim dizer, onde ninguém pensava em me procurar. As restaurações da propriedade estavam quase completas.

E a Voz veio novamente.

– Você não tem nenhum desejo de punir aqueles novatos da capital? – perguntou ele. – Aqueles vermes que o perseguiram até você deixar Paris da última vez que esteve perambulando por lá?

– Ah, Voz, onde você esteve? – perguntei. Eu estava na minha escrivaninha desenhando projetos para os novos cômodos que logo seriam adicionados ao antigo *château*. – Tudo bem com você?

– Por que você não os destruiu? – perguntou ele. – Por que você não vai lá e os destrói agora?

– Não é meu estilo, Voz. Muitas vezes no passado eu tirei vidas, não só humanas como também sobrenaturais. Eu agora não tenho nenhum interesse em fazer tais coisas.

– Eles o expulsaram da cidade!

– Não, eles não fizeram isso – garanti. – Tchau, Voz. Eu tenho coisas a fazer.

– Eu temia que você fosse tomar essa atitude. Eu devia ter percebido.

– Onde você está, Voz? Quem é você? Por que sempre nos falamos desse jeito, em encontros via áudio e em momentos estranhos? Nós nunca vamos nos encontrar de novo cara a cara?

Ah, que tolice. As palavras mal haviam saído de minha boca quando olhei na direção do grande espelho do século XVIII sobre o console da lareira e lá estava ele, evidentemente, assumindo a aparência de meu reflexo, até com a velha camisa de mangas bufantes que eu usava e meus cabelos soltos, só que, daquela vez, ele não me refletia, em vez disso, olhava fixamente para mim como se estivesse preso numa caixa de vidro. O rosto de Lestat contorcido de raiva, quase petulante, pueril.

Estudei a imagem no espelho por um momento e então usei meus consideráveis poderes para forçá-la a desaparecer. Aquilo me deu uma sensação extremamente boa. Sutil e boa. Eu podia fazer aquilo. Eu sabia. E embora eu pudesse ouvir um rugido baixinho em minha cabeça, fui capaz de afundá-lo, colocando-o bem abaixo da adorável música, a música de Sybelle tocando piano que vinha de meu computador, Sybelle transmitindo de Nova York.

O simples fato era que eu não estava mais interessado nele. Nem mesmo me dei ao trabalho de agradecer a ele por me aconselhar a vir para aquele lugar, para casa, para esses cômodos de pedra nos quais eu nascera, para casa, ali na quietude da montanha. Por que eu não fiz isso? Foi ele quem colocara essa ideia em minha cabeça, que me guiara de volta aos antigos campos e florestas, a essa sublime quietude rural, a essa tão familiar solidão de tirar o fôlego onde eu me sentia tão seguro, tão contente.

Eu não liguei o bastante a ponto de agradecer-lhe.

Ah, teria sido simpático identificá-lo antes de bani-lo para sempre. Mas nem sempre conseguimos o que queremos.

Parte II

A AUTOESTRADA ATRAVÉS DO JARDIM SELVAGEM

5

A história de Rose

A primeira vez que Rose viu Tio Lestan, ele a carregou para as estrelas. É assim que ela agora se lembrava e nada jamais enfraqueceu a convicção de que ele a erguera do terraço ao lado do quebra-mar e a carregara diretamente através das nuvens em direção aos Céus. Rose lembrava-se sempre do calafrio do vento e daquelas estrelas acima dela, milhões de estrelas fixas no céu negro como uma miríade de luzes que queimavam. Ela se lembrava dos braços de Tio Lestan ao redor de seu corpo e do modo como ele sussurrava para que ela não ficasse com medo, o modo como ele puxava seu casaco para protegê-la.

Eles estavam em outra ilha quando Rose descobriu que sua mãe havia morrido no terremoto. Todos haviam morrido. Toda a pequena ilha desaparecera no mar, mas essa ilha não desapareceria, disse Tio Lestan. Ela estava a salvo com ele ali. Ele encontraria os parentes dela nos Estados Unidos. Ele deu a ela uma bonita boneca com longos cabelos louros, um vestido rosa e pés descalços. Ela era feita de vinil e jamais quebraria.

Isso foi na bela casa com janelas arredondadas e grandes sacadas que davam para o mar, onde duas moças bem gentis cuidavam de Rose embora ela não conseguisse entender nem uma única palavra do que elas diziam. Tio Lestan explicou que elas eram moças gregas, mas ele queria que Rose se lembrasse: Qual era o sobrenome dela? Qual era o nome da mãe dela?

Rose disse que o nome de sua mãe era Morningstar Fisher. Ela não tinha pai. Seus avós não gostavam dela porque não sabiam quem era o seu pai e se recusavam a dar mais dinheiro a Morningstar. Rose se lembrava de ter visto a avó e o avô em Athens, Texas. "Nós não sabemos quem é o pai dela", dissera o velho. A mãe de Rose desistira e fora embora com ela da pequena casa de tijolos que dava para um campo muito extenso, e elas haviam pegado carona até o aeroporto de Dallas e voado para longe com o novo amigo da mamãe, JRock, que, por causa de sua banda, tinha dinheiro para viver na Grécia por pelo menos um ano.

– Eles não me querem – disse Rose. – Eu não posso ficar com você?

Tio Lestan era muito delicado com Rose. Ele tinha uma pele muito bronzeada e os mais belos olhos azuis que Rose jamais havia visto. Quando ele sorria, Rose o amava.

Tio Lestan disse:

– Vou estar com você, Rose, enquanto você precisar de mim.

Ela acordou à noite chorando pela mãe. Ele a segurou em seus braços. E parecia ser tão forte, tão poderoso. Eles estavam parados na beirada do pátio, olhando para o céu nublado. Ele disse a Rose que ela era doce, boa e bonita, e queria que ela fosse feliz.

– Quando você crescer, Rose, vai poder ser qualquer coisa que quiser – disse Tio Lestan. – Lembre-se disso. Este mundo é magnífico. E nós somos abençoados com a dádiva de vivermos nele. – Ele cantou para ela em voz baixa. E disse que aquilo era uma "serenata" de uma ópera chamada *O príncipe estudante*. A canção a fez chorar, era linda demais.

– Lembre-se sempre – disse ele – de que nada é tão precioso para nós quanto a magnífica dádiva da vida. Deixe a Lua e as estrelas sempre lembrarem isso a você, que, embora nós sejamos criaturas diminutas nesse universo, nós estamos cheios de vida.

Rose sentiu que sabia o que era magnífico enquanto olhava lá embaixo para as águas brilhantes e então novamente para cima, para aquelas estrelas que cintilavam além da névoa. Tio Lestan tocou as trepadeiras floridas que cobriam a balaustrada com a mão esquerda. Ele arrancou um pequeno punhado de pétalas para Rose e disse que ela era tão macia e preciosa quanto aquelas pétalas, "uma preciosa coisa viva".

Quando Rose revisitava aquela época em sua mente, ela se lembrava de vê-lo diversas vezes antes da noite em que a ilha afundou no mar. Ele estivera perambulando pela ilha. Era um homem alto com belos cabelos louros, simplesmente os mais belos cabelos. Eram compridos e cheios, e ele os usava para trás, amarrados na nuca com uma cordinha preta. Ele sempre usava um casaco de veludo, exatamente como o melhor vestido de veludo de Rose que estava em sua mala. Ele caminhava pela ilha olhando para as coisas. Usava botas pretas brilhantes, muito lisas e sem fivelas. Não eram botas de vaqueiro. E sempre que ele passava casualmente por Rose, sorria para ela e lhe lançava uma piscadela.

Rose odiava Athens, Texas. Mas ele a levou para lá, embora ela não conseguisse se lembrar com clareza da viagem. Somente de ter acordado no aeroporto de Dallas com uma simpática senhora para cuidar dela e um carregador recolhendo suas malas. Tio Lestan apareceu na noite seguinte.

A velha e o velho não a queriam. Eles estavam sentados no escritório de um advogado na "praça da cidade" à noite, e o velho disse que eles não queriam que aquela reunião fosse realizada depois que escurecesse, que ele não queria dirigir à noite se não fosse obrigado a isso, que aquilo tudo era "dilacerador" e que sua esposa poderia ter explicado tudo por telefone. A velha apenas balançava a cabeça à medida que o velho explicava:

– Nós não temos nada a ver com Morningstar, entendam, quanto mais com os músicos e com as drogas. Nós não conhecemos essa criança.

Os advogados falavam e falavam, mas Tio Lestan ficou zangado.

– Escute, eu quero adotá-la – disse ele. – Cuidem disso!

Essa foi a primeira vez que Rose ouviu alguém dizer "Cuidem disso". E foi a primeira e última vez que ela viu Tio Lestan zangado. Ele baixou sua voz zangada para um sussurro, mas fez com que todos na sala ficassem sobressaltados, principalmente Rose, e quando percebeu isso, ele pegou Rose nos braços e a levou para fora do prédio, para dar um passeio pela cidadezinha.

– Eu sempre vou cuidar de você, Rose – disse ele. – Você agora é minha responsabilidade e eu estou contente que seja assim. Quero que você tenha de tudo, Rose, e vou cuidar para que isso aconteça. Não sei qual é o problema daquelas pessoas que não a amam. Eu amo você.

Rose foi viver na Flórida com Tia Julie e Tia Marge numa linda casa a alguns quarteirões do mar. A areia na praia era tão branca e fina quanto açúcar. Rose tinha seu próprio quarto com papel de parede florido e cama com dossel, e bonecas e livros que Tio Lestan mandou para ela. Tio Lestan escrevia para ela cartas com a mais linda caligrafia em tinta preta sobre papel cor-de-rosa.

Tia Marge levava Rose de carro para uma escola particular chamada Academia Country Lane. A escola era um país das maravilhas com jogos para brincar, projetos a se fazer, computadores nos quais era possível escrever palavras e animadas professoras com rostos resplandecentes. Havia somente cinquenta alunos em toda a escola, e em pouco tempo Rose já estava lendo Dr. Seuss. Às terças-feiras, a escola inteira falava espanhol e somente espanhol. Eles faziam excursões a museus e a zoológicos, Rose adorava tudo aquilo.

Em casa, Tia Marge e Tia Julie ajudavam Rose em seus deveres de casa, elas preparavam bolos e biscoitos e, quando o tempo estava fresco, faziam churrasco no quintal e bebiam limonada misturada com chá gelado e muito, muito açúcar. Rose adorava nadar no golfo. Para o sexto aniversário dela, Tia Marge e Tia Julie deram uma festa e convidaram a escola inteira, inclusive as crianças mais velhas, e foi o melhor piquenique de todos os tempos.

Quando estava com dez anos, Rose já entendia que Tia Julie e Tia Marge eram pagas para cuidar dela. Tio Lestan era seu guardião legal. Mas ela nunca duvidou de que suas tias a amavam, e ela as amava. Elas eram professoras aposentadas, Tia Julie e Tia Marge, e falavam o tempo todo sobre como Tio Lestan era bom para todas elas. E ficavam muito felizes quando Tio Lestan aparecia para visitá-las.

Era sempre tarde da noite quando ele chegava, e ele levava presentes para todo mundo – livros, roupas, laptops e *gadgets* fantásticos. Às vezes, ele vinha num carrão preto. Em outras, ele simplesmente aparecia do nada, e Rose ria consigo mesma quando via como os cabelos dele estavam desalinhados, porque ela sabia que ele tinha voado até lá, voado como daquela primeira vez, quando a pequena ilha afundara no mar e ele a levara em direção aos Céus.

Mas Rose nunca contou para ninguém sobre isso e, à medida que ia crescendo, começou a imaginar que aquilo simplesmente não poderia ter acontecido.

Ela saíra da Academia Country Lane e ingressara na Escola Willmont, que ficava a cerca de oitenta quilômetros distante de onde vivia com as tias, e lá ela estava realmente tendo contato com os assuntos mais fascinantes. Ela adorava literatura e história acima de todas as outras matérias e, depois delas, amava música, apreciação artística e francês. Mesmo assim, tirava boas notas em ciências e em matemática porque sentia que aquela era a sua obrigação. Todos ficariam bastante decepcionados se ela não fosse bem nessas matérias. Porém, o que ela realmente queria era ler o tempo todo, e seus momentos mais felizes na escola eram passados na biblioteca.

Quando Tio Lestan ligava, ela contava para ele sobre tudo isso e eles conversavam sobre os livros que ambos adoravam e ele lhe lembrava: "Rose, quando você crescer, jamais se esqueça de que vai poder se tornar o que bem entender. Você vai poder ser escritora, poeta, cantora, dançarina, professora, o que você bem entender."

Quando Rose completou treze anos, ela e suas tias foram viajar pela Europa. Tio Lestan não estava com elas, mas pagou todas as despesas. Aquele foi o momento mais fantástico da vida de Rose. Elas passaram três meses inteiros viajando juntas, e foram a todas as grandes cidades do mundo, durante o que Tio Lestan chamava de "A Grande Turnê". E elas visitaram também a Rússia, passando cinco dias em São Petersburgo e mais cinco em Moscou.

Para Rose, tudo dizia respeito aos mais belos edifícios, palácios, castelos, catedrais e cidades do mundo antigo, e aos museus recheados de quadros sobre os quais ela lera e agora podia ver com seus próprios olhos. Acima de tudo, Rose amou Roma, Florença e Veneza. Mas para todos os lados que virava, Rose ficava encantada com novas descobertas.

Tio Lestan surpreendeu-a quando elas estavam em Amsterdã. Ele tinha uma chave secreta para o Rijksmuseum porque era sócio benemérito e levou Rose para conhecer o local à noite, de modo que pudessem ficar a sós e com tempo de sobra para admirar as grandes pinturas de Rembrandt.

Ele disponibilizou visitas fora do horário normal como essa para elas em diversas cidades. Mas Amsterdã tinha um lugar no coração de Rose, porque foi lá que Tio Lestan esteve com ela.

Quando completou quinze anos, Rose se meteu em encrenca. Ela pegou o carro da família sem permissão. Não tinha carteira de motorista ainda e seu plano era devolver o carro antes que Tia Julie ou Tia Marge acordassem. Ela sentiu vontade de dirigir por algumas horas com suas novas amigas, Betty e Charlotte, e nenhuma delas imaginou que algo ruim pudesse acontecer. Entretanto, elas se envolveram em uma colisão na autoestrada e Rose foi parar no juizado de menores.

Tia Julie e Tia Marge enviaram um recado para Tio Lestan, mas ele estava viajando e ninguém conseguia encontrá-lo. Rose ficou contente. Ela estava muito envergonhada, muito entristecida e com muito medo de decepcioná-lo.

O juiz encarregado do caso deixou todos chocados. Ele liberou Betty e Charlotte porque elas não haviam roubado o carro, mas sentenciou Rose a um período de um ano na Casa de Custódia Amazing Grace Para Garotas em função de seu comportamento criminoso. Ele deu um aviso duro a Rose de que se ela não se comportasse bem na Amazing Grace, estenderia sua estada até que completasse dezoito anos e possivelmente até depois disso. Ele disse que Rose estava correndo risco de tornar-se uma viciada e até mesmo uma menina de rua devido a seu comportamento antissocial.

Tia Marge e Tia Julie ficaram em pânico, implorando para que o juiz não fizesse aquilo. Seguidamente elas argumentaram, a exemplo do que faziam os advogados, que não estavam dando queixa contra Rose por ela ter roubado o carro, que aquilo havia sido uma brincadeira e nada além disso, que o tio da menina deveria ser contatado.

As súplicas das tias não mudaram nada. Rose foi algemada e levada como prisioneira para a Casa de Custódia Amazing Grace para Garotas em algum lugar do sul da Flórida.

E, durante todo o trajeto, ela ficou sentada em silêncio, entorpecida de medo, enquanto os homens e as mulheres no carro falavam a respeito de um "bom ambiente cristão" onde Rose aprenderia sobre a Bíblia e como ser "uma boa menina" e voltaria para as tia como "uma obediente criança cristã".

A "casa" excedeu os piores temores de Rose.

Ela foi recebida pelo ministro, dr. Hays, e sua esposa, a sra. Hays, ambos bem-vestidos, sorridentes e graciosos.

Porém, assim que a polícia se foi e que ficaram a sós com Rose, disseram para ela que tinha de admitir todas as coisas ruins que havia feito, caso contrário a Amazing Grace não teria condições de ajudá-la.

– Você sabe muito bem as coisas que você fez com os rapazes – disse a sra. Hays. – Você sabe muito bem que drogas você usou, o tipo de música que você ouvia.

Rose ficou em pânico. Ela jamais fizera coisa alguma com rapazes e sua música favorita era música clássica. Certamente ela escutava rock, mas... A sra. Hays balançou a cabeça. Negar com quem e o que ela fizera era algo ruim, disse a sra. Hays. Ela não queria ver Rose novamente até que a menina mudasse de atitude.

Rose recebeu roupas feias e de péssima qualidade para vestir e era acompanhada aonde quer fosse nos soturnos e estéreis edifícios por duas estudantes mais velhas que a vigiavam inclusive quando tinha de usar o banheiro. Elas não lhe davam um minuto de privacidade. Vigiavam-na mesmo quando desempenhava as mais delicadas funções corporais.

A comida era intragável e as lições se resumiam a ler e copiar versículos bíblicos. Rose recebia tapas se estabelecia contato visual com outras meninas ou professoras, ou por tentar "conversar", ou por fazer perguntas, e era obrigada a esfregar a sala de jantar de joelhos se deixasse de demonstrar uma "boa atitude".

Quando Rose pediu para ligar para casa, para conversar com suas tias sobre o local onde se encontrava, foi levada para uma "sala de recreação", um pequeno *closet* com uma janela alta, e lá ela levou uma surra com um cinto de couro de uma mulher mais velha que lhe disse que era melhor ela mostrar uma mudança de atitude imediatamente, e que se não fizesse isso, jamais teria permissão para telefonar para sua "família".

– Você quer ser uma menina má? – perguntou a mulher, pesarosa. – Você não entende o que seus pais estão tentando fazer para você aqui? Seus pais não querem você agora. Você agiu de maneira rebelde, você os decepcionou.

Rose ficou deitada no chão daquela sala por dois dias, chorando. Lá dentro, havia um balde e um catre, e nada mais. O chão cheirava a produtos químicos de limpeza e a urina. Por duas vezes, uma pessoa chegou com comida para ela. Uma menina mais velha agachou-se e sussurrou:

– Aguente firme e ponto final. Você não tem como vencer essa gente. E, por favor, coma. Se você não comer, eles vão continuar dando a você o mesmo prato o tempo todo até você comer a comida, mesmo que já esteja estragada.

Rose ficou furiosa. Onde estavam Tia Julie e Tia Marge? Onde estava Tio Lestan? E se Tio Lestan soubesse o que acontecera e estivesse zangado e chateado com ela? Ela não podia acreditar naquilo. Ela não podia acreditar que ele tivesse dado as costas a ela daquele jeito, não sem ao menos ter falado com ela. Entretanto, Rose estava consumida de vergonha pelo que fizera. E estava com vergonha de si mesma naquelas roupas vagabundas, com o corpo sujo, os cabelos sujos, a pele febril que não parava de coçar.

Ela se sentia febril e seu organismo estava travado. No banheiro, diante dos olhos vigilantes de suas guardiãs, ela não conseguia fazer com que o intestino funcionasse. Seu corpo doía e sua cabeça doía. Na verdade, ela estava sentindo a pior dor que já experimentara em seu estômago e em sua cabeça.

Rose certamente já estava com febre quando foi levada para a primeira sessão de grupo. Sem uma chuveirada ou um banho ela estava se sentindo imunda.

Eles colocaram um pedaço de papel nela com um aviso que dizia EU SOU UMA VADIA e lhe disseram que ela deveria admitir que usara drogas, que escutara músicas satânicas, que dormira com rapazes.

Seguidamente, Rose repetia que não dormira com ninguém, que não usara drogas.

Seguidamente, outras meninas postavam-se diante dela e gritavam bem na cara de Rose:

– Admita, admita.

– Diga: "Eu sou uma vadia."

– Diga: "Eu sou viciada."

Rose se recusava. Ela começava a gritar. E jamais usara drogas na vida. Ninguém na Escola Willmont usava drogas. Ela jamais estivera com um rapaz, exceto para trocar beijos durante uma dança.

Ela encontrou-se caída no chão com outras meninas sentadas em suas pernas e seus braços. E não conseguia parar de gritar até que sua boca encheu-se de um vômito que quase a sufocou. Com toda a alma, ela lutou, berrando cada vez com mais intensidade, cuspindo vômito para todos os lados.

Quando acordou, Rose estava sozinha numa sala e sabia que se encontrava mais do que apenas enjoada. Ela estava quente no corpo inteiro, e a dor em seu estômago era insuportável. A cabeça pegava fogo. Sempre que ouvia alguém passando, pedia água.

A resposta veio:

– Falsa.

Quanto tempo ela ficou ali deitada? A impressão era de dias, mas logo ela estava parcialmente sonhando. Sem parar, ela rezava para Tio Lestan. "Venha me levar, por favor, venha me levar. Eu não tive intenção de fazer aquilo, por favor, por favor, me perdoe." Não conseguia imaginar que ele pudesse querer que ela sofresse daquela maneira. Certamente Tia Julie e Tia Marge haviam contado a ele o que estava acontecendo. Tia Marge ficara histérica quando levaram Rose.

Em determinado ponto, Rose percebeu algo. Estava morrendo. A única coisa na qual conseguia pensar naquele momento era em água. E sempre que perdia os sentidos, sonhava que alguém lhe dava água. Entretanto, ela acordava e não havia água nenhuma; não havia ninguém passando; não havia ninguém dizendo "falsa" e ninguém dizendo "admita".

Uma estranha calma apoderou-se de Rose. Então é assim que a vida acaba, pensou ela. E talvez Tio Lestan simplesmente não tenha ficado sabendo ou não tenha entendido o quanto a situação dela era ruim. Àquela altura, qual era a importância daquilo?

Ela dormiu e sonhou, mas continuou tremendo e acordando com um sobressalto. Seus lábios estavam rachados. E havia tanta dor no estômago, em seu peito e em sua cabeça que ela não conseguia sentir mais nada.

Escorregando para dentro e para fora de sua consciência, sonhando com água gelada em copos dos quais ela não podia beber, Rose ouvia sereias passando. Eram sereias que guinchavam bem alto e que estavam bem distantes, embora se aproximassem cada vez mais, e então alarmes dispararam, produzindo um horroroso estrondo. Rose sentiu cheiro de fumaça. Ela viu o tremeluzir das chamas. E ouviu as meninas berrando.

Bem diante dela, a parede se partiu ao meio e o mesmo ocorreu com o teto. O recinto inteiro veio abaixo com pedaços de reboco e madeira voando em todas as direções.

O vento soprou através da sala. Os berros ao redor se tornaram cada vez mais altos.

Um homem veio na direção de Rose. Ele se parecia com Tio Lestan, mas não era Tio Lestan. Tratava-se de um homem de cabelos escuros, um homem bonito com os mesmos olhos brilhantes que Tio Lestan possuía, exceto pelo fato de que os olhos daquele homem eram verdes. Ele tirou Rose do catre e enrolou-a em algo quente e aconchegante, e os dois alçaram voo.

Rose viu chamas ao redor de si à medida que ascendia. Todo o prédio pegava fogo.

O homem levou-a em direção ao céu exatamente como acontecera muitos anos atrás acima da pequena ilha.

O ar estava maravilhosamente frio e fresco.

– Sim, as estrelas... – sussurrou ela.

Quando Rose viu o grande amontoado de estrelas brilhantes como diamantes, era novamente aquela menininha nos braços de Tio Lestan.

Uma voz delicada falou no ouvido dela:

– Durma, Rose, agora você está a salvo. Vou levá-la para o seu Tio Lestan.

Rose acordou em um quarto de hospital. Ela estava cercada de pessoas com casacos e máscaras brancas. Uma voz delicadamente feminina disse:

– Você vai ficar boa, querida. Irei lhe dar uma coisa para dormir.

Atrás da enfermeira estava aquele homem, aquele homem de cabelos escuros e olhos verdes que levara Rose até lá. Ele tinha a mesma pele bronzeada de Tio Lestan, e seus dedos pareciam ser feitos de seda ao acariciarem a bochecha de Rose.

– Sou amigo do seu tio, Rose – disse ele. – Meu nome é Louis. – Ele pronunciou o nome da maneira francesa, "Louie". – Acredite em mim, Rose, seu tio logo, logo vai estar aqui. Ele está a caminho. Ele vai cuidar de você, e vou ficar aqui até que ele chegue.

Quando ela voltou a abrir os olhos, sentiu-se completamente diferente. Toda a dor e a pressão haviam sumido de seu estômago e de seu peito. Eles haviam evacuado todos os dejetos de seu corpo, ela percebeu isso. E quando pensou em como aquilo tudo deveria ter sido repulsivo, dedos invadindo sua carne suja, retirando toda aquela imundície, sentiu-se novamente envergonhada e soluçou mais uma vez de encontro ao travesseiro. Sentiu-se culpada e arrasada. O homem alto de cabelos escuros acariciou seus cabelos e disse para que ela não se preocupasse mais.

– Sua Tia Julie está a caminho. Seu tio está a caminho. Volte a dormir, Rose.

Embora estivesse entorpecida e confusa, ela podia ver que estava recebendo fluidos e alguma coisa branca, alguma espécie de alimentação intravenosa. A médica chegou. Ela disse que levaria mais ou menos uma semana até que Rose tivesse condições de sair do hospital, mas que o "perigo" havia passado. A situação dela havia sido de fato delicada por algum tempo, porém Rose ficaria bem. A infecção estava sob controle. Rose havia sido hidratada. O homem chamado Louis agradeceu à médica e à enfermeira.

Rose piscou entre as lágrimas. O quarto estava repleto de flores.

– Ele mandou lírios para você – disse Louis. Ele tinha uma voz profunda e suave. – Ele também enviou rosas, rosas de todas as cores. A sua flor, Rose.

Quando Rose começou a pedir desculpas pelo que fizera, Louis recusou-se a ouvir. Ele disse para ela que as pessoas que a haviam levado para aquele lugar eram "malignas". O juiz recebera dinheiro do lar cristão para mandar adolescentes perfeitamente decentes para serem encarceradas lá. A escola extorquia pagamentos exorbitantes dos pais das crianças e do estado. Ele disse que o juiz logo estaria na cadeia. Quanto ao lar, não existia mais, destruído pelo incêndio, fechado, e os advogados cuidariam para que o lugar jamais voltasse a funcionar.

– O que eles fizeram com você foi errado – sussurrou ele.

Em sua voz suave e sem pressa, ele disse que haveria muitos processos contra o lar. E restos de dois corpos haviam sido encontrados entre os escombros. Ele queria que Rose soubesse que aquelas pessoas seriam punidas.

Rose ficou impressionada. Ela queria explicar o incidente do carro, queria explicar que jamais fora sua intenção causar mal algum a ninguém.

– Eu sei – disse ele. – Aquilo foi uma coisinha à toa. Não foi nada. Seu tio não está zangado com você. Ele jamais ficaria zangado com você por causa de uma coisa como essa. Agora durma.

Quando Tio Lestan chegou, Rose já estava com Tia Marge em um apartamento em Miami Beach. Ela perdera peso, sentia-se frágil e sobressaltava-se com os mais leves ruídos. Porém estava muito melhor. Tio Lestan pegou-a nos braços e eles foram dar um passeio juntos pela orla.

– Eu quero que você vá para Nova York – disse Tio Lestan. – Nova York é a capital do mundo. E quero que você vá estudar lá. Tia Marge vai levá-la para lá. Tia Julie ficará na Flórida. É aqui que ela se sente em casa e não consegue se adaptar à cidade grande. Mas Tia Marge cuidará de você, e agora você terá novos companheiros, seguranças particulares bons e decentes que vão manter vocês duas em segurança. Quero que você tenha a mais refinada formação possível. Lembre-se, Rose, o que quer que você tenha sofrido, independentemente do quanto a experiência tenha sido ruim, você poderá usar isso para se tornar uma pessoa mais forte.

Eles conversaram por horas, não sobre o horrendo lar cristão, mas sobre outras coisas, o amor de Rose pelos livros, seus sonhos de escrever poesia e contos algum dia, seu entusiasmo com Nova York e como ela queria ir para uma universidade como Harvard ou Stanford ou sabe-se lá qual?

Aquelas foram horas maravilhosas. Eles haviam parado em um café em South Beach, e Tio Lestan ficava lá sentado em silêncio, apoiado nos cotovelos, os olhos radiantes para ela enquanto Rose extravasava todos os seus pensamentos, sonhos e perguntas.

O novo apartamento em Nova York ficava no Upper East Side, mais ou menos a dois quarteirões de distância do parque, em um venerável edifício antigo com cômodos espaçosos e teto alto. Tia Marge e Rose ficaram ambas exultantes com o local.

Rose ingressou em uma maravilhosa escola que tinha um currículo muito superior àquele da Willmont. Com a ajuda de diversos tutores, a maior parte estudantes universitários, Rose logo entrou no ritmo e estava profundamente inserida na nova rotina escolar e se preparando para entrar para a faculdade.

Embora Rose sentisse falta das lindas praias na Flórida e das noites rurais adoravelmente cálidas e doces, sentia-se em êxtase por morar em Nova

York, adorava seus colegas de turma e estava secretamente feliz pelo fato de que Tia Marge, e não Tia Julie, estava com ela, já que Tia Marge sempre fora a tia aventureira, a tia travessa, e elas se divertiam mais juntas.

O espaço doméstico delas logo passou a incluir uma empregada e uma cozinheira permanentes, e os motoristas-seguranças que as levavam para toda parte.

Havia momentos em que Rose queria fazer algo diferente por conta própria, conhecer pessoas sem nenhuma influência alheia, sair de metrô, ser independente.

Tio Lestan, entretanto, era irredutível. Os motoristas de Rose iam aonde quer que Rose fosse. Por mais constrangida que ficasse com a longa limusine Lincoln que a deixava na escola, ela passou a depender disso. E esses motoristas eram mestres em parar em fila dupla em qualquer ponto de Midtown enquanto Rose fazia compras e não viam nenhum problema em carregar vinte ou trinta sacolas e até mesmo enfrentar as filas do caixa para Rose ou realizar pequenas missões para ela. Eles eram em sua maioria jovens e simpáticos, e agiam como se fossem uma espécie de anjos da guarda.

Tia Marge era franca ao dizer que estava desfrutando completamente de tudo aquilo.

Era um novo estilo de vida e tinha lá seus charmes, porém, a verdadeira atração, evidentemente, era a própria cidade de Nova York. Ela e Tia Marge tinham uma assinatura para os concertos da orquestra sinfônica, do New York City Ballet e da Metropolitan Opera. Elas assistiam aos últimos musicais na Broadway e a diversas peças off-Broadway. Faziam compras na Bergdorf Goodman e na Saks; perambulavam pelo Metropolitan Museum por horas aos sábados e frequentemente passavam o fim de semana visitando galerias no Village e no SoHo. Aquilo sim era *vida*!

Pelo telefone, Rose conversava interminavelmente com Tio Lestan sobre essa ou aquela peça ou concerto a que assistira, ou sobre a peça de Shakespeare que estava sendo exibida de graça no parque e como elas queriam ir a Boston aquele fim de semana só para ver e, quem sabe, visitar Harvard.

No verão anterior ao último ano escolar de Rose, ela e Tia Marge encontraram-se com Tio Lestan em Londres para uma maravilhosa semana de visitas aos mais esplêndidos lugares acompanhados de seguranças particulares. De lá, Tia Marge e Rose foram para Roma, Florença e toda uma sequência de cidades antes de voltar para Nova York bem a tempo para o início das aulas.

Foi em algum momento antes de seu aniversário de dezoito anos que Rose começou a fazer uso da internet com o intuito de pesquisar a hedionda Casa de Custódia Amazing Grace Para Garotas onde ela havia ficado presa. Ela jamais contara para ninguém que sabia o que de fato acontecera com ela lá dentro.

As reportagens confirmavam tudo que Louis dissera a ela muito tempo atrás. O juiz que mandara Rose para lá fora preso. E dois advogados haviam ido para a cadeia junto com ele.

Na última noite de Rose na casa de custódia, ao que tudo indicava, um aquecedor havia explodido, incendiando todo o estabelecimento. Duas outras explosões haviam destruído anexos e estábulos. Rose jamais ouvira falar sobre a presença de estábulos no local. Bombeiros e policiais locais haviam convergido para a escola e encontrado meninas vagando pelo terreno entontecidas e agindo de maneira incoerente devido ao choque da explosão, e muitas delas exibiam vergões e hematomas graças às surras. Umas duas estavam com a cabeça raspada e outras duas haviam sido levadas para o pronto-socorro local devido à desnutrição e desidratação. Algumas meninas tinham as palavras VADIAS e VICIADAS escritas em seus corpos a caneta de ponta de feltro. Matérias de jornais refletiam desprezo e indignação. Elas vituperavam contra a escola, afirmando que se tratava de um negócio escuso que fazia parte da desregulamentada organização Indústria de Adolescentes Problemáticas na qual os pais eram extorquidos de milhares de dólares para financiar a "reeducação" de adolescentes as quais eles temiam estar correndo o risco de se tornarem drogadas, marginais ou suicidas.

Todos ligados ao lugar haviam sido indiciados por alguma coisa, ao que parecia, porém as acusações acabaram sendo retiradas. Não havia nenhuma lei que exigisse a regulamentação de escolas religiosas na Flórida, e os proprietários e o "corpo docente" não foram processados.

Entretanto, foi fácil rastrear o doutor e a sra. Hays. Ambos haviam morrido meses depois numa violenta invasão domiciliar. Um dos outros professores mais notórios havia se afogado nas proximidades de Miami Beach. E outro morrera em decorrência de uma batida de carro.

Rose odiava admitir, mas aquelas notícias lhe deram uma boa dose de satisfação. Ao mesmo tempo, algo a respeito de tudo aquilo incomodou Rose. Uma terrível sensação tomou conta dela. Será que alguém punira aquelas pessoas pelo que haviam feito, pelo que haviam feito com Rose e as outras? Mas aquilo era um absurdo. Quem faria algo assim? Quem *poderia* fazer algo assim? Ela tirou aquela ideia da cabeça, que era deplorável, disse ela para si mesma, ficar contente pelo fato de aquelas pessoas estarem mortas. Rose fez mais algumas leituras sobre a Indústria de Adolescentes Problemáticos e outros escândalos envolvendo essas desregulamentadas escolas e lares cristãos, porém logo não era capaz de suportar aquele assunto. Aquilo a deixava também com raiva, e quando ficava com raiva, sentia-se envergonhada, envergonhada por estar envergonhada. Aquela coisa não tinha fim. Ela fechou o livro sobre aquele breve e horrendo capítulo de sua vida. O presente acenava para ela.

Tio Lestan queria que Rose seguisse sua própria estrela no que dizia respeito à universidade. Ele assegurou a ela que nada era inalcançável nesse sentido.

Ela e Marge voaram para a Califórnia para visitar Stanford e a universidade da Califórnia em Berkeley.

Stanford, próxima à bela Palo Alto, na Califórnia, foi a escolha final de Rose, e ela e Marge mudaram-se para San Francisco no mês de julho anterior ao começo das aulas.

Tio Lestan encontrou-se com Rose em San Francisco durante um breve feriado em agosto. Rose apaixonou-se pela cidade e ficou parcialmente convencida a residir lá, optando pelo deslocamento diário até a universidade. Tio Lestan tinha outra sugestão. Por que não morar perto do campus como o planejado e ter um apartamento em San Francisco? Logo isso foi providenciado, e Rose e Marge mudaram-se para um espaçoso apartamento moderno a uma caminhada de distância da Davies Symphony Hall e da San Francisco Opera House.

A pequena casa delas numa arborizada rua em Palo Alto era encantadora. E embora a mudança da Costa Leste para a Oeste significasse uma nova governanta e dois novos motoristas, Rose logo se acostumou à nova realidade e em pouco tempo estava amando o sol californiano.

Depois de sua primeira semana de aulas, Rose estava apaixonada por seu professor de literatura, um homem alto, magro e introspectivo que falava com a afetação de um ator. Gardner Paleston era seu nome. Ele era uma espécie de prodígio, tendo publicado quatro volumes de poesia, bem como dois livros sobre a obra de William Carlos Williams antes de completar trinta anos. Aos trinta e cinco, ele tinha um ar meditativo, intenso, bombástico e absolutamente sedutor. Ele flertava abertamente com Rose e lhe disse em uma ocasião durante o café depois da aula que ela era a mais bela jovem que ele já havia visto. Ele enviava e-mails para Rose com poemas de sua autoria sobre os "cabelos lustrosos" e os "olhos inquisitivos" de Rose. Ele a levava para jantar em restaurantes caros e lhe mostrou sua casa na parte velha de Palo Alto, uma casa grande e antiga em estilo georgiano. Ele disse à Rose que seus pais estavam mortos. O irmão morrera no Afeganistão. Assim, ele passara a assombrar a casa sozinho, que desperdício, porém não conseguia suportar a ideia de desafazer-se dela, a casa cheia de sua "coleção de quinquilharias de infância".

Quando Tio Lestan veio fazer uma visita, levou Rose para passear pelas silenciosas e arborizadas ruas de Palo Alto. Ele apontava para as magnólias e suas folhas verdes, duras e farfalhantes, e afirmava como as adorava desde a época em que vivera "no Sul".

Ele estava despenteado e com o corpo todo empoeirado. Rose percebeu que sempre via Tio Lestan dessa maneira, esplendidamente bem-vestido, mas empoeirado.

Uma série de perguntas sobre seus voos em meio às estrelas estavam na ponta da língua dela, porém ela as guardou para si. A pele dele estava mais bronzeada do que o habitual, parecia quase queimada, e seus belos e fartos cabelos estavam quase brancos.

Ele vestia um blazer azul-escuro, calças cáqui e sapatos pretos tão bem engraxados que pareciam de vidro, e conversava em uma voz baixa e delicada, dizendo a Rose que ela devia se lembrar sempre de que podia fazer absolutamente qualquer coisa que quisesse nesse mundo. Ela poderia ser escritora, poeta, músico, arquiteta, médica, advogada, seja lá o que ela quisesse, que se quisesse se casar e criar um lar para seu marido e seus filhos, também não haveria problema algum.

— Se o dinheiro não puder comprar pra você a liberdade de fazer o que você bem entender, bom, então qual é a vantagem de se ter dinheiro? – perguntou ele. Ele parecia estar quase triste. – E dinheiro você tem, Rose. De sobra. E tempo. E se o tempo não puder nos dar a liberdade de fazermos o que quisermos, qual é a vantagem de se ter tempo?

Rose sentiu uma dor terrível. Ela estava apaixonada por Tio Lestan. Ao lado de Tio Lestan, todos os pensamentos a respeito de seu professor, Gardner Paleston, simplesmente murcharam e por fim feneceram. Mas Rose não disse uma palavra sequer. À beira das lágrimas, ela apenas sorriu e explicou que sim, que sabia disso, que ele lhe dissera aquilo muito tempo atrás, quando era uma menininha, que ela poderia ser qualquer coisa que desejasse.

— O problema é que eu quero fazer tudo! – disse ela. – Quero morar e estudar aqui, e morar e estudar em Paris, e em Roma e em Nova York. Quero fazer tudo.

Tio Lestan sorriu e disse à Rose o quanto estava orgulhoso dela.

— Você cresceu e se transformou em uma linda mulher, Rose. Eu sabia que você seria bonitinha. Você era bonitinha quando eu a vi pela primeira vez. Mas agora você é linda. Você é forte e saudável e, bom, você é linda. Não há sentido em se falar com rodeios acerca disso. – E então ele subitamente se transformou num tirano, dizendo a ela que o motorista precisava acompanhá-la aonde quer que ela fosse, que ele queria inclusive que o motorista ficasse sentado nos fundos da sala de aula da faculdade dela, quando houvesse uma cadeira vaga, ou do lado de fora da sala. Rose questionou a medida. Ela queria liberdade. Mas Tio Lestan se recusou a ouvir. Ele havia se tornado um guardião zeloso demais e intensamente europeu, era a impressão que Rose tinha, mas como ela poderia de fato argumentar com ele? Quando pensou em tudo o que Tio Lestan fizera por ela, Rose se calou. Tudo bem. O motorista iria a todos os lugares com ela. Ele podia levar os livros dela. Aquilo seria legal, embora com os iPads e Kindles que existiam ultimamente, ela não tivesse de levar consigo tantos livros.

Seis meses depois da visita, Rose recebeu uma carta de Tio Lestan dizendo que ela não teria mais notícias dele com tanta frequência, mas que ele a amava, e que precisava daquele tempo para ficar sozinho. Que ela tivesse certeza do amor dele e que tivesse paciência. Em algum momento ele apareceria. E, enquanto isso, ela estaria totalmente em segurança e deveria pedir a seus advogados o que quer que seu coração desejasse.

Sempre fora assim, na realidade. E como ela poderia pedir mais alguma coisa?

Um ano se passou sem que ela tivesse notícias de Tio Lestan.

Ela, porém, estivera muito ocupada com outras coisas. E então mais um ano se passou, mas estava tudo bem. Seria maldoso e ingrato da parte dela reclamar, principalmente quando o advogado do tio em Paris ligava regularmente todos os meses.

Duas semanas depois do início de seu segundo ano de faculdade, Rose estava, mais uma vez, irremediavelmente apaixonada por Gardner Paleston. Ela se matriculara em três de seus cursos e tinha certeza de que se tornaria uma grande poeta algum dia se ouvisse toda e qualquer palavra que ele dissesse. Ela estivera na clínica do campus e obtivera as informações e as pílulas de que necessitava para prevenir uma gravidez acidental e estava apenas esperando o momento perfeito para os dois estarem juntos. Gardner Paleston ligava para ela todas as noites e eles conversavam por uma hora. Rose tinha mais potencial do que qualquer outro aluno que ele já tivera, dizia o professor.

– Quero ensiná-la tudo o que eu sei, Rose – afirmou ele. – Jamais me senti assim em relação a ninguém. Quero lhe dar tudo o que eu puder, você entende o que estou dizendo, Rose? O que quer que eu saiba, o que quer que eu tenha aprendido, o que quer que eu tenha a passar adiante, quero dar a você. – Rose tinha a impressão de que ele chorava do outro lado da linha. Ela ficou comovida.

Rose queria desesperadamente conversar com Tio Lestan sobre Gardner, porém aquilo não teria como acontecer. Ela escrevia longas cartas e as enviava ao advogado em Paris, e recebia de volta os mais tocantes presentinhos. Certamente eles vinham do advogado, pensou ela, mas acontece que cada um deles chegava com um cartão assinado por Tio Lestan, e esses cartões eram mais preciosos para ela do que os colares de pérolas ou os broches de ametistas que os acompanhavam. Certamente Tio Lestan algum dia veria o excepcional talento de Gardner, sua paixão, seu gênio, com seus próprios olhos.

Enquanto ela ficava na aula sonhando, Gardner Paleston se tornou o mais sensível e brilhante ser que Rose já imaginara. Ele não era tão bonito quanto Tio Lestan, não, e na verdade parecia ser até mais velho, talvez porque não tivesse a saúde do tio, ela não tinha como saber ao certo. Entretanto, ela passou a amar tudo em relação a Gardner, incluindo o nariz aquilino, a testa alta e os longos dedos com os quais ele fazia gestos dramáticos enquanto andava para a frente e para trás diante da turma.

Como ele ficava desapontado, Gardner declarou, como ficava arrasado, ele disse amargamente, pelo fato de "nem um único aluno sequer nessa sala entender um décimo do que estou dizendo aqui!". Ele curvou a cabeça, os olhos fechados, os dedos grudados na ponte do nariz, e tremeu. Rose sentiu vontade de chorar.

Ela estava sentada na grama sob uma árvore lendo sem parar o poema "O carrinho de mão vermelho", de William Carlos Williams. O que ele significava? Rose não tinha certeza se sabia! Como ela poderia confessar isso a Gardner? Ela teve um acesso de choro.

Antes do Natal, Gardner informou à Rose que chegara o momento de os dois ficarem juntos. Era um fim de semana. Ele preparara tudo cuidadosamente.

Rose teve uma briga séria com seu motorista favorito, Murray. Ele era jovem, dedicado e engraçado, mas tão alerta quanto todos os outros seguranças.

— Você pode ficar dois quarteirões atrás da gente – disse Rose. – Não deixe ele ver que você está nos seguindo! Vou passar a noite com ele, certo, e você pode esperar do lado de fora, quietinho, sem se intrometer em nada. Murray, por favor, não estrague tudo!

Murray tinha lá suas dúvidas. Ele era um homem pequeno e musculoso, de origem eslavo-judaica, que fora policial em San Francisco por dez anos antes de conseguir aquele emprego que lhe pagava três vezes mais do que o que ele recebia antes. Também era um cara bastante honesto, aberto e decente, como todos os motoristas, e deixou bem claro que desaprovava "aquele professor". Entretanto, seguiu as ordens de Rose.

Gardner pegou Rose mais ou menos às seis naquela noite e levou-a de carro até a misteriosa mansão em estilo georgiano na parte velha de Palo Alto, subindo uma estradinha curva através de um jardim bem cuidado até uma porta-cocheira que não podia ser vista da rua.

Rose estava usando um vestido simples de cashmere lilás para aquela noite abençoada, com meias pretas e sapatos pretos de couro, os cabelos soltos caíam pelas costas, com um pequeno brinco de diamante em apenas uma das orelhas. O suave terreno coberto de folhas da casa de Gardner lhe parecia lindo na escuridão que se avultava à medida que o dia terminava.

No passado, aquele havia sido um local esplêndido, aquilo era óbvio, com um piso antigo de madeira rangente, paredes ricamente revestidas e uma ampla escadaria central. Entretanto, se encontrava repleto com os livros e os papéis de Gardner, a imensa mesa da sala de jantar havia sido transformada em uma gloriosa escrivaninha com dois computadores e diversos cadernos espalhados.

Eles subiram a escada sorrateiramente, pisando no velho e desgastado carpete vermelho, e percorreram o longo e escuro corredor em direção ao quarto principal. O fogo crepitava na lareira de pedra e velas queimavam por todos os lados. Velas sobre a viga da lareira, velas sobre a velha penteadeira com espelho pendurado, velas sobre as mesinhas de cabeceira. A cama em si era uma delicada antiguidade com quatro colunas e dossel, entalhados no formato de pequenos grãos que lembravam arroz, explicou Gardner, que sua mãe herdara da mãe dela.

– É apenas uma cama, uma cama pequena – disse ele. – Eles não faziam camas queen-size ou king-size naquele época, mas isso aqui é tudo o que a gente precisa.

Rose assentiu. Sobre uma comprida mesinha de centro diante de um velho sofá de veludo vermelho encontravam-se bandejas com queijos franceses, biscoitos, caviar e outros aperitivos. Havia também uma garrafa de vinho, já sem a rolha, à espera deles.

Aquele era o sonho de Rose, o fato de que aquilo, sua primeira experiência, seria uma experiência do mais elevado amor, e que tudo seria absolutamente perfeito.

– Eu tomo a Comunhão Sagrada – sussurrou Gardner enquanto a beijava –, minha inocente, minha doce e delicada, minha flor.

Eles começaram num ritmo lento, beijando-se, tombando sob os lençóis brancos, e então tudo começou a ficar bruto, quase que divinamente bruto, e então estava consumado.

Como algo podia ser tão perfeito? Certamente Tia Marge compreenderia, quer dizer, se Rose algum dia lhe contasse. Porém talvez fosse melhor jamais contar sobre aquilo a quem quer que fosse. Rose mantivera segredos durante toda a vida, mantivera-os bem guardados, sentindo que revelar um segredo poderia ser uma coisa terrível. E talvez ela mantivesse aquela noite em segredo pelo resto da vida.

Eles ficaram deitados juntos dividindo o travesseiro, Gardner falando sobre tudo o que Rose tinha a aprender, tudo o que ele queria compartilhar com ela, quanta esperança ele depositava nela. Rose era apenas uma criança, uma lousa vazia, disse ele, e queria dar a Rose tudo o que estivesse ao seu alcance.

Aquilo fez com que Rose pensasse em Tio Lestan. Não conseguia evitar. Entretanto, o que Tio Lestan pensaria se soubesse onde ela estava naquele momento?

– Posso lhe contar algumas coisas? – pediu Rose. – Posso contar para você algumas coisas sobre a minha vida, os mistérios da minha vida que nunca contei para ninguém?

– É claro que você pode – sussurrou Gardner. – Perdoe-me por não ter perguntado mais coisas a você antes. Às vezes, acho que você é tão linda que realmente não consigo conversar com você. – Aquilo não era de fato verdade. Ele conversava o tempo todo com ela. Mas Rose sentia o que o professor estava querendo dizer com aquilo. Ele jamais a incentivara a falar.

Ela sentiu-se próxima a ele como jamais se sentira próxima a ninguém. O fato de estar deitada ao lado dele dava-lhe uma sensação de perfeição total. Ela não sabia dizer ao certo se estava triste ou sentindo uma felicidade suprema.

E então ela lhe contou o que jamais contara a seus amigos antes. Rose contou a ele sobre Tio Lestan.

Ela começou falando numa voz baixa, descrevendo o terremoto e aquela súbita ascensão às estrelas e aos Céus. E ela continuou o descrevendo, o mistério que ele era e como sua vida havia sido guiada por ele. Ela falou um pouco sobre o horrendo lar cristão, passando rapidamente pela noite em que foi resgatada – mais uma vez, a dramática ascensão, o vento, as nuvens e aquelas estrelas novamente acima dela no céu nu. Ela falou de Louis, de Tio Lestan e de sua vida desde então... e como às vezes ela pensava em sua mãe de tanto tempo atrás, e naquela ilha, e que tremendo acidente fora o fato de Tio Lestan tê-la salvado, tê-la amado, tê-la protegido.

Muito subitamente, Gardner sentou-se na cama. Ele foi em busca de um robe felpudo, levantou-se enrolado nele e andou na direção da lareira. Ele ficou ali parado com a cabeça curvada por um longo momento. Colocou as mãos sobre a viga e deixou escapar um rosnado alto.

Com cautela, Rose recostou-se nos travesseiros, puxando o lençol para cobrir os seios. Conseguia ouvir os rosnados dele. De repente, Garner soltou um grito e, à medida que ela observava, ele andou para a frente e para trás com os pés descalços e a cabeça jogada para trás. Em seguida, a voz dele veio baixa e zangada:

– Isso é muito decepcionante, ah, muito decepcionante! Eu tinha tantas esperanças em você, tantos sonhos! – Ele tremia, Rose percebeu. – E você me vem com esse ridículo, idiota, blá-blá-blá vampiresco de ensino médio! – Ele girou o corpo e a encarou, seus olhos úmidos e cintilantes. – Você consegue imaginar o quanto você me decepcionou? Consegue imaginar o quanto você me deixou contrariado? – A voz dele se tornava cada vez mais alta. – Eu tinha sonhos para você, Rose, sonhos do que você talvez pudesse vir a ser. Rose, você possui um potencial imenso. – Ele rosnava para ela. Seu rosto ficou vermelho. – E você me vem com esse lixo tolo, rampeiro, típico de aluna de escola primária!

Ele se virou para a esquerda, depois para a direita e em seguida foi na direção da estante na parede, as mãos movendo-se como grandes aranhas brancas sobre os livros.

– E pelo amor de Deus, pelo menos use as drogas dos nomes certos! – Ele tirou um grande volume em capa dura da prateleira. – É Lestat, droga – ele foi em direção à cama –, e não Lestan! E Louie é Louis de Pointe du Lac. Se é para me contar essas ridículas historinhas infantis, pelo menos conte da maneira correta, droga.

Ele jogou o livro nela. Antes que Rose pudesse se abaixar, a lombada atingiu-a na testa. Uma dor forte e penetrante espalhou-se por sua pele e tomou conta de sua cabeça.

Ela ficou atônita. Ficou enlouquecida pela dor. O livro caiu em cima do cobertor. *O vampiro Lestat* era o título. Era uma edição velha e a sobrecapa estava rasgada.

Gardner voltou à viga da lareira e gemia mais uma vez. Então recomeçou:

– Isso é muito decepcionante, muito decepcionante, e bem nesta noite, Rose, bem nesta noite. Você nem pode começar a imaginar o quanto você me desapontou. Você nem pode começar a imaginar o quanto estou decepcionado. Mereço algo melhor do que isso, Rose. Mereço algo muito melhor do que isso!

Ela estava ali sentada, trêmula, tomada pela raiva. A dor em sua cabeça simplesmente não passava e ela sentia uma fúria silenciosa pelo fato de ele haver jogado aquele livro nela, jogado o livro bem no rosto dela, e a machucado daquela maneira.

Rose deslizou para fora da cama com as pernas cambaleantes. E apesar das mãos trêmulas, vestiu-se com o máximo de rapidez que conseguiu.

E ele não parava de falar, próximo ao fogo crepitante. Ele começara a chorar.

– E esta era para ser uma noite linda, uma noite muito especial. Você não consegue imaginar o quanto me decepcionou! Vampiros a levando para as estrelas! Deus Todo-Poderoso! Rose, você não sabe o quanto me magoou, o quanto me traiu!

Ela agarrou sua bolsa e saiu do quarto na ponta dos pés, descendo apressada a escada e deixando a casa. Ela estava com o iPhone na mão e já ligava para Murray antes de alcançar o caminho longo e escuro que levava até a rua.

Os faróis logo apareceram na rua deserta assim que a grande limusine aproximou-se de Rose. Em toda a sua vida, ela jamais ficara tão contente ao ver Murray.

– Qual é o problema, Rose? – perguntou Murray.

– Só quero ir embora daqui! – disse ela. No grande assento traseiro de couro preto do carro, ela baixou a cabeça até os joelhos e chorou. Sua cabeça ainda doía devido ao golpe, e quando esfregou a testa, sentiu o machucado no local.

Rose se sentiu subitamente estúpida por algum dia ter confiado naquele homem, por haver imaginado que poderia confiar nele, por haver permitido qualquer intimidade com ele. Ela se sentiu idiota. Sentiu-se envergonhada e não queria que ninguém nunca, jamais, soubesse algo sobre aquilo. Por enquanto, ela não conseguia entender o que ele havia dito. Porém, uma coisa estava clara. Ela lhe confiara os mais preciosos segredos de sua vida e ele a acusara de ter pegado emprestado histórias de um livro de ficção. Ele jogara aquele pesado livro em cima dela, sem se importar minimamente se a droga do livro a machucaria ou não. Quando se imaginou nua ao lado dele naquela cama, estremeceu.

Na segunda-feira seguinte, Rose abandonou o curso do professor Gardner Paleston, assinalando problemas familiares como o motivo pelo qual estava sendo obrigada a cortar as aulas de sua grade curricular. Ela pretendia jamais voltar a vê-lo. Enquanto isso, ele lhe telefonava o tempo todo. E foi até sua casa duas vezes, porém Tia Marge explicara de forma agradável que Rose não se encontrava.

– Caso ele venha novamente – Rose ordenou a Murray –, peça para ele, por favor, parar de me importunar.

Foi uma semana mais tarde, em uma noite de sexta-feira, durante uma visita à livraria do centro da cidade, que Rose viu um volume com o título *O vampiro Lestat*.

Enquanto se postava no corredor examinando o livro, viu que a obra se tratava do segundo volume de alguma série de romances. Rapidamente, ela encontrou diversos outros títulos. Esses livros eram chamados de Crônicas Vampirescas.

Na metade do caminho até em casa, ela estava tão chateada pensando em Gardner que ficou tentada a se livrar dos livros, entretanto, teve de admitir que estava curiosa. Do que se tratavam aqueles livros? Por que ele achava que ela estava repetindo as histórias contidas neles?

Desde aquela noite horrível, Rose encontrava-se em um estado de confusão. Ela perdera todo o apetite que tinha pela escola, pelos amigos, por tudo. Rose perambulava pelo campus como se estivesse parcialmente adormecida, morrendo de medo de dar de cara com Gardner em algum lugar ou em todos os lugares, e sua mente continuava retornando ao que acontecera naquela noite. Quem sabe fizesse bem a ela ler aqueles livros e ver o quanto Gardner havia sido injusto.

Rose leu durante todo o fim de semana. Na segunda-feira, matou aula e continuou lendo, reclamando com Marge a respeito de um incômodo no estômago. Em algum momento por volta da quarta-feira, ouviu vozes do lado de fora da pequena casa e olhou para baixo para ver Murray discutindo com Gardner Paleston na calçada. Murray estava visivelmente irritado, mas Gardner também. Finalmente o professor se virou e foi embora sacudindo a cabeça, com as mãos balançando à sua frente, golpeando o ar, e ele passava a impressão de estar murmurando consigo mesmo.

Na sexta-feira daquela semana, Rose já estava se sentindo notavelmente calma acerca da situação. O que quer que ela estivesse pensando, não tinha mais muito a ver com Gardner. Rose pensava nos livros que estivera lendo e em Tio Lestan.

Ela sabia agora o motivo pelo qual Gardner fizera suas repugnantes e hostis acusações. Sim, ela podia ver com muita clareza. Gardner era um homem autocentrado e sem consideração pelos outros. Porém ela então sabia o motivo pelo qual ele dissera tudo aquilo.

A descrição física de Tio Lestan combinava perfeitamente com a do "vampiro Lestat", e seu amigo e amante, "Louis de Pointe du Lac", era certamente o sósia do Louis que resgatara Rose da Casa de Custódia Amazing Grace Para Garotas. O sósia.

Entretanto, o que significava o fato de esse ser o caso?

Nem por um momento, Rose acreditava em vampiros. Nem por um segundo. Ela não acreditava em vampiros mais do que acreditava em lobisomens, no Pé-Grande, no Yeti, em alienígenas do espaço sideral, fadinhas que viviam em jardins ou em elfos que capturavam pessoas em florestas escuras e as transportavam para Magonia. Ela não acreditava em fantasmas, em viagens astrais, em experiências no limiar da morte, em parapsicologia, em bruxas, nem mesmo em feiticeiras. Bem, talvez ela acreditasse em fantasmas. E, bem, talvez ela acreditasse em "experiências no limiar da morte", sim. Ela conhecera inúmeras pessoas que haviam passado por aquilo.

Mas vampiros?

Não. Ela não acreditava neles. Do que quer que se tratasse aquele caso, ela estava intrigada por uma série de histórias fictícias sobre aqueles seres. E não havia uma única descrição em nenhum deles do vampiro Lestat, ou uma única linha dos diálogos pronunciados por ele, que não combinasse completamente com a visão que ela tinha de seu Tio Lestan. Porém aquilo certamente era uma mera coincidência. Quanto a Louis, bem, o personagem com o nome similar era de fato exatamente como ele, sim, mas aquilo também era pura coincidência, não era? Bem, tinha de ser! Não havia nenhuma outra explicação.

A menos que eles pertencessem a alguma organização, seu tio e aquele homem, na qual eles estivessem engajados em jogos de RPG de um tipo sofisticado modelado a partir dos personagens daqueles romances. Mas aquilo era ridículo. Uma coisa era jogar RPG. Mas, pelo amor de Deus, como alguém poderia se parecer tanto com Tio Lestan?

Ela sentiu um estranho constrangimento só de pensar em perguntar a Tio Lestan se ele lera aqueles livros. Seria ofensivo e aviltante fazer uma coisa dessas, pensou Rose, algo bem semelhante a Gardner ofendendo-a quando jogou o livro em seu rosto e prosseguiu com aquelas acusações.

Entretanto, aquilo tudo começou a deixar Rose obcecada. Enquanto isso, ela lia todas as palavras de cada livro que conseguia encontrar sobre aqueles personagens.

E as histórias na verdade a deixaram impressionada, não apenas por sua complexidade e profundidade, mas também pelas reviravoltas peculiares e sombrias, e a cronologia que elas delineavam para o desenvolvimento moral do protagonista. Ela percebia que passara a pensar no Tio Lestan como aquele personagem principal. Ele havia sido ferido, estivera em estado de choque, fora vítima de uma série de desastres e aventuras. Ele se tornara um peregrino naqueles livros. E sua pele estava bronzeada porque ele continuava se impondo aos efeitos da luz do sol em uma dolorosa tentativa de mascarar sua identidade sobrenatural.

Não, aquilo era impossível.

Ela mal reparou quando Marge lhe informou que Gardner havia descoberto o número do telefone da casa e ela fora obrigada a mudá-lo. Rose anotou o novo número em seu celular e esqueceu o assunto. Ela não usava muito a linha fixa, porém, evidentemente, aquela era a principal maneira de entrar em contato com Marge. Portanto, tinha de ter o número.

– Você quer me dizer qual é o problema? – perguntou Marge. – Sei que aconteceu alguma coisa.

Rose balançou a cabeça.

– Só estou lendo, pensando. Agora estou melhor. Na segunda-feira eu volto às aulas. Tenho muita matéria para recuperar.

Na aula, Rose mal conseguia manter a mente no que estava sendo apresentado. Ela continuava divagando, pensando naquela noite muitos anos antes quando Tio Lestan a pegara nos braços e a levara para o alto, tirando-a daquela ilha. Ela o viu naquele pequeno escritório de advocacia, mal iluminado e sombrio em Athens, Texas, ordenando, "Cuide disso!".

Bem, tinha de haver uma explicação. E então ela teve um estalo. É claro. Seu tio conhecia o autor daqueles livros. Seu tio talvez o tivesse inspirado. Era tão simples que ela quase riu alto. Só podia ser isso. Ele e seu amigo Louis haviam inspirado aquela obra de ficção. E quando contasse para ele que descobrira a existência dos livros, é claro que Tio Lestan iria rir e explicar como eles haviam sido escritos! Ele provavelmente diria que ficara honrado em servir de inspiração para divagações tão bizarras e românticas.

Sentada nos fundos da sala na aula de história, indiferente às palavras do professor, ela deslizou o exemplar de *Entrevista com o vampiro* de dentro da bolsa e verificou a data de publicação: 1976. Não, não podia ter sido assim. Caso seu tio já fosse um homem adulto por volta daquela época, bem, ele então teria quase sessenta anos. Não havia a menor possibilidade de Tio Lestan ser tão velho. Aquilo era totalmente ridículo. Mas então... que idade ele tinha? Que idade ele tinha quando a resgatou do terremoto daquela ilha? Hummm... aquelas informações não batiam. Quem sabe ele não fosse apenas um menino naquela época, quando a resgatou, embora nas lembranças de Rose ele parecesse um homem adulto – um menino de quanto, dezesseis ou dezessete anos, e então ele tinha quanto, quarenta? Bem, aquilo poderia ser bem possível. Ainda que pouquíssimo provável. Não, não fazia sentido, e, obscurecendo tudo ainda mais, estava sua vívida convicção de sua atitude, de seu charme.

A aula acabou. Hora de recapitular as ideias, repassar os movimentos em algum outro lugar, divagar até ver Murray esperando por ela em alguma calçada... Entretanto, certamente havia uma explicação lógica para tudo aquilo.

Murray levou-a para um restaurante longe do campus, que ela gostava em especial, onde Marge iria encontrá-la para jantar.

Estava escurecendo. Elas tinham uma mesa regular no local, e Rose ficou contente pelo fato de ter um tempo de sobra para ficar ali sentada sozinha, desfrutando de uma xícara de café forte, da qual necessitava ardentemente, perdida apenas em seus próprios pensamentos.

Rose estava olhando pela janela, prestando pouca atenção ao que quer que fosse, quando percebeu que alguém se sentara diante dela.

Era Gardner.

A garota ficou bastante sobressaltada.

– Rose, você tem noção do que fez comigo? – A voz dele estava profunda e trêmula.

– Escute, quero que você saia daqui – começou ela. Gardner aproximou-se da mesa e tentou segurar a mão da garota.

Ela puxou a mão, levantou-se e afastou-se da mesa, correndo na direção dos fundos do restaurante. Ela esperava e rezava para que o banheiro feminino estivesse vazio.

Gardner foi atrás dela a passos largos, e quando Rose percebeu seu erro, era tarde demais. Ele havia segurado o punho dela e a arrastava para fora do restaurante, em direção a um beco atrás do prédio. Murray estava na frente do restaurante, do outro lado, estacionado na calçada.

– Solte-me! – ordenou ela. – Estou falando sério, eu vou gritar. – Ela estava tão irritada quanto no momento em que ele a atingira com o livro.

Sem dizer uma palavra, ele a arrastou pelo beco na direção de seu carro e jogou-a no assento do carona, batendo a porta com força e trancando-a.

Quando se dirigiu ao assento do motorista, ele destravou apenas aquela porta. Rose bateu na janela. Ela berrou.

– Deixe-me sair daqui. Como você ousa fazer uma coisa dessas comigo?

Ele deu partida no carro, afastou-se do beco e pegou a rua lateral, afastando-se do bulevar principal onde Murray estava sem dúvida nenhuma esperando para pagar a corrida do táxi de Marge.

Por uma rua tranquila, ele dirigiu o carro numa velocidade impetuosa, indiferente ao chiado dos pneus, ou desfrutando disso.

Rose bateu no para-brisa, no vidro lateral, e quando percebeu que não via mais ninguém nas proximidades, levou a mão até a chave na ignição.

Com um golpe ressonante ele a mandou para trás, de encontro à porta do carona. Por um momento, ela não sabia onde estava, porém logo a realidade retornou de maneira completa e terrível. Ela lutou para endireitar-se no assento, tentando pegar a bolsa e rapidamente encontrando seu iPhone.

Ela enviou a mensagem de SOS para Murray. Em seguida, Gardner arrancou a bolsa da mão dela e, baixando o vidro de sua janela, jogou-a para fora do carro com telefone e tudo.

Nesse momento, o carro já estava em altíssima velocidade em meio ao tráfego, e ela estava sendo jogada de um lado para outro enquanto o veículo dava guinadas para atravessar a pista. Gardner seguia para Palo Alto, onde residia. E logo as ruas estariam de novo desertas.

Mais uma vez, Rose bateu nas janelas, gesticulando freneticamente para os carros que passavam, às pessoas na calçada. Porém ninguém parecia reparar nela. Seus gritos preenchiam o carro. Gardner segurou-a pelos cabelos e afastou a cabeça dela da janela. O carro parou bruscamente.

Eles estavam em alguma rua lateral com árvores grandes, aquelas belas magnólias verde-escuras. Ele virou-a e segurou o rosto dela, comprimindo-o com seus dedos finos, seu polegar apertando dolorosamente a mandíbula da garota.

– Quem diabos você pensa que é? – ele sussurrou para ela, seu rosto escuro de raiva. – Quem diabos você pensa que é para fazer uma coisa dessas comigo?

Aquelas eram exatamente as mesmas palavras que Rose queria dirigir a ele, mas tudo o que ela conseguia fazer era olhar para Gardner com raiva, todo o seu corpo empapado de suor. Ela agarrou os cabelos dele com ambas as mãos e os puxou com força enquanto ele puxava os dela. Ele jogou-a novamente de encontro à janela e lhe deu vários tapas, um atrás do outro, até que ela começou a arquejar descontroladamente.

O carro seguiu viagem, os pneus chiando, e, enquanto ela lutava para ajustar novamente sua posição no assento, com o rosto queimando, viu a estradinha à sua frente e a velha casa em estilo georgiano assomando-se sobre ela.

– Eu quero ir embora! – berrou ela.

Ele arrancou Rose do carro, puxando-a pelo assento do motorista e colocando-a de joelhos sobre o concreto.

– Você nem faz ideia do que fez comigo! – rosnou ele. – Sua menina idiota e miserável! Você nem faz ideia do que a sua brincadeira e os seus joguinhos fizeram comigo.

Ele arrastou-a pela porta e jogou-a do outro lado da sala de jantar, de modo que ela atingiu com força a mesa e desabou no chão. Quando ele a ergueu, Rose perdeu um dos sapatos e o sangue escorria de seu rosto em direção ao suéter. Ele bateu novamente em Rose e ela desmaiou. Desmaiou.

Quando recobrou os sentidos, Rose viu que estava no quarto. Estava sobre a cama, e Gardner estava de pé sobre ela. Ele tinha um copo em uma das mãos.

Ele falava em voz baixa, dizendo mais uma vez que ela partira seu coração, sobre o quanto ela o decepcionara.

– Ah, essa coisa toda foi a decepção da minha vida, Rose. E eu queria que tudo isso fosse tão diferente, tão, tão diferente. Você, Rose, de todas as flores do campo, você era a mais bela, Rose, a mais bela de todas.

Gardner se aproximou quando ela começou a lutar para se levantar.

– Agora vamos tomar isso aqui juntos.

Ela tentou se arrastar para trás, afastar-se dele, sair da cama, mas a mão direita dele agarrou seu punho, enquanto a esquerda segurava no alto o copo com o líquido fora do alcance dela.

– Agora pare com isso, Rose. – Ele rosnava entre os dentes. – Pelo amor de Deus, faça isso com dignidade.

De repente um par de faróis enviou seus feixes pelas janelas do quarto.

Rose começou a berrar o mais alto que era capaz. Não era nada como aqueles pesadelos nos quais se tenta berrar e não consegue. Ela gritava histericamente. Os berros retumbavam, descontrolados.

Ele a puxou para si enquanto prosseguia com sua ladainha, gritando por cima dos berros dela:

– Você é a mais deplorável decepção da minha vida, e agora, enquanto estou tentando tornar tudo novo, tornar tudo completo, para você e para mim, Rose, você faz uma coisa dessas comigo, comigo!

Com as costas da mão, ele lhe deu um tapa com toda a força, jogando-a sobre o travesseiro. Outro desmaio. Quando ela abriu os olhos, um líquido ardente e de cheiro pútrido estava em sua boca. Ele apertava o nariz dela com os dedos. Ela ficou enjoada, debateu-se e lutou para gritar. O sabor era nauseante. Sua garganta queimava. Assim como o peito.

Ele enfiou metade do copo cheio na boca de Rose, e o líquido no interior do copo espirrou em seu rosto, queimando-a. O cheiro era acre, químico, cáustico. Aquilo queimava no interior de sua bochecha e na garganta.

Contorcendo-se enquanto lutava contra o aperto dele, Rose vomitou em cima da cama. Ela o chutou com ambos os pés, mas ele não a soltava. Ele jogou o líquido em Rose e ela se virou com toda a força, sentindo-o espirrar aquela substância em seu rosto, bem na direção de seus olhos, cegando-a. Seus olhos pegaram fogo.

A voz de Murray soou da porta do corredor.

– Solta ela.

Então ela estava livre, gritando, chorando, agarrando as cobertas para enxugar o líquido ardente em seu rosto e em seus olhos.

Os homens estavam engalfinhados numa luta e os móveis estavam sendo quebrados. Houve um estrondo quando o espelho sobre a penteadeira se espatifou.

– Eu te peguei – disse Murray enquanto segurava Rose e a tirava do quarto, descendo às pressas a escada com ela.

Ela podia ouvir as sirenes se aproximando.

– Murray, eu estou cega! – soluçou ela. – Murray, a minha garganta está pegando fogo.

Rose acordou na UTI. Seus olhos estavam com curativos, a garganta doía de forma inacreditável e as mãos estavam atadas com correias de modo que ela não pudesse se mover.

Tia Marge e Murray estavam com ela. Desesperadamente, eles estavam tentando entrar em contato com Tio Lestan. Eles se recusavam a desistir de tentar. Eles o encontrariam.

"Eu estou cega agora, não estou?", queria perguntar Rose, mas não conseguia falar. A garganta não se abria. A dor no peito estava excruciante.

Gardner Paleston estava morto, Murray assegurou. Ele morrera devido a um golpe que levara na cabeça durante a briga.

Tratava-se de um caso de tentativa de assassinato-suicídio que havia sido aberto e fechado quase que imediatamente. O desgraçado, como Murray referiu-se a ele, já havia postado seu bilhete de suicídio on-line descrevendo com detalhes o plano de dar a Rose a "cicuta ardente", juntamente com uma ode a seus restos em decomposição misturados. Ela ouviu Tia Marge implorando a Murray que parasse de falar.

– Nós vamos encontrar o Tio Lestan – garantiu Marge.

Uma sensação de terror tomou conta de Rose. Ela não conseguia falar. Não conseguia implorar por algo que lhe garantisse segurança. Não conseguia nem dizer a eles a dor que estava sentindo, a dor incessante. Mas Tio Lestan estava vindo. Ele estava vindo. Ah, que tola ela fora, uma tremenda tola, por ter amado Gardner. Por ter confiado nele. Ela estava tão envergonhada, envergonhada como estivera anos atrás, deitada no chão da Casa de Custódia Amazing Grace, tão envergonhada.

E toda a confusão sobre os livros, aqueles livros que a haviam afetado tão profundamente que por dias e dias ela vivera neles, imaginando Tio Lestan na condição de herói, ascendendo com ela, em seus braços, rumo às estrelas. *Me dê as estrelas.*

Ela voltou a dormir porque não havia outro lugar aonde ela pudesse ir.

Não havia dia ou noite, apenas um alternante ritmo de atividade e ruído. Mais movimento no quarto e no corredor, mais vozes perto dela ainda que abafadas, indistintas.

Então um médico estava falando com ela.

Ele estava perto do ouvido dela. Sua voz era suave, profunda, ressonante, aguçada por um sotaque que ela não conhecia.

– Eu estou cuidando de você agora. Vou deixar você melhor.

Eles estavam numa ambulância seguindo em meio a um trânsito congestionado, e ela podia sentir cada saliência na estrada. A sirene estava ao longe, porém seu zumbido era constante. E quando Rose acordou em seguida, percebeu que estava em um avião. Podia ouvir Marge falando suavemente com alguém, mas não era Murray. Ela não conseguia ouvir Murray.

Quando acordou novamente, estava em uma nova cama, uma cama muito macia, e havia música no ar, uma adorável canção de *O príncipe estudante*, de Romberg. Era a "Serenata" que muito tempo atrás Tio Lestan cantara para ela. Se não estivessem cobertos com tantos curativos, seus olhos ficariam cheios de lágrimas. Quem sabe eles estivessem de fato cheios de lágrimas.

– Não chore, minha querida – disse o médico, o médico com o sotaque. Ela sentiu a mão sedosa dele em sua testa. – Nossos remédios estão curando você. Amanhã a essa hora a sua visão já estará restaurada.

Lentamente, ela começou a perceber que seu peito não doía mais. Não havia dor em sua garganta. Ela engoliu livremente pela primeira vez em muito tempo.

Ela estava novamente sonhando, e uma suave voz de tenor, uma voz bastante profunda, cantava a "Serenata" de Romberg.

Manhã. Rose abriu os olhos muito devagar e viu a luz do sol entrando pela janela. Aos poucos, o sono profundo a abandonou, afastando-se dela como se véus estivessem sendo retirados de seu rosto, um após o outro.

Era um belo quarto. Uma parede de vidro exibia uma vista para as montanhas distantes, e entre elas e o local onde Rose se encontrava havia o deserto, dourado ao sol ardente.

Havia um homem em pé de costas para ela. A princípio, a imagem dele era indistinta em contraste com o brilho intenso das montanhas distantes e do profundo céu azul.

Ela suspirou profundamente e virou a cabeça com facilidade para trás e para a frente sobre o travesseiro.

Suas mãos estavam livres e ela as levantou para que tocassem seu rosto. Ela tocou os lábios, os lábios úmidos.

O jovem ficou nítido para ela. Ombros largos, alto, quem sabe 1,80m de altura, com viçosos cabelos louros. Poderia ser Tio Lestan?

Assim que o nome dele brotou em seus lábios, a figura virou-se para encará-la e foi em direção à cama. Ah, como ele se parecia totalmente com Tio Lestan, mas era mais jovem, sem dúvida mais jovem. Ele era a imagem de Tio Lestan no corpo de um rapaz.

– Oi, Rose. – Ele sorriu para ela. – Fico contente por você ter acordado.

Subitamente, a visão de Rose se tornou indistinta, borrada, e uma dor atravessou suas têmporas e seus olhos. Porém, aquela sensação, aquela dor, passou tão rapidamente quanto havia chegado, e ela conseguiu voltar a enxergar. Seus olhos estavam apenas secos e coçando. Ela conseguia enxergar perfeitamente.

– Quem é você? – perguntou ela.

– Sou Viktor. Estou aqui agora para ficar com você.

– Mas e o Tio Lestan, ele virá?

– Eles estão tentando encontrá-lo. Nem sempre é fácil encontrá-lo. Mas quando ele descobrir o que aconteceu com você, prometo que ele virá.

O rosto do rapaz era esfuziante, jovem, seu sorriso, generoso e quase doce. Ele tinha grandes olhos azuis muitíssimo parecidos com os de Tio Lestan, mas, acima de tudo, seus cabelos e o formato de seu rosto eram o que mais chamava a atenção na semelhança.

– Caríssima Rose. – A voz dele era suave e equilibrada, uma voz americana que, todavia, continha uma vívida enunciação, e ele explicou que Tia Marge não podia estar ali naquele lugar naquele momento. Porém Rose estava a salvo, completamente a salvo, a salvo de todo perigo, e ele, Viktor, cuidaria para que as coisas continuassem assim. E as enfermeiras também cuidariam dela e de todas as suas necessidades.

— Você foi submetida a uma cirurgia atrás da outra – disse Viktor –, mas está melhorando maravilhosamente e logo voltará a ser você mesma por completo.

— Onde está o médico? – perguntou Rose. Quando ele fez menção de pegar a mão dela, ela segurou a dele com firmeza.

— Ele virá essa noite, quando o sol se pôr – disse Viktor. – Ele não pode vir aqui agora.

— Como um vampiro – ela divagou, rindo suavemente.

Ele riu com ela, delicada e suavemente.

— Isso aí, bem parecido com isso, Rose.

— Mas onde está o Príncipe dos Vampiros, meu Tio Lestan? – Pouco importava que Viktor nem em mil anos compreendesse seu humor ferino. Ele atribuiria isso aos sedativos que a estavam deixando maluca e quase contente.

— O Príncipe dos Vampiros virá, eu garanto – respondeu Viktor. – Como eu disse antes, estão procurando por ele neste exato momento.

— Você é muito parecido com ele – disse ela, sonhadora. Aquela dor em seus olhos voltou, assim como a visão borrada, e, por um instante, pareceu que a janela estava pegando fogo. Ela virou a cabeça para o outro lado em pânico. A dor, porém, passou e ela conseguiu enxergar com clareza todos os objetos do quarto. Que quarto bonitinho, pintado de azul-cobalto e com cornijas intensamente brancas e esmaltadas e, naquela parede, uma resplandecente pintura de rosas silvestres, uma explosão de rosas silvestres que tinham como pano de fundo um azul mais escuro.

— Mas eu conheço aquele quadro. Aquele quadro é meu – disse ela. – Ele fica no meu quarto lá em casa.

— Todas as suas coisas estão aqui agora, Rose – explicou Viktor. – Basta me dizer o que você quer. Nós estamos com os seus livros, as suas roupas, tudo. Você vai poder se levantar daqui a alguns dias.

Uma enfermeira entrou em silêncio no quarto e pareceu verificar o equipamento que cercava a cama. Pela primeira vez, Rose viu os cintilantes sacos plásticos contendo o fluido intravenoso, as finas cordas prateadas que iam até as agulhas coladas em seus braços. Ela estava realmente drogada. Um momento ela pensava que sua mente estava clara e no seguinte sentia-se surpresa e confusa. Roupas. Levantar-se. Livros.

— Alguma dor, querida? – perguntou a enfermeira, que tinha uma pele suavemente amarronzada e grandes e simpáticos olhos castanhos.

— Não, mas seja lá o que for isso, me dê mais um pouco. — Ela riu. — Estou flutuando. Eu acredito em vampiros.

— E por acaso nós todos não acreditamos? — perguntou a enfermeira. Ela fez alguns ajustes no fluxo do fluido intravenoso. — Pronto. Logo, logo você vai dormir novamente. Quando está dormindo, está se curando e é disso que você precisa agora. Curar-se. — Os sapatos da moça produziram um suave ruído agudo quando ela saiu do quarto.

Rose divagou e então viu Viktor novamente sorrindo para ela. Bem, Tio Lestan nunca usou os cabelos tão curtos, usou? E jamais vestiu esse tipo de pulôver sem manga, mesmo sendo feito de cashmere, ou uma camisa rosa como aquela, aberta no pescoço.

— Você é muito parecido com ele — atestou Rose.

Ao longe ela ouviu novamente a "Serenata", aquela música lamentosa, dolorida, tentando descrever a beleza, a pura beleza, e de uma tristeza de partir o coração.

— Mas ele cantava isso pra mim quando eu era pequena...

— Você nos disse isso — disse Viktor — e é por isso que estamos tocando essa música para você agora.

— Eu podia jurar que você se parece mais com ele do que qualquer outro ser humano que eu já vi na vida.

Viktor sorriu. Nossa, era aquele mesmo sorriso, aquele mesmo sorriso contagiante, amoroso.

— É porque eu sou filho dele — confessou Viktor.

— Filho do Tio Lestan? — Ela estava tão entorpecida. — Você disse que era filho dele? — Ela se sentou na cama, encarando-o. — Deus do céu! Você é filho dele. Eu não fazia a menor ideia de que ele tinha um filho!

— Ele também não faz a menor ideia disso, Rose. — Viktor se curvou sobre ela e beijou sua testa. Ela colocou o braço ao redor do pescoço dele, os fios movendo-se das agulhas.

— Estou esperando há muito tempo para contar isso a ele.

6

Cyril

Ele dormia por meses de uma vez. Às vezes por anos. Por que não? Em uma caverna no monte Fuji, ele dormira por séculos. Houve anos em que dormiu em Quioto. Agora, estava em Tóquio. Ele não se importava.

Estava sedento e enlouquecido. Andava tendo sonhos ruins, sonhos com fogo.

Ele rastejou de seu esconderijo e dirigiu-se às apinhadas ruas noturnas. Chuva, sim, chuva refrescante. Não importava muito quem era a vítima, contanto que fosse jovem e forte o bastante para sobreviver àquela primeira mordida. Ele queria corações que bombeassem o sangue para dentro de seu próprio coração. Queria aquele sangue sendo bombeado por outro coração através de seu coração.

Enquanto penetrava cada vez mais fundo, cada vez mais fundo no distrito de Ginza, as luzes de néon o deliciavam e o deixavam feliz. Luzes que tremeluziam, dançando, correndo para cima e para baixo e ao longo das margens das grandes fotos em movimento. Luzes! Ele decidiu não se apressar.

Era estranho o fato de que, quando emergia de seus esconderijos, sempre conhecesse as línguas e os costumes das pessoas que eram mais próximas a ele, que ficava tão surpreso quanto deliciado pelo vai e vem das pessoas. A chuva não era capaz de impedir as pessoas de se aglomerarem ali, as crianças de rostos jovens, limpas e cheirosas deste século, tão ricas, tão inocentes, tão dispostas a fornecer a ele litro após litro de seu sangue.

Beba porque eu quero você. Eu tenho muita coisa para você fazer.

Ah, aquela voz irritante, aquele ser falando dentro de sua cabeça. Quem era aquele arrogante xogum bebedor de sangue que imaginava poder dizer a Cyril o que fazer?

Ele esfregou os lábios com as costas da mão. Seres humanos o encaravam. Bem, deixe eles encararem. Seus cabelos castanhos estavam imundos, é claro, bem como os trapos que vestia, mas ele acelerou o passo, habilidosamente, se afastando depressa dos olhares invasivos. Então baixou os olhos. Estava descalço. E quem disse que eu não posso ficar descalço? Ele riu baixinho. Depois que se alimentasse, ele tomaria um banho, se lavaria adequadamente e se "misturaria" à multidão.

Como chegara ali, naquele país?, imaginou ele. Às vezes, conseguia se lembrar e outras vezes não.

E por que ele estava procurando aquele lugar específico – um edifício estreito que via constantemente em sua mente?

Você sabe o que eu quero de você.

– Não, não sei – disse ele em voz alta –, e é impossível você saber se eu vou fazer isso ou não.

– Ah, você vai fazer, sim, você vai – veio a resposta bem distinta no interior de seu cérebro. – Se não fizer o que eu quero, irei castigá-lo.

Ele riu.

– Você acha que consegue?

Outros bebedores de sangue vinham ameaçando castigá-lo desde que ele conseguia se lembrar.

Muito tempo antes, no flanco do monte Fuji, um antigo bebedor de sangue dissera a ele: "Esta é a minha terra!" Bem, imagine o que aconteceu com ele? Ele riu quando pensou nesse episódio.

Entretanto, muito tempo antes disso, Cyril já ria de ameaças provenientes daqueles que o cercavam – aqueles sacerdotes bebedores de sangue do templo *dela*, sempre ameaçando castigá-lo se não fizesse a vontade *dela*. Ele ficava impressionado com a timidez dos deuses do sangue que se submetiam às regras vazias dela. E quando ele levara seus novatos ao interior do templo para beber o sangue dela, aqueles sacerdotes covardes se afastaram, não ousando desafiá-lo.

Da última vez, ele levou aquela garota bonitinha, aquela garota grega, Eudoxia, e disse a ela que bebesse da Mãe. Aqueles sacerdotes ficaram enraivecidos.

E quanto à Mãe? Naquela época ela já não era nada além de uma estátua cheia de Sangue. Pouco importam histórias de divindade, chamados supremos, motivos para sofrer, sacrifícios e obediência.

Mesmo que ele voltasse no tempo, até onde ele podia se lembrar, à primeiríssima vez que estivera na presença dela, levado até ela pelos anciãos para beber dela e tornar-se um deus do sangue, ele pensara que tudo aquilo não passava de tolices, de mentiras. Ele fora astuto o suficiente para fazer o que eles haviam dito. Ah, como aquele sangue era gostoso. E o que fora a vida para ele antes daquilo, o trabalho de partir a coluna, a fome, as constantes perseguições de seu pai. Tudo bem, vou morrer e renascer. E então vou esmagar a cara deles com meus novos punhos divinos! Ele sabia que um deus do sangue era infinitamente mais forte do que um ser humano. Vocês querem me dar esse poder? Eu me ajoelho. Mas vocês vão se lamentar, meus amigos sagrados.

– Beba – disse o ser na cabeça dele. – Agora. Escolha uma das vítimas que o mundo lhe oferece.

– Você não precisa me dizer como fazer isso, seu idiota – Cyril disparou as palavras na chuva. Ele havia parado e as pessoas o encaravam, de forma que fingiu aquela fraqueza que aperfeiçoara, caindo de joelhos e depois se levantando, a cabeça curva, enquanto cambaleava para uma loja pequena, porém profunda, em um edifício estreito, onde apenas uma vendedora esperava por um cliente, e ela veio na direção dele com os braços estendidos, perguntando se ele estava doente.

Foi muito simples forçá-la a entrar no depósito atrás do pequeno empório e segurá-la com firmeza com um dos braços enquanto enterrava as presas em seu pescoço. Ela estremeceu e tremeu como um pássaro nas mãos dele, palavras estranguladas em sua garganta. O sangue era doce de inocência, com profundas convicções de harmonia entre todas as criaturas do planeta, com algum exaltado senso de que aquele encontro que nublava sua mente e por fim a deixara paralisada devia ter algum significado. Do contrário, como uma coisa como aquela poderia acontecer com ela?

Ela estava deitada no chão aos pés dele.

Cyril refletia a respeito da qualidade do sangue. Tão rico, tão saudável, tão cheio de sabores exóticos, tão diferente do sangue da época na qual ele havia sido feito. Ah, esses robustos e poderosos seres humanos modernos, que mundo de comida e bebida eles desfrutavam. O sangue estava aguçando sua visão como sempre acontecia e acalmando alguma coisa dentro dele à qual não tinha um nome a dar.

Ele apagou as luzes elétricas no depósito e esperou. No decorrer de alguns segundos, um casal de clientes entrara na loja, um rapaz grande e aparvalhado e uma moça magricela, europeia.

– Aqui atrás. – Ele fez um gesto para os dois, sorrindo para ambos, concentrando seu precioso poder bem nos olhos deles, olhando de relance de um para outro. – Venham.

Aquela era sua maneira predileta de fazer a coisa, com um pescoço tenro em cada mão, tomando de um e depois do outro, sugando, lambendo, lambuzando-se com o sangue salgado e quente ao redor da boca e depois repetindo tudo de novo, e em seguida novamente a primeira vítima, deixando ambos enfraquecidos na mesma velocidade delicada até ficar satisfeito. Ele não conseguia beber mais. Três mortes haviam então passado por ele em espasmos excruciantes. Ele estava com calor e cansado e tinha a sensação de que podia ver através das paredes, bem como atravessá-las. Estava cheio.

Ele tirou a camisa do rapaz, branca, nova e limpa, e a vestiu. O macacão também era legal. E o cinto de couro era do tamanho dele. Os sapatos eram grandes e macios e tinham cadarços, deram-lhe a sensação de estarem folgados em seus pés, mas era melhor do que receber aqueles olhares, melhor do que ter de brigar com alguma gangue de mortais e depois fugir deles, embora fosse bastante fácil fazer isso.

Com a escova de cabelo da jovem europeia, limpou toda poeira e toda sujeira de seu cabelo castanho. E com o vestido, ele esfregou seu próprio rosto e as mãos. Olhar para aqueles três mortos, aqueles três, suas vítimas, deixou-o triste, e ele tinha de admitir que aquilo sempre acontecia.

– Que tolice sentimental – disse o ser dentro dele.

– Você, cale a boca, o que é que você sabe! – declarou ele em voz alta.

Cyril atravessou a loja intensamente clara e retornou à multidão nas ruas. As torres iluminadas erguiam-se em ambos os lados. As luzes eram tão bonitas, tão mágicas, ascendendo cada vez mais na direção do céu – faixas de azul, vermelho, amarelo e laranja, e todas aquelas letras desenhadas com esmero artístico. Ele gostava das letras deles, das letras dos japoneses. Fazia com que pensasse na escrita dos velhos tempos, quando as pessoas pintavam cuidadosamente suas palavras em papiros e paredes.

Por que ele se afastou da rua movimentada? Por que deixou as multidões para trás?

Lá estava ele, o pequeno hotel que procurava. Era lá que eles se escondiam do mundo, os jovens desagradáveis, a tola e estúpida ralé de bebedores de sangue.

Ah, sim, e você vai queimá-los agora, queimar todos. Queimar o edifício. Você tem o poder para fazê-lo. O poder está dentro de você aqui comigo.

Era aquilo mesmo o que ele queria fazer?

– Faça como eu lhe falei para fazer – disse a voz, com palavras dessa vez.

– Por que eu me importaria com todos esses bebedores de sangue escondidos lá dentro? – disse Cyril em voz alta. Por acaso eles não estavam simplesmente perdidos e solitários, arrastando-se através da eternidade exatamente como ele próprio estava? Queimá-los? Por quê?

– O poder – declarou o ser. – Você tem o poder. Olhe o edifício. Deixe o calor unir-se em sua mente, concentre-se nisso e em seguida dispare.

Fazia tanto tempo desde a última vez em que ele tentara fazer algo assim. Era tentador constatar se era capaz de fazê-lo.

E, de repente, era exatamente o que ele fazia. Sim. Sentiu o calor, sentiu-o como se sua própria cabeça fosse explodir. Viu a fachada do hotelzinho vibrar, ouviu-a estalar e viu as chamas irrompendo por todos os lados.

– Mate-os à medida que eles forem saindo!

Em questão de segundos o hotel se tornou uma torre de chamas. E eles estavam correndo bem na direção dele, bem na direção onde se localizava aquele que os queimava. Era como se fosse um jogo, lançar o feixe incandescente em um e depois em outro e mais outro. Cada um deles se transformou em tochas individuais por um instante, morrendo rapidamente na calçada molhada pela chuva.

A cabeça dele doía. Cyril cambaleou para trás. Uma mulher encontrava-se ao lado da entrada soluçando, tentando alcançar um dos jovens que queimava no chão. Ela era velha. Seria necessário um calor tremendo para queimá-la. Eu não quero. Não quero fazer nada disso.

– Ah, mas você vai fazer! Agora, liberte-a de sua dor e de seu sofrimento...

– Sim, muita dor e muito sofrimento...

Ele lançou a rajada na mulher com toda a força de que dispunha. Ela levantou os braços e lançou uma rajada na direção dele, porém seu rosto e seus braços já estavam ficando pretos. As roupas dela, pegando fogo. As pernas cederam. Outra rajada e ela estava acabada, e então mais outra e mais outra e somente os ossos dela soltavam fumaça à medida que derretiam.

Ele tinha de ser rápido. Tinha de se aproximar daqueles que haviam escapado pelos fundos.

Através do edifício em chamas ele correu, pegando-os com facilidade ao emergir novamente na chuva.

Dois, três, em seguida um quarto e não havia mais nenhum.

Ele se sentou encostado num muro, e a chuva encharcava sua camisa branca.

– Venha – ordenou a voz ditatorial. – Você agora me é estimado. Eu o amo. Você realizou meu desejo e eu o recompensarei.

– Não, afaste-se de mim! – gritou ele, revoltado. – Eu não cedo aos desejos de ninguém.

– Ah, mas você cedeu, sim.

– Não – insistiu Cyril. Ele se pôs de pé com os sapatos de tecido molhados e pesados. Enojado, ele os arrancou dos pés e jogou-os fora. Andou sem parar. Ele estava saindo daquela imensa cidade. Estava se afastando de tudo aquilo.

– Eu tenho trabalho para você em outros lugares – disse o ser.

– Você não tem nada para mim – retrucou ele.

– Você está me traindo.

– Pode chorar sozinho por causa disso. Suas palavras não causam nenhum efeito em mim.

Ele parou. Podia ouvir outros bebedores de sangue na noite em lugares bem distantes. Ele podia ouvir vozes gritando. De onde aqueles gritos pavorosos estavam vindo? Ele disse para si mesmo que não se importava.

– Vou castigá-lo se você me desafiar. – A voz do ser estava novamente zangada. Porém, à medida que Cyril andava, a criatura acabou caindo em um silêncio sepulcral. A criatura sumiu.

Bem antes de amanhecer, ele alcançou o campo aberto e mergulhou fundo na terra para dormir pelo tempo que pudesse. Entretanto, a voz irritante retornou assim que o sol se pôs.

– Não há muito tempo. Você precisa ir para Quioto. Você precisa destruí-los.

Ele ignorou as ordens. A voz foi ficando cada vez mais zangada, como na noite anterior.

– Eu vou mandar outro – ameaçou a voz. – E uma noite dessas, não vai demorar muito, vou castigá-lo.

Ele continuou dormindo. Sonhou com chamas, mas não se importou. Não faria mais aquilo, não importava o que acontecesse. Porém, em algum momento durante a noite, ele viu o velho refúgio vampírico em Quioto pegando fogo. E ouviu novamente aqueles gritos horrendos.

Eu vou castigá-lo!

Em uma perfeita imitação de gíria americana, que Cyril passara a amar, ele respondeu:

– Tenta a sorte!

7

A história de Antoine

Ele havia morrido com a idade de dezoito anos, Nascido para a Escuridão em fraqueza e confusão, espancado, queimado e largado para morrer junto com seu criador. Em sua frágil e curta vida humana, ele tocara piano apenas, estudando no conservatório de Paris quando tinha apenas dez anos. De gênio ele fora chamado e, oh, a Paris daqueles tempos. Bizet, Saint-Saëns, Berlioz, até mesmo Franz Liszt – ele os ouvira, ouvira sua música, conhecera todos. Ele poderia talvez ter se tornado um deles. Entretanto, seu irmão o traíra, tendo um filho fora do matrimônio e selecionando-o – um terceiro filho, com dezessete anos de idade – para assumir a culpa pelo escândalo. Para a Louisiana ele fora enviado de navio com uma fortuna que foi a base de sua ruína através da bebida e de sua frequência noturna nas mesas de jogo. Apenas vez por outra ele atacava vingativamente o piano em algum salão da moda ou saguão de hotel, deliciando e confundindo audiências formadas ao acaso com um tumulto de *riffs* quebrados e violentos e melodias incoerentes. Adotado ao mesmo tempo por prostitutas e mecenas, ele utilizava sua aparência como um bem de que dispunha: cabelos muito pretos e ondulados, pele muito branca, famosos olhos azuis e uma boca de Cupido que as pessoas gostavam de beijar e de tocar com a ponta dos dedos. Ele era alto, porém desengonçado, de aparência frágil, mas notoriamente forte, capaz de desferir um soco com destreza para partir o queixo de alguém que pudesse tentar lhe causar algum mal. Por sorte, jamais quebrara seus preciosos dedos pianísticos fazendo tais coisas, mas, por saber que isso podia muito bem lhe acontecer, passara a levar consigo uma faca e uma pistola, e tampouco era estranho ao florete, tendo frequentado algumas vezes pelo menos um estabelecimento voltado para a esgrima muito em voga à época em Nova Orleans.

Na maioria das vezes, ele se desfazia, se desintegrava, perdia coisas, acordava em quartos estranhos, ficava doente com a febre tropical por consumir alimentos ruins ou beber até o estupor. Ele não tinha nenhum respeito por aquela cidade tosca, insana, essencialmente colonial. Aquele revoltante antro americano estava longe de ser Paris. Aquilo podia muito bem ser o inferno, na visão dele. Se o diabo tinha pianos no inferno, qual era o problema?

Então Lestat de Lioncourt, aquele modelo do que era estar na moda, que morava na Rue Royale com seu dileto amigo Louis de Pointe du Lac e sua pequena pupila Claudia, entrara em sua vida com sua lendária generosidade e seu jactancioso desembaraço.

Aqueles dias. Ah, aqueles dias. Como eles pareciam ser em retrospecto e como haviam sido toscos e feios na realidade. Aquela decadente cidade de Nova Orleans, a imundície que a cobria, as chuvas incessantes, os mosquitos e o fedor de morte emanando dos cemitérios encharcados, as ruas sem leis em frente ao rio e aquele enigmático cavalheiro em exílio, Lestat, sustentando-o, colocando ouro em suas mãos, seduzindo-o para que se afastasse dos bares e das roletas e instando-o a bater nas teclas de piano que estivessem mais próximas.

Lestat comprara para ele o melhor pianoforte que conseguira encontrar, um magnífico piano Broadwood, vindo da Inglaterra e tocado uma vez pelo grande Frédéric Chopin.

Lestat trouxera criados para limpar seu apartamento. Contratara um cozinheiro para garantir que ele comesse antes de beber e também lhe dissera que tinha talento e que deveria acreditar nisso.

Um conquistador e tanto, Lestat em suas elegantes sobrecasacas pretas e gravatas cintilantes de nós corredios, caminhando para cima e para baixo sobre o antigo tapete Savonnerie, instando-o com uma piscadela e um sorriso radiante, seus longos cabelos muito fartos e rebeldes caindo até o colarinho branco engomado. Ele recendia a linho limpo, flores recém-colhidas e chuva primaveril.

– Antoine, você precisa compor – dissera-lhe Lestat. Papel, tinta, tudo que ele necessitava para suas composições. E então aqueles ardentes abraços, beijos arrepiantes e pungentes quando, indiferentes aos silenciosos e dedicados serviçais, eles se deitavam juntos na cama de quatro colunas de madeira de cipreste sob o flamejante dossel de seda vermelha. Tão frio parecera-lhe Lestat, ainda que tão exuberantemente afetuoso. Aqueles beijos não eram vez por outra dolorosos com um diminuto ferrão semelhante ao de um inseto picando o seu pescoço? E que importância tinha aquele detalhe? O homem o embriagava. – Componha para mim – sussurrava ele no ouvido de Antoine, e o comando parecia ser impresso no coração do rapaz.

Às vezes, ele compunha por vinte e quatro horas sem interrupção, pouco importava o interminável barulho da movimentada rua enlameada do lado de fora de suas janelas. Em seguida, desabava de exaustão e dormia sobre o próprio piano, estupefato.

Então Lestat, naquelas brilhantes luvas brancas e com aquela resplandecente bengala prateada, estava lá flamejando diante dele, o rosto úmido e as bochechas rubras.

– Vamos lá, levante-se agora, Antoine. Você já dormiu o bastante. Toque para mim.

– Por que você acredita em mim? – perguntou ele.

– Toque! – Lestat apontou para as teclas do piano.

Lestat dançava em círculos enquanto Antoine tocava, levantando os olhos para a esfumaçada luz do candelabro de cristal.

– É isso, mais, é isso...

E então o próprio Lestat desabava no *fauteiul* dourado atrás da escrivaninha e começava a escrever com extraordinária velocidade e precisão as notas que Antoine estava tocando. O que acontecera com todas aquelas canções, com todas aquelas folhas de pergaminho, com todas aquelas pastas de couro com partituras?

Como eram adoráveis aquelas horas à luz dos candelabros, as cortinas balançando ao vento e, às vezes, pessoas reunidas na *banquette* lá embaixo para escutá-lo tocar.

Até aquela horrível noite em que Lestat viera exigir sua fidelidade.

Machucado, imundo, vestido em trapos que fediam a pântano, Lestat tornara-se um monstro.

– Eles tentaram me matar – ele sussurrou, áspero. – Antoine, você precisa me ajudar!

Não a criança preciosa, Claudia, não o amigo precioso, Louis de Pointe du Lac! Você não pode estar querendo dizer isso. Assassinos, aqueles dois, o retrato perfeito do casal que pairava pelas noites como se eles estivessem em algum sonho compartilhado enquanto percorriam as novas calçadas de lajotas?

Então, quando aquela maltrapilha e aleijada figura grudara-se ao pescoço de Antoine, ele tivera visões de tudo, tivera visões do crime em si, de seu amante brutalizado seguidamente pela faca do monstro-criança, do corpo de Lestat jogado no pântano, de Lestat levantando-se. Antoine passara a saber de tudo. O Sangue Negro entrara em seu corpo como um fluido ardente exterminando cada partícula humana em seu rastro. A música, sua própria música, ascendera em seus ouvidos em um volume atordoante. Somente a música poderia explicar aquele poder inefável, aquela euforia enfurecida.

Eles haviam sido derrotados, os dois, quando se colocaram contra Claudia e Louis – e Antoine havia sido hediondamente queimado. Foi assim que Antoine aprendeu o que significava Nascer para a Escuridão. Você podia sofrer queimaduras como aquela e suportá-las. Você podia sofrer o que teria significado a morte para um ser humano e ainda assim continuar. Música e dor, elas eram os mistérios gêmeos da existência dele. Nem mesmo o próprio Sangue Negro o obcecava tanto quanto a música e a dor. Enquanto estava deitado na cama de quatro colunas ao lado de Lestat, Antoine viu a dor dele em cores vivas e vibrantes, a boca aberta em um gemido perpétuo. Eu não consigo viver assim. No entanto, ele não queria morrer, não, não queria morrer jamais, nem mesmo naquele momento, nem mesmo com a avidez por sangue humano levando-o para a noite, embora seu corpo não fosse nada além de dor, dor pelo contato do tecido da camisa, da calça, até mesmo das botas. Dor, sangue e música.

Por trinta anos mortais, ele vivera como um monstro, hediondo, machucado, atacando os mais fracos dos mortais, caçando suas refeições nas favelas lotadas de imigrantes irlandeses. Ele podia fazer sua música sem jamais tocar as teclas de um piano. Ele ouvia a música em sua cabeça, ouvia-a avolumar-se e elevar-se enquanto mexia os dedos no ar. A mixórdia de ruídos das favelas infestadas de ratos e a gargalhada furiosa da taverna de um estivador tornavam-se uma nova música para ele, captada no rumor baixo das vozes à direita e à esquerda, ou nos gritos das vítimas. Sangue. Dê-me sangue. Música eu terei para sempre.

Lestat fora para a Europa no encalço deles, daqueles dois, Claudia e Louis, que haviam sido sua família, seus amigos, seus amantes.

Antoine, porém, ficara aterrorizado com a ideia de tentar fazer tal viagem. E ele deixara Lestat nas docas.

– Tchau pra você, Antoine. – Lestat o beijara. – Talvez você tenha uma vida aqui no Novo Mundo, a vida que eu queria. – Ouro, ouro e ouro. – Cuide dos cômodos, cuide das coisas que eu lhe dei.

Ele, entretanto, jamais fora sagaz como Lestat. Não possuía nenhuma habilidade para viver como um mortal entre mortais. Não com aquelas canções em sua cabeça, aquelas sinfonias, e o sangue que acenava eternamente para ele, que esbanjara seu próprio legado, e o ouro de Lestat também se foi por fim, embora onde ou como ele jamais pudesse se lembrar. Ele deixara Nova Orleans, viajando para o norte, dormindo em cemitérios no caminho.

Em St. Louis ele começara de fato a tocar novamente. Foi a coisa mais estranha. A maioria de suas cicatrizes já havia sumido por volta dessa época. Ele não parecia mais estar infectado por alguma doença desfiguradora.

Era como se houvesse despertado de um sonho, e, por anos, o violino foi seu instrumento, e ele inclusive tocava por dinheiro em reuniões de mortais, e conseguiu tornar-se novamente um cavalheiro, com roupas de cama limpas e um pequeno apartamento com quadros nas paredes, um relógio de cobre e um *closet* de madeira com roupas finas. Entretanto, tudo isso não representou coisa alguma. Ele sentia-se solitário, desesperado. O mundo parecia vazio de monstros como ele.

Ele perambulara em direção ao oeste, embora não soubesse o porquê. Por volta da década de 1880, ele estava tocando piano nos antros de perdição da Barbary Coast em San Francisco e caçando os marinheiros em busca de sangue. Ele ia dos bares dos marujos às casas de música ao vivo da moda e aos salões franceses e chineses, empanturrando-se da ralé nas ruas escuras onde a criminalidade era galopante.

Aos poucos, ele veio a perceber que os salões de qualidade o amavam, inclusive os mais elegantes, e logo viu-se cercado de damas admiradoras que frequentavam a noite, que o confortavam e eram, portanto, imunes à sua sanha criminosa.

Nos bordéis de Chinatown, ele se apaixonou pelas doces e suaves escravas exóticas que se deliciavam com sua música.

E finalmente, nas grandes salas de concerto, ele ouvia o aplauso pelas canções que escrevia no momento e por suas atordoantes improvisações. Ele estava de volta ao mundo. Adorava aquilo. Vestido como um dândi, ele colocava brilhantina nos cabelos escuros, apertava entre os dentes um pequeno charuto e perdia-se nas teclas de marfim, embriagado pela adulação ao seu redor.

Entretanto, outros vampiros entraram sorrateiramente em seu paraíso sangrento – os primeiros que ele via desde que Lestat partira das docas de Nova Orleans.

Poderosos machos, vestidos em coletes de brocado e com sobrecasacas vistosas, obviamente usando suas habilidades para roubar nas cartas e estontear suas vítimas, lançavam um olhar frio na direção dele e o ameaçavam antes de eles próprios fugirem. Nas ruas escuras de Chinatown ele deu de cara com um bebedor de sangue chinês num longo casaco escuro e chapéu preto que o ameaçou com uma machadinha.

Embora ele desejasse desesperadamente conhecer esses vampiros estranhos – embora desejasse confiar neles, conversar com eles, compartilhar a história de sua jornada com eles –, Antoine partiu de San Francisco aterrorizado.

Ele deixou para trás as garçonetes e as belas cortesãs que o haviam sustentado com sua doce amizade e com os ganhos fartos provenientes dos ébrios.

De cidade em cidade ele viajara, tocando nas pequenas e barulhentas orquestras de teatros onde quer que conseguisse trabalho. Jamais ficava muito tempo no mesmo lugar. Afinal, ele era um vampiro. Apenas parecia humano, e um vampiro não pode se passar indefinidamente por humano no mesmo círculo próximo de humanos. Eles começam a encarar, a fazer perguntas, então passam a se afastar e finalmente uma certa aversão fatal se instala, como se houvessem descoberto um leproso em seu meio.

Mas seus muitos conhecidos mortais continuavam a aquecer sua alma. Nenhum vampiro pode viver apenas de sangue e de matanças. Todos os vampiros necessitam de calor humano, ou pelo menos era isso o que ele pensava. E fazia amigos próximos de tempos em tempos, com aqueles que davam abertura para que isso acontecesse e que jamais questionavam suas excentricidades, seus hábitos, sua pele gélida.

O velho século morreu; o novo século nasceu, e ele se afastou das luzes elétricas, mantendo-se nos becos em uma abençoada escuridão. Estava completamente curado; não havia mais nenhum sinal dos antigos ferimentos e, de fato, parecia que ficara mais forte ao longo dos anos. Todavia, ele se sentia feio, repugnante, inadequado à vida, existindo de momento a momento como um viciado. E gravitava ao redor dos aleijados, dos doentes, dos boêmios e dos oprimidos quando queria uma noite de conversas, apenas um pequeno companheirismo cerebral. Aquilo o impedia de chorar. Aquilo o impedia de matar tão brutal e indiscriminadamente.

Ele dormia em cemitérios quando conseguia encontrar uma cripta grande e secreta, ou em caixões em porões, e, vez ou outra, quando estava prestes a ser atingido pelo sol, enterrava-se diretamente na úmida Mãe Terra, proferindo uma prece em que afirmava que aquele seria seu leito de morte.

Medo, música, sangue e dor. Aquela ainda era a existência dele.

A Grande Guerra teve início. O mundo como ele conhecia estava chegando ao fim.

Ele não conseguia lembrar-se com clareza de ter ido para Boston, apenas de que havia sido uma longa viagem e de que ele se esquecera do motivo pelo qual escolhera aquele cidade. E lá, pela primeira vez, ele ficara debaixo da terra para um longo sono. Certamente morreria na terra, enterrado como estava, semana após semana, mês após mês, apenas com a lembrança do sangue trazendo-o de volta vez por outra a uma consciência atribulada. Certamente esse seria o fim. E a inevitável e completa escuridão engoliria implacavelmente qualquer tema ou paixão que já o houvesse obcecado.

Bem, ele não morreu, obviamente.

Meio século se passou antes de Antoine se levantar mais uma vez, faminto, extenuado, desesperado, mas surpreendentemente forte. E foi a música que o despertou, porém não a música que ele tanto amara.

Foi a música do vampiro Lestat – seu antigo criador –, então um astro do rock. Música que tocava em ondas no ar, explodia em telas de televisão, música que vazava de diminutos transmissores não maiores do que um baralho, nos quais as pessoas escutavam o som através de plugs nos ouvidos.

Ah, que doce glória ver Lestat restaurado com tamanho esplendor! Como seu coração ansiava encontrá-lo.

Os Mortos-Vivos estavam em todas as partes no novo continente. Talvez eles sempre houvessem estado ali, espalhando-se, reproduzindo-se, criando novatos do mesmo modo que ele havia sido criado. Ele não tinha como adivinhar. Sabia apenas que seus poderes estavam mais potentes. Conseguia ler as mentes dos mortais, ouvir seus pensamentos quando não queria ouvi-los, conseguia ouvir aquela música incessante e aquelas assombrosas histórias que Lestat contava em seus pequenos vídeos.

Nós descendíamos de antigos pais do mais sombrio Egito: Akasha e Enkil. Mate a Mãe e o Pai e nós todos morremos, ou pelo menos era isso o que diziam as canções. O que queria o vampiro Lestat com aquela persona mortal: astro de rock, pária, monstro, reunindo mortais para um show em San Francisco, reunindo os Mortos-Vivos?

Antoine teria ido para a Costa Oeste ver Lestat no palco. Porém ele ainda estava lutando com as mais simples dificuldades da vida no fim do século XX quando os massacres começaram.

Por todo o mundo, ao que parecia, os Mortos-Vivos estavam sendo chacinados à medida que casas de irmandade e tavernas vampíricas estavam sendo incendiadas. Novatos e veteranos eram imolados à medida que fugiam.

Tudo isso Antoine descobriu a partir dos gritos telepáticos de irmãos e irmãs de quem jamais ouvira falar, em lugares onde jamais estivera.

– Fujam, procurem o vampiro Lestat, ele nos salvará!

Antoine não conseguia esquadrinhar aquilo. Ele tocava por trocados no metrô de Nova York e, certa vez, foi atacado por uma gangue de degoladores mortais que estavam atrás de seus ganhos. Ele chacinou a todos e fugiu da cidade, seguindo em direção ao sul.

As vozes dos Mortos-Vivos diziam que era a Mãe, Akasha, que havia chacinado seus filhos, a ancestral rainha egípcia. Lestat havia sido levado como prisioneiro por ela. Anciãos estavam se reunindo. Antoine, a exemplo de tantos outros, foi vítima de estranhos sonhos. Freneticamente, ele tocava seu violino nas ruas para cercar-se de uma espécie de solidão que conseguia administrar e sustentar.

E então as vozes imortais do mundo ficaram em silêncio.

Alguma catástrofe esvaziara o planeta dos bebedores de sangue.

Parecia que ele era o último deixado com vida. De cidade em cidade ia tocando seu violino em troca de moedas em esquinas, dormindo mais uma vez em cemitérios e em porões abandonados, emergindo faminto, entontecido, ansiando por algum refúgio que parecia estar além de seu alcance. Ele deslizava à noite para o interior de tavernas ou de casas noturnas lotadas de gente apenas para sentir calor humano ao seu redor, corpos roçando nele, para nadar aos sons de felizes vozes humanas e com o aroma de sangue.

O que acontecera com Lestat? Onde ele estava, aquele cintilante Ticiano em sua sobrecasa de veludo vermelha e sua camisa de renda, que bramia com tanta confiança e poder daquele palco? Ele não sabia e queria saber, porém, mais precisamente, queria sobreviver, consciente, naquele novo mundo, então pôs-se a realizar essa tarefa.

Em Chicago, ele conseguiu alojamentos de verdade e recebeu razoáveis somas de suas apresentações nas esquinas. Logo um bando de mortais passou a se reunir todas as noites para saudá-lo quando ele aparecia para tocar. Era uma questão simples voltar a tocar em bares e restaurantes, e mais uma vez ele se viu sentado diante do piano em uma casa noturna escura com notas de vinte dólares enchendo a taça de conhaque ao lado da estante da partitura.

Com o tempo, ele alugou uma velha casa branca de três andares num subúrbio chamado Oak Park, que era formado por muitas daquelas belas construções. Comprou um velho baú, no qual dormia de dia, e seu próprio piano. Ele gostava de seus vizinhos mortais. Dava-lhes dinheiro para que contratassem o jardineiro ou a diarista que recomendassem para trabalhar na casa dele. Às vezes, inclusive, varria as calçadas nas primeiras horas da manhã com uma grande vassoura amarela. Ele gostava disso, o raspar da vassoura contra o concreto, as folhas empilhadas, murchas e marrons, e o pavimento muito limpo. Devemos desdenhar todas as coisas mortais?

As ruas de Oak Park com suas grandes árvores eram tranquilizantes para ele. Logo estava comprando roupas decentes em empórios muito iluminados. E em seu confortável salão, de meia-noite até o amanhecer, ele assistia à TV, aprendendo tudo sobre aquele mundo moderno no qual ele emergira, como as coisas eram feitas, como as coisas tinham de ser. Um fluxo constante de filmes, telenovelas, noticiários e documentários logo o ensinou tudo.

Ele recostou-se em sua grande cadeira hiperestofada maravilhando-se com o céu azul e o sol brilhante que via diante de si na grande tela de TV. Assistiu a belos e poderosos automóveis americanos subindo estradas montanhosas e atravessando pradarias em alta velocidade. Assistiu a um soturno professor de óculos falar em tons sonoros acerca da "evolução do homem".

E então havia os filmes com performances sinfônicas, as óperas completas, os intermináveis concertos de virtuoses! Pensou que enlouqueceria com a beleza de tudo aquilo. Ele testemunhava em cores vivas e em mesmerizantes detalhes a Filarmônica de Londres tocar a *Nona sinfonia* de Beethoven ou o grande Itzhak Perlman dedilhar com uma rapidez impressionante o concerto de Brahms com uma orquestra ao seu redor.

Agora, quando ia caçar em Chicago, comprava ingressos para as esplêndidas performances na imensa casa de ópera, maravilhando-se diante de seu tamanho e de seu luxo. Ele foi despertado para a riqueza do mundo. Foi despertado para uma época que parecia feita para as suas sensibilidades.

Onde estava Lestat naquele mundo? O que acontecera com ele? Nas lojas de música, eles ainda vendiam o velho disco dele. Era possível comprar a gravação de seu único show, para o qual ele atraíra um público suficiente para lotar o local. Mas onde estava o ser propriamente dito? E será que se lembraria de seu antes amado Antoine? Ou será que criara uma legião de seguidores desde aquelas noites sulinas tanto tempo atrás?

Caçar era mais difícil naquela grande época, sim. Era necessário procurar muito para encontrar os detestáveis vermes humanos que em épocas passadas eram infinitamente mais numerosos e estavam mais à disposição. Ele não conseguia encontrar pocilgas metropolitanas como a velha Barbary Coast. Porém não se importava com isso. E não "amava" suas vítimas. Nunca amou. Queria se alimentar e acabar logo com aquilo.

Uma vez que avistava uma vítima, ficava inquieto. Não havia nenhuma maneira de a pessoa se esconder. Ele deslizava facilmente para o interior de casas escuras e deixava com carinho sua marca com mãos grosseiras e ansiosas. *Que o sangue seja sangue.*

Ele logo estava tocando piano em troca de um salário em um restaurante fino e, ainda por cima, ganhava muito dinheiro com as gorjetas. E aprendeu a caçar com mais habilidade em meio aos inocentes – bebendo de uma vítima atrás da outra em salões de dança apinhados até saciar-se por completo –, sem matar ou incapacitar ninguém. Aquilo requeria disciplina, mas ele era capaz de fazê-lo. Ele finalmente era capaz de dar cabo do que tinha de fazer para sobreviver, para fazer parte daqueles tempos, para se sentir vital e resiliente e, sim, imortal.

A ambição começou a crescer dentro dele. Precisava de documentos para viver naquele mundo. Ele precisava de riqueza. Lestat sempre tivera documentos para viver no mundo. Lestat sempre tivera uma grande fortuna. Nas noites antigas, tanto tempo atrás, fora um cavalheiro respeitado e de grande visibilidade, para quem os alfaiates e os comerciantes trabalhavam até altas horas, um patrono das artes, uma figura comum que cumprimentava aqueles por quem passava na Jackson Square ou nos degraus da catedral. Lestat tinha um advogado que cuidava de seus negócios do mundo. Ele ia e vinha como bem entendesse. "Esses assuntos não são nada", dizia Lestat. "A minha fortuna está dividida em muitos bancos. Sempre terei aquilo de que preciso."

Antoine faria o mesmo. Ele aprenderia. Mesmo que não tivesse pendor natural para aquele tipo de coisa. Certamente alguém poderia falsificar documentos para ele, Antoine deveria se concentrar nisso. Ele precisava ter alguma segurança naquele mundo, e queria um veículo, sim, um poderoso carro americano, de modo que pudesse viajar quilômetros e mais quilômetros em uma única noite.

As vozes voltaram.

Os Mortos-Vivos estavam retornando e aparecendo em grande número nas cidades da América do Norte. E as vozes estavam falando, as vozes falavam da população que se espalhava ao redor do mundo.

A velha Rainha havia sido destruída. Entretanto, Lestat e um conselho de imortais haviam sobrevivido a ela, e a nova Mãe era então uma mulher ruiva, tão anciã quanto a Rainha. Mekare, uma feiticeira que não tinha língua.

Era silenciosa essa nova Rainha dos Condenados. Assim como aqueles imortais que haviam sobrevivido a ela. Ninguém sabia o que ocorrera com eles, para onde haviam ido.

O que aquilo significava para Antoine? Ele se importava, mas também não ligava a mínima.

As vozes falavam de escrituras vampirescas, um cânone, por assim dizer. As Crônicas Vampirescas. Antes haviam existido duas, e agora existiam três, e esse cânone falava sobre o que acontecera a Lestat e aos outros. Eles falavam sobre a "Rainha dos Condenados".

Antoine entrou corajosamente em uma livraria intensamente iluminada e comprou dois volumes, e os leu ao longo de uma semana de noites estranhas.

Nas páginas do primeiro livro, publicado muito tempo atrás, ele encontrou a si mesmo, anônimo, "o músico", sem nem mesmo uma descrição física, exceto que ele era um "menino", uma mera nota de rodapé à sua vida e às aventuras de seu criador assim contadas pelo vampiro Louis, aquele a quem Lestat tanto amara e temera até sentir raiva. "Deixe-o se acostumar com a ideia, Antoine, depois eu levo você. Eu não posso... Não posso perdê-los, Louis e Claudia." E eles se voltaram contra ele, tentaram matá-lo, jogaram o corpo de Lestat no pântano. E depois daquela batalha final entre chamas e fumaça, quando lutou com Lestat para castigá-los, Antoine jamais fora novamente mencionado.

O que importava tudo aquilo? Claudia morrera por conta daquele ato, injustamente. Louis sobrevivera. Os livros estavam recheados de histórias de outros seres mais velhos e mais poderosos.

Então onde eles estavam agora, aqueles grandes sobreviventes do massacre da Rainha Akasha? E quantos como Antoine estavam vagando pelo mundo, fracos, temerosos, sem camaradas ou o consolo do amor, apegando-se apenas à existência?

As vozes diziam a ele que não havia nenhuma assembleia dos sonhos dos anciãos. Elas falavam de indiferença, de ilegalidade, de uma retirada dos antigos, de guerras por território que sempre acabavam em morte. Havia notórios mestres nômades que transformavam mortais em vampiros todas as noites até que suas energias se esgotassem, e o Dom das Trevas não mais funcionava quando eles tentavam esse recurso.

Nem seis meses se passaram antes de uma gangue de vampiros indisciplinados ir ao encalço de Antoine.

Ele acabara a leitura do último livro da escritura vampiresca, *A história do ladrão de corpos*, de autoria de Lestat. Foi nos becos do centro de Chicago. Nas primeiras horas da manhã, eles o cercaram com facas longas, vampiros gângsteres com rostos descorados, lábios sarcásticos e cabelos flamejantes, mas ele era forte o suficiente, rápido demais para eles. E encontrou em si mesmo uma reserva do poder telecinético descrito nas Crônicas e, embora não fosse forte o suficiente para queimá-los ou matá-los, os empurrou para longe, fazendo com que se chocassem contra muros e calçadas, ferindo-os e deixando-os inconscientes. Aquilo lhe deu o tempo de que necessitava para usar as facas longas para cortar suas cabeças. Ele mal teve tempo para esconder os ensanguentados restos mortais dos vampiros em lixeiras antes de partir para seu covil.

Vozes diziam a ele que tais contendas e mortes estavam ocorrendo em cidades americanas por toda parte e também nas cidades do Velho Mundo e da Ásia.

As coisas não podiam continuar desse jeito para ele em um mundo como aquele. Isso poderia significar descoberta. Isso poderia significar batalhas por vingança. Com toda a certeza Chicago era uma ameixa suculenta demais para os Mortos-Vivos, e o refúgio de Antoine em Oak Park ficava próximo demais.

Certa noite, sua casa, uma antiga e graciosa residência branca com sacadas irregulares e beirais vistosos, foi totalmente incendiada enquanto ele estava caçando.

Eles finalmente o pegaram em St. Louis.

Chamavam a si mesmos de uma "irmandade". Eles o cercaram, despejaram gasolina nele e tocaram fogo. Ele debelou as chamas debaixo da terra e em seguida retornou à superfície. Eles vieram atrás dele. Ele correu, queimado, em agonia, por quilômetros, afastando-se com facilidade e enterrando-se novamente.

Muitas coisas haviam acontecido no mundo desde então.

Mas não muitas delas com ele.

Na terra ele dormiu, convalescendo, sua mente num domínio febril de semiconsciência no qual sonhava que estava em Nova Orleans mais uma vez e Lestat estava escutando sua música, Lestat sussurrava que ele tinha um grande talento, e, em seguida, havia apenas chamas.

E então Antoine ouviu distintamente através de seus sonhos um jovem vampiro falando com ele, e não somente com ele mas com todas as Crianças da Noite em todos os lugares. Era um vampiro que chamava a si mesmo de Benji Mahmoud, que transmitia de Nova York. Quantas noites Antoine escutara o programa de Benji antes de se levantar, ele não sabia dizer. Um adorável som ondulante de piano inundava seus ouvidos à medida que Benji falava, e Antoine sabia, sabia com absoluta certeza, que aquela era a música de um vampiro como ele próprio, que nenhum mortal poderia ter criado melodias tão intricadas, bizarras e perfeitas. Vampira Sybelle era o nome dela, informou Benji Mahmoud. E, às vezes, a voz dele sumia para que a música dela assumisse as ondas de rádio.

Benji Mahmoud e Sybelle instaram Antoine a vir à superfície mais uma vez e encarar as perigosas e brilhantes noites elétricas do novo século.

Era o ano de 2013. Esse fato apenas o deixava surpreso. Mais de vinte anos haviam se passado e sua carne queimada havia se curado. Sua força estava mais intensa do que nunca. A pele estava mais branca, os olhos mais aguçados, os ouvidos cada vez mais sensíveis.

Era tudo verdade o que a escritura vampiresca havia dito. Sarava-se na terra, tornava-se mais forte depois da dor.

O mundo estava recheado de som, ondas e ondas de som.

Quantos outros bebedores de sangue ouviam Benji Mahmoud e o piano de Sybelle? Quantas outras mentes os transmitiam? Ele não sabia. Sabia apenas que conseguia ouvir, fraca, porém seguramente, e conseguia ouvi-*las* e senti-*las* em todos os lugares, as Crianças da Noite, muitas, certamente muitas, ouvindo a voz de Benji Mahmoud. E eles estavam assustados, esses outros.

Os massacres haviam recomeçado. Massacres como as Queimadas realizadas por Akasha: massacres de vampiros nas cidades do outro lado do mundo.

"Está vindo para nós", diziam as vozes dos assustados. "Mas quem é? É a Mãe muda, Mekare? Será que ela se voltou contra nós do mesmo jeito que Akasha? Ou será que é o vampiro Lestat? É ele quem está tentando nos extinguir por todos os nossos crimes contra a nossa própria espécie, nossas brigas, nossas discussões?"

– Irmãos e Irmãs da Noite – declarou Benji Mahmoud. – Nós não temos pais. Nós somos uma tribo sem um líder, uma tribo sem um credo, uma tribo sem um nome. – O piano de Sybelle era perfeito, ondulando com genialidade sobrenatural. Ah, como ele adorava aquilo. – Crianças da Noite, Crianças da Escuridão, Mortos-Vivos, Imortais, Bebedores de Sangue, Espectros, por que não temos um nome honroso e gracioso? – perguntou Benji. – Imploro a vocês. Não lutem. Não tentem ferir uns aos outros. Agrupem-se agora contra as forças que querem nos extinguir. Encontrem força uns nos outros.

Antoine movia-se com propósitos renovados. Estou vivo novamente, pensou. Posso morrer mil vezes como qualquer covarde e voltar a viver. Ele caçava nas margens como antes, lutando para conseguir roupas, dinheiro, alojamento, uma nova era flamejando em cores vivas diante dele. Em um pequeno quarto de hotel, ele estudava seu novo computador Apple, determinado a dominá-lo, logo conectando-se ao website e ao programa de rádio de Benji Mahmoud.

– Vampiros têm sido chacinados em Mumbai – declarou Benji. – Os relatos foram confirmados. Acontece o mesmo em Tóquio e em Pequim. Refúgios e santuários queimados e todos os que fugiram foram imolados no caminho, apenas os mais rápidos e os mais afortunados sobreviveram para nos conceder suas palavras, suas imagens.

Uma vampira em pânico que ligava de Hong Kong despejou seus temores sobre Benji.

– Eu apelo aos velhos – insistiu Benji. – À Mekare, à Maharet, a Khayman, falem conosco. Digam-nos por que essas imolações aconteceram. Por que uma nova Era de Queimadas teve início?

Vampiros e mais vampiros ao telefone imploravam por permissão para ir ao encontro de Benji, Louis e Armand em busca de proteção.

– Não. Isso não é possível – confessou Benji. – Acreditem em mim, o lugar mais seguro para vocês é onde estão. Entretanto, evitem casas de irmandade ou bares e tavernas vampirescos. E caso testemunhem essa horrenda violência, busquem proteção. Lembrem-se que aqueles que atacam com o Dom do Fogo precisam vê-los para destruí-los! Não fujam para espaços abertos. Caso seja possível, escondam-se debaixo da terra.

Finalmente, depois de muitas noites, Antoine se intrometeu na transmissão. Num sussurro ansioso, ele contou a Benji que havia sido criado pelo grande vampiro Lestat em pessoa.

– Sou músico! – suplicou ele. – Permita que eu vá até você, eu imploro. Confirme onde você está.

– Eu gostaria muito de poder fazer isso, irmão – disse Benji –, mas, infelizmente, não posso. Não tente me encontrar. E tenha cuidado. Esses são tempos pavorosos para nossa espécie.

Mais tarde naquela noite, Antoine desceu até a sala de jantar do hotel à meia-luz e tocou o piano para o pequeno e bastante cansado pessoal do turno noturno que parava apenas vez por outra para escutá-lo extravasar sua alma nas teclas.

Ele ligaria novamente, de algum outro número. E imploraria a Benji que compreendesse. Antoine queria tocar como Sybelle tocava. Ele tinha essa dádiva a oferecer. Estava dizendo a verdade quando falou de seu criador. Benji tinha de compreender.

Por dois meses, Antoine trabalhou em sua música noite após noite e, durante esse período, leu os últimos livros da escritura vampiresca, as memórias de Pandora, Marius e Armand.

Ele passara então a saber tudo sobre o beduíno Benji Mahmoud e sua adorada Sybelle – Benji, um menino de doze anos quando o grande vampiro Marius o trouxera, e sobre Sybelle, a eterna infante que uma vez tocara a *Appassionata* de Beethoven sem parar, mas que atualmente repassava o repertório de todos os grandes que Antoine conhecia, além de compositores modernos que ele nem sonhava que pudessem existir.

Endemoniado e absorto em sua prática pianística, Antoine buscou a perfeição, assaltando pianos em bares, restaurantes, salas de aula desertas e auditórios, lojas de piano e até mesmo casas particulares.

Ele compunha mais uma vez suas próprias músicas, quebrando teclas do piano em seu fervor, arrebentando cordas.

Outra Queimada terrível aconteceu em Taiwan.

Benji parecia então visivelmente irritado ao apelar aos anciãos para que lançassem alguma luz sobre o que estava acontecendo à tribo.

— Lestat, onde está você? Você não pode voltar a ser o nosso campeão contra essas forças destrutivas? Ou você se tornou o próprio Caim, matador de seus irmãos e irmãs?

Finalmente, Antoine reuniu o dinheiro necessário para comprar um violino de boa qualidade. Ele foi para o campo tocar à luz das estrelas. Correu para tocar Stravinsky e Bartók, cujas obras aprendera a partir de gravações. Sua cabeça fervilhava com a nova dissonância e os lamentos da música moderna. Ele entendeu aquela linguagem tonal, aquela estética. Ela dava voz ao medo e à dor, o medo que se transformava em terror, a dor que se transformava no próprio sangue em suas veias.

Ele precisava entrar em contato com Benji e Sybelle.

Mais do que qualquer coisa era a solidão crítica que motivava Antoine. Ele sabia que acabaria novamente debaixo da terra caso não encontrasse alguém de sua espécie a quem pudesse amar. E sonhava com a possibilidade de fazer música com Sybelle.

Eu sou um ancião agora? Ou sou um indisciplinado que será morto assim que for avistado pelos mais antigos?

Certa noite, Benji falou sobre o horário e o clima, confirmando que de fato realizava suas transmissões a partir do norte da Costa Leste. Antoine colocou seu violino e suas composições musicais em uma mochila de couro e seguiu para o norte.

Pouco antes de chegar à Filadélfia, encontrou outro bebedor de sangue nômade. Quase fugiu. Entretanto, o outro foi até ele de braços abertos – um vampiro delgado de ossos grandes, com cabelos embaraçados e olhos enormes, implorando para que Antoine não se assustasse e não lhe fizesse mal, e eles seguiram caminho juntos, soluçando e abraçados um ao outro.

O nome do rapaz era Killer e ele tinha mais de cem anos de idade. E contou que havia sido criado nos primeiros dias do século XX em uma cidade no interior do Texas por um andarilho como ele próprio que encarregara Killer de enterrar suas cinzas depois de pôr fogo em si mesmo.

— Esse era o jeito que muitos deles faziam naquela época – explicou Killer –, exatamente da mesma forma que Lestat descreve Magnus fazendo. Eles escolhem um herdeiro quando estão fartos de tudo, dão para a gente o Sangue Negro e aí temos que espalhar as cinzas depois que tudo acaba. Mas isso pouco me importava. Eu tinha dezenove anos. Eu queria ser imortal e o mundo era grande em 1910. Você podia ir para qualquer lugar, fazer qualquer coisa que quisesse.

Num hotel barato, à luz cintilante da televisão muda, assemelhando-se ao tremeluzir de uma lareira, eles conversaram por horas.

Killer sobrevivera ao massacre de muito tempo atrás empreendido por Akasha, a grande Rainha. Ele percorrera toda a distância até San Francisco em 1985 para ouvir o vampiro Lestat ao vivo, apenas para ver centenas de bebedores de sangue imolados após o show. Ele e seu companheiro Davis foram fatalmente separados um do outro, e Killer, esgueirando-se pelas favelas de San Francisco, encontrava-se na noite seguinte na condição de um pequenino remanescente que fugia da cidade, agradecendo por ainda estar vivo. Nunca mais viu Davis.

Davis era um lindo vampiro negro, e Killer o amava. Eles faziam parte da Gangue das Garras naquela época. Chegavam até a utilizar as iniciais do grupo nas jaquetas de couro, dirigiam Harleys e nunca passavam mais de duas noites no mesmo lugar. Tudo isso fazia parte do passado.

– A Queimada agora, isso tem de acontecer – disse Killer a Antoine. – As coisas não podem continuar do jeito que estão. Estou dizendo, antes de Lestat aparecer em cena naquela época, não era assim. Simplesmente não havia tantos de nós, e eu e os outros, nós vagávamos pelas cidades do país em paz. Havia casas de assembleia naquela época, tipo abrigos, e bares vampirescos onde qualquer um podia entrar, refúgios seguros, mas a Rainha acabou com tudo isso. E também acabou o que ainda havia de lei e ordem vampirescas. E desde aquela época, os vagabundos e os indisciplinados têm se reproduzido em todos os lugares, e grupos lutam com outros grupos. Não há mais disciplina, não há mais lei. Tentei montar um grupo com os jovens na Filadélfia. Eles mais pareciam cachorros loucos.

– Conheço essa história – disse Antoine, tremendo, lembrando-se daquelas chamas, daquelas indescritíveis chamas. – Mas preciso me encontrar com Benji e Sybelle. Preciso me encontrar com Lestat.

Em todos aqueles anos, Antoine jamais contara a história de sua própria vida a ninguém, não contara nem mesmo a si próprio. E agora, com as Crônicas Vampirescas iluminando sua estranha jornada, ele extravasou a história a Killer copiosamente. Temeu o escárnio da parte dele, mas isso não aconteceu.

– Ele era meu amigo, Lestat – confessou Antoine. – Ele me contou sobre seu amante, Nicolas, que havia sido violinista. Ele disse que não conseguia abrir seu coração à sua pequena família, a Louis ou a Claudia, que eles iriam rir dele. Então ele abriu seu coração para mim.

— Vá pra Nova York, meu amigo, e Armand o queimará até você virar cinza – retrucou Killer. – Ah, não Benji ou Sybelle, não, e quem sabe nem mesmo Louis... mas Armand fará isso e eles não irão nem pestanejar. E eles também podem fazer isso. Eles têm sangue de Marius nas veias, aqueles dois. Até Louis agora é poderoso, recebeu o sangue dos anciãos. Armand, entretanto, é o que mata. Existem oito milhões de pessoas em Manhattan e quatro Mortos-Vivos. Eu o alerto, Antoine, eles não irão ouvi-lo. Não vão ligar para o fato de que você foi criado por Lestat. Pelo menos é o que acho. Que inferno, você não vai nem mesmo ter a chance de dizer isso a eles! Armand vai ouvi-lo chegar. Então ele vai matá-lo assim que o vir. Você sabe que eles têm de vê-lo para queimá-lo, não sabe? Eles não podem fazer isso a menos que o vejam. Armand vai caçá-lo e você não vai ter como se esconder.

— Mas eu preciso ir – insistiu Antoine. Ele teve uma crise de choro. Passou os braços ao redor de si mesmo com firmeza e mexeu-se para a frente e para trás na beirada da cama. Os compridos cabelos pretos caíram em seu rosto. – Preciso me encontrar novamente com Lestat. Eu preciso. E se tem alguém que pode me ajudar a encontrá-lo, esse alguém é Louis, não é?

— Droga, cara. Você não entende? Todo mundo está atrás de Lestat. E essas Queimadas estão acontecendo agora. E estão indo para o oeste. Ninguém tem pista alguma do paradeiro de Lestat há dois anos, cara. E a última vez que ele foi visto em Paris pode ter sido uma aparição falsa. Tem um monte de marmanjos presunçosos andando por aí fingindo ser Lestat. Eu estava em Nova Orleans ano passado e havia tantos Lestats fajutos andando cheios de pose em camisas de pirata e botas baratas que você nem acreditaria. O lugar está transbordando. Eles me expulsaram da cidade na noite seguinte.

— Não posso continuar sozinho. Preciso me encontrar com *eles*. Preciso tocar o meu violino para Sybelle. Preciso fazer parte do grupo deles.

— Escute aqui, meu velho. – A voz de Killer se tornou mais suave e solidária, e ele abraçou Antoine. – Por que você não vai para o oeste comigo e acabamos com isso? Nós dois escapamos da última Queimada, não foi? Vamos escapar desta também.

Antoine não conseguia responder. Estava muito magoado. Ele via a mágoa em cores intensas e explosivas em sua mente da mesma forma de quando estava terrivelmente queimado anos atrás. Vermelha, amarela e laranja era essa mágoa. E pegou o violino e começou a tocá-lo tão suavemente quanto se consegue tocar aquele instrumento, deixou-o lamentar com ele por tudo que jamais havia sido ou pudesse ser e, em seguida, cantou suas esperanças e seus sonhos.

Na noite seguinte, depois de caçarem nas estradas do interior, ele contou para Killer a solidão que sentira ao longo dos séculos, como passara a amar mortais da maneira que Lestat uma vez o amara e como ele, por fim, se afastara deles, sempre com medo de não conseguir criar outro como Lestat o criara. Lestat ficara seriamente ferido quando fizera Antoine. Não havia sido fácil. Não era em nada semelhante ao majestoso procedimento do Dom das Trevas descrito nas páginas das memórias de Marius, *Sangue e ouro*. Marius dera a entender que se tratava do oferecimento de um sacramento quando criara Armand no século XVI naqueles salões da Renascença em Veneza, repletos de quadros de Marius. Não havia sido nada parecido com aquilo.

– Bom, eu posso lhe dizer com certeza – garantiu Killer – que ultimamente a coisa não tem funcionado mesmo. Pouco antes desses massacres terem começado, estavam todos falando sobre isso, sobre como era difícil criar alguém. Era como se o Sangue houvesse se esgotado. Gente demais no Sangue. Pense nisso. O poder vem da Mãe, daquele demônio, Amel, que entrou em Akasha e então passou para Mekare, a Rainha dos Condenados. Bom, pode ser que Amel seja de fato uma criatura invisível com tentáculos, exatamente como Mekare dissera uma vez, e esses tentáculos esticaram-se o máximo que podiam. Eles simplesmente não podem se esticar para sempre.

Killer suspirou. Antoine desviou o olhar. Ele estava obcecado.

– Vou contar uma coisa terrível que odeio ter de contar para qualquer pessoa – disse Killer. – As últimas duas vezes que tentei criar alguém, a coisa falhou completamente. Isso jamais acontecera no passado, posso lhe garantir. – Killer balançou a cabeça. – Tentei trazer para o Sangue a menininha mais bonita que já tinha visto na vida numa daquelas cidadezinhas e a coisa simplesmente não funcionou. Simplesmente não funcionou. Quando amanheceu, fiz a única coisa que podia fazer: cortei a cabeça dela e a enterrei, e eu tinha prometido a ela vida eterna e precisava cumprir a promessa. Ela era uma espécie de zumbi, não conseguia nem falar e o coração dela não batia, só que ela não estava morta.

Antoine estremeceu. Jamais tivera a coragem de tentar. Porém, se aquilo fosse verdade, se ele não tivesse a mais tênue esperança de algum dia encerrar aquela solidão criando um outro, bem, nesse caso, existiriam ainda mais motivos para que ele se apressasse.

Killer riu baixinho.

— Antigamente parecia tão fácil, na época que eu criava membros para a velha Gangue das Garras, mas agora a imundície, a ralé e o lixo estão por toda parte, e mesmo que você os crie, eles vão se voltar contra você, vão roubá-lo, vão traí-lo e, depois, vão embora com outra pessoa. Eu digo para você que esses massacres precisam ocorrer. Precisam mesmo. Tem muito marmanjo do mal vendendo o Sangue por aí. Dá pra acreditar nisso? Vender o Sangue. Pelo menos estavam. Espero que eles também tenham se esgotado e estejam agora correndo para se salvar como todo o resto.

Mais uma vez Killer implorou a Antoine para que ficasse com ele.

— Até onde sabemos, Armand, Louis e Lestat estão todos juntos nisso. Talvez eles todos estejam fazendo isso, os grandes heróis das Crônicas Vampirescas. Mas essas coisas precisam acontecer, como eu disse. Sei que é isso o que Benji acha, mas ele não vai dizer isso. Ele não pode dizer isso. Mas o que está acontecendo agora é pior do que antes. Você consegue ouvir as vozes? Houve uma Queimada ontem à noite em Katmandu. Pense nisso, cara. A coisa vai chegar na Índia, seja lá quem esteja fazendo isso, e depois vai para o Oriente Médio. Está pior do que da última vez. Está mais contundente. Eu sinto. Eu me lembro. Eu sei.

Com lágrimas nos olhos, eles se separaram pouco antes de alcançarem o sudeste de Nova York. Killer não seguiria além dali, a transmissão de Benji da noite anterior confirmara seus piores temores. Não havia nenhuma testemunha direta da Queimada que ocorreu em Calcutá. Vampiros captaram imagens da imolação a centenas de quilômetros. Eles estavam fugindo para o oeste.

— Tudo bem, se você está determinado a levar isso adiante — disse Killer —, vou contar o que sei. Armand e os outros moram numa mansão no Upper East Side, a meio quarteirão do Central Park. São três edifícios interligados e cada um deles possui uma porta para a rua. Há pequenas colunas gregas em cada sacada e grandes árvores de galhos nus crescendo em frente cercadas por pequenas grades de ferro. Esses edifícios têm talvez cinco andares e têm essas sacadinhas de ferro bem simpáticas nas janelas do alto, que na verdade não são varandas coisa nenhuma.

— Eu sei o que você quer dizer — disse Antoine em tom de agradecimento. Ele estava selecionando as imagens da mente de Killer, mas parecia grosseiro afirmar aquilo em voz alta.

— É lindo lá dentro, é como um palácio, e eles deixam todas aquelas janelas abertas em noites como esta, entende, e irão vê-lo bem antes que você consiga vê-los. Eles podem estar em qualquer parte daquelas janelas altas observando a vista muito antes até de você se aproximar. A mansão tem nome, Portão da Trindade. E muitos bebedores de sangue podem confirmar que esse é o portão da morte para nós se tentarmos entrar lá. E lembre-se, meu amigo, o assassino é Armand. Tempos atrás, quando Lestat andava na penúria em Nova Orleans, depois de conhecer Memnoch, o Demônio, foi Armand quem manteve o lixo longe dele. Lestat estava dormindo em uma espécie de capela de um velho convento...

– Li isso nos livros – disse Antoine.

– Ah, tá. Bom, foi Armand quem limpou a cidade. Antoine, por favor, não vá para lá. Ele vai lançá-lo pelos ares, vai extingui-lo da face da Terra.

– Eu preciso ir – disse Antoine. Como ele poderia explicar àquele simples sobrevivente que a existência era insuportável para ele do jeito que estava? Mesmo a companhia daquele bebedor de sangue não havia sido suficiente para preencher o triturante vazio dentro dele.

Eles se abraçaram antes de se separarem. Killer repetiu que estava rumando para a Califórnia. Caso os massacres estivessem se movendo com rapidez, bem, ele também rumaria para o oeste. E ouvira falar de um grande médico vampiro que morava no sul da Califórnia, um imortal chamado Fareed, que na verdade estudava o Sangue Escuro com microscópios e às vezes abrigava andarilhos como Killer se estes doassem alguma amostra de tecido epitelial e um pouco de sangue para experiências.

Fareed fora feito com sangue antigo por um vampiro chamado Seth que era quase tão velho quanto a Mãe. E ninguém podia ferir Seth ou Fareed. Bem, Killer procuraria aquele médico na Califórnia porque imaginava que era a sua única esperança. Ele implorou a Antoine que mudasse de ideia e fosse com ele. Mas Antoine não era capaz de acompanhá-lo.

Antoine chorou depois da separação. Novamente sozinho. E, quando se deitou para dormir naquela manhã, ouviu as vozes choramingando, poderosas vozes chorando, transmitindo a notícia. A Queimada estava aniquilando os vampiros da Índia. Uma grande sensação de tragédia preencheu Antoine. Quando ele pensava em todos os anos em que perambulara e dormira na terra, sentia que havia desperdiçado a dádiva que Lestat havia lhe dado. Desperdiçado. Ele jamais pensou nela como uma coisa preciosa. Tratava-se apenas de uma nova espécie de sofrimento.

Mas aquela não era a sensação de Benji Mahmoud.

"Nós somos uma tribo e deveríamos pensar como uma", dizia Benji frequentemente. "Por que o inferno deveria exercer domínio sobre nós?"

Antoine estava decidido e determinado a continuar. Ele tinha um plano. Não tentaria falar com aqueles poderosos vampiros de Manhattan. Deixaria sua música falar por ele. Por acaso não era isso o que ele fizera durante toda a sua longa vida?

Fora da cidade – antes de roubar um carro para dirigir até Manhattan – ele cortara os cabelos pretos e os aparara num estilo moderno com uma preciosa mocinha em um salão cheio de perfume e velas acesas, e então vestiu um elegante terno Armani de lã preta com uma camisa Hugo Boss e uma cintilante gravata de seda Versace. Até os sapatos eram elegantes, feitos de couro italiano, e ele passou com cuidado em sua pele branca óleo e cinza de papel para parecer menos luminescente nas fortes luzes da cidade. Se todos aqueles agrados dessem a eles a hesitação de um momento, ele usaria esse momento para fazer o violino cantar.

Por fim ele estava andando a pé pela Quinta Avenida, abandonando o carro roubado em uma rua lateral, quando ouviu a tresloucada e inconfundível música de Sybelle. Lá estava, de fato, o grande complexo de edifícios descrito por Killer, o Portão da Trindade, voltado para o centro da cidade com suas muitas janelas acolhedoramente iluminadas. Ele podia ouvir o poderoso coração de Armand.

Enquanto depositava a seus pés o estojo do violino e afinava o instrumento com rapidez, Sybelle interrompeu a longa e turbulenta peça que estava tocando e repentinamente passou para o suave e belo *étude* de Chopin, "Tristesse".

Ele atravessou a Quinta Avenida e foi em direção às portas da mansão, já tocando com ela, seguindo-a enquanto adejava em direção à suave e doce mas sem dúvida triste melodia do *étude*, e em seguida acelerando com ela em direção ao fraseado mais violento. Ele a ouviu hesitar e em seguida o piano recomeçou, lentamente, e seu violino cantou com ele, tecendo uma melodia acima da dela. As lágrimas rolavam pelo rosto de Antoine; não conseguia contê-las, embora soubesse que elas estariam tingidas de sangue.

Ele a acompanhava sem descanso, movendo-se sob ela em direção às mais profundas e obscuras notas que conseguia tirar da corda Sol.

Ela parou.

Silêncio. Ele pensou que teria um colapso. Em um borrão ele viu mortais reunidos ao redor dele, observando-o, e, de repente, baixou o arco, afastando-se bruscamente da delicada e carinhosa música de Chopin para adentrar nas fortes e imperativas melodias do Concerto para Violino de Bartók, tocando não somente as partes do violino como também as da orquestra em uma torrente de tresloucadas e dissonantes notas agonizantes.

De repente ele não enxergava mais nada, embora soubesse que a multidão havia se avolumado e o piano de Sybelle houvesse deixado de responder. Porém, aquilo era o seu coração, a sua canção agora, enquanto mergulhava cada vez mais fundo, cada vez mais fundo em Bartók, seu ritmo acelerando, tornando-se quase inumano à medida que tocava seu violino.

Sua alma cantava com a música. Ela tornou-se suas próprias melodias e glissandos à medida que seus pensamentos cantavam com ela.

Deixe-me entrar, eu imploro. Louis, deixe-me entrar. Fui criado por Lestat, jamais tive a chance de conhecê-lo, jamais foi minha intenção fazer qualquer mal a você ou a Claudia, naquele tempo tão distante no passado, perdoe-me, deixe-me entrar. Benji, minha estrela guia, deixe-me entrar. Benji, meu consolo na interminável escuridão, deixe-me entrar. Armand, eu imploro, encontre um lugar em seu coração para mim, deixe-me entrar.

Entretanto, logo suas palavras se perderam, ele não estava mais pensando em palavras ou em sílabas, mas apenas na música, apenas nas notas latejantes. E oscilava tresloucado enquanto tocava. E não se importava mais se sua aparência ou seu som eram humanos e, no fundo de seu coração, estava ciente de que, caso viesse a morrer naquele exato momento, não ficaria revoltado, nenhuma molécula de seu ser ficaria revoltada porque a sentença de morte viria para ele a partir de sua própria mão e pelo que ele verdadeiramente era. Aquela música era o que ele verdadeiramente era.

Silêncio.

Ele tinha de enxugar o sangue de seus olhos. Ele tinha de fazê-lo e, em silêncio, foi atrás de seu lenço e então segurou-o, tremendo, incapaz de enxergar coisa alguma.

Eles estavam próximos. A multidão de mortais não significava nada para ele. Antoine podia ouvir aquele poderoso coração, aquele antigo coração que só podia pertencer a Armand. Carne fria e sobrenatural tocou sua pele. Alguém tirara o lenço dele, e aquela pessoa estava passando o lenço em seus olhos e enxugando as finas listras de sangue em seu rosto.

Ele abriu os olhos.

Era Armand. Cabelos castanho-avermelhados, rosto de menino e os olhos escuros e flamejantes de um imortal que perambulara por meio milênio. Ah, aquele era verdadeiramente o rosto de um serafim saído do teto de uma igreja.

Minha vida está em suas mãos.

Por todos os lados, as pessoas aplaudiam, homens e mulheres batiam palmas para sua apresentação – apenas pessoas inocentes, pessoas que não sabiam o que ele era. Pessoas que nem mesmo reparavam naquelas lágrimas sangrentas, naquela fatal entrega. A noite estava brilhante com os postes de luz e fileiras e mais fileiras de janelas amarelas, a calidez do dia subia dos pavimentos e as árvores altas e tenras lançavam suas pequeninas folhas numa brisa morna.

– Entre – disse Armand com suavidade. Ele sentiu a mão de Armand ao redor de si. Que força. – Não tenha medo.

Lá estava a incandescente Sybelle sorrindo para ele e, ao lado dela, o inconfundível Benji Mahmoud com um chapéu de feltro preto e sua pequena mão estendida.

– Nós vamos cuidar de você – garantiu Armand. – Venha para dentro conosco.

8

Marius e as flores

Ele passou horas pintando furiosamente. A única luz na velha casa em ruínas vinha de uma luminária antiquada.

As luzes da cidade, no entanto, vazavam pelas janelas quebradas, e o grande bramido do tráfego no bulevar era como o bramido de um rio, acalmando-o enquanto ele pintava.

Com o polegar esquerdo enganchado em uma antiquada paleta de madeira, os bolsos cheios de tubos de tinta acrílica, ele usava apenas um pincel até que se despedaçasse, cobrindo as paredes quebradas com brilhantes representações das árvores, das trepadeiras, das flores que ele vira no Rio de Janeiro e dos rostos, sim, sempre os rostos dos belos brasileiros que ele encontrava em todos os lugares, andando à noite pela mata do Corcovado, ou nas inúmeras praias da cidade, ou nas barulhentas casas noturnas com iluminação extravagante que frequentava, colecionando expressões, imagens, lampejos de cabelos ou membros bem delineados como ele talvez colecionaria conchas da espumosa orla do oceano.

Tudo isso ele colocava em suas fervilhantes pinturas, correndo como se a qualquer momento a polícia fosse aparecer com as velhas e cansativas repreendas.

– Senhor, não é permitido pintar nesses prédios abandonados, já lhe dissemos isso.

Por que ele fazia aquilo? Por que relutava tanto em interferir no mundo mortal? Por que não competia com aqueles brilhantes pintores do país que espalhavam seus murais nos vãos livres das estações de metrô e em muros de favelas caindo aos pedaços?

Na verdade, ele estava em direção a algo muito mais desafiador, sim, e vinha pensando muito nesse assunto, disposto a mudar-se para algum local deserto e esquecido por Deus onde talvez pudesse pintar em pedras e nas montanhas, confiante de que tudo voltaria ao que era antes à medida que as inevitáveis chuvas lavassem tudo o que ele houvesse criado. Ele não estaria competindo com os seres humanos nesses lugares, não é? E não machucaria ninguém.

Parecia que durante os últimos vinte anos de sua vida, seu mote havia sido o mesmo assumido por muitos médicos neste mundo: "Primeiro, não faça mal a ninguém."

O problema em se retirar para um lugar deserto era que Daniel odiaria aquilo. E manter Daniel feliz era a segunda regra de sua vida, já que seu próprio sentimento de bem-estar, sua própria capacidade de abrir os olhos todas as noites com algum desejo de efetivamente ascender dos mortos e celebrar a dádiva da vida, estava conectado e era sustentado pelo fato de manter Daniel feliz.

E Daniel estava certamente feliz no Rio de Janeiro. Naquela noite, Daniel estava caçando no velho bairro da Lapa, refestelando-se lenta e sigilosamente em meio à multidão de pessoas que dançava, cantava, festejava, sem dúvida alguma embriagada de música assim como de sangue. Ah, os jovens com sua sede insaciável.

Daniel, entretanto, era um caçador disciplinado, mestre da Pequena Bebida em meio à multidão, e matava apenas malfeitores. Marius tinha certeza disso.

Fazia meses que Marius tocara pela última vez em carne humana, meses desde que baixara os lábios para aquele elixir aquecido, meses desde que sentira a frágil, porém indomável, pulsação de alguma criatura viva que lutava consciente ou inconscientemente contra sua fome desprovida de todo remorso. Fora um brasileiro pesado e poderoso que ele perseguira na mata escura do Corcovado, obrigando-o a penetrar cada vez mais fundo na floresta tropical e em seguida arrastando-o de seu esconderijo para um longo e lento repasto.

Quando aquele sangue arterial passou a não ser mais suficiente e ele teve que passar a arrancar o coração da vítima e sugá-lo até deixá-lo seco? Quando passara a ser necessário lamber as mais perniciosas feridas para o pequeno suco que elas liberariam? Ele conseguia existir sem aquilo, todavia não conseguia resistir, e portanto procurava – ou pelo menos era isso o que dizia a si mesmo – aproveitar ao máximo o momento em que se refestelava. Não havia nada além de uma confusão de restos estraçalhados a serem enterrados posteriormente. Entretanto, ele mantivera aquilo como um troféu, como fazia com tanta frequência – não apenas o equivalente a milhares de dólares em dinheiro de droga que a vítima levava consigo, mas um elegante relógio de pulso Patek Philippe. Por que ele fizera isso? Bem, parecia sem sentido enterrar um artefato tão singular, mas relógios haviam começado a fasciná-lo nos últimos tempos. E se tornara ligeiramente supersticioso em relação a eles e sabia disso. Esta era uma época notável, e relógios refletiam em si essas maneiras intricadas e belas.

Deixe estar por enquanto. Nada de caçadas. Caçadas não são necessárias. E o relógio está seguro em seu pulso esquerdo, um ornamento surpreendente para alguém como ele, mas e daí?

Ele fechou os olhos e escutou. O tráfego da avenida evanesceu de sua audição, e as vozes do Rio de Janeiro ascenderam como se a metrópole espraiada de onze milhões de almas fosse o mais magnífico coral jamais reunido.

Daniel.

Rapidamente, ele fixou a mente em seu companheiro: o jovem alto e magro com rosto de menino, olhos cor de violeta e cabelos cinzentos que Lestat tão apropriadamente chamara de "o lacaio do diabo". Foi Daniel quem entrevistou o vampiro Louis de Pointe du Lac, dando à luz inadvertida e inocentemente, décadas atrás, a coleção de livros conhecida como Crônicas Vampirescas. Foi Daniel quem capturou o coração defeituoso do vampiro Armand e foi trazido por ele para a Escuridão. Foi Daniel quem definhou por mais de um ano – chocado, perturbado, perdido, incapaz de cuidar de si mesmo – sob a tutela de Marius até poucos anos atrás, quando sua sanidade, ambição e sonhos foram restaurados.

E lá estava ele, Daniel, em sua camisa polo branca de mangas curtas e justa no corpo e um macacão, dançando tresloucada e lindamente com duas mulheres de corpo muito bem delineado e pele cor de chocolate sob as luzes avermelhadas de um pequeno clube, a pista ao redor deles tão cheia de gente que a multidão em si parecia ser um único organismo que se contorcia.

Muito bem. Tudo está bem. Daniel está sorrindo. Daniel está feliz.

Mais cedo naquela noite, Daniel e Marius haviam estado no Teatro Municipal para uma apresentação do London Ballet, e Daniel implorara sedutor como um cavalheiro para que Marius se juntasse a ele enquanto fazia suas caçadas nas casas noturnas. Marius, porém, não conseguiu ceder à solicitação.

– Você sabe o que eu preciso fazer – dissera ele, encaminhando-se para a velha casa em ruínas em tom azul pastel que ele escolhera para seu atual trabalho. – E fique longe dos clubes frequentados pelos bebedores de sangue. Você me prometeu!

Nada de guerra com aqueles pequenos demônios. O Rio é vasto. O Rio é certamente o maior espaço para caçadas do mundo, com suas aglomerações de pessoas, seu céu estrelado, sua maresia, suas grandes árvores sonolentas, sua interminável pulsação do nascer ao pôr do sol.

– Ao menor sinal de problema, volte para mim.

Mas e se houvesse realmente problemas?

E se houvesse?

Benji Mahmoud, transmitindo de Nova York, estava certo a respeito da casa de irmandade em Tóquio que havia sido deliberadamente destruída por um incêndio e sobre todos os que fugiam e eram queimados no caminho? Quando um "refúgio vampiresco" em Pequim havia sido queimado na noite seguinte, Benji indagara: "Isso é uma nova Queimada? Essa nova Queimada vai ser tão assustadora quanto a última? Quem está por trás desse horror?"

Benji ainda não havia nascido quando ocorrera a última Queimada. Não, e Marius não estava convencido de que aquilo era de fato outra Queimada. Sim, casas de irmandade na Índia estavam sendo destruídas. Entretanto, era muito provável que aquilo se tratasse simplesmente de uma guerra entre a ralé, coisa que Marius testemunhara o suficiente em sua longa vida para saber que tais batalhas eram inevitáveis. Ou algum antigo, enjoado das intrigas e das desavenças dos jovens, aparecera para aniquilar aqueles que o haviam ofendido.

Contudo, Marius dissera a Daniel naquela noite: "Fique afastado daquela casa de irmandade em Santa Teresa." Ele enviou a mensagem telepaticamente para Daniel com toda a força que conseguiu reunir. "Se encontrar algum outro bebedor de sangue, volte para cá!"

Houve alguma resposta? Um tênue sussurro?

Ele não tinha certeza.

Marius estava imóvel, a paleta na mão esquerda, o pincel em riste na direita, e a ideia mais estranha e inesperada surgiu em sua mente.

E se ele próprio fosse à casa da irmandade e queimasse todos? Sabia onde ela ficava. Sabia que havia vinte jovens bebedores de sangue que chamavam o local de refúgio seguro. E se ele aparecesse lá agora e esperasse até as primeiras horas da manhã, quando eles estivessem retornando para casa, rastejando de volta a seus inundos túmulos improvisados sob as fundações, e então os queimasse a todos, os queimasse até o último deles, arrebentando os caibros com o Dom do Fogo até que a estrutura e seus habitantes não mais existissem?

Ele podia ver a coisa como se a estivesse realizando! Podia sentir o Dom do Fogo concentrando-se atrás de sua testa, tudo exceto aquela adorável explosão de poder enquanto a força telecinética saltava como a língua de uma serpente!

Chamas e chamas. Como eram lindas aquelas chamas, dançando de encontro à sua imaginação como se num movimento cinematográfico em câmera lenta, ondulando, expandido-se, adejando no alto.

Porém, aquilo não era algo que quisesse fazer. Aquilo não era algo que ele em toda a sua longa existência jamais quisera fazer: destruir membros de sua própria espécie pelo simples prazer de fazê-lo.

Ah, mas você realmente quer fazer isso.

– Eu quero? – perguntou. Mais uma vez, ele viu aquela antiga casa colonial pegando fogo, aquela mansão de muitos andares e jardins em Santa Teresa, arcadas brancas tomadas pelas labaredas, os jovens bebedores de sangue girando em chamas como se fossem dervixes rodopiantes.

– Não – ele falou em voz alta. – Essa imagem é horrenda e repulsiva.

Por um momento, ficou completamente paralisado. Escutou com todos os seus poderes, tentando captar a presença de algum outro imortal, algum intruso cuja presença não era bem-vinda e que poderia, quem sabe, ter se aproximado dele mais do que ele deveria ter permitido.

Não ouviu nada.

Entretanto, aqueles pensamentos alheios não haviam se originado nele, e um calafrio atravessou seu corpo. Que força além da dele era poderosa o bastante para fazer aquilo?

Ele ouviu um riso tênue. Estava próximo, como se fosse um ser invisível sussurrando em seu ouvido. Encontrava-se, de fato, dentro de sua cabeça.

Que direito tem esse lixo de ameaçar você e seu adorado Daniel? Queime-os todos. Incendeie a casa deles. Queime-os enquanto tentam escapar.

Ele viu novamente as chamas, viu a torre quadrada da antiga mansão envolta em chamas, viu o telhado cascateando em chamas e mais uma vez as Crianças do Sangue correndo...

– Não – ele disse para si. Ergueu o pincel em uma corajosa exibição de indiferença e deu uma espessa pincelada de verde Hooker na parede à sua frente, transformando-a quase que mecanicamente numa explosão de folhas, folhas cada vez mais detalhadas...

Queime-os. Eu lhe digo. Queime-os antes que eles queimem o jovem. Por que você não me escuta?

Ele continuou pintando, como se estivesse sendo observado, determinado a ignorar aquela ultrajante intrusão.

O som ficou mais alto de repente, mais distinto, tão alto que parecia não estar em sua cabeça, mas naquela longa sala sombreada.

– Eu lhe digo. Queime-os! – Era quase uma voz soluçante.

– E quem é você?

Nenhuma resposta. Simplesmente a repentina tranquilidade dos velhos ruídos previsíveis. Ratos que percorriam a velha casa. A luminária estalando baixinho. Aquela cachoeira de tráfego que nunca cessava, e um avião passando no céu.

– Daniel – chamou ele em voz alta. – *Daniel*.

Os ruídos da noite enveloparam-no subitamente, ensurdecendo-o. Ele jogou no chão a paleta e tirou do bolso do casaco o iPhone, teclando rapidamente o número de Daniel.

– Vá para casa agora – ordenou ele. – Encontro com você lá.

Ele ficou atado à sala por um momento, olhando para a longa extensão de cores e figuras que havia criado naquele lugar anônimo e desprovido de importância. Em seguida, ele apagou a luminária e abandonou o local.

Em menos de uma hora entrou em sua suíte na cobertura do Hotel Copacabana e encontrou Daniel deitado no sofá de veludo verde, os tornozelos cruzados, a cabeça apoiada em um dos braços. As janelas estavam abertas para a varanda de parapeito branco, e, mais além, o cintilante oceano cantava.

A sala estava escura, iluminada apenas pelo brilhante céu noturno sobre a praia e por um laptop aberto em cima da lustrosa mesinha de centro do qual a voz de Benji Mahmoud entoava as tristezas dos Mortos-Vivos ao redor do planeta.

– Qual é o problema? – Daniel levantou-se de imediato.

Por um momento, Marius não conseguiu responder. Ele mirava o rosto brilhante, jovem e sensível, os olhos atraentes e a jovem pele sobrenatural, e não conseguia ouvir nada além das batidas do coração de Daniel.

Lentamente, a voz de Benji Mahmoud penetrava:

– ... relatos de jovens vampiros imolados em Xangai e em Taiwan, em Délhi...

Com respeito e paciência, Daniel esperava.

Marius passou por ele em silêncio, atravessou as portas abertas em direção à balaustrada branca, deixando que a maresia inundasse seu corpo enquanto olhava para o pálido e luminoso céu. Lá embaixo, a praia era branca além do tráfego de carros na avenida.

Queime-os! Como você consegue olhar para ele e pensar que podem feri-lo? Queime-os, eu lhe digo. Destrua aquela casa. Destrua todos eles. Cace-os...

– Pare com isso – ele sussurrou, suas palavras perdidas na brisa. – Diga-me quem você é.

Um riso baixo rolando em direção ao silêncio. E então a Voz estava novamente encostada em seu ouvido.

– Eu jamais faria algum mal a ele ou a você, não sabe disso? Mas o que eles são para você além de uma ofensa? Por acaso você não ficou contente, secretamente contente, quando Akasha os caçou por ruas, becos, florestas e pântanos? Por acaso você não ficou exultante em ter pisado no monte Ararat, no topo do mundo, sem que nenhum mal lhe adviesse, com seus poderosos amigos?

– Você está desperdiçando o meu tempo – disse Marius – se não se identificar.

– Tudo em seu devido tempo, belo Marius – disse a Voz. – Tudo em seu devido tempo, e ah, eu sempre amei tanto as flores...

Riso.

As flores. Em sua mente lampejaram as flores que ele havia pintado aquela noite na parede rachada e lascada da casa abandonada. Porém o que aquilo poderia significar? Que significado concebível aquilo podia ter?

Daniel estava em pé ao lado dele.

– Eu não quero mais que você fique longe de mim – disse Marius baixinho, ainda mirando o brilhante horizonte. – Nem agora, nem amanhã e nem por não sei quantas noites. Quero você ao meu lado. Está ouvindo?

– Muito bem – concordou Daniel.

– Sei que estou testando a sua paciência – disse Marius.

— E eu não testei a sua? – perguntou Daniel. – Eu estaria aqui ou em qualquer outro lugar se não fosse por você?

— Nós vamos fazer coisas – garantiu Marius como se estivesse apaziguando uma esposa inquieta. – Vamos sair amanhã, vamos sair pra caçar juntos. Temos alguns filmes para ver, eu não me lembro o nome deles agora, eu não consigo...

— Diga-me, qual é o problema?

Da sala de estar veio a voz de Benji Mahmoud.

— Entrem no website. Vejam vocês mesmos as imagens. Vejam as fotos sendo postadas de hora em hora. Morte e morte e morte à nossa espécie. Eu digo a vocês que isso se trata de uma nova Queimada.

— Você não acredita em tudo isso, acredita? – perguntou Daniel.

Marius virou-se e deslizou o braço ao redor da cintura do jovem.

— Eu não sei – disse ele com franqueza, embora conseguisse exibir um sorriso tranquilizador. Raramente outro bebedor de sangue confiou tanto nele quanto aquele, aquele que fora salvo de forma tão fácil e egoísta da loucura e da desintegração.

— Como você quiser – concordou Daniel.

Sempre amei muito as flores.

— Sim, faça isso por mim por enquanto – pediu Marius. – Fique por perto... onde...

— Eu sei. Onde você possa me proteger.

Marius assentiu. Mais uma vez ele viu flores pintadas, mas não as flores daquela noite naquela vasta cidade tropical, mas as flores pintadas muito tempo atrás em outra parede, flores de um jardim verdejante no qual ele andara em seus sonhos, adentrando o resplandecente Éden que ele criara. Flores. Flores tremendo em seus vasos de mármore como se em alguma igreja ou santuário... flores.

Para além dos canteiros de flores frescas e fragrantes no santuário iluminado por uma lamparina encontrava-se o par imóvel: Akasha e Enkil.

E ao redor de Marius formavam-se os jardins que ele criara para as paredes deles, resplendentes com lilases, rosas e trepadeiras verdes entrelaçadas.

Trepadeiras entrelaçadas.

— Entre – disse Daniel de forma delicada, aduladora. – Está cedo. Caso você não queira sair de novo, tem um filme que eu quero assistir com você essa noite. Vamos lá, vamos entrar.

Marius queria dizer sim, é claro. Ele queria se mover. Entretanto, ficou parado na balaustrada mirando ao longe, daquela vez tentando encontrar as estrelas além do véu de nuvens. *As flores.*

Outra voz estava falando do laptop em cima da mesinha de centro atrás dele, uma jovem bebedora de sangue em algum lugar do mundo implorando por palavras tranquilizadoras pelos fios ou pelas ondas sonoras enquanto extravazava seu coração.

– E estão dizendo que aconteceu no Irã, um refúgio de lá virou cinzas, e ninguém sobreviveu, ninguém.

– Mas então como é que nós sabemos? – perguntou Benji Mahmoud.

– Porque encontraram o local assim na noite seguinte e todos os outros tinham desaparecido, estavam mortos, queimados. Benji, o que a gente pode fazer? Onde estão os antigos? São eles que estão fazendo isso com a gente?

9

A história de Gregory

Gregory Duff Collingsworth estava parado no Central Park, observando e escutando. Um homem alto de porte compacto e bem-proporcionado, com cabelos bem curtos e negros e olhos pretos, ele se encontrava na escuridão profunda e fragrante de uma moita cerrada, escutando com seus poderosos ouvidos sobrenaturais e vendo com seus poderosos olhos sobrenaturais tudo o que estava se passando – com Antoine, Armand, Benji e Sybelle – no interior da mansão *Belle Époque* na qual a família de Armand passara a residir.

Em seu terno inglês cinza feito sob medida, sapatos marrons e a pele bem bronzeada, Gregory parecia-se muito com o executivo que ele fora por décadas. De fato, seu império farmacêutico era atualmente um dos mais bem-sucedidos no mercado internacional, e ele era um desses imortais que sempre haviam sido altamente capazes de gerenciar riqueza "no mundo real".

Ele viera da Suíça não apenas para cuidar de negócios em seu escritório nova-iorquino como também para espiar a lendária casa de irmandade da cidade bem de perto.

Gregory captara as raivosas emoções do jovem bebedor de sangue Antoine quando o rapaz entrara na cidade naquela noite e, se Armand tivesse tentado destruir Antoine, teria feito uma intervenção instantânea e efetiva e levado o rapaz consigo. Ele teria feito aquilo devido à bondade que existia em seu coração.

Décadas antes, do lado externo do local onde acontecia o único show de rock realizado pelo vampiro Lestat em San Francisco, Gregory interviera para salvar um bebedor de sangue negro chamado Davis, tirando-o da carnificina levada a cabo contra seus desafortunados colegas pela Rainha do Céu, que observava a cena de uma colina localizada nas proximidades sem demonstrar nenhuma misericórdia.

No caso desse complexo e interessante jovem bebedor de sangue, Antoine, Gregory poderia facilmente ter desviado qualquer rajada do Dom do Fogo que fosse em sua direção, principalmente vinda de alguém tão jovem e inexperiente quanto o notório Armand.

Não que Gregory possuísse qualquer coisa contra Armand. Muito pelo contrário. Ele estava, de certa forma, tão ansioso para conhecê-lo quanto estava para conhecer qualquer bebedor de sangue do planeta, embora no fundo de seu coração ele alimentasse o precioso sonho de conhecer Lestat acima de quaisquer outras esperanças. Gregory dirigira-se ao local naquela noite específica para espionar os vampiros do Upper East Side porque ele tinha certeza de que Lestat já houvesse ido para lá juntar-se a eles naquele momento. Caso Lestat estivesse lá, o que não era o caso, Gregory teria ido bater à porta da casa.

As transmissões de Benji Mahmoud contavam com a compreensão e a solidariedade de Gregory, e ele quis assegurar-se mais uma vez de que Benji não era um trouxa a serviço de poderosos irmãos e irmãs, mas na verdade uma alma autêntica divulgando a ideia de um futuro para a tribo de bebedores de sangue. Ele ficara seguro disso. De fato, Benji não era apenas genuíno, como também uma espécie de rebelde na casa, como haviam facilmente provado as discussões que Gregory entreouvira.

– Ah, admirável mundo novo que possui tantos bebedores de sangue em seu seio – suspirou Gregory, ponderando se deveria se apresentar naquele exato momento aos refinados e eruditos vampiros da residência no meio do quarteirão diante dele ou manter-se oculto.

Assim que ele se revelasse, a secreta existência que mantivera por bem mais de mil anos acabaria sendo inalteravelmente influenciada, e ele não estava de fato pronto para as medidas que teriam de ser tomadas quando aquilo ocorresse.

Não, era melhor manter-se oculto por enquanto, para escutar, para tentar aprender.

Aquela sempre fora sua forma de atuação.

Gregory tinha seis mil anos de idade. Ele fora criado pela Rainha Akasha e era muito provavelmente apenas o quarto bebedor de sangue a receber o sangue dela, depois da defecção do intendente bebedor de sangue da rainha, Khayman, e das amaldiçoadas gêmeas, Mekare e Maharet, que se tornaram os rebeldes da Primeira Cria.

Gregory estivera no palácio real na noite em que a raça vampiresca nasceu. Ele não se chamava Gregory naquela época, mas Nebamun, e aquele era o nome que ele usara no mundo até o século III d.C., quando assumiu o nome Gregory e começou uma nova e duradoura vida.

Nebamun fora amante de Akasha, escolhido na guarda especial que ela trouxera consigo da cidade de Nínive para o Egito, e, como tal, não tinha a expectativa de viver por muito tempo. Ele tinha dezenove anos, era robusto e saudável, quando a Rainha o selecionou para seu leito e tinha apenas vinte anos na noite em que ela se tornou uma bebedora de sangue e trouxe o Rei Enkil consigo para a maldição.

Ele escondera-se em total desamparo no interior de um imenso baú revestido de ouro, a tampa inclinada de tal modo que tivera muito bem condições de ver todo o horror dos conspiradores esfaqueando o Rei e a Rainha naquela noite, embora incapaz de proteger sua soberana. Então, com olhos temerosos e horrorizados, ele vira uma nuvem rodopiante de partículas de sangue acima da Rainha moribunda, e vira essa nuvem sendo interiorizada por ela, aparentemente através de seus muitos e obviamente fatais ferimentos. Ele a vira se erguer, os olhos como as órbitas pintadas de uma estátua, a pele brilhando muito branca à luz da lamparina. E a vira enterrar os dentes no pescoço do moribundo Enkil.

Aquelas lembranças estavam tão vívidas para ele naquele momento quanto sempre estiveram – sentia o calor do deserto, a brisa fresca vinda do Nilo. Ouvia os gritos e os sussurros dos conspiradores assassinos. Via aquelas cortinas com fios de ouro atadas às colunas pintadas de azul e também, inclusive, as estrelas distantes e indiferentes brilhando no céu negro do deserto.

Como ela estava odiosa ao rastejar sobre o corpo do marido. Vê-lo se contorcer de volta à vida pelo misterioso sangue que ele bebia do pulso dela fora uma visão aterradora.

Nebamun podia muito bem ter enlouquecido depois daquilo, mas ele era muito jovem, muito forte, muito otimista por natureza para enlouquecer. Ele ficara na dele, como se diz hoje em dia. E sobrevivera.

Mas ele vivera com uma sentença de morte por um bom tempo. Todos sabiam que para satisfazer seu ciumento Rei Enkil, Akasha acabava com seus amantes em questão de meses. Dizia-se que o Rei não se importava com um fluxo constante de amantes entrando e saindo do quarto da Rainha no meio da noite, mas temia que algum deles ascendesse ao poder, e embora Nebamun houvesse sido tranquilizado centenas de vezes pelos afetuosos sussurros de Akasha no sentido de que não seria executado por ora, Nebamun sabia que a verdade era exatamente o oposto. Assim, ele perdera toda a habilidade para satisfazê-la e passava muitas horas meramente pensando na vida e no sentido da existência em geral, embriagando-se. Ele sempre tivera uma grande paixão pela vida até onde conseguia se lembrar e não queria morrer.

Uma vez que a Rainha e o Rei haviam sido infectados pelo demônio Amel, a Rainha pareceu haver se esquecido por completo de Nebamun.

Ele voltou para a guarda, defendendo o palácio daqueles que chamavam o Rei e a Rainha de monstros. E não contou para ninguém o que havia testemunhado. Seguidamente, ele ponderava sobre aquela assombrosa nuvem de partículas sanguíneas, aquela massa viva e rodopiante de diminutos pontos semelhantes a mosquitos que haviam sido sugados pela Rainha como se através de uma inalação de oxigênio. Ela tentara estabelecer um novo culto relacionado àquela coisa, acreditando com firmeza que era agora uma deusa e que a "vontade dos deuses" a havia sujeitado àquela violência divina devido à sua virtude inata e às necessidades da terra que governava.

Bem, aquilo era, como se diz nos dias de hoje, a mais completa tapeação. Sim, Nebamun acreditava em magia e, sim, ele acreditava em deuses e demônios, mas sempre fora uma pessoa prática de um modo implacável, como muitos em sua época. Além disso, deuses, mesmo que existissem, podiam ser caprichosos e maldosos. E quando as bruxas cativas Mekare e Maharet explicaram como aquele aparente "milagre" acontecera, que aquilo nada mais era do que o capricho de um espírito vadio, Nebamun sorriu.

Uma vez que os rebeldes nasceram sob o domínio do renegado bebedor de sangue Khayman, com Mekare e Maharet para espalhar "O Sangue Divino" com eles, Nebamun foi chamado de volta à presença da Rainha e transformado em um bebedor de sangue sem nenhum tipo de explicação ou cerimônia, até que um dia levantou-se sedento e meio louco, sonhando apenas em drenar toda a vida e todo o sangue contidos em vítimas humanas.

– Você é agora o chefe do meu exército de sangue – explicara a Rainha.
– Você será chamado o "Guardião do Sangue da Rainha" e caçará os rebeldes da Primeira Cria, como eles ousam chamar a si mesmos, e todos os bebedo-

res de sangue bastardos criados por eles que ousaram se rebelar contra mim, meu Rei e minhas leis.

Bebedores de sangue eram deuses, dissera a Rainha a Nebamun. Ele também passara a ser um deus. E, àquela altura, começara de fato a acreditar nisso. Que outra explicação poderia dar ao que ele enxergava com a nova visão proporcionada pelo Sangue? Seus sentidos aperfeiçoados o endemoniavam e o atormentavam. Ele apaixonou-se pela canção do vento, pelas ricas cores que pulsavam ao redor dele nas flores e nas modorrentas palmeiras dos jardins do palácio, pela pulsação cantante daqueles suculentos seres humanos dos quais ele se alimentava.

Por mil anos ele fora o ingênuo da superstição. O mundo parecia um lugar sombrio e imutável para ele, repleto de insanidade, miséria, injustiça e bebedores de sangue lutando contra bebedores de sangue tão incessantemente quanto humanos lutavam contra humanos, quando, por fim, procurou o refúgio da Mãe Terra como tantos outros haviam feito.

Ele sabia, com o coração partido, o que o jovem Antoine havia sofrido. Apenas um bebedor de sangue existente afirmava jamais haver conhecido tal enterro e renascimento, e este bebedor de sangue era a grande e indômita Maharet.

Bem, quem sabe chegara o momento de ele se apresentar à Maharet e falar sobre aqueles velhos tempos. *Você sempre soube que havia sido eu, o capitão dos soldados da Rainha, quem separou você milhares de anos atrás de sua irmã – quem colocou vocês duas em caixões e as mandou em jangadas para mares diferentes.*

Por acaso o mundo dos Mortos-Vivos não ficaria à beira da destruição se antigos segredos e horrores não fossem confrontados e examinados por aqueles que conheciam as histórias das primeiras noites?

Na verdade, Gregory não era mais o capitão do odiado "Sangue da Rainha" que havia feito aquelas coisas. Ele se lembrava daquela época, sim, lembrava-se, mas não da força da personalidade ou da atitude por trás das lembranças, ou dos meios pelos quais ele sobrevivera àquelas intermináveis noites de guerra e derramamento de sangue. Quem era Maharet? Ele não sabia ao certo.

Quando se levantou no século III da Era Comum, uma nova vida havia começado para ele. Gregory era o nome que escolhera para si mesmo naquelas noites, e fora Gregory desde então, adquirindo nomes e riqueza ao longo de milênios à medida que ia necessitando deles, jamais recorrendo novamente à loucura, ou à terra, mas lentamente construindo um domínio para si mesmo com riqueza e amor. A riqueza era fácil de adquirir, tão fácil, na verdade, que ele ficava maravilhado diante de mendigos indisciplinados como Antoine e Killer – e seu adorado Davis – que vagabundeavam através da eternidade, e o amor de outros bebedores de sangue também havia sido fácil de ser adquirido.

Sua Esposa de Sangue de todos esses séculos chamava-se Chrysanthe, e foi ela quem o educara nos modos da era cristã e do moribundo Império Romano quando ele a levara de Hira, a grande cidade árabe cristã – uma cintilante capital no Eufrates –, para Cartago, no norte da África, onde viveram por muitos anos. Lá ela ensinara o grego e o latim a ele, oferecendo-lhe a poesia, as histórias e a filosofia de culturas desconhecidas da época em que estivera na terra.

Lá ela lhe explicou as maravilhas que ele abraçara no momento em que se levantara e como o mundo havia de fato mudado quando ele o julgara imutável, como imaginavam todos aqueles com quem ele no passado compartilhara a humanidade e o Sangue.

Ele veio a amar Chrysanthe como uma vez amara sua primeira Esposa de Sangue de muito tempo atrás, a perdida Sevraine de olhos claros e cabelos louros.

Ah, quantas maravilhas ele descobrira naqueles primeiros anos à medida que o grande Império Romano desmoronava ao seu redor – um mundo de metais, monumentos e arte inconcebíveis para sua mente egípcia.

E desde então o mundo não parara de mudar, cada novo milagre e invenção, cada nova atitude, cada vez mais impressionantes do que aquelas que haviam chegado antes.

Ele mantivera-se numa trajetória ascendente desde aqueles séculos iniciais. E mantinha próximo de si os mesmos companheiros que adquirira naqueles primeiros séculos.

Logo depois que ele e Chrysanthe passaram a residir em seu palácio à beira-mar em Cartago, juntou-se a eles um gracioso e digno grego de uma perna só chamado Flavius, que relatou ter sido criado por uma poderosa e sábia bebedora de sangue chamada Pandora, consorte de um bebedor de sangue romano, Marius, o mantenedor do Rei e da Rainha.

Flavius fugira da residência de Marius porque este jamais consentira com sua criação, e quando ele se deparou com a residência de Chrysanthe e Gregory em Cartago, entregou-se à mercê de ambos, e eles o receberam de bom grado em sua casa, considerando-o digno por ser um Parente de Sangue. Ele vivera em Atenas assim como em Antioquia, em Éfeso e em Alexandria, e visitara Roma. Ele conhecia as matemáticas de Euclides e as escrituras hebraicas em sua tradução grega, e falava de Sócrates e Platão, das Meditações de Marco Aurélio, da história natural de Plínio, da sátira de Juvenal e de Petrônio, e dos escritos de Tertuliano e de Agostinho de Hipona, que morrera não muito tempo antes.

Que espetáculo era Flavius.

Ninguém nas cortes da velha Rainha teria ousado dar o Sangue a alguém marcado pela deformidade. Nem mesmo aos feios e àqueles que apresentavam corpos desproporcionais era dado o Sangue. Na verdade, todo humano oferecido ao apetite desprovido de remorso do espírito de Amel era um cordeiro sem máculas e de fato provido de beleza e dádivas, de força e talento que seu criador deveria testemunhar e aprovar.

Contudo, ali estava Flavius aleijado em seus anos mortais, mas queimando intensamente com o Sangue, um meditativo e bem-educado ateniense que recitava as histórias de Homero de memória enquanto tocava alaúde, um poeta e filósofo que entendia de tribunais e julgamentos e que memorizara histórias completas de povos da Terra que ele jamais conhecera ou vira. Gregory sorvera muito de Flavius, sentado a seus pés por horas e horas, provocando-o com perguntas, se comprometendo a memorizar as histórias e as canções que saíam dos lábios do amigo. E como era grato àquele honorável acadêmico.

– Vocês têm a minha lealdade por toda a eternidade – dissera ele a Gregory e a Chrysanthe –, já que me amaram pelo que sou.

E pensar que aquele gracioso bebedor de sangue sabia a exata localização da Mãe e do Pai. Ele os vira nos olhos de Pandora, que o criara; vivera sob o próprio teto de Marius e Pandora, onde o Divino Casal era mantido.

Como Gregory – Nebamun nos velhos tempos – ficara impressionado com as histórias do Rei Enkil e de Akasha, então estátuas vivas, mudas e cegas que jamais davam o menor sinal de consciência, sentados tronos acima dos canteiros de flores e fragrantes lamparinas no santuário dourado. E fora Marius, o romano, quem roubara o Rei e a Rainha do Egito, sem que estes esboçassem nenhuma resistência, do velho clero bebedor de sangue que lá prosperara por quatro mil anos. Os anciãos do clero haviam tentado destruir a Mãe e o Pai, como eles passaram a ser chamados, colocando-os sob os raios do sol. E de fato – já que o Rei e a Rainha haviam sofrido aquela blasfema indignidade – inúmeros bebedores de sangue ao redor do mundo haviam perecido em chamas. Os mais velhos, porém, haviam sido condenados a continuar, embora suas peles estivessem escurecidas e o simples ato de respirar lhes fosse doloroso. Akasha e Enkil haviam sido apenas bronzeados por aquela tola tentativa de imolação, e de fato o próprio ancião sobrevivera para partilhar a tortura de todos aqueles que ele esperara que estivessem queimados e mortos.

Porém, por mais que aquela história fosse inestimável para Gregory – a de que seu antigo soberano sobrevivera sem poder –, não era a história do Sangue que importava para ele, mas o novo mundo romano.

– Ensine tudo para mim, tudo – pedia Gregory sem parar a Flavius e a Chrysanthe e, vagando pelas ruas movimentadas de Cartago, então repletas de uma mistura de romanos, gregos e vândalos, ele lutava para explicar a seus dois dedicados professores o quanto era assombrosa a riqueza daquele mundo ao qual eles davam tão pouca importância, no qual pessoas comuns possuíam ouro nos bolsos, uma farta mesa e falavam em "salvação eterna" como se esta pertencesse aos mais humildes de nascença.

Em sua época, tanto tempo atrás, apenas a realeza e um punhado de nobres viviam em salas com pisos. A eternidade era propriedade apenas daquele punhado de pessoas que viviam e respiravam sob as estrelas.

Porém, o que importava tudo aquilo? Ele não esperava que Chrysanthe e Flavius o entendessem. Queria entendê-los. E, como sempre, ele extraía conhecimento de suas vítimas, alimentando-se de suas mentes tão certamente quanto se alimentava de seu sangue. Que vasto mundo as pessoas comuns habitavam e como havia sido pequena e árida aquela geografia que lhe pertencera tanto tempo atrás.

Menos de duzentos anos haviam se passado até que dois novos bebedores de sangue juntaram-se à sua Família de Sangue a convite de Gregory. Cartago não existia mais. Ele e sua família viviam naquela época na cidade italiana de Veneza. Esses recém-chegados também haviam conhecido o infame Marius, mantenedor do Rei e da Rainha a exemplo de Flavius. Seus nomes eram Avicus e Zenobia, vinham da cidade de Bizâncio e estavam contentes pelo convite de Gregory, que lhes garantiu que encontrassem segurança e hospitalidade sob seu teto.

Avicus havia sido um deus do sangue do Egito, da mesma maneira que Gregory, e de fato Avicus escutara narrativas mencionando o grande Nebamun e como ele conduzira o Sangue da Rainha a tirar a Primeira Cria do

Egito, e eles tinham muito a conversar sobre aquela época sombria e sangrenta e sobre a tortura de serem deuses do sangue encastelados no interior de santuários de pedra, forçados a sonhar e a passar fome entre grandes dias festivos quando os fiéis levavam para eles sacrifícios de sangue e pediam para que olhassem em seus corações e distinguissem em julgamento os inocentes dos culpados com suas mentes de bebedores de sangue. Como a Rainha podia ter condenado tantos a tanta miséria e labuta, a um isolamento tão deplorável e de partir o coração? Nebamun tivera seu próprio gostinho daquele "Serviço Divino" no fim.

Não é de espantar que Marius, forçado a entrar para o clero, houvesse roubado a Mãe e o Pai – rejeitando como inadequada a antiga superstição – e retornado a sua própria vida romana racional cheia de propósitos.

Avicus era egípcio, alto, de pele morena e ainda parcialmente louco após mil anos de serviços ao antigo culto do sangue. Ele havia sido escravo da antiga religião até o advento da Era Comum, ao passo que Nebamun fugira dessa condição mil anos antes. Sua Esposa de Sangue, Zenobia, era uma mulher de porte delicado com volumosos cabelos pretos e feições muito belas. Ela trouxe para a casa um universo de novos aprendizados, tendo sido educada no palácio do imperador do leste antes de ser trazida para o Sangue por uma mulher maligna chamada Eudoxia que empreendera uma guerra contra Marius, da qual, por fim, saiu derrotada.

Zenobia havia sido deixada à mercê de Marius, mas este a amava, fazendo dela sua Parente de Sangue, e ele lhe ensinou como sobreviver por conta própria. Ele dera sua aprovação ao amor dela por Avicus.

Zenobia cortava seus longos cabelos todas as noites e passou a usar trajes masculinos. Somente no quieto santuário de casa ela voltava à sua indumentária feminina e deixava seus compridos cabelos caírem livremente sobre os ombros.

Ambos jamais teriam erguido um dedo contra Marius, ou pelo menos foi o que contaram a seu novo mentor. Por força de juramento, Marius era o protetor da Mãe e do Pai. Ele os mantinha em um magnífico santuário cheio de flores e lamparinas, as paredes pintadas com jardins verdejantes.

– Sim, ele é o romano inteligente e instruído, certamente – comentou Flavius. – E uma espécie de filósofo e um patrício em cada osso de seu corpo. Entretanto, ele fez tudo ao seu alcance para tornar suportável a existência dos Pais Divinos.

– Sim, cheguei a compreender tudo isso – dissera a eles Gregory. – A história desse Marius torna-se cada vez mais clara. Nada maligno deve jamais se abater sobre ele. Não enquanto ele protege os Pais Divinos. Porém, uma coisa eu juro, meus amigos, e, por favor, escutem. Jamais pedirei que vocês façam mal algum a qualquer bebedor de sangue, a menos que esse bebedor de sangue procure nos fazer mal diretamente. Nós caçamos os malfeitores e procuramos nos alimentar também da beleza que vemos ao nosso redor, das maravilhas que temos o privilégio de testemunhar, vocês não compreendem?

Foram necessários anos até que eles compreendessem completamente a perspectiva de Gregory em relação à vida e o quanto era pouco importante para ele as guerras entre bebedores de sangue.

Entretanto, ele amava sua única família, seus únicos Parentes de Sangue.

Século após século, eles haviam permanecido juntos, sustentando um ao outro em histórias fantásticas e compartilhado o aprendizado, a lealdade inquestionável e o amor, o sangue antigo de Gregory dando força àqueles sob suas asas. De tempos em tempos, outros bebedores de sangue se juntavam a eles, mas apenas por um curto período de tempo e jamais para se tornarem parte da Família de Sangue. No entanto, eles geralmente iam e vinham em paz.

Depois de Veneza, eles se mudaram no ano 800 para o norte da Europa, e finalmente para uma área agora conhecida como Suíça. Eles continuaram a saudar outros com gentileza, guerreando contra eles apenas em defesa própria.

Por volta dessa época, Gregory já havia se tornado um grande acadêmico dos Mortos-Vivos, escrevendo muitas teorias sobre bebedores de sangue e sobre como eles mudavam ao longo do tempo. As mudanças nele próprio, não só grandes como também pequenas, ele relatava em crônicas meticulosas, e também observava a eventual dor e a alienação de seus companheiros, suas razões para vagarem pelo mundo, ou para se afastarem de um encanto, e as razões pelas quais eles sempre voltavam para casa. Por que os antigos evitavam tanto a companhia de outros antigos e procuravam aprender com os bem mais jovens de diferentes eras? E por que uma criatura tal como ele próprio não se dedicava a encontrar aqueles de quem se lembrava daquela época sombria quando sabia que certamente alguns deles haviam persistido? Essas perguntas o obcecavam. Ele preenchia diários com capas de couro com seus pensamentos.

As Crônicas Vampirescas e os acontecimentos no mundo vampiresco de 1985, quando Lestat despertou a Rainha Akasha, até então haviam fascinado profundamente Gregory, e ele se debruçara sobre os livros, eternamente interessado na profunda corrente de observação psicológica que unia esses trabalhos. Nunca em todos aqueles séculos ele encontrara almas poéticas entre os Mortos-Vivos tais como Louis de Pointe du Lac e Lestat de Lioncourt, ou mesmo Marius, cujas memórias exalavam o mesmo romantismo profundo e a mesma melancolia que o trabalho dos outros dois. Ele podia muito bem ter sido um patrício romano, divagou Gregory, mas era certamente a incorporação do Homem Romântico de Sensibilidade agora encontrando alívio em sua força interior e conexão com seus próprios valores.

Evidentemente, essa coisa chamada romantismo não era nada nova, mas Gregory pensava entender por que o mundo dos séculos XVIII e XIX havia definido e explorado o estilo com tanta acuidade, formando, assim, gerações de seres humanos sensíveis que acreditavam inteiramente em si mesmos de um modo que nenhum ser humano ou vampiro acreditara antes.

Entretanto, Gregory existira desde o começo da história humana registrada e também sabia muito bem que "almas românticas" sempre haviam existido e representavam apenas uma espécie de alma dentre muitas. Em suma, sempre houve românticos, poetas, marginais, párias, aqueles que cantavam sobre a alienação, tendo uma palavra inteligente para isso ou não.

O que dera à luz realmente o Romantismo como movimento na história das ideias humanas foi a afluência – um aumento no número de pessoas que tinham alimentos de sobra, instrução para ler e escrever e tempo para ruminar acerca de suas próprias emoções.

O motivo pelo qual outros não viam isso, Gregory não conseguia compreender.

Ele vira o crescimento da afluência desde a aurora da Era Cristã. Mesmo saindo do deserto egípcio, um maltrapilho remanescente um tanto maluco, ele ficara perplexo diante da abundância das pessoas do Império Romano – o fato de que soldados comuns circulassem a cavalo nas batalhas (uma vantagem impensável para qualquer ser na época de Gregory), o fato de que tecidos indianos e egípcios eram vendidos em todo o mundo conhecido, o fato de que as camponesas possuíam seus próprios teares e o fato de que sólidas estradas romanas ligassem todo o império, repletas de caravanas para viajantes a cada poucos quilômetros com comida em abundância para todos. Ora, aqueles romanos empreendedores haviam realmente inventado uma pedra líquida com a qual construíam não somente estradas, mas também aquedutos para levar água ao longo de quilômetros até suas cidades cada vez maiores. Potes, vasos e ânforas esplendidamente elaborados eram importados das mais remotas cidades para serem vendidos a pessoas comuns. Na verdade, toda sorte de bens práticos e bonitos viajavam pelas estradas e aquedutos romanos, de telhas a livros populares.

Sim, ocorreram grandes retrocessos. Porém, apesar do colapso em massa do Império Romano, Gregory não vira nada além de "progresso" desde as primeiras invenções da Idade Média – o barrilete, a roda de moinho, o estribo, os novos arreios que não sufocavam o boi nos campos, o gosto cada vez mais difundido pelas ornamentações e pelas belas roupas e a construção de altíssimas catedrais nas quais as pessoas comuns podiam rezar lado a lado com os mais ricos e os mais privilegiados.

Que distância imensa havia entre as grandes igrejas de Rheims ou de Amiens para os toscos templos do Egito antigo reservados inteiramente para seus deuses e para um punhado de sacerdotes e governantes.

No entanto, fascinava-o e intrigava-o o fato de que havia sido necessário o surgimento da era romântica para que fossem produzidos vampiros decididos e determinados a se fazerem conhecidos na história e uma literatura tão melancólica e filosófica quanto a daqueles livros.

Havia outro aspecto decisivo naquela questão que também deixava Gregory altamente confuso. Ele sentia com toda a sua alma que aquela era a maior época da história para os Mortos-Vivos de que tivera notícia. E não compreendia por que os autores poéticos das Crônicas Vampirescas jamais mencionavam esse fato tão óbvio.

Desde que a iluminação pública havia sido introduzida nas cidades da Europa e das Américas, o mundo tornara-se cada vez melhor para os Mortos-Vivos. Por acaso eles não se aproveitaram das lamparinas a gás de Paris, da iluminação em arco que podia proporcionar virtualmente a luz do dia a um parque ou a uma praça em qualquer parte do mundo, do milagre da eletricidade que penetrava nos lares assim como nos locais públicos trazendo o brilho do sol para o interior de palácios mas também de casebres? Será que eles não faziam a menor ideia de como os avanços na iluminação haviam afetado o comportamento e as mentes das pessoas, do que significava para uma pequena aldeia ter suas drogarias e mercados intensamente iluminados, e para as pessoas perambularem às oito da noite com a mesma curiosidade e ansiedade energéticas para o trabalho e para as experiências que desfrutavam durante as horas de sol?

O planeta havia sido transformado pela iluminação e pela pura magia da televisão e dos computadores, nivelando o campo de atuação dos bebedores de sangue como nunca.

Bem, ele conseguia entender se Lestat e Louis dessem pouca importância a isso tudo; haviam nascido durante a Revolução Industrial, soubessem eles disso ou não. Mas e quanto ao grande Marius? Por que ele não ficara eufórico com o mundo moderno intensamente iluminado? Por que não se entusiasmou com os imensos avanços no que diz respeito à liberdade humana e à mobilidade física e social nos tempos modernos?

Nossa, essa época era perfeita para os Mortos-Vivos. Nada lhes era negado. Eles podiam se manter a par de qualquer aspecto relacionado à luz do dia e das atividades à luz do dia através da televisão e do cinema. E não eram mais realmente Crianças da Escuridão, em hipótese alguma. A escuridão havia sido essencialmente banida da Terra. *Tornara-se uma escolha.*

Ah, como ele queria discutir sua visão das coisas com Lestat. Como aquilo tudo deveria estar afetando o destino dos bebedores de sangue do mundo? E agora que a internet havia abraçado o planeta, as transmissões radiofônicas de Benji Mahmoud originadas daquela casa não eram por acaso apenas o começo?

Quando iríamos ver bancos de dados que capacitassem os bebedores de sangue em todos os cantos do mundo, independentemente de idade e isolamento, a encontrar seus entes perdidos, seus entes amados, imortais que não passavam de lenda para eles por tanto tempo?

E quanto ao vidro? Olhe o que aconteceu com o mundo através da invenção, evolução e aperfeiçoamento do vidro. Óculos, telescópios, microscópios, vidro laminado, paredes de vidro, palácios de vidro, torres de vidro! Ora, a arquitetura do mundo moderno havia sido transformada pelo uso do material. A ciência avançara de modo dramático e misterioso devido à disponibilidade e ao uso do vidro!

(Chamava-lhe a atenção como algo altamente irônico e, quem sabe, significativo, o fato de que a grande Akasha havia sido decapitada graças a uma grande folha de vidro. Afinal de contas, uma imortal de seis mil anos de idade é uma criatura bem forte e resistente, e Gregory não tinha certeza de que um simples machado pudesse ter decapitado a Rainha, ou que um simples machado pudesse decapitá-lo. Entretanto, um enorme caco de vidro laminado fora afiado e pesado o bastante para separar a cabeça do corpo, de modo que a morte de Akasha havia sido de fato realizada com sucesso. Um acidente, sim, mas um acidente bastante estranho, a bem da verdade.)

Certo, então a "Irmandade dos Articulados", como eles eram chamados, não havia sido composta por historiadores sociais ou econômicos, mas certamente românticos tão sensíveis como Marius e Lestat ficariam interessados nas noções de progresso de Gregory, e particularmente em sua teoria de que estávamos vivendo a Era dos Vampiros, por assim dizer. Aqueles tempos deveriam ser uma Época de Ouro, para usar o termo de Marius, para todos os Mortos-Vivos.

Ah, que chegue logo o momento de se encontrar com eles.

Porém mesmo enquanto ele dizia para si mesmo que um pouco desse desejo e desse entusiasmo era pueril e ingênuo e até mesmo ridículo, Gregory sentia-se atraído quase que obsessivamente por Louis e Lestat. Sobretudo Lestat.

Louis era um peregrino estragado e, embora houvesse se recuperado durante a última década ou mais, Lestat era de fato o "coração de leão" que Gregory desejava conhecer com toda a sua alma.

Parecia que Lestat era o imortal por quem Gregory estivera esperando todo esse tempo, aquele com quem poderia discutir sua miríade de observações acerca dos Mortos-Vivos e o fluxo humano de história que eles haviam seguido através de seis mil anos. Gregory, na verdade, estava apaixonado por Lestat.

Ele sabia que estava apaixonado, e quando Zenobia e Avicus implicavam com ele acerca disso, ou Flavius dizia que aquilo o "preocupava", Gregory não negava. Nem procurava se defender. Chrysanthe entendia. Chrysanthe sempre entendeu suas obsessões. E Davis entendia, Davis, seu delicado companheiro negro, resgatado do massacre que se seguiu ao show de Lestat, Davis também entendia.

"Ele era como um deus naquele palco", dissera Davis sobre Lestat no show. "Ele era o único vampiro que todos nós amávamos! Era como se nada pudesse detê-lo, e nada jamais o detivesse."

Mas algo detivera Lestat muito seguramente ou com toda a certeza diminuíra seu ritmo. Demônios criados por ele próprio, quem sabe, ou uma exaustão espiritual. Gregory ansiava por saber, ansiava por se mostrar solidário, ansiava por poder lhe fornecer apoio.

Secretamente, Gregory vasculhara o mundo em busca de Lestat e chegara muito próximo dele em muitas oportunidades, espionando-o e adivinhando a imensa raiva de Lestat e sua grande necessidade de ficar sozinho. Gregory sempre se afastara, incapaz de se intrometer no objeto de sua obsessão, retirando-se silenciosamente, decepcionado e com uma espécie de vergonha.

Dois anos antes, em Paris, ele chegara perto o bastante para ver Lestat em carne e osso, correndo até lá de Genebra ao primeiro sinal do aparecimento de Lestat, ainda que não tivesse ousado se revelar. Somente o amor podia criar tamanho conflito, tamanha ânsia, tamanho medo.

Naquele momento, Gregory sentia a mesma relutância em se apresentar à assembleia nova-iorquina do Portão da Trindade. Ele não podia fazer uma apresentação. E ainda não podia se apresentar e arriscar ser rejeitado. Não. Aquelas criaturas significavam muito para ele. Ainda não era o momento certo, não era.

De fato, somente um bebedor de sangue em anos recentes o tirara do anonimato, Fareed Bhansali, o vampiro médico de Los Angeles que o fascinara o bastante a ponto de fazer com que se revelasse, e graças a motivos muito específicos. Por isso, Fareed era tão singular a seu próprio modo – se é que singularidades podem ser comparadas – quanto os vampiros poetas românticos Louis e Lestat, já que Fareed era o único médico moderno bebedor de sangue de que Gregory tivera notícia.

Ah, no passado distante existiram alguns, certamente, mas eram curandeiros e alquimistas rudimentares que, assim que chegaram ao Sangue, perderam todo o interesse por suas explorações científicas, e com razão, já que havia um limite de milhares de anos para o que poderia ser conhecido cientificamente.

Magnus, o grande alquimista parisiense, havia sido um exemplo perfeito. Em sua idade avançada, curvado e deformado pelo desgate natural dos ossos, o Sangue lhe fora negado por Rhoshamandes que, na época, governava silenciosamente os Mortos-Vivos da França, jamais permitindo que sua quantidade se tornasse impossível de ser gerenciada. Amargurado, enraivecido e disposto a não aceitar a desfeita, Magnus conseguira roubar o Sangue de um jovem acólito de Rhoshamandes, conhecido como Benedict. Prendendo Benedict e drenando o sangue de seu corpo bem no por do sol, Magnus tornara-se um bebedor de sangue, atordoado no corpo comatoso de seu criador, que, ao acordar, se encontrava fraco demais para romper suas amarras, fraco demais inclusive para gritar por ajuda. Que choque aquele astuto roubo do Sangue causara em todo o mundo dos Mortos-Vivos. Quantos ousariam imitar o ousado Magnus? Bem, poucos e preciosos o fizeram em toda a história. Poucos e preciosos bebedores de sangue na história foram tão descuidados ou tão estúpidos quanto o gentil Benedict havia sido, confiando a localização de seu local de descanso a um "amigo" mortal.

E então Magnus, esse pensador verdadeiramente revolucionário, dera as costas por completo ao conhecimento médico e alquímico de sua vida humana, enfurnou-se em uma torre próxima a Paris e dedicou-se às mais amargas reflexões até por fim enlouquecer, sua única conquista real tendo sido a captura e a criação do vampiro Lestat, ao qual ele legou seu sangue, suas propriedades e sua riqueza.

Ah, esses fracassos tão deploráveis.

E onde estava agora Rhoshamandes? Onde estava sua progenitura de alto nível – a bela merovíngia Allesandra, filha de Dagoberto I, ou o desgraçado e sempre contrito Benedict? Será que Allesandra realmente imolara a si mesma em uma pira nas catacumbas sob o Les Innocents, apenas porque o vampiro Lestat avançara sobre seu mundo e destruíra os velhos Filhos de Satanás que por muito tempo mantiveram sua mente, sua alma e seu corpo como prisioneiros? Uma pira pode muito bem ter sido suficiente para destruir o corpo de Magnus, sim; mas Allesandra era antiga antes mesmo de Magnus passar a existir, embora sua própria idade e sua experiência houvessem se perdido na loucura mais de uma vez na história.

Gregory soubera pouco acerca de Rhoshamandes durante aqueles séculos, porém observara muito de longe. E por que não? Por acaso Rhoshamandes não havia sido um novato dele próprio? Bem, não. A Mãe fizera Rhoshamandes para o Sangue da Rainha e então o confiara a Gregory (seu dedicado Nebamun) para que fosse instruído e treinado.

Havia muitos que ele esperava encontrar no futuro, incluindo Sevraine, sua Esposa de Sangue há muito perdida. Ela viera como escrava para o Egito milhares de anos atrás, seus cabelos e olhos tão belos quanto aqueles das bruxas ruivas, e ele, Gregory ou Nebamun, capitão do Sangue da Rainha, a amara tanto que a criara sem a bênção da Rainha e quase pagara o preço definitivo por isso. Em algum lugar lá fora, no grande mundo brilhante, Sevraine vivia. Gregory estava certo disso. E talvez um lado escuro de toda essa miséria ultimamente fosse o fato de que os antigos estavam prestes a se reunirem. Até mesmo Rhoshamandes voltaria à tona e alguns dos fortes membros de sua progenitura como Eleni e Eugénie, uma vez cativas dos Filhos de Satanás de Paris. E onde estava Hesketh? Gregory não podia se esquecer dela.

A trágica Hesketh havia sido a mais malformada bebedora de sangue que Gregory já conhecera, criada e amada pelo velho renegado deus do sangue Teskhamen, que escapara dos druidas que o adoravam e procuraram dar um fim a ele em sua pira. Gregory conhecera Hesketh e Teskhamen nos campos da França no século VIII da Era Comum quando Rhoshamandes ainda governava aquelas paragens, e mais tarde no extremo norte. Teskhamen tinha histórias a contar, mas todos tinham, não é mesmo? Certamente aqueles tão sagazes e vigorosos quanto Hesketh e Teskhamen ainda sobreviviam.

Entretanto, o ponto era que aquele tal de Fareed Bhansali, um vampiro médico, fascinara Gregory o suficiente para fazer com que se revelasse. Aquele tal de Fareed Bhansali parecia uma pessoa singular.

E à medida que as notícias se espalharam pelo mundo anunciando que um médico bebedor de sangue aparecera efetivamente "em cena" em Los Angeles e montara de fato uma clínica em uma torre de consultórios para o estudo dos Mortos-Vivos, e que esse médico era poderoso e brilhante e havia sido um bem-sucedido cirurgião e pesquisador em Mumbai antes de Nascer para a Escuridão, Gregory deu-se a tarefa de observar esse homem de perto.

Na verdade, ele estava com pressa. Gregory temia que aquelas horrorosas gêmas – Mekare e Maharet –, que agora tinham o controle do espírito Amel e da fonte primeva do Sangue, pudessem, quem sabe, transformar em cinzas aquela joia recente, e Gregory queria estar lá para impedir isso e levar o ousado Fareed para a segurança de sua própria casa em Genebra.

Por que aquele médico não fazia nada para se esconder, Gregory não conseguia entender. Fareed realmente não o fazia. Na verdade, havia momentos em que ele parecia estar positivamente ansioso para anunciar sua presença, procurando indisciplinados e membros da ralé em todas as partes para sua pesquisa.

Gregory, porém, tinha outro motivo para encontrar Fareed.

Pela primeira vez em mil e setecentos anos, Gregory estava imaginando: será que a perna que faltava a Flavius poderia, de alguma maneira, ser substituída por algum dispositivo inteligente de plástico e aço como os humanos daquela época haviam aperfeiçoado? Finalmente havia um médico vampiresco que poderia fornecer a resposta.

Foi necessária alguma persuasão para que Flavius concordasse com a experiência, ou mesmo com a ideia de fazer a travessia da Europa até a América, mas quando essa questão foi resolvida Gregory encontrou Fareed de imediato.

Assim que se deparou com Fareed caminhando nas ruas escurecidas pelas árvores de West Hollywood em uma radiante noite de verão, Gregory percebeu que suas preocupações acerca da segurança de Fareed haviam sido infundadas. Ao lado dele caminhava um vampiro quase tão velho quanto Gregory, e de fato aquele ali era nada mais nada menos do que Seth, o filho da antiga Mãe.

Como era estranho vê-lo ali, distante uma eternidade daquele passado longínquo, aquele ali, parado na calçada daquela cidade moderna, magro e alto como sempre fora, com ombros poderosos e dedos delgados, uma cabeça grande e bem-feita e aqueles olhos escuros amendoados. Sua pele escura evanescera ao longo dos milhares de anos e ele exibia um pálido semblante oriental, com cabelos escuros e curtos e a postura nobre dos velhos tempos.

O velho príncipe herdeiro.

Seth era um menino quando sua mãe, a Rainha Akasha, fora infectada com o sangue demoníaco e, em decorrência disso, foi enviado para Nínive para sua própria segurança, porém, à medida que as guerras entre o Sangue da Rainha e a Primeira Cria recrudesceram, a Mãe, preocupada com a possibilidade de seu filho cair em mãos erradas, mandou chamá-lo e o trouxe, ainda em sua juventude, para o Sangue.

Então esse Seth havia se tornado um curandeiro, era verdade, embora Gregory houvesse se esquecido desse fato, ou pelo menos era o que diziam as velhas histórias daqueles tempos. Ele havia sido um sonhador e um andarilho que viajava pelas cidades dos dois rios procurando outros curandeiros de quem esperava extrair mais conhecimentos, e não havia sido sua intenção retornar para a corte de sua mãe no Egito, um local envolto em mistérios. Longe disso. Ele fora levado para lá à força.

Akasha dera a Seth o Sangue em uma grande e pomposa cerimônia no interior do palácio real. Ele deveria tornar-se para ela, disse a Rainha, o maior líder que o Sangue da Rainha jamais conhecera. Seth, entretanto, desapontara sua mãe e soberana e desaparecera para as areias do deserto e para as areias do oblívio, e ninguém nunca mais ouviu falar dele.

Agora era Seth – Seth, o curandeiro – que caminhava com Fareed. Era o poderoso sangue antigo de Seth o combustível das veias de Fareed. É claro. O curandeiro ancião criara o médico vampiresco.

Fareed era quase tão alto quanto seu criador e guardião, com uma pele cor de mel sem um único defeito e cabelos ondulados e muito pretos. Seus olhos eram verdes. Algo semelhante a um ídolo da Bollywood indiana, pensou Gregory, com aqueles exuberantes cabelos e os cintilantes olhos verdes, que eram muito raros nos tempos antigos. Podia-se viver uma vida humana inteira naquela época sem jamais ver um ser que tivesse olhos verdes ou azuis. Os cabelos ruivos e os olhos azuis das bruxas Mekare e Maharet deixavam-nas com um aspecto ainda mais suspeito e aterrorizante para os egípcios, e a bela escrava nortista Sevraine, a adorada de Gregory, era temida em seu tempo.

Bem mais tarde, já na Era Comum, quando Flavius, um grego, viera até ele, Gregory ficara deslumbrado pelo aparente milagre daqueles cabelos dourados e olhos azuis.

Gregory e Seth cumprimentaram-se de uma maneira assaz formal, assaz cortês. *Seth, meu caro amigo, não nos vemos há seis mil anos!*

Nem mesmo a Mãe, Mekare, que agora hospedava o demônio, poderia ter queimado ou destruído aquele poderoso médico com Seth ao lado dele. E a cada noite de suas vidas – Gregory veio a saber –, Seth dava mais de seu sangue antigo a Fareed.

– Dê o seu a ele e nós faremos de bom grado qualquer coisa para ajudar Flavius – disse Seth –, pois o seu também é puro.

– É assim tão puro mesmo? – perguntou Gregory enquanto se maravilhava.

– É sim, meu amigo – garantiu Seth. – Nós bebemos da Mãe. Aqueles que bebem da Mãe possuem um poder como nenhum outro.

E o vampiro Lestat também bebeu da Mãe, pensou Gregory consigo mesmo. E também Marius, o andarilho, havia bebido. Os novatos de Marius, Pandora e Bianca, haviam bebido da Mãe. E também os de Gregory, Avicus e Zenobia, sim. E Khayman, pobre Khayman, será que ele era realmente um pateta sob a proteção das gêmeas? Ele também bebera da Mãe. Quantos outros haviam bebido diretamente da Mãe?

De volta ao luxuoso quarto no topo da torre que abrigava a clínica e o laboratório de Fareed, Gregory abraçara aquele brilhante médico e enterrara seus dentes afiados como agulhas na alma e nos sonhos do homem. *Eu tomarei o seu sangue e você beberá o meu sangue e nós conheceremos um ao outro e amaremos um ao outro e seremos irmãos para todo o sempre. Parentes de Sangue.*

Um belo ser era Fareed. A exemplo de tantos bebedores de sangue, sua moral havia sido forjada durante o calvário de sua experiência humana, e ela não cederia agora aos agrados do Sangue. Ele seria para sempre um serviçal de vampiros, sim, mas respeitando todas as coisas vivas e jamais se engajando naquilo que poderia causar danos a alguém, a menos que, de algum modo, esse ser estivesse situado numa posição inferior às suas preocupações, agindo como alguma espécie de monstro inenarrável.

O que significava que Fareed não podia fazer mal a vampiros ou a seres humanos. Qualquer que fosse a trajetória de suas descobertas científicas, estas jamais seriam feitas sob o signo da perversão e do abuso.

Entretanto, ao longo de sua vida, ele conhecera malfeitores incorrigíveis, inveterados e irredimíveis o bastante e, assim, era capaz de selecionar, e selecionaria, de alguma manada de vampiros ferozes, um fanfarrão realmente maligno, desprezível, imundo e degenerado de quem poderia tirar uma perna para ser enxertada em Flavius como se fosse dele próprio. De fato, ele pegara mais de um desses corpos de vampiro para seus experimentos. E era sincero acerca disso. Não, jamais faria uma coisa dessas a um humano, mas a um vampiro cruel e incessantemente destrutivo, sim, ele poderia fazer. E foi o que fez para obter a perna para Flavius. Uma perna verdadeira e viva que se tornou parte do corpo imortal de Flavius!

Ah, admirável mundo novo...

Aquelas noites com Fareed e Seth haviam sido diferentes de tudo que Gregory já experimentara na vida, dedicadas a intermináveis conversas, visões e experimentos científicos.

– Caso algum de vocês, cavalheiros, queira sentir novamente a paixão de seres humanos biológicos, posso providenciar isso simplesmente com injeções hormonais – ofereceu Fareed – e, de fato, eu gostaria muito que vocês cedessem ao meu desejo e me permitissem colher a semente dos experimentos.

– Você está dizendo que uma semente viva pode sair de nós novamente? – perguntou Flavius.

– Pode, sim. Eu obtive sucesso em um caso, embora as circunstâncias não tenham sido nada comuns. – Ele havia de fato impregnado um vampiro do século XVIII com aqueles poderosos hormônios, e a semente do vampiro havia de fato produzido um filho. Entretanto, aquela não havia sido uma experiência simples. Na verdade, a conexão mágica havia sido realizada em um tubo de ensaio e o filho era mais um clone do que um rebento, nascido através de uma mãe biológica.

Gregory ficou perplexo. Assim como Flavius.

Entretanto, o que deixou Gregory chocado até a alma não foi o fato de que a experiência funcionara, aquele pedacinho de azáfama celular, mas sim o fato de que funcionara com um vampiro que Gregory vinha perseguindo pelo mundo todo. Fareed lutou para manter a identidade do vampiro em segredo. Porém, logo em seguida, quando Gregory atraiu o médico para si para beber seu sangue e dar seu próprio em retorno, ele foi em busca de imagens e respostas profundamente enterradas e as trouxe para si.

Sim, o grande cantor e poeta do rock Lestat de Lioncourt gerara um filho.

Então, em uma tela brilhante em uma sala escura, Fareed finalmente revelou a ele imagens daquele jovem humano, a imagem perfeita do pai até nos menores detalhes, que continha o pacote completo do DNA do progenitor.

– E Lestat sabe disso? – quis saber Gregory. – E ele reconheceu esse rapaz? – Ele percebeu o quanto soavam ridículas aquelas palavras assim que as proferiu e também sabia a resposta.

Lestat, onde quer que estivesse, não sabia nada a respeito da existência do jovem Viktor.

– Acho que nem por um minuto Lestat adivinhou que eu tentaria fazer uma coisa dessas – disse Fareed.

Seth estava sentado nas sombras ao lado de seu adorado médico de vampiros enquanto tudo aquilo era discutido, seu rosto estreito e anguloso estava fleumático, mas certamente ele e Gregory pensavam a mesma coisa. Seth, o filho homem da Mãe, havia sido no passado o refém mais procurado por seus inimigos; foi por isso que a grande Rainha mandara chamá-lo e lhe dera o Sangue, para protegê-lo daqueles que o perseguiam e que poderiam vir a torturá-lo incessantemente para exigir concessões ou a rendição da parte dela.

Esse mesmo destino não poderia recair sobre esse rapaz humano?

– Mas e se os inimigos dele já o tiverem destruído? – perguntou Flavius. – Ninguém nem sequer ouve uma notícia sobre Lestat há muito tempo.

– Ele está vivo, eu sei que ele está – disse Gregory. Fareed e Seth não haviam respondido.

Esse encontro acontecera há tempos.

O rapaz já devia ter dezoito ou dezenove anos de idade, um homem para todos os propósitos práticos, e quase a mesma idade que seu pai tinha quando Magnus o violou e fez dele um vampiro.

Antes que Gregory e Flavius saíssem, Seth assegurou a ambos que não guardava nenhum rancor antigo contra as gêmeas por terem assassinado sua mãe.

— As gêmeas sabem que estamos aqui — disse Seth. — Elas têm de saber. E elas não se importam. Esse é o segredo da soberana Rainha dos Condenados. Ela não se importa e sua irmã não se importa. Bom, eu me importo. Eu me importo com tudo sob o sol e sob a lua, e é por isso que criei Fareed. Eu não me importo, porém, com vingança contra as gêmeas ou com a possibilidade de voltar a vê-las olho no olho. Isso não tem nenhuma importância pra mim.

Seth estava certo, é claro, quando disse que Maharet sabia, mas Gregory não estava ciente disso naquele momento. Ele só descobrira aquilo muito mais tarde. Seth estava apenas especulando naquela ocasião. Ele, Fareed e Maharet ainda não haviam se encontrado.

— Eu compreendo, eu compreendo muito bem — concordou Gregory suavemente. — Mas você nunca quis, você mesmo, tirar o demônio de Mekare e colocá-lo em seu próprio corpo? Nunca sentiu esse simples desejo, de despachá-la exatamente da mesma maneira que ela despachou a Mãe?

— Você quer dizer a *minha* mãe — corrigiu Seth. — A resposta é não. Por que eu iria querer um demônio em mim? Você acha que, na condição de filho dela, eu me vejo como herdeiro desse demônio de Akasha? — Ele estava visivelmente revoltado.

— Não exatamente — Gregory recuou com educação. — Mas para que a ameaça de nosso aniquilamento não pertença a outro. Para que você tenha a fonte segura dentro de si.

— E por que ela estaria mais segura comigo do que com qualquer outra pessoa? — perguntou Seth. — Você já quis ter o Cerne Sagrado em seu corpo?

Eles estavam na grande sala de visitas dos aposentos privativos de Fareed quando tiveram essa última discussão. A friorenta noite de Los Angeles fez com que a lareira fosse acesa, e eles estavam reunidos perto do fogo em cadeiras de couro. Flavius estava com sua perna nova e funcional disposta em uma tala de couro, mirando-a, embevecido, de tempos em tempos. Por baixo de sua calça de lã cinzenta, apenas seu pé coberto com uma meia era visível. Vez ou outra ele flexionava os dedos do pé como se para se convencer de que possuía o membro de forma plena.

Gregory ponderou a pergunta.

— Até a noite em que Mekare assassinou a Rainha, eu não fazia a menor ideia de que alguma força na Terra poderia tirar o Cerne Sagrado de Akasha e colocá-lo em algum outro ser – confessou ele.

— Mas agora você realmente sabe – disse Seth. – Você já pensou em tentar roubá-lo?

Gregory teve de confessar que a ideia jamais lhe havia ocorrido, em hipótese alguma. Na realidade, quando rememorou a cena em sua cabeça – cena esta que não testemunhara, que ele vira apenas em lampejos telepáticos a partir de pontos remotos, cuja descrição havia lido nos livros de Lestat –, ele a encarou como algo mítico.

— Ainda não sei como eles conseguiram fazer isso – disse ele. – E não, eu jamais tentaria fazer uma coisa dessas e jamais iria querer ter dentro de mim o Cerne Sagrado.

Gregory pensou por um longo momento, permitindo que seus pensamentos fossem totalmente legíveis a eles, embora somente Fareed e Flavius, ao que parecia, pudessem lê-los.

Ele era um mistério para Seth, e Seth era um mistério para ele – algo comum o bastante para a geração primeva.

— Por que alguém iria querer ser o hospedeiro do Cerne Sagrado? – perguntou Gregory.

Seth não respondeu de imediato. Então, em uma voz baixa e distinta, ele falou:

— Você desconfia que eu sou conivente, não é? Você acha que o nosso trabalho aqui é reduzível a alguma espécie de complô simplório pra adquirir poder sobre a fonte.

— Não, isso não é verdade – retrucou Gregory. Ele estava espantado. Poderia muito bem ter ficado ofendido, mas não era do seu feitio ficar ofendido com o que quer que fosse.

Seth o estava mirando, fitando-o como se odiasse Gregory. E Gregory percebeu que estava num significativo ponto culminante.

Ele podia também odiar Seth naquele momento, se assim escolhesse fazê-lo. Podia temê-lo, ceder ao ciúme de sua idade e de seu poder.

Ele não queria fazer nada daquilo.

Gregory pensou com tristeza, naquela ocasião, em como havia sonhado com encontros como aquele, como sonhara em se apresentar à grande Maharet simplesmente para conversar com ela, conversar e conversar e conversar, da maneira que ele estava sempre conversando com sua adorada familiazinha que jamais compreendia exatamente do que ele estava falando.

Ele desviou o olhar.

Gregory não desprezaria Seth. E não tentaria intimidá-lo. Se havia uma coisa que ele havia aprendido em seu longo tempo nesse mundo era que podia intimidar outros de um modo que superava suas mais tresloucadas intenções de fazê-lo.

Uma estátua falar com você, uma estátua que pode respirar e se mexer, essa é uma experiência indistintamente horrorosa.

Porém, com Fareed e Seth, Gregory queria algo cálido, algo vital.

– Quero que nós dois sejamos irmãos – disse ele a Seth em voz baixa. – Gostaria muito que houvesse uma palavra boa para irmãos e irmãs no mundo todo, alguma coisa mais específica do que "parentes". Mas vocês são meus parentes, vocês dois. Eu troquei sangue com vocês, e isso faz de vocês meus parentes especiais. Mesmo assim, nós somos todos parentes.

Ele mirou desamparadamente a lareira ornamentada. Mármore com veios verdes. Douradura francesa. Suportes de lareira em ouro brilhante. Ele deixou sua audição sobrenatural erguer-se; ele ouviu as vozes além do vidro, as vozes de milhões, em suaves fluxos ondulantes, pontuadas pela música dos choros, das rezas, dos risos.

Fareed começou nesse momento a falar, a falar de seu trabalho imediato e de como Flavius agora teria de usar aquela perna "viva" que ele afixara tão habilidosamente. E prosseguiu discorrendo sobre os pontos importantes da longa cirurgia durante a qual a perna fora implantada, sobre a natureza do Sangue, sobre como ele se comportava de modo tão distinto do sangue humano.

Ele usou uma variedade de palavras em latim que Gregory não conseguia entender.

– Mas o que é essa coisa, esse Amel? – disse subitamente Gregory. – Ah, perdoe-me o fato de eu não saber o que todas essas palavras significam. Porém o que é essa força animada dentro de nós? Como isso mudou de sangue para Sangue?

Fareed parecia prazerosamente absorvido pela pergunta.

– Essa coisa, esse monstro, esse Amel... é feito de nanopartículas, como eu posso descrever isso? Ele é feito de células infinitamente menores do que as mais diminutas células eucariontes que conhecemos, embora elas não deixem de ser células, entende? A coisa possui uma vida celular, dimensões, limites, alguma espécie de sistema nervoso, um cérebro ou núcleo de algum tipo que governa sua fisicidade e suas propriedades etéricas. Ela já teve inteligência em tempos passados, se formos acreditar nas bruxas. Ela já teve uma voz.

– Você quer dizer que consegue ver essas células no microscópio? – perguntou Gregory.

– Por algum motivo, eu não consigo. Conheço as propriedades delas pela maneira como se comportam. Quando uma criatura é transformada em vampiro, é como se um tentáculo desse monstro invadisse o novo organismo, enganchando-se no cérebro do ser humano e então começando lentamente a transformá-lo. A senescência é interrompida para sempre. E então o sangue alquímico da criatura trabalha no sangue humano, absorvendo-o lentamente e em seguida transformando o que não absorve. Isso funciona em todos os tecidos biológicos; isso se torna a única fonte de desenvolvimento e mudança celular dentro do hospedeiro. Está me acompanhando?

– Bom, estou sim. Acho que sempre compreendi isso – disse Gregory.

– Agora é necessário mais sangue humano para que o trabalho continue.

– E qual é a meta do trabalho dessa coisa? – perguntou Flavius.

– Ela quer nos tornar hospedeiros perfeitos – disse Fareed.

– E beber sangue, sempre beber mais sangue – completou Gregory. – Fazer com que nós bebamos mais sangue. Eu me lembro de como a Rainha gritava naqueles primeiros meses. A sede era insuportável. Ela queria mais sangue. As bruxas ruivas disseram isso para ela antes de receberem o Sangue. "A coisa quer mais sangue."

– Mas eu não acho que essa seja a meta principal – retrucou Fareed. – E nem foi em momento algum. Mas não tenho certeza se ela tem consciência de que há uma meta! É isso o que quero saber acima de qualquer outra coisa. Ela é autoconsciente? Ela é um ser consciente que vive dentro do corpo de Mekare?

– Entretanto, bem no começo – explicou Gregory –, os espíritos do mundo contaram para as bruxas gêmeas que Amel, uma vez fundido com a Rainha, não possuía consciência. Elas disseram: "Amel não existe mais." Elas disseram que Amel estava perdido dentro da Mãe.

Fareed riu para si mesmo e olhou para o fogo.

– Eu estava lá – disse Gregory. – Eu me lembro disso, de quando as bruxas disseram essas coisas.

– Bom, é claro que você estava, mas o que me deixa impressionado é que, depois de todas essas gerações que você viu ascenderem e caírem, você ainda acredita que aqueles espíritos realmente falavam com as bruxas.

– Eu sei que eles falavam.

– Sabe? – perguntou Fareed.

– Sei. Eu sei, sim.

– Bom, você pode estar certo e os espíritos podem estar certos, e a coisa pode ser desprovida de mente e subserviente, mas não consigo deixar de imaginar. Eu digo a você, não existem entidades desencarnadas. Essa coisa, esse Amel, não é uma entidade desencarnada, mas algo imenso e que possui uma organização intricada, algo que agora operou uma mutação muito intensa em sua hospedeira e naqueles conectados a ela... – E subitamente sua linguagem ascendeu mais uma vez a um vocabulário tão opaco a Gregory quanto as sílabas proferidas pelos golfinhos ou pelos pássaros.

Gregory tentou penetrar a linguagem com as mais finas habilidades de sua própria mente, tentou ver as imagens, as formas por trás dela. O desenho. Entretanto, viu algo que se assemelhava às estrelas no céu noturno e seus padrões infinitos e puramente acidentais.

Fareed continuou:

– ... Desconfio que essas criaturas, que nós há milhares de anos chamamos de espíritos ou fantasmas, essas criaturas obtêm seu alimento da atmosfera, e é impossível saber como elas nos percebem. Há uma beleza nisso, eu desconfio, uma beleza como existe em toda a natureza, e elas fazem parte da natureza...

– Beleza – repetiu Gregory. – Eu acredito que haja beleza em todas as coisas. Acredito nisso. Porém, preciso encontrar a beleza e a coerência na ciência, ou jamais vou aprender, jamais vou entender.

– Escute-me – pediu Fareed gentilmente. – Fui criado porque esse é o meu campo de trabalho, a minha linguagem, o meu domínio, tudo isso. Você nunca precisa entender isso tudo. Você não pode entender muito mais do que Lestat, Marius ou Maharet podem entender, ou milhões de pessoas por aí que não têm nenhuma capacidade de absorver conhecimentos científicos ou usá-los de qualquer outra maneira que não as mais simples e as mais práticas...

– Eu estou nesse nível de incapacidade – Gregory assentiu.

– Mas confie em mim – disse Fareed. – Confie em mim quando digo que estudo para *nós*, o que eu estudo nenhum cientista humano poderia estudar, e não pense que eles não tentaram, eles tentaram, sim.

– Ah, eu sei – assentiu Gregory. Ele rememorou aquelas noites de muito tempo atrás, em 1985, após o famoso show de rock de Lestat em San Francisco, dos cientistas que reuniram o que puderam daqueles restos queimados espalhados pelos estacionamentos que cercavam o local do espetáculo.

Ele observara aquilo com o mais frio dos distanciamentos.

Porém nada, absolutamente nada, resultara daquelas pesquisas, nada mais do que qualquer coisa tinha sido extraída dos vampiros que eram vez por outra capturados pelos cientistas, aprisionados em laboratórios e estudados até realizarem suas fugas espetaculares ou serem pirotecnincamente resgatados. Nada resultara daquilo. Exceto pelo fato de o mundo ser a partir dali habitado por uns trinta ou quarenta cientistas em pânico, que alegavam que vampiros existiam e que eles os haviam visto com seus próprios olhos – proscritos de sua profissão e tachados de lunáticos por todos.

Foi-se o tempo que Gregory deixava a segurança de sua cobertura em Genebra para resgatar algum vampirinho bastardo que acabara observado por funcionários do governo em uma prisão-laboratório sob luzes fluorescentes. Ele apressava-se para tirá-los do local, destruir quaisquer provas que houvessem sido recolhidas. Porém, nos últimos tempos, ele mal ligava para aquilo. Pouco importava.

Vampiros não existiam e todo mundo sabia disso. Todos os divertidos romances populares, séries de TV e filmes sobre vampiros serviam para reforçar a sabedoria comum.

Além disso, vampiros capturados quase sempre escapavam. Eles eram bastante fortes. Caso fossem pegos em estado de confusão e fraqueza, eles se recolhiam, esperavam o momento propício, seduziam seus cativos com discursos de cooperação e então despedaçavam crânios, queimavam laboratórios e fugiam precipitadamente de volta ao grande e interminável mundo sombrio dos Mortos-Vivos, sem deixar para trás uma centelha sequer de provas de que haviam sido em algum momento ratos de laboratório.

De um jeito ou de outro, aquilo não acontecia com tanta frequência.

Fareed estava ciente de tudo isso. Ele tinha de estar.

Fareed – com ou sem a ajuda deles – descobriria tudo.

Fareed riu. Uma risada fácil e esfuziante que tomou conta de todo o seu rosto, deixou seus olhos verdes enrugados e os lábios esticados. Ele estava lendo a mente de Gregory.

– Você está muito certo – disse ele. – Muito certo, mesmo. E alguns daqueles pobres pesquisadores ostracizados que rasparam os resíduos oleosos de monstros míticos do asfalto estão trabalhando comigo agora neste mesmo edifício. Eles são os pupilos mais dedicados àquilo que Seth e eu temos a oferecer.

Gregory sorriu.

– Isso não é nem um pouco surpreendente.

Ele jamais havia pensado em trazer tais criaturas para o Sangue.

Naquela noite, muito tempo atrás em San Francisco, quando o show de Lestat acabara em um flamejante massacre, seu único pensamento havia sido resgatar seu precioso Davis do holocausto. Que os médicos do mundo humano façam o que quiserem com os ossos e o muco viscoso que os bebedores de sangue mortos haviam deixado para trás.

Ele pegara Davis em seus braços e subira aos céus antes que a Rainha pudesse fixar seus olhos letais sobre ele.

E apenas mais tarde ele retornara, o menino já seguro depois que a Rainha havia avançado, para observar de um ponto distante aqueles legistas que reuniam suas "provas".

Ele tinha pensado em Davis naquela ocasião, enquanto estava sentado com Fareed em Los Angeles, pensado na pele escura em tom caramelado de Davis e naquelas espessas sobrancelhas pretas, tão comuns em homens de origem africana. Quase vinte anos haviam se passado desde a noite do show, mas Davis estava naquele exato momento voltando a si, recuperando-se dos profundos ferimentos de seu exílio precoce no Sangue. Ele estava novamente dançando como dançava muito tempo atrás em Nova York quando era um menino mortal – antes que a intensa ansiedade houvesse esmagado suas chances de ingressar na Alvin Ailey American Dance Theater e o houvesse enviado para o horroroso declínio mental, durante o qual ele fora transformado em vampiro.

Ah, bem, essa era uma outra história. Davis ensinara a Gregory coisas sobre a época atual que o vampiro antigo jamais teria adivinhado por conta própria. Davis tinha uma voz suave e sedosa que sempre fazia até mesmo suas frases mais simples soarem como as confidências mais abençoadas e um toque que era uma eterna delicadeza. E o mais delicado dos olhares. Davis tornara-se um Esposo de Sangue para Gregory tão seguramente quanto para Chrysanthe, e também ela amava Davis.

Na sala de visitas severa e moderna em Los Angeles, com suas pinturas impressionistas e a lareira francesa, Fareed ficou sentado por um longo tempo, pensando consigo mesmo, protegendo suas ruminações com perfeição.

Por fim, ele disse delicadamente:

— Você não deve contar a ninguém sobre Viktor.

Esse era o filho biológico de Lestat.

— É claro que não, mas eles saberão. Com o tempo, todos eles saberão. Certamente as gêmeas já estão sabendo.

— Talvez saibam. Talvez não saibam. Talvez elas estejam além de qualquer preocupação com o que acontece conosco nesse mundo. — A voz de Seth não era fria nem hostil. Ele falava de modo equilibrado e educado. — Talvez elas não tenham vindo até nós porque são indiferentes ao que nós fazemos aqui.

— Seja lá qual for o caso, você precisa manter o segredo — declarou Fareed. — Logo nós vamos nos mudar desse edifício para uma instalação mais segura e mais distante. Lá vai ser mais seguro para Viktor.

— O rapaz não tem uma vida humana normal? — perguntou Gregory. — Eu não tenho nenhuma intenção de desafiar o seu julgamento. Estou apenas perguntando.

— Para falar a verdade, muito mais do que talvez você pudesse imaginar. Afinal de contas, de dia ele fica bem seguro com os guarda-costas que fornecemos a ele, não fica? E vou repetir, o que alguém ganharia fazendo dele um refém? É preciso querer alguma coisa antes de tomar alguém como refém. O que Lestat tem a dar além de si mesmo, e seja lá o que for isso, não vai poder ser extorquido.

Gregory assentiu, de algum modo aliviado quando avaliou a questão sob essa luz. Teria sido grosseiro insistir com mais perguntas. Mas é claro que havia um motivo para pegá-lo como refém — para exigir o poderoso Sangue de Lestat ou de Seth. Era melhor não mencionar aquilo.

Ele tinha de deixar aquele mistério nas mãos deles.

Porém, secretamente, imaginou se Lestat de Lioncourt não ficaria furioso quando descobrisse sobre a existência de Viktor. Lestat era conhecido por ter um temperamento quase tão extremo quanto seu senso de humor.

Antes daquela noite ter acabado, Fareed fizera algumas outras declarações sobre a natureza vampiresca.

— Ah, se ao menos eu soubesse — disse ele — se aquela coisa é de fato inconsciente ou se retém uma vida autônoma e se quer ou não alguma coisa. Toda vida quer alguma coisa. Toda vida move-se na direção de alguma coisa...

— E o que somos nós, então? — quis saber Gregory.

— Nós somos mutantes. Nós somos uma fusão de espécies sem relação umas com as outras, e a força em nós que transforma nosso sangue humano em sangue vampiresco está nos tornando alguma coisa perfeita, mas o que é essa coisa, o que será essa coisa, o que deve ser essa coisa, eu não sei.

— Ele queria ter um corpo físico — completou Seth. — Isso era bem conhecido nos tempos antigos. Amel queria ser de carne e osso. Ele obteve o que queria e se perdeu durante o processo.

— Talvez — disse Fareed. — Mas alguém quer mesmo ser mortal de carne e osso? O que todos os seres querem é ser imortal de carne e osso. E esse monstro chegou mais perto disso, talvez, do que qualquer espírito que possua temporariamente um filho, uma sacerdotisa ou um médium.

— Não se ele estiver perdido durante o processo — retrucou Seth.

— Você fala como se Akasha o possuísse — disse Fareed. — Mas era o objetivo dele possuí-la, lembre-se disso.

Aquelas palavras assustaram Gregory e ensinaram-lhe algo.

Apesar de todos os seus protestos no sentido de querer aprender sobre todas as coisas para poder amar e abraçar o mundo que nunca parava de evoluir, bem, ele estava assustado com aquele novo conhecimento que Fareed estava adquirindo. Verdadeiramente assustado. Pela primeira vez, ele entendia muito bem por que as religiões humanas temiam tanto os avanços científicos. E descobriu o cerne da superstição em si próprio.

Bem, ele suprimiria aquele medo. Ele aniquilaria essa superstição em si mesmo e trabalharia diligentemente em sua antiga fé.

Na noite seguinte, eles se abraçaram pela última vez logo após o pôr do sol.

Gregory ficou surpreso quando Seth deu um passo à frente e o pegou nos braços.

— Eu *sou* seu irmão — sussurrou ele, mas na língua antiga, a língua antiga não mais falada em nenhum lugar sob o sol ou sob a lua. — Perdoe-me por ter sido frio com você. Eu o temia.

— E eu o temia – confessou Gregory, a velha língua voltando à sua mente em uma torrente de pesar. – Meu irmão. – Sangue da Rainha e Família de Sangue. Não, algo maior, infinitamente maior. E irmão não trai irmão.

— Vocês dois são muito semelhantes – atestou Fareed com delicadeza. – Vocês inclusive se parecem fisicamente. As mesmas maçãs do rosto altas, os mesmos olhos ligeiramente oblíquos, os mesmos cabelos muito pretos. Ah, em alguma noite no futuro completarei um estudo de DNA de cada imortal do planeta, e o que isso nos dirá sobre nossos ancestrais humanos assim como sobre nossos ancestrais de Sangue?

Seth abraçou Gregory ainda com mais fervor depois disso e Gregory retribuiu a afeição com todo o seu coração.

De volta a Genebra, ele manteve o segredo de Viktor, ocultando-o inclusive de Chrysanthe. Ocultou-o também de Davis, Zenobia e Avicus. Flavius também manteve o segredo. Ele aprendeu a confiar em seu novo e perfeito membro ao longo dos meses seguintes até que este passou a fazer verdadeiramente parte dele.

Anos se passaram desde então.

O mundo dos Mortos-Vivos não soube nada a respeito de Viktor. E Fareed não contara a ninguém sobre Gregory Duff Collingsworth ou sobre seu clã sobrenatural.

E dois anos antes – quando Gregory foi espionar Lestat, David e Jesse em Paris – ele percebeu que Lestat ainda não fazia a menor ideia da existência de Viktor. E também descobriu, à medida que escutava às escondidas os três em suas confabulações no quarto de hotel, que Fareed e Seth ainda estavam prosperando, embora agora em uma nova instalação no deserto californiano, e que Maharet em pessoa dirigira-se a Fareed em busca de suas habilidades.

Aquilo o tranquilizara enormemente. Ele não queria pensar nas gêmeas como criaturas ambiciosas. E temia essa possibilidade. E ficou bastante reconfortado ao descobrir que os exames e o equipamento de tomografia de Fareed não haviam detectado nenhum sinal de consciência na muda Mekare. Sim, aquilo era melhor do que um hospedeiro de ambições e sonhos definitivos de Akasha.

Entretanto, ele ficou atormentado naquela noite em Paris – enquanto escutava às escondidas – ao ouvir Jesse Reeves falar do pequeno massacre no arquivo bibliográfico da residência de Maharet e da confusão e da dor de Khayman. Este sempre estivera à beira da loucura até onde Gregory sabia.

Sempre que Khayman passava por Gregory, ele estava mais ou menos fora de si. Na época de Rhoshamandes, ele havia sido Benjamin, o Diabo, e, por fim, a Talamasca o estudara sob esse nome. Mas naquela época Gregory considerava a Talamasca inofensiva, assim como Khayman. Ele era o vampiro perfeito para os tratados deles. Imbecis como Benjamin, o Diabo, e falastrões como Lestat os mantinham acreditando que os Mortos-Vivos eram inofensivos e mais interessantes vivos do que mortos.

E pensar que, antes daquele horrendo massacre no complexo de Maharet, a grande senhora o estava de fato espionando, espionando Gregory, em Genebra, e ela estivera contemplando uma reunião envolvendo todos! Essa informação também aprofundara o entusiasmo e o pavor de Gregory. Como ele adoraria falar com Maharet naquele momento, se apenas... mas sua coragem o deixara na mão dois anos antes quando ele ouvira falar pela primeira vez nessas coisas ao espionar Jesse Reeves, e sua coragem o deixava na mão mais uma vez.

Então, no ano de 2013 – enquanto Gregory se encontrava no Central Park naquela cálida noite de setembro, observando, escutando, dentro da casa chamada de Portão da Trindade, Armand e Louis e Sybelle e Benji estavam reunidos ao redor de seu novo companheiro, Antoine –, tudo isso pesava no coração de Gregory.

Será que Lestat ainda ignorava completamente a existência de Viktor? E onde estavam as gêmeas naquele exato momento?

Gregory percebeu que não iria se juntar a Armand e Louis e aos outros naquela noite, mesmo que a mais encantadora música da Terra estivesse vindo daquela casa, com Antoine tocando seu violino enquanto Sybelle dedilhava o piano, ambos percorrendo os estimulantes crescendos de Tchaikovsky, preenchendo sem o menor esforço a música com suas próprias insanidades e seus próprios encantos.

Porém certamente chegaria o momento em que todos eles deveriam se reunir.

E quantos morreriam pelo fogo antes que tal reunião ocorresse?

Ele se virou e começou a se encaminhar para a profunda escuridão do Central Park, andando cada vez mais rápido, com os pensamentos se aglomerando em sua mente enquanto ponderava se permaneceria naquela cidade ou se voltaria para casa.

Ele havia passado a última noite em sua cobertura no Central Park South e assegurara a si mesmo que tudo estaria em ordem caso ele tivesse de levar sua família para lá. Ele era o proprietário do prédio, e as criptas no porão eram tão seguras quanto aquelas de Louis e Armand. Não havia necessidade de voltar para lá agora. Ele sentia saudade de Genebra, de seu próprio covil.

Subitamente, sem uma decisão consciente, ele estava ascendendo, e tão rápido que nenhum olho mortal poderia ter seguido seu progresso, erguendo-se cada vez mais alto e voltando-se para o leste à medida que a cidade de Nova York diminuía lá embaixo, ainda que permanecesse um maravilhoso e interminável tapete de luzes brilhantes e pulsantes.

Ah, qual a aparência das grandes cidades eletrificadas desse mundo para o céu? Qual a aparência delas para mim?

Talvez essas galáxias urbanas de esplendor elétrico oferecessem ao interminável céu uma homenagem, uma imagem espelhada das estrelas.

Cortando o céu e atingindo uma altitude cada vez maior, ele lutou contra o vento, que teimava em detê-lo, até alcançar o ar mais rarefeito sob o vasto dossel de estrelas silenciosas.

Casa, ele queria voltar para casa.

Um vago pânico o atingiu.

Mesmo enquanto se movia para leste por sobre o negro e frio oceano Atlântico, ele ouviu a voz de Benji Mahmoud transmitindo novamente. Sua breve visita a Antoine fora aparentemente interrompida por assustadoras notícias.

– Aconteceu agora em Amã. Os vampiros de Amã foram massacrados. Trata-se da Queimada, Crianças da Noite. Nós agora estamos certos disso. Temos relatos de massacres em outros lugares, lugares ao acaso. Nós estamos tentando confirmar agora se abrigos na Bolívia foram atacados.

Levado ao limite de sua força, Gregory viajava cada vez mais depressa na direção do continente europeu, subitamente desesperado para estar próximo de sua própria lareira. Pelos antigos, Chrysanthe, Flavius, Zenobia e Avicus, ele tinha pouco medo enquanto os frenéticos apelos de Benji evanesciam no rugido do vento, mas e quanto a seu amado Davis? Seria possível que seu amado Davis sofresse mais uma vez com o hálito quente da Queimada que quase o tirara da Terra no passado?

Tudo estava bem quando ele chegou, mas estava quase amanhecendo. Ele perdera metade da noite viajando para o leste e estava exausto até o cerne de sua alma. Houve tempo para abraçar Flavius e Davis, mas Zenobia e Avicus já haviam ido para as catacumbas sob o hotel de dez andares.

Como Davis estava com uma aparência jovem e bela, com sua brilhante pele escura e olhos resplandecentes. Ele havia caçado naquela noite em Zurique com Flavius e ambos tinham acabado de voltar. Gregory sentiu o aroma de sangue humano nele.

– E está tudo bem com o pessoal do Portão da Trindade? – perguntou Davis. Ele estava ansioso para retornar a Nova York, Gregory sabia disso, ansioso para revisitar sua antiga casa no Harlem e os lugares onde, no passado, quando jovem, ele desejara ser um dançarino da Broadway. Ele estava convencido de que o passado não seria mais capaz de magoá-lo, embora quisesse submeter suas esperanças a um teste.

Numa voz contida, Gregory lhe informou que seu antigo compatriota, Killer, da Gangue das Garras, estava vivo e que o jovem músico Antoine o conhecera em sua jornada até Nova York. Aquilo amenizou uma antiga culpa de Davis, culpa por ter sido resgatado do massacre de Akasha depois do show de Lestat, deixando Killer perecer.

– Quem sabe, de alguma forma, um grande bem advirá disso. – Davis procurou pelo rosto de Gregory. – Quem sabe, de alguma forma, o sonho de Benji seja possível. Você acha que nós todos podemos ficar juntos? Nos velhos tempos, era cada gangue por si, tudo se resumia a becos, sarjetas e cemitérios...

– Eu sei – disse Gregory. Eles haviam conversado diversas vezes sobre como os Mortos-Vivos viviam antes de Lestat erguer sua voz e contar a eles a história de suas origens: bares vampirescos, casas de irmandades pretensiosas e gangues de vagabundos, sim, tudo isso.

– Pode haver uma maneira de vivermos em paz? – perguntou Davis. Obviamente, ele se sentia tão seguro ali sob os olhos vigilantes de Gregory que as histórias das novas Queimadas não o assustavam, nem um pouco, não da maneira como assustavam Gregory. – É possível que nós possamos realmente abraçar o futuro? Sabe, nós nunca tivemos um futuro naquelas noites. Tínhamos apenas o passado e o agora, e também os arrabaldes da vida.

– Eu sei – repetiu Gregory.

Ele beijou Davis e dispensou-o com a mais delicada das advertências.

– Não vá a lugar nenhum sem mim, sem Flavius, sem algum de nós.

Davis, a exemplo de toda a sua pequena família, jamais se rebelara contra ele.

Gregory tinha apenas alguns precisos momentos a sós para admirar o plácido e adorável lago Genebra e o amplo e iluminado cais abaixo, onde de manhã cedo os carrinhos de bebês já se faziam presentes e os vendedores ofereciam chocolate quente e café aos transeuntes. Em seguida, ele subia as escadas, como fazia todas as manhãs, para sua própria cela de vidro no telhado. Genebra era tranquila. Jamais houvera uma casa de irmandade ou um refúgio em Genebra. E até onde Gregory sabia, não havia Mortos-Vivos indisciplinados o desafiando por lá. Entretanto, se havia um alvo para a Queimada, este alvo era o prédio onde ele e sua adorada família se alojavam.

No dia seguinte ele reforçaria todos os sistemas de segurança, *sprinklers*, e examinaria as catacumbas para certificar-se de que as grossas paredes de pedra e chumbo permaneciam invioláveis. Ele não era estranho ao Dom do Fogo. Sabia o que isso podia fazer e o que não podia fazer. E frustrara Akasha quando ela tentara queimar Davis simplesmente o levando para o alto com tanta rapidez que os olhos dele não foram capazes de acompanhar a fuga. E no período noturno, de agora em diante, ele manteria o jovem e vulnerável Davis ao seu lado.

Ele subia a escadaria revestida com aço e empurrava as pesadas portas para entrar em seu pequeno quarto sob o céu. Naquela cela sem teto e de paredes altas, sob um dossel alto formado por uma tela de aço, ele suportaria a paralisia das horas do dia, expondo seu corpo de seis mil anos de idade aos ardentes raios do sol.

A cada noite, quando ele acordava, evidentemente, experimentava um ligeiro desconforto devido à exposição, porém, em consequência desse processo, sua pele permanecia bronzeada, o que o ajudava a se passar por humano, sem jamais se tornar a estátua viva de mármore branco que Khayman se transformara e que tanto assustava os seres humanos.

Deitado em sua cama macia, com o céu iluminando-se no alto, ele pegou o livro que estava estudando, *Glass: A World History*, de Alan Macfarlane e Gerry Martin, e leu por alguns poucos e preciosos minutos aquele texto absorvente que falava sobre a influência do advento do vidro na história mundial.

Em alguma dessas noites, não demoraria muito, de alguma forma ele e Lestat se sentariam juntos em algum lugar, em uma biblioteca com paredes revestidas de madeira ou em um café ao ar livre com uma refrescante brisa, e os dois conversariam, conversariam, conversariam e conversariam, e Gregory não estaria sozinho.

Lestat entenderia de verdade. E ensinaria muitas coisas a Gregory! Sim, certamente isso aconteceria, e era isso que Gregory ansiava mais do que qualquer outra coisa.

Ele estava simplesmente deslizando em direção à inconsciência quando ouviu tênues gritos telepáticos de algum lugar no mundo. "A Queimada." Porém eles vinham de algum lugar onde o sol não brilhava, e o sol ali estava sem dúvida resplandecente no céu, e Gregory mergulhou em seu sono sob aqueles cálidos raios penetrantes, pois não havia nada que ele pudesse fazer além disso.

10

Everard de Landen

Ele não queria saber de nada disso, daquela "Voz" lhe dizendo para queimar os jovens. Não queria saber de guerras, facções, irmandades ou livros sobre vampiros. E certamente não queria ter nada a ver com nenhuma entidade que dizia solene e telepaticamente: "Eu sou a Voz. Faça o que eu digo."

Que ideia. Ele tinha soltado uma gargalhada!

– E por que você não quer chaciná-los? – lançou a Voz. – Por acaso eles não o expulsaram de Roma?

– Não, eles não fizeram isso. E eu realmente gostaria muito que você fosse embora.

Everard sabia a partir de uma experiência ruim que não era do feitio do mundo vampiresco reunir-se em grupos exceto por maldade e que lutar com outros bebedores de sangue era um empreendimento tolo que terminava apenas em ruína para todos os envolvidos. Há muito tempo ele escolhera viver sozinho. Nas colinas da Toscana, não muito distante de Siena, ele mantinha uma pequena *villa* reformada, administrada por mortais e, durante a noite, os cômodos eram apenas dele. Ele era friamente hospitaleiro com os imortais que vez por outra o chamavam. Aquela Voz, entretanto, queria que a coisa recomeçasse e ele se recusava a escutar. E ia para Roma ou Florença caçar porque aquelas cidades eram os únicos locais realmente ricos e seguros para aquela atividade, mas ele não iria a Roma para atear fogo.

Há setecentos anos ele havia sido criado na França por um grande vampiro chamado Rhoshamandes, que estabelecera a linhagem dos vampiros Landen, como ele os chamava – Benedict, Allesandra, Eleni, Eugénie,

Notker e Everard –, a maioria dos quais sem dúvida nenhuma perecera ao longo dos séculos, mas Everard sobrevivera. É verdade que ele fora capturado pela irmandade dos Filhos de Satanás, aqueles infames vampiros supersticiosos que faziam de suas miseráveis existências uma religião, e servira a eles, mas apenas depois de ter sido torturado e deixado à míngua. Em algum momento da Renascença, não conseguia se lembrar precisamente quando, havia sido enviado pelo pequeno e pernicioso mestre parisiense da irmandade, Armand, até os Filhos de Satanás em Roma para descobrir como a irmandade estava indo. Bem, a irmandade estava em ruínas, e Santino, o mestre italiano, tinha uma existência blasfema, usando roupas mundanas e joias, desprezando todas as regras que impusera aos outros. E Everard viu sua chance. Ele fugiu dos Filhos de Satanás, mudando de rumo por conta própria, lembrando-se das coisas que o poderoso Rhoshamandes lhe ensinara muito tempo atrás, antes que os Filhos de Satanás o tirassem da França.

Desde então, Everard sobrevivera a muitos encontros com outros mais poderosos do que ele próprio, que sobrevivera à terrível Queimada quando Akasha passou pelo mundo destruindo Crianças da Escuridão por toda parte, sem levar em conta personalidade, coragem, mérito ou misericórdia.

Ele sobrevivera inclusive a uma breve e ofensiva menção em um dos volumes das Crônicas Vampirescas de Marius, que descrevera Everard, sem nomeá-lo, como "macilento e de ossos grandes" e com roupas empoeiradas e rendas sujas.

Bem, ele podia suportar o "macilento e de ossos grandes". Aquilo era verdade, e se achava bastante bonito apesar disso, mas as roupas empoeiradas e as rendas sujas? Essas palavras o enfureceram. Ele mantinha os cabelos pretos e compridos e as rendas imaculadas. E se alguma vez desse de cara novamente com Marius, sua intenção era esbofeteá-lo.

Entretanto, tudo aquilo era de fato tolice. Caso fizesse seu jogo de modo correto, jamais daria de cara com Marius ou com qualquer outra pessoa, exceto para trocar algumas palavras gentis e seguir em frente. A questão era que Everard vivia em paz com outros bebedores de sangue.

E então surgira aquela Voz vã, aquela Voz que tomava sua cabeça, o endemoniava noite após noite com comandos para matar, queimar e atacar. E ele não conseguia calar essa Voz.

Finalmente, ele recorrera à música. Everard começara a comprar amplificadores de alta qualidade no início do século XX. Na verdade, os depósitos de sua pequena *villa* eram um verdadeiro museu, já que odiava jogar coisas no lixo. Portanto, ele tinha vitrolas onde no passado tocavam pilhas de espessos discos de vinil, bem como máquinas elétricas antigas que costumavam lhe proporcionar um som de "alta fidelidade" e "stereo" mas que agora juntavam poeira.

Ele mudara para os CDs, para o *streaming* e coisa que o valha, colocando então seu iPhone no pequeno *dock* Bose que amplificava sua música, ele inundava a *villa* com a "Cavalgada das Valquírias" e rezava para que a Voz fosse embora.

Ele não teve tal sorte. O monstrinho imbecil, mal-humorado e infantil continuou a invadir seus pensamentos.

— Você não vai me convencer a queimar ninguém, seu idiota! – rosnou Everard, exasperado.

— Vou castigá-lo por isso. Você é jovem, fraco e estúpido. E quando eu obtiver sucesso em meu propósito, vou mandar um antigo destruir você por sua desobediência.

— Ah, enfia isso na sua chaminé, seu chatinho vaidoso. Se você é assim todo-poderoso e capaz de fazer esse tipo de coisa, por que perde tempo falando comigo? E por por que não está explodindo todos os bebedores de sangue vagabundos de Roma por conta própria?

Quem era aquele idiota, algum antigo enterrado bem fundo na terra ou emparedado em alguma ruína, sabe-se lá onde, que tentava desesperadamente controlar outros e por fim atraí-los para sua prisão? Bem, ele estava fazendo um trabalho porco com toda aquela incitação à guerra e ameaças vazias.

— Vou fazer você sofrer – ameaçou a Voz. – E desligue essa música infernal!

Everard riu. Ele aumentou o volume, tirou o iPhone do *dock*, colocou-o no bolso, conectou o fone de ouvido e saiu para dar uma caminhada.

A Voz ficou enfurecida, mas ele mal conseguia ouvi-la.

Ele pegou um caminho adorável, colina abaixo, em direção à cidade murada de Siena. E como Everard amava aquele lugar, com suas ruelas medievais que faziam com que se sentisse seguro, que faziam com que pensasse na sua Paris.

A Paris de hoje o aterrorizava.

Ele até adorava os turistas gentis e de rostos resplandecentes que inundavam Siena, desfrutando do mesmo que Everard desfrutava – perambulando, olhando as vitrines e sentando-se nos bares para tomar vinho.

Everard gostava das lojas e adoraria muito que mais delas ficassem abertas depois do anoitecer. Frequentemente enviava seus criados mortais para adquirir itens de papelaria para ele, nos quais escrevia seus ocasionais poemas que em seguida emoldurava e pendurava nas paredes. E ele comprava velas aromatizadas e gravatas de seda brilhantes.

A exemplo de muitos dos antigos criados na Idade Média, ele privilegiava camisas ornamentadas de mangas compridas, calças justas que eram quase calças de montaria e bonitos casacos quase sempre de veludo. E essas coisas ele pedia on-line com seu grande e deslumbrante computador Mac. A cidade, porém, tinha ótimas luvas masculinas, abotoaduras douradas e coisas do gênero. Muitos acessórios cintilantes.

Ele tinha muito dinheiro, acumulado ao longo dos séculos de diversas maneiras. Não estava faminto. Alimentara-se em Florença na noite anterior, e havia sido um longo, lento e delicioso banquete.

E então, naquela noite agradável e fresca, sob as estrelas toscanas, ele estava feliz, muito embora a Voz resmungasse em seu ouvido.

Ele entrou na cidade acenando com a cabeça para as poucas pessoas que de fato conhecia e que acenavam de volta quando ele passava – "o macilento e de ossos grandes" – e seguiu pela ruela estreita na direção da catedral.

Logo chegou ao café de que mais gostava. Lá vendiam-se jornais e revistas, e havia umas poucas mesas postas na rua. A maioria dos clientes se encontrava no interior aquela noite, já que estava um pouco frio para eles, embora para um vampiro, a temperatura estivesse perfeita. Everard sentou-se, trocando a música que ouvia de Wagner por Vivaldi, de quem ele gostava muito mais, e esperou que o garçom lhe trouxesse sua costumeira xícara de café americano bem quente, a qual evidentemente não poderia e não iria tomar.

Anos antes, ele costumava se esforçar muito para passar a impressão de que comia e bebia. Porém ele logo descobrira que aquilo era uma pedra de tempo. Em um mundo como esse onde as pessoas consumiam alimento e bebida tanto por diversão quanto para nutrir-se, ninguém ligava para o fato de ele deixar uma xícara cheia de café em uma mesa de restaurante, contanto que desse uma generosa gorjeta. E ele dava gorjetas polpudas.

Ele rescostou-se na pequena cadeira de ferro que era provavelmente feita de alumínio e começou a cantarolar junto com o violino de Vivaldi enquanto seus olhos acompanhavam as velhas fachadas com manchas escuras que o cercavam, a eterna arquitetura italiana que sobrevivera a tantas mudanças, exatamente como ele sobrevivera.

Muito subitamente, seu coração parou.

No café do outro lado da rua, sentados em uma mesa a céu aberto com as costas voltadas para o prédio alto atrás deles, estavam um velho vampiro e o que parecia ser dois fantasmas.

Everard ficou aterrorizado demais até para respirar. De imediato, pensou na ameaça da Voz.

E ali estava sentado aquele antigo a não mais do que cento e cinquenta metros de onde ele se encontrava. O vmapiro tinha a cor de gardênias de cera, com olhos pretos profundos e brilhantes e cabelos cor de neve bem aparados. Ele encarava Everard como se o conhecesse e, ao lado dele, aqueles dois fantasmas, vestidos em corpos de partículas, embora ele não soubesse como, também o observavam. Aquelas criaturas pareciam amigáveis. Qual seria a chance daquilo ser verdade?

Aqueles fantasmas eram magníficos. Não havia a menor dúvida quanto a isso. Seus corpos pareciam esplendidamente sólidos e davam a impressão de estarem respirando. Ele podia, inclusive, ouvir seus corações. E eles estavam usando roupas de verdade, aqueles fantasmas. Muito astuto.

Mas há séculos os fantasmas vinham aperfeiçoando suas tentativas de se passarem por humanos. Everard os via, de uma forma ou de outra, desde que nascera. Poucos eram capazes de formar corpos de partículas para si mesmos naqueles tempos antigos, mas hoje isso era uma coisa razoavelmente comum. Ele os avistava com frequência em Roma, em particular.

Porém, de todas as aparições modernas que ele vira em cidades pela Europa, aquelas duas eram absolutamente as melhores.

Um fantasma, o que estava mais próximo do vampiro antigo, parecia ser um homem de talvez uns cinquenta anos com cabelos grisalhos encaracolados e um rosto de certa forma nobre. Seus olhos brilhantes estavam vincados com uma expressão amigável e ele tinha uma boca agradável e quase bonita. Ao lado dele estava a ilusão de um homem em seu auge, com cabelos grisalhos curtos e bem cuidados e olhos acinzentados. Todos estavam muito bem-vestidos no que qualquer pessoa atualmente chamaria de roupas elegantes e respeitáveis. O fantasma mais jovem tinha uma postura orgulhosa e chegou até mesmo a virar a cabeça e olhar ao redor como se estivesse desfrutando daqueles momentos na movimentada ruazinha, independentemente do motivo pelo qual o trio fora para aquele lugar.

O vampiro com os fartos cabelos brancos muito bem penteados assentiu ligeiramente com a cabeça para Everard, que enlouqueceu em silêncio.

Ele enviou a mensagem telepática: *Bem, danem-se vocês, podem me explodir se é essa a intenção. Estou assustado demais para ser cortês. Sigam logo com isso mas, em primeiro lugar, exijo que vocês me digam o motivo.*

Ele desligou a música do iPhone. Não queria morrer com uma trilha sonora. E estava na mais completa expectativa de ouvir a Voz enraivecida, cacarejando, exultante. Entretanto, a Voz não estava lá.

– Covarde miserável – murmurou ele. – Você encomenda a minha morte e se retira assim, sem nem mesmo permanecer aqui para testemunhar tudo. E você queria que eu queimasse o Refúgio Vampiresco Romano na Via Condotti. Bom, você é horrível e maluco.

O vampiro antigo do outro lado da rua levantou-se e fez um gesto de forma decididamente amigável para que Everard se juntasse a eles. O vampiro não era tão alto e tinha uma constituição física bastante delicada. Ele pegou uma cadeira em uma mesa próxima e colocou-a em seu círculo. Então esperou pacientemente pela resposta de Everard.

Era como se Everard houvesse se esquecido como andar. Toda a sua vida como Morto-Vivo ele vira vampiros sendo queimados por outros, vira aquele horrível espetáculo de uma criatura viva e que respirava normalmente adentrar um inferno pessoal porque algum outro vampiro mais velho e poderoso – como aquele desprezível e condescendente Marius – decidira que ele ou ela deveria morrer. As pernas tremiam tanto enquanto ele atravessava a rua que pensou que desabaria no chão a qualquer momento. A estreita jaqueta de couro feita sob medida parecia pesada, as botas pinicavam e ele imaginava, em vão, se sua gravata azul de seda estava com alguma mancha, ou se as abotoaduras ou a camisa cor de lavanda sobravam em excesso nas mangas da jaqueta.

As mãos tremiam visivelmente quando ele se aproximou para tomar a mão gélida e dura do velho vampiro. Porém conseguiu. Ele conseguiu se sentar.

Os fantasmas estavam sorrindo para ele e eram ainda mais perfeitos do que Everard havia imaginado. Sim, eles respiravam, possuíam órgãos internos, e sim, estavam usando roupas de verdade. Não havia nada de ilusório naquela lã escura penteada, no linho ou na seda. E não havia dúvida de que todo aquele "tecido" espetacular podia desaparecer num piscar de olhos, e as roupas caras cairiam no chão sobre os sapatos vazios.

O velho vampiro colocou uma das mãos no ombro de Everard. Ele tinha dedos pequenos mas compridos e usava dois anéis de ouro impressionantes. Aquela era uma maneira tradicional de vampiros saudarem uns aos outros, não com abraços, não com beijos, mas colocando uma das mãos no ombro. Everard lembrava-se disso da época em que vivera entre eles.

– Meu jovem – disse ele com a característica pompa dos bebedores de sangue anciãos –, por favor, não tenha medo. – Ele falava em francês parisiense.

De perto, o rosto do antigo era realmente impressionante, feições muito finas com lindas sobrancelhas pretas e um sorriso sereno. Maçãs do rosto altas, uma mandíbula firme, discernível, ainda que estreita. A pele realmente se parecia com a pétala de uma gardênia ao luar, sim, e os cabelos brancos tinham um sutil brilho prateado. Ele não havia Nascido para a Escuridão com aqueles cabelos. Rhoshamandes, o criador de Everard, explicara havia muito tempo que, quando algum dos antigos era queimado seriamente, seus cabelos ficavam brancos para sempre depois disso. Bem, aquele tinha um desses magníficos cabelos brancos.

– Nós sabemos que você ouviu a Voz – disse esse antigo. – Eu também a ouvi. Outros a ouviram. Você a ouve agora?

– Não – respondeu Everard.

– E ela está dizendo para você queimar outros, não está?

– Está. Nunca fiz mal a nenhum outro bebedor de sangue. Jamais precisei. Nunca o desejei. Vivo nesta parte da Itália há quase quatrocentos anos. Eu não vou para Roma ou para Florença lutar com as pessoas.

– Eu sei. – O antigo tinha uma voz agradável, delicada. Entretanto, todos os antigos tinham boas vozes, pelo menos até onde Everard sempre pudera observar. O que ele lembrava mais do que qualquer outra coisa em relação a seu criador, Rhoshamandes, era sua voz sedutora, e essa voz atraindo-o para o interior da floresta na noite em que ele Nasceu para a Escuridão contra sua vontade. Everard imaginara que o senhor do castelo o estava convocando para um encontro erótico, que depois daquilo ele seria dispensado com algumas moedas se conseguisse satisfazê-lo e que teria histórias de paredes cobertas de tapeçarias e fogueiras crepitantes e belas roupas para contar a seus netos. Ah! Podia lembrar de Rhoshamandes conversando com ele como se fosse na noite anterior: *Você é certamente um dos jovens mais bonitos de sua aldeia!*

– Meu nome é Teskhamen – disse esse antigo que o observava com olhos muito suaves e graciosos. – Eu venho do antigo Egito. Eu era servo da Mãe.

– Não está todo mundo dizendo isso ultimamente, desde a publicação das Crônicas Vampirescas? – perguntou Everard, irritado, antes que fosse capaz de se conter. – Algum de vocês já admitiu ter sido um renegado ou algum ameaçador astuto que surrupiou o Sangue de um bebedor cigano em uma caravana caindo aos pedaços?

O antigo riu alto, porém aquela foi uma gargalhada bem-intencionada.

– Bom, dá para ver que consegui deixá-lo mais relaxado – disse ele. – E isso não foi muito difícil, afinal de contas. – Sua voz ficou séria. – Você faz alguma ideia de quem poderia ser o dono dessa Voz?

– Você pergunta para mim? – rebateu Everard. – Você deve ter uns dois mil anos no Sangue. Olhe só para você. – Ele fez careta para os dois fantasmas. – *Você* sabe de quem é a Voz? – Ele voltou-se para Teskhamen. – Aquele monstrinho está me levando à loucura. Não consigo fazê-lo se calar.

Teskhamen assentiu.

– Sinto muito por isso, mas é possível ignorá-lo. É preciso paciência e habilidade, mas é possível.

– Ah, blá-blá-Blá! – grasnou Everard. – Ele está enfiando a agulha invisível dele na minha têmpora. Ele deve estar por perto.

Everard fitou mais uma vez os dois fantasmas. Eles nem tremeram. Às vezes, os fantasmas faziam isso quando se olhava diretamente para eles. As aparições tremiam ou estremeciam, mas não aquelas duas.

O que parecia ser um homem mais velho estendeu uma de suas mãos fantasmagóricas.

Everard tomou-a, descobrindo que ela lhe parecia inteiramente humana e era quente e macia.

– Raymond Gallant – apresentou-se o fantasma em inglês. – Caso permita, seu amigo.

– Magnus – disse o fantasma mais jovem. Ele possuía um rosto maravilhoso para qualquer um, fantasma, bebedor de sangue ou mortal, diga-se de passagem. Seus olhos vincaram novamente, de forma agradável, enquanto ele sorriu com a boca particularmente bonita, o que as pessoas chamam uma boca generosa, tão bem-feita quanto a do Apolo Belvedere. Sua testa era bela, e seus cabelos, afastando-se dela em ondas de louro-acinzentado, eram bonitos.

Aqueles nomes lhe diziam alguma coisa, mas Everard não conseguia situá-los. Raymond Gallant. Magnus.

– Não acho que a Voz esteja nas proximidades – disse Teskhamen. – Acho que ela pode estar em qualquer lugar em que queira estar, em qualquer parte do mundo, mas parece que ela só pode estar em um lugar por vez, e, é claro, esse "lugar" é dentro da mente de um bebedor de sangue.

– E isso significa o quê, exatamente? – quis saber Everard. – Como ele faz isso? Quem é ele?

– Isso é o que gostaríamos de saber – mais uma vez Raymond Gallant falou em inglês britânico.

Everard mudou imediatamente para o inglês. Ele gostava da crueza do inglês e se acostumara totalmente com o fato de o idioma ser a língua do mundo de hoje. O inglês de Everard, entretanto, era americano.

– O que você, um bebedor de sangue, está fazendo com dois fantasmas? – perguntou ele a Teskhamen. – Sem querer ofender, pode acreditar. É só que eu nunca vi um bebedor de sangue acompanhado de fantasmas.

– Bom, nós acompanhamos bebedores de sangue, sim – disse a aparição de cabelos cor de ferro, a que parecia ser um homem mais velho. – Fazemos isso há muito tempo. Mas asseguro, não desejamos fazer nenhum mal a você ou a quem quer que seja.

– Então por que vocês estão aqui e fazendo perguntas sobre essa Voz?

– Ele está incitando a violência em todas as partes do mundo neste exato momento – disse Teskhamen. – Jovens bebedores de sangue estão sendo assassinados em cidades pequenas e grandes em todos os lugares do mundo. Isso já aconteceu uma vez, mas sabemos a causa daquele massacre. Nós não sabemos a causa do que está acontecendo agora. E bebedores de sangue estão sendo silenciosamente aniquilados em lugares remotos e até mesmo em seus santuários particulares sem que ninguém fique sabendo.

– Então como foi que você ficou sabendo? – perguntou Everard.

– Nós ouvimos coisas – disse o fantasma chamado Magnus. Voz profunda e macia.

Everard assentiu.

– Há um vampiro americano em Nova York fazendo transmissões sobre isso – declarou Everard com um tênue sarcasmo. Havia algo intoleravelmente vulgar naquelas palavras, e ele ficou de repente mortificado por tê-las proferido, embora, de imediato, os três seres houvessem confirmado aprazivelmente que já estavam cientes disso.

– Benji Mahmoud – completou Teskhamen.

– Ele é tão pateta quanto a Voz – xingou Everard. – O idiotazinho pensa que somos uma tribo.

– Bom, nós somos, não somos? – perguntou o antigo delicadamente. – Sempre achei que nós fôssemos. Nós éramos nos velhos tempos.

– Bom, agora não somos mais – corrigiu Everard. – Escute, essa tal Voz prometeu me destruir se eu não acatasse suas ordens. Você acha que ela tem o poder pra fazer isso? Ela tem condições de fazer isso?

– Ela parece trabalhar de um modo bem simples – respondeu Teskhamen. – Ela seduz antigos a queimar outros e jovens a queimar seus covis. E desconfio que ela dependa inteiramente de encontrar servos ingênuos e suscetíveis. Ela parece não ter nenhum outro plano.

– Então ela pode seduzir algum ingênuo ou suscetível a me eliminar.

– Nós vamos lhe instruir sobre tudo que estiver ao nosso alcance para impedir isso – prometeu Teskhamen.

– Por que vocês se importam com isso? – perguntou Everard.

– Nós somos todos de fato uma tribo – disse suavemente o fantasma de cabelos cor de ferro. – Humanos, vampiros, espíritos, fantasmas. Todos somos criaturas sensíveis atadas a esse planeta. Por que não podemos trabalhar juntos em face de algo assim?

– E com qual finalidade? – indagou Everard.

– Para deter a Voz. – O tom de Teskhamen tinha um leve traço de impaciência. – Pra impedi-la de fazer mal a outros seres.

– Mas nós merecemos que algum mal nos aconteça. Não merecemos? – Everard estava surpreso de ouvir aquilo saindo de sua boca.

– Não, eu não acho – discordou Teskhamen. – Esse é o tipo de pensamento que precisa mudar. Esse é o tipo de pensamento que vai mudar.

– Ah, espere aí, não me diga isso! – disse Everard. E, num debochado sotaque americano, declarou: – "Nós somos a mudança que procuramos!" Não? Diga-me que você acredita nisso e eu vou cair dessa cadeira e rolar na rua de tanto rir.

Os três sorriram para Everard, mas ele pôde sentir que, por mais educados que fossem, não gostavam de ser ridicularizados, e ele ficou subitamente tocado. Penetrou-lhe com uma impressionante agudeza o fato de que aqueles três não estavam sendo nada além de gentis e corteses, e que ele se comportava de maneira grosseira e estúpida, desperdiçando aqueles momentos, e por qual motivo?

— Por que não podemos estar juntos — perguntou o fantasma mais jovem —, para alcançar alguma espécie de paz para o domínio que compartilhamos?

— E que domínio é esse? — perguntou Everard. — Já que você é um fantasma, meu amigo, e eu sou de carne e osso, independentemente de quanto eu seja odioso.

— Eu já fui um ser humano — confessou o fantasma mais jovem. — Fui um bebedor de sangue por séculos depois disso. E agora sou um fantasma. E a minha alma continuou sendo a minha alma em todas as três formas.

— Bebedor de sangue — murmurou Everard. Ele estava impressionado, estudando novamente o rosto do fantasma, aquela boca generosa, delicada e os olhos expressivos. — Magnus! — Ele se deu conta, sobressaltado. — Você não pode ser Magnus, o Alquimista.

— Sim. Era eu — confirmou o fantasma. — E eu o conheci naqueles velhos tempos, Everard. Você foi feito por Rhoshamandes e eu fui feito, por assim dizer, por Benedict.

Everard riu alto e bom som.

— Para mim, você é quem fez Benedict, isso sim. Roubando seu sangue e fazendo dele motivo de chacota para os bebedores de sangue em todos os lugares. E então você se tornou um fantasma, o fantasma de um bebedor de sangue.

— Acho que não sou o único nesse mundo — disse Magnus —, mas eu tive ajuda de meus amigos mais chegados aqui, ajuda para me tornar o que você está vendo diante de si.

— Bom, não tem nenhuma semelhança com aquele velho corcunda maligno que eu conhecia. — Everard arrependeu-se imediatamente de suas palavras. Ele baixou os olhos e em seguida ergueu-os. — Lamento por essas palavras — sussurrou ele. — Peço perdão.

Magnus, entretanto, estava sorrindo.

— Não há necessidade de pedir perdão. Eu era uma criatura assustadora. Uma das grandes vantagens de ser um fantasma é que você pode aperfeiçoar o corpo etéreo muito mais profundamente do que jamais pôde aperfeiçoar o corpo físico, mesmo com o Sangue. E então você está me vendo com a aparência que eu sempre quis ter.

O fato de aquele ser Magnus, o Magnus que ele conhecera, sim, e o Magnus que fizera o vampiro Lestat, o novato que mudara a história vampírica, fazia com que Everard tremesse como uma vara verde. E, sim, ele podia, de certa forma, ver através daquele fulgor e de todo aquele lustre o Magnus que ele conhecera, aquele brilhante e sábio alquimista que implorara com tanta eloquência a Rhoshamandes pelo Sangue, aquele curandeiro que operara milagres em meio aos pobres e estudara as estrelas com um telescópio de bronze antes que Copérnico houvesse ficado famoso por isso.

Aquele era Magnus, adorado de Notker de Prüm, mais tarde trazido para o Sangue por Benedict de um modo bem deliberado e amável. Notker estava vivo em algum lugar, disso Everard estava certo. Rhoshamandes dissera que a música de Notker seria ouvida nos Alpes nevados quando mil bebedores de sangue mais velhos tivessem ido para seus túmulos ígneos.

Magnus agora era um fantasma.

E o outro? Esse Raymond Gallant, quem fora ele?

– Você está ouvindo a Voz agora? – perguntou o fantasma chamado Raymond Gallant.

– Não. Ele se calou pouco antes de eu ver vocês. Ele sumiu. Eu não sei como sei, mas ele sumiu. É como se eu conseguisse sentir quando ele está mirando seu raio mágico em mim, como se fosse alguma espécie de laser.

Ele tentou não encarar tanto aqueles dois. Ele olhava inquieto para Teskhamen.

– Ele nunca disse nada a você sobre o propósito definitivo dele? – perguntou Teskhamen. – Ele já contou segredos a você?

– Principalmente ameaças. Ele é muito infantil, muito estúpido. Ele tenta se aproveitar dos meus temores, do fato de eu... de eu estar tão sozinho ultimamente. Mas consigo enxergar através dos truques dele. Ele fala de uma dor insuportável, de estar quase cego e de que está tão desprovido de poder que mal consegue levantar um dedo.

– Ele disse essas coisas? Ele usou essas palavras? – indagou Raymond Gallant.

– Usou, a Voz diz que ela própria é desamparada, que precisa da minha amável assistência, da minha devoção, da minha confiança. Como se eu fosse confiar nele! Ele diz que tenho poderes em mim com os quais eu nem sonho, fala de bebedores de sangue escondendo-se na Itália e quer que eu queime eles todos. Ele é implacável.

– Mas você não o ouve.

– E por que eu deveria? E o que eu posso fazer se ele for um dos antigos e quiser me destruir? O que eu posso fazer?

— Você sabe realmente como se esconder do Dom do Fogo, não sabe? – perguntou Teskhamen. – A melhor maneira é simplesmente fugir. Viajar para longe da fonte do ataque o mais rápido possível, usando o Dom da Nuvem, se possível, para simplesmente se posicionar além do alcance do agressor. Se você conseguir descer rápido para baixo da terra, essa é uma opção ainda melhor, porque a coisa não consegue penetrar a terra. Seja lá quem esteja enviando o Dom do Fogo, precisa ver a vítima, ver o edifício, ver o alvo. Essa é a única maneira de a coisa funcionar.

Everard não era nenhum especialista em nada daquilo. Ele ficou mais grato por esse conselho esclarecedor, francamente, do que conseguia dizer. Ele tinha de admitir que Benji Mahmoud vinha dizendo algo similar, mas jamais confiara nele muito mais do que humanos confiavam em televangelistas.

E Everard jamais recebera nenhuma aula formal acerca dos dons mais altos. Ele não confessaria que tudo que conhecia deles aprendera nas Crônicas Vampirescas e que vinha praticando suas habilidades, se era isso o que elas eram, com base em descrições escritas por ignominiosos autores como Lestat de Lioncourt e Marius de Romanus, e por aí vai. Ele deixava esses pensamentos rolarem por onde pudessem rolar. Malditas sejam os Filhos de Satanás e suas regras e injunções. Eles nunca deram a mínima para os dons vampirescos!

Agora, o grande Rhoshamandes, seu criador, era outra questão. Que histórias ele contara sobre cavalgar os ventos, e, ah, os encantos que ele conseguia lançar, as visões que ele conseguia despertar para Everard e os outros. Rhoshamandes em seus robes em tom borgonha, dedos repletos de anéis, jogando xadrez em seu grande tabuleiro revestido de mármore com aqueles reis, rainhas, cavalos, bispos e peões entalhados especialmente para ele, a quem dera vários nomes. Xadrez era seu jogo favorito, declarava Rhoshamandes, porque colocava um Dom da Mente contra outro Dom da Mente.

— Sim – sussurrou Magnus. – Eu me lembro tão bem dele. E eu me sentava com muita frequência diante daquele tabuleiro de xadrez com ele.

Everard teria enrubescido, fosse ele humano, por ter seus pensamentos lidos de maneira tão fácil, por ter aquelas imagens examinadas. Porém não ligava. Ele estava muito fascinado com aquele fantasma de Magnus. Tantas perguntas vinham-lhe à mente:

— Você pode comer, você pode beber, você pode fazer amor, você pode sentir sabor?

— Não — respondeu Magnus —, mas posso ver muito bem, e posso sentir calor e frio de uma maneira agradável, e tenho uma sensação de estar aqui, de estar vivo, ocupando esse espaço, de ser tangível e de ter um ritmo no tempo...

Ah, aquele era com certeza Magnus, aquele era Magnus falando, aquele que podia falar a noite inteira com Rhoshamandes. Como Rhoshamandes o amava e o respeitava, lançando um véu de proteção sobre ele e proibindo todos os bebedores de sangue de lhe fazer mal. Mesmo depois de ele ter roubado o Sangue, Rhoshamandes não o perseguira e não procurara matá-lo.

"Ele tem um grande fascínio por mim", dissera Rhoshamandes. "E a culpa por haver permitido que isso acontecesse é de Benedict. Porém vejamos o que ele vai fazer com o Sangue, pobre corcunda e astuto Magnus."

— Tenha muito cuidado, Everard — disse Magnus. Ele aparentava para o mundo ser um homem de quarenta e cinco, quem sabe cinquenta anos de idade, numa época saudável de plenitude e de exuberante boa saúde, com uma pele resplandecente e cabelos de fato da cor cinza. Por que ele não fizera a si mesmo flamejante e belo como o vistoso Lestat com aquela juba dourada e aqueles olhos azul-violeta? Porém, à medida que olhava para Magnus, aquela parecia ser uma pergunta imbecil. Aquele diante dele era um ser esplêndido. Eram ambos esplêndidos aqueles fantasmas. E eles podiam mudar, não podiam? Sempre que quisessem.

— Sim, mas nós tentamos não fazer isso — explicou Raymond. — Procuramos aperfeiçoar o que nós somos, em vez de alterar nossa aparência constantemente. Nós procuramos encontrar algo que seja a verdadeira expressão de nossa alma com a qual moldar o que constitui a nossa forma. Mas você não precisa se preocupar com essas coisas.

— Fique em segurança — aconselhou Teskhamen. — Seja astuto. E se essa Voz provocar uma reunião da tribo, pense na possibilidade de comparecer. Nós não podemos continuar na mesma hoje em dia porque nada agora pode continuar na mesma, e precisamos encarar nossos desafios como os humanos estão encarando os deles.

Teskhamen tirou um cartãozinho branco do bolso e entregou-o a Everard. O cartão de um cavalheiro. Nele estava escrito o nome TESKHAMEN em letras douradas e, abaixo, um endereço de e-mail bem simples de memorizar, na verdade, e um número de telefone.

— Agora nós vamos, amigo — informou Teskhamen. — Mas, se você precisar de nós, entre em contato. Desejamos-lhe boa sorte.

— Acho que vou sobreviver a isso, da mesma maneira que sobrevivi às guerras mundiais e ao massacre anterior, mas muito obrigado. E obrigado por aguentar o meu... o meu comportamento desagradável.

— Foi um prazer – disse Teskhamen. – Mais um pequeno conselho. Continue escutando Benji. Se for o caso de haver uma reunião, Benji dará o aviso.

— Hummm. – Everard balançou a cabeça. – Uma reunião? Como a da última vez? Uma tremenda exibição de força para deter a maligna Voz do jeito que a maligna Rainha foi detida? Como é que se faz uma exibição de poder com uma Voz que pode entrar na cabeça de qualquer um a qualquer momento e pode ouvir qualquer coisa, talvez, que eu esteja dizendo... ou mesmo pensando?

— Essa é uma boa pergunta – concordou Raymond Gallant. – Tudo depende do que a Voz realmente deseja.

— E o que ela deseja – disse Everard – senão nos jogar uns contra os outros?

As três criaturas se levantaram. Teskhamen estendeu a mão.

Everard também levantou-se com óbvio respeito.

— Vocês me fazem pensar em tempos melhores, me fazem mesmo – murmurou ele contra a vontade. De repente, Everard ficou furioso consigo mesmo por ter ficado tão emotivo.

— E que tempos foram esses? – quis saber Teskhamen gentilmente.

— Quando Rhoshamandes ainda era... Ah, não sei. Centenas de anos atrás, antes dos Filhos de Satanás destruírem o castelo dele. Destruírem tudo. Isso é o que acontece quando bebedores de sangue se unem, se juntam, acreditam em coisas. Nós somos malignos. Sempre fomos malignos.

Os três olharam para ele calmamente sem demonstrar a mais ínfima reação. Nada em suas expressões ou em suas posturas sugeria concordância. Ou malignidade.

— E você não faz a menor ideia de onde Rhoshamandes poderia estar, faz? – perguntou Raymond Gallant.

— Nenhuma – disse Everard. E então flagrou-se confessando: – Se eu fizesse, nossa, eu iria até ele. – Palavras tão estranhas saindo dele, que tinha uma desconsideração tão cabal por outros bebedores de sangue, que ridicularizava irmandades, refúgios e gangues. Entretanto, ele sabia que confessara a verdade, que viajaria pela Terra para encontrar Rhoshamandes. Na verdade, ele nunca viajava muito para lugar algum, mas era bom pensar que viajaria pela Terra para encontrar seu antigo mestre. – Ele se foi há muito tempo, morto, queimado, imolado, o que for! – disse ele rispidamente. – Só pode ter sido.

– Você acha? – perguntou Raymond Gallant.

Uma repentina dor acometeu o coração de Everard. *Ele só pode estar morto ou já teria me encontrado a uma hora dessas, me levado até ele, me perdoado...*

Rhoshamandes abandonara as selvagens e densas florestas da França e da Alemanha no século XIV. Cansado de batalhar contra um crescente número de Filhos de Satanás que haviam canibalizado seus próprios novatos para sua eterna miséria, ele simplesmente abandonou o antigo campo de batalha.

Everard, entretanto, jamais conhecera a verdadeira história. Os Filhos de Satanás já estavam de posse de Everard naquela época, arrastando-o noite após noite para castigar os inocentes de Paris. Eles se gabavam de haver tirado o último grande blasfemador das terras francesas. Será que haviam tirado mesmo? Eles não temiam Magnus como temiam Rhoshamandes.

Eles contavam histórias do castelo e das terras de Rhoshamandes queimados durante o dia por monges e monjas raivosos levados a fazer isso pelos sussurros noturnos dos Filhos de Satanás fingindo-se de anjos. Ah, aqueles tempos. Aqueles tempos supersticiosos em que os vampiros podiam falar para mentes religiosas ingênuas e fazer jogos infernais com elas.

– Bom, isso eu posso dizer para vocês – disse Everard, negando a dor. – Se ele estiver cochilando debaixo da terra em algum lugar sob as ruínas merovíngias, a Voz não vai chegar a lugar algum com ele, independentemente do estado em que ele esteja. Ele é sábio demais para isso, poderoso demais. Ele era... ele era magnífico.

Lembranças excruciantes. Everard saindo em trapos imundos com os Filhos de Satanás para oprimir os pobres parisienses, rastejando para o interior de choças imundas para se alimentar dos inocentes, e em algum lugar por perto, a voz de Rhoshamandes que dizia: "Everard, liberte-se. Volte pra mim!"

– Adeus, Everard – despediu-se Teskhamen, e os três saíram juntos.

Por um longo momento, Everard observou-os percorrerem a estreita rua e desaparecerem na esquina.

Nenhum ser humano jamais adivinharia o que eles eram. Sua postura humana era simplesmente espetacular.

Ele apoiou o cotovelo na mesa e pousou o queixo em uma das mãos. Será que ele estava contente por eles terem partido? Ou será que estava triste?

Será que ele queria correr atrás deles e dizer: Não me deixem aqui! Levem-me com vocês. Quero ficar com vocês.

Sim e não.

Everard de fato queria fazer isso, mas simplesmente não podia. Ele não sabia como fazê-lo, como falar aquilo de forma honesta, como implorar por ajuda ou por companhia. Ele não sabia como ser o que quer que fosse além do que ele já era.

Subitamente, a Voz estava lá. Ele a ouviu suspirar.

– Eles não podem protegê-lo de mim – disse a Voz. – Eles são demônios.

– Eles não me pareceram demônios – retrucou Everard irritado.

– Eles e sua risível Talamasca – zombou a Voz. – Que se danem!

– Talamasca – sussurrou Everard, impressionado. – É claro. Talamasca! Foi lá que ouvi o nome de Raymond Gallant antes. Ora, aquele homem era conhecido de Marius. Aquele homem... Morto mais ou menos quinhentos anos atrás.

Aquilo de repente se tornou divertido para ele, muito divertido. Ele sempre soubera sobre a Talamasca, a antiga Ordem de acadêmicos do sobrenatural. Rhoshamandes o alertara sobre eles e sobre seu monastério no sul da França. Contudo, seu criador o instara a respeitá-los e a deixá-los em paz. Ele os amava da mesma maneira que amava Magnus.

"Porque eles são acadêmicos gentis", dissera ele naquela voz sedutora e profunda, "e não nos querem mal. Ah, mas é incrível. Eles sabem tanto sobre nós quanto a Igreja Romana, mas não nos condenam e não nos querem mal. Eles querem aprender sobre nós. Imagine uma coisa dessas. Eles nos estudam, e quando foi que nós nos estudamos? Gosto muito deles por conta disso. Gosto mesmo. Você jamais deve feri-los."

E então, entre os membros do monastério, existiam humanos e fantasmas, certo? E bebedores de sangue. Raymond Gallant, Teskhamen e Magnus.

Humm. Será que todos os membros humanos tornavam-se fantasmas quando morriam? Bem, isso nunca teria funcionado, certamente não teria. Haveria milhares de membros espectrais flutuando ao nosso redor a uma hora dessas. Aquilo era absurdo.

Não. Era bastante fácil imaginar que era uma ocorrência rara recrutar um membro moribundo de sua classe para permanecer com eles "em espírito" simplesmente porque era muito raro para o espírito de qualquer pessoa moribunda ficar para trás. Ah, o planeta tinha muitos fantasmas, mas eles eram uma fração infinitesimal de todos aqueles pobres palermas que haviam nascido e morrido desde a aurora da criação. Porém quão abençoados devem ser os fantasmas induzidos à Talamasca com feiticeiros instruídos por livros para ajudá-los a se materializar? Esse havia sido o objetivo de Magnus. Não é de espantar que eles demonstrassem ser tão bons nisso, aqueles dois, com seus semblantes corados e calorosos e seus lábios brilhantes e úmidos.

Mas o vampiro, Teskhamen. Como ele se tornou parte deles?

Everard rastreou rápido sua mente em busca do que aprendera acerca da Talamasca – a partir dos escritos de Lestat e das memórias de Marius. Dedicados, honrados, comprometidos com a verdade sem desconfiança religiosa, censura ou julgamento, sim. Se a classe deles incluía vampiros, a vasta maioria dos recrutados certamente jamais imaginara isso.

Havia também o grande mistério de quem fundara a Talamasca. Caso houvesse sido um vampiro, um mero bebedor de sangue, tal como Teskhamen, velho como ele era, bem, isso seria uma esmagadora decepção para os outros, não seria?

Hummm. Aquilo era problema deles.

Ele estudou o cartãozinho branco e o colocou em segurança na jaqueta.

– Desprezíveis – disse a Voz. – No fim, vou queimar todos eles também. Vou queimar suas bibliotecas, seus pequenos museus, seus asilos, seus...

– Já entendi! – disse Everard, com raiva.

– Você vai se arrepender da noite em que debochou de mim.

– Ah, é? – declarou Everard em uma voz baixa e arrastada. – Se você é assim tão forte, Voz, por que não faz uma tentativa? Eles estão por aí desde a Idade das Trevas. E não parecem estar nem um pouco com medo de você.

– Seu monstro tolo, estúpido, desrespeitoso e enervante! – xingou a Voz. – A sua hora vai chegar.

Everard ficou subitamente sobressaltado. Um garçom encontrava-se ao lado dele com uma xícara de café, a fumaça subia no ar fresco.

– Falando sozinho de novo, *signore* De Landen? – perguntou ele, efusivo.

Everard sorriu, sacudiu a cabeça e pegou algumas cédulas grandes, compridas e bonitas e entregou-as ao jovem.

Então ele se recostou na cadeira e segurou a xícara quente com ambas as mãos. Lestat estava certo nas Crônicas Vampirescas, pensou ele. Era agradável segurar uma xícara de café quente com as mãos e deixar a fumaça subir até o rosto.

Os únicos sons ao redor dele eram as vozes previsíveis da cidade. Uma lambreta dando partida em algum lugar distante e então soltando fumaça ao seguir na direção do campo, e o zumbido baixo de conversas que floresciam atrás de portas fechadas.

Ele estava ficando com sede.

De repente, estava ficando com sede, realmente com sede, mas não tinha energia para afastar-se o bastante de casa para satisfazê-la. Ele deixou o café, levantou-se e percorreu as ruas em direção aos portões da cidade.

Em poucos momentos ele já havia passado pela iluminação dos altos muros da cidade e subia a colina com rapidez na fresca escuridão. Sentiu vontade de chorar e não sabia exatamente por quê.

Seria concebível que nós fôssemos uma tribo? Seria concebível que fôssemos seres que podiam se amar mutuamente, ser gentis da mesma maneira que Teskhamen fora com seus companheiros espectrais, e que Rhoshamandes fora com ele tanto tempo atrás?

E se nunca tivesse havido uma Criança de Satanás em sua existência, torturando-o, deixando-o à míngua e ensinando-o que ele era um filho do diabo, que tinha de ser miserável e criar miséria para os outros, que ele era uma coisa maldita e odiosa?

E se tivesse havido apenas o insano Rhoshamandes em seu decrépito castelo falando de poesia, poder e do "esplendor do Sangue"?

Nos dias de hoje, os seres humanos não engoliam mais toda aquela velha podridão religiosa, não é? Eles não se escondiam mais sob o fardo do Pecado Original e da concupiscência, implorando por absolvição por terem levado suas esposas para a cama na noite anterior à santa comunhão, amaldiçoando suas anatomias por condenarem-nos à Danação Eterna, denunciando a si mesmos como sacos de ossos e carne fedorentos. Não, muito pelo contrário. Nesse novo século eles estavam cheios de esperança, de um novo tipo de inocência e de um otimismo estranhamente confiante no fato de que podiam resolver os problemas que apareciam diante deles e de que podiam curar todas as enfermidades e alimentar o mundo inteiro. Pelo menos era o que parecia naquela parte limpa e pacífica da Europa que no passado conhecera tanto sofrimento, tanta miséria, tanto derramamento de sangue e tanta morte sem sentido.

E se uma época tão brilhante e resplandecente houvesse também chegado para os bebedores de sangue, até mesmo para os mais monstruosos? Seus pensamentos, contra a sua vontade, divagaram de volta ao último irmão no Sangue que ele amara – um jovem vampiro tão elegante e espirituoso que, lembrando-se pouco de sua vida antes do Dom das Trevas, via a vida ao redor dele como milagrosa, sussurrando sobre o Sangue ser um sacramento e cantando longas canções despreocupadas sobre uma noite ao luar e sob as estrelas.

Aquele ali, entretanto, havia sido queimado até virar cinzas pela grande e terrível Rainha Akasha quando ela passara por lá. Everard vira a cena com seus próprios olhos – toda aquela doce vitalidade extinta em um instante, indiferentemente, enquanto o fogo engolia todo o reduto vampiresco de Veneza onde tantos outros também haviam perecido. Por que Everard sobrevivera?

Ele estremeceu. Não queria pensar nisso. Melhor nunca amar outro. Melhor esquecer instantaneamente aqueles que piscavam para ele como se jamais houvessem existido. Melhor viver para os prazeres de cada noite à medida que surgiam. Mas e se agora fosse um tempo para que todos se reunissem, para que formassem a tribo que Benji acreditava que eles fossem, para abordar outros, velhos e jovens, sem raiva ou medo?

Rhoshamandes rira da própria ideia dos Filhos de Satanás e de seus modos santimoniais. Ele costumava dizer: "Eu estava no Sangue antes do deus deles ter inclusive nascido."

Everard também não queria pensar muito sobre tudo aquilo. Deixe isso para lá. E nunca se recorde das assembleias satânicas e de seus sabás. Esqueça para sempre aqueles horrendos hinos oferecidos ao Príncipe da Escuridão.

Ah, e se fosse possível todos se reunirem e adorarem não um Príncipe da Escuridão, mas *um príncipe nosso*?

Ele pegou o iPhone e tocou na tela para acessar o aplicativo que conectava diretamente as transmissões de Benji. Àquela hora, a transmissão devia estar a todo vapor nos Estados Unidos.

Duas horas antes do amanhecer.

Ele estava cochilando em sua cadeira de couro favorita, parcialmente sonhando.

Benji ainda falava muito baixo através do alto-falante Bose no qual Everard depositara o iPhone, embora ele não estivesse ouvindo.

O sonho: De volta ao castelo de Rhoshamandes naquele grande hall vazio com o fogo crepitando, e Benedict, o belo Benedict com seu lindo rosto, implorando para transformar em vampiro o monge conhecido como Notker, o Sábio, uma criatura de imenso talento que escrevia música noite e dia como um possesso, canções, motetes, cantos e cânticos. Rhoshamandes avaliava o pedido, balançando a cabeça e movendo suas peças de xadrez. Ele dizia:

– Mas vocês bebedores de sangue trazidos do deus cristão, eu simplesmente não sei.

– Mas, mestre, o único deus que Notker adora é a música. Mestre, eu gostaria muito que ele tocasse a música dele para sempre.

– Primeiro raspe aquela coroa de monge da cabeça dele e depois traga-o pro Sangue. Seu sangue, não o meu. Pois um bebedor de sangue tonsurado eu não vou admitir.

Benedict riu. Não era segredo algum o fato de Rhoshamandes ter trancado Benedict por meses para permitir que seus cabelos "de monge" crescessem novamente ao longo de sua bela cabeça antes de lhe dar o Sangue Negro, e Benedict se preparara para o Dom das Trevas como se fosse um sacramento. Rhoshamandes exigia beleza em seus novatos.

Notker, Sábio de Prüm, era famoso por sua beleza.

Um ruído despertou Everard.

E levou-o abruptamente de volta ao velho e familiar hall com vigas ascendentes e paralelepípedos de pedra.

Ele ouviu o agudo riscar de um fósforo. Fulgor de chamas de encontro a suas pálpebras. Não havia fósforos naquela casa! Ele usava o Dom do Fogo para acender as lareiras.

Levantou-se às pressas da cadeira de couro e se viu encarando dois bebedores de sangue amarfanhados e de olhos tresloucados – um macho e uma fêmea vestidos de brim e couro, a vestimenta típica dos vagabundos. Eles estavam ateando fogo às cortinas daquela sala.

– Queime, seu diabo, queime! – gritava o macho em italiano.

Com um rugido, Everard arremessou a fêmea pela janela, despedaçando o vidro, e arrancou a cortina que estava sendo queimada, lançando-a sobre o macho enquanto o arrastava com rudeza pela abertura em direção ao jardim escuro.

Ambos o xingavam em uma espécie de rosnado. O macho rolou de sob a pilha de veludo fumegante com uma faca na mão e correu para Everard.

Queime.

Everard concentrou o Dom do Fogo com toda a força no centro de sua testa e em seguida enviou a rajada de encontro ao tolo. Chamas foram cuspidas do corpo do rapaz, envelopando seus braços e sua cabeça, seus berros arquejantes foram silenciados pelo rugido da fogueira, o Sangue queimou como se fosse petróleo. A fêmea havia fugido.

Everard, porém, agarrou-a enquanto ela escalava a parede, arrastando-a de volta enquanto enterrava suas presas no pescoço dela. Ela gritou quando ele abriu sua artéria, o sangue esguichando na boca, batendo na garganta de Everard, inundando sua língua.

De imediato, uma torrente de imagens o drogou, seu coração trepidante as conduzia como conduzia o sangue: a Voz, sim, a Voz dizendo-lhe para matar, dizendo-lhe para matar ambos, amantes criados em um beco imundo em Milão por um bebedor de sangue barbudo e esquelético, que os forçava a matar e a roubar, vinte anos no Sangue, quem sabe, morrendo, e então passaram a surgir pequenos pedaços e trechos de infância, o vestido branco da primeira comunhão dela, incenso, a catedral lotada, "Ave-Maria", o rosto sorridente de uma mãe, um vestido de tecido xadrez, maçãs numa travessa, o gosto de maçã, a inevitável paz. Ele bebeu mais fundo, extraindo tudo o que podia dela até a última gota, sem parar, até que não havia mais nada e o coração parou de arfar como se fosse um peixe de boca aberta.

Do alpendre no jardim, ele tirou uma espada e separou a cabeça do corpo, em seguida sorveu o que ainda restava do sangue que escapava dos tecidos do pescoço rasgado, dos vasos quase vazios. Um lampejo de consciência. Pavoroso! Ele soltou a cabeça da fêmea e limpou as mãos.

Com uma delicada rajada do Dom do Fogo, ele incinerou os restos da vampira, a cabeça cega com os fios de cabelo pretos despenteados presos nos dentes brancos, o corpo mole.

A fumaça foi desaparecendo aos poucos.

A brisa suave do início de outono acariciou-o e reconfortou-o.

O jardim silencioso cintilava com os fragmentos de vidro estilhaçado na grama macia. O sangue clareara a cabeça dele, aguçara sua visão, o aquecera e tornara a manhã escura milagrosa. Aquele vidro estilhaçado era como joias. Como estrelas.

Ele sentiu o aroma dos limoeiros. Toda a madrugada estava vazia ao redor dele. Nenhuma canção fúnebre a ser cantada para aquele par anônimo, aqueles seres que talvez pudessem ter sobrevivido por mil anos se ao menos não tivessem se colocado em oposição a alguém que eles não podiam ter esperança de derrotar.

– Ah, e então Voz – chamou Everard, com desprezo. – Você não vai me deixar em paz, vai? Você não me feriu, seu monstro desprezível. Você mandou esses dois para a morte.

Porém não houve resposta.

Com a pá, ele enterrou o par, alisando cuidadosamente a terra, raspando os torrões dos pisos da trilha.

Ele estava abalado. Estava revoltado.

Entretanto, uma coisa era certa. Seu dom para fazer fogo estava agora mais forte do que nunca. Ele jamais havia realmente usado o dom contra outro bebedor de sangue. Mas aquilo o ensinara o tipo de dano que ele poderia causar se realmente tivesse de fazê-lo.

Um pequeno consolo.

Então a Voz suspirou. Ah, que suspiro.

– Essa era a minha intenção, Everard – disse a Voz. – Eu disse que queria que você os matasse, matasse aquela ralé. E agora você começou.

Everard não respondeu.

Ele se curvou sobre o cabo da pá e pensou.

A Voz desapareceu.

Era silencioso o campo adormecido. Nem um único carro se movia pela estrada vicinal. Somente aquela brisa limpa e as folhas cintilantes das árvores do pomar ao redor dele, os lírios brancos que refulgiam de encontro aos muros da *villa*, os muros do jardim. A fragrância dos lírios. O milagre dos lírios.

Do outro lado do mar, Benji Mahmoud ainda estava falando...

A voz dele subitamente enfiou uma espada no coração de Everard.

– Anciãos da tribo – apelava Benji. – Precisamos de vocês, voltem para nós. Voltem para as suas crianças perdidas. Ouçam o meu choro alto, um pranto e um soluço amargos, eu sou Benji que chora por meus irmãos e irmãs perdidos por não mais existirem.

11

Gremt Stryker Knollys

Era uma antiga mansão colonial, vermelha com remates brancos, uma construção esparramada com varandas profundas e telhados pontudos, coberta de trepadeiras verdes, adejantes e invisíveis a partir da estrada sinuosa graças ao denso bambuzal e às maciças mangueiras que a cercavam. Um lugar adorável com palmeiras que oscilavam cada vez mais graciosas ao sabor da brisa. Ela parecia abandonada, mas jamais o fora. Criados mortais a mantinham durante o período diurno.

E esse vampiro, Arjun, dormia embaixo dela há séculos.

Agora ele estava choramingando. Sentado à mesa, com o rosto nas mãos.

– No meu tempo, eu era um príncipe. – Ele não estava se gabando, mas apenas refletindo. – E entre os Mortos-Vivos, fui príncipe por um longo tempo. Não sei como cheguei a essa situação.

– Sei que tudo isso é verdade – garantiu Gremt.

O bebedor de sangue era inegavelmente bonito, com uma pele de um leve tom dourado tão perfeita que parecia agora irreal e grandes e ferozes olhos pretos. Ele tinha faustos cabelos pretos retintos dignos de um leão. Criado pela bebedora de sangue andarilha Pandora nos dias da dinastia Chola do sul da Índia, ele havia sido de fato príncipe, e com a pele bem mais escura do que tinha agora, embora permanecesse tão atraente quanto. O Sangue clareara a pele dele, mas não os cabelos, o que às vezes ocorria, embora ninguém soubesse o motivo.

– Sempre soube quem você era – disse Gremt. – Eu o reconheci quando você viajou pela Europa com Pandora. Eu imploro, por nós dois, diga-me simplesmente em suas próprias palavras o que aconteceu.

Ele retirou do bolso um cartãzinho branco, no qual estava escrito seu nome completo em letras douradas: GREMT STRYKER KNOLLYS. Abaixo encontrava-se seu endereço de e-mail e o número de seu celular.

Esse bebedor de sangue, entretanto, nem mesmo reconheceu aquele gesto humano. Ele não era capaz de fazer aquilo. Gremt moveu o cartão discretamente para o centro da mesa de teca e colocou metade dele debaixo da base de cobre do pequeno candelabro que tremeluzia no recinto, lançando um pouco de luz sobre o rosto deles. Uma suave luz dourada também vinha das portas abertas ao longo da varanda profunda.

Aquele era um lugar bonito.

Era tocante para Gremt o fato de que aquela alma torturada, aquela criatura em tal estado de inquietação, houvesse tido tempo de lavar a sujeira de seus cabelos sedosos, e que estivesse agora vestindo um longo *sherwani* bem ajustado e ricamente adornado com joias e calça de seda preta, e que suas mãos estivessem limpas e com aroma de sândalo.

– Mas como você poderia ter me reconhecido então? – perguntou o bebedor de sangue em uma voz chorosa. – Quem é você? Você não é humano. Eu sei disso. Você não é humano. E você não é o que eu sou. O que você é?

– Sou seu amigo agora – disse Gremt. – Sempre fui seu amigo. Eu o observo há séculos, não apenas você, mas todos vocês.

Arjun ficou desconfiado, é claro, porém mais do que qualquer outra coisa, ele estava horrorizado pelo que o outro fizera e se animava penosamente com o tom persuasivo de Gremt, com o calor da mão dele na sua.

– Tudo o que eu queria era dormir. – Arjun falava com o mesmo sotaque que era comum em Goa e na Índia até os dias de hoje, embora seu domínio do inglês fosse perfeito. – Eu sabia que eu voltaria. Minha adorada Pandora, ela sabe que estou aqui. Ela sempre soube. Eu estava seguro aqui quando a Rainha Akasha começou sua devastação. Ela não me achou embaixo desta casa.

– Eu entendo. Pandora está vindo ao seu encontro.

– Como você pode saber disso? – perguntou Arjun. – Ah, eu queria muito acreditar nisso, de verdade. Eu preciso tanto dela. Mas como você sabe?

Gremt hesitou. Ele fez um gesto para Arjun falar.

– Conte-me tudo.

– Dez anos atrás, eu me sentei nesta varanda com Pandora, e nós conversamos – disse Arjun. – Eu ainda estava cansado. Eu não estava preparado para me juntar a ela e a seus adorados amigos. Eu lhe disse que precisava do santuário da Terra e do que nós aprendemos na Terra, pois nós aprendemos quando dormimos, como se um cordão umbilical nos conectasse ao mundo dos vivos lá em cima.

– Isso é verdade – concordou Gremt.

– Nunca foi minha intenção acordar agora.

– Certo.

– Mas essa Voz. Ela falava comigo. Enfim, ela estava na minha mente a princípio e parecia que aquelas palavras eram os meus próprios pensamentos, mas no meu sono eu não abraçava esses pensamentos.

– Certo.

– E então ela tinha uma entonação e um vocabulário bem específicos, essa Voz, falando comigo em um inglês penetrante, me dizendo que eu queria me levantar, que eu, Arjun, queria me levantar, para ir a Mumbai e acabar com eles, com os jovens. A mim parecia tão verdadeiro, tão verdadeiro! Por que eu escutava aquilo? Eu, que nunca quis problema com os da minha própria espécie, que ficava no meu canto paciente, séculos atrás com Marius, dizendo a ele do fundo da minha alma que lhe cederia a minha criadora se era isso o que ele queria, se era isso o que ela queria. Você entende? Lutei as minhas últimas batalhas quando era um príncipe mortal. O que é isso para mim, assassinar, massacrar, queimar jovens? – Ele apressou-se em responder sua própria pergunta. – Existe alguma criatura entre os mais gentis de nós que possui uma ânsia por destruição? Algo que sonha em aniquilar outros seres sensíveis?

– Talvez exista – respondeu Gremt. – Quando foi que percebeu que não era isso o que você queria?

– Quando estava acontecendo! – confessou Arjun. – Os edifícios estavam em chamas. Eles gritavam, implorando, caindo de joelhos. E nem todos eram novatos, sabia? Alguns deles estavam no Sangue há centenas de anos. "Nós sobrevivemos à Rainha para perecer desta maneira?", era o que eles gritavam enquanto estendiam os braços para mim. "O que foi que nós fizemos contra você?" Mas só estava ficando claro para mim lentamente o que eu tinha começado. A coisa tinha virado uma batalha, eles me enfrentavam com o Dom do Fogo e eu sobrepujava seus poderes mais fracos. Foi uma coisa... Foi uma coisa...

– Prazerosa.

Lágrimas de vergonha surgiram nos olhos de Arjun. Ele assentiu.

— Ah, você assassina um ser humano e rouba uma vida, sim, isso é inominável. Você assassina um bebedor de sangue e rouba a eternidade! Você rouba a imortalidade!

Ele deitou a cabeça sobre um dos braços.

— O que aconteceu em Calcutá?

— Eu não fui o responsável por aquilo – declarou ele de imediato. E recostou-se na antiga cadeira de palhinha estilo pavão, o amplo respaldo tecido rangeu ao receber seu peso. – Eu não fiz aquilo.

— Eu acredito em você – disse Gremt.

— Mas por que eu matei aquelas crianças em Mumbai?

— A Voz seduziu você com esse propósito. Ela fez a mesma coisa em outros lugares. Ela fez isso no Oriente. Ela está fazendo isso na América do Sul. Desconfiei desde o início que não havia nenhum bebedor de sangue por trás da Queimada.

— Mas quem é a Voz? – perguntou Arjun.

Gremt ficou em silêncio.

— Pandora está chegando – disse ele.

Arjun levantou-se, quase erguendo também a cadeira atrás de si. Ele olhou para a direita e para a esquerda, tentando ver em meio à escuridão.

Quando ela emergiu da longa e densa sebe de bambu, ele foi para os braços dela e, por um longo momento, eles ficaram abraçados, embalando-se para a frente e para trás, e então ele rompeu o contato e cobriu o rosto dela de beijos. Ela ficou absolutamente imóvel, permitindo a ação, uma fêmea delgada com ondulados cabelos castanhos usando uma bata e uma longa manta simples com capuz, suas mãos muito brancas acariciando os cabelos de Arjun, seus olhos fechados enquanto saboreava o momento.

Entusiasmado, ele a levou na direção da varanda e para a luz que vinha das salas do bangalô.

— Sente-se aqui, por favor, sente-se aqui! – Arjun levou-a até a mesa de teca e às cadeiras estilo pavão. Então, incapaz de se conter, ele a abraçou novamente e soluçou em voz baixa junto ao ombro dela.

Pandora sussurrou para ele na língua que compartilhavam quando ela o cortejara e se casara com ele. Ela o consolou com seus beijos.

Gremt levantou-se como qualquer cavalheiro faria na presença de uma mulher. E aquela mulher, Pandora, mediu-o de alto a baixo com cuidado, mesmo enquanto recebia mais beijos e abraços de Arjun. Os olhos dela estavam agora fixos nele, e ela estava obviamente escutando a batida do coração de Gremt, o som de sua respiração enquanto estudava sua pele, seus olhos, seus cabelos.

O que ela estava vendo? Um macho alto de olhos azuis com cabelos pretos, curtos e encaracolados, pele caucasiana e um rosto como modelado a partir de uma estátua grega, um homem de ombros largos e capazes e mãos delgadas, vestido num longo *thawb* de seda preta que o cobria até os tornozelos, uma vestimenta que poderia talvez se passar por uma batina em algum outro país. Aquele era o corpo que Gremt aperfeiçoara para si ao longo de cerca de mil e quatrocentos anos. Ele poderia talvez iludir qualquer ser humano neste planeta. E podia suportar o escrutínio de máquinas de raios X nos aeroportos modernos. Mas não podia enganar Pandora. Ele não era biologicamente humano.

Ela estava chocada até a alma, mas Gremt sabia muito bem que ela vira seres como ele antes. Muitas vezes. Seres poderosos que andavam por aí em corpos artificiais, por assim dizer. Na verdade, ela vira Gremt mais de uma vez, embora nem sempre estivesse ciente de quem se tratava, em hipótese alguma. E a primeiríssima vez que a vira, ele estava desprovido de um corpo.

– Sou seu amigo – disse Gremt imediatamente. E estendeu a mão para Pandora, embora ela não tenha erguido a mão em retribuição.

Arjun começou a enxugar as lágrimas com um antigo lenço de linho. Com cuidado, ele guardou-o de volta no bolso.

– Eu não tive intenção de fazer isso! – disse ele freneticamente. E implorava a ela para que compreendesse.

E Pandora, como que despertada de um encanto, desviou os olhos de Gremt e voltou-os para Arjun.

– Eu sabia que não. Compreendo inteiramente isso.

– O que você não deve estar pensando de mim! – insistiu ele, com o rosto assolado pela vergonha.

– Ah, mas não foi exatamente você, foi? – declarou ela de imediato, tomando a mão dele e em seguida beijando-o mais uma vez, até recuar mais uma vez para olhar para Gremt. – Foi uma voz, não foi?

– Sim, foi uma voz. Eu estava contando para o Gremt, que compreende. E que é um amigo.

Muito relutante, ela sentou-se na cadeira como Arjun a instava a fazê-lo, e ele recostou-se no assento à esquerda dela.

Só então Gremt voltou a sentar-se.

– Mas você deve ter acreditado que eu era culpado – disse Arjun a Pandora –, senão não teria vindo até aqui por minha causa.

Pandora encarava Gremt mais uma vez. Ela estava extremamente desconfortável com o óbvio mistério de Gremt para ouvir o que Arjun queria que ela ouvisse.

Gremt virou-se para Arjun e falou com suavidade:

– Pandora sabia por causa das fotos, Arjun. Quando isso aconteceu, havia testemunhas tirando fotos, e essas fotos viravam virais, como se diz na internet. Elas eram infinitamente mais detalhadas e nítidas do que vislumbres telepáticos. Essas fotos não desaparecem como acontece com a memória; elas vão continuar circulando para sempre. E em Nova York, um jovem bebedor de sangue chamado Benjamin Mahmoud, criado por Marius, postou as fotos num website. E Pandora viu essas fotos.

– Ahhh! Que desgraça inominável – disse Arjun, cobrindo o rosto com os longos dedos. – Então Marius e suas crianças acham que sou culpado por isso. E quantos outros acreditam nisso?

– Não, não é assim – disse Pandora. – Todos nós estamos começando a entender. Todo o mundo está começando a entender.

– Você precisa saber. Você precisa saber que foi a Voz. – Ele olhou desamparadamente para Gremt em busca de confirmação.

– Mas Arjun agora é ele mesmo – disse Gremt. – E ele agora é perfeitamente capaz de resistir à Voz. E ela mudou-se para outros bebedores de sangue adormecidos.

– Sim, isso explica parte do problema – declarou Pandora –, mas não tudo. Porque agora é quase certo que as Queimadas na América do Sul estão sendo realizadas por ninguém menos do que Khayman.

– Khayman? – indagou Arjun. – O gentil Khayman? Mas eu pensava que ele agora houvesse se tornado o consorte e o guarda das gêmeas!

– Isso ele é, e há um bom tempo – disse Gremt. – Mas Khayman sempre foi uma alma partida, e agora ele é aparentemente tão suscetível à Voz quanto alguns dos outros antigos.

– E Maharet não consegue controlá-lo? – perguntou Pandora. Havia uma impaciência em sua voz. Ela queria falar sobre tudo isso, queria saber o que Gremt sabia, mas queria com toda a certeza saber mais acerca de Gremt, de modo que ela falou com um tom que dizia: "Você é estranho para mim."

Ela estreitou os olhos.

– Maharet é ela própria a Voz? – perguntou, obviamente horrorizada. Gremt permaneceu calado.

– Podia ser Mekare, a gêmea dela?

Ainda assim, Gremt não respondeu.

– Inominável ideia – sussurrou Arjun.

– Bom, quem mais poderia guiar o gentil Khayman a tais coisas? – murmurou Pandora. Ela estava pensando em voz alta.

Nem uma única palavra saiu dos lábios de Gremt.

– E se não for nenhuma dessas duas – prosseguiu Pandora –, bem, nesse caso, quem será? – Ela fez a pergunta como se fosse uma advogada, e Gremt, uma testemunha hostil em um tribunal.

– Estamos longe de uma resposta clara – declarou Gremt por fim. – Mas acho que sei quem é. O que não sei é o que essa coisa quer e o que ela tem intenção de fazer a longo prazo.

– E o que tudo isso significa para você, precisamente? – quis saber Pandora.

Arjun ficou assustado com o tom de voz e piscou como se ela fosse uma luz que o cegava com sua frieza.

– O que isso importa para *você* em particular? – insistiu ela. – O que acontece conosco, com criaturas como nós?

Gremt ponderou. Mais cedo ou mais tarde ele teria de revelar tudo. Mais cedo ou mais tarde ele teria de extravasar tudo o que sabia. Mas seria aquele o momento para isso, e quantas vezes ele deveria confessar tudo? Ele descobrira o que precisava descobrir com Arjun, e o reconfortara, como havia sido sua intenção. E ele pusera os olhos em Pandora, com quem tinha uma imensa dívida, mas não estava certo se podia responder por completo às perguntas dela.

– Você me é cara – ele lhe disse dessa vez em uma voz baixa, porém equilibrada. – E me dá um certo prazer, por fim, após todos esses anos, todos esses séculos, dizer para você que você é, e que sempre foi, uma estrela cintilante em meu caminho quando você não tinha a menor possibilidade de saber disso.

Pandora ficou intrigada e amolecida, mas não satisfeita. Ela esperou. Seu rosto pálido, embora o tivesse esfregado com cinzas e óleo para deixá-lo menos luminoso naquela noite, parecia virginal e bíblico por conta de sua roupa e da delicadeza de suas feições. Porém, por trás daquele belo rosto, ela calculava: como poderia defender-se de um ser como Gremt? Será que ela poderia usar sua imensa força para causar-lhe mal?

– Não, você não pode – ele lhe deu a resposta. – Chegou o momento de deixá-los. – Ele se levantou. – Insisto para que partam para Nova York, que se juntem a Armand e a Louis lá...

– Por quê? – quis saber ela.

– Porque vocês precisam se reunir para encarar o desafio da Voz, da mesma maneira que vocês fizeram muito tempo atrás quando encararam o desafio de Akasha! Vocês não podem permitir que essa coisa continue. Vocês precisam ir até a raiz do mistério, e a melhor maneira de fazer isso é reunindo-se. Caso vocês forem para lá, Marius certamente seguirá vocês. E também outros, outros cujos nomes vocês não sabem e jamais souberam, e sem dúvida Lestat irá. E é em Lestat que as pessoas visualizam o líder que desejam.

– Ah, por quê? Por que aquele moleque intolerável? – murmurou Arjun. – O que foi que ele já fez além de causar problema?

Gremt sorriu. Pandora riu suavemente enquanto olhava de relance para Arjun, mas então ela ficou de novo em silêncio, pensando, olhando para Gremt.

Ela avaliava tudo com calma. Nada que ele dissera a chocara ou surpreendera.

– E você, Gremt... Por que você deseja o melhor para nós? – perguntou Arjun. Ele se levantou. – Você foi muito gentil comigo. Você me reconfortou. Por quê?

Gremt hesitou. Ele sentiu um nó afrouxado dentro de si.

– Eu amo todos vocês – declarou ele numa voz baixa e confidente. Ele se perguntou se não parecia frio quando falava. Jamais estivera totalmente certo sobre a forma como suas emoções eram registradas naquele rosto projetado, mesmo quando conseguia sentir o sangue em suas veias correndo na direção das bochechas, quando sentia as lágrimas surgindo em seus olhos. Ele nunca sabia ao certo se toda aquela miríade de sistemas que controlava tão bem com sua mente estava de fato funcionando como desejava. Sorrir, rir, bocejar, chorar, aquilo não era nada. Entretanto, para registrar verdadeiramente o que ele sentia dentro de seu próprio e verdadeiro coração invisível, bem, essa era outra questão.

– Você me conhece – disse ele a Pandora. As lágrimas estavam de fato surgindo em seus olhos. – Ah, como eu a amei.

Ela estava sentada na cadeira estilo pavão como uma rainha em um trono, os olhos levantados para ele, o capuz de uma suave seda preta produzindo uma moldura escura ao redor do rosto radiante.

— Foi há muito, muito tempo atrás — disse ele —, no litoral do sul da Itália, e um grande homem, um grande acadêmico daqueles tempos, morreu naquela noite em um belo monastério que ele construíra chamado Vivarium. Você se lembra dessas coisas? Você se lembra do Vivarium? O nome dele era Cassiodorus, e o mundo inteiro se lembra dele, se lembra de suas cartas, de seus livros e muito certamente de quem ele era, o acadêmico que ele era naqueles dias em que a escuridão fechava-se sobre a Itália. — A voz dele estava agora rouca de emoção. Ele conseguia ouvi-la mudando de tom, porém seguiu em frente, mirando o olhar plácido e imóvel de Pandora.

"E você me viu nessa época, um espírito sem corpo, que se levantou da colmeia na qual eu estivera repousando, estendido e enraizado através de milhares de tentáculos às abelhas, à energia delas, à sua vida coletiva e misteriosa. Você me viu soltar-me naquele momento e me viu adotar com todo o meu poder a lúdica figura de um homem de palha, um espantalho, uma coisa ridícula que vestia um casaco e calça de mendigo, com uma cabeça sem olhos e mãos sem dedos, e você me viu choramingar naquela forma, choramingar e prantear pelo grande Cassiodorus!"

Lágrimas vermelhas haviam surgido nos olhos dela. Ela havia escrito sobre aquilo não muito tempo atrás, mas será que naquele momento acreditava que ele fosse aquele que ela vira? Será que ela permaneceria em silêncio?

— Sei que você se lembra das palavras que falou para mim. Você foi muito corajosa, muito mesmo. Você não fugiu de algo que não conseguia entender. Você não deu as costas, enojada, para algo que não era natural nem mesmo para você. Você manteve-se firme e falou comigo.

Pandora assentiu. Ela repetiu as palavras que dissera a ele naquela noite.

— Se você deseja ter uma vida encarnada, uma vida humana, uma vida dura que pode se mover através do tempo e do espaço, então lute por isso. Se você deseja ter a filosofia humana, então lute e torne-se sábio, para que nada jamais possa lhe fazer mal algum. Sabedoria é força. Recomponha-se, seja lá o que você for, em algo com um propósito.

— Sim — sussurrou Gremt. — E você disse mais: "Porém saiba disso: se você deseja se tornar um ser organizado como aquele que vê em mim, ame todos os homens, todas as mulheres e todos os filhos e filhas deles.

Não adquira sua força através do sangue! Não se alimente do sofrimento. Não se erga como um deus sobre as multidões que cantam em adoração. Não minta."

Ela assentiu.

– Sim. – Um sorriso gentil irrompeu no rosto de Pandora. Ela não estava em falta com ele naquele momento. E se abria para ele. Naquele momento, ele via nela a sensibilidade e a compaixão que enxergara tantos anos atrás. E ele havia esperado tanto tempo por isso! Queria se aproximar dela, abraçá-la, porém não ousava fazê-lo.

– Segui seu conselho. – Ele então sabia que as lágrimas escorriam de seus olhos, embora aquilo jamais houvesse ocorrido antes. – Sempre segui. Eu construí a Talamasca para você, Pandora, e para todos os da sua espécie e para toda a humanidade. E eu a modelei da melhor forma com base em todos os monges e acadêmicos daquele velho e belo monsatério, o Vivarium, do qual não resta mais nem uma pedra sequer. Eu o construí *in memoriam* àquele corajoso Cassiodorus que estudou e molhou sua pena para escrever até o fim, com tanta força e devoção, mesmo enquanto o mundo escurecia ao redor dele.

Pandora suspirou. Ela estava impressionada. E seu sorriso se iluminou.

– E assim foi desde então?

– Sim, desde o momento em que a Talamasca nasceu. Desde aquele encontro.

Arjun olhava para ele completamente embevecido.

Pandora se levantou da mesa.

Ela contornou-a e foi na direção de Gremt. O quanto parecia amável e ávida, o quanto parecia sincera e destemida. Não sentia mais tanto medo dele quanto sentira centenas de anos antes.

Ele, porém, estava consumido, perigosamente consumido – mais consumido por aquele encontro do que jamais poderia ter imaginado –, e não conseguia suportar a doçura, a alegria, de tê-la em seus braços.

– Perdoe-me – sussurrou ele, que enxugou tolamente as lágrimas em seu rosto.

– Fale conosco, fique aqui conosco – disse ela em tom de súplica. E Arjun repetiu o convite.

Gremt, entretanto, fez a única coisa que podia com sua força evanescente. Ele se afastou com rapidez, deixando o jardim atrás dele e as luzes do bangalô perdidas na floresta de bambu e mangueiras.

Ela poderia tê-lo perseguido. Se realmente tentasse fazê-lo, ele não teria chance alguma além de desaparecer, e isso não queria fazer. Queria permanecer naquele corpo o máximo que pudesse. Essa era sempre a escolha dele.

Pandora, porém, não o perseguiu. Ela aceitou a saída dele. E ele sabia que logo voltaria a vê-la. Logo voltaria a ver todos eles. E contaria tudo para ela e todos os outros.

Gremt seguiu a estrada por um longo tempo, reconquistando aos poucos sua energia, seu corpo enrijecendo mais uma vez, sua pulsação tornando-se estável; as lágrimas desapareceram e sua visão se tornou clara.

Vez ou outra, quando um carro passava por ele, os faróis o tiravam da escuridão, deixando-o mais uma vez em silêncio.

Então ele contara para ela. Confiara o grande segredo da Talamasca a ela em primeiro lugar, antes de todos os outros, e logo ele tornaria isso conhecido de toda a tribo de bebedores de sangue.

Jamais àqueles membros mortais da Talamasca que lutavam, como sempre lutaram, para continuar seus estudos. Não, eles seriam deixados em paz para continuar com as fábulas sobre as origens da Ordem.

Entretanto, ele contaria isso a todos *eles*, aos grandes seres sobrenaturais que a Talamasca estudara desde o seu início.

E quem sabe eles entendessem como ela entendera, e quem sabe aceitassem como ela aceitara. E quem sabe eles não lhe recusassem aqueles momentos de conexão de que ele tanto necessitava.

Seja lá qual for o caso, já estava na hora, não estava?, de ajudá-los diretamente, de alcançá-los, de dar a eles o que ele podia enquanto confrontavam o maior desafio de sua história. Quem melhor para ajudá-los a decifrar o mistério da Voz do que Gremt Stryker Knollys?

12

Lestat

As selvas da Amazônia

David me atraiu. O esperto David. Ele ligou para a linha de Benji, em Nova York, batendo papo com ele sobre a crise durante a transmissão. Em momento algum ele disse seu nome. Nem precisava. Benji conhecia e eu conhecia, e provavelmente vários outros bebedores de sangue conheciam aquela culta voz britânica.

Seguidamente, David alertava os jovens para que ficassem longe das cidades, para que fossem para o interior. Ele alertava os velhos que talvez pudessem estar ouvindo alguns comandos anônimos para destruir outros: Não ouçam. Benji continuava concordando. Sem parar, David dizia: Fiquem afastados de cidades como Lyon, Berlim, Florença, Avignon, Milão, Avignon, Roma ou Avignon... e assim por diante à medida que ele nomeava cidade após cidade, sempre lançando Avignon, e dizendo que tinha certeza de que o grande herói, Lestat, não era o culpado por tudo aquilo. Ele apostaria sua vida eterna em honra de Lestat; da lealdade de Lestat para com os outros; no senso de bondade inato de Lestat. Ora, ele, David, gostaria muito de ter a autoridade do papa de modo que pudesse se postar no pátio do arruinado Palácio Papal em Avignon e declarar para o mundo inteiro que Lestat não era o culpado por trás daquelas Queimadas!

Caí na gargalhada.

Eu estava escutando na sala de visitas do *château* de meu pai, a menos de quatrocentos quilômetros da cidadezinha de Avignon. Jamais houve vampiro algum em Avignon! E tampouco uma Queimada.

Todas as noites eu escutava Benji. Eu estava doente de preocupação por aqueles que estavam morrendo. Nem todos eram novatos e bastardos.

Muitas das Crianças da Escuridão de trezentos e quatrocentos anos estavam sendo chacinadas. Talvez algumas daquelas que eu havia conhecido e amado em minha longa jornada tivessem sido chacinadas, perdidas para mim e para todos eternamente. Quando Akasha empreendera sua carnificina, sua grande Queimada, ela poupara aqueles conectados a mim, como um favor, porém essa nova Queimada parecia infinitamente mais terrível, realizada mais ao acaso. E eu não podia adivinhar, não muito mais do que qualquer outra pessoa, quem ou que estava por trás da devastação.

Onde estava a minha adorada Gabrielle? E quanto tempo demoraria até que essa coisa atacasse a casa de Armand e Louis em Nova York? Eu me perguntava: quem quer que fosse ou o que quer que fosse, por acaso, gostava de escutar as transmissões de Benji? Gostava de ouvir acerca de toda a miséria que estava criando?

– O que você acha, Voz? – perguntei.

Nenhuma resposta.

A Voz me deixara há muito, não deixara? A Voz estava por trás de tudo aquilo. Todos sabiam disso agora, não sabiam? A Voz estava despertando os motores do assassínio de seu longo sono, instando-os a usar poderes que talvez jamais soubessem que possuíam.

– Esses antigos estão sendo despertados pela Voz – disse David. – Agora não há a menor dúvida quanto a isso. Testemunhas viram esses antigos no local do massacre. Frequentemente se trata de uma figura maltrapilha, às vezes de um espectro hediondo. Certamente é a Voz despertando essas pessoas. Por acaso muitos de nós não a estamos escutando?

– Quem é a Voz? – demandava Benji seguidamente. – Quais de vocês por aí ouviram a Voz? Liguem para nós, falem conosco.

David desligou. Os novatos sobreviventes estavam tomando conta das ondas de rádio.

Benji tinha então vinte linhas telefônicas para receber as ligações. Quem era o provedor dessas linhas? Eu não sabia o bastante sobre estações de rádio, telefones, monitores e todo o resto para entender como aquilo funcionava. Entretanto, nenhuma voz mortal jamais fora transmitida por Benji, por nenhuma razão específica, e, às vezes, algum bebedor de sangue triste e arrasado ocupava uma das linhas e levava uma hora desenovelando uma história de desespero. Será que outras ligações ficavam na espera?

Seja lá qual fosse o caso, eu precisava chegar em Avignon. David queria que eu me encontrasse com ele em Avignon, no velho e arruinado Palácio Papal, isso estava bem claro.

Benji agora se dirigia à Voz:

– Ligue para cá, Voz – ele dizia naquele jeito jovial e confiante dele. – Conte-nos o que você quer. Por que você está tentando nos destruir?

Olhei ao redor das minhas gloriosas escavações na montanha. Como eu trabalhara para reivindicar aquela terra de meu pai, como eu trabalhara para restaurar completamente esse *château* – e, mais tarde, com as minhas próprias mãos eu escavara salas secretas sob ele. Como eu amava aquelas velhas câmaras de pedra nas quais eu crescera, agora transformadas com todo tipo de amenidade agradável, e a vista daquelas janelas para as montanhas e os campos onde eu caçava quando era criança. Por que, por que eu tinha de me afastar de tudo aquilo para me engajar em uma batalha da qual eu não queria participar?

Bem, eu não iria revelar esse lugar a David ou a qualquer outra pessoa, por falar nisso. Se eles não tinham tido a ideia de procurar por mim no Château de Lioncourt na Auvergne, isso era um infortúnio da parte deles! Afinal de contas, o lugar encontrava-se em todos os mapas.

Vesti o meu paletó de veludo vermelho favorito, calcei minhas botas pretas e coloquei meus costumeiros óculos escuros e fui direto para Avignon.

Adorável cidadezinha, Avignon, com sinuosas ruas de paralelepípedos, inúmeros cafés e aquelas velhas ruínas caindo aos pedaços onde no passado os pontífices católicos haviam reinado em esplendor.

E David estava esperando por mim, com toda a certeza, junto com Jesse, rondando a velha ruína. Não havia nenhum outro bebedor de sangue na cidade.

Desci diretamente ao escuro pátio gramado cercado de muralhas. Nenhum olho mortal para testemunhar aquilo. Apenas as escuras e vazias arcadas depredadas no claustro de pedra mirando como se fossem muitos olhos pretos.

– Príncipe Moleque. – David levantou-se da grama e me abraçou. – Vejo que você está em ótima forma.

– É isso aí, é isso aí – murmurei. Mesmo assim, era muito bom vê-lo novamente, ver ambos. Jesse estava encostada no velho muro de pedra decrépito, enrolada num pesado cachecol cinza.

– Nós temos mesmo de ficar aqui nesse lugar desolador, sob a sombra de toda essa história? – eu disse, irritado, embora não estivesse sendo sincero. Para mim estava ótimo, aquela fria noite de setembro com o profundo inverno já no ar. Eu estava constrangedoramente contente por eles terem me forçado a participar daquele encontro.

— É claro que não, Sua Alteza Real — disse David. — Tem um hotelzinho muito bom em Lyon, o Villa Florentine, bem perto daqui. — Ele diz isso para mim? Eu nasci aqui! — E nós temos quartos confortáveis lá. — Parecia uma boa ideia.

Em quize minutos nós fizemos a pequena viagem e entramos na suíte de carpete vermelho pelas portas do pátio e nos instalamos com conforto no salão. O hotel ficava acima da cidade, no topo de uma colina com uma vista bonita, e eu gostava bastante dele.

Jesse parecia exausta e miseravelmente infeliz, vestindo uma jaqueta de couro marrom enrugada e rachada e calça, seu suéter de lã cinza chegando até seu queixo, o cachecol cobria sua boca, os cabelos exibiam o costumeiro véu brilhante de ondas acobreadas. David estava com seu paletó cinza de lã penteada, colete de camurça e uma gravata de seda vistosa — tudo feito sob medida, muito provavelmente. Ele estava com um tom e uma expressão bem mais brilhantes do que Jesse, porém eu estava ciente da gravidade da situação.

— Benji não sabe nem da metade. — As palavras simplesmente escaparam de Jesse. — E eu não sei o que posso contar para ele ou para qualquer outra pessoa. — Ela estava sentada aos pés da cama, as mãos juntas entre os joelhos. — Maharet baniu a mim e Thorne para sempre. Para sempre. — Ela começou a chorar, mas não parou de falar.

Ela explicou que Thorne estava indo e vindo desde a época em que Fareed lhe restaurara os olhos, e ele, o grande guerreiro viking, queria ficar com Maharet para defendê-la contra qualquer força que a ameaçasse.

Ele ouvira a Voz. E a ouvira na Suécia e na Noruega, instando-o a limpar a ralé, falando de um grande propósito. Ele achou fácil bloqueá-la.

— E você? — perguntei, olhando ora para Jesse, ora para David. — Algum de vocês ouviu a Voz?

Jesse balançou a cabeça em negativa, mas David assentiu.

— Mais ou menos um ano atrás, comecei a ouvi-la. As palavras mais interessantes que ela proferia eram, na verdade, perguntas. Ela perguntava se nós todos havíamos ou não sido enfraquecidos pela proliferação do poder.

— Notável — sussurrei. — Qual foi a sua resposta?

— Eu disse que não. Disse que eu continuava tão poderoso quanto sempre, talvez um pouco mais poderoso ultimamente.

– E ela falou mais alguma coisa?

– Ela falava quase sempre tolices. Metade das vezes eu nem tinha muita certeza se ela estava falando comigo. Enfim, ela podia estar se dirigindo a outra pessoa. Ela falava de um número ideal de bebedores de sangue, considerando a fonte de poder. Ela falava do poder como o Cerne Sagrado. Eu podia entender as entrelinhas. Ela vociferava que o domínio dos Mortos-Vivos estava agora enterrado na depravação e na loucura. Mas ela falava sem parar, sempre com essas ideias como foco, na maioria das vezes fazendo pouco ou nenhum sentido lógico ou sequencial. Ela inclusive começava a falar em outras línguas e, bem, cometia erros, erros de significado, de sintaxe. Era uma coisa bizarra.

Jesse o encarava como se tudo aquilo fosse uma surpresa para ela.

– Para falar a verdade – explicou David –, eu não tinha a menor ideia que aquilo era *a Voz*, como as pessoas estão chamando hoje em dia. Estou dando a vocês a versão destilada. A coisa era quase sempre bem incoerente. Eu pensava que se tratava de algum antigo. Enfim, isso acontece, é claro. Os antigos gritam as suas ideias uns para os outros. Eu achava cansativo. Acabava desligando.

– E você, Jesse?

– Eu nunca ouvi – sussurrou ela. – Acho que Thorne foi o primeiro a falar dela diretamente comigo ou com Maharet.

– E o que foi que ela disse?

– Ela baniu nós dois. Ela nos deu infusões do sangue dela. Ela insistiu nisso. E então disse que era para não voltarmos mais. Ela já havia banido David. – Jesse olhou de relance para ele e então prosseguiu: – Ela nos disse praticamente a mesma coisa que tinha dito para ele. Que já passara o tempo em que ela podia estender a hospitalidade por mais tempo a outros, que ela, Mekare e Khayman deviam agora ficar sozinhos...

– Khayman não estava lá nessa época – interveio David. – Não é mesmo?

Ela assentiu.

– Ele estava sumido havia uma semana, pelo menos. – Ela continuou a história. – Eu implorei a ela que me deixasse permanecer. Thorne caiu de joelhos. Mas ela estava irredutível. Ela então nos instou a ir, a não esperar por nada que fosse incômodo como os transportes regulares, mas a alçar voo e nos distanciar dela o máximo que pudéssemos. Eu fui pra Inglaterra imediatamente, para me encontrar com David. Acho que Thorne na verdade foi pra Nova York. Creio que muitos estão indo pra Nova York. Acho que ele foi se encontrar com Benji, Armand e Louis, mas não tenho certeza. Thorne ficou furioso. Ele ama demais Maharet. Porém ela o alertou a não tentar enganá-la. Ela disse que saberia se ele resolvesse ficar. Ela estava agitada. Mais agitada do que nunca. Ela insistiu a respeito de informações rotineiras sobre recursos, dinheiro, mas lembrei que ela já havia cuidado daquilo. Eu sabia como me virar por aqui.

– As infusões de sangue – eu disse –, o que você viu nessas infusões?

Aquela era uma pergunta altamente sensível de ser feita a um bebedor de sangue, principalmente para aquela bebedora de sangue que era descendente biológica de Maharet. Mas até mesmo os novatos veem imagens quando recebem o sangue de seus criadores; mesmo eles experimentam uma conexão telepática nesses momentos, conexão esta vetada em outras ocasiões. Eu permaneci firme.

O rosto dela suavizou. Ela estava triste, pensativa.

– Muitas coisas, como sempre. Porém, dessa vez havia imagens da montanha e do vale onde as gêmeas nasceram. Pelo menos eu acho que era isso o que estava vendo, eu as vi na velha aldeia e as vi quando estavam vivas.

– Então era isso o que estava na mente dela – eu disse. – Lembranças de seu passado humano.

– Acho que sim. – A voz de Jesse era quase um fio. – Havia outras imagens, colidindo, descendo como numa cascata, você sabe como é isso, mas toda hora, absolutamente toda hora, apareciam aqueles tempos muito antigos. Luz do sol. Luz do sol no vale...

David estava fazendo para mim um de seus pequenos gestos sutis indicando que eu me comportasse de modo gentil, que eu agisse com suavidade.

Entretanto, nós dois sabíamos que aquelas visões ou lembranças eram semelhantes àquelas que passam pelas mentes dos mortais no fim de suas vidas, suas primeiras lembranças felizes.

– Ela está na Amazônia, não está? – perguntei. – Bem nos confins da selva.

– Está – concordou Jesse. – Ela me proibiu de contar para quem quer que fosse, e eu agora estou traindo a confiança dela. Ela está em uma selva fora do mapa. A única tribo na área fugiu depois que chegamos lá.

– Estou indo para lá – informei. – Quero ver com meus próprios olhos o que está acontecendo. Se for para todos nós perecermos por causa dessa Voz, bom, nesse caso eu quero ouvir dela o que está acontecendo.

— Lestat, ela não sabe o que está acontecendo – advertiu Jesse. – É isso o que estou tentando dizer para você.

— Eu sei...

— Acho que tudo isso a repugna. Ela quer ficar sozinha. Acho que essa Voz pode estar levando-a a pensar em destruir a si própria e Mekare e, bem, todos nós.

— Eu não acho que a Voz quer que nós sejamos destruídos – eu disse.

— Mas *ela* pode estar pensando nisso. – O tom de Jesse era ríspido. – Estou apenas especulando – confessou ela. – Sei que ela está confusa, zangada, até mesmo amargurada, e isso vindo de Maharet, dentre todos os imortais. Maharet.

— Ela ainda é humana – disse David suavemente. Ele acariciou o braço de Jesse e beijou os cabelos dela. – Nós todos somos humanos independentemente de quantos anos estejamos assim.

Ele falou com a fácil autoridade de um velho acadêmico da Talamasca, mas eu realmente concordava com ele.

— Na minha opinião – ele continuou para Jesse com a mesma suavidade –, eu diria que ter encontrado a irmã, ter se reunido com a irmã, destruiu Maharet.

Jesse não ficou surpresa, nem mesmo abalada com aquelas palavras.

— Ela agora nunca deixa Mekare sozinha – disse Jesse. – E Khayman, bem, Khayman é um caso sem solução, fica vagando por semanas, às vezes, e depois retorna sem nenhuma lembrança de onde esteve.

— Bom, certamente ele não é a fonte da Voz – atestou David.

— Não, é claro que não – concordei. – Mas a Voz o está controlando. Isso não é óbvio? A Voz o está manipulando como vem fazendo todo esse tempo. Desconfio que a Voz começou esses massacres com ele; e então passou a recrutar outros. A Voz está trabalhando em inúmeras frentes de batalha, digamos. Mas Maharet e Khayman são próximos demais pra qualquer ponte telepática. Ela não pode saber. E ele obviamente não pode contar para ela. Ele não tem a perspicácia necessária para contar para ela ou para quem quer que seja.

Uma sensação fria e escura acometeu-me no sentido de que, independentemente de como tudo aquilo terminasse, Khayman, na condição de imortal desta terra, estava acabado. Ele não sobreviveria. E a perda dele me era pavorosa. A perda de tudo o que Khayman experimentara nestes milhares de anos de errância me era pavorosa, a perda das histórias que ele talvez pudesse contar sobre as batalhas iniciais da Primeira Cria, de suas últimas peregrinações como Benjamin, o Diabo, me era pavorosa. A perda do gentil e cordato Khayman, a quem eu conhecera brevemente me era pavorosa. Aquilo era doloroso demais. Quem mais não sobreviveria?

Jesse parecia estar lendo meus pensamentos. Ela assentiu.

– Infelizmente, acho que você tem razão.

– Bom, eu acho que sei o que está acontecendo – eu disse. – Vou para lá agora. Depois de vê-la, vou me encontrar com vocês em Manaus. Fica longe o bastante dela, não é?

David assentiu. Ele disse que conhecia uma pequena pousada charmosa no meio da selva, a mais ou menos cinquenta quilômetros de Manaus, situada no rio Acajatuba. Ah, cavalheiros britânicos, eles sempre sabem como entrar na selva com estilo. Eu sorri. Combinamos de nos encontrar lá.

– Você está preparado para fazer essa viagem hoje à noite? – perguntou ele.

– Com certeza. É na direção oeste. Nós vamos ganhar seis horas de escuridão. Vamos embora.

– Você se dá conta de que há perigo nisso tudo, certo? – perguntou David. – Você está indo contra o desejo expresso de Maharet.

– É claro – garanti. – Mas por que vocês dois vieram até mim? Por acaso vocês não esperavam que eu fizesse alguma coisa? Por que vocês dois estão olhando para mim desse jeito?

– Nós viemos para convencê-lo a ir conosco pra Nova York – explicou Jesse, tímida –, para convencê-lo a convocar uma reunião de todos os poderosos da tribo.

– Vocês não precisam de mim pra fazer isso – eu disse. – Façam vocês mesmos. Convoquem a reunião.

– Mas todos irão se *você* convocar a reunião – retrucou David.

– E quem são todos? Quero ver Maharet.

Eles estavam inquietos, cheios de dúvidas.

– Escutem, vão vocês dois antes de mim para a Amazônia, vão agora, eu me encontro com vocês mais tarde, essa noite mesmo. E se eu não estiver lá, se eu não me encontrar com vocês daqui a duas noites no hotel da selva perto do rio, bem, mandem rezar um réquiem em minha homenagem na Notre Dame de Paris.

Eu os deixei, sabendo que viajaria com muito mais rapidez e com uma altitude bem maior do que qualquer um dos dois, e também voltei ao meu *château* para apanhar meu machado.

Foi uma coisa bem tola eu querer o meu machadinho.

Também troquei as peças de veludo e renda elegantes que eu estava trajando e coloquei uma jaqueta de couro pesada e decente para a viagem. Eu devia ter cortado os cabelos para a selva, mas era vaidoso em excesso para fazer uma coisa dessas. Sansão nunca amou seus cabelos tanto quanto eu amo os meus. E então pus-me a caminho da Amazônia.

Cinco horas antes de amanhecer naquela grande região meridional, eu estava descendo na direção do interminável canal de escuridão profunda que era a floresta tropical amazonense com a listra prateada de rio percorrendo-a, sinuosa. Eu estava fazendo uma varredura em busca de pequenos pontos de luz, lampejos infinitesimais que nenhum olho mortal poderia jamais enxergar.

E então, esforçando-me ao máximo, eu desci, arrebentando as copas úmidas, descendo em meio a galhos e trepadeiras estalando e quebrando até aterrissar de um modo bastante estranho na densa escuridão de uma floresta de árvores antigas.

De imediato, fiquei aprisionado nas trepadeiras e nos galhos partidos da vegetação abaixo das árvores, porém fiquei em silêncio, escutando, agindo como uma fera em silêncio, à espreita.

O ar era úmido e fragrante, recheado com as vozes das criaturas rastejantes, chilreantes e vorazes por toda parte ao meu redor.

Mas eu também podia ouvir as vozes *deles*. Maharet e Khayman discutiam na língua antiga.

Caso houvesse uma trilha nas proximidades que conduzisse àquelas vozes, bem, eu jamais a encontrei.

Não ousei tentar abrir caminho com meu machado. Aquilo teria feito muito barulho e deixado a lâmina cega. Apenas segui em frente lentamente, a duras penas, por sobre raízes bulbosas e através de arbustos pontudos, prendendo a respiração, a pulsação, da melhor maneira possível com meus pensamentos.

Eu podia ouvir a voz baixa e soluçante de Maharet e os choramingos de Khayman.

– Você fez essas coisas? – ela perguntava. Maharet falava a língua antiga deles. Eu captei as imagens. Será que havia sido ele quem tacara fogo na casa na Bolívia? Será que ele fizera aquilo? E quanto à carnificina no Peru? Será que ele era responsável pelas outras Queimadas? Será que aquilo era trabalho dele? Tudo aquilo? Chegara a hora de ele contar a Maharet. Chegara a hora de ele ser honrado com ela.

Captei lampejos da mente dele, aberta como uma fruta madura angustiada: chamas, rostos atormentados, pessoas gritando. Ele encontrava-se em um paroxismo de culpa.

E veio à minha mente a imagem mal disfarçada de um vulcão que fervia e soltava fumaça, à beira da erupção. Um lampejo errante e tremeluzente.

Não.

Khayman implorava para que ela entendesse que ele não sabia o que fizera.

– Eu nunca matei Eric – disse ele. – Não pode ter sido eu. Não consigo me lembrar. Ele estava morto, acabado, quando encontrei o corpo dele.

Maharet não acreditava nele.

– Mate-me! – gemeu ele subitamente.

Fui me aproximando cada vez mais.

– Você matou Eric, não matou? Foi você quem fez isso!

Eric. Eric estava com Maharet há mais de vinte anos quando Akasha se levantou. Eric estivera na mesa do conselho conosco quando confrontamos Akasha e nos opusemos a ela. Eu nunca havia estado com Eric e nunca mais ouvi falar dele desde aquele episódio. Mael, eu sabia, perecera em Nova York, embora precisamente como eu não sabia ao certo. Ele ficara ao sol na escada da catedral de Saint Patrick, mas certamente isso não fora o suficiente para destruí-lo. Mas Eric? Eu não sabia.

– Está acabado – gritou Khayman. – Eu não vou continuar. Faça o que deve fazer comigo. Faça! – Ele gemia como alguém de luto. – A minha viagem neste mundo está acabada.

Vi novamente o vulcão.

Pacaya. Esse era o nome do vulcão. A imagem estava vindo dela, não dele. Khayman nem tinha como saber o que ela estava pensando.

Continuei me movendo pela selva tão lenta e silenciosamente quanto me era possível. Entretanto, eles estavam tão imersos naquela agonizante discussão que nem repararam.

Por fim, cheguei à grade de aço de uma grande área cercada. Parcamente através da densa folhagem verde eu conseguia ver os dois dentro de uma cavernosa sala iluminada – Maharet abraçada a Khayman, Khayman com o rosto nas mãos. Maharet chorava, emitindo um profundo e excruciante som feminino semelhante ao de uma menina gritando.

Ela se afastou e enxugou os olhos com as costas das mãos como talvez uma criança fizesse. Em seguida, levantou os olhos.

Ela me vira.

– Saia daqui, Lestat – disse ela em uma voz nítida que abarcava a vasta área cercada. – Vá embora. Não é seguro para você aqui.

– Eu não faria mal nenhum a ele – disse Khayman com um grunhido. – Eu jamais faria mal algum a ele ou a qualquer um por vontade própria. – Ele espiava através da folhagem, tentando me ver. Acho que ele estava, na verdade, se dirigindo a mim.

– Maharet, preciso falar com você – eu disse. – Não quero sair daqui sem falar com você.

Silêncio.

– Você sabe como estão as coisas, Maharet. Preciso falar com você por mim mesmo e pelos outros. Por favor, deixe-me entrar.

– Eu não quero nenhum de vocês aqui! – gritou ela. – Você está entendendo? Por que você está me desafiando?

Subitamente, uma força invadiu a área cercada, arrancando raízes, despedaçando folhas, e então, empenando a grade de aço diante dela, a força me empurrou para trás, pedaços e fragmentos da grade voaram para todos os lados em agulhas prateadas.

Era o Dom da Mente.

Lutei contra ela com todas as minhas forças, mas meu poder não era suficiente para enfrentá-la. Ela me arremessou a centenas de metros, fazendo com que eu me chocasse com um emaranhado de plantas atrás do outro até finalmente cair de encontro ao amplo tronco avermelhado de uma imensa árvore. Fiquei esparramado sobre suas monstruosas raízes.

Eu devia estar há mais ou menos um quilômetro do local onde me encontrava antes. Nem mesmo conseguia ver a luz da área cercada. Não conseguia ouvir coisa alguma.

Tentei me levantar, mas a vegetação rasteira era densa demais para se fazer qualquer coisa que não fosse se esgueirar ou escalar na direção de uma clareira na selva que circundava um tênue laguinho sinuoso. Uma grande vegetação escumosa cobria grande parte da superfície, mas aqui e ali a água refletia a luz do céu como um brilhante vidro prateado.

Eu tinha a impressão de que mãos humanas ou mãos imortais haviam trabalhado ali, dispondo uma borda de pedras úmidas e escavadas ao longo das margens.

Os insetos chilreavam e assobiavam em meus ouvidos ainda que se mantendo afastados de mim. Eu estava com um corte no rosto, mas já estava sarando, é claro. Eles mergulhavam no sangue como se fossem bombardeiros, porém logo em seguida davam uma guinada, naturalmente enojados.

Eu me sentei no maior penedo que encontrei e tentei pensar no que fazer. Ela não iria permitir que eu entrasse, não havia dúvida quanto a isso. Mas o que eu acabara de ver? O que significava aquilo?

Fechei os olhos e escutei, mas tudo o que eu ouvia eram as vozes daquela selva rapinante e devoradora.

Senti uma pressão suave de algo vivo nas minhas costas. Fiquei instantaneamente alerta. Havia uma mão em meu ombro. Uma nuvem do mais doce perfume envelopou-me, com toques de ervas verdes, flores e frutas cítricas bastante fortes. Uma vaga sensação de felicidade acometeu-me, mas esse sentimento não se originava de mim. Eu sabia que era absolutamente inútil lutar contra aquela mão.

Lentamente, me virei e olhei para os longos dedos brancos, e em seguida para o rosto de Mekare.

Os olhos azul-claros eram inocentes e sonhadores, a carne de alabastro resplandecendo intensamente no escuro. Nenhuma expressão, na verdade, mas uma sugestão de sonolência, de langor e de doçura. *Nenhum perigo.*

Apenas o mais tênue brilho telepático: minha imagem, minha imagem em um daqueles vídeos de rock que eu fizera anos atrás – dançando e cantando, e cantando sobre nós. As imagens sumiram.

Procurei por uma fagulha de intelecto, mas aquele era como o rosto agradável de algum pobre mortal louco cuja maior parte do cérebro havia sido destruída há muito tempo. Parecia que a inocência e a curiosidade eram artefatos de carne e de reflexo mais do qualquer outra coisa. A boca de Mekare era do tom de rosa perfeito de uma concha do mar. Ela usava um vestido longo da mesma cor com adornos em ouro. Diamantes e ametistas cintilavam espetacularmente costurados nas bordas.

– Belo – sussurrei. – Um lindo trabalho.

Eu estava tão à beira do pânico quanto estivera muito tempo atrás, mas então, como sempre acontece, como sempre acontece quando estou com medo, quando alguma coisa está me deixando com medo, fiquei com raiva.

Permaneci bem imóvel. Ela parecia estar me estudando de um modo quase sonhador, mas não estava. Até onde eu sabia, ela era cega.

– É você? – Lutei para dizer aquilo na língua antiga, buscando na memória o pouco do que eu sabia dela. – Mekare, é você?

Um grande orgulho deve ter se avolumado em mim, uma ridícula arrogância de pensar subitamente com uma feroz soberba que eu poderia alcançar aquela criatura quando todos os outros haviam fracassado, que eu poderia tocar a superfície da mente dela e acelerá-la.

Desesperadamente, eu quis ver aquela minha imagem mais uma vez, dos vídeos de rock. Aquela ou qualquer imagem, mas não havia nada. Evoquei a imagem. Eu me lembrava daquelas canções e de cânticos de nossas origens, em uma esperança doentia de que aquilo tivesse algum significado para ela.

Porém bastava uma palavra errada e imagine o que ela poderia vir a fazer. Ela poderia esmagar o meu crânio com ambas as mãos. Ela poderia me explodir com um fogo obliterante. Mas eu não podia pensar nisso ou imaginar isso.

– Bela – repeti.

Nenhuma mudança. Detectei um zumbido baixinho vindo dela. Nós não precisamos de nossas línguas para emitir zumbidos? Era quase um ronronar como o que talvez escapasse da boca de um gato, e subitamente os olhos dela estavam tão perdidos e desprovidos de consciência quanto os de uma estátua.

– Por que você está fazendo isso? – perguntei. – Por que matar todos aqueles jovens, todos aqueles pobres jovenzinhos?

Sem nenhuma fagulha de reconhecimento ou resposta, ela avançou e me deu um beijo, ela me deu um beijo no lado direito do rosto com aqueles lábios rosas cor de concha, aqueles lábios frios. Levantei uma das mãos lentamente e deixei os dedos se moverem em direção ao volume suave de seus cabelos ruivos e ondulados.

Toquei a cabeça dela com muita delicadeza.

– Mekare, confie em mim – sussurrei naquela língua antiga.

Um tumulto de sons explodiu atrás de mim, novamente alguma força que arrebentava em meio à floresta que era quase impenetrável. O ar encheu-se de uma chuva de pequeninas folhas verdes que se desprendiam dos galhos. Eu as vi cair sobre a viscosa superfície da água.

Maharet encontrava-se ali à minha esquerda ajudando Mekare a se levantar, emitindo suaves e delicados sons cantarolantes enquanto fazia isso, seus dedos acariciando o rosto de Mekare.

Eu também me levantei.

– Saia daqui agora, Lestat – ordenou Maharet –, e não volte. E não incite ninguém a jamais vir aqui!

Seu rosto pálido estava manchado de sangue. Havia sangue em sua bata de seda verde-clara, sangue em seus cabelos, todo aquele sangue era proveniente de um choro. Lágrimas de sangue. Lábios vermelho-sangue.

Mekare estava parada ao lado dela olhando fixamente para mim sem demonstrar nenhuma emoção, olhos que vagavam pelas palmeiras, o emaranhado de galhos que fechava o céu, como se estivesse escutando os pássaros ou os insetos e nada do que era dito ali.

– Muito bem – eu disse. – Vim ajudar. Vim compreender o que me fosse possível.

– Não diga mais nada! Sei por que você veio – retrucou ela. – Você precisa partir. Eu compreendo. Eu teria feito a mesma coisa se fosse você. Mas você precisa dizer aos outros que jamais voltem a nos procurar. Jamais. Você acha que eu poderia algum dia tentar fazer mal a você, a você ou a qualquer um dos outros? A minha irmã jamais faria isso. Ela jamais faria mal a ninguém. Vá embora agora.

– E quanto a Pacaya, o vulcão? – perguntei. – Você não pode fazer isso, Maharet. Vocês não podem entrar no vulcão, você e Mekare. Vocês não podem fazer isso conosco.

– Eu sei! – A voz dela era quase um rosnado. Um terrível e profundo rosnado de angústia.

Um rosnado profundo saiu também de Mekare, um horrendo rosnado. Era como se a única voz dela estivesse em seu peito, e ela se virou subitamente para a irmã, levantando as mãos, porém apenas um pouco, e deixando-as cair como se não conseguisse realmente fazê-las funcionar.

– Deixe-me falar com você – implorei.

Khayman estava vindo na nossa direção, e Mekare se afastou bruscamente, moveu-se na direção dele e encostou em seu peito, ele a abraçou. Maharet olhou fixamente para mim. Ela balançou a cabeça, gemendo como se seus pensamentos febris tivessem uma canção própria para expressar.

Antes que eu pudesse falar outra vez, uma forte explosão de ar quente atingiu o meu rosto e o meu tórax, cegando-me. Pensei que se tratava do

Dom do Fogo, e ela estava transformando imediatamente suas próprias palavras em deboche.

Bem, Príncipe Moleque, pensei, você fez a sua aposta, você perdeu! E agora você morre. Aqui está o seu Pacaya pessoal.

Mas eu estava simplesmente voando mais uma vez para trás em meio às samambaias, arrebentando-me de encontro aos troncos das árvores e através de galhos e frondes molhadas que estalavam e se partiam. Eu me contorci e me virei com todo o poder de que dispunha, tentando escapar daquela coisa, tentando fugir por um lado ou pelo outro, mas a coisa estava me empurrando para trás com tal velocidade que eu me flagrei em total desamparo.

Finalmente fui arremessado em direção a um local gramado, mais ou menos como se fosse um círculo aberto e coberto de grama, e senti-me incapaz de me mover por um momento, meu corpo todo doía. Minhas mãos e meu rosto estavam seriamente cortados. Meus olhos ardiam. Eu estava coberto de terra e de folhas partidas. Consegui ficar de joelhos e, em seguida, de pé.

O céu acima era de um tom profundamente azul e radiante com a selva ascendendo ao meu redor como se fosse engoli-lo. Eu podia ver restos de algumas cabanas, podia ver que aquilo havia sido no passado uma aldeia, porém naquele momento não passava de ruínas. Levei um momento para ganhar fôlego, para esfregar o rosto com o lenço e limpar o sangue dos cortes em minhas mãos. Minha cabeça latejava.

Meia hora depois alcancei o hotel às margens do rio.

Encontrei David e Jesse acomodados em uma deliciosa suíte tropical, tudo muito civilizado e charmoso com cortinas brancas e mosquiteiro sobre a cama de ferro branca. Velas queimavam em todos os quartos, nos jardins muito bem cuidados e ao redor de uma pequena piscina. Tanto luxo à beira do caos.

Eu me despi completamente e entrei na piscina limpa e fresca.

David estava parado nas proximidades com uma pilha de toalhas brancas.

Quando voltei a ser eu mesmo, da melhor forma que podia ser, com aquelas roupas sujas de terra e rasgadas, entrei com ele na aconchegante sala da suíte.

Relatei o que havia visto.

– Khayman está nas garras da Voz, isso é muito claro. Se Maharet sabe disso ou não, eu não faço ideia. Mas Mekare não me deu nenhum indício de que poderia representar uma ameaça, nenhum indício de ter uma mente, de ter astúcia ou de...

— Ou de quê? — perguntou Jesse.

— Nenhum indício de que a Voz originava-se nela — completei.

— E como a Voz poderia se originar nela?

— Você só pode estar brincando, é claro — eu disse.

— Não, não estou.

Em um tom de voz baixo e confidencial, contei a eles tudo o que sabia sobre a Voz.

Contei a eles como ela vinha falando comigo há anos, como ela falava de beleza e de amor, e como ela tentara me convencer uma vez a queimar e a destruir os indisciplinados em Paris. Contei a eles tudo sobre a Voz, até mesmo sobre seus joguinhos com o meu reflexo no espelho.

— Então você está dizendo que se trata de algum ser antigo e demoníaco — concluiu Jesse —, que está tentando tomar posse de bebedores de sangue, que ele tomou posse de Khayman e que Maharet sabe disso? — Os olhos dela estavam vítreos com lágrimas que lentamente se avolumavam e se transformavam em puro sangue. Ela tirou os cabelos cor de cobre da frente do rosto com a ponta dos dedos. Jesse parecia estar indescritivelmente triste.

— Bom, isso é uma maneira de colocar a coisa — eu disse. — Vocês realmente não têm nenhuma pista de quem pode ser essa Voz?

Perdi todo o gosto pela conversa. Eu tinha muitas coisas a pensar e precisava fazer isso rapidamente. Não contei a eles sobre a imagem do Pacaya na Guatemala. Por que eu deveria fazer aquilo? O que eles poderiam fazer a respeito? Maharet havia garantido que não nos faria mal algum.

Eu saí da sala, fazendo um gesto para que eles me deixassem ir, e fiquei parado naquele pequeno jardim tropical digno de sonhos. Eu podia ouvir uma cachoeira em algum lugar, quem sabe mais de uma, e aquele latejante motor que era a selva, aquele motor de tantas vozes.

— Quem é você, Voz? — perguntei em voz alta. — Por que você não conta para mim? Eu acho que já está na hora, você não acha?

Riso.

Um riso baixo e aquele mesmo timbre distintamente masculino. Bem dentro da minha cabeça.

— Como é o nome do jogo, Voz? Quantos vão ter de morrer antes de você parar com isso? E o que é que você realmente quer?

Nenhuma resposta. Entretanto, eu estava certo de que alguém me observava. Alguém estava na selva além do limite daquele jardim, além daquelas pequenas suítes com telhado de sapê dispostas em forma de ferradura, olhando fixamente para mim.

– Você pode ao menos imaginar o que eu estou sofrendo? – disse a Voz.
– Não. Conte-me.

Silêncio. Ela se fora. Eu podia sentir sua distinta ausência.

Esperei um longo tempo. Então voltei à pequena suíte. Eles estavam sentados juntos agora ao pé da cama que tinha alguma semelhança com um santuário com aquele mosquiteiro toda enfeitado. David abraçava Jesse, que pendia como uma flor murcha.

– Vamos fazer como Maharet está pedindo – eu disse. – Talvez ela tenha algum plano, algum plano que ela não ousa confidenciar a ninguém, e é uma dívida que nós temos com ela e com nós mesmos permitir que ela tenha tempo pra executá-lo. Preciso de um plano para mim mesmo. Esse não é o momento para eu agir de acordo com as minhas suspeitas.

– Mas quais são as suas suspeitas? – demandou Jesse. – Você não pode estar pensando que Mekare tem a astúcia necessária para fazer tudo isso...

– Não, não Mekare. Suspeito que Mekare esteja contendo a Voz.

– Mas como ela poderia fazer uma coisa dessas? – pressionou Jesse. – Ela é apenas a hospedeira do Cerne.

Não respondi. Eu estava maravilhado pelo fato de ela não haver adivinhado. E imaginava quantos outros não haviam de fato adivinhado. Ou será que todos por aí – Benji e todos aqueles que telefonavam para ele – estavam com medo de dizer o óbvio?

– Quero que você venha conosco para Nova York – disse David. – Espero que muitos outros já estejam lá.

– E se for exatamente isso o que a Voz deseja? – Suspirei. – E se ela está ficando cada vez mais desenvolta em controlar outros como Khayman e em alistá-los em seus pogroms? Nós todos nos reunimos em Nova York e a Voz leva uma coleção de monstros para nos destruir? Parece idiotice facilitar as coisas para a Voz.

Mas eu não disse nada daquilo com muita convicção.

– Então qual é o seu plano? – perguntou David.

– Eu já disse a vocês. Preciso de tempo para pensar no assunto.

– Mas quem é a Voz? – implorou Jesse.

– Querida – disse David numa voz baixa e reverente enquanto a abraçava. – A Voz é Amel, o espírito dentro de Mekare, e ele pode ouvir tudo que nós estamos dizendo uns aos outros neste exato momento.

Uma aparência de indescritível horror estampou-se no rosto dela e, então, houve um súbito colapso que a deixou profundamente quieta. Ela estava lá sentada mirando diante de si, os olhos estreitando-se e em seguida ampliando-se lentamente à medida que seus pensamentos se formavam.

– Mas o espírito está inconsciente – sussurrou ela, ponderando a frase, as suaves sobrancelhas douradas franzindo-se. – Ele está inconsciente há milênios. Os espíritos disseram: "Amel não mais existe."

– E o que são seis mil anos pra um espírito? – perguntei. – Ele recobrou a consciência e está falando. Ele está solitário, vingativo, confuso e totalmente incapaz, ao que parece, de obter seja lá o que ele queira.

Eu podia ver David estremecendo, podia ver sua mão direita levantando levemente e implorando para que eu rompesse a tensão que se instalou no ar, para que eu parasse de pressionar Jesse.

Fiquei absolutamente imóvel olhando para a noite, esperando, esperando a Voz falar, mas a Voz não falou.

– Sigam pra Nova York – eu disse. – Enquanto a coisa puder seduzir e controlar outros, nenhum lugar estará seguro. Quem sabe Seth e Fareed estejam se encaminhando para lá. Certamente eles sabem o que está acontecendo. Falem no rádio com Benji e chamem Seth. Deem um jeito de disfarçar suas intenções. Vocês são bons nisso. Liguem para todos os antigos que possam vir a ajudar. Se existirem antigos por aí que podem ser seduzidos a queimar, existem outros que podem ser seduzidos a lutar. E nós temos algum tempo, afinal de contas.

– Tempo? Você diz isso baseado em quê? – perguntou David.

– Eu acabei de explicar. A coisa ainda não descobriu uma maneira de conseguir o que ela quer. Ela pode ainda nem estar sabendo ao certo como articular suas próprias ambições, seus planos, seus desejos.

Eu os deixei lá.

Já era dia no continente europeu, mas eu não queria ficar naquele lugar selvagem, primitivo, devorador. O fato de não poder voltar para casa me deixou tremendamente furioso.

Fui para o norte em direção à Flórida e cheguei a um ótimo hotel antes do amanhecer. Escolhi uma suíte em um andar alto com uma sacada com vista para a doce e simpática Biscayne Bay e fiquei lá sentado, com os pés apoiados na sacada, amando a brisa suave e úmida e olhando para as imensas e fantasmagóricas nuvens do profundo céu de Miami e pensando em tudo que acontecera.

E se eu estivesse errado? E se não fosse Amel? Mas então eu me recordei daqueles primeiros murmúrios, "beleza... amor". A Voz estava tentando me dizer alguma coisa importante sobre si mesma e eu a havia dispensado. Eu estava sem paciência com seus disparates, com seus esforços desesperados. *Você não sabe o que sofro.*

— Eu estava errado — eu disse, observando aquelas gigantescas nuvens que mudavam e se dispersavam. — Eu devia ter prestado mais atenção ao que você estava tentando dizer. Eu devia ter conversado com você. Gostaria muito de ter conversado. É tarde demais para isso?

Silêncio.

— Você também tem a sua história — eu disse. — Foi cruel da minha parte não perceber isso. Foi cruel da minha parte não pensar em sua capacidade de sofrer.

Silêncio.

Eu me levantei e andei de um lado para outro no espesso tapete escuro. Em seguida, voltei à sacada e olhei para o céu que se iluminava. O nascer do sol. O incessante e implacável nascer do sol. Tão reconfortante ao mundo dos seres mortais, aos animais e às plantas que irrompiam do solo em todos os lugares e às árvores que suspiravam através de um bilhão de folhas. E tão mortífero para nós.

— Voz, eu sinto muito.

Vi o vulcão Pacaya novamente, aquela imagem que lampejara repetidamente em meio à mente de Maharet, aquela imagem ígnea. Eu vi, aterrorizado, ela carregar a irmã lá para cima, como um anjo com uma criança nos braços, até ela ficar no topo daquela horrenda boca de fogo escancarada.

Subitamente, senti a presença do outro.

— Não — disse a Voz —, não é tarde demais. Vamos conversar, você e eu. Quando chegar a hora.

— Então você tem um plano? Você não está simplesmente chacinando a sua prole.

— Prole? — Ele riu. — Imagine seus membros pendurados em correntes, seus dedos atados com pesos, seus pés conectados por mil raízes a outros. Prole, que se dane a prole.

O sol estava realmente nascendo. Nascia para a Voz também naquela selva. Se é que ele se encontrava naquela selva.

Fechei o quarto, puxei a cortina, fui para o espaçoso closet e me deitei para dormir, furioso por não ser capaz de voltar para casa até o inevitável pôr do sol.

Duas noites depois, ela alcançou Paris.

A Voz não falara uma palavra comigo nesse ínterim. E então ela alcançou Paris.

Quando cheguei lá, já estava acabado.

O pequeno hotel na Rue Saint-Jacques estava totalmente destruído pelas chamas e os bombeiros jogavam água nas ruínas escurecidas, a fumaça e o vapor subiam entre os estreitos edifícios intactos que ladeavam o hotel.

Não havia vozes no coração de Paris naquele momento. Aqueles que haviam escapado fugiram para o interior e imploravam para que os outros seguissem o exemplo.

Passei lentamente, indiscernível, pelos espectadores na calçada – apenas um jovem vistoso de óculos de sol com lentes violeta e um desgastado casaco de couro, com longos cabelos louros despenteados, carregando secretamente consigo um machado.

Mas eu tinha certeza de que ouvira uma súplica, mais forte do que muitas das outras, quando a Queimada havia começado, quando aqueles primeiros uivos vagaram para longe com o vento, uma mulher implorava em italiano para que eu viesse. Eu estava certo de que ouvira um soluçante rogo: "Eu sou Bianca Solderini."

Bem, se eu ouvira aquilo, naquele momento, perdurava o silêncio. O apelo sumira.

Fui andando, reparando nas manchas de graxa preta nas calçadas. Em um umbral, até o momento sem marca alguma, encontrava-se um volume preto e pegajoso de ossos queimados e pedaços de tecido deformados. Poderia ainda haver vida naquilo? Qual a idade daquela coisa? Seria aquela a bela e lendária Bianca Solderini?

Minha alma estremeceu. Dei alguns passos até me aproximar dos restos. Nenhum dos transeuntes reparou na minha presença. Toquei com a bota a massa fumegante de sangue e vísceras. Estava derretendo, os ossos perdiam a forma, a pequena pilha se liquefazia por inteiro sobre as pedras. Não podia haver nada com vida ali.

– Está orgulhosa de si mesma, Voz? – perguntei.

Entretanto, ela não estava lá. Não havia o menor sinal dele. Eu saberia se ele estivesse lá.

Ele não falara comigo novamente desde Miami, nem uma única palavra, apesar de todas as minhas súplicas, das minhas perguntas, das minhas longas confissões de respeito, interesse e imenso desejo de entender.

– Amel, Amel, fale comigo – eu chamara sem parar. Será que ele encontrara outros a quem amar, outros infinitamente mais maleáveis e úteis?

E indo mais ao ponto, o que eu faria? O que eu tinha a oferecer a todos aqueles que pareciam pensar, pelas razões mais tolas, que eu podia de alguma maneira resolver tudo aquilo?

Enquanto isso, irmandades e jovens haviam perecido. E então as Queimadas chegaram a Paris.

Por horas, procurei no Quartier Latin. Procurei por todo o centro de Paris, caminhei pelas margens do Sena e segui, como sempre fazia, para a Notre Dame. Nada. Nenhuma voz sobrenatural restava em Paris.

Todos aqueles *paparazzi* haviam sumido.

Era quase como naquelas antigas noites em que eu pensava ser o único vampiro no mundo e andava por aquelas ruas sozinho, ansiando pelas vozes de outros.

E durante todo aquele tempo, aqueles outros bebedores de sangue, aqueles malignos bebedores de sangue liderados por Armand, estavam escondidos sob o cemitério de Les Innocents.

Vi ossos em pilhas, crânios, ossos apodrecendo. Porém aquela não era uma imagem das velhas catacumbas daqueles Filhos de Satanás do século XVIII. Aquelas eram imagens das catacumbas sob a Paris dos dias de hoje, para onde todos os ossos do velho cemitério haviam sido levados muito tempo depois de os Filhos de Satanás terem sido dissolvidos em ruínas.

Catacumbas. Imagens de ossos. Ouvi uma bebedora de sangue chorando. Duas criaturas. E uma delas falando muito rapidamente em um sussurro baixo. Eu conhecia aquele timbre. Aquela era a voz que eu ouvira mais cedo naquela noite. Saí da Île de la Cité e dirigi-me às catacumbas.

Em um lampejo, captei a visão de duas mulheres que choravam juntas, a mais velha, uma esquelética monstruosidade branca com cabelos de assombração. Horrenda, como algo pintado por Goya. Então ela sumiu e não pude mais avistá-la.

– Bianca! – chamei. – Bianca!

Acelerei o passo. Eu sabia onde ficavam aqueles dois túneis, aqueles túneis feios e escuros sob a cidade, cujos muros são recheados de ossos em decomposição de parisienses mortos ao longo de muitos séculos. O público tinha acesso àquelas passagens subterrâneas. Eu conhecia a entrada do público. E estava correndo em direção à Place Denfert-Rochereau e havia quase alcançado o local quando uma estranha visão me deteve.

Era um lampejo brilhante na entrada do túnel, como se uma chama houvesse irrompido da entrada do ossário. O edifício de madeira escura com frontão triangular que protegia a entrada explodiu e desfez-se em pedaços com um barulho ensurdecedor.

Vi uma bebedora de sangue com longos cabelos louros, branca, imensamente poderosa, levantando-se do pavimento, e em seus braços duas outras figuras, ambas grudadas nela, uma com um braço branco e esquelético e cabelos de assombração enterrada no colo dela, a outra, de cabelos castanho-avermelhados, tremia e soluçava.

Para mim, para meus olhos, esse misterioso ser tornava mais lenta a ascenção dela, e nos encaramos por uma fração de segundo.

Eu o verei novamente, homem corajoso.

Em seguida ela se foi.

Senti uma rajada de ar contra meu rosto.

Eu estava sentado na calçada quando recobrei a consciência.

Sevraine.

Aquele era o nome impresso em minha mente. Sevraine. Entretanto, quem era essa Sevraine?

Eu ainda estava sentado lá, mirando a entrada do túnel, quando ouvi passos rápidos e vívidos se aproximando, alguém andava com firmeza, pisando com força e rápido.

– Levante-se, Lestat.

Eu me virei e olhei para o rosto de minha mãe.

Lá estava ela após todos aqueles anos em sua velha jaqueta de safári cáqui e jeans desbotados, os cabelos presos em uma trança sobre o ombro, o rosto pálido como uma máscara de porcelana.

– Vamos, levante-se! – ordenou ela. Aqueles frios olhos azuis brilhavam nas luzes da construção em chamas na entrada do túnel.

E naquele momento, à medida que amor e ressentimento digladiavam-se com uma fúria degradante, eu estava novamente em minha casa centenas de anos atrás, andando com ela naqueles frios campos estéreis, com ela me exortando naquela voz impaciente.

– Levante-se, Lestat. Vamos lá.

– O que você vai fazer se eu não me levantar? – rosnei. – Vai me dar um tapa?

E foi exatamente o que ela fez. Ela me deu um tapa.

– Levante-se, depressa. Leve-me para o glorioso abrigo que você criou pra si mesmo no velho castelo. Precisamos conversar. Amanhã à noite eu o levarei até Sevraine.

13

Marius

Reunião no litoral basileiro

Parecia que a Voz o acordava todas as noites dizendo para ele sair e limpar o país onde estava dos indisciplinados, que ele ficaria infinitamente mais contente se fizesse aquilo. A Voz o abordava com delicadeza.
– Conheço você, Marius. Eu o conheço muito bem. Sei que você ama seu companheiro, Daniel. Faça o que peço e ele jamais estará em perigo.
Marius ignorava a Voz com a mesma certeza que um padre talvez ignorasse a voz miúda de Satanás, matutando o tempo todo: "Como essa criatura entra em meu cérebro? Como ela consegue falar comigo de forma tão palpável e acolhedora como se nós fôssemos irmãos?"
– Eu sou você, Marius, e você é eu – dizia a Voz. – Escute o que digo.
Marius não permitia que Daniel se afastasse dele.
A bela casa de irmandade em Santa Teresa havia sido destruída pelo fogo. E se alguns dos jovens haviam sobrevivido no Rio de Janeiro, eles estavam em silêncio. Nada mais de gritos agudos, metálicos e penetrantes lá fora em busca de ajuda.
Andando juntos pela praia por volta da meia-noite, Daniel e Marius, lado a lado onde as ondas se quebravam, o vampiro mais velho escutava. Ele parecia um típico frequentador, usando cáqui, com as sandálias presas no cinto. E Daniel estava tranquilo de camisa polo e macacão, os tênis pisando com facilidade na areia dura.
Bem longe, vindas da selva ao norte, Marius ouvia vozes sobrenaturais, tênues, porém repletas de raiva. Maharet estava lá, ele sabia disso. Naquela selva amazônica. Ele reconheceu um leve padrão de fala, de erupção telepática que nem a grande Maharet era capaz de conter ou controlar.

Ele e Daniel tinham de sair do Brasil. Aquele não era mais um lugar seguro. Daniel disse que entendia. "Onde fores, eu irei", declarara ele. Marius ficava impressionado pelo fato de que Daniel parecia tão indiferente ao perigo, de que seu gosto por tudo o que via ao seu redor permanecia tão forte. Tendo sobrevivido à loucura, ele era agora sábio além de seus anos no Sangue, aceitando que uma nova crise chegara e que ele talvez pudesse sobreviver a essa nova provação como havia sobrevivido antes ao massacre de Akasha. Como ele mesmo colocara mais cedo naquela noite: "Eu Nasci para a Escuridão em meio a uma tempesdade."

Marius amava Daniel. Ele o salvara das consequências de uma tempestade e nunca, nem por um momento sequer, lamentara ter feito aquilo. Marius sabia que Daniel também o salvara do mesmo caos, tornando-se para ele alguém de que podia gostar, alguém que podia amar pessoalmente. Significava muitíssimo para Marius o fato de ele não estar andando na praia sozinho, de que Daniel caminhava ao lado dele.

A noite estava magnífica como frequentemente era na orla de Copacabana, as ondas prateadas batiam com fúria nas areias eternas. Havia poucos e distantes mortais que, por sua vez, estavam concentrados em si mesmos. A grande cidade do Rio de Janeiro jamais era silenciosa e havia sempre o zumbido do trânsito, das máquinas e das abundantes vozes mortais, misturadas à doce e incessante sinfonia das ondas.

Todas as coisas sob o céu contêm alguma bênção, e assim acontece com o ruído moderno quando se torna um delicado soar de uma cachoeira em nossos ouvidos, protegendo-nos de sons disparatados e pavorosos. Ah, mas o que é o céu senão um vácuo silencioso e indiferente através do qual o ruído triturante de explosões ecoa para sempre ou nem mesmo é de todo ouvido? E os homens antigamente falavam da música das esferas.

Mas nós somos abençoados por sermos seres diminutos neste universo. Somos abençoados por nos sentirmos importantes, por sermos maiores do que esses grãos de areia.

Alguma coisa intrometeu-se subitamente nos pensamentos de Marius.

Bem à frente, na escuridão, ele espiou uma solitária figura que vinha na direção deles. *Imortal. Poderoso. Filho dos Milênios.* Ele puxou Daniel para junto de si, abraçando-o como se ele fosse seu filho. Daniel também sentira a presença, quem sabe, inclusive ouvira o sutil batimento cardíaco.

Quem é você?

Ele não conseguiu captar nenhuma resposta. A figura vinha em um ritmo firme, um macho magro de ossos delicados que vestia um suave manto árabe até os tornozelos. O manto esvoaçava ao sabor do vento, que também despenteava seus cabelos curtos e brancos. O luar fazia deles uma auréola, e os passos vinham como os dos anciãos sempre vinham, com uma força medida, indiferente à suavidade do terreno.

Então é assim que a coisa vai acontecer? Será que a Voz havia seduzido aquele tosco instrumento para castigá-los com o fogo?

Não havia nada a fazer a não ser se mover com firmeza em direção à figura. Que benefícios uma fuga acarretaria? Com alguém tão velho, fugir talvez fosse impossível, pois olhos como aqueles podem seguir um corpo ascendente em todos os lugares quando não há nada mais para distraí-los.

Mais uma vez, Marius identificou-se silenciosamente, mas não houve resposta, nem a mais ínfima semelhança com um pensamento, uma atitude, uma emoção da parte do outro à medida que este lentamente surgia por inteiro.

Eles se aproximaram em silêncio, a areia esmagada sob os pés, o suspiro do vento, e, então, o ser de cabelos brancos estendeu uma das mãos. Dedos longos, quase aracnídeos.

— Marius — disse ele. — Meu amado, meu salvador de tanto tempo atrás, meu amigo.

— Eu conheço você? — perguntou Marius educadamente. Mesmo enquanto apertava a mão do vampiro, não descobrira nada a não ser o que o rosto agradável e franco refletia: amizade. Nenhum perigo.

Entretanto, ele era bem mais velho do que Marius, talvez atingindo os mil anos de idade. Os olhos eram pretos e a pele sem marcas, cor de âmbar, o que tornava seus cabelos brancos ainda mais notáveis, uma nuvem de luz branca ao redor da cabeça.

— Eu sou Teskhamen. E você, você foi aquele que me deu uma nova vida.

— Como foi que eu fiz isso? — perguntou Marius. — Quando e onde nós nos conhecemos?

— Venha, vamos achar um lugar tranquilo onde possamos conversar.

— Meu quarto? — sugeriu Marius.

— Se você desejar, ou o banco ali na calçada. Está uma noite calma aqui no calçadão. E o mar parece prata derretida aos meus olhos. A brisa está fragrante e reconfortante. Vamos para lá.

Eles percorreram a areia juntos, Daniel andando ligeiramente mais afastado como se essa fosse a atitude respeitosa que deveria tomar.

E quando Marius e Teskhamen se sentaram juntos, Daniel escolheu outro banco nas proximidades. Os três encaravam as ondas distantes, a espuma perolada em constante movimento. Para além da névoa, as estrelas ascendiam eternamente. As grandes montanhas e morros distantes eram puramente escuros.

Marius olhava ansioso para Daniel. Ele não queria separar-se do jovem nem por alguns metros.

— Não fique preocupado com ele agora — disse Teskhamen. — Nós somos mais do que adequados pra protegê-lo, e o que persegue os jovens bebedores de sangue esta noite está se deslocando para outras cidades. Os jovens deste lugar já foram exterminados. A coisa jogou uns contra os outros. Explorou as desconfianças de uns com os outros e seus temores crescentes. A coisa não ficou contente em apenas queimar a casa. Ela os perseguiu um a um.

— Então é assim que tem sido feito.

— Essa é uma maneira. Existem outras. A coisa se torna mais inteligente a cada noite.

— Eu vi isso — disse Marius. E ele tinha de fato visto imagens, imagens daquelas batalhas, imagens que gostaria muito de esquecer. — Mas, por favor, diga quem você é e o que deseja de mim. — Ele pronunciou aquelas palavras de forma educada, mas estava com um pouco de vergonha de si mesmo. Afinal de contas, aquele velho obviamente era amigável e munido de informações acerca do que estava acontecendo. Aquele velho queria ajudar.

— Deve haver uma reunião, e o lugar será Nova York. — Teskhamen deu um risinho. — Acho que Benji Mahmoud marcou o encontro nesse lugar com seus empreendimentos de transmissão, mas acontece que dois dos autores das Crônicas Vampirescas já estão lá, e estes são conhecidos de todo o mundo dos Mortos-Vivos.

— Não tenho nada contra nenhum local de encontro em particular — disse Marius. — E Benji não me é estranho. — Marius tornara Benji um vampiro, trouxera ele e sua companheira Sybelle e os dera para seu novato Armand, mas ele não via razão para revelar isso àquele estranho, um estranho que muito provavelmente já sabia disso de uma forma ou de outra, sobretudo um estranho cujos pensamentos ele não conseguia ouvir. Nem mesmo o mais tênue tremeluzir vinha a ele.

Mas ele captou subitamente uma emanação bastante forte de Daniel. *Foi ele quem fez você.*

Marius ficou visivelmente sobressaltado, olhando de relance primeiro para Daniel, que o encarava fixamente, sentado de lado no banco com uma perna sobre ele e os braços casualmente envolvendo os joelhos. Daniel estava claramente fascinado.

Marius olhou de volta para Teskhamen, aquele bebedor de sangue menor que olhava para ele com firmes olhos pretos.

– Quem me fez está morto – disse ele em voz alta, olhando novamente de relance para Daniel e então de volta a Teskhamen. – Ele morreu na mesma noite em que eu Nasci para a Escuridão. Isso foi há dois mil anos em uma floresta do norte da Europa. Esses eventos estão gravados na minha alma.

– E na minha – completou Teskhamen. – Entretanto, eu não morri naquela noite. E eu realmente fiz de você o que é hoje. Eu era o deus do sangue aprisionado naquele carvalho ao qual os druidas o levaram. Fui eu, aquela coisa enegrecida, arruinada e repleta de cicatrizes, quem deu a você o Sangue, e ordenei que você fugisse dos druidas, que você não permanecesse aprisionado no carvalho como um deus do sangue, mas que seguisse para o sul, para o Egito, por mais custoso que isso fosse, e visse o que havia acontecido com a Mãe e o Pai, e descobrisse por que nós havíamos sido, tantos de nós, horrivelmente queimados em nossos próprios santuários.

– Prisões, você quer dizer, não santuários – sussurrou Marius. Ele mirou à frente, o distante horizonte onde o mar escuro e ondulante encontrava-se com o céu prateado.

Seria aquilo possível?

As horrendas visões e os sons daquela noite voltaram a ele, a profunda floresta de carvalhos, seu próprio desamparo, na condição de prisioneiro dos druidas, ele fora arrastado na direção do santuário do deus no interior da árvore. E então aconteceram aqueles momentos estarrecedores quando o deus queimado e de cabelos brancos falou com ele e lhe explicou os poderes do Sangue que ele iria compartilhar.

– Mas eu os vi lançar seu corpo na pira depois disso – disse Marius. – Tentei salvá-lo, mas eu ainda não conhecia a minha própria força no Sangue. Vi você queimando. – Ele balançou a cabeça, olhando com seriedade para os olhos do ser. – Por que alguém tão velho e aparentemente tão sábio mentiria sobre essas coisas?

– Não estou mentindo para você – disse Teskhamen com delicadeza. – Você os viu tentando me imolar. Entretanto, eu tinha mil anos de idade naquela época, Marius, quem sabe mais. Tampouco eu conhecia a minha força. Porém, quando você fugiu como eu o instruíra, quando todos eles, até o último homem, correram atrás de você pela floresta, eu escapei daquelas toras ardentes.

Marius encarou Teskhamen, encarou os olhos escuros que o contemplavam, encarou a boca simples, porém delicada. Das sombras da memória emergiu aquela frágil figura enegrecida que se apegava a uma vida sombria e nada natural através da vontade.

Subitamente, Marius *soube*. Ele então sabia, sabia de incontáveis maneiras sutis. Sabia como eram as feições do ser, seu olhar escuro e imóvel. Sabia como era a cadência calma e quase melodiosa de sua fala e até mesmo a postura contida e quase diminuta com a qual ele estava ali sentado no banco.

E ele sabia por que não conseguia ouvir nada da mente daquele ser. Aquele era o criador. O criador sobrevivera.

O mais velho começou a sorrir para ele, sossegadamente sentado como estava com as mãos dispostas no colo. O suave *thawb* branco pendia agradavelmente ao redor de sua digna figura e ele parecia estar satisfeito pelo fato de Marius saber a verdade. Ele se tornara um imortal tão esplêndido, com sua pele lisa e trigueira e seus fartos cabelos brancos, mais belo do que qualquer outro que Marius jamais vira.

Alguma coisa acelerou-se em Marius, algo que ele não sentia há muito tempo. Havia uma certeza de bondade, talvez, que o acometia, algo como uma certeza de felicidade, da verdadeira possibilidade da vida conter momentos de exultação e glória. Ele jamais percebera aquela certeza por muito tempo em momento algum de sua vida e não esperava senti-la agora. Contudo, ele estava sendo subitamente acometido pela mais pura boa vontade de que tal coisa poderia ser possível, de que aquele ser, conhecido dele em uma intimidade fatal bem no início de sua sombria jornada, poderia de fato estar ali com ele agora.

No passado, apenas os jovens e os estranhos recebiam tal conforto. Nada de bom jamais o unira àqueles primeiros anos, nada acontecera para aquecer seu coração.

Ele queria falar, mas temia menosprezar seus sentimentos tentando expressá-los. Ficou sentado em silêncio, imaginando se seu rosto expressava a gratidão que ele sentia pelo fato de que aquele ser viera atrás dele.

— Eu sofri insuportavelmente — disse Teskhamen —, mas foi tudo o que você me revelou, Marius, que me deu a força para rastejar para longe daquela pira e ir em busca de esperança. Entenda, eu jamais havia conhecido um ser como você. Naquela horrível floresta do norte, eu jamais conhecera coisa alguma de seu mundo romano. Eu conhecia a antiga religião da Rainha Akasha. Eu havia sido o fiel deus do sangue dela. Eu conhecia o culto dos druidas que ecoavam os antigos cultos dos bebedores de sangue do Egito, e isso era tudo o que eu conhecia. Até aquela noite em que tomei você em meus braços para torná-lo o novo deus do sangue, e seu coração e sua alma derramaram-se no meu coração e na minha alma.

O sorriso desaparecera, e o rosto de Teskhamen se tornou reflexivo, suas sobrancelhas escuras franzidas, seus olhos estreitos ao mirar o mar espumoso à sua frente. Ele continuou falando:

— Por mil anos eu servi à Mãe, acreditei na antiga religião. Permanecia aprisionado até os adoradores trazerem os malfeitores; olhava o interior de seus corações em busca do certo e do errado e da verdade; e então executava-os pelos Fiéis da Floresta e bebia seu precioso sangue. Mil anos. E jamais sonhei com a vida que você levava, Marius. Eu tinha nascido como uma criança de aldeia, um menino de fazenda, e, ah, que honra, eles me diziam, que eu havia me tornado um jovem belo o bastante para ser oferecido à Mãe Secreta, à Rainha Que Reina Para Sempre, e de quem um menino pobre, um menino ignorante, não podia nem conceber a ideia de fugir.

Marius não queria dizer coisa alguma. Aquela era a voz que o apascentara a uma calma complacência tantos séculos atrás dentro daquele carvalho. Aquela era a voz que confessara segredos a ele que lhe haviam dado esperança de que talvez pudesse sobreviver àquela noite e levar uma outra vida. Ele queria apenas que Teskhamen prosseguisse.

— E então eu vi a sua vida — disse Teskhamen —, a sua vida, ardendo em imagens que você disponibilizava para mim. Vi a sua gloriosa casa em Roma, os magníficos templos diante dos quais você adorava seus deuses, com todas aquelas colunas puras e grandiosas, e deuses e deusas de mármore pintados em cores vivas tão esplendidamente produzidos, e todos aqueles cômodos coloridos nos quais você viveu, estudou, sonhou, riu, cantou e amou. Não era a riqueza, certamente você me entende. Não era o ouro. Não eram os mosaicos fulgurantes. Vi as suas bibliotecas, vi e ouvi seus companheiros sagazes e curiosos, vi o poder total e florescente de sua experiência, a vida de um romano culto, a vida que fizera de você o que era. Vi a *beleza* da Itália. Vi a beleza do amor carnal. Vi a beleza das ideias. Vi a beleza do mar.

Um choque perpassou Marius, porém ele permaneceu em silêncio.

Teskhamen fez uma pausa, olhos ainda fixos na arrebentação distante. Seus olhos retornaram a Marius. Ele olhou para além dele por um momento e sorriu para Daniel, que escutava como que extasiado.

– Eu nunca havia entendido completamente até aquele momento – prosseguiu Teskhamen –, que nós somos a soma de tudo o que vimos e de tudo o que apreciamos e compreendemos. Você era a soma da luz do sol sobre os pisos de mármore repletos de retratos de seres divinos que riam, amavam e bebiam da fruta da vinha assim como certamente era a soma dos poetas, historiadores e filósofos que você leu. Você era a soma e a fonte do que cultivou e escolheu aceitar e tudo o que amou.

Ele parou de falar.

Nada mudara na noite.

Atrás deles o esparso tráfego do início da manhã movia-se pela avenida Atlântica. E as vozes da cidade subiam e desciam sob a voz sussurrante do mar.

Marius, entretanto, estava mudado. Mudado para sempre.

– Diga-me o que aconteceu – pressionou Marius. A intimidade daquela troca de sangue no carvalho tanto tempo atrás tremeluzia em sua mente. – Para onde você foi? Como você sobreviveu?

Teskhamen assentiu com a cabeça. Ele ainda olhava para o mar.

– A floresta era densa naquela época. Você se lembra dela. Os modernos não têm ideia daquela antiga floresta, daquela vastidão selvagem de árvores antigas e jovens espalhando-se pela Europa, contra a qual toda aldeia e todo vilarejo ou cidade precisava lutar para sobreviver. Em direção ao interior desse mundo de madeira eu deslizei como uma lagartixa. Eu me alimentei dos animais da floresta. Eu me alimentei do que não conseguia fugir de mim mesmo quando eu não conseguia andar sem sentir dor, mesmo quando o sol me encontrava seguidamente em vazios úmidos e roubava ainda mais pedaços da minha pele porque eu não conseguia cavar fundo o suficiente com essas mãos para me proteger dele.

Ele olhou para os próprios dedos.

– Com o tempo – ele suspirou –, encontrei uma mulher em uma cabana de teto baixo, uma mulher astuta, uma curandeira, alguém semelhante ao que os homens chamam de bruxa ou feiticeira. Hesketh era o nome dela. Ela era prisioneira da hediondez assim como eu era.

"Mas eu implorei pela paciência dela. Ela não podia me destruir, e eu a fascinava, meu sofrimento tocou seu coração. Ah, isso foi tão notável para mim. Você não pode imaginar. O que eu sabia de compaixão, de misericórdia, de amor? Tinha pena de mim, e a curiosidade queimava dentro dela. Ela não me deixava sofrer. E um certo laço foi forjado antes que a linguagem pudesse expressar isso, ainda que da forma mais simples.

"Mesmo em meu estado enfraquecido, eu operava pequenos milagres para ela sem nenhum esforço, informava-lhe quando estranhos estavam se aproximando, vasculhava as mentes deles em busca das perguntas que essas pessoas estavam indo fazer a ela, em busca das maldições que eles queriam que ela lançasse sobre seus inimigos. Eu alertava sobre qualquer um que desejasse lhe fazer o mal. Sobrepujei com toda a facilidade um rapaz malévolo que pretendia assassiná-la e dele bebi minha cota diante dos olhos inquestionáveis dela. Eu lia seus pensamentos e encontrei poesia dentro dela, por baixo da infelicidade das verrugas e da pele bexiguenta, dos ombros arqueados e dos membros deformados. Eu a amava. E de fato ela se tornou, total e completamente, muito bela para mim. E ela passou a me amar de todo o coração."

Os olhos de Teskhamen se arregalaram como se ele estivesse maravilhando-se diante de tudo aquilo, até mesmo naquele momento.

— Foi na fornalha daquela mulher que descobri meus poderes adormecidos, como eu talvez fosse capaz de acender o fogo quando ele se apagasse, como eu poderia talvez fazer a água ferver. Eu a protegia. Ela me protegia. Nós tínhamos as almas um do outro. Nós nos amávamos em um domínio onde o natural e o sobrenatural não significavam nada. E eu a trouxe para o Sangue.

Ele se virou para olhar novamente para Marius.

— Agora, você sabe o crime que aquilo representava para a antiga religião, compartilhar o Sangue com alguém tão disforme. A velha religião morreu para mim com aquele ato de desafio e a nova religião nasceu.

Marius assentiu.

— Vivi com Hesketh por mais de seiscentos anos depois disso, reconquistando a minha força, convalescendo de corpo e alma. Nós caçávamos nos vilarejos do interior. Nós nos alimentávamos dos bandidos das estradas. Porém sua bela Itália, que tanto me inspirava, jamais seria minha a não ser nos livros que eu lia, nos manuscritos que eu roubava de monastérios, na poesia que eu compartilhava com Hesketh ao lado de nossa humilde lareira. Ainda assim nós éramos felizes e inteligentes. E, à medida que nossa ousadia crescia, penetrávamos nos toscos castelos e fortalezas de senhores do campo e até mesmo nas ruas de Paris em nossa ânsia de ver e aprender. Aquela não era uma época das piores.

"Mas você sabe como acontece com os jovens no Sangue e como eles podem ser tolos. E Hesketh era jovem e ainda deformada, e todo o sangue do mundo não podia socorrer a dor que ela conhecia quando mortais berravam assim que punham os olhos sobre suas feições."

– O que aconteceu?

– Nós discutimos. Brigamos. Ela saiu para realizar um ataque por conta própria. Eu esperei. Eu tinha certeza de que ela voltaria. Porém ela foi pega por mortais, uma turba que a sobrepujou, e eles a queimaram viva como os druidas haviam tentado fazer comigo. Encontrei os restos mortais dela depois do acontecido. Destruí o vilarejo, destruí tudo até o último homem, mulher e criança mortal. Mas Hesketh fora arrancada de mim, ou pelo menos era o que parecia.

– Você a ressuscitou.

– Não, isso não era possível. Algo infinitamente mais milagroso aconteceu, algo que daria à minha vida um novo significado daquele momento em diante. Deixe-me continuar: enterrei os restos dela perto de um vasto monastério arruinado, bem nos confins de uma floresta malcuidada, uma coleção de toscas construções feitas de pedras grosseiramente dispostas e toras mal cortadas onde monges haviam no passado estudado, trabalhado e vivido. Não havia mais nenhum campo cultivado ou vinhedos ao redor do local, pois a floresta tomara conta de tudo. Mas no cemitério tomado por ervas daninhas, eu encontrei um lugar para ela, pensando: "Ah, trata-se de um terreno consagrado. Quem sabe a alma dela descanse em paz aqui." Que superstição. Que sandice. Mas o tempo do pranto é sempre o tempo perfeito para sandices. E eu fiquei nas proximidades, no antigo *scriptorium* do monastério, em um canto imundo, embaixo de uma pilha de móveis velhos e podres que ninguém, por um motivo ou outro, havia tirado de lá. Todas as noites, ao me levantar, eu acendia mais uma vez a pequena lamparina de barro a óleo que eu colocara em seu túmulo sem inscrições.

"Era uma noite escura e miserável quando ela veio a mim. Eu chegara ao ponto em que a morte, sob todos os aspectos, parecia preferível a continuar. Todas aquelas esplêndidas possibilidades que eu vira em seu sangue passaram a não significar coisa alguma se Hesketh não estava ao meu lado, se ela não existia mais.

"E então Hesketh veio, a minha Hesketh. Ela veio ao antigo *scriptorium*. À luz de janelas arqueadas e quebradas, vi Hesketh, sólida como eu estou agora. E a pele bexiguenta e as verrugas que nem mesmo o Sangue fora capaz de suavizar haviam sumido, assim como os membros retorcidos e deformados. Aquela era a Hesketh que eu sempre amara, a pura e bela donzela que vivia no interior dos despojos de uma carne malnutrida e cruelmente deformada. Aquela era a Hesketh que eu amara de todo o coração."

Ele fez uma pausa e estudou Marius.

– Ela era um fantasma, essa Hesketh, mas ela estava viva! Os cabelos tinham a cor do linho e o corpo era alto e aprumado. As mãos e o rosto pálidos eram suaves e tremeluziam. E um outro fantasma estava com ela, tão fisicamente visível quanto a própria Hesketh. Esse fantasma atendia pelo nome de Gremt. E foi ele que ajudara a sombra andarilha que era ela e lhe dera alívio e a ensinara a aparecer diante de olhos tais quais os seus e os meus. Foi Gremt que a ensinou a manter íntegra a forma física etérea na qual ela procurava aparecer. Foi ele que a ensinou a tornar essa forma sólida e duradoura de modo que eu pudesse me aproximar e tocá-la. Eu podia inclusive beijar seus lábios. Eu podia inclusive abraçá-la.

Marius não disse nada, mas ele próprio vira fantasmas tão poderosos assim. Não com muita frequência, mas ele os vira. Ele sabia da existência deles, mas jamais soubera quem eles eram.

Ele esperou, mas Teskhamen ficou em silêncio.

– O que aconteceu? – sussurrou Marius. – Por que isso mudou o curso de sua vida?

– Isso mudou tudo porque ela permaneceu comigo. – Teskhamen olhou novamente para Marius. – Aquilo não foi um momento fugaz, em hipótese alguma. E a cada noite ela ficava mais forte e mais sagaz em reter sua forma física, e Gremt, cuja poderosa forma sólida teria enganado qualquer mortal, compartilhou de meu lar no velho monastério da mesma forma que ela, e nós falávamos de coisas invisíveis e visíveis e de bebedores de sangue e do espírito que entrara na antiga Rainha.

Ele fez uma pausa como se estivesse ponderando e em seguida prosseguiu:

– Gremt sabia de todas as coisas sobre nossa espécie e história, coisas das quais eu não possuía o menor conhecimento, pois ele vinha observando o curso do espírito Amel dentro da Rainha havia séculos, e Gremt sabia de descobertas, batalhas e derrotas das quais eu jamais ouvira falar. Nós forjamos uma aliança, Gremt e Hesketh e eu. Eu, apenas eu, era um ser físico de fato e fornecia algum ritmo temporal para eles que eu jamais consegui entender de todo. Mas naquele lugar, naquele monastério em ruínas, nós assinamos um pacto, e nosso trabalho juntos nesse mundo teve início.

– Mas que trabalho foi esse? – perguntou Marius.

– O trabalho era aprender. Aprender por que os bebedores de sangue andam sobre a Terra e como o espírito de Amel torna tais maravilhas possíveis, aprender por que os fantasmas perduram e não podem procurar a luz que atrai tantas almas que ascendem sem nem mesmo um olhar para trás. Aprender como as bruxas podem comandar espíritos e o que esses espíritos são. Nós tomamos uma resolução naquele velho monastério em ruínas, que à medida que construíssemos seus telhados, suas paredes, seus umbrais, e replantássemos suas vinhas e jardins, nós iríamos aprender. Nós seríamos a nossa própria seita dedicada a deus algum, a santo algum, mas sim ao conhecimento, ao entendimento. Nós seríamos acadêmicos estudiosos e profanos de uma Ordem na qual somente o material seria sagrado, na qual somente o respeito pelo físico e todos os seus mistérios governasse todo o resto.

– Você está me descrevendo a Talamasca, não está? – Marius estava impressionado. – O que você está explicando é o nascimento da Talamasca.

– Exato. Foi no ano 748, ou pelo menos é o que dizem os calendários de hoje. Eu me lembro muito bem disso, porque fui para a cidade vizinha bem no início de uma noite menos de um mês depois de nossa primeira reunião, adequadamente vestido e com o ouro de Gremt, para adquirir aquele velho monastério e suas terras com mato alto perpetuamente para nós e para salvaguardar nosso pequeno refúgio das reivindicações do mundo mortal. Eu fui o primeiro. Mas nós todos assinamos os documentos. E eu tenho aqueles pergaminhos até hoje. O nome de Gremt aparece neles embaixo do nome de Hesketh e do meu. Aquela terra é nossa até os dias atuais, e aquele monastério antigo, que ainda existe nos confins da floresta na França, sempre foi a verdadeira e secreta Casa Matriz da Talamasca.

Marius não conseguiu suprimir um sorriso.

– Gremt era forte o bastante na época para viajar em meio aos humanos. De dia ou de noite, ele aparecia entre eles por algum tempo. E logo Hesketh se movia em meio à humanidade com igual confiança, e a Ordem da Talamasca teve início. Ah, é uma longa história, mas aquele antigo monastério é hoje o nosso lar.

– Eu entendo. – Marius arquejou. – É claro. O velho mistério está explicado. Foram vocês, foram vocês que fundaram a Ordem, um bebedor de sangue, um espírito, como você o chama, e esse fantasma que você amava. Entretanto, seus seguidores mortais, seus membros, seus acadêmicos, eles jamais deveriam ter conhecimento da verdade?

Teskhamen assentiu.

– Nós fomos os primeiros Anciãos. E sabíamos desde o início que os acadêmicos mortais que trazíamos para a Ordem jamais deveriam conhecer nosso segredo, nossa verdade particular.

"Outros seres juntaram-se a nós ao longo dos anos. E nossos membros mortais prosperaram, atraindo acólitos de todos os cantos. Como você sabe, estabelecemos bibliotecas e Casas Matrizes em locais onde acadêmicos mortais assumiam votos de estudar e aprender e jamais julgar os mistérios, o invisível, o impalpável. Nós promulgamos nossos princípios seculares. Logo a Ordem passou a ter a sua constituição, as suas regras, as suas rubricas e as suas tradições. Logo a Ordem passou a ter sua vasta riqueza. E tinha uma força e uma vitalidade que nós jamais teríamos previsto. Criamos o mito dos "Anciãos anônimos" escolhidos a cada geração nas nossas fileiras e conhecidos apenas daqueles que os haviam escolhido, governando a partir de uma localização secreta. Mas tais Anciãos humanos jamais existiram. Não até esta época, quando de fato ungimos há pouco tal corpo governante e passamos a ele as rédeas da Ordem como se encontra atualmente. No entanto, sempre mantivemos e mantemos até agora inacessível aos membros mortais o segredo de quem *nós* realmente somos."

– De certo modo, eu sempre soube. Mas quem é Gremt, esse espírito que você está descrevendo? De onde ele veio? – Marius não conseguiu deixar de perguntar.

– Gremt estava lá quando Amel entrou na Rainha. Ele estava lá quando as gêmeas, Mekare e Maharet, perguntaram ao espírito o que havia ocorrido com Amel. Foi ele quem deu a resposta: *Amel tem agora o que sempre quis ter. Amel tem a carne. Mas Amel não mais existe.* Ele é idêntico a essa coisa que anima você, assim como Daniel e a mim. Se espíritos são irmãos e irmãs uns dos outros, então ele é o irmão de Amel. Ele é parente de Amel. Ele era igual a Amel em um domínio que não podemos ver e, em grande parte, não podemos ouvir.

– Mas por que ele desceu até aqui para estar com você? – perguntou Daniel. – Para fazer essa coisa, essa tal de Talamasca? Por que isso o atraiu, este mundo físico?

– Quem pode dizer? Por que um humano é atraído irresistivelmente para a música, outro para a pintura e um terceiro para as glórias da floresta ou do campo? Por que nós choramos quando vemos algo belo? Por que somos enfraquecidos pela beleza? Por que ela nos parte o coração? Ele veio para o mundo físico pelos mesmos motivos que Amel pairou sobre a rainha do Egito quando ela estava à beira da morte e procurou beber o sangue dela, procurou entrar nela, procurou ser um único ser unido ao corpo dela, procurou saber o que ela via, ouvia e sentia. – Teskhamen suspirou. – E Gremt veio porque Amel viera. E Gremt veio porque não conseguia ficar distante.

Houve um longo momento de silêncio.

– Vocês sabem o que é a Talamasca hoje. Ela possui milhares de dedicados acadêmicos do sobrenatural. A Ordem, porém, não sabe e não deve saber quando nasceu. E agora seus Anciãos são mortais e a Ordem move-se com as próprias pernas. Ela é forte, tem suas tradições, suas responsabilidades sagradas e não mais necessita daqueles entre nós que a trouxeram para o mundo. Contudo, aqueles entre nós que a trouxeram para o mundo podem se beneficiar a qualquer momento de suas incansáveis pesquisas, podem apoderar-se de seus arquivos para examinar seus tesouros, podem ter acesso a seus mais recentes registros ou a seus últimos relatórios. Não há mais razão para que nós controlemos a Ordem. Ela é agora totalmente independente.

– Sempre foi sua intenção nos observar, observar o progresso de Amel – concluiu Daniel.

Teskhamen assentiu, porém em seguida deu de ombros. Ele fez um gracioso gesto com as mãos abertas.

– Sim e não. Amel foi a tocha que conduziu a procissão ao longo das eras. Entretanto, muitas coisas foram aprendidas e existem muitas outras mais a serem compreendidas, certamente, e a grande Ordem da Talamasca continuará, bem como nós continuaremos.

Ele olhou para Daniel e em seguida para Marius.

– Gremt também saberia mais sobre o que ele é. E Hesketh e todos os fantasmas também procuram entender a si mesmos completamente. Mas nós agora chegamos com Amel a um momento que abominamos há muito tempo, um momento que nós sabíamos que chegaria.

— Como assim? — perguntou Daniel.

— Nós estamos vendo agora o momento que há muito temíamos, o momento em que Amel, o espírito do Sangue vampírico, adquire consciência e procura dirigir seu destino por conta própria.

— A Voz! — sussurrou Marius. A voz que falara com ele em seus pensamentos era Amel. A voz que o instara a chacinar era Amel. A voz que instava um bebedor de sangue a matar o outro era Amel.

— Sim — concordou Teskhamen. — Depois de todos esses longos milênios ele está consciente de si e luta para sentir e enxergar, como fez naqueles primeiros momentos em que entrou no corpo e no sangue da Rainha.

Daniel estava estupefato. Ele levantou-se do banco e foi sentar-se ao lado de Marius, mas não olhava para nenhum dos outros dois e sim para seus próprios pensamentos.

— Ah, ele nunca esteve totalmente inconsciente — disse Teskhamen. — E os espíritos sabiam disso. Gremt sabia. Só que a noção de que ele estava consciente não *existia mais*. Essa consciência, entretanto, encontrava-se em uma luta constante. Vocês poderiam dizer muito bem que ela passara por alguma espécie de fase em que se assemelhava a um bebê na primeira infância e que agora tenta falar como uma criança, entender como uma criança, pensar como uma criança. E viraria um homem. Afastaria as coisas infantis rapidamente, se pudesse. E o vidro através do qual enxerga é realmente escuro.

Marius maravilhava-se em silêncio. Por fim, perguntou:

— E Gremt, o espírito irmão dele, ele enxerga realmente com clareza como nós enxergamos e entende e pensa como nós pensamos? Ele sabe o que Amel não sabe?

— Não, na verdade, não. E ele não é de carne e sangue de fato como é Amel. Ele é um espírito que aprendeu a assumir uma forma entre nós, a aguçar seus olhos e ouvidos espirituais através dos quais consegue captar o que nós vemos e o que ouvimos, mas ele não sente o que nós sentimos ou o que Amel sente. E sua vida é até certo ponto mais penitencial do que a nossa jamais foi.

Marius não conseguia se conter. Ele se levantou e caminhou lentamente de um lado para outro na calçada e então na areia fofa e quente. O que aqueles espíritos veem quando olham para nós? Ele encarou as próprias mãos, tão brancas, tão fortes, tão flexíveis, tão poderosas de todas as maneiras humanas e ainda com uma força sobrenatural. Ele sempre sentira que espíritos eram atraídos ao físico, não conseguiam permanecer indiferentes a ele, e eram criaturas de parâmetros e regras como os dos humanos, mesmo sendo invisíveis.

Atrás dele, Daniel perguntou:

– Bom, o que vai acontecer agora que ele consegue falar, conspirar e ser cúmplice de outros com o intuito de destruir os jovens? Por que ele fez tudo isso?

Marius girou o corpo e se sentou novamente no banco. Porém ele mal conseguia acompanhar o que os outros diziam. Ele pensava em todos aqueles sussurros íntimos da Voz, em toda aquela fantasmagórica eloquência, aquela busca para acertar o timbre correto.

– Os jovens, cada vez em maior quantidade, o enfraquecem – continuou Teskhamen. – A proliferação do Sangue acabará por enfraquecê-lo. Isso é o que eu acho, mas se trata apenas de uma opinião. Tenho a impressão que, na condição de acadêmico, eu deveria dizer que essa é a hipótese com a qual eu estou trabalhando. Amel possui limites, embora ninguém possa saber quais sejam eles. Gremt e Amel conheciam-se no domínio espiritual de maneiras que não podem ser descritas. Gremt é um espírito poderoso que agora está no corpo que criou para si próprio, atraído para ele através de alguma forma de magnetismo etéreo. Ah, depois de todos esses séculos, a Talamasca não sabe mais sobre a ciência do sobrenatural do que antes. Desconfio que o médico bebedor de sangue, Fareed, já tenha descoberto infinitamente mais do que nós. Abordamos as informações empírica e historicamente. Ele as aborda de forma científica.

Marius permaneceu calado. Ele sabia sobre Fareed e Seth, sim. David Talbot contara a ele a respeito de Fareed e Seth. Porém jamais pusera os olhos em nenhum dos dois. Ele imaginara, erroneamente, que Maharet jamais toleraria a incursão daqueles dois na ciência propriamente dita. Mas, na verdade, ele próprio também não demonstrara grandes interesses. Ele tinha seus próprios motivos para escolher viver afastado de outros bebedores de sangue, tendo apenas Daniel como companhia. Daniel falara com delicadeza inúmeras vezes sobre querer se aproximar de Fareed e Seth, mas Marius jamais levara aquela ideia a sério.

– Seja lá qual for o caso – prosseguiu Teskhamen –, esses corpos invisíveis têm limites, assim como Amel também tem limites. Ele não é, como supunham as antigas bruxas, um ser de proporções infinitas. Invisível não significa infinito. E acho que agora ele se ressente por ter o corpo sugado. A coisa, ele, estaria disposta a limitar a população, mas o quanto esse limite seria severo ninguém pode saber.

— E ninguém pode saber se ele sempre esteve inconsciente. — Marius estava se lembrando de muitas coisas, muitas e muitas coisas. — E se foi Amel quem, dois mil anos atrás, convenceu o maligno ancião de Alexandria a abandonar a Mãe e o Pai no sol? Ele sabia, de uma forma ou de outra, em determinada medida, que a Mãe e o Pai sobreviveriam, mas que todos os jovens de lá seriam queimados, e os da sua idade sofreriam como você sofreu. E se Amel soubesse?

— E quando Akasha despertou — perguntou Daniel —, quando ela foi atrás de Lestat? Aquilo também foi da lavra de Amel?

— Isso nós não temos como saber — disse Teskhamen. — Entretanto, eu aposto que ele adquire consciência com mais frequência e com mais força quando não há uma mente feroz no corpo do hospedeiro para contestar seus próprios pensamentos agitados.

Agitados. Aquela parecia uma palavra perfeita para a situação, concordou Marius. Aquela era uma palavra perfeita para as suas próprias ruminações. Ele tentava se lembrar de tantas coisas, momentos ao longo dos séculos quando ele bebeu o sangue de Akasha, quando foi visitado por visões que pensou terem vindo dela. Mas e se elas não tivessem vindo de Akasha? E se elas tivessem vindo de Amel?

— Então essa é a meta? — disse Daniel. — Enfim, essa é a meta dele? Nos confinar a uma população pequena?

— Ah, acho que ele sonha com conquistas bem maiores do que isso — retrucou Marius. — Quem pode saber qual seria seu propósito final?

— Ele fica enraivecido — continou Daniel. — Quando ele entra na minha cabeça, ele fica enraivecido.

Marius estremeceu. Ele tivera tanta esperança de que aquilo, de alguma forma, pudesse passar sem o reconhecimento ativo dele, de que de algum modo o tempo em que era sua obrigação manter a sobrevivência da tribo houvesse passado. Por acaso ele não cuidara da Mãe e do Pai por dois milênios? Porém ele sabia que não podia mais permanecer à margem.

— O que você quer que a gente faça? — perguntou Daniel.

— Juntem-se a Louis, Armand e Benji assim que for possível. Seja lá o que aconteça, vocês, os bebedores de sangue avivados por essa coisa e dependentes dela, precisam se unir e estar preparados pra agir. Juntem-se a eles agora. Se vocês forem, outros irão.

– E você não é um de nós? – perguntou Marius. – Você mesmo não vai reunir-se com eles?

– Eu sou e não sou. Escolhi o caminho da Talamasca muito tempo atrás e esse é um caminho de observação, mas nunca de intervenção.

– Não vejo como essa velha promessa pode ter importância agora – retrucou Marius.

– Meu amigo, pense no que você está dizendo. Coloquei a minha vida nas mãos de Gremt, e ela está há tempos nas mãos dele e dos Anciãos da Talamasca. Sou o único bebedor de sangue entre eles. Como é possível que eu me afaste deles agora?

– Mas por que você teria de se afastar? – insistiu Marius. – Por que você não vai nos ajudar? Você mesmo disse que Gremt veio para o domínio físico para observar essa coisa, esse tal de Amel.

– E se for decisão de Gremt que o corpo no qual Amel reside deva ser destruído? – Daniel falou de forma calma, sensata, como se não tivesse medo. – Enfim, da última vez foi a alma de Akasha que foi condenada a perecer, mas não essa coisa que a animava. Caso essa coisa seja condenada, então nós todos morreremos.

– Ah, mas não foi a Talamasca que condenou o corpo e a alma de Akasha à morte – disse Teskhamen. – Foi Mekare que a chacinou, e foram Mekare e sua gêmea que removeram o Cerne Sagrado. Nós mesmos não tomamos nenhuma decisão a respeito.

– Porque vocês não precisavam tomar – retrucou Daniel. – Não é isso?

Teskhamen deu de ombros. Ele fez um pequeno gesto de concordância com as mãos.

– E agora vocês podem chegar a uma decisão, é isso o que você está nos dizendo – disse Daniel. – Você, Gremt, Hesketh e seja lá quem mais esteja com você, se existem outros anciãos espirituais com você, vocês podem decidir que acham que o próprio Amel deve ser destruído.

– Eu não sei – declarou Teskhamen com suavidade. – Eu só sei que sigo a posição de Gremt.

– Mesmo se você perecer? Ou você tem certeza de que retornará da mesma maneira que Hesketh retornou?

Teskhamen levantou novamente as mãos, mas dessa vez, ele estava na defensiva.

— Daniel, eu honestamente não sei.

Marius ficou em silêncio. Ele estava em busca de coragem, da verdadeira coragem para dizer que, se aquilo era o que deveria acontecer, ele apoiaria a decisão, mas não tinha a coragem para tal. Sua mente queria possibilidades, queria alguma chance de deter ou de controlar aquela Voz que não envolvesse a morte de tudo o que ele, Marius, era e conhecia.

— Ela chacina apenas bebedores de sangue — disse ele. — Por que ela deveria perecer por isso? Mesmo agora, ela não fez nenhuma incursão destrutiva no mundo.

O rosto de Teskhamen era indecifrável, exceto por sua afabilidade, sua delicadeza.

— Por enquanto, posso dizer a vocês que não é nossa intenção permanecermos indiferentes. Nós estamos com vocês. É por isso que eu estou aqui. No devido tempo, Gremt virá até vocês. Tenho certeza disso. Mas quando isso acontecerá, eu não sei. Gremt sabe tantas coisas. Somos seus amigos. Relembre sua própria vida, relembre como a Talamasca no passado o apoiou, o reconfortou, o ajudou a encontrar Pandora. Nós nunca fomos de fato inimigos de vocês ou inimgos de nenhum bebedor de sangue. Tínhamos as nossas batalhas, quando membros mortais eram trazidos, é verdade.

— Ah, sim, meu velho e adorado amigo Raymond Gallant me ajudou mesmo — disse Marius. — Ele dedicou a vida inteira a você e morreu sem jamais saber quem havia fundado a Ordem dele, morreu sem jamais saber quem ou o que nós éramos.

— Bom, ele pode muito bem ter morrido sem esse conhecimento — concordou Teskhamen —, mas ele está conosco agora. Ele está conosco desde a noite em que morreu. Eu estava lá quando o espírito dele pairou, permanecendo na Casa Matriz. Eu vi isso, quando aqueles reunidos ao redor do leito de morte dele não podiam ver. E ele é de fato um de nós agora. Ele está ancorado agora no físico tanto quanto a minha Hesketh, e há outros fantasmas conosco também.

— Eu sabia disso — disse Daniel suavemente. — É claro. Vocês reuniram outros fantasmas como Hesketh ao longo dos anos.

Marius estava perplexo. Ele estava comovido quase a ponto de verter lágrimas.

— Ah, sim, Marius, você verá novamente seu amado Raymond, eu lhe asseguro — prometeu Teskhamen. — Você nos verá a todos, e existem de fato muitos outros, e não é nosso desejo que os bebedores de sangue deste mundo sejam extintos. Nunca foi. Permita-nos nossa velha cautela, nossa velha passividade, mesmo agora, no entanto.

– Eu compreendo – disse Marius. – Você quer que nos juntemos como uma tribo, a mesmíssima coisa que Benji quer. Você quer que nos esforcemos ao máximo em face desse desafio, mas sem a sua intervenção.

– Você é um esplêndido ser, Marius – elogiou Teskhamen. – Jamais se ajoelhou diante de um modismo, uma fantasia ou superstição. Os outros precisam de você agora. E esse Amel, ele o conhece, e você o conhece talvez melhor do que imagina. Eu fui criado pela Mãe. Tenho esse sangue direto, puro e primevo. Porém você tem ainda mais dele do que o que eu jamais recebi em minha vida. E essa Voz, se ela tiver de ser compreendida, controlada, educada, o que quer que venha a acontecer, você certamente terá de desempenhar um papel nisso.

Teskhamen começou a se levantar, mas Marius ainda segurava a mão dele.

– E aonde você irá agora, Teskhamen?

– Precisamos nos reunir entre nós antes de nos encontrarmos com você e com seus parentes – respondeu Teskhamen. – Acredite em mim, nós viremos até você no devido tempo. Tenho certeza disso. Gremt quer ajudar. Tenho certeza de que isso é o que ele deseja. Eu voltarei a vê-lo muito em breve.

– Mande o meu amor para o meu precioso Raymond – pediu Marius.

– Ele sabe que você o ama, Marius. Muitas vezes ele o observou, esteve próximo de você, viu a sua dor e quis interferir. Entretanto, ele é leal a nós e a nossas maneiras lentas e cautelosas. Ele continua sendo um membro da Talamasca como quando estava vivo. Você conhece nosso velho mote: "Nós observamos e nós estamos sempre aqui."

Faltava agora uma hora para o nascer do sol.

Teskhamen abraçou ambos. E em seguida desapareceu. Simplesmente desapareceu. E eles ficaram sozinhos, juntos na areia, enquanto o vento soprava da interminável rebentação resplandecente e a vasta cidade esparramada atrás deles lentamente acordava para a vida matinal.

Na noite seguinte, Marius precisou de menos de uma hora para fazer todos os arranjos por telefone com seus agentes mortais e para despachar os pertences e roupas dos dois, exatamente como estavam, para Nova York. Eles ficariam hospedados em um pequeno hotel no norte da cidade como sempre faziam, onde uma suíte sempre estava pronta para eles. E então conversariam, assim que chegassem à cidade, sobre quando ir até Benji, Armand, Louis e a abençoada Sybelle.

Daniel estava poderosamente excitado com a partida. Ele queria estar com os outros, Marius sabia, e estava feliz por Daniel, porém ele próprio estava cheio de apreensões.

O encontro com Teskhamen o estimulara, não havia a menor dúvida quanto a isso. Ele ainda estava bastante abalado devido ao choque.

Daniel não conseguia captar a extensão da coisa. Sim, Daniel Nascera para a Escuridão em uma época caracterizada por uma miríade de choques. Mas, antes disso, Daniel havia nascido para um mundo físico caracterizado por uma miríade de mudanças e choques. Ele jamais conhecera a pavorosa e exaustiva visão de mundo de tempos passados. E jamais compreendera o pessimismo e a resignação inveterados com os quais a maioria dos milhões de seres do mundo nascera, vivera e morrera.

Marius, entretanto, conhecera o milênio, e aqueles foram mil anos de sofrimento bem como de alegria, de escuridão bem como de luz, nos quais mudanças radicais de qualquer espécie muito frequentemente culminavam em decepção e derrota.

Teskhamen. Marius mal podia acreditar que o havia visto, que falara com ele, que tal coisa momentosa havia acontecido – aquele velho deus do bosque vivo nos dias de hoje, desenvolto e eloquente, e apontando caminho para o passado e para o futuro ao mesmo tempo. Uma grande e obscura porção da história inicial de Marius flamejou em cores vivas para ele e instou-o a procurar um fio coerente por toda a sua vida.

Havia, porém, a apreensão.

Ele não conseguia parar de pensar em todos aqueles interlúdios de muito tempo atrás, quando ele encostara no peito de Akasha – sua cuidadora, sua mantenedora – escutando seu coração e tentando esquadrinhar seus pensamentos. *Ele* estivera dentro dela, essa criatura alienígena chamada Amel. E Amel estava dentro de Marius agora.

– Sim, eu estou dentro de você – disse a Voz para ele. – Eu sou você e você é eu.

Seguiu-se o silêncio. O vazio. E o eco duradouro de uma ameaça.

14

Rhoshamandes e Benedict

—Fique calmo – disse ele. – Seja lá o que você viu, seja lá o que quase aconteceu, agora você está em segurança. Fique calmo e fale comigo. Diga-me precisamente o que você viu.

– Rhosh, era indescritível! – declarou Benedict.

Benedict estava sentado à escrivaninha com a cabeça abaixada sobre os braços cruzados, soluçando.

Rhosh, conhecido de tantos outros através das eras como Rhoshamandes, estava sentado ao lado da cavernosa lareira na antiga sala de pedra olhando para seu novato com uma mistura de impaciência e irresistível solidariedade. Ele jamais fora capaz de se divorciar por completo das borbulhantes emoções de Benedict, e quem sabe jamais tivesse sentido realmente vontade de fazer isso. De todos os seus companheiros e novatos através dos séculos, ele amava Benedict em especial – aquela criança da realeza merovíngia que havia sido um acadêmico latino tão sonhador em seu tempo, tão ansioso para compreender aqueles anos que o mundo agora chamava de Idade das Trevas. Como ele chorara ao ser trazido para o Sangue, certo de que aquilo se tratava de sua danação eterna, e apenas concordando em adorar Rhoshamandes em vez de seu deus cristão – jamais acreditando em um mundo que fosse desprovido das manchas do medo e da perdição. Porém, esse grande medo supersticioso era parte do eterno charme de Benedict.

E essa criança desafortunada desenvolveu um dom para fazer outros bebedores de sangue melhores do que ele próprio à medida que o tempo foi passando. Agora, aquilo era um mistério e tanto para Rhosh, embora fosse um fato.

Fora Benedict quem criara o jovem Notker, o Sábio de Prüm, que provavelmente sobrevive até os dias de hoje, um gênio louco sustentado pela música bem como pelo sangue humano.

O belo Benedict, sempre uma alegria de ver, senão de ouvir, cujas lágrimas podiam ser tão enganadoras quanto os sorrisos.

Rhoshamandes estava vestido no que talvez pudesse se passar por um longo manto de monge com um capuz feito de uma pesada lã cinza, um espesso cinto de couro ao redor da cintura e mangas grandes e profundas. O manto, entretanto, era na verdade feito da mais fina cashmere, e a fivela de seu cinto era de peltre e revelava um rosto de medusa delicadamente cunhado com cobras contorcidas no lugar dos cabelos e uma boca uivante. Ele usava sandálias de couro marrom esplendidamente bem-feitas, pois não sentia o frio ali naquela escarpada ilha verde nas Hébridas Exteriores.

Ele tinha os cabelos curtos macios e castanho-dourados e grandes olhos azuis. E nascera havia milhares de anos na ilha de Creta, de pais de origem indo-europeia, e fora para o Egito aos vinte anos. A pele tinha o bronzeado suave e cremoso de imortais que se expõem ao sol com frequência para se passar por humanos, e isso fazia com que seus olhos aparentassem brilho e beleza espetaculares.

Ele e Benedict falavam inglês, a língua que compartilhavam há setecentos anos aproximadamente. O francês antigo e o latim desapareceram de suas conversas diárias, mas não de suas bibliotecas. Rhosh sabia línguas antigas, línguas que Benedict jamais conhecera.

– A coisa queimou todos – soluçou Benedict. – Ela destruiu todos completamente. – Sua voz sem esperança estava embargada.

– Recomponha-se e olhe para mim – ordenou Rhoshamandes. – Estou falando com você, Benedict. Agora, olhe pra mim e me diga exatamente o que aconteceu.

Benedict recostou-se na cadeira, seus longos cachos castanhos despenteados caíam sobre seus olhos, sua boca de menino estava trêmula. É claro que seu rosto se achava manchado de sangue, bem como suas roupas, seu suéter de lã e seu paletó de tweed. Revoltante. Absolutamente revoltante. Vampiros que derramavam sangue em seus trajes, seja das vítimas ou de lágrimas, eram um anátema! Nada revoltava mais Rhoshamandes nos vampiros descritos pela ficção e pelos filmes modernos do que sua absoluta e irreal imundície.

E Benedict tinha a perfeita aparência de um vampiro barato da televisão com aquele sangue por todo o corpo.

Ele teria a ficção de um jovem de dezoito anos para sempre porque era isso o que ele era quando fora transformado em bebedor de sangue, da mesma maneira que Rhoshamandes sempre teria a aparência de um homem poucos anos mais velho do que isso, com um peito mais cheio e braços mais fortes. Benedict, entretanto, sempre tivera uma personalidade infantil. Nenhuma esperteza, nenhuma astúcia. Ele poderia muito bem jamais ter superado isso na vida mortal. Algo relativo ao mandamento de Cristo: "Deixai vir a mim as crianças, e não as impeçais, porque delas é o Reino dos Céus." Benedict não apenas fora monge em sua juventude como também um místico.

Quem podia saber?

Rhoshamandes, por outro lado, se é que aquilo realmente importava, havia sido a mais velha das dez crianças mortais e um homem com a idade de doze anos, protegendo a mãe. Intrigas palacianas. No dia em que ela foi assassinada, ele fugiu para o mar e sobreviveu por conta de sua inteligência, juntando uma fortuna antes de subir o Nilo para comercializar com os egípcios. Ele lutou em várias batalhas, sobreviveu sem cicatrizes, mas fizera sua riqueza mais por instinto do que pela violência – até que os escravos bebedores de sangue da Rainha o capturaram e o arrancaram de seu barco.

Rhoshamandes e Benedict eram ambos graciosos e de boa ossatura, escolhidos para o Sangue por conta de sua perfeição física. Rhoshamandes trouxera dezenas de beldades semelhantes a Benedict para o Sangue, mas nenhuma delas sobreviveu com ele, permaneceu com ele, amou-o como Benedict o amara, e quando ele pensava na época em que expulsara Benedict, estremecia internamente e agradecia a algum deus obscuro do mundo dos bebedores de sangue por ter sido sempre capaz de encontrá-lo e trazê-lo de volta.

Benedict fungava e vez por outra lamentava em seu inimitável jeito encantador, tentando reconquistar a posse de si mesmo. A alma mortal de Benedict havia sido formada na delicadeza, na gentileza e na verdadeira fé na bondade, e essas características ele jamais perdera.

– Tudo bem, assim está melhor – disse Rhoshamandes. – Agora relembre tudo para mim.

– Com certeza você viu, Rhosh, você viu as imagens. Aqueles bebedores de sangue todos não podiam ter perecido sem que você houvesse captado as imagens.

— Sim, eu as captei, é claro que eu as captei, mas eu quero saber exatamente como eles foram pegos de surpresa já que haviam sido alertados. Todos haviam sido alertados.

— Mas é exatamente isso, nós não sabíamos para onde ir ou o que fazer. E os jovens, eles precisam caçar. Você não se lembra da agonia que é para eles. Eu não sei se isso alguma vez já foi uma agonia pra você.

— Ah, pare com tudo isso. Eles foram avisados para sair de Londres, para se afastar daquele hotel, para irem para o interior. Benji Mahmoud os alertava noite após noite. Você os alertou.

— Bom, muitos deles fizeram isso – disse Benedict com tristeza. – Diversos deles fizeram isso. Mas aí a gente recebeu a notícia. Eles estavam sendo avistados e queimados por lá, em Cotswolds e em Bath, em todo os lugares!

— Entendo.

— Você entende? Você se importa? – Benedict esfregou furiosamente os olhos. – Eu não acho que você se importa. Você é exatamente como Benji descreve. Você é um ancião da tribo que não se importa. Você nunca se importou.

Rhoshamandes estava olhando para fora, pela janela arqueada, para a terra escurecida lá embaixo e para a densa floresta pontuda que se ligava ao penhasco sobre o oceano. Não havia nada nesse mundo que o faria revelar seus verdadeiros pensamentos a seu adorado Benedict. Ancião da tribo, de fato.

Benedict continuou falando.

Antigos haviam perecido na noite anterior. Ao acordar, Benedict descobrira os restos queimados de dois deles bem ali na casa. Ele correra para alertar os outros. Saiam.

— Foi quando as paredes começaram a pegar fogo – disse ele. – Eu queria salvá-los, salvar um deles, qualquer coisa, qualquer coisa que eu pudesse fazer. Mas o telhado explodiu e eu os vi em chamas ao meu redor. E eu vi essa coisa, essa coisa parada lá, e ela tinha uma aparência esfarrapada, grotesca e também estava pegando fogo. Isso é possível? Eu subi. Fiz o que tinha de fazer.

Ele irrompeu novamente em soluços e enterrou o rosto no braço curvado sobre a escrivaninha.

— Você fez o certo – disse Rhoshamandes. – Mas você tem certeza de que essa coisa estava produzindo o fogo?

— Eu não sei. Acho que estava. Era um espectro. A coisa era só ossos e farrapos, mas eu acho... Eu não sei.

Rhoshamandes refletiu. Ossos e farrapos pegando fogo. Em seu interior, ele não estava na verdade nem um pouco calmo como fingia estar. Na verdade, estava furioso, furioso pelo fato de Benedict quase ter se ferido, furioso em relação a todos os aspectos daquela história. Mesmo assim, continuou escutando em silêncio.

— A Voz — gaguejou Benedict. — A Voz, ela disse coisas tão estranhas. Eu mesmo a ouvi duas noites atrás, instando-me a fazer isso. Eu contei a você. Ela me queria e eu ri da ideia. Contei para eles que ela ia encontrar alguém pra fazer seu trabalho sujo. Eu alertei a todos. Vários deles foram embora depois disso, mas eu acho que eles estão mortos, todos esses que foram embora. Acho que ela encontrou outra pessoa e essa outra pessoa estava lá fora esperando. Não é verdade aquilo sobre Paris, é? Todos eles estavam falando sobre Paris antes disso acontecer...

— Sim, é verdade sobre Paris — respondeu Rhoshamandes. — Mas o massacre foi interrompido. Alguém ou alguma coisa realizou uma intervenção, parou a matança. Bebedores de sangue conseguiram realmente escapar. Tenho a sensação de que sei o que aconteceu por lá. — Mas ele ficou em silêncio novamente. Não havia nenhum sentido em revelar tudo aquilo a Benedict. Nunca houve.

Rhoshamandes pôs-se de pé. Ele começou a andar de um lado para outro, as mãos estreitas unidas como se em oração, contornando devagar e sossegado a grande sala de pedra, chegando gradualmente atrás de Benedict e colocando a mão tranquilizadora em sua cabeça. Ele curvou-se e beijou a cabeça de Benedict. Acariciou sua bochecha com o polegar.

— Pronto, pronto, você está aqui agora — murmurou ele. Rhoshamandes afastou-se e se postou diante das arcadas gêmeas das janelas.

Rhoshamandes construíra esse castelo no estilo gótico francês quando foi pela primeira vez para o norte, na direção da Inglaterra, e ainda amava aquelas arcadas estreitas e pontiagudas. O alvorecer do estilo gótico verdadeiramente delicado e adornado o comovia ao extremo. Até aqueles dias ele ainda podia ficar com lágrimas nos olhos ao vagar pelas grandes catedrais.

Benedict não fazia a menor ideia de quão frequentemente Rhoshamandes saía sozinho para passear pelas catedrais de Rheims, Autun ou Chartres. Algumas coisas podiam ser compartilhadas com Benedict e outras não. Benedict jamais pisava no interior de uma grande catedral sem experimentar uma crise de proporções cósmicas e sem derramar lágrimas de pesar por sua fé perdida.

Ocorreu preguiçosamente a Rhosh que o notório vampiro Lestat compreenderia, Lestat que adorava nada e ninguém a não ser a beleza – mas era fácil amar celebridades como Lestat, não era? Imaginá-las perfeitas companhias.

Rhosh projetara os acréscimos posteriores ao castelo a seu bel-prazer no estilo gótico tardio, e seu coração ficava aquecido quando aqueles mortais que ocasionalmente se deparavam com aquele lugar julgavam-no um triunfo.

Como ele odiava ser perturbado ali por todas aquelas coisas. Quantos outros imortais não deviam odiar aquilo, aqueles que haviam construído santuários como esse para que pudessem ter alguma paz.

Ele jamais modernizara o lugar. Era tão frio e severo quanto quinhentos anos antes, um castelo que parecia crescer das rochas do penhasco no litoral ocidental de uma ilha íngreme, inacessível e indomável.

Ele conseguira instalar geradores na ravina do penhasco cerca de vinte anos antes, assim como tanques para combustível, além de aprofundar e aperfeiçoar o ancoradouro da ala leste para seus barcos polidos e modernos, porém a energia elétrica ali era reservada inteiramente para as televisões e os computadores, nunca para a iluminação ou o aquecimento. E aqueles computadores haviam lhe trazido as primeiras notícias de toda aquela insanidade e não as vozes telepáticas que ele há muito aprendera a desconectar completamente. Não, fora Benji Mahmoud quem lhe dissera que os tempos estavam mudando.

Como ele queria manter as coisas como sempre haviam sido.

Não havia ninguém naquela ilha além dos dois, e na ravina viviam o velho caseiro mortal, a esposa e sua pobre filha com deficiência mental. O caseiro cuidava dos tanques de combustível, dos geradores e da limpeza dos cômodos durante o dia, e ele era muito bem pago por isso. E cuidava da lancha no ancoradouro, aquela grande e poderosa lancha Wally Stealth Cruiser que Rhosh podia pilotar sozinho sem o menor esforço. Eles estavam a sessenta quilômetros da terra mais próxima. E era assim que Rhoshamandes queria que continuasse.

De fato, certa vez a grande Maharet o chamara. Aquilo havia sido no século XIX e ela aparecera nas ameias do castelo, uma figura solitária trajando pesados mantos de lã e esperando educadamente por um convite para entrar.

Eles haviam jogado xadrez, conversado. E ela seguia seu caminho. Termos como Primeira Cria e Sangue da Rainha não possuíam mais o menor significado para nenhum dos dois. Ele, porém, ficara com a impressão de um poder e de uma sabedoria intransponíveis, sim, sabedoria, embora ele não gostasse de admitir aquilo. E Rhoshamandes a admirara a despeito de sua cautela e da desagradável percepção de que os dons de Maharet excediam extensamente os dele próprio.

Em outra ocasião, a formidável Sevraine também aparecera por ali, embora ele a houvesse apenas vislumbrado na floresta de carvalho que cobria a parte inferior do litoral sul da pequena ilha. Sim, havia sido Sevraine, ele tinha certeza.

Ele descera o vale à procura dela. Sevraine, entretanto, desaparecera e, até onde ele sabia, jamais retornara. Ela estava trajada com esplêndidos mantos revestidos de ouro em cores ricas e brilhantes. E era de fato sempre assim descrita por aqueles que insistiam em afirmar que a haviam avistado – a magnífica Sevraine.

Contudo, em outra ocasião, quando pilotava seu barco sozinho pelos mares violentos do litoral irlandês, ele a vira no alto de um penhasco olhando para ele. Rhoshamandes quis ancorar e ir até ela. Ele enviou-lhe uma mensagem. A telepatia, porém, era tênue ou inexistente entre aqueles criados nos primeiros mil anos, e parecia ter se tornado ainda mais frágil na atualidade. Ele não captou nenhuma saudação da parte dela. Na verdade, ela havia desaparecido. Depois disso, ele procurou por Sevraine por toda a Irlanda, mas jamais encontrou a menor indicação de sua presença, de alguma habitação, irmandade ou clã. E era sabido que a grande Sevraine estava sempre cercada de inúmeras mulheres, um clã feminino.

Nem um único bebedor de sangue jamais estivera lá. Portanto, aquele era e sempre fora o domínio de Rhoshamandes. E ele não invejava ninguém, nem o erudito e filosófico Marius, nem os outros vampiros gentis e bem-nascidos da Assembleia dos Articulados.

Sim, ele queria conhecer esses novos e poéticos escritores vampirescos, sim, ele tinha de admitir isso, queria conhecer Louis e Lestat, sim, porém conseguiria viver com esse desejo por séculos. E daqui a alguns séculos talvez eles já houvessem sumido da Terra.

O que era um imortal como Lestat, que tinha menos de trezentos anos no Sangue, afinal de contas? Mal era possível chamar tal ser de imortal.

Muitos morreram com essa idade e com mais. Portanto, sim, ele podia muito bem esperar.

E quanto a Armand, ele desprezaria Armand até o fim dos tempos. Ele gostaria muito de destruí-lo. Mais uma vez, para isso ele podia esperar, embora andasse pensando bastante ultimamente que o momento para se vingar de Armand poderia talvez estar se aproximando. Se Rhoshamandes ainda estivesse na França quando Armand chegou àquele país para liderar os Filhos de Satanás, ele teria destruído Armand. Porém, por volta daquela época, Rhosh há muito já havia partido. Mesmo assim, ele devia ter feito aquilo, devia ter devastado aquela irmandade parisiense. Sempre pensou que outro antigo faria isso, porém se equivocara. Lestat a havia destruído, mas não por meio da força e sim utilizando-se de novos meios.

Ah, mas esse é o meu reino, pensou ele, e como tudo aquilo pode chegar às minhas paragens?

Ele nunca caçara em Edimburgo, Dublin ou Londres sem que sentisse vontade de voltar imediatamente para casa, para aquela zona de quietude e imutabilidade.

Agora aquela coisa, aquela Voz, estava ameaçando sua paz e sua independência.

E ele estivera conversando com a Voz durante muito tempo, algo que não tinha nenhuma intenção de confessar a Benedict. E estava furioso com a Voz naquele exato momento, furioso com o fato de Benedict ter estado em perigo.

– E o que se faz para impedir que essa coisa venha para cá? – perguntou Benedict. – O que se faz pra impedir que essa coisa me encontre aqui da mesma maneira que tem encontrado todos aqueles outros que estão tentando escapar? Ela queimou alguns tão antigos quanto eu.

– Não tão velhos quanto você – disse Rhoshamandes –, e não com o seu sangue. Havia um antigo lá, é óbvio, cativado pela Voz. Ele provavelmente o estava bombardeando quando as paredes foram pelos ares. Se outros estavam queimando ao seu redor, a coisa o tinha em seu campo de visão. Ela estava naquele edifício e tinha você. Mas ela não podia matá-lo.

– Ela me disse coisas horríveis e pavorosas quando se dirigiu a mim. – Benedict havia se recuperado um pouco e estava novamente sentado. – Ela tentava me confundir, tentava me fazer pensar que eu estava tendo aqueles pensamentos e que eu, de algum modo, era serviçal dela, que eu queria servi-la.

– Vá limpar o sangue de seu rosto – ordenou Rhoshamandes.

– Rhosh, por que você sempre se preocupa com essas coisas? – implorou Benedict. – Eu estou sofrendo, estou em uma tremenda agonia aqui e você só se importa com o sangue no meu rosto e nas minhas roupas.

– Tudo bem. – Rhoshamandes suspirou. – Então me diga. O que é que você quer saber?

– Aquela coisa, aquela coisa, quando estava falando comigo, enfim, antes do fogo...

– Várias noites atrás.

– Isso, nesse dia. Ela me falou para queimar os outros, falou que ela só podia ter poder quando os outros fossem aniquilados, que queria que eu matasse todos para ela e que esperava que estivesse preparado pra correr eu mesmo para o fogo por ela.

– Sim. – Rhoshamandes riu suavemente. – Ela sussurrou muitas dessas tolices rapsódicas para mim também. Ela tem uma ideia exaltada de si mesma. – Ele riu novamente. – Contudo, ela não começou com essa identidade toda. No início, era simplesmente: "Você precisa matá-los. Olhe o que eles estão fazendo com você."

Novamente, ele não deixou transparecer que estava com raiva, dessa vez devido ao fato de que a Voz procurara, após todas as suas muitas conversas íntimas, recrutar seu Benedict. Será que a Voz via através dos olhos de Rhosh? Será que ela ouvia através de seus ouvidos? Ou será que ela podia apenas fincar sua bandeira dentro do cérebro de Rhosh e conversar, conversar e conversar?

– Sim, mas aí ela começou de novo com toda aquela história de estar voltando a si. O que isso significa? – Benedict bateu o punho na velha escrivaninha de carvalho. Seu rosto estava contorcido como o de um querubim zangado. – De quem é essa Voz?

– Pare com isso – disse Rhoshamandes. – Fique quieto agora e me deixe pensar.

Ele sentou-se novamente ao lado da fornalha de pedra. As chamas estavam queimando vivamente, abanadas pelo vento frio que vez por outra soprava através das janelas sem vidros.

Rhosh vinha falando com a Voz por semanas. Entretanto, a Voz estava agora em silêncio há cinco noites. Seria possível que a Voz não tivesse condições de realizar duas tarefas ao mesmo tempo, que a Voz, caso ela possuísse algum espectro desgraçado e o levasse a queimar, não pudesse falar educadamente com Rhosh ao mesmo tempo ou inclusive na mesma noite?

Cinco noites antes a Voz dissera:

— Você, dentre todos, me compreende. Você, dentre todos, compreende o meu poder, o desejo por poder, o que está no cerne do desejo por poder.

— E o que é que está lá? – perguntara Rhosh à Voz.

— Simples. Aqueles que desejam o poder querem ser imunes ao poder dos outros.

Em seguida, cinco noites de silêncio. Caos em todo o mundo. Benji Mahmoud transmitindo a noite inteira da infame casa do Portão da Trindade em Nova York, com gravações do programa reprisadas durante o dia para que aqueles em outras partes do globo pudessem ouvi-las.

— Talvez tenha chegado a hora de descobrir por mim mesmo o que está acontecendo aqui – disse Rhosh. – Agora me escute. Quero que você desça e fique lá embaixo. Se algum emissário obscurecido da coisa chocar-se contra nosso pequeno paraíso invernal, você estará a salvo no subterrâneo. Fique lá até eu voltar. Essa é a mesma precaução que está sendo tomada por outros em todo o mundo. No subterrâneo você estará a salvo. E se essa coisa falar com você, essa Voz, bem, tente saber mais sobre ela.

Ele abriu as pesadas portas de carvalho com dobradiças de ferro que davam no quarto. Precisava mudar de roupa para a jornada, mais uma fantástica perturbação.

Mas Benedict foi atrás dele.

O fogo estava baixo no quarto de dormir e refulgia lindamente. Pesadas cortinas de veludo vermelho cobriam as janelas abertas, e o piso de pedra era coberto por tábuas de carvalho sobre as quais se encontravam tapetes persas de seda e lã.

Rhosh despiu-se de seu manto e o jogou para o lado, mas então Benedict correu para os braços dele e o segurou com rapidez. Ele enterrou o rosto na camisa de lã de Rhosh, que olhou para o teto pensando em todo aquele sangue manchando suas próprias roupas.

Mas o que importava aquilo?

Ele abraçou Benedict com força e guiou-o na direção da cama.

Era uma velha cama de dossel da corte do último rei Henrique. Um móvel esplêndido, com ricos balaústres nodosos, e eles adoravam deitar-se juntos nele.

Ele despiu o paletó de Benedict, e então sua camisa e seu suéter, e trouxe-o para baixo das cobertas bordadas e escuras. Ele deitou-se ao seu lado, os dedos apertando os mamilos rosados de Benedict, os lábios roçando seu pescoço, e então ele pressionou a cabeça do outro de encontro a seu próprio pescoço e disse baixinho:
— Beba.
De imediato, aqueles dentes afiados como lâminas enterraram-se em sua carne e ele sentiu o repuxo poderoso e faminto em seu coração à medida que o sangue fluía dele rumo ao coração que batia de encontro ao seu. Um jorro de imagens surgiu. Ele viu a casa em chamas em Londres, viu aquela hedionda coisa com aspecto de assombração, viu o que Benedict deve ter visto, mas jamais registrado, aquela coisa caindo de joelhos, os caibros caindo em cima dela, um braço quebrado e solto que mesmo assim ainda lançava ao fogo, dedos pretos que encrespavam. Ele ouviu o crânio estalar.

As imagens dissolveram-se no prazer que ele estava sentindo, o profundo, sombrio e latejante prazer no qual ele se deleitava à medida que o sangue era retirado dele com uma velocidade cada vez maior. Era como se uma mão houvesse tomado posse de seu coração e o estivesse apertando, e o prazer transbordasse de seu coração em ondas, passando por todos os seus membros.

Finalmente, ele se virou, puxou Benedict e enterrou os dentes no pescoço dele. Benedict deu um grito. Rhosh prendeu-o de encontro à coberta de veludo, sugando o sangue com toda a força de que dispunha, deliberadamente proporcionando espasmo atrás de espasmo através de Benedict. Ele mais uma vez captou as imagens. Captou uma visão aérea de Londres, já que Benedict alçara voo em direção ao céu. Captou o rugido e o aroma do vento. O sangue estava tão espesso, tão pungente! O fato era que todo bebedor de sangue nesta Terra tinha um sabor distinto e singular. E o de Benedict era suculento. Foi necessária toda a sua determinação para que o soltasse, para que passasse a língua por sobre os lábios, se recostasse no travesseiro e mirasse o dossel de carvalho devorado pelas traças da cama.

O crepitar do fogo parecia ecoar alto no quarto praticamente vazio. Como o cômodo estava avermelhado, graças ao fogo, graças às cortinas vermelho-escuras. Que luz mais vívida, bela e tranquilizante. Meu mundo.

— Você agora desça para o porão, como eu disse. — Rhosh ficou apoiado em um dos cotovelos e beijou Benedict violentamente. — Está me ouvindo? Está me escutando?

— Sim, sim e sim – gemeu Benedict. Ele estava obviamente com o corpo enfraquecido devido ao prazer que acabara de sentir, mas Rhoshamandes tirara apenas o que deu, passando a vigorosa fita vermelha de seu próprio sangue através das veias do mais jovem antes de apanhá-la de volta para si.

Ele saiu da cama e, diante do armário aberto, puxou um pesado suéter de cashmere e calça de lã, além de meias de lã e botas. Ele escolheu seu longo casaco russo para aquela jornada, o casaco militar de veludo preto dos dias czaristas com o colarinho de pele de raposa preta. Ele vestiu um gorro de malha sobre os cabelos. E então tirou da gaveta de baixo do armário todos os documentos e dinheiro de que talvez precisasse e os colocou em segurança nos bolsos internos. Onde estavam as luvas? Ele as vestiu, satisfeito com a aparência de seus dedos compridos no liso couro preto de cabrito.

— Mas aonde você vai? – perguntou Benedict. Ele sentou-se na cama, despenteado, as bochechas rubras, e tão bonito. – Diga-me.

— Pare de ser tão ansioso – disse Rhoshamandes. – Vou passar a noite seguinte na direção oeste. Vou encontrar as gêmeas e chegar ao fundo de tudo isso. Sei que essa Voz só pode estar vindo de uma das duas.

— Mas Mekare não tem consciência e Maharet jamais faria uma coisa dessas. Todos sabem disso. Até Benji diz isso.

— Sim, Benji, Benji, o grande profeta dos bebedores de sangue.

— Mas é verdade.

— Vá agora lá para baixo, Benedict, antes que eu mesmo o arraste. Preciso partir agora.

Era um ótimo refúgio, aquela suíte no porão, nem um pouco parecida com um calabouço, com todas aquelas espessas peles de animais, uma abundância de lamparinas a óleo e, é claro, as toras de carvalho da lareira prontas para serem acesas. A televisão e os computadores lá de baixo eram comparáveis aos do andar de cima, e um fino duto de ar trazia uma constante brisa fresca do oceano para o local a partir de uma diminuta abertura no penhasco rochoso.

Assim que Benedict saiu, Rhosh dirigiu-se à parede do lado leste, ergueu a pesada tapeçaria francesa que representava uma cena de caça ao cervo e empurrou a porta que dava para seu escritório secreto, a porta pesava tanto que nenhum mortal poderia movê-la sem ajuda.

O cheiro familiar de cera de abelha, pergaminho, couro antigo e tinta. Hummm. Ele sempre reservava um momento para saboreá-lo.

Com o poder da mente, ele acendeu com rapidez uma série de velas sobre candelabros pontiagudos de ferro.

A câmara entalhada na pedra estava repleta de livros até o teto, e em uma parede encontrava-se pendurada uma imensa tela com um mapa-múndi pintado pelo próprio Rhosh, representando as cidades que mais amava em correta relação umas com as outras.

Ele ficou lá parado, encarando a peça, lembrando-se de todos os relatórios das Queimadas. Elas haviam começado em Tóquio, seguiram para a China, depois Mumbai, Calcutá, Oriente Médio. E então irrompera ensandecidamente por toda a América do Sul, no Peru, na Bolívia e em Honduras.

Então a Europa havia sido atacada. Até Budapeste que abrigava a casa de ópera favorita de Rhosh. Enlouquecedor.

Parecia que a princípio havia um plano, porém esse plano se esfacelara em ataques absolutamente casuais – exceto por uma coisa. As Queimadas na América do Sul haviam ocorrido em um arco que formava um círculo tosco. Apenas lá tal padrão aparecia. E é lá que as gêmeas estavam, ele estava certo disso, bem no fundo da selva amazônica. Aqueles que sabiam com certeza eram de fato sagazes, e evidentemente ele era próximo demais das gêmeas em idade para ter uma vantagem telepática sobre elas. Contudo, ele sabia. Elas estavam na Amazônia.

A excêntrica Maharet tinha predileção pela selva, sempre tivera, desde que o Cerne Sagrado fora colocado em sua irmã. Ele captara aqui e ali alguns fracos lampejos das gêmeas em seus sonhos, emanando de outras mentes, transmitidos ainda para outras mentes e assim por diante. Sim, ela estava na selva amazônica, a dupla medonha que havia roubado o Sangue Sagrado do Egito de Akasha.

Rebeldes, heréticas, blasfemadoras. Ele havia sido alimentado com essas antigas histórias. Na verdade, elas eram supostamente a causa de tudo aquilo, não eram? As gêmeas haviam trazido o espírito maligno de Amel para o reino de Akasha. Ele não se importava de fato com a velha mitologia, mas apreciava, isso sim, a ironia e os padrões no comportamento humano assim como os apreciava nos livros.

Bem, ele tinha pouquíssima afeição por Akasha, que já era uma tirana disparatada quando ele fora arrastado à sua presença, forçado a beber da Fonte Sagrada e a jurar fidelidade eterna. Uma deusa gélida e inclemente. Ela reinou por milhares de anos. Ou pelo menos era o que se dizia. Como ela o inspecionava, passando seus polegares duros pela cabeça dele, pelo rosto, pelos ombros e pelo peito. Como seus untuosos sacerdotes bajuladores o examinaram em todas as partes antes que ele fosse declarado um ser perfeito para se tornar um deus do sangue.

E qual destino esperava por ele nessa nova condição? Ou combater sob o comando do Príncipe Nebamun com os defensores da Rainha ou ser emparedado em um santuário na montanha, passando fome, sonhando, lendo mentes, expressando opiniões para camponeses que lhe trariam sacrifícios de sangue em festivais sagrados e rogariam para ele com intermináveis orações supersticiosas.

Ele fugiu em tempo hábil. Planejara tudo com antecedência. Um andarilho da ilha de Creta, um peregrino marinheiro e mercador, ele jamais levara a sério as crenças obscuras e emaranhadas do antigo Egito.

Mas ele se recusara a abandonar Nebamun no momento de sua pior tribulação, Nebamun que sempre fora gentil com ele. E ele não iria fugir quando Nebamun se encontrava diante da Rainha acusado de alta traição e de blasfêmia pela frívola e egoísta ação de transformar uma mulher em bebedora de sangue.

Transformar mulheres em bebedoras de sangue era a prática decadente e abominável dos rebeldes da Primeira Cria, absolutamente proibida aos do Sangue da Rainha. Para os deuses do sangue e os dedicados soldados do Sangue da Rainha, era necessário haver uma única mulher, a Rainha. Por que alguém ousaria fazer de uma mulher uma bebedora de sangue? É verdade que isso acontecera algumas vezes, mas apenas com a relutante bênção da Rainha. Ela não trouxera nem mesmo sua própria irmã para o Sangue. Nem as irmãs dela.

Ele estava certo de que Nebamun e Sevraine, sua noiva, seriam abatidos quando Rhosh houvesse atrasado sua própria fuga. Mas aquilo não aconteceu.

A todo-poderosa Rainha, que considerava seus menores caprichos um reflexo da Mente Divina, "amou Sevraine" assim que colocou os olhos sobre ela. E deixou que Sevraine bebesse seu poderoso sangue e a chamou de sua aia.

Quanto a Nebamun, por suas transgressões e presunções, seus tempos de soldado estavam encerrados. Trancado em um santuário por toda a eternidade, ele deveria ponderar acerca de suas ofensas. Caso servisse obedientemente por um século, talvez pudesse ser perdoado.

Nas primeiras horas da manhã, quando os guardas do santuário estavam dormindo em um estupor embriagado, Rhosh esgueirou-se pelas paredes de tijolos e implorou a Nebamun que falasse com ele.

– Fuja, deixe este lugar – disse Nebamun. – Ela levou a minha preciosa Sevraine e me condenou a essa existência dura e insuportável. Chegará o momento em que eu escaparei dessas paredes. Saia daqui agora, meu amigo. Afaste-se o máximo possível daqui. Encontre os rebeldes da Primeira Cria, se puder, e, se não puder, traga outros para o Sangue. Tudo o que nós defendemos esse tempo todo foram mentiras e mais mentiras deliberadamente elaboradas. Os bebedores de sangue da Primeira Cria falam a verdade. Ela não é uma deusa. Existe um demônio dentro dela, uma coisa chamada Amel. Eu vi a obra desse demônio. Eu estava lá quando ele a possuiu.

Eles teriam lhe arrancado a língua por causa daquelas palavras. Contudo, ninguém ouviu nada naquela noite através das paredes de tijolos, a não ser Rhoshamandes. E ele amaria Nebamun para sempre por aquele discurso tão corajoso.

Cinquenta anos passariam até que Rhoshamandes retornasse, e ele destruiu por completo aquele santuário, libertando Nebamun. Quanto a Sevraine, ela havia muito traíra a Rainha. E tampouco tinha algum uso para a velha religião. Sua cabeça estava a prêmio. E era odiada, assim como as gêmeas. Amaldiçoada por seus cabelos louros e olhos azuis, como se tais dádivas naturais a marcassem por si só como uma feiticeira e traidora. Ela desaparecera.

– Bom, meus velhos amigos, seja lá onde estiverem – disse Rhoshamandes em voz alta na quietude de sua pequena biblioteca –, pode ser que nos encontremos em breve para discutir a respeito deste desastre. Mas, por enquanto, tentarei descobrir por conta própria o que puder.

É claro que ele sabia onde Nebamun estava, sabia há séculos. Nebamun tornara-se Gregory na Era Comum e mantinha uma família de bebedores de sangue dotada de uma estabilidade digna de admiração no mais completo luxo. Mais ou menos uma vez por ano o rosto desse antigo e poderoso Nebamun brilhava intensamente em uma tela de TV quando algum comentarista mortal falava do vasto império farmacêutico de Gregory Duff Collingsworth, suas ligações mundanas em diferentes continentes e até mesmo sua famosa torre *fin de siècle* nas margens do Lago de Genebra.

Quantos dos que assistiam àqueles vislumbres televisivos reconheciam seu rosto? Provavelmente nenhum. Exceto Sevraine, quem sabe. Porém quem sabe Sevraine estivesse com Gregory. E quem sabe eles também tivessem ouvido a Voz.

Talvez a Voz fosse uma mentirosa e bajuladora consumada. Talvez a Voz jogasse os bebedores de sangue uns contra os outros.

– Você, em particular, eu amei acima de todos, seu rosto, sua forma e sua mente – dissera a Voz a Rhoshamandes.

Hummm. Vamos ver.

Apagou as velas com um sopro. Por algum motivo seus poderes telecinéticos jamais conseguiam simplesmente apagá-las. Ele precisava fazer aquilo com um sopro. Portanto, foi assim que ele fez.

Ele voltou ao quarto de dormir e abriu outro armário, aquele que de fato fazia jus ao nome, guardando suas armas, aqueles itens que ele colecionara ao longo dos anos mais por estima do que por qualquer outro motivo. Tirou da gaveta a faca afiada que mais amava e a abainhou ao cinto de couro no interior do casaco. Em seguida, tirou outra arma, uma pequena e esverdeada usada em guerras modernas chamada simplesmente de granada de mão. Ele sabia o que aquilo podia fazer. Havia visto várias delas sendo utilizadas durante as grandes guerras que devastaram a Europa no século XX. Engatou-a no casaco. Sabia como puxar o pino e arremessá-la caso houvesse necessidade.

Então ele foi para as altas ameias açoitadas pelo vento e encarou o céu enevoado e mais além, o mar agitado, frio e cinzento.

Por um momento, sentiu-se tentado a abandonar tudo aquilo, a retornar à biblioteca, acender as velas novamente e as toras de carvalho que ele mesmo havia cortado para a pequena lareira, afundar em sua cadeira de veludo e pegar um dos muitos livros que estava lendo ultimamente e simplesmente deixar a noite passar como tantas outras.

Porém ele sabia que não podia fazer aquilo.

Havia uma verdade crua e inescapável nas palavras de censura proferidas por Benji Mahmoud. Ele e outros como ele tinham de fazer alguma coisa. Sempre admirara Maharet e deleitava-se com os curtos momentos no passado que desfrutara na companhia dela. Contudo, ele não sabia nada sobre ela nessa época, exceto o que outros haviam escrito. E já estava na hora de ver por si mesmo e chegar ao fundo daquele mistério. Ele imaginava saber exatamente quem era a Voz, e já estava na hora de Rhosh e a Voz se encontrarem.

Ele jamais baixara a cabeça para a autoridade de quem quer que fosse, mas evitar as guerras e as querelas dos Mortos-Vivos havia lhe custado muito. E ele não tinha certeza se estava disposto a aquiescer ou a emigrar novamente. A Voz estava certa a respeito do poder. Nós procuramos poder para não sermos vítimas do poder de outrem, sim.

Muito tempo atrás, aquela fria ilha remota do território britânico fora perfeita para seu retiro, mesmo que ele tivesse levado cem anos para construir o castelo, os calabouços e as fortificações. E havia levado as árvores para as gargantas e ravinas estéreis, plantando carvalho, faia, amieiro, eolmo, plátano e bétula. Ele sempre fora um senhor benevolente para com os mortais que construíram aquele castelo, escavaram suas muitas câmaras secretas na rocha e criaram por fim um refúgio que humanos não poderiam eles próprios conquistar por nenhuma espécie de sítio que pudessem empreender contra o castelo.

Mesmo nos últimos dois séculos, aquele lugar era perfeito. Era simples transportar carvão e lenha da terra circunvizinha e manter um barco de lazer no pequeno ancoradouro para os momentos em que queria navegar nos mares revoltos.

Contudo, o mundo estava totalmente diferente. Helicópteros patrulhavam regularmente a área, imagens de satélite do castelo podiam ser acessadas a partir de qualquer computador e mortais bem-intencionados tornavam-se frequentemente uma inconveniência, tentando confirmar a segurança e o bem-estar dos habitantes do local.

Não ocorria o mesmo com outros imortais, aqueles lendários músicos vampirescos que viviam nos Alpes, por exemplo, Notker, o Sábio com seus violinos, compositores e sopranos imortais? Aqueles meninos eram um deleite só. (Não era necessário castrar um menino para deixá-lo com voz de soprano para sempre. Bastava dar o Sangue a ele.) E não ocorria o mesmo com Maharet e Mekare em sua selva remota, e com qualquer outro exilado do mundo que contara com a sobrevivência da impenetrável vastidão selvagem que não existia mais?

Apenas os sagazes como Gregory Duff Collingsworth e Armand Le Russe – que conseguiam prosperar bem em meio aos mortais – não eram perturbados pelo encolhimento do planeta. Mas que preço eles pagavam.

Para onde os imortais teriam de ir em seguida para construir suas cidadelas? Nas cadeias de montanhas no fundo do mar? Rhoshamandes vinha pensando nisso ultimamente, ele tinha de admitir, um grande palácio espaçoso feito de aço e vidro da era espacial em uma ravina oceânica profunda e escura, acessível apenas àqueles poderosos o bastante para nadar até as profundezas abissais. E sim, ele tinha, quem sabe, a riqueza necessária para criar uma espécie de refúgio como aquele para si mesmo, contudo, ele estava zangado, zangado por ao menos haver pensado em abandonar sua adorável ilha onde se sentira em casa por centenas de anos. Além disso, ele queria ver as árvores, a grama, as estrelas e a lua de suas janelas. Rhoshamandes gostava de cortar ele próprio lenha para suas lareiras. Queria sentir o vento no rosto. Queria fazer parte daquela Terra.

Vez por outra ele refletia. E se nos juntássemos e utilizássemos nossos consideráveis poderes para destruir metade da raça humana? Não seria difícil, seria? Principalmente quando as pessoas não acreditam que existimos. Destruição e anarquia generalizadas proporcionariam novos espaços selvagens ao redor de todo o planeta, e bebedores de sangue poderiam caçar com impunidade e voltar a ter o controle sobre as decisões. Mas Rhosh também amava as conquistas tecnológicas do planeta, que se tornava cada vez menor – grandes televisores de tela plana, poesia e música gravadas, DVDs e *streaming* de documentários, programas dramatúrgicos e filmes para pessoas em todos os cantos do mundo, magníficos sistemas de som eletrônicos, transmissões via satélite, telefones, celulares, aquecedores elétricos e técnicas modernas de construção, tecidos sintéticos, edifícios altíssimos, iates de fibra de vidro, aviões, tapetes de nylon e vidro moderno. Dizer adeus a esse mundo moderno seria angustiante, independentemente do quão boas se tornassem as caçadas.

Ah, bem... Ele não tinha estômago para destruir metade da raça humana de um jeito ou de outro. E não tinha nenhuma aversão inveterada a mortais. Não mesmo.

Benji Mahmoud, no entanto, estava certo. Nós devíamos ter um lugar aqui! Por que nós, dentre todas as criações, tínhamos de ser amaldiçoados? O que nós fazemos que outras criaturas não fazem, ele gostaria de saber. E o fato é que, nós nos escondemos mais uns dos outros do que de mortais. Quando foi que algum mortal já perturbou Rhosh? Quando foi que algum mortal perturbou Notker, o Sábio, se é que ele ainda se encontrava em sua escola musical alpina para Mortos-Vivos? Ou a sagaz Sevraine?

Ele respirou bem fundo o ar fresco do mar.

Nem uma única alma humana em um raio de sessenta e cinco quilômetros, exceto a família do velho caseiro que assistia a um programa da TV americana às gargalhadas na pequena chácara lá embaixo, a aconchegante sala da casa com todas aquelas porcelanas azul e brancas penduradas no aparador e o cachorrinho branco dormindo no capacho em frente ao forno.

Ele estava preparado para lutar por tudo isso, não estava? E estava preparado para a possibilidade de lutar com outros por isso. Mas, por enquanto, ele proferiu uma oração ao criador do universo pedindo apenas por sua própria segurança, a segurança de Benedict e seu próprio retorno iminente.

Mal proferira a oração e ele já sentia uma grande dúvida. O que era aquilo que ele pretendia fazer e por quê? Por que desafiar a sábia Maharet em sua própria casa? E certamente a chegada dele no local sem ser anunciado seria encarada como um desafio, não seria?

Talvez fosse bem melhor ele ir para Nova York e procurar por lá outros imortais preocupados com a crise e lhes contar exatamente o que sabia sobre a volúvel e traiçoeira Voz.

De repente, um som surgiu dentro de sua cabeça tão real quanto um sussurro de alguém encostado em seu ouvido. Isolado do vento rosnante, o som era alto e distinto.

– Ouça-me, Rhoshamandes, eu preciso de você. – Era a Voz. – Preciso que venha se encontrar comigo agora.

Ah, seria isso o que ele estava esperando? Por acaso eu sou o ungido?

– Por que eu? – perguntou ele, suas palavras perdidas no vento, mas seu foco não era a Voz. – E por que eu deveria acreditar em você? – indagou ele. – Você me traiu. Você quase destruiu o meu adorado Benedict.

– Como eu poderia saber que Benedict estava em perigo? Se você tivesse ido a Londres e feito o que eu lhe pedi, não teria havido nenhuma situação de perigo para o seu Benedict! Preciso de você, Rhoshamandes. Venha se encontrar comigo agora.

– Encontrar-me com você?

– Exato, na selva amazônica, meu adorado, exatamente como você supôs. Estou aprisionado. Estou na escuridão. Eu vago pelas trilhas de meus tentáculos e de minhas gavinhas e das intermináveis extremidades de fios definhantes que serpenteiam pelo mundo, procurando, procurando por aqueles a quem amar, mas sempre, sempre, sou desancorado e rolado de volta a essa prisão muda e quase cega, a esse miserável e modorrento corpo arruinado que eu não consigo acelerar! Essa coisa que não se move, não ouve, não se importa com nada!

– Você é o espírito Amel, então, não é? Ou isso é o que você queria me fazer acreditar.

– Ah, nesse túmulo vivo eu alcancei a posse total e completa, sim, nesse vácuo, nesse sombrio vazio, e eu não consigo escapar!

– Amel.

– Eu não consigo assumir o controle!

– Amel.

– Venha se encontrar comigo antes que outro o faça. Rhoshamandes, leve-me para dentro de você, para dentro de seu esplêndido corpo masculino com uma língua, olhos e todos os membros, antes que outro faça isso, alguém tosco e tolo, apto a me usar e a usar meu poder cada vez maior contra você!

Silêncio.

Em estado de choque e maravilhado, ele estava ali parado, incapaz de uma decisão consciente. O vento o chicoteava, queimando seus olhos até lacrimejarem. *Amel. O Cerne Sagrado.*

Muitos séculos atrás, o desprezara cheio de arrogância.

– Eu sou a fonte. Eu possuo o Cerne!

Uma tempestada se formava no norte. Ele podia ver lá fora, sentir sua turbulência, sentir a torrente aproximando-se dele, mas que importância tinha aquilo?

Ele alçou voo, aumentando a velocidade à medida que ascendia em direção ao lancinante frio gélido, e então voltou-se para sudoeste sentindo-se esplendidamente leve e poderoso, dirigindo-se para o Atlântico.

15

Lestat

Sejas sempre humilde

—Por que você foi restaurar este castelo, você que podia morar em qualquer lugar deste vasto mundo? Por que voltou para cá, para este lugar e este vilarejo? Por que deixou aquele seu arquiteto reconstruir o vilarejo? Por que fez tudo isso? Você está louco?

Amada Mãe, Gabrielle.

Ela andava apressada de um lado para outro com as mãos enfiadas nos bolsos do jeans, a jaqueta de safári amarrotada, os cabelos agora soltos em ondas platinadas descendo pelas costas em uma comprida trança. Até cabelos vampíricos conseguem reter as ondas impostas sobre eles por uma trança.

Nem me dei ao trabalho de responder. Eu decidira que, em vez de discutir ou conversar com Gabrielle, desfrutaria dela. Eu a amava tão irremediavelmente, amava sua postura desafiadora, sua coragem inabalável, seu pálido rosto oval com sua imutável marca de atratividade feminina que nenhuma frieza de coração era capaz de alterar. Além disso, eu já tinha muitas coisas em mente. Sim, era adorável estar com ela mais uma vez e, sim, era intenso. Pobre do bebedor de sangue que faz um companheiro bebedor de sangue a partir de um parente mortal. Mas eu estava pensando na Voz e não conseguia pensar em muitas outras coisas.

Então, estava sentado à minha antiga escrivaninha de ouro e madeira, meu precioso pedacinho de genuíno mobiliário Luis XV naquele espaço, com meus pés sobre ela, simplesmente observando minha mãe, as mãos dobradas sobre o colo. E eu pensava: O que posso fazer com o que sei, com o que sinto?

Era um pôr do sol muito bonito, ou havia sido. E as montanhas da minha terra natal estavam visíveis lá fora com as estrelas surgindo para tocá-las, uma noite clara e perfeita tão distante do barulho e da poluição do mundo, com apenas umas poucas vozes vindo daquela fileira de pequenas lojas e residências que compunham o vilarejo na estrada montanhosa abaixo de nós, e nós dois aqui naquela sala que no passado havia sido um quarto de dormir, mas que agora era um espaçoso salão decorado.

Meus espelhos, meus arabescos de ouro em pau-rosa, minhas tapeçarias flamengas, meus tapetes Kirman, meus lustres estilo império.

O *château* fora submetido de fato a uma magnífica restauração. Suas quatro torres estavam agora completas e uma enorme quantidade de quartos e salas completamente reconstruídos e equipados com luz elétrica e aquecedores. Quanto ao vilarejo, era bem pequeno, e existia apenas para sustentar a pequena força de trabalho formada por carpinteiros e artesãos engajados na restauração. Nós estávamos bastante afastados das rotas tradicionais naquela parte da Auvergne, até mesmo para os turistas, quanto mais para o resto do mundo.

O que nós tínhamos ali era solidão e quietude – uma abençoada quietude, semelhante àquela que somente o mundo rural pode oferecer – distante das vozes de Clermont-Ferrand ou Riom. E a beleza abençoada por toda parte ao redor de nós em campos verdes e florestas intocadas naquela velha parte da França, onde no passado tantas famílias pobres que lutavam para sobreviver haviam sofrido tanto para adquirir um pedaço de pão ou uma porção de carne. Aquilo não acontecia mais com tanta frequência nos dias de hoje. Novas autoestradas haviam aberto os picos e vales montanhosos e isolados da Auvergne ao resto do país várias décadas atrás e com elas chegara o inevitável abraço tecnológico da Europa moderna. Aquele local, contudo, permaneceu como o menos povoado da França, talvez da Europa – e aquele *château*, cercado e acessível apenas através de estradas particulares protegidas por portões, não estava nem mesmo nos mapas.

– Fico revoltada de ver que você está retrocedendo – declarou Gabrielle. Ela me deu as costas, parecendo uma pequena e delgada figura contra o pano de fundo da luz incandescente vinda da janela. – Ah, mas você sempre fez apenas o que queria.

– Em oposição ao quê? – perguntei. – Mãe, não existe para a frente ou para trás nesse mundo. Minha vinda para cá foi um movimento para a frente. Eu estava sem casa e me perguntei, com todo o tempo do mundo para ponderar sobre o assunto: Onde eu gostaria de me sentir em casa? E *voilà*! Estou aqui neste castelo onde nasci e do qual uma considerável quantidade de coisas permanece, embora estejam enterradas sob reboco e ornamentos, e tenho a vista destas montanhas onde costumava caçar quando criança, e gosto disso. Isso aqui é a Auvergne. O Maciço Central onde nasci. É a minha escolha. Agora pare com essa arenga.

É claro que ela não havia nascido ali. Ela vivera, quem sabe, as miseráveis décadas de sua existência ali, dando à luz sete filhos dos quais eu fui o último, e morrendo lentamente naqueles cômodos antes de ir comigo para Paris e ser despachada para a Estrada do Diabo enquanto nos abraçávamos em seu leito de morte.

É claro que ela não amava nem um pouco nada daquilo. Talvez houvesse um lugar especial neste mundo que amasse, amasse com o sentimento que eu tinha por tudo isto, mas era muito provável que ela jamais me contasse.

Minha mãe riu. Ela se virou e veio em minha direção na mesma carreira em que andava o tempo todo, deu então uma virada diante de minha escrivaninha e andou de um lado para outro mirando as vigas gêmeas de mármore, os relógios antigos, todas as coisas que odiava com um desprezo específico.

Eu me recostei na cadeira, as mãos unidas na nuca, e olhei para as pinturas no teto. Meu arquiteto mandara buscar na Itália um pintor para fazer aqueles murais no estilo antigo francês – Dionísio com seu grupo de adoradores adornados com festões traquinando, tendo como pano de fundo um céu azul cheio de nuvens tingidas de ouro em movimento.

Armand e Louis estavam certos quando resolveram pintar os tetos de suas moradias em Nova York. Eu odiava ter de admitir aquilo, mas vislumbrar aquele esplendor barroco através de suas janelas me inspirara a dar a ordem para os tetos daqui. Decidi jamais contar isso a eles. Ah, que dor cruciante a saudade de Louis, a vontade de querer tanto conversar com ele, que dor cruciante de gratidão por Louis estar com Armand.

– Você voltou a ser você mesmo depois de muito tempo – disse ela. – Fico contente. Fico contente mesmo.

– Por quê? Nosso mundo pode estar prestes a acabar. O que isso importa? – Aquele comentário foi desonesto, entretanto. Eu não achava que nosso mundo iria acabar. Eu não permitiria que ele acabasse. Lutaria contra esse fim com o que restasse de fôlego em minha carcaça perniciosa e imortal.

— Ah, ele não vai acabar. — Ela deu de ombros. — Não se nós todos agirmos juntos novamente como da última vez, se colocarmos de lado nossas diferenças, como o mundo está sempre dizendo, e nos unirmos. Podemos derrotar essa coisa, esse espírito enraivecido que pensa que a emoção dele é singular e momentosa, como se a consciência em si houvesse acabado de ser descoberta para o benefício e o uso pessoal dele!

Ah, então ela sabia de tudo. Não estava enfurnada em alguma floresta norte-americana assistindo à neve cair. Ela estava conosco o tempo todo. E o que acabara de dizer tinha fundamento.

— Ele realmente se comporta desse jeito, não é? — eu disse. — Você colocou a coisa exatamente como ela é.

Ela se apoiou na viga mais próxima de mim, com o cotovelo tocando-a delicadamente, e estava de fato se parecendo com um gracioso menino magro naquela postura, seus olhos refulgindo positivamente quando sorriu para mim.

— Eu te amo, sabe.

— Você bem que podia ter me enganado com essa. Hummm. Bem. — Dei de ombros. — Parece que muitas pessoas me amam, mortais e imortais. É inevitável. Sou simplesmente o vampiro mais deslumbrante do planeta, embora nunca saiba o motivo. Não é que você foi muito sortuda em me ter como filho, o matador de lobos que entrou no palco em Paris tropeçando e fez com que um monstro se sentisse atraído por ele? — Aquilo também foi desonesto. Por que eu sentia que precisava mantê-la afastada?

— É sério, você está com uma aparência esplêndida. Seus cabelos estão mais brancos. Por que isso?

— Aparentemente é porque ele foi queimado. Seguidamente queimado. Mas ainda está loiro o bastante pra me manter feliz. Você também está com uma aparência deveras esplêndida. O que sabe sobre tudo isso, sobre o que está acontecendo?

Ela ficou em silêncio por um momento. Então falou:

— Nunca pense que eles realmente o amam, ou o amam pelo que você é.

— Obrigado, mãe.

— É sério. Estou falando sério. Nunca pense que... O amor não funciona realmente desse jeito. Você é o único nome *e* o único rosto que todos conhecem.

Olhei para ela de maneira pensativa e em seguida declarei:

— Eu sei.

– Vamos falar da Voz. – Ela foi direto ao assunto, sem preâmbulos. – Ela não pode manipular o físico. Aparentemente, ela pode apenas incitar a mente daqueles a quem visita. Ela não pode possuir os corpos, em hipótese alguma. E desconfio que a coisa não pode fazer nada com o corpo hospedeiro, mas tem o seguinte, eu vi o corpo hospedeiro menos vezes do que você e por muito menos tempo.

O corpo hospedeiro era Mekare. Não pensava em Mekare naqueles termos, mas era isso o que ela era.

Eu estava impressionado. Tudo aquilo deveria ter sido óbvio para mim antes daquele momento. Eu encarara todas as visitas da Voz como uma espécie de tentativa de posse, porém as visitas jamais haviam sido isso. A coisa podia produzir alucinações, sim, mas estava trabalhando em meu cérebro quando fazia aquilo. Ela, contudo, jamais fora capaz de me manipular fisicamente para me convencer a fazer o que quer que fosse. Eu estava refletindo sobre as muitas coisas que a Voz dissera.

– Eu não acho que essa coisa pode controlar o corpo hospedeiro em hipótese alguma – disse. – O corpo hospedeiro atrofiou. Muitos séculos sem sangue humano fresco, nenhum contato humano ou vampírico, um excesso de escuridão por tempo demais.

Gabrielle assentiu. Ela se virou, apoiou as costas na viga e cruzou os braços.

– O primeiro objetivo dela vai ser sair daquele corpo. Mas então o que ela vai fazer? Vai depender do novo hospedeiro e de seus poderes. Se nós conseguirmos convencê-la a entrar no corpo de um novato, talvez isso seja um ótimo chamariz.

– Por que você acha isso?

– Se for um corpo antigo novamente, um corpo verdadeiramente antigo, a coisa vai poder se expor ao sol e assim matar metade dos vampiros do mundo, exatamente como acontecia nos tempos antigos. Se a coisa entrar em um corpo jovem, vai destruir a si mesma se tentar empreender a matança.

– *Mon dieu*, isso não passou pela minha cabeça em momento algum! – eu disse.

– É por isso que precisamos nos unir, todos nós. E Nova York é o lugar, é claro. Mas primeiro precisamos recrutar Sevraine.

– Você está ciente de que a Voz pode estar nos ouvindo neste exato momento, não está?

– Só se estivesse aqui dentro de um de nós. A Voz me visitou mais de uma vez e acho que só pode estar em um lugar por vez. Ela não falou com grupos de bebedores de sangue simultaneamente. Não. Ela com certeza não consegue falar com todo mundo ao mesmo tempo. Isso não é nem remotamente possível para ela. Não. Se estiver ancorada por um tempo em você ou em mim, ela pode ouvir o que está sendo dito neste recinto. Mas não de outro jeito. E não estou sentindo a presença dela. Você está?

Eu estava ponderando. Havia uma considerável evidência de que ela estava certa. Entretanto, ainda não conseguia entender por quê. Por que a inteligência da Voz não permeava todo o imenso corpo dela, assumindo que a coisa possuía um corpo como nós compreendemos a palavra corpo? Mas, então, de quem é a inteligência que permeia todo o corpo da coisa? A de um polvo, quem sabe? Pensei em Mekare e Maharet muito tempo atrás comparando esses espíritos a imensas criaturas marinhas.

– Essa Voz move-se ao longo de sua própria anatomia etérea – disse Gabrielle –, e uso essa palavra simplesmente porque não conheço nenhuma outra melhor para descrever isso, mas aposto que seus letrados amigos Fareed e Seth teriam como averiguar o que estou dizendo. Ela se move através de suas várias extremidades e nunca pode estar em dois lugares ao mesmo tempo. Precisamos nos encontrar com eles, Lestat. Chegar a Nova York, e antes disso precisamos ir ao encontro de Sevraine. Ela precisa ir conosco. Sevraine é poderosa, talvez tão poderosa quanto o corpo hospedeiro.

– Como você sabe a respeito de Seth e Fareed? – perguntei.

– Através dos bebedores de sangue que ligam para Benji Mahmoud em Nova York. Você não os escuta? Com esses seus vídeos de rock, o e-mail e todas essas outras coisas, pensei que você dominasse toda essa tecnologia. Escuto os vagabundos ligando e falando sobre o benigno cientista vampiresco da Costa Oeste que oferece a eles dinheiro em troca de amostras de sangue e tecido epitelial. Eles se referem a Seth, o criador dele, como se fosse um deus.

– E estão a caminho de Nova York?

Ela deu de ombros.

– Deveriam estar.

Eu tinha de confessar que escutava Benji, mas raramente os outros, exceto um trecho ou outro.

– Certamente esse corpo inteiro sente – eu disse –, como eu sinto dor na minha mão e em meu pé.

– Exato, mas você não possui uma consciência independente na cabeça ou no pé. Escute, o que eu sei? Essa Voz vem até mim, balbucia uma ou outra tolice e então some. Ela me bajula, me exorta a destruir outros, me diz que sou a única que ela quer. Outros a deixaram desapontada. E assim por diante. Desconfio que esteja dizendo a mesmíssima coisa a vários de nossos, mas isso é apenas uma especulação minha. A coisa é crua, infantil, e depois espetacularmente sagaz e íntima. Mas escute, eu estou especulando, como já mencionei. – Ela deu de ombros. – Já está na hora de procurarmos Sevraine. Você precisa nos levar até lá.

– Preciso levar?

– Qual é, não seja modesto, Príncipe Moleque...

– Você sabe, eu poderia muito bem matar Marius por ter cunhado esse termo.

– Não, não poderia. Você adora esse termo. E sim, você precisa nos levar até lá. Não tenho o Dom da Nuvem, filho. Nunca bebi o sangue da Mãe ou o sangue de Marius.

– Mas você bebeu de Sevraine, não bebeu? – Eu sabia que ela havia bebido. Podia ver diferenças sutis nela que não eram simplesmente o trabalho do tempo. Mas não tinha certeza. – Mamãe, você tem o Dom da Nuvem e não sabe.

Ela não respondeu.

– Todos nós precisamos nos juntar – disse ela –, e nós não temos tempo para tudo isso. Quero que você nos leve até Sevraine.

Pus os pés no chão, me levantei e estiquei o corpo.

– Muito bem. Gosto muito da perspectiva de segurá-la em meus braços, totalmente desamparada, sabendo que poderia quem sabe soltá-la em qualquer ponto do mar.

Ela riu entre os dentes. Palavra feia, mas ela ainda continuava irresistível e bonita ao fazê-lo.

– E se eu de fato a soltasse, você perceberia rápido o bastante que possui o Dom da Nuvem, como acabei de dizer.

– Pode ser que sim, pode ser que não. Por que não colocamos em prática essa experiência? De acordo?

– Tudo bem. Preciso de cinco minutos para avisar ao arquiteto que não estarei aqui por algumas noites. E para onde estamos indo?

– Ah, aquele arquiteto, que coisa mais inconveniente! Quando estiver com ele, sugue cada gota de sangue do organismo dele. Um lunático que passa a vida restaurando um *château* em um lugar remoto simplesmente porque é pago para fazer isso só pode possuir uma perspectiva atroz.

– Fique longe dele, mãe. Ele é um serviçal da mais alta confiança. E eu gosto dele. Agora, para onde exatamente nós vamos, por obséquio?

– Vamos seguir por dois mil e quatrocentos quilômetros em direção à Capadócia.

16

Fareed

Momento de decisão

Fareed estava sentado no escritório escurecido encarando o grande e brilhante monitor diante dele e o majestoso modelo que fizera com pixels e luzes do suposto corpo daquela entidade, o Cerne Sagrado, daquele tal Amel, aquela Voz, que estava seduzindo antigos a destruir vampiros em todas as partes.

    Na escrivaninha de Fareed encontrava-se um livro de capa dura, um romance. *A rainha dos condenados.* Estava aberto nas páginas 366 e 367. Fareed lia e relia os trechos nos quais Akasha, a genitora vampiresca original, descrevia a chegada do espírito Amel em seu corpo.

    Fareed tentava vislumbrar alguma construção teórica daquele ser, daquele espírito Amel. Contudo, deparara-se com questões e mistérios que não conseguia solucionar. Nenhum instrumento na Terra podia detectar as verdadeiras células daquele ser, porém Fareed não tinha dúvidas quanto ao fato de que se tratava de uma estrutura celular. E, como sempre, ele imaginava se aquilo não era um remanescente de um mundo perdido que existira na Terra antes do oxigênio entrar na atmosfera. Será que aquilo podia ter sido parte de alguma raça florescente que acabou sendo arrancada do mundo biológico visível pela ascensão daquelas criaturas que eram não somente envenenadas pelo oxigênio como também floresciam por intermédio dele? Como era a vida para aquela raça? Será que seriam visíveis, de algum modo, ao olho humano durante aqueles milhões de anos anteriores à ascensão do oxigênio? Será que nadavam na atmosfera do mundo, desprovida de oxigênio, como os polvos nadam no oceano? Será que amavam? *Será que se reproduziam?* Será que tinham uma sociedade organizada sobre a qual os bebedores de sangue nada conheciam? E o que precisamente o oxigênio fizera com eles? Será que eram remanescentes de seus egos anteriores – gigantescos corpos etéreos de células infinitesimais que no passado possuíam uma forma maior, lutando com sentidos tão diferentes dos Mortos-Vivos que estes nem conseguiam imaginá-los?

Havia uma pequena dúvida de que, na morte, o corpo humano liberava alguma espécie de "ego" etéreo que ascendia, poeticamente falando, a algum outro domínio e que alguns daqueles corpos etéreos permaneciam na Terra – fantasmas atados à matéria. Fareed via tais fantasmas desde que fora trazido para o Sangue. Eram raros, mas ele os vira. Na realidade, avistara fantasmas que haviam organizado ao redor de seu corpo etéreo uma aparência física de ser humano que era totalmente constituída de partículas que eles próprios atraíam através de uma espécie de magnetismo.

Que relacionamento esses fantasmas tinham com aqueles espíritos dentre os quais Amel se incluía? Seus corpos "sutis" por acaso possuíam algo em comum?

Fareed ficaria louco se não encontrasse as respostas. Ele e Flannery Gilman, a mais brilhante médica que ele trouxera para o Sangue – a mãe biológica do filho de Lestat, Viktor –, haviam discutido sobre o assunto inúmeras vezes em busca da grande ideia que colocaria em ordem todas aquelas informações disparatadas.

Talvez a chave definitiva para o mistério de Amel fosse um daqueles fantasmas sagazes e sábios que se passavam por pessoas de fato todos os dias em Los Angeles. Seth dissera uma vez, quando eles haviam avistado um desses fantasmas andando ousadamente na rua com passadas palpáveis, que os fantasmas do mundo estavam evoluindo, que ficavam cada vez mais hábeis em entrar no mundo físico, em fazer para eles próprios aqueles corpos biológicos. Ah, se ao menos Fareed pudesse falar com um deles, mas todas as vezes que ele tentava se aproximar de um espectro como aquele o fantasma fugia. Certa vez, a figura se dissolvera bem diante de seus olhos, deixando as roupas que vestia para trás. Outro fantasma dissolvera-se com roupa e tudo porque seus trajes, obviamente, também eram ilusórios, faziam parte de seu corpo de partículas.

Ah, se ao menos houvesse tempo, tempo para estudar, para pensar, para aprender. Se ao menos a Voz não tivesse precipitado aquela horrível crise. Se ao menos a Voz não estivesse infernalmente inclinada a destruir os Mortos-Vivos. Se ao menos a Voz não fosse um adversário da própria espécie deles. Entretanto, não havia nenhuma evidência de que a Voz sentia que os bebedores de sangue do mundo fossem de sua própria espécie. Na verdade, havia evidências do contrário, que ela via a si mesma como refém em alguma espécie de receptáculo que não conseguia transformar em sua própria forma. Será que aquilo significava que ela queria estar novamente livre, livre para ascender a algum paraíso atmosférico de onde procedia? Muito pouco provável. Não. Ela só podia ter uma ambição bastante diferente, uma ambição mais compatível com a ousadia que a conduzira ao corpo de Akasha em primeiro lugar.

Fareed encarou o modelo que havia montado da coisa em cores tórridas no monitor gigante.

De que se tratava de um invertebrado ele tinha praticamente certeza, de que ela possuía um cérebro discernível ele tinha certeza; de que seu sistema nervoso envolvia inúmeros tentáculos ele também tinha certeza. Fareed suspeitava que a coisa em seu estado espiritual absorvera alguma forma de nutriente da atmosfera do planeta. E o sangue, evidentemente, a capacidade de absorver pequeninas gotas de sangue, foi sua passagem para o mundo biológico visível. Obviamente seus tentáculos envolviam uma imensa percentagem de seus neurônios, mas ao que parecia não incluía uma inteligência ou ciência completa. Aquilo ficava localizado no cérebro, no Cerne Sagrado, por assim dizer. Então era evidente, a partir das declarações da própria Voz, que esse cérebro podia codificar não só lembranças de curto prazo como distantes. Seus desejos passaram a ser expressos em termos de tempo e memória.

Mas será que sempre havia sido assim? Será que o problema da memória de longo prazo paralisara a criatura por séculos porque ela não tivera condições de estocar ou de reagir a lembranças de longo prazo em seu estado "espiritual"? Será que Amel e outros espíritos haviam flutuado em um "presente" abençoado em sua forma invisível?

Será que a coisa sempre tivera personalidade e consciência como nós as conhecemos e fora apenas incapaz em tempos passados de se comunicar? Ela certamente se comunicara em forma espiritual com as grandes feiticeiras gêmeas. A coisa as amara, tivera intenção de satisfazê-las, em especial

Mekare. Tivera intenção de obter reconhecimento, aprovação, inclusive admiração.

Mas será que aquela consciência havia submergido quando o orgulhoso Amel entrou na Mãe, vindo apenas à superfície naquele momento porque viu-se alojado no corpo hospedeiro de uma mulher que não possuía ela própria um verdadeiro cérebro pensante?

Talvez a história houvesse despertado Amel – a história que ele descobrira quando os ardentes vídeos do vampiro Lestat tinham sido deixados no santuário da Mãe e do Pai, vídeos que contavam a história de como os vampiros haviam surgido. Será que alguma fagulha vital e irresistível fora acesa em Amel quando ele assistiu àqueles clipes na TV que Marius havia tão amavelmente fornecido à Mãe e ao Pai mudos?

Fareed suspirou. O que ele queria mais do que qualquer coisa neste mundo era estar em contato direto com a Voz propriamente dita. A Voz, porém, jamais falara com ele. A Voz falara com Seth. A Voz indubitavelmente falara com inúmeros bebedores de sangue no planeta, contudo, ela dispensara Fareed. Por quê? Por que fizera isso? E por acaso a Voz, de tempos em tempos, estava ancorando-se dentro de Fareed para conhecer seus pensamentos mesmo que não falasse com ele?

Aquela era uma possibilidade concebível. Era concebível que Amel estivesse aprendendo a partir das análises de Fareed mais do que a Voz queria admitir.

Viktor e Seth entraram na sala.

Ficaram parados na escuridão etérea, olhando para o monitor, esperando educadamente que Fareed se afastasse da tela e desse a eles sua total atenção.

Era uma sala muito grande, aquela, com paredes de vidro que davam para o campo plano e as montanhas ao longe, uma das muitas salas naquele grande e extenso complexo médico de três pavimentos que Fareed e Seth haviam construído no deserto californiano.

Fareed achara a arquitetura daquela área fria e pouco inspiradora, eficiente para o trabalho, mas estéril para o espírito. Então aquecera aquele espaço e outros semelhantes com pequenos toques – lareiras de mármore que se arqueavam sobre grelhas a gás, seus quadros europeus favoritos em molduras douradas e antigos tapetes desbotados de sua terra natal, a Índia. Vários computadores imensos dominavam a escrivaninha, monitores iluminados cheios de gráficos e figuras. A escrivaninha em si era uma peça da antiga Renascença portuguesa de nogueira entalhada encontrada em Goa.

Viktor e Seth não haviam se sentado, embora a sala estivesse repleta de cadeiras de couro. Eles estavam esperando, e Fareed precisava deixar aquilo seguir, precisava perceber de uma vez por todas que chegara ao fim do que podia saber sem confrontar a Voz diretamente.

Por fim, Fareed virou-se na moderna cadeira de rodinhas preta e encarou os dois.

— Tudo foi acertado – disse Seth. – O avião está pronto, a bagagem guardada. Rose está no avião e Viktor vai com ela. Rose acha que está indo pra Nova York ver seu Tio Lestan.

— Bom, esperamos que isso acabe mesmo sendo verdade, não é mesmo? – perguntou Fareed. – E nossos aposentos em Nova York?

— Preparados, é claro – confirmou Seth.

Fazia dois anos desde a última vez que Fareed ou Seth havia visitado seu apartamento na cidade ou o pequeno laboratório adjacente que mantinham no sexto andar de um edifício em Midtown. Aquele lugar, entretanto, estava sempre de prontidão, e por que Fareed fazia perguntas bobas acerca disso, ele não sabia, exceto pelo fato de que se tratava de uma maneira de ganhar tempo.

Seth continuou falando como se estivesse pensando em voz alta, verificando consigo mesmo o que devia ser feito.

— Todos os empregados humanos foram para casa por um período indefinido e com seus salários já pagos. Todos os bebedores de sangue estão nas salas do porão e lá permanecerão até o nosso retorno. Os suprimentos de sangue estão em um nível adequado para um longo período de isolamento. Os sistemas de segurança estão em operação. Este complexo está tão seguro quanto sempre esteve. Caso a Voz empreenda um ataque, bem, este não será bem-sucedido.

— Os porões – sussurrou Viktor. Ele estremeceu. – Como é que eles conseguem suportar aquilo, ficar trancados em um porão por noites e noites sem sair?

— São bebedores de sangue – respondeu Seth em voz baixa. – Você é um ser humano. Você sempre se esquece disso.

— Não existem bebedores de sangue que sentem medo de porões e de criptas? – quis saber Viktor.

– Não que eu já tenha ouvido falar. Como isso seria possível?

Não havia dúvida de que os porões eram seguros. "Contudo, estamos saindo daqui, saindo desta instalação fantástica e segura para ir para Nova York", pensou Fareed, embora soubesse que eles tinham de fazer isso.

– Não quero ficar trancado em um porão, nem aqui nem em lugar algum – declarou Viktor. – Eu tenho horror a lugares escuros desde que me entendo por gente.

Fareed mal ouvia. Seth estava assegurando Viktor de que ele ficaria em um apartamento com paredes de vidro em Nova York, bem acima das ruas de Manhattan. Nada de criptas.

Típico de um mortal ficar obcecado com algo que não tinha importância. Fareed gostaria muito de poder se distrair com a mesma facilidade de seus temores mais profundos.

Fareed ficara silenciosamente assombrado naquela mesma manhã, mais de catorze horas atrás, antes do nascer do sol, enquanto Seth se conectava em privacidade com Benji Mahmoud por telefone e lhe dizia que eles estavam a caminho. O telefone estava em viva voz. Seth e Benji conversaram em árabe por meia hora. E quando Seth revelou a existência de Rose e Viktor, Fareed ficou horrorizado. Entretanto, Fareed entendeu que eles estavam indo porque tinham de ir, e precisavam confiar a Benji, Armand e aos outros em Nova York seus mais profundos segredos. Deixar Viktor e Rose para trás, deixá-los ali ou em qualquer lugar, era simplesmente impossível. Viktor sempre fora responsabilidade deles, e agora Rose também se tornara responsabilidade deles. Portanto, os dois levariam aqueles adoráveis jovens mortais com eles para o comando central da crise e se alojariam nas proximidades.

Fareed dormira seu sono dos mortos diurno desde aquele telefonema, acordara ao pôr do sol e recobrara os sentidos sabendo que Seth fizera o que tinha de fazer. Ele também estava certo da devoção de Benji Mahmoud a Lestat, certo da devoção de toda sua pequena família – Armand, Louis, Sybelle, Antoine e quem mais se juntara a eles. Contudo, sabia que o segredo de Viktor e Rose logo vazaria telepaticamente. Tinha de vazar.

Quando toda aquela quantidade de gente ficasse sabendo daquilo, o segredo deixaria de existir. Fareed agora olhava para o parrudo e principesco jovem que criara desde a primeira infância, imaginando o que realmente o destino havia reservado para ele. Fareed o amara irresistivelmente, alimentando-o com conhecimento, luxo e, acima de tudo, com uma rica experiência das maravilhas e das belezas físicas desta Terra através de viagens e do ensino particular desde os primeiros anos. A única coisa que sempre negara a Viktor havia sido a infância, uma experiência com outras crianças, uma experiência de ser o que o mundo moderno chama de "normal" com todos os riscos que a acompanhavam. Aquilo Viktor jamais conhecera, e agora o destino o colocara no caminho de uma jovem mortal cujas experiências não haviam sido nem um pouco diferentes das dele próprio, e os dois passaram a se amar. Aquilo não era nenhuma surpresa. Fareed não poderia ter encontrado uma companheira mais perfeita para Viktor do que Rose. E vice-versa.

Fareed afastou-se da intensidade de suas próprias emoções, de seus temores mais profundos, de suas constantes preocupações obsessivas acerca de tudo o que acontecera, que porventura acontecesse, que poderia acontecer.

— Os bancos de sangue nas salas do andar inferior... — começou Viktor.

— Adequados — completou Seth. — Vistoriados. Todos eles. Prontos. Acabei de lhe dizer. A dra. Gilman está encarregada disso e ninguém vai sair do porão até que ela dê a ordem para isso. Nossos adorados sábios têm seus laboratórios lá embaixo e também seus computadores, seus projetos. Eles são tão indiferentes ao medo quanto a qualquer coisa pertinente ao mundo exterior ao campo de trabalho deles próprios. Os sistemas elétricos que os protegem não podem falhar. Seria totalmente ridículo da parte da Voz empreender um ataque naquele local.

— E a Voz é esse modelo todo de sensatez e eficiência — disse Viktor subitamente em voz baixa. Era como se ele não conseguisse se conter, e Fareed percebeu subitamente o quanto Viktor estava tenso e triste, e também o quanto estava excitado.

Viktor usava sua costumeira camisa polo branca de mangas curtas e jeans, embora estivesse levando sobre o braço uma macia jaqueta de camurça marrom para a viagem. Era um jovem de cabelos louros em esplêndida saúde, com uma estrutura musculosa e bem desenvolvida que era quase de um homem em vez de um rapaz. Entretanto, nesses dias de hoje, um homem podia muito bem desenvolver sua estatura e musculatura até a idade de trinta anos. Viktor tinha 1,86m de altura e já era 2,5cm mais alto que o pai.

— Sinto muito. Perdoe-me por interromper – disse Viktor, com sua costumeira cortesia. Ele tivera durante toda a vida uma deferência por Seth, Fareed e a mãe.

— Ninguém espera que você seja indiferente ao que está acontecendo – explicou Seth com delicadeza. – Mas nós já repassamos tudo. Essa é a maneira. Essa é a nossa decisão.

Viktor assentiu, porém seus olhos e sua compleição brilharam com um calor que nenhum corpo sobrenatural jamais poderia proporcionar. Fareed podia sentir a pulsação acelerada dele. Captou o leve aroma da camada de suor que cobria o lábio superior e a testa de Viktor.

Na parca luminosidade lunar dos monitores, Viktor parecia-se tanto com Lestat que chegava a ser assombroso. Ele não estava zangado ao olhar para Fareed. Na verdade, não parecia que Viktor houvesse ficado alguma vez zangado com quem quer que fosse em toda a sua curta vida. Contudo, parecia, isso sim, magoado, jovem e ansioso. Os cabelos louros e rebeldes faziam com que tivesse a aparência ainda mais infantil do que na realidade. Estavam compridos agora, quase na altura dos ombros. E era essa a aparência do vampiro Lestat na maioria das vezes em vídeos, fotos e até mesmo nos registros feitos pelos iPhones dos vampiros *paparazzi* em Paris.

— Imploro a vocês mais uma vez, a vocês dois – pediu Viktor dessa vez com a voz trêmula, embora bastante profunda –, que tragam a mim e a Rose para o Sangue. Vocês precisam nos trazer! Façam isso antes de fazermos essa viagem para Nova York e de nos instalarem, dois seres humanos indefesos, em uma colônia de Mortos-Vivos.

Ele sempre tivera um jeito de ser dolorosamente honesto e de dispensar palavras supérfluas, como se cada língua que tivesse aprendido fosse uma "segunda língua". E aquela voz, aquela profunda voz masculina, indicava uma maturidade que realmente ainda não possuía, até onde Fareed podia dizer.

— Vocês não ficarão em uma colônia de Mortos-Vivos – disse Fareed em tom de reprovação. – Ficarão nos apartamentos de vocês e vão estar em segurança com nossos guardas.

Ah, ele tinha um comportamento exemplar, Viktor, jamais era ríspido, nunca rebelde e raramente, se é que algum dia havia sido, emotivo de uma maneira confusa, contudo, era um rapaz de dezenove anos, um ano mais novo biologicamente do que Rose, nascidos quase no mesmo mês, por pura coincidência, e os dois eram crianças.

— Tragam a gente — sussurrou Viktor, olhando de relance ora para Fareed ora para Seth.

— A resposta é não. — Seth colocou uma das mãos no ombro de Viktor. Os dois tinham mais ou menos a mesma altura, embora o rapaz ainda estivesse crescendo.

Fareed suspirou. Repetiu o que havia dito antes:

— A Voz chacina jovens bebedores de sangue. Não vamos trazê-los e deixá-los vulneráveis aos ataques dela, não vamos simplesmente perdê-los desse jeito. Como mortais, vocês estão infinitamente mais seguros. E se essa coisa acabar em ruína para nós, você e Rose sobreviverão. Você e Rose seguirão seu rumo. Pode ser que vocês jamais saibam o que aconteceu, e durante toda a vida carregarão o fardo de experiências que não vão poder compartilhar com outras pessoas. Mas seguirão seus próprios rumos. E nós queremos isso para vocês, independentemente do que vocês desejem.

— Esse é o amor dos pais por seus filhos — declarou Seth.

Viktor estava visivelmente exasperado.

— Ah, o que eu não daria por cinco minutos com meu pai verdadeiro. — Aquilo não foi dito de maneira rancorosa. Tratou-se apenas de uma simples confissão, e os olhos de Viktor estavam pensativos enquanto ele dizia aquilo.

— E vocês provavelmente terão mais do que isso em Nova York — disse Fareed. — Esse é apenas um dos motivos pelos quais precisamos ir pra lá. Porque você e Rose precisam se encontrar com ele, e ele precisa decidir o que vai acontecer com vocês.

— Rose está um pouco fora de si com isso tudo — confessou Viktor. — Não há como isso acabar a não ser com o Sangue. Vocês sabem disso! Vocês se dão conta do quanto eu me sinto desamparado?

— É claro — concordou Fareed. — Nós mesmos nos sentimos desamparados. Mas agora precisamos ir. Chegaremos em Nova York antes de vocês. E estaremos lá quando o avião pousar.

Viktor jamais poderia saber a dimensão da ansiedade que Fareed sentia naquele exato momento. Fareed não trouxera aquele ser humano esplêndido e vital para o mundo simplesmente para consigná-lo à morte em qualquer forma que fosse, ainda que Fareed soubesse o quão total e desesperadamente aquele rapaz queria o Sangue, e só podia mesmo querer. Somente Lestat poderia consignar aqueles dois ao Sangue. Fareed jamais faria isso.

Seth ficou quieto e imóvel por um momento. Fareed, entretanto, também ouvira a voz fina e semelhante a uma emissão radiofônica de Benji emanando de algum equipamento em algum lugar do complexo.

– Sintam-se seguras, os antigos estão se reunindo. Sintam-se seguras, Crianças da Noite, vocês não estão mais sozinhas. Eles estão se reunindo. Enquanto isso, vocês precisam se proteger, onde quer que estejam. Agora a Voz está tentando jogar vocês contra seus companheiros bebedores de sangue. Temos relatos confiáveis de que é isso o que ela está fazendo agora, entrando na mente dos mais jovens e levando-os a lutar contra seus criadores e seus companheiros novatos. Vocês precisam ficar precavidas contra a Voz. *A Voz é uma mentirosa*. Esta noite, alguns jovens foram chacinados em Guadalajara e Dallas. Os ataques diminuíram de intensidade, mas ainda estão ocorrendo.

Diminuíram de intensidade. O que aquilo significava?

– Existe alguma estimativa vindo de alguém? – perguntou Viktor. – Em relação a quantos foram chacinados?

– Aproximadamente? – Fareed juntou os dedos. – Baseado nos relatos, eu diria milhares. Mas também não fazemos a menor ideia de quantas Crianças da Noite haviam antes desses massacres começarem. Se você me perguntar, baseado em tudo o que já li e avaliei, bom, eu diria que a população era no máximo de cinco mil no mundo inteiro antes disso começar, e agora está abaixo de mil. Quanto aos anciãos, as verdadeiras Crianças dos Milênios que são imunes a esses ataques de fogo, calculo que existam menos de trinta delas, e a maior parte descende do Sangue da Rainha e não da Primeira Cria. Mas ninguém pode saber. Quanto a todos aqueles que estão no meio-termo, os poderosos e sagazes como Armand, Louis e o próprio Lestat, e quem sabe quais outros, bom, deve haver quantos? Uns cem, talvez? Ninguém tem como saber. Eu não acho que a Voz saiba.

Ele foi atingido de repente por uma força escura que o fez perceber que de fato a espécie poderia morrer sem que ninguém jamais documentasse por completo o que realmente acontecera com ela. Sua história, característica física, sua dimensão espiritual, sua tragédia, o portal que ela estabelecera entre o mundo do visível e do invisível – tudo aquilo podia muito bem ser engolido pela mesma implacável morte física que engolira milhões de outras espécies deste planeta desde o início dos registros históricos. E tudo o que Fareed procurara saber e alcançar desapareceria, da mesma forma que sua própria conciência individual, da mesma forma que *ele* desapareceria. Fareed flagrou-se sem ar. Nem mesmo quando era um homem à beira da morte, em um leito de hospital em Mumbai, ele confrontara sua mortalidade de modo tão cabal.

Descobriu-se girando lentamente na cadeira e indo em busca do botão que desligaria simultaneamente todos os computadores.

E quando as telas ficaram escuras, espiou através da imaculada parede de vidro para a grande reunião de estrelas dispostas sobre as montanhas distantes.

Estrelas sobre o deserto. Como eram brilhantes e magníficas.

A antiga Akasha vira aquelas mesmas estrelas. O jovem e impulsivo vampiro Lestat as vira na noite em que cambaleou até o deserto de Gobi na vã esperança de que o sol nascente o destruísse.

Pareceu-lhe subitamente horrível que ele, Fareed, em qualquer forma estivesse naquele diminuto pedaço de rocha queimada em um sistema tão vasto e indiferente a todo sofrimento.

Tudo o que se pode fazer, pensou ele, é lutar para permanecer vivo, permanecer consciente, permanecer uma testemunha e ter esperança de que, de alguma maneira, existisse um significado para tudo aquilo.

E Viktor, parado atrás dele, acabara de começar sua viagem otimista e promissora. Como ele e Rose escapariam do que quer que estivesse prestes a acontecer?

Ele se levantou.

– Está na hora. Viktor, despeça-se de sua mãe.

– Já fiz isso. Estou pronto.

Fareed deu uma última olhada na sala, uma última olhada em suas estantes, computadores, os papéis espalhados aqui e ali, a pontinha do iceberg de vinte anos de pesquisa, e percebeu friamente que talvez jamais voltasse a ver aquele grande complexo de pesquisas, que talvez não sobrevivesse àquela crise precipitada pela Voz, que talvez tivesse chegado tarde demais e com muito pouco àquele grande domínio onde vira tantas maravilhas e tantas promessas.

Contudo, o que havia a ser feito?

Então abraçou Viktor, segurando-o com força contra seu corpo e escutando aquele maravilhoso coração jovem batendo com um esplêndido vigor. Ele olhou bem nos olhos azuis do rapaz.

– Eu te amo.

– E eu te amo – respondeu Viktor sem hesitar, segurando-o com firmeza com ambos os braços. E em seu ouvido, ele sussurrou: – Pai. *Criador.*

17

Gregory

*Portão da Trindade
Dança comigo?*

— Eu sei – disse Armand. – Mas por que uma criatura da sua idade e poder iria querer que Lestat exercesse alguma espécie de liderança?
Ele conversava com Gregory Duff Collingsworth no longo salão dos fundos do Portão da Trindade no Upper East Side – uma sacada de vidro que na realidade unia todos os três apartamentos ao longo dos fundos como as galerias de serviço que no passado atendiam às mansões sulistas. A parede de vidro ao lado deles dava para um jardim magicamente iluminado de carvalhos esguios e aglomerados de flores que brotavam à noite. Um paraíso em Nova York, se é que alguma vez Gregory havia avistado um.
— Se eu quisesse liderar a nossa tribo, como Benji a chama, teria feito isso há muito tempo. Eu teria me apresentado, me identificado e me envolvido. Essa jamais foi a minha inclinação. Escute, eu fui transformado pelos últimos dois milênios. Fiz uma crônica para mim mesmo sobre essa transformação. Mas, de um modo bem realista, ainda sou o jovem que uma vez dormiu na cama de Akasha na total e completa esperança de ser assassinado a qualquer momento pra satisfazer os temores de seu rei, Enkil. Mais tarde comandei bebedores de sangue, comandei sim, com o Sangue da Rainha, mas sob as ordens cruéis dela. Não, eu já tive um excesso de envolvimento nesta vida depois de todo esse tempo, e agora não consigo me afastar do luxo que é estudar tudo isso assumindo uma posição distante de qualquer liderança.
— Mas você acha que Lestat vai querer? – perguntou Armand.
Era preocupante, pensou Gregory. Aquele rosto de menino confrontando-o, aquele rosto que quase lembrava um querubim, com seus cálidos olhos

castanhos e os suaves e ondulados cabelos castanho-avermelhados, preocupante que tudo isso pertencesse a um imortal de quinhentos anos no Sangue que, ele próprio, se tornara líder duas vezes em sua existência por causa de algo implacável e duro como ferro existente nele, mas que seu rosto não expressava em hipótese alguma.

– Sei que Lestat vai querer e que ele pode – disse Gregory. – Lestat é o único bebedor de sangue verdadeiramente conhecido, de um jeito ou de outro, em todo o mundo dos Mortos-Vivos. O único. Se os outros não leram os livros dele, assistiram a seus filminhos ou escutaram suas canções. Eles o conhecem, conhecem o rosto dele, a voz dele. Sentem que conhecem o ser carismático em pessoa. Assim que a crise da Voz houver passado, ele será o líder. Ele precisa ser o líder. Benjamin está com a razão desde o início. Por que devemos continuar sem um líder e desunidos quando tanta coisa será ganha estabelecendo uma hierarquia e juntando nossos recursos?

Armand balançou a cabeça.

Estavam sentados a uma mesa com tampo de mármore em duas cadeiras Chippendale chinesas, pintadas de branco, naquela sala-jardim de vidro com seus frágeis lírios alvos e suas esplêndidas glicínias. Gregory vestia como sempre seu imaculado terno de lã de três peças e mantinha os cabelos bem curtos; já Armand, o anjo de cabelos compridos, usava um paletó severo, ainda que em um tom borgonha muito bonito, com vívidos botões dourados e uma camisa branca que era quase luminosa em sua seda, com um espesso cachecol de seda branco que fazia as vezes de gravata envolto no pescoço e dobrado no colarinho da camisa aberta.

– Esses têm sido bons tempos para você e Louis, não é verdade? – perguntou Gregory, aproveitando para respirar profundamente, para sentir o momento, para sorver o perfume dos lírios em seus vasos pintados, para olhar para as trêmulas glicínias penduradas nas treliças que percorriam a parede atrás de Armand, com suas flores púrpuras semelhantes a um cacho de uvas em uma pintura abstrata. Era sempre em uvas que Gregory pensava quando via glicínias...

– Sim, têm sido bons tempos, sim. – Armand olhou na direção do tabuleiro de xadrez de mármore preto e branco disposto entre eles. A mão direita preguiçosamente acomodou a rainha preta a seu lado. – E foi uma batalha para nós conquistarmos o que conquistamos aqui. É bem mais fácil vagar em desespero, não é? Perambular de um lugar a outro, sem jamais estabelecer um compromisso. Mas eu forcei isso. Trouxe Louis, Benji e Sybelle para cá. Eu insisti nisso. E Antoine é agora uma parte vital de nós. Eu amo Antoine. Benji e Sybelle também o amam.

Ele apontou com os olhos na direção das portas abertas. Antoine e Sybelle estavam tocando juntos por mais de uma hora, ela ao piano como sempre e Antoine com seu violino. Eles passaram a tocar uma valsa de um musical do século XX, alguma coisa "popular" e quem sabe não muito bem-vista no mundo da música clássica, mas surpreendentemente sombria e evocativa.

– Mas não há sentido algum em glorificar nada disso neste exato momento, há? Não com o que estamos enfrentando. – Armand suspirou. Seu rosto quadrado e as bochechas arredondadas destacavam a aparência infantil de sua feição. – Chegará o momento em que nós poderemos falar de tudo o que testemunhamos e o que temos a oferecer uns aos outros. Mas certamente esse não é o momento, não com a Voz jogando os bebedores de sangue uns contra os outros por todo o continente americano. E você sabe, evidentemente, os jovens estão vindo pra Nova York, apesar de nossos avisos. Benji os alertou seguidamente a não vir para cá, a deixar os anciãos se reunirem, no entanto, não param de chegar. Você deve ouvi-los com ainda mais apuro do que eu. Estão lá no parque. Acham que as árvores podem escondê-los. Estão famintos. E sabem que, se perturbarem os inocentes em meu domínio, irei destruí-los. Contudo, ainda assim, estão aqui, e consigo sentir a fome deles.

Gregory não respondeu. Havia talvez cinquenta deles, no máximo, do lado de fora. Aquilo era tudo. Aqueles eram os únicos sobreviventes que haviam conseguido chegar até lá em seu desespero. Mesmo então, alguns vagabundos e sobreviventes em várias cidades estavam se voltando uns contra os outros, lutando à medida que a Voz os instava a fazê-lo, decapitando seus próprios antigos companheiros, arrancando seus corações, despedaçando seus crânios. As cidades do mundo estavam recheadas de manchas pretas nas calçadas, onde vidas imortais haviam sido extintas e restos mortais tinham sido queimados pelo sol.

Certamente, Armand estava ciente daquilo. Gregory não escondeu seus próprios pensamentos.

– Não sinto pena por eles estarem morrendo – confessou Armand.

– Mas os sobreviventes, os sobreviventes são o que importa agora – retrucou Gregory. – E arranjar um líder. E se você não for esse líder, você, com toda a sua experiência...

— Que experiência? — perguntou Armand, seus olhos castanhos iluminando-se raivosamente. — Você sabe o que eu era, um peão, um carrasco cativo em um culto. — Fez uma pausa e então proferiu as palavras: — Os Filhos de Satanás. — Com uma raiva sombria e sufocante. — Bom, isso eu não sou mais. Sim, eu os tirei desta cidade de tempos em tempos e uma vez eu os tirei de Nova Orleans quando Lestat estava lá sofrendo e eles estavam constantemente tentando avistá-lo. Mas você ficaria surpreso se soubesse a frequência com que usei o Dom da Mente para aterrorizá-los, para forçá-los a se retirar. Fiz isso muito mais do que... do que queimá-los. — A voz dele evanesceu. Um rubor apareceu em suas bochechas. — Jamais senti prazer algum em matar um imortal.

— Bom, talvez quem quer que lidere hoje não tenha de ser um carrasco irresponsável — disse Gregory. — Talvez os antigos métodos cruéis dos Filhos de Satanás não tenham absolutamente nada a ver com isso. Mas você não quer liderar. Você sabe que não quer. E Marius não quer. Marius pode nos ouvir agora. Está lá ouvindo a música. Chegou meia hora atrás. Não gosta da ideia de liderar. Não. Lestat é a escolha lógica para ser ungido como líder.

— Ungido? — Armand repetiu a palavra com um ligeiro erguer de sobrancelhas.

— Uma figura de linguagem, Armand. Nada além disso. Nós despertamos daqueles pesadelos do culto do Sangue da Rainha e depois dos Filhos de Satanás. Nós terminamos com essas coisas. Agora não estamos mais cativos de nenhuma crença, exceto o que pudermos conhecer a partir do mundo físico ao redor...

— O 'Jardim Selvagem' de Lestat — lembrou Armand.

— Não tão selvagem, na verdade. Não existe um único de nós, independentemente do quão velho sejamos, que não tenha um coração moral, um coração instruído, que aprendeu a amar enquanto humano e que deveria ter aprendido muito mais profundamente a amar como sobrenatural.

Armand pareceu subitamente triste.

— Por que demorei tanto?

— Você ainda é muito jovem, sabe disso. Por mil anos eu servi aquela maldita Rainha. Sofri sob as mitologias dela. Você não tem esse tempo todo de vida, seja lá em que forma. É isso que precisa entender, o que todos os outros precisam entender. Você está no início de uma grande jornada e precisa começar a pensar em termos do que pode fazer na condição de um poderoso ser espiritual e biológico. Pare de odiar a si mesmo. Pare de se imaginar como "o amaldiçoado" isso e "o amaldiçoado" aquilo! Não somos amaldiçoados. Nunca fomos. Quem sob esse sol tem direito de chamar de amaldiçoada qualquer criatura viva e que respira?

Armand sorriu.

– É isso o que todos eles amam em Lestat. Ele fala que nós somos amaldiçoados e então se comporta como se o inferno não tivesse o menor domínio sobre ele.

– Não deveria ter domínio sobre nenhum de nós – disse Gregory. – Agora todos nós precisamos conversar sobre essas coisas, todos nós, não apenas você e eu, mas todos nós. E algo precisa ser forjado aqui que transcenda a crise que nos reuniu.

Um ruído vindo da frente da casa distraiu-os de repente. Eles se levantaram e percorreram juntos e rapidamente o longo corredor na direção das portas do prédio, que estavam abertas. A música foi interrompida.

Louis cumprimentava dois bebedores de sangue que haviam acabado de chegar, e Gregory viu com alívio que aqueles dois eram Fareed e Seth. Louis pegara seus casacos pesados, casacos para o vento e altitudes frias, e os transferia para um obediente serviçal mortal que se retirou como se fosse invisível.

Como era bonito Louis, com sua pele cor de marfim e profundos olhos verdes, aquele ser até certo ponto humilde e modesto que dera à luz os livros da Irmandade dos Articulados. Lestat podia até ser o herói das Crônicas Vampirescas, mas aquele ali, aquele tal Louis, era o coração trágico da saga. Contudo, ele parecia haver finalmente conquistado uma espécie de paz com as pavorosas realidades de sua existência e com a existência de todos ao redor dele que lhe eram superiores em poder, mas não necessariamente em ideias e sabedoria.

Fareed e Seth estavam robustos e vívidos como sempre, despenteados e até mesmo afogueados devido à viagem, embora parecessem obviamente contentes por estarem sob aquele teto.

Armand avançou com a deliberada dignidade do mestre de cerimônias da casa e abraçou Fareed e, em seguida, Seth à maneira francesa, com um beijo em ambas as bochechas. Será que foram distraídos pelo rosto angelical? Provavelmente.

– Bem-vindos à nossa casa – disse Armand. – Estamos muito contentes por vocês terem vindo.

– Infelizmente o voo atrasou. – Fareed se referia ao voo de Rose e Viktor. – Estou muito triste por conta disso. O avião não pousará antes do nascer do sol.

– Temos pessoas que podem aguardá-los no aeroporto – prometeu Armand. – Pessoas de confiança. Elas cuidarão de Rose e Viktor. Agora entrem e descansem um pouco.

– Ah, mas nós também temos pessoas assim – rebateu rapidamente Fareed, ainda que em um tom gentil. – E, por favor, compreendam, não os quero sob esse teto. Vamos acomodá-los em nossos apartamentos em Midtown por algum tempo.

– Essa é uma localização secreta? – perguntou Armand. – Temos porões profundos aqui, inacessíveis aos mortais e à maioria dos imortais.

– O rapaz tem horror a porões e espaços fechados – explicou Fareed. – Prometi que não ficaria trancado em uma cripta. Ele vai se sentir muito mais seguro em nossos apartamentos em Midtown.

– E a menina. Quanto ela sabe?

– Tudo, na verdade – respondeu Fareed. – Não havia motivos para atormentá-la com mentiras.

Armand assentiu.

– Nós vamos trazê-los aqui – disse Seth. – Vamos permitir que eles conheçam todos.

Fareed ficou obviamente chocado. Ele parecia desamparado e levemente irritado com Seth.

– Se é para que eles sigam seu próprio rumo depois disso, é melhor que se lembrem de nós pelo que nós éramos.

Armand assentiu novamente.

– Queremos fazer tudo para que todos vocês se sintam confortáveis.

Eles se dirigiram ao salão. O cumprimento de Sybelle foi um rápido balançar de cabeça, mas Antoine apareceu com o violino e o arco na mão esquerda para oferecer a direita. Cada novo encontro com pessoas de sua nova espécie era encarado como um tesouro por Antoine.

Gregory observou Marius dar um passo à frente para abraçar os dois médicos. Ah, como era poderoso aquele imponente romano que mantivera a Mãe e o Pai em segurança e segredo por dois mil anos. Se Marius experimentava o mais tênue medo do fato de seus anciãos se reunirem aqui, ele não exibia nem mesmo o mais tênue sinal disso.

Sua amada Chrysanthe, em seu vestido branco e prata, que antes estava sentada com Marius – em profundas conversas com ele até onde Gregory podia adivinhar –, também deu um passo à frente e fez sua mais graciosa saudação aos recém-chegados.

De cômodos mais afastados ao longo dos três imóveis outros estavam se dando conta da mais recente chegada – Daniel, Arjun e Pandora, que conversavam em algum lugar. E Thorne. O ruivo Thorne, que chegara na noite anterior e já se encontrava em avançadas conversas com David e Jesse.

Jesse não estava em condições de ficar na presença de todo o grupo. Ela estava, isso sim, imersa em uma profunda depressão e havia relatado em uma voz trêmula a Gregory tudo o que Lestat lhe contara sobre as imagens que captara de Maharet relacionadas ao vulcão guatemalteco, Pacaya.

– Mas minha tia jamais condenaria a tribo inteira à extinção, por maior que fosse a dor que estivesse sentindo – ela havia assegurado. Em seguida, começou a chorar. Thorne era amigo dela, de longa data, bem como David, e permaneceram confinados com ela.

– Posso levar vocês aos seus quartos agora, se quiserem – ofereceu Louis a Fareed e Seth. – Quartos onde vocês poderão ficar sozinhos e descansar. – Ele ainda falava com um tênue sotaque francês e parecia relaxado ainda que formal em seu terno de lã preta com um lampejo de seda verde no pescoço, um tom de verde que combinava exatamente com o anel de esmeralda na mão esquerda

– Em seu devido tempo – Fareed suspirou, demonstrando gratidão. – Vamos ficar aqui com vocês, se for possível. Ouvi a música enquanto nos aproximávamos.

– E vão ouvir novamente – disse Sybelle, e com um aceno de cabeça ela recomeçou aquela mesma valsa vigorosa e sombria. – "Carousel Waltz".
– O alto e desengonçado Antoine tomara seu lugar ao lado dela, os cabelos compridos soltos e despenteados, ainda que atraentes, certamente atraentes para um violinista, e começou a acompanhar Sybelle. Era óbvio que Antoine esperava que ela iniciasse as variações.

Flavius e Davis apareceram no umbral. De imediato, o médico, Fareed, cumprimentou Flavius e começou a perguntar como estava a perna, a perna milagrosa, e os dois se perderam naquela conversa. Seth, porém, se sentara em uma das muitas cadeirinhas douradas encostadas na parede e mirava Sybelle e Antoine tocarem juntos. Ele parecia indiferente a todos os outros. Davis também ficara distraído e atraído pela música.

Chrysanthe subitamente perguntou a Marius se ele estaria disposto a dançar, e ele, bastante surpreso, aceitou de imediato.

Aquilo sobresaltou Gregory. Na verdade, chocou-o.

– Se você não souber valsar – disse Chrysanthe em seu estilo ingênuo e inocente –, vou ensiná-lo.

Mas Marius sabia, confessou ele com um sorriso brincalhão, e de repente estavam dançando em amplos círculos ao longo do piso de madeira no vasto salão vazio, duas figuras imponentes e encantadoras – Chrysanthe com seus tremeluzentes cabelos brônzeos adornados com pérolas que se derramavam sobre suas costas como ondas, e Marius encarando-a bem nos olhos enquanto a guiava sem grandes esforços, seguindo o ritmo da música. Ele havia cortado bem curto seus cabelos louros para aquela noite e vestia o mais simples dos trajes masculinos, um paletó escuro, calça e um suéter de gola rulê branco.

"Ele é o mais impressionante imortal aqui", pensou Gregory, "e a minha Chrysanthe está tão linda quanto qualquer outra, tão linda quanto Pandora que, nesse exato momento, está entrando no recinto. Eu não gosto disso, da dança deles. Não gosto nem um pouco."

Quando ele alguma vez vira bebedores de sangue dançando? Ele e Chrysanthe sempre haviam frequentado a sociedade humana, e tinham dançado, sim, em muitos salões de piso lustroso, passando-se por mortais, mas aquilo ali era inteiramente diferente. Aquilo era um encontro de imortais, e a dança dos imortais era diferente.

Subitamente, a música ficou alta demais para ele e sentiu sua pulsação nas veias. Não quis assistir à dança de Marius com sua Esposa de Sangue, Chrysanthe. Contudo, tampouco queria se afastar de lá.

De muito além daquelas paredes, chegaram vozes na noite, os jovens bebedores de sangue lá fora discutindo uns com os outros no parque, e de repente um deles estava fugindo de outro, aterrorizado.

O ritmo da música tornou-se ainda mais acelerado. Pandora começara a dançar com Louis, com a inevitável postura de mármore vivo, e Louis, o mais jovem e mais humano, olhava para ela extasiado, como se Pandora fosse de fato uma mocinha ingênua legada aos seus cuidados. Recentes infusões de sangue antigo ainda não haviam alterado Louis por completo. Ele ainda era, talvez, o imortal que mais se parecia com um ser humano naquela casa.

Davis foi na direção da pista de dança, sozinho, a cabeça ligeiramente baixa, o braço esquerdo erguido em um arco, a mão direita na cintura fazendo uma dancinha particular para acompanhar a valsa com uma esplêndida desenvoltura felina. Os olhos de pálpebras pesadas eram sonhadores e sua pele marrom-escura ficava linda à luz do candelabro.

Fareed assumira seu posto ao lado de Seth e parecia estar agora cativado pelo que sucedia à sua volta. Músicos vampirescos eram uma tremenda curiosidade e haviam aparecido raramente na história dos Mortos-Vivos. O que faziam com os instrumentos era sempre muito difícil de analisar. Contudo, Gregory estava convencido de que aquilo tinha a ver com a imutabilidade do corpo vampírico e com as mudanças eternamente em curso em torno deles. Eles não cediam ao ritmo como faziam os músicos humanos, mas não paravam de se rebelarem contra ele, tocando com ele, ameaçando destruí-lo, ainda que retornando em um estalo de modo surpreendentemente repentino, o que dava ao músico um som fragmentado e quase trágico.

Armand postou-se ao lado de Gregory.

– Bem semelhante a tocar violino enquanto Roma queima, não é mesmo? – perguntou ele.

– Ah, não sei – disse Gregory. – Mas a intensidade disso tudo é inegável. Tantos de nós reunidos aqui. Isso tudo é... Eu não...

– Eu sei, mas desta vez não podemos nos espalhar como bolinhas de gude rolando em todas as direções quando tudo houver terminado.

– Não – concordou Gregory. – Não é mais possível para nós vivermos isolados e sem cooperarmos uns com os outros. Estou ciente disso há muito tempo.

– No entanto, isso nunca funcionou nas vezes que tentei... – Armand parou de falar e voltou-se para a música.

Benji entrou na sala.

A música parou.

Em seu terno cinza-escuro de três peças combinando com o chapéu de feltro, Benji avançou em meio à multidão com o sorridente vigor de um político fazendo campanha, apertando a mão de um, apertando a mão de outro, fazendo uma mesura para Pandora e para Chrysanthe, aceitando graciosamente os beijos das mulheres e em seguida assumindo o centro do recinto, os olhos varrendo toda a extensão da sala. Ele tinha, quem sabe, 1,58m de altura, ainda que fosse um homem de proporções perfeitas. O chapéu era claramente parte integrante de seu traje e ninguém precisava se importar em dizer a ele que um cavalheiro sempre tira o chapéu ao entrar em qualquer recinto porque aquele chapéu não sairia de sua cabeça, era parte de Benji.

– Agradeço a todos vocês por terem vindo – declarou, sua voz pueril soando com clareza, distinção e uma autoconfiança imperiosa. – Interrompi as transmissões para informar a vocês o seguinte: a Voz ligou para nossas linhas telefônicas e falou conosco através das cordas vocais de um vampiro do sexo masculino. A Voz diz que está tentando vir até nós.

– Mas como você pode ter certeza de que se trata da Voz? – perguntou Armand.

– Era a Voz. – Benji fez uma pequena mesura respeitosa para Armand. – Eu mesmo falei com ele, é claro, Armand, e ele repetiu para mim as coisas que havia me dito em particular. – Benji deu um tapinha na lateral da cabeça sob a aba do chapéu. – Ele relembrou para mim os trechos de poesia que havia recitado pra mim telepaticamente. Era a Voz. E a Voz diz que está lutando com toda a sua força para vir até nós. Agora, senhoras e senhores da Noite, preciso retornar às transmissões.

– Mas espere, por favor, Benji – pediu Marius. – Estou em desvantagem aqui. Que poesia exatamente a Voz recitou?

– Yeats, Mestre – respondeu Benji com uma mesura mais profunda e deferente. – Yeats, "O segundo advento": "E a besta fera, sua hora enfim chegada, /Se arrasta até Belém para nascer."

E ele foi embora, sem nem uma palavra mais para seu estúdio no andar de cima, tocando a aba do chapéu enquanto passava por Pandora e Chrysanthe. E a música voltou a preencher a sala, o som latejante e torrencial da "Carousel Waltz".

Gregory afastou-se, encostando na parede, observando os dançarinos retomarem seus passos. Então percebeu que Davis estava a seu lado. Sentiu o toque frio da mão de Davis em sua própria mão.

– Dance comigo – convidou Davis. – Venha dançar ao meu lado.

– Como?

– Ah, você sabe. Você sempre soube. A maneira como os homens sempre dançaram. Relembre. Muito tempo atrás, você deve ter dançado com outros homens. – Os olhos de Davis eram úmidos, penetrantes. Davis sorria e parecia absolutamente confiante, confiante de algum modo em Gregory, independentemente do que o futuro tivesse reservado para ele. Como era doce aquela confiança.

Gregory relembrou, sim. Repassando suas memórias, ele percorreu as lembranças daquelas noites humanas de muito tempo atrás na antiga Kemet quando ele dançava, dançava com outros homens, dançava nos banquetes da corte até desmaiar de felicidade e exaustão com os tambores ainda retinindo em seus ouvidos.

– Muito bem – disse ele a Davis. – Você vai na frente.

Como era maravilhoso mergulhar nos antigos padrões, ainda que se mantendo atado àquela nova música romântica. Como aquilo parecia subitamente natural. Embora seus olhos estivessem parcialmente fechados e por um momento todo o seu medo e toda a sua apreensão estivessem esquecidos. Ele estava consciente de que outros imortais do sexo masculino também dançavam ao redor dele, cada qual à sua própria maneira. Flavius estava dançando. Flavius da perna milagrosa dançava com o novo membro. Parecia que todos dançavam; todos estavam imersos naquela música crua e incessante; todos haviam cedido a ela e àquele momento extraordinário e sem precedentes que se estendia indefinidamente.

Uma hora havia passado. Quem sabe mais.

Gregory perambulou pela casa. A música a preenchia, parecia reverberar nas próprias vigas.

Em uma biblioteca de portas abertas, uma bela biblioteca francesa, ele viu Pandora conversando com Flavius ao lado de uma lareira a gás. Flavius chorava silenciosamente e Pandora acariciava sua cabeça, com amabilidade e carinho.

– Ah, sim, mas nós agora temos tempo para conversar sobre tudo isso – ela lhe disse suavemente. – Sempre o amei, eu o amei desde a noite em que o criei e você sempre esteve em meu coração.

– Tem tanta coisa que quero contar a você. Tenho esse anseio por continuidade, para que você saiba.

– Para que eu seja uma testemunha sua, sim, eu entendo.

– Mesmo assim, depois de todo esse tempo, depois desse tempo inimaginável, eu tenho esses medos.

Medos.

Gregory seguiu seu caminho, em silêncio, sem querer se intrometer. Medos. Quais eram seus próprios medos? Será que Gregory tinha medo de que naquela nova reunião eles perdessem sua pequena família que perdurara por tanto tempo?

Ah, sim. Ele conhecia aquele medo. Ele o conhecera logo que fizera sua pequena companhia atravessar a porta da frente.

Contudo, algo melhor, algo maior era possível ali, e por isso ele estava disposto a correr o risco. Mesmo quando a perspectiva lhe dava calafrios, mesmo quando se descobria vagando de volta à música, de volta ao inevitável espetáculo de ver sua adorada Chrysanthe deslumbrada e entretida por novos e magnéticos imortais, ele sabia que queria aquilo, queria essa grande reunião mais do que jamais quisera qualquer coisa do fundo de sua alma. Por acaso aqueles imortais todos ali reunidos não eram seus parentes? Será que não poderiam se tornar todos uma família unida e duradoura?

18

Lestat

Sevraine e as Cavernas de Ouro

Milhões de anos atrás, dois grandes vulcões lançaram lava e cinza sem parar sobre a terra agora chamada de Capadócia, criando uma árida paisagem de tirar o fôlego, formada por gargantas serpentinas e penhascos altíssimos e inúmeros aglomerados de torres semelhantes a facas de pedra que perfuram o céu e passaram a ser conhecidas como chaminés encantadas. Por milhares de anos, mortais escavaram profundas habitações cavernosas na porosa rocha vulcânica, por fim criando praticamente catedrais e monastérios subterrâneos, e até mesmo cidades inteiras afastadas de toda luz natural.

Seria por acaso espantoso um grande imortal ter criado um refúgio nessa estranha terra onde agora turistas aparecem para ver pinturas bizantinas em salas entalhadas na rocha e para se hospedarem em hotéis com acomodações luxuosas diante de penhascos e picos montanhosos?

Como era linda sob o luar essa terra mágica no meio da planície da Anatólia.

Contudo, nada havia me preparado para o que avistei quando entramos no domínio subterrâneo de Sevraine.

Passava da meia-noite quando percorremos um estreito vale rochoso e sinuoso muito além de qualquer habitação humana, e como Gabrielle encontrou a entrada no que parecia um impenetrável penhasco eu não tenho certeza.

Entretanto, escalar a face daquele penhasco, agarrando-se com habilidade sobrenatural nas protuberâncias e raízes quebradas nas quais humanos talvez jamais pudessem confiar, nós seguimos em frente até o interior de uma greta escura que formava uma abertura que se ampliava até se transformar em um verdadeiro túnel de teto baixo.

Mesmo com minha visão vampírica, era difícil distinguir a forma de Gabrielle movendo-se à minha frente, até que, de súbito, depois da quarta ou quinta volta na passagem, sua figura assomou pequena e escura em contraste com o fulgor de chamas tremeluzentes.

Duas tochas queimavam vigorosamente para marcar a entrada de uma passagem de ouro forjado onde o ar ficou subitamente frio com correntes vindas do além e o metal cintilante por todos os lados ao nosso redor nos cercava com uma luminosidade lúgubre.

Seguimos em frente até alcançarmos a primeira de muitas câmaras mais largas revestidas de ouro, onde muitas camadas do precioso metal haviam sido forjadas sobre a pedra nua, talvez se misturado com gesso ainda fresco, eu não tinha como saber, e subitamente o teto acima de nós se acendeu com magníficos afrescos no antigo estilo bizantino que no passado enchiam as igrejas de Constantinopla e ainda abundavam nas igrejas de Ravenna e San Marco, em Veneza.

Fileiras e mais fileiras de santos de cabelos escuros e rostos redondos miravam-nos lá de cima com testas sombrias e gravidade imóvel, vestidos em mantos bordados, enquanto penetrávamos cada vez mais fundo nos domínios subterrâneos.

Por fim, emergimos em uma galeria que se espiralava ao redor da parte superior de um vasto espaço abobadado que dava a sensação de ser uma grande praça. Ao nosso redor as passagens se abriam desse grande espaço central para outras partes da aparente cidade, enquanto, acima, o domo propriamente dito era decorado em brilhantes seções de mosaicos nas cores verde, azul e dourada, rodopiando com trepadeiras e florações, margeados em vermelho e dourado no topo das paredes.

Colunas gregas entalhadas na rocha porosa pareciam segurar uma estrutura que era na verdade parte da montanha. Por todos os lados as paredes viviam e respiravam com cores e ornamentos, mas não havia santos cristãos aqui. As figuras que se erguiam do chão para nos mirar enquanto percorríamos as escadas cortadas na rocha eram angelicais e gloriosas, mas desprovidas de qualquer atributo que pudesse assemelhá-las a uma iconografia de fé. Até onde sei, elas podiam muito bem ser representações de membros célebres de nosso povo, com seus rostos cintilantes e perfeitos, e amplas vestes em tom carmesim, azul-cobalto ou prata resplandecente.

Em todas as pertes eu via misturas de motivos históricos, faixas decorativas que dividiam painéis em formato de diamante com flores de múltiplas pétalas ou uma noite azul-escura atrás de estrelas simétricas, ou, ainda, pinturas tão vividamente realistas que pareciam um vislumbre do interior de um jardim de verdade. Uma grande harmonia mantinha tudo reunido e gradualmente meus olhos se deram conta de que muito daquilo que havia sido feito aqui era antigo e se apagava, ainda que outras áreas estivessem renovadas e também mantivessem o cheiro do pigmento e da argamassa recentemente aplicada. Tudo aquilo era um visual do país das maravilhas.

As luzes. Eu não tinha reparado nelas antes, mas é claro que tudo aquilo podia ser visto graças a uma riqueza de luz elétrica, emanando de dispositivos horizontais engatados ao longo das margens, nos cantos e embaixo da borda inferior da imensa abóbada. O brilho constante da luz elétrica vinha dos muitos umbrais.

Estávamos parados no chão de mármore do imenso lugar semelhante a uma praça. Eu podia sentir o ar fresco movendo-se ao nosso redor com o aroma da noite distante, água e coisas verdes.

De uma das portas uma figura veio nos cumprimentar, um bebedor de sangue que parecia ser uma jovem de, quem sabe, uns vinte anos. Rosto e olhos ovais e feições que pareciam ser feitas de creme.

– Lestat e Gabrielle – disse ela ao se aproximar, as mãos estendidas para incluir nós dois. – Sou Bianca, a Bianca de Marius, de Veneza.

– É claro, eu devia ter reconhecido imediatamente – retruquei. Ela me dava a sensação de ser macia e tenra, notavelmente macia e tenra, na verdade, considerando-se que tinha quinhentos anos no Sangue e uma grande quantidade de sangue da Mãe. Todos aqueles anos com Marius, durante os quais ele protegeu o santuário Daqueles Que Devem Ser Preservados, ela bebera aquele precioso sangue. E ela havia sido criada por Marius e todas as crias de Marius haviam sido bem-feitas, muito mais bem-feitas do que os meus novatos.

Eu nunca soubera tirar e dar o Sangue seguidamente como Marius sempre fizera.

Bianca vestia um manto preto simples com enfeites de ouro e os cabelos compridos estavam trançados com o que parecia ser uma folhosa vinha de ouro. E um delicado arco de ouro ao redor da cabeça me fez lembrar o quadro que o pintor mortal Botticelli fizera dela.

– Venham comigo, por favor, vocês dois – convidou Bianca.

Nós a seguimos por um outro corredor com uma esplêndida esmaltagem dourada, margeado por árvores delicadamente modeladas com florações semelhantes a joias, até outra câmara ampla e esplêndida.

Atrás de uma longa e pesada mesa de madeira com pés entalhados estava sentada Sevraine, que imediatamente se levantou para nos cumprimentar. Só podia ser Sevraine. De fato, era a mesma imortal poderosa e antiga que eu vira ascender do túnel em Paris.

Era uma figura de estrutura forte, com belos seios elevados no que parecia ser uma bata romana feita de puro tecido cor-de-rosa entremeado por fitinhas douradas e atada na cintura. Com uma juba de fluidos cabelos loiros, ela parecia nórdica, e seus olhos azul-claros sublinhavam a impressão. Tinha ossos grandes, mas lindamente bem-feitos por todo o corpo, até os dedos delgados e os exuberantes braços nus.

Contudo, antes que eu pudesse absorver por completo esse milagre, essa visão, essa criatura que estava agora do outro lado da mesa nos convidando para sentar, fui distraído por duas figuras que a flanqueavam – a primeira, uma bebedora de sangue que eu conhecia, mas não conseguia situar, uma mulher em seu auge com notáveis cabelos compridos e um pouco grisalhos, cabelos que tinham um tom cinzento quase luminescente, e olhos sagazes e vibrantes. *A segunda figura era um espírito.*

Eu soube de imediato que se tratava de um espírito, mas aquele não era igual a nenhum outro que eu tivesse visto de perto. Era um espírito que se vestia com partículas físicas reais, um corpo de partículas que ele de algum modo havia montado e atraído para si, da poeira, do ar, de fragmentos de matéria que flutuavam livremente e que estavam muito solidamente reunidos, o veículo físico daquele espírito que usava roupas de verdade.

Aquela era uma forma de aparição totalmente diferente de fantasmas e espíritos que eu conhecera no passado. E eu vira alguns fantasmas e espíritos poderosos – incluindo aquele que chamava a si próprio de Memnoch, o Demônio – em diferentes formas. Entretanto, aquelas foram alucinações, esses fantasmas e espíritos com suas roupas eram apenas uma parte da ilusão, e inclusive o cheiro de sangue e suor e o som dos batimentos cardíacos faziam parte da ilusão. Quando fumavam, bebiam um copo de uísque ou emitiam o som de um passo, tudo isso fazia parte da aparição. A visão total era de uma textura diferente da do mundo ao redor, do mundo que eu habitava e do qual eu os via. Ah, pelo menos eu acreditava nisso.

Nada disso ocorria com aquele espírito. Seu corpo, do que quer que fosse feito, ocupava um espaço tridimensional, tinha peso e eu podia ouvir os sons de órgãos simulados dentro dele, as características batidas no peito, a respiração. Podia ver a luz da sala realmente pousando sobre a superfície do rosto daquele espírito, vê-la cintilando em seus olhos, a sombra de seu braço sobre a mesa. Não havia nenhum cheiro, entretanto, exceto os de incenso e perfume que estavam impregnados em sua roupa.

Talvez eu houvesse de fato visto tais espíritos semelhantes àquele – porém apenas fugazmente no passado, e nunca perto ou com tempo suficientes para perceber que não podiam ser tocados, que estavam sendo vistos por outras pessoas.

Eu tinha certeza de que aquele ali jamais havia visto um ser humano. Não era um fantasma. Não, ele só podia ser algo que se originava em algum outro domínio pelo simples motivo de que seu corpo era totalmente real, como um trabalho de arte grega clássica, e não havia nada nele que fosse específico.

Em suma, aquele era o melhor corpo espiritual que eu já havia visto. E ele estava sorrindo para mim, aparentemente satisfeito com o meu silencioso, porém óbvio, fascínio.

Tinha cabelos escuros, ondulados e perfeitos emoldurando seu rosto clássico, que poderia facilmente ter sido inspirado em uma estátua grega. Contudo, aquela coisa vivia e respirava no corpo que havia montado para si. Eu não fazia a menor ideia de como podia ter batimentos cardíacos, como o sangue podia fluir para o rosto dele ou parecer estar fluindo, já que eu não estava sentindo nenhum cheiro de sangue de verdade. Mesmo assim aquele era um esplêndido espírito.

Nós havíamos chegado à beirada da mesa que tinha, quem sabe, um metro de largura, de uma madeira tão antiga que eu podia sentir as gerações de verniz aplicadas sobre ela. Havia cartas de baralho espalhadas sobre a madeira, belas cartas de baralho vívidas e brilhantes.

– Bem-vindos, vocês dois – Sevraine falou em uma voz doce e lírica, com o entusiasmo de uma menina. – Estou muito feliz por você ter vindo, Lestat. Não sabe quantas noites ouvi você lá fora rondando essas terras, vagando pelas ruínas de Göbekli Tepe, e sempre sonhei que você encontraria o caminho até aqui, que ouviria alguma coisa emanando dessas montanhas que seria irresistível para você. Mas você parecia estar sozinho, dedicado a estar sozinho, nem um pouco ansioso para ter seus pensamentos interrompidos. E, assim, esperei. Sua mãe e eu nos conhecemos há muito tempo e ela finalmente o trouxe para cá.

Eu não acreditava em uma única palavra que ela dizia. Ela cobiçava seu sigilo. Estava meramente tentando ser educada e eu também, disposto a ser educado.

– Talvez este seja o momento perfeito, Sevraine – eu disse. – Estou feliz por estar aqui.

A misteriosa mulher levantara-se à direita de Sevraine e também o espírito masculino, posicionado à esquerda.

– Ah, jovem – declarou a mulher, e imediatamente reconheci aquela voz do ossário nos subterrâneos de Paris. – Você percorreu a Estrada do Diabo com mais zelo do que qualquer um que já conheci. Você não sabe quantas noites eu o segui de meu túmulo, captando imagem após imagem das mentes embevecidas por você. Eu sonhava em acordar apenas pra falar com você. Você queimava como uma chama na escuridão na qual eu sofria, acenando para que eu me levantasse.

Um calafrio percorreu meu corpo. Segurei as mãos dela.

– A velha do Les Innocents! – sussurrei. – A velha que estava com Armand e os Filhos de Satanás! – Eu estava perplexo. – Era você que eu chamava de velha Rainha.

– Exato, amado meu. Sou Allesandra. Esse é o meu nome. Allesandra, filha de Dagoberto, último rei dos merovíngios, trazida para o Sangue por Rhoshamandes. Ah, que esplêndido prazer vê-lo neste lugar seguro e cálido!

Aqueles nomes me excitaram poderosamente. A história dos merovíngios eu conhecia, mas quem era aquele bebedor de sangue Rhoshamandes? Algo me dizia que logo descobriria, não ali, quem sabe, mas em algum outro lugar, e bem depressa, à medida que os antigos, como Sevraine, continuavam a baixar suas guardas.

Eu queria abraçar aquela mulher. A mesa encontrava-se entre nós dois. Cheguei a pensar em rastejar sobre ela. Em vez disso, apertei as mãos de Sevraine com firmeza crescente. Meu coração retumbava. Aquele momento era precioso demais.

– Você era como uma Cassandra naquela velha irmandade condenada. – Minhas palavras vinham em um jorro. – Ah, você não sabe a tristeza que senti quando me disseram que você estava morta. Disseram que você havia sido consumida pelo fogo. Eu lhe digo, foi angústia o que eu senti!

Eu queria tanto tirar você daquelas catacumbas e levá-la para a luz. Eu queria tanto...

— Sim, meu jovem. Eu lembro. Eu me lembro de tudo. — Ela suspirou e levou meus dedos até os lábios, beijando-os enquanto prosseguia. — Se eu era Cassandra naquelas noites, ninguém me ouvia e ninguém me amava, nem eu mesma.

— Oh, mas eu a amava! — confessei. — E por que disseram que você havia sido queimada?

— Porque foi isso o que aconteceu, Lestat. Mas o fogo não me consumiu, não me matou, e eu tombei no chão, e no chão, em meio a toras de madeira fumegantes e ossos velhos, chorei, fraca demais para me levantar, e finalmente fui colocada em um túmulo com os restos do cemitério debaixo de Paris. Eu não sabia minha idade naquela época, meu amado. Não conhecia meus dons ou minha força. Era essa a maneira à época dos muito antigos, entrar e sair da história, e entrar e sair da insanidade, e eu acho que existem outros ainda naqueles túneis embaixo da cidade. Ah, que agonia aquele sono em meio aos sussurros e uivos. Sua voz era a única que realmente penetrava meus sonhos inquietos.

Como ela era adorável, a flor na extremidade do velho caule retorcido que ela havia sido naquela época.

Murmurei alguma coisa sobre como mesmo naqueles tempos eu ansiara ver o que poderia ter sido. Interrompi minha fala. Era tão presunçosa e egoísta. Afinal de contas, ela estava restaurada. Encontrava-se ali, viva, vibrante, parte desta nova e impressionante era. Mas ela não me corrigiu, nem se esquivou de mim. Apenas sorriu.

Sevraine estava satisfeita com tudo aquilo. E aquela mulher, que então mal parecia ter uma idade tão avançada, em nada semelhante à assombração desgraçada que era naquelas noites do século XVIII, estava rubra de prazer.

Finalmente, coloquei o joelho em cima da mesa, curvei-me para a frente, segurei em minhas mãos o rosto de Allesandra e a beijei.

Naqueles primeiros tempos, ela estava condenada, era uma coisa morta em trajes medievais, que usava até mesmo um véu de freira esfarrapado. Porém, naquele momento, seus saudáveis cabelos prateados estavam soltos e caíam sobre os ombros em ondas escuras. Vestia um manto novo, confeccionado em tecido macio como o de Sevraine, só que em um tom verde-claro, verde como a grama do mundo de hoje em dia, tão brilhante e belo quanto. Em seu pescoço estava um único rubi preso em uma corrente. *Allesandra, filha de Dagoberto*. Os lábios eram escuros e vermelhos como aquela pedra preciosa.

Que monstro ela parecia naquelas noites de tempos passados, um rosto deformado pela loucura, como o de meu criador, Magnus. Mas ela agora estava livre, libertada pelo tempo, pela sobrevivência de se tornar outra coisa, uma coisa totalmente diferente e fantástica, doce e vital.

– Sim, meu jovem. Sim, e graças a você, à sua voz, aos seus vídeos e canções, às suas revelações desesperadas, fui lentamente retornando a mim mesma. Contudo, fui um peão dessa Voz. Fiz papel de idiota para essa Voz! – O rosto dela ficou sombrio e, por um momento, pareceu se enrugar e readquirir aquele aspecto horrível dos tempos medievais. – Só que agora estou nas mãos prestativas de outros.

– Deixe isso de lado – disse Bianca. Ela ainda estava ao meu lado, à direita, com Gabrielle à minha esquerda. – Isso acabou. A Voz não triunfará. – Mas ela tremia, denotando alguma espécie de conflito interior, alguma batalha entre a angústia e o otimismo.

Sevraine virou-se lentamente na direção do espírito. Ele ficara quieto e imóvel durante todo esse tempo, olhando para mim com seus olhos azuis brilhantes, porém quietos, como se pudesse de fato enxergar através deles, processar através deles tudo o que acontecia diante de si. Usava uma veste indiana bastante ornamentada, vistosa e cintilante chamada *sherwani*, uma espécie de manto que ia até os tornozelos, eu supunha, embora não pudesse ver embaixo da mesa, e sua pele era incrivelmente real, em nada lembrava a aparência sintética sempre exibida por nossa pele, mas sim uma pele com aspecto natural, composta por diminutos poros mutantes e pela maciez característica do tecido que cobre os humanos.

– Gremt Stryker Knollys – ele se apresentou, estendendo uma das mãos. – Mas Gremt é meu nome simples e verdadeiro. Gremt é meu nome para você e para todos aqueles a quem eu amo.

– E você me ama? Por quê? – perguntei. Como era emocionante conversar com aquele espírito.

Ele riu suave e educado, sem demonstrar nenhum abalo por minha pergunta incisiva.

– E todos não o amam? – indagou em tom sincero. Era uma voz tão humana quanto qualquer outra que eu já ouvira, uma voz de tenor, inclusive. – E não estão todos com a esperança de que você, de alguma maneira, lidere a tribo quando a presente guerra terminar?

Olhei para Sevraine.

– Você me ama? Você está com a esperança de que eu me torne o líder desta tribo?

– Sim. – Ela abriu um sorriso radiante. – Estou com a esperança de que você se torne o líder e rezando para que isso aconteça. Certamente você não está esperando que eu lidere.

Suspirei.

Olhei para minha mãe.

– Não precisamos conversar sobre isso agora – disse Gabrielle, mas havia alguma coisa naquele olhar distante e parcialmente fechado que ela exibia para mim que me causou um calafrio. – Não se preocupe – cantarolou com um frio sorriso irônico. – Ninguém pode coroá-lo Príncipe dos Vampiros contra a sua vontade, pode?

– Príncipe dos Vampiros! – repeti em tom de desprezo. – Não sei.

Olhei para os outros. Gostaria muito de ter uma noite inteira para absorver todas aquelas revelações, aqueles novos e surpreendentes encontros, apenas para tentar esquadrinhar os limites daquela esplêndida Sevraine ou o motivo pelo qual a carinhosa Bianca estava sofrendo tanto, porque ela não conseguia esconder sua dor.

– Mas vou lhe dizer uma coisa, vou lhe dizer o motivo pelo qual estou sofrendo. – Bianca se aproximou, embora desta vez falasse com uma voz normal e desprovida de confidencialidade. Seu braço deslizava ao meu redor. – Perdi alguém que amava no ataque de Paris, um jovem, um jovem que criei e com quem vivi por décadas. Mas isso foi trabalho da Voz, não daquele ser que ela trouxe debaixo da terra pra cumprir suas ordens.

– E esse ser era eu – completou Allesandra –, atraída pela Voz. E o ser recebeu a força profana da Voz para que fosse capaz de se levantar do túmulo de ossos e terra. Esse pecado reside em mim.

Eu agora via tudo em horrendas imagens bruxuleantes, um espectro de mulher, um esqueleto macabro de uma criatura com cabelos de assombração lançando um jato fatal de calor na casa da Rue Saint-Jacques. E espectros corriam para a perdição enquanto fugiam pelas portas e janelas diretamente para o caminho do poder homicida. Vi Bianca de joelhos na calçada, aos prantos, as mãos pressionando a lateral da cabeça, o rosto voltado para cima. Vi o espectro aproximar-se e ir ao encontro dela, como se a própria personificação da Morte houvesse feito uma pausa para demonstrar compaixão a uma alma solitária.

— Muitos foram ludibriados pela Voz — disse Gabrielle. — E nem tantos sobreviveram a ela e lhe deram as costas com uma repulsa tão imediata. Isso conta muito, até onde eu sei.

— Isso conta para tudo — completou Bianca com gravidade.

O rosto de Allesandra estava triste. Ela parecia estar sonhando, parecia ter se distanciado do tempo presente e retornado a um grande e ilimitado abismo de escuridão. Eu queria me aproximar dela e segurar sua mão, mas foi Sevraine quem fez isso.

Enquanto tudo isso ocorria, o espírito Gremt Stryker Knollys observava sem dizer uma única palavra. Estava sentado exatamente na mesma posição de antes.

Outros estavam chegando à grande sala.

Por um momento, não acreditei em meus olhos. Havia um fantasma lá, certamente era um fantasma, personificado como um idoso de cabelos cinzentos e uma pele que lembrava madrepérola. Estava em um corpo tão sólido quanto o do espírito Gremt. E também usava roupas de verdade. Era de tirar o fôlego.

E duas bebedoras de sangue esplendidamente bem cuidadas e bem-vestidas estavam com ele.

Quando vi quem elas eram, quem realmente eram, aquelas duas com os cabelos que exibiam belos penteados e usavam mantos sedosos e macios, comecei a chorar. Elas vieram de imediato na minha direção e me abraçaram.

— Eleni e Eugénie — eu disse. — Em segurança depois de todo esse tempo. — Eu mal conseguia falar.

Em algum lugar, em algum baú fechado em algum canto remoto, um baú que sobrevivera à falta de cuidado e ao fogo, eu ainda estava de posse de todas as cartas uma vez escritas para mim de Paris por Eleni, as cartas que haviam me contado acerca do Teatro dos Vampiros no Boulevard du Temple que eu deixara para trás em minhas andanças, as cartas que haviam me contado acerca da prosperidade daquele empreendimento junto à audiência parisiense, da governança de Armand e da morte do meu Nicolas, minha segunda cria, meu único amigo mortal e meu maior fracasso.

Aquela era Eleni e sua companheira Eugénie, renovadas, perfumadas e silenciosamente deslumbrantes em seus trajes simples de seda. Tinham olhos escuros e uma pele suave em tom de amêndoa, assim como cabelos escuros e soltos que caíam pelos ombros. E eu considerava que elas há muito haviam partido desta Terra graças a uma ou outra catástrofe – uma mera lembrança do século de perucas brancas empoadas consumidas pelo tempo e pela violência.

– Venha, vamos todos nos sentar juntos – convidou Sevraine.

Dei uma olhada ao redor, um pouco aturdido, um pouco em dúvida. Eu queria, de alguma maneira, me afundar em algum canto tomado pelas sombras e pensar no que estava acontecendo, absorver tudo aquilo, mas não havia tempo ou mesmo um lugar para isso. Estava abalado e com uma sensação de perda. Na verdade, eu me senti indefeso quando contemplei quantas outras reuniões e choques estavam à minha espera, mas como poderia me esquivar daquela? Como poderia resistir? Mas se era isso o que nós todos queríamos, se era com isso que sonhávamos, em nosso pesar e em nossa solidão – nos reunirmos com aqueles que havíamos perdido –, então por que eu estava achando tudo tão difícil?

O fantasma, o intrigante fantasma do idoso com cabelo cinza-escuro, sentou-se ao lado de Gremt e me enviou uma apresentação telepática rápida e incisiva. *Raymond Gallant.* Eu conhecia aquele nome?

Eleni e Eugénie contornaram a mesa e sentaram-se ao lado de Allesandra.

Eu agora via uma lareira na parte de trás da sala, à esquerda, com várias pilhas de madeira queimando, embora a luz do fogo se perdesse graças à abundante iluminação elétrica daquela sala dourada com paredes e tetos cintilantes e bruxuleantes. Eu via uma multiplicidade de coisas – castiçais, esculturas de bronze, pesados baús entalhados. Mas, por enquanto, nada daquilo ficava registrado em minha mente, exceto o fato de eu estar sofrendo uma espécie de paralisia. Lutei contra ela. Eu precisava olhar para os rostos que me cercavam.

Eu me sentei na cadeira de espaldar alto que estava vazia em frente a Sevraine. Era isso o que ela queria. Gabrielle sentou-se ao meu lado. E era totalmente impossível ignorar que eu era o centro das atenções, que todos aqueles seres estavam conectados por encontros anteriores, ou inclusive por uma longa história, e que eu tinha muito a aprender.

Flagrei a mim mesmo olhando para um dos fantasmas, e então o nome reverberou em minha mente. Raymond Gallant. Talamasca. Um amigo de Marius nos anos do Renascimento, antes e depois de Marius ter sido atacado pelos Filhos de Satanás e de seu *palazzo* veneziano ser destruído. Um amigo que na verdade o ajudara, através da Talamasca, a encontrar sua amada Pandora, que viajava pela Europa naquelas noites com um bebedor de sangue indiano de nome Arjun. Raymond Gallant morreu com a idade muito avançada em um castelo inglês de propriedade da Talamasca, ou pelo menos foi nisso que Marius sempre acreditara.

O fantasma passou a olhar para mim com o mais afável dos olhares, com olhos sorridentes, amigáveis. Suas roupas eram os únicos trajes totalmente ocidentais na sala fora os meus – um terno escuro e simples e gravata, e sim, eles eram verdadeiros esses trajes, absolutamente verdadeiros, não faziam parte de seu complexo e maravilhosamente bem arquitetado corpo artificial.

– Você está preparado para juntar-se aos outros em Nova York? – perguntou Sevraine. Ela tinha uma simplicidade e uma objetividade que me faziam lembrar a minha mãe. E eu podia ouvir aquele poderoso coração dela batendo, aquele coração antigo.

– E o que isso traria de bom? Como posso afetar o que está acontecendo?

– Muito – respondeu ela. – Nós todos precisamos ir para lá. Nós todos precisamos nos reunir. A Voz entrou em contato com eles. A Voz quer se juntar a eles.

Fiquei chocado e cético.

– Como isso é possível?

– Eu não sei. E tampouco eles sabem. Mas a Voz endossou o Portão da Trindade em Nova York como o lugar em que devemos nos reunir. Precisamos ir para lá.

– E quanto a Maharet? – perguntei. – E quanto a Khayman? Como pode a Voz...?

– Eu sei o que você está dizendo e mais uma vez repito que precisamos nos reunir sob o teto de Armand. Nenhum de nós tem condições de enfrentar Maharet e Khayman. Estive no acampamento deles. Tentei falar com Maharet. Ela recusava-se a me deixar entrar. Recusava-se a me ouvir. E com Khayman ao lado dela, não tenho como me sobrepor a Maharet. Não sozinha. Somente com outros. E os outros estão se reunindo em Nova York.

Baixei a cabeça. Eu estava abalado pelo que ela dizia. Certamente a coisa não chegaria àquele ponto, a uma batalha dos antigos, a uma batalha envolvendo força, mas também que outra espécie de batalha seria?

– Bom, então deixe a grande organização das Crianças dos Milênios se reunir – eu disse. – Só que eu não faço parte das Crianças dos Milênios!

— Ah, por favor, Lestat — retrucou ela. — Você bebeu o sangue da Mãe em quantidades assombrosas e sabe muito bem disso. Você possui uma vontade indomável que conta como se fosse um dom sobrenatural por si só.

— Eu era o trouxa de Akasha. — Suspirei. — Vontade que nada! O que eu tenho são emoções indomáveis. O que não é a mesma coisa que ter uma vontade indomável.

— Agora eu sei por que eles o chamam de Príncipe Moleque — comentou Sevraine pacientemente. — Você vai para Nova York e sabe muito bem disso.

Eu não sabia o que dizer. O que poderia significar, para todos os efeitos, o fato de que a Voz estava demonstrando interesse em participar de uma reunião em Nova York, se a Voz emanava de Mekare? Será que a Voz, de alguma maneira, através de Khayman, forçaria as gêmeas a viajar até Nova York? Eu não estava conseguindo entender aquilo. E quanto a Maharet, vislumbrando aquele vulcão e o fim ígneo das duas? Será que os outros sabiam disso? Eu não ousava insistir nesses pensamentos na companhia daquelas mentes que poderiam devassar a minha sem a menor dificuldade.

— Acredite em mim — disse Sevraine. — Eu ofereci a minha presença, a minha solidariedade e a minha força a Maharet poucas noites atrás e fui rechaçada. Eu disse a ela de maneira cabal quem era a Voz, e ela se recusou a acreditar. Ela insiste que a Voz não pode ser quem nós sabemos que é. Maharet é agora uma alma ferida e alquebrada. Maharet não pode deter essa coisa. Ela não consegue abraçar a ideia de que a Voz está vindo de sua própria irmã. Maharet está arruinada.

— Eu não posso abandoná-la com tanta facilidade — retruquei. — Compreendo o que você está dizendo. É verdade. Eu estive lá e tentei falar com ela, que me forçou a ir embora. Ela usou seus poderes para me expulsar fisicamente de lá. De forma bem literal. Entretanto, eu não posso abandoná-la alquebrada e ferida como ela está. Isso não pode estar certo. Da última vez, quando nós todos encaramos a aniquilação, ela e Mekare nos salvaram! Você, eu, Marius, quaisquer outros que pudermos encontrar...

— Diga isso a eles quando nos encontrarmos, nós todos, sob o teto de Armand — insistiu Sevraine.

Entretanto, eu estava horrorizado diante da ideia do que poderia talvez estar acontecendo naquele complexo na selva naquele exato momento. E se a Voz, através de Khayman, houver encontrado alguma maneira de se livrar de Maharet? Aquilo era impensável para mim, assim como era igualmente impensável eu ficar parado, permitindo que algo daquela gravidade acontecesse.

– Eu sei disso – disse Sevraine. Ela estava reagindo aos meus pensamentos. – Estou completamente ciente. Mas, como já lhe disse, o destino dessa criatura foi traçado. Maharet encontrou sua gêmea, e em sua gêmea ela confrontou o nada, o vazio, a mais pura insignificância da vida, que todos nós teremos de encarar mais cedo ou mais tarde, e quem sabe mais de uma vez, quem sabe até muitas vezes. Maharet não sobreviveu a esse encontro final. Ela divorciou-se de sua família mortal. Agora não tem nada para sustentá-la. A tragédia de Mekare, sua irmã descerebrada, a devorou. Ela está acabada.

– Vá você se juntar aos outros – eu disse. – Vou voltar agora para a Amazônia e tentar resolver isso com ela. Consigo chegar no hemisfério sul antes do nascer do sol.

– Não, você não deve fazer isso. – Era a voz do espírito, Gremt. Ele ainda estava sentado bem calmo à esquerda de Sevraine como antes. – Sua presença é necessária no conclave e é para lá que você deve ir. Se você voltar agora ao santuário de Maharet, ela apenas o expulsará novamente. E ela pode fazer coisa ainda pior.

– Perdoe-me – fiz um esforço para ser cortês –, mas o que isso tem a ver com você?

– Eu conheci esse espírito, Amel, milhares de anos antes de ele adquirir uma forma física. Se ele não a tivesse adquirido, se não houvesse se fundido com Akasha, eu poderia muito bem jamais ter vindo, poderia muito bem jamais ter procurado assumir um corpo e caminhar sobre a Terra com o disfarce de um humano. Fui instado por ele a fazer tudo o que fiz, por sua descida à carne e ao sangue e por meu próprio amor à carne e ao sangue. Eu o segui até aqui.

– Bom, essa é uma revelação espantosa – comentei. – E quantos outros como você estão perambulando por aí nesta Terra, se você me permite a pergunta, assistindo por puro prazer a este cortejo?

– Não estou assistindo ao cortejo por prazer – respondeu ele. – E se existem outros de nosso domínio que se preocuparam com tais eventos, suas presenças não são de meu conhecimento.

– Pare, por favor – implorou Sevraine para mim. – Vai fazer muito mais sentido se você perceber que este ser fundou a Talamasca. Você conhece a Talamasca. Você conhece os princípios deles. Conhece suas metas intelectualmente sofisticadas. Conhece a dedicação de seus membros. Você amava e confiava em David Talbot quando ele ainda era o Superior Geral da Talamasca, um acadêmico mortal que fez tudo que estava ao alcance dele para ser seu amigo. Bom, Gremt Stryker Knollys fundou a Talamasca, e isso deveria responder a todas as suas perguntas quanto ao caráter dele. Eu não sei que outra palavra usar além de "caráter". Você não precisa duvidar de Gremt.

Fiquei estupefato.

É claro que eu sempre soubera que algum segredo sobrenatural queimava no coração da Talamasca, mas o que era eu nunca fora capaz de esquadrinhar. E até onde eu sabia, David não estava ciente daquilo. Nem Jesse, que também fora uma criança da Ordem bem antes de sua tia Maharet trazê-la para o Sangue.

– Confie em mim – pediu Gremt. – Estou do seu lado agora. Temo Amel. Sempre o temi. Sempre abominei o dia em que ele adquirisse uma consciência.

Ouvi pacientemente, mas não disse nada.

– Amanhã, ao pôr do sol, nós todos devemos sair daqui juntos – disse Sevraine. – E lá eu encontrarei aqueles tão velhos quanto eu, tão poderosos quanto eu. Estou convencida disso. Este conclave os atrairá até lá e sob constrangimentos morais que recebo de bom grado e respeito. Talvez alguns já tenham chegado. E então estaremos em uma posição na qual poderemos determinar o que deve ser feito.

– E enquanto isso – declarei suavemente –, Maharet lida com tudo por conta própria. – Estava tentando banir todas as imagens daquele vulcão, Pacaya, na Guatemala, onde nosso destino coletivo poderia simplesmente encontrar seu fim.

Os olhos de Sevraine fixaram-se nos meus. Será que viu as imagens?

É claro que conheço seus temores, mas por que assustar os outros? Nós fazemos o que devemos fazer.

– Maharet não aceitará a ajuda de ninguém – comentou Gremt. – Também fui até ela. Em vão. Eu a conhecia quando era uma mortal. Eu falava com ela naquela época. Eu estava entre os espíritos que escutavam a voz dela. – Sua voz permanecia equilibrada, mas estava ficando emocionado, emocionado como qualquer ser humano genuíno. – E agora, depois de todo esse tempo, ela não confia em mim e nem me escuta. Ela não pode. Na mente dela, Maharet perdeu as vozes dos espíritos quando entrou no Sangue. E qualquer espírito que procura encarnar como eu fiz não pode ter a confiança dela. Ela pode me ver apenas com aborrecimento e temor. – Ele parou, como se não pudesse continuar. – De algum modo, sempre soube que ela me daria as costas quando eu me colocasse diante dela, quando lhe confessasse que havia sido eu, que havia sido eu que... – E então ele não conseguiu dizer mais nada.

Os olhos de Gremt estavam embaçados devido às lágrimas. Ele recostou-se na cadeira e pareceu respirar profundamente, procurando recompor-se em silêncio, e pressionou com firmeza os lábios com os dedos da mão direita.

Por que aquilo era tão sedutor para mim, tão fascinante? Nossas emoções vinham de nossa mente, não vinham? No entanto, amaciavam ou endureciam nossos corpos físicos. Portanto, aquele poderoso espírito estava agitando a forma física habilidosamente construída na qual ele residia, com a qual ele se tornara um indivíduo. Eu me sentia atraído por ele. Sentia que ele não era uma coisa estranha, não mesmo, mas sim algo bem semelhante a nós, um todo misterioso em si mesmo, é claro, mas bem semelhante a nós.

– Preciso ir até Maharet. – Comecei a me levantar. – Preciso estar ao lado dela agora. Vocês vão para o conclave, é claro, mas eu vou me encontrar com ela.

– Sente-se – ordenou Gabrielle.

Hesitei e então, com muita relutância, obedeci. Eu queria, eu realmente queria alcançar a Amazônia com tempo de sobra.

– Há outros motivos pelos quais você deve ir conosco – disse Gabrielle com a mesma voz firme.

– Ah, eu sei, não me diga! – exclamei com raiva. – Eles me querem lá. Os jovens estão clamando pela minha presença. Eles dão uma certa importância especial a mim. Armand e Louis querem que eu vá. Benji quer que eu vá. Já ouvi isso inúmeras vezes.

– Bom, tudo isso é verdade – disse Gabrielle. – E nós somos uma espécie briguenta e independente, e precisamos de fato de algum líder carismático que esteja disposto a vestir o elmo. Mas há outros motivos.

Ela olhou para Sevraine.

Sevraine assentiu e Gabrielle prosseguiu:

– Você tem um filho mortal lá, Lestat, um jovem de menos de vinte anos. O nome dele é Viktor. Ele sabe que você é o pai dele. Ele nasceu de uma mortal no laboratório de Fareed, uma mulher chamada Flannery Gilman que agora está no Sangue. Mas seu filho não é um de nós.

Silêncio.

Não apenas eu não disse nada como também não conseguia pensar. Não conseguia raciocinar. Devo ter dado a impressão de alguém que havia perdido a razão. Olhei fixamente para Gabrielle e em seguida para Sevraine.

Eu não tinha palavras para descrever o que estava sentindo. Não tinha nenhuma maneira de interpretar o alcance do que estava acontecendo não em minha mente, mas em meu coração. Eu podia sentir os olhos de todos os presentes fixos em mim, porém isso pouco importava. Eu olhava para eles, mas não os via realmente, nem mesmo me importava com eles – Allesandra sentada lá, encarando-me silenciosamente com Bianca a seu lado, um retrato de solidariedade e tristeza. E Eleni observando-me, temerosa, com Eugénie escondendo-se atrás dela. E o espírito e o fantasma com expressões emotivas tão intensas. Um filho. Um filho mortal. Um filho vivo que respira, um filho da minha carne. Ah, Fareed, ele deve ter planejado isso desde o início com aquele quarto sedutor e a simpática dra. Flannery Gilman, com seu rosto doce e tão pronta com sua tenra boca mortal e seu cálido corpo nu. Eu a engravidei! A possibilidade jamais me ocorrera. Nem por um segundo havia pensado que algo assim fosse possível.

Da mente de Sevraine escapou uma imagem completamente nítida do rapaz.

Ele olhava diretamente para mim naquela imagem, um jovem com meu rosto quadrado e meu nariz até certo ponto pequeno, meus rebeldes cabelos louros. Aqueles olhos azuis pareciam meus olhos e, no entanto, não eram os meus. Eram dele. Aquela era a minha boca, certamente, sensual, e levemente grande para o rosto, porém ela não possuía nenhum traço da crueldade da minha boca. Apenas um belo rapaz, apesar de se parecer comigo, um belo jovem. O rosto sumiu. E eu via agora um lampejo de imagens daquele jovem, talvez como Sevraine o vira uma vez, caminhando por uma rua nos Estados Unidos, vestido com roupas comuns, jeans, um suéter, tênis, um rapaz jovem, saudável e fulgurante.

Dor. Indescritível dor. Não importava quem nesse mundo ou em qualquer outro estivesse olhando para mim, me observando, procurando compartilhar aquele momento ou meramente estremecendo à medida que eu o experimentava. Simplesmente não importava. Porque em dores como essa sempre se está sozinho.

– Tenho outra notícia forte para você – disse Sevraine.

Permaneci calado.

— Há uma jovem com Viktor que você também ama. O nome dela é Rose.

— Rose? — sussurrei. — Não a minha Rose! — Aquela dor se transformava subitamente em fúria. — Pelo amor de Deus, como foi que eles conseguiram pôr as mãos na minha Rose?

— Deixe-me contar — pediu Sevraine. — Deixe-me explicar. — Então, lentamente, numa voz baixa, ela me contou o que sucedera a Rose. Ela me contou como meus advogados estavam tentando entrar em contato comigo, mas como eu estava ignorando todas as "mensagens mundanas ultimamente", e ela revelou os detalhes de uma agressão à Rose, sua cegueira, as feridas em seu rosto e em sua garganta, e como ela gritara sem parar por mim em sua agonia, e como Seth ouvira esses gritos, como Fareed os ouvira, e como, em meu nome, eles intervieram.

Ah, Morte, você está tão determinada a tomar posse da minha amada Rose. Morte, você não consegue parar de tentar tomar posse da minha preciosa Rose.

— A menina recebeu somente a quantidade necessária do Sangue para curar a cegueira — continuou Sevraine. — Mas nunca o suficiente para que ele se enraizasse nela. Somente a quantidade certa para que o Sangue curasse o esôfago, curasse a pele. Nunca o suficiente para começar a transformação. Ela ainda é completamente humana e ama o seu filho, e ele a ama.

Acho que murmurei algo do tipo "Isso tudo foi engendrado por Fareed", mas não foi de coração. Eu não me importava. Não me importava absolutamente. A raiva desaparecera. Somente a dor permanecia. Eu continuava vendo a imagem do rapaz. Não precisava que ninguém me desse uma imagem da minha amada Rose, minha doce e corajosa Rose, que estava tão feliz da última vez que eu estivera com ela, minha carinhosa e amável Rose, a quem eu abandonara para seu próprio bem, ciente de que ela já tinha muita idade para continuar próxima de mim, idade suficiente para ficar confusa com o que eu era. Minha Rose. E Viktor.

— Essas coisas agora são do conhecimento de todos — disse Sevraine —, porque esse rapaz e essa menina foram levados por Fareed e Seth para se juntar aos outros. E você também precisa ir para lá. Deixe Maharet lidar com essa situação com seus próprios recursos. Essa reunião é o que importa. Seja lá o que aconteça com Maharet, a Voz continuará sendo o desafio. E amanhã ao pôr do sol nós precisamos partir.

Eu permanecia sentado, imóvel, olhando fixamente para a superfície da mesa, pensando no que tudo aquilo pudesse talvez significar.

Um longo momento se passou e então Eleni disse carinhosamente:

– Por favor, venha conosco juntar-se aos outros, venha. Já passou da hora de nós todos estarmos reunidos lá.

Olhei de relance para ela, para seu rosto ansioso e para o de Eugénie ao lado dela. Meus olhos passaram pelos rostos estranhamente expressivos de Raymond Gallant e Gremt. Como eles pareciam ser infinitamente mais humanos do que o resto de nós.

– Escute aqui – declarou Gabrielle, impaciente –, é absolutamente inconcebível que você tenha uma reação imediata a todas essas revelações. Ninguém pode ter. Mas esteja certo de que essa menina, essa Rose, está à beira da loucura como sempre acontece com aqueles que sabem muitas coisas a nosso respeito. Viktor, por outro lado, sempre soube que você era o pai dele, e ele cresceu com o amor da mãe e também sabe o que ela é. Então, vamos partir amanhã à noite para resolver essa questão, pelo menos essa, e depois vamos cuidar da Voz.

Assenti, tentando não exibir um sorriso amargo. Que cartada fora aquela deles! Será que fora um plano deliberado? Calculado? Aquilo não tinha muita importância no esquema das coisas. Era o que era.

– Você acha que essa questão é mais importante do que a Voz? – perguntei. – Você acha que essa questão não pode esperar um pouco mais? Eu não sei o que pensar. Não consigo pensar. Minha decisão ainda não está tomada.

– Acho que se você retornar a Maharet – disse Gabrielle –, ficará muito decepcionado com o que vai descobrir. E ela pode muito bem destruir você.

– Diga-me o que você sabe. Agora! – Eu estava subitamente furioso. – Diga-me agora.

– O que importa é o que *todos nós* soubermos quando nos reunirmos. – Gabrielle estava tão irritada quanto eu. – Não o que eu desconfio, ou quais imagens fragmentadas captei ou alguma outra pessoa captou. Você não compreende? Estamos enfrentando uma crise pior do que a da última vez, não consegue enxergar isso? Mas nós temos Sevraine, e esse antigo, Seth, que é ainda mais velho do que ela, e quem pode saber quais outros? Precisamos ir até eles, não a Maharet.

– E você sabia que eu tinha um filho e nunca me contou – disse subitamente, em um impulso –, e sabia o que havia acontecido com a minha Rose.

– Pare, Lestat, por favor – pediu Sevraine. – Você está machucando meus ouvidos. Sua mãe só descobriu essas coisas por meu intermédio e foi imediatamente atrás de você para trazê-lo para cá como eu havia pedido. Você tem vivido em seu mundo particular muito bem fortificado e solitário. Não dava nenhum indício de que nada disso pudesse ser de seu interesse. Agora venha conosco juntar-se aos outros como lhe peço.

– Eu quero me encontrar com David e Jesse... – eu disse.

– David e Jesse juntaram-se aos outros – informou Gremt.

– E também quero ouvir o que *você* sabe de Maharet neste exato momento! – Dei um soco na mesa.

– Não sou onisciente – respondeu Gremt em voz baixa. – Poderia deixar esse corpo e viajar até lá, invisível, silencioso, com muita facilidade. Contudo, eu reneguei esse poder. Treinei a mim mesmo para andar, falar, ver e ouvir como um ser humano. E, além disso, o que quer que esteja acontecendo com Maharet, nenhum de nós pode mudar nada.

Empurrei a cadeira para trás e me levantei.

– Agora preciso ficar sozinho. Isso tudo é demais. Preciso dar uma volta lá fora, ficar sozinho... Não sei o que vou fazer. Nós temos várias horas de sobra para falar sobre isso. Quero ficar sozinho. Vocês devem ir para Nova York, isso é certo. Todos vocês devem ir. E devem lutar contra essa Voz com todo o poder de que dispõem. Quanto a mim, não sei.

Sevraine se levantou, contornou a mesa e segurou meu braço.

– Tudo bem, então. Vá dar uma volta se está precisando disso. Mas tenho algo que talvez possa ajudá-lo em suas meditações, uma coisa que preparei especialmente para você.

Ela me conduziu para fora da sala e percorremos uma longa passagem coberta por uma suave camada de ouro cintilante como muito do que eu havia visto por lá. Entretanto, logo outra passagem mais tosca e sem ornamentos nos levou para longe daquele primeiro corredor e seguimos por uma escadaria longa e íngreme aberta na rocha.

Parecia que estávamos em um labirinto. E captei o aroma de seres humanos.

Finalmente chegamos a uma longa rampa que levava a uma pequena sala iluminada apenas por duas espessas velas fincadas em saliências da rocha, e lá, além de uma parede de barras de ferro, encontrava-se um ser humano de pele dourada que olhava fixamente para mim das sombras com seus amargos e furiosos olhos pretos.

O aroma era sobrepujante, delicioso, quase irresistível.

O homem começou a forçar as barras com toda a força de que dispunha e a vituperar contra Sevraine no francês mais vulgar e grosseiro que eu já havia ouvido. Ele lançava sobre ela uma ameaça atrás da outra a respeito de confederados que arrancariam todos os membros dela e lhe aplicariam todas as abominações eróticas que ele poderia conceber.

Ele jurava que seus "irmãos" jamais deixariam com vida quem quer que lhe tivesse feito algum mal, que ela não sabia o que havia feito consigo própria, e assim por diante, os impropérios passaram a girar em círculos, ele a xingava com as palavras mais baixas já criadas em qualquer língua para denunciar um ser humano do sexo feminino.

Eu estava fascinado. Fazia um bom tempo desde a última vez que eu encontrara alguém tão completamente dominado pela malignidade e tão barulhento em sua fúria. O cheiro do mar escapava de seu macacão imundo e de sua camisa de brim encharcada de suor, e vi cicatrizes em seu rosto e no braço direito que haviam endurecido e se transformado em suturas de pura carne branca.

Atrás de mim uma pesada porta se fechou.

A criatura e eu estávamos sozinhos. Eu vi a chave da cela em um gancho à direita do portão que o mantinha preso e a peguei enquanto ele continuava com seus insultos e xingamentos, e girei lentamente a chave na fechadura.

Ele abriu imediatamente o portão e avançou na minha direção, as mãos movendo-se para o meu pescoço.

Eu o deixei fazer aquilo, o deixei lançar toda a sua força total em um corpo que não estava nem um centímetro submisso. E lá estava ele, tentando pressionar seus dedos em meu pescoço e absolutamente impotente em causar a mais ligeira marca em minha pele enquanto me encarava.

Ele se afastou, calculando, e fez outra investida. Eu queria dinheiro? Ele tinha de sobra. Tudo bem, ele estava lidando ali com algo que jamais encontrara antes. Sim, nós não éramos humanos. Ele via isso. Mas não era idiota. Não era tolo. O que ele queria?

— Diga-me — rosnou ele para mim em francês. Seus olhos moviam-se febrilmente ao longo do teto, do piso, das paredes. Das portas.

— Eu quero você — respondi em francês. Abri a boca e passei a língua sob minhas presas.

Ele não acreditou no que viu, é claro que não acreditou, era ridículo tais criaturas serem reais.

— Pare de tentar me assustar! – esbravejou novamente.

Ele caiu no chão, agachado, os ombros baixos, os braços preparados, as mãos empunhadas.

— Você é o suficiente para me desconcentrar inteiramente – eu disse.

Eu me aproximei, deslizando os braços para abraçá-lo, deslizando-os bem de encontro àquele delicioso suor salgado, e levei meus dentes rapidamente ao pescoço dele. Essa é a maneira menos dolorosa de fazer isso, ir diretamente à artéria e simplesmente deixar que o primeiro puxão no coração da vítima aquiete seu temor.

A alma dele se abriu em duas como uma carcaça podre, e toda a sujeira de sua vida passada envolvida em contrabando, bandidagem e assassinatos, sempre assassinatos, um assassinato atrás do outro, extravasou como óleo cru, preto e viscoso em seu sangue

Estávamos no chão da cela. Ele ainda estava vivo. Eu bebia as últimas gotas lentamente, deixando o sangue escorrer de seu cérebro e de seus órgãos internos, puxando-o para mim com a cooperação constante e lenta de seu poderoso coração.

Ele se tornara um menininho, um confiante menininho cheio de curiosidade e sonhos, que perambulava por algum lugar do interior muito semelhante aos meus próprios campos e ribanceiras na Auvergne, e havia tantas coisas que ele queria saber, tantas coisas que queria investigar, tantas coisas que faria. Ele iria crescer e descobrir as respostas. E iria saber. A neve caiu de repente no lugar onde estava brincando, correndo, pulando e rodopiando em círculos com os braços estendidos. Ele jogou sua cabecinha para trás para engolir a neve que caía.

O coração parou.

Fiquei lá deitado por um longo momento, ainda sentindo o calor de seu peito de encontro ao meu, o lado de seu rosto sob meu corpo, sentindo um último espasmo de vida passar através de seus braços.

Então a Voz falou.

A Voz estava ali, baixa, confidencial, bem ali. E ela disse:

— Entenda, eu também quero saber todas essas coisas. Entenda, eu queria saber, queria saber de todo o coração, o que é neve? E o que é belo e o que é amor? Ainda quero saber! Quero ver com seus olhos, Lestat, ouvir com seus ouvidos e falar com sua voz. Mas você me renegou. Você me deixou na cegueira e na miséria e vai pagar por isso.

Eu me levantei.

– Onde você está, Voz? O que fez com Mekare?

A Voz chorou amargamente.

– Como você pode fazer uma pergunta como essa? Você, entre todos os bebedores de sangue gerados por mim e sustentados por mim. Você sabe o quanto eu estou desamparado dentro dela! E de mim você não tem pena, somente ódio.

Ela sumiu.

Eu estava tentando analisar os permenores como eu sabia fazer tão bem, o que era aquilo que eu estava sentindo quando ele me abandonou, quais foram as pequeninas indicações de sua súbita partida, mas não conseguia nem mesmo me lembrar de todos os diminutos aspectos de tudo aquilo. Sabia apenas que ele havia sumido.

– Eu não a desprezo, Voz – disse em voz alta. Minha voz soava artificial na câmara vazia de pedra. – Nunca a desprezei realmente. Só fui culpado de uma única coisa, de não saber quem você realmente é. Você podia muito bem ter me dito, Voz. Você podia muito bem ter confiado em mim.

Mas ela havia sumido em direção a outra parte do grande Jardim Selvagem para fazer alguma maldade, sem dúvida alguma.

Deixei o homem morto lá, já que parecia não haver nenhum lugar adequado para depositar sua carcaça ensanguentada, e tomei o caminho de volta através do labirinto para me encontrar com os outros.

Em algum lugar ao longo do caminho, quando passagens de pedra haviam mais uma vez dado lugar a corredores pintados em cores vivas e folheados a ouro, ouvi um canto.

Era o mais suave e etéreo dos cantos, palavras alongadas por sopranos altas e nítidas, pronunciadas em latim, um fio melódico se intercalava com outro, e sob tudo aquilo havia sons que só podiam vir de uma lira.

O som de água corrente vinha até mim junto com a belíssima música, cantando – água corrente, água esguichando, e o riso de bebedores de sangue. Sevraine ria. Minha mãe ria. Senti o cheiro da água. Senti o cheiro da luz do sol, da grama verde, da água. De algum modo, a frescura e a doçura da água misturavam-se em minha mente com o sangue rico e satisfatório que acabara de inundar minha boca e meu cérebro. E eu podia praticamente ver a música em fitas douradas serpenteando pelo ar.

Cheguei a uma grande e cavernosa banheira, bastante iluminada.

Mosaicos cintilantes cobriam o teto desnivelado e as paredes, pequeninos fragmentos de ouro e prata e mármore carmesim, malaquita, lápis-lazúli, obsidianas brilhantes e flocos de vidro resplandecentes, velas queimavam em seus castiçais de bronze.

Duas delicadas quedas-d'água dançantes alimentavam a bacia cortada na pedra na qual elas estavam se banhando.

Elas estavam todas de pé na água – as mulheres –, juntas sob a suave e reluzente cascata, algumas nuas, algumas vestidas com batas finas que haviam se tornado transparentes com a água, rostos fulgurantes, cabelos escorridos em longas listras serpenteantes de escuridão sobre seus ombros. E no canto esquerdo, nos fundos, estavam os cantores – três bebedores de sangue em túnicas brancas obviamente feitos quando eram meninos, cantando em vozes sopranos altas e doces, *castrati* feitos pelo Sangue.

Eu me flagrei transfixado pela visão. As mulheres acenaram convidativas para que eu entrasse na banheira.

Os músicos continuavam cantando como se cegos a todos os presentes, embora não o fossem, cada um dedilhando as cordas de uma pequena lira antiga em estilo grego.

O recinto estava aquecido e úmido, e a luz em si era dourada devido a velas.

Dei um passo à frente, despindo minhas roupas e juntando-me a elas na piscina de aroma fresco e doce. Elas verteram água sobre mim de conchas rosadas. E molhei várias vezes o rosto.

Allesandra, nua, dançava com os braços levantados, cantando com os meninos sopranos, embora utilizasse o francês arcaico, um pouco de poesia de sua própria lavra, e Sevraine, com seu corpo assustadoramente pálido e rígido, que a água refletia como se fosse mármore, beijou meus lábios.

O canto agudo ainda que esplendidamente controlado penetrou meus ouvidos, paralisou-me, enquanto eu estava parado na água fria e fluida. Fechei os olhos e pensei. Lembre-se sempre disso. *Lembre-se sempre apesar da agonia e do medo estarem à espreita.* Disso. Da vibração das cordas da lira, dessas vozes entrelaçando-se como se fossem trepadeiras, subindo a alturas jamais sonhadas pela lógica mente temerosa e descendo devagar para misturar-se mais uma vez em harmonia.

Através da brilhante queda-d'água olhei para eles, para os meninos, com os rostos redondos e os cabelos louros curtos e encaracolados; ligeiramente, oscilavam com a música, e era a música que eles viam, não nós, não aquele lugar, nem aquele momento.

 O que significa ser um cantor no Sangue, um músico, ter esse propósito, esse caso de amor que o carrega através das eras – e ser tão feliz quanto todas aquelas criaturas pareciam ser?

 Mais tarde, vestido em trajes novos providenciados pela dona da casa, passei por uma longa câmara mergulhada nas sombras na qual Gremt estava sentado com Raymond Gallant. Havia um bebedor de sangue com eles, talvez tão antigo quanto Sevraine. E outros fantasmas também os acompanhavam, tão lindamente projetados em corpos materiais quanto Gremt e Raymond Gallant.

 Fiquei imediatamente fascinado, mas também estava muito cansado. Quase deliciosamente cansado.

 Um dos fantasmas levantou-se para me cumprimentar e fez um gesto para que eu esperasse enquanto estava parado na porta.

 Eu me afastei em direção à passagem enquanto o fantasma saía da sala e vinha na minha direção, não tanto por medo quanto por uma sobrepujante relutância. Eu sabia lidar com qualquer humano no planeta. Sabia o que poderia encarar com qualquer bebedor de sangue, porém eu não fazia a mínima ideia do que eu poderia passar na presença de um fantasma que possuía total controle de um corpo sólido.

 Ele se postou diante de mim, sorrindo, a luz vinda da sala de conferências iluminava seu rosto bastante notável. Testa lisa, feições gregas e cabelos compridos e louros com mechas grisalhas.

 Vestia uma longa e simples sotaina de seda preta. E tratava-se de um traje de verdade, feito de seda crua. A pele não era real, não, e os órgãos internos eram uma simulação bem-feita, mas não eram reais, e quem sabe que alma se encontrava por trás daqueles olhos esfuziantes e amigáveis?

 Mais uma vez, tive a sensação aguda de que aqueles espíritos ou fantasmas vestidos em corpos confeccionados por eles mesmos eram exatamente como nós. Eram almas encarnadas assim como nós.

 – Esperei um longo tempo para pedir perdão pelo que fiz a você – disse ele em francês. – Eu tinha esperança e sempre rezava para que você ficasse finalmente contente, contente de agora estar vivendo e respirando, depois de todas as dificuldades pelas quais passou na Estrada do Diabo.

 Eu me mantive calado. Estava tentando entender o que aquilo poderia significar. O fato de que um fantasma pudesse falar com tanta distinção em uma profunda voz humana me deixava perplexo. A voz parecia estar de fato vindo de suas cordas vocais. A ilusão era perfeita.

Ele estava cara a cara comigo, olho no olho. Sorriu e buscou minhas mãos, que tomou.

– Se ao menos houvesse tempo para um encontro mais longo – disse ele –, tempo para que eu respondesse às suas inevitáveis perguntas, tempo para que eu deixasse sua raiva surgir.

Dedos macios e secos. Eles exalavam um calor semelhante ao de dedos humanos.

– Que raiva? – perguntei.

– Eu sou Magnus, o que o criou e o abandonou. E eu sempre carregarei a culpa por isso.

Eu ouvi, mas não acreditei. Não acreditei na possibilidade daquilo. Minha alma humana se recusava. Contudo, eu sabia que aquela criatura não estava mentindo para mim. Aquele não era um momento para mentiras. Aquele era um momento para revelações. E aquela criatura, ser, entidade, ou o que quer que fosse, aquela coisa estava me dizendo a verdade.

Não sei quantos minutos se passaram conosco parado ali.

– Não me julgue pelo que vê aqui – disse ele. – Pois um fantasma pode aperfeiçoar ele próprio um corpo que a natureza jamais lhe deu, e foi isso o que fiz. Os fantasmas desse mundo aprenderam muitas coisas ao longo dos séculos, principalmente durante os últimos séculos. Meu corpo assemelha-se ao seu agora, elegante, forte e bem proporcionado, o corpo para o qual você morreu, e eu dei a mim mesmo seus olhos, seus brilhantes olhos azuis. Mas eu imploro realmente o seu perdão por tê-lo trazido a esse domínio que nós agora compartilhamos.

Uma brisa fresca soprou pela passagem.

Senti um prurido sobre minha pele. Eu estava tremendo. Ouvia meu coração em meus ouvidos.

– Bom, como você disse, se ao menos houvesse tempo – respondi. – Mas não há tempo, não é mesmo? Está quase amanhecendo. – Eu lutava para pronunciar cada palavra. – Não posso ficar com você agora. – Eu estava tão grato por isso, tão grato por ter de deixá-lo e me deslocar vagarosamente, quase aos tropeções, para longe de lá. Choque, choque e cada vez mais choque.

Olhei de volta para ele, de relance. Como ele parecia triste ali parado, como parecia melancólico e soterrado pela tristeza e pelo pesar.

– Sua chama brilha intensamente, Príncipe Lestat – disse ele. E lágrimas surgiram em seus olhos.

Saí correndo. Eu precisava sair correndo. Tinha de encontrar algum lugar agradável e secreto onde pudesse me deitar em solidão. Não havia viagem para mim naquela noite. Estava tarde demais. Havia apenas a esperança de dormir. E, lá em cima, Sevraine me esperava, gesticulando para que eu me apressasse.

Dê-me esse pequeno túmulo entalhado na rocha, ou qualquer coisa assim, essa gaveta na qual eu possa me deitar. Dê-me esses travesseiros de seda, tão frios, e essas macias cobertas de lã. Dê-me isso e deixe-me chorar aqui sozinho. E deixe-me esquecer tudo que não seja escuridão quando você fechar a porta.

E pensar que, ao nos levantar, seguiríamos todos para o Reino dos Maiores Choques.

E tudo o que eu fora antes daquela noite acabara, acabara total e completamente. O mundo que eu havia habitado há apenas um curto espaço de tempo parecia soturno, vazio e acabado.

Todas as minhas lutas, meus triunfos e minhas perdas estavam sendo eclipsados pelo que se revelava naquele momento. Alguma vez no passado, o tédio e o desespero já haviam sido banidos por tais revelações, por tais preciosos dons de verdade?

19

Rhoshamandes

Assassinato mais infame

Por duas noites, Rhosh ficara enfurnado em um luxuoso hotel em Manaus, acordando para olhar a vista da cidade amazonense e a selva estendendo-se até o infinito. Estava furioso. Mandara chamar Benedict, e ele viera, como sempre desgastado e exausto devido à viagem solitária através de quilômetros de céu não cartografado, e estava agora igualmente agitado por dormir naquela hospedaria de mortais com muitos andares e apenas um esconderijo dentro de um armário para mantê-lo a salvo do sol e dos olhares inquisitivos dos vivos.

Havia boas caçadas para um bebedor de sangue naquela cidade e nas vizinhanças, porém isso era tudo o que se podia dizer em sua defesa de acordo com as estimativas de Rhosh, e ele estava desesperado para penetrar no complexo de Maharet, Kayman e Mekare, mas não podia fazê-lo.

Todas as noites a Voz o instava a ser forte, a atacar as defesas das gêmeas, a invadir o local. Rhosh, contudo, estava cauteloso. Ele não podia superar a força combinada de Khayman e Maharet. Sabia disso. E realmente não confiava na Voz quando ela dizia que eles jamais o atacariam, que ele os pegaria de surpresa e os encontraria vulneráveis aos seus dons e à sua vontade.

— Preciso que você me liberte dessa criatura — a Voz continuava a insistir. — Preciso que me liberte dessa Trindade Ímpia que me mantém cativo aqui, cego, imóvel e incapaz de cumprir meu destino. E realmente tenho um destino. Sempre o tive. Você sabe o que suportei para aprender a me expressar como faço com você agora? Você é minha esperança, Rhoshamandes, você tem cinco mil anos no Sangue, não tem? Você é mais forte do que eles porque sabe como usar seus dons enquanto eles continuam relutantes.

Rhosh desistira de discutir honestamente com a Voz. Ela era conivente e infantil.

Rhosh temia Maharet. Sempre temera. Quem no Sangue era mais poderoso do que Maharet? Tinha mil anos a mais do que ele, porém também possuía mais outra coisa. Havia sido uma das primeiras a serem criadas e seus recursos espirituais eram lendários.

Se as primeiras crianças da Primeira Cria e do Sangue da Rainha não fossem surdas telepaticamente umas com as outras, esse drama teria chegado a um fim muito antes. Se Maharet pudesse ouvir a Voz falando com Rhoshamandes, tudo estaria acabado para ele, Rhosh tinha certeza disso. Mesmo naquele momento, ele imaginava se aquele miserável lugar tropical e úmido não estava fadado a ser o fim de sua longa jornada nesta Terra.

Mas, justamente quando seus pensamentos afundavam em desencorajamento, a Voz chegava, sussurrando, adulando, engabelando.

– Vou fazer de você o monarca da tribo. Não vê o que estou lhe oferecendo? Não entende por que preciso de *você*? Uma vez dentro do seu corpo, vou poder andar sob o sol por livre e espontânea vontade porque seu corpo é forte o bastante para isso, e em todo o mundo jovens vão queimar. Mas você e eu dentro de você seremos só beijados por aquela luz dourada. Ah, eu me lembro, sim, eu me lembro, a paz e a força abençoadas que vieram para mim quando Akasha e Enkil foram colocados ao sol. Castanho-dourados eles ficaram, e não mais do que isso, mas em todo o mundo crianças queimavam. Meu sangue forte foi restaurado. Eu era eu mesmo em lampejos de esplendor desperto! Nós vamos fazer isso, você não vê? Quando eu estiver em você e você puder enfrentar a luz do sol. E você me ama! Quem mais me ama?

– Eu o amo, é verdade – disse Rhosh sombriamente. – Mas não o suficiente para ser destruído tentando recebê-lo em mim. E se eu tivesse você dentro de mim, sentiria o que sinto?

– É claro, você não vê? Estou enterrado em alguém que não sente nada e não deseja nada, e nunca bebe, nunca bebe do sangue humano que dá vida!

– Quando eu me exponho ao sol, sinto dor como se estivesse ficando inconsciente, e sinto dor por meses e mais meses depois disso. Faço isso apenas porque preciso me passar por humano. Você está disposto a sentir essa dor?

– Isso não é nada comparado à dor que sinto agora! Você vai despertar com a pele dourada, como sabe, e tantos outros terão morrido, misericordiosamente morrido. Morrido! E seremos mais fortes do que nunca! Você não vê? Sim, vou sentir o que você sente. *Mas assim que você tiver o Cerne Sagrado em você, vai sentir também o que eu sinto.*

A Voz continuava divagando:

– Eu alguma vez prometi à Rainha do Egito que poderia apoiar uma legião de bebedores de sangue? Ela era maluca? A Primeira Cria não era maluca? Eles sabiam o que eu era e ainda assim esticaram meu corpo e meu poder além de todos os limites sensatos, gananciosos e devassos, passando o Sangue para qualquer um que se revoltasse contra Akasha, e ela fez esse Sangue da Rainha como se o tamanho de sua guarda fosse tudo o que importava, até eu ficar igual a um humano, sangrando por todos os membros e todos os orifícios, incapaz de pensar, sonhar, saber...

Rhosh estava escutando, mas não prestava muita atenção. *Você também vai sentir o que eu sinto.*

As possibilidades flamejavam em sua mente enquanto ele olhava pela janela a vista noturna da cidade de Manaus.

– O que mais você poderia querer de mim além de eu dormir sob o sol para queimar a ralé? – A ralé? Mais do que a ralé seria queimada. Todos os jovens seriam queimados: Lestat, seu precioso Louis, Armand, aquele tirano notório e corrupto e, é claro, o pequeno gênio Benjamin Mahmoud.

E todas as gerações deles seriam queimadas. Vampiros que tinham mil anos no Sangue, ou mesmo dois mil anos, seriam queimados. Aquilo acontecera antes. E Rhoshamandes sabia disso. Não se tratava de uma lenda. Ele fora queimado, assumindo uma coloração brilhante de mogno marrom, e sofrera uma agonia que durara meses, após o Rei e a Rainha terem sido arrastados através do deserto egípcio pelo malévolo ancião. Caso o ancião tivesse a força necessária para deixar os Pais Divinos no sol por três dias, Rhoshamandes talvez houvesse morrido. Assim como o próprio ancião. E quem teria resgatado Akasha ou Enkil? Teria sido o fim naquele momento e naquele lugar. Em algum lugar do mundo, Sevraine, Nebamun e inúmeros outros deveriam ter sofrido um destino similar. Para aqueles que sobreviveram e ficaram mais fortes, muitos pereceram levados a posteriores imolações ocasionadas pela dor de suas existências. Ele se lembrava de tudo isso. Sim, ele se lembrava.

Porém ninguém sabia quantos anos no Sangue eram necessários para sobreviver a tal holocausto. Ah, bem, quem sabe os grandes médicos Fareed e Seth soubessem. Quem sabe eles tivessem feito estudos, cálculos baseados em entrevistas com bebedores de sangue, análises de relatos das Crônicas Vampirescas. Quem sabe tivessem feito projeções. Quem sabe pudessem fazer transfusões de sangue de antigos para jovens com sacos plásticos reluzentes e tubos brilhantes. Quem sabe possuíssem um estoque de sangue antigo em seus cofres, retirado das veias do grande Seth.

– Ah, sim, são muito inteligentes – disse a Voz, ignorando a pergunta anterior de Rhosh e dando uma ordem a seus pensamentos divagantes. – Mas eles não têm nenhum amor por mim. São traiçoeiros. Falam da "tribo" da mesma forma que Benji Mahmoud, como se eu não pertencesse à tribo! – Rosnou em angústia. – Como se eu, eu, Amel, não fizesse parte da tribo!

– Então você não quer cair nas mãos deles – concluiu Rhosh.

– Não, nunca! Nunca! – A Voz parecia estar em pânico. – Pense no que poderiam fazer comigo! Você consegue imaginar?

– E o que poderiam fazer? – perguntou Rhosh.

– Me colocar em um tanque com o Sangue, meu Sangue, Sangue que produzi, me colocar em um tanque com esse sangue onde eu seria cego e surdo e mudo e ficaria preso em uma escuridão ainda mais profunda do que essa em que vivo agora.

– Tolice. Alguém teria de alimentar e sustentar um tanque como esse. Jamais fariam uma coisa tão perigosa. E você agora não é um elemento separado. Até eu sei disso. Está casado com o cérebro de Mekare, casado com o coração dela para bombear sangue até o cérebro dela. Se eles tivessem de simular um arranjo como esse, como eu disse, alguém, e na verdade mais de uma pessoa, teria de manter a coisa e sustentá-la. Isso jamais aconteceria com você.

A Voz ficou visivelmente amolecida.

Sua voz virou um sussurro:

– Eu preciso ficar quieto agora, mas você precisa vir até mim. Ela vem. Ela caçou e está completamente desesperada. Sonha em mergulhar, e mergulhar a mim e a Mekare em um lago de fogo! Ela pranteia seus novatos perdidos. Ela expulsou aqueles que a amam.

Rhoshamandes balançou a cabeça. Em voz baixa, murmurou uma negativa desesperada.

– Escute o que eu digo! – implorou a Voz. – Ela precisa apenas de uma única palavra de estímulo de alguma alma desesperada como ela própria, eu lhe digo, e Maharet vai pegar Mekare e vão seguir diretamente para esse vulcão chamado Pacaya. Você sabe onde fica?

— Pacaya — sussurrou Rhosh. — Sim, eu sei.

— Bom, é lá que nossa história vai acabar em fogo se você não vier! Isso pode acontecer esta noite mesmo, eu lhe digo!

— Você não consegue ler a mente dela, consegue? Você está enterrado no criador dela. Você não consegue...

— Eu não leio a mente dela a partir da mente de Mekare, seu idiota — disse a Voz. — Entro sigilosamente na mente dela como entro na sua! Ela não pode impedir que eu entre! Mas, ah, se eu fosse tentar falar com ela, como a deixaria aterrorizada, como a enlouqueceria!

Pacaya, um vulcão ativo na Guatemala. Rhosh arquejava. Estava trêmulo.

— Você precisa vir agora — ordenou a Voz. — Khayman está perdido em algum lugar no norte, para onde eu o mandei com o intuito de destruir. Ele próprio está arruinado, eu lhe digo. Nunca foi feito para a eternidade, como você foi. A mera visão dele a leva ao desespero. Ele é um instrumento quebrado. Venha até mim agora. Você sabe o que é uma machete? Existem machetes em todas as partes desse lugar. Machetes. Você sabe como usar uma? Liberte-me deste corpo! Se você não fizer isso, vou cantar as minhas canções para outra pessoa!

Ela sumiu. Ele podia sentir que a Voz sumira.

Para onde? Fora colocar algum bebedor de sangue desesperado e assustado contra outro em algum lugar? Ou seduzir Nebamun onde quer que pudesse estar, ou mesmo Sevraine?

E o que exatamente aconteceria se o Cerne Sagrado fosse transferido para um ser como aquele? E se o pior acontecesse e, de alguma maneira, aquele impulsivo Lestat de Lioncourt adquirisse o controle dele em seu jovem corpo? Destrua esse pensamento.

E Pacaya, e se Mekare levasse a gêmea com ela, ascendesse ao ar e fosse em busca daquele inferno? Ah, que agonia desceria em todo e qualquer membro da tribo mundo afora à medida que um calor e um fogo insaciáveis começassem a queimar a hospedeira do Cerne Sagrado?

Benedict caíra no sono na cama. Descalço, vestindo um jeans recém-lavado e uma camisa branca aberta no colarinho com abotoaduras, ele sonhava.

Havia alguma coisa sobre a visão dele dormindo de modo tão confiante que emocionou Rhoshamandes. De todos os bebedores de sangue que Rhosh já criara ou conhecera, o corpo e o rosto daquele ali eram um verdadeiro reflexo de sua alma, independentemente de quanto tempo passasse. Aquele ali sabia amar.

Não era de espantar que fora Benedict quem trouxera as Crônicas Vampirescas até Rhosh e insistira para que ele as lesse. Não era de espantar que Benedict demonstrasse tanto carinho pelo sofrimento de Louis de Pointe du Lac e pela selvagem rebeldia de Lestat. "Eles entendem", ele dissera a Rhosh. "Nós não podemos viver sem amor. Não importa o quanto sejamos velhos, o quanto sejamos fortes, quantas posses tenhamos. Não podemos existir sem amor. É absolutamente impossível. E eles sabem disso, por mais jovens que sejam, eles sabem."

Rhosh sentou-se delicadamente ao lado dele e tocou suas costas. A camisa de algodão era macia, limpa em contato com sua pele lisa. O pescoço e os suaves cabelos castanhos encaracolados eram sedosos. Rhosh curvou-se para beijar sua bochecha.

– Acorde agora, Ganimedes – disse ele. – Seu criador precisa de você. – Ele passou a mão pela cintura do rapaz e por suas coxas delgadas e poderosas, sentindo os músculos de ferro sob o brim engomado. Será que alguma vez já houve um corpo no Sangue que se aproximasse tanto da perfeição? Bem, talvez, o de Allesandra, antes de ela se tornar uma velha enrugada por conta própria, retorcida, maliciosa, insana, um monstro esfarrapado dos Filhos de Satanás. Mas aquele certamente era o segundo melhor corpo, não era?

Benedict acordou sobressaltado, mirando cegamente à frente.

– A Voz – murmurou ele encostado ao travesseiro. – A Voz está dizendo venha, não está?

– E nós iremos, mas você terá de ficar uns seis metros atrás de mim. Você vem quando eu chamar.

– Seis metros contra monstros como esses.

Rhosh se levantou e puxou Benedict.

– Bom, quinze metros então. Fique fora de vista, mas perto o bastante para ouvir o mais leve comando meu e vir imediatamente.

Quantas vezes Rhosh instruíra Benedict a usar o Dom do Fogo, a condensá-lo e lançá-lo contra qualquer bebedor de sangue que tentasse usá-lo contra ele, a combater o poder de outro assassino mais velho, a rebater com força total os dons que pareciam na superfície ser insuperáveis? Quantas vezes demonstrara como ele poderia fazer coisas com sua mente que ele achava impossíveis, abrir portas, despedaçá-las, explodi-las, arrancá-las das dobradiças?

"Ninguém conhece a extensão total dos poderes de outra pessoa", dissera ele inúmeras vezes ao longo dos séculos. "Você sobrevive aos ataques de outros quando luta! Lute e fuja. Está me escutando?"

Benedict, porém, não era um guerreiro natural. Naquele curto espaço de sua vida mortal na Terra, havia sido um pastor estudioso, cujas tentações diziam respeito apenas à sensualidade do mundo natural em torno dele que fossem capaz de fazer com que abandonasse seu deus cristão. Ele fora feito para as bibliotecas dos monastérios e das cortes da realeza, um amante de manuscritos e livros lindamente ilustrados, de flautas, tambores, mulheres em leitos de seda e jardins perfumados. E não um guerreiro, não, jamais. Ele pecara apenas contra seu deus cristão porque não conseguia ver nenhum mal nas paixões. E a satisfação desses desejos galopantes sempre foi fácil, harmoniosa, prazerosa.

Um calafrio profundo atravessou o corpo de Rhosh. Talvez houvesse cometido um grave erro ao levar Benedict para lá, mas ele não estaria infinitamente mais vulnerável a quilômetros de distância, mesmo na cripta, a algum truque da parte da Voz?

Bem, não havia tempo para arquitetar um plano àquela altura, não quando Maharet estava retornando à sua fortaleza e quando ela talvez pudesse, com aqueles ouvidos sobrenaturais, ouvir o que não era capaz de interceptar telepaticamente.

– Calce os sapatos, nós vamos agora.

Finalmente, eles se postaram como sombras escuras diante da janela aberta. Nem um único olho mortal os viu ascender.

E apenas alguns minutos se passaram antes de os dois pousarem silenciosamente na selva que cercava o complexo de Maharet.

– Ah, você está aqui, e bem na hora – disse a Voz, destemida, dentro da cabeça de Rhosh. – E ela está aqui. Ela entra e sai dos portões abertos atrás dela. Corra antes que Maharet aperte todos os botões elétricos mágicos dela e me deixe preso aqui!

Ele invadiu a imensa cerca e caminhou sem fazer barulho na direção da arcada iluminada.

– As machetes. Você as vê? – perguntou a Voz. – Elas estão encostadas na parede. Estão afiadas.

Rhosh ficou tentado a dizer: Se você não calar essa boca, vai acabar me enlouquecendo, mas não falou nada. Cerrou os dentes e ergueu ligeiramente o queixo.

E sim, de fato viu a comprida machete com cabo de madeira disposta sobre o banquinho de madeira em meio a vasos de orquídeas. Realmente viu a lâmina cintilando à luz da arcada, embora ela estivesse cheia de lama.

– Ela sonha com Pacaya – disse a Voz. – Ela vê a cratera borbulhante. Vê a fumaça branca ascendendo ao céu escuro. Vê a lava fluindo pela encosta da montanha em ardentes dedos de luz. Ela acha que nada pode sobreviver naquele inferno, nem ela, nem a irmã dela...

Ah, se ao menos ele pudesse calar aquela Voz.

– E não ouso tentar detê-la, pois sou eu o que ela mais teme entre todas as coisas!

Havia uma forma escura à sua esquerda. Ele a viu no momento em que pegava a machete e observava a lama cair da lâmina.

Devagar, ergueu os olhos para ver a figura de uma das gêmeas olhando fixamente para ele. Com toda a certeza tratava-se de uma delas, mas qual?

Ficou petrificado, segurando a machete. Aqueles olhos azuis fixos nele com uma espécie de indiferença sonhadora, a luz do umbral retalhando a borda do rosto liso e inexpressivo. Os olhos afastaram-se dele, indiferentes.

– Aquela é Mekare – sussurrou a Voz. – Aquela é a minha prisão. Avance! Avance como se soubesse para onde está indo! Você sabe para onde está indo?

Um suave e sofrido choro alcançou seus ouvidos. Vinha da sala iluminada além da arcada.

Seguiu em frente pelo caminho de terra fofa, segurando com firmeza a machete na mão direita, os dedos massageavam o áspero cabo de madeira. Um cabo forte, pesado. Uma lâmina monstruosa de sessenta centímetros de comprimento, quem sabe. Um cutelo poderoso. Ele podia sentir o cheiro da lâmina de aço, da lama ressecada e da terra úmida ao redor.

Alcançou o umbral.

Maharet estava sentada em uma cadeira de palhinha marrom-escura com o rosto enterrado nas mãos. Vestia um longo manto de algodão em um tom de rosa fechado. Mangas compridas cobriam os braços, e os dedos, tão brancos quanto o rosto, vertiam o delicado sangue de suas lágrimas, seus compridos cabelos acobreados jogados para trás, cobrindo as costas curvadas. Ela estava descalça.

Ela chorava suavemente.

– Khayman – sussurrou ela com uma voz agonizante. Aos poucos, recostou-se, virando o rosto para ele, exausta.

Com um sobressalto, ela o viu no umbral.

Ela não sabia quem ele era. Não conseguiu, de súbito, pinçar o nome dele entre todos aqueles anos, entre todos aqueles muitos anos.

– Mate-a – ordenou a Voz. – Livre-se dela agora.

– Benedict! – disse ele em voz alta, distintamente, certamente alto o bastante para que seu companheiro pudesse ouvir, e de imediato ele ouviu o rapaz vindo pelo jardim.

– O que quer de mim? – perguntou a mulher, encarando-o. O sangue formava duas listras finas que escorriam pelas bochechas como as lágrimas pintadas de um palhaço francês com um rosto de porcelana. Os olhos estavam pintados de vermelho, as sobrancelhas cintilavam em um tom de dourado.

– Ah, então ela o trouxe até aqui, não foi? – Ela se levantou em um movimento rápido, a cadeira jogada para trás tombou.

Cerca de um metro e meio de distância os separava.

Atrás dele, encontrava-se Benedict, esperando. Ele podia ouvir a respiração do jovem.

– Não fale com ela! – gritou a Voz dentro de sua cabeça. – Não acredite no que ela disser a você.

– Que direito você tem de estar aqui? – ela exigiu. Maharet passou a usar a língua antiga.

Ele mantinha seu rosto como uma máscara. Não dava a mais leve indicação de que a estava entendendo.

O rosto dela mudou, suas feições se franziram, a boca se contorceu e ele sentiu a rajada o atingir com força total.

De volta para Maharet, ele arremessou a rajada. Ela cambaleou e caiu por cima da cadeira.

Novamente, ela o atingiu com força total para afastá-lo.

– Benedict! – gritou ele.

E dessa vez ele mandou o Dom de Fogo sobre ela com todo o seu poder, avançando até ela ao fazê-lo, com a machete erguida.

Ela gritou. Gritou como uma indefesa aldeã romana em uma guerra, um ser desprovido de poder e em pânico, mas, quando levou as mãos ao peito, lançou contra ele o Dom do Fogo, e ele sentiu o intolerável calor da mesma maneira que ela estava sentindo, sentiu seu corpo queimando com uma dor indescritível.

Ele negou a dor. Recusou-se a ser derrotado, recusou-se a ficar petrificado em estado de pânico.

Ele ouviu Benedict gritando enquanto tentava fazê-la recuar, a mão esquerda de Benedict em suas costas. Era um horrível grito de batalha, e ele ouviu a mesma coisa vindo de seus próprios lábios.

Novamente, ele condensou seu poder e mirou o coração dela enquanto descia a machete com toda a força de que dispunha, enterrando a lâmina bem fundo no pescoço da mulher.

Um pavoroso rugido ergueu-se dela. Sangue esguichou de sua boca na forma de uma horrenda fonte.

– Khayman! – rugiu ela, o sangue borbulhando dos lábios. – Mekare! – Subitamente, toda uma litania de nomes irrompeu da boca da mulher, nomes de todos que havia conhecido e amado, e o grande e sufocante gemido: – Eu estou morrendo. Estou sendo assassinada!

A cabeça dela estava caindo para trás, o pescoço contorcia-se desesperadamente, as mãos tentavam firmar a própria cabeça, o sangue espirrava em todas as partes de seu robe de algodão, cobrindo suas mãos, espirrando nele.

Ele agarrou a machete com ambas as mãos e atingiu o pescoço dela com toda a força, e, dessa vez, a cabeça voou pelo ar e aterrissou no piso de terra úmida da sala.

O corpo decapitado desabou no chão, as mãos mexiam-se desesperadamente e, ao caírem para a frente sobre os seios, golpearam a terra, golpearam-na como se fossem garras.

A cabeça ficou lá no chão, caída para o lado, o sangue fluía lentamente dela. Quem podia dizer que preces, que súplicas, que pedidos desesperados ainda vinham dela?

– Olhe só pra isso, o corpo! – choramingou Benedict. Ele bateu com os punhos nas costas de Rhosh. – Ela está rastejando até ele.

Rhosh avançou, sua bota pisando com força no torso decapitado, esmagando-o contra a lama, e, segurando a machete agora com a mão esquerda, agarrou a cabeça ensanguentada pelos cabelos cor de cobre.

Os olhos dela se mexeram e fixaram-se sobre ele com firmeza enquanto a boca se abria, e um sussurro baixo escapou dos lábios trêmulos.

Ele soltou a machete. E, afastando-se, empurrando Benedict para que saísse do caminho, quase tropeçando no corpo que se debatia, bateu a cabeça dela de encontro à parede seguidas vezes, mas não conseguiu quebrar o crânio.

Subitamente, ele soltou a coisa, soltou-a na terra, e caiu de quatro, a bota de Benedict apareceu bem na frente dele, e ele viu a machete descer como um raio e fender a brilhante cabeleira cor de cobre, cortá-la ao meio, rachar o crânio, e o sangue borbulhou em tom carmesim e cintilante.

A cabeça pegava fogo. Benedict lançava rajadas sobre ela. A cabeça estava em chamas. Ele ajoelhou-se lá, uma testemunha muda – desamparada, absolutamente desamparada –, observando a cabeça carbonizar e queimar, observando os cabelos subirem em fumaça e fagulhas crepitantes.

Sim, o Dom do Fogo. Finalmente ele o condensou. E o lançou com fúria total. E a cabeça estava murchando, preta, como se fosse uma boneca de plástico em uma pilha de lixo fumegante, e os olhos refulgiram, brancos, por um segundo antes de se tornarem negros, e a cabeça era um bloco de carvão sem rosto, sem lábios. Morta e arruinada.

Ele pôs-se de pé, mas não sem algum esforço.

O corpo decapitado estava imóvel. Mas Benedict agora lançava rajadas nele também, lançava rajadas no sangue que fluía dele, e a figura inteira lá deitada pegou fogo, o robe de algodão sendo consumido pelas chamas.

Em um acesso de pânico, Rhosh virou-se para a direita e a esquerda. Tombou para trás. *Onde está a outra?*

Nada se mexia. Nenhum som vinha do jardim cercado.

O fogo crepitava, estalava e produzia fumaça. E Benedict arfava em ansiosos soluços musicais. Sua mão estava no ombro de Rhosh.

Rhosh mirou a massa escurecida que havia sido a cabeça dela, a cabeça da bruxa que fora para o Egito muito tempo atrás com o espírito Amel, que entrara na Mãe, a cabeça da bruxa que perdurara por seis mil anos sem jamais entrar na terra para dormir, essa grande bruxa e bebedora de sangue que jamais fizera guerra contra ninguém, exceto a Rainha que lhe arrancara os olhos e a condenara à morte.

Ela agora estava morta. E ele, Rhosh, fizera isso! Ele e Benedict, instigado por ele.

Sentiu uma pena tão imensa que pensou que iria morrer com seu peso. Ele a sentiu como sua própria respiração juntando-se no peito, na garganta, ameaçando sufocá-lo.

Passou os dedos pelos cabelos, arrancando-os, puxando-os subitamente em dois rolos e até doer, e a dor dilacerou o cérebro.

Cambaleou em direção ao umbral.

Lá, a apenas três metros de distância, encontrava-se a outra – sem mudança alguma –, uma solitária figura na noite, vestida em um manto, mirando ao redor de si com um olhar divagante, um cintilante olhar divagante para as folhas, as árvores, as criaturas movendo-se nos altos galhos, a lua bem acima do complexo.

– Agora, você precisa fazer isso! – rugiu a Voz. – Faça com ela o que fez com a irmã dela, tire o cérebro dela e coloque em você. Faça isso! – A Voz estava berrando.

Benedict encontrava-se ao lado dele, agarrando-se a ele.

Rhosh viu a machete ensanguentada na mão direita de Benedict. Porém não tentou pegá-la. A pena estava atada dentro dele, retorcida, como se fosse uma corda amarrada com firmeza ao redor do coração. Ele não conseguia falar. Não conseguia pensar.

Eu fiz uma coisa errada. Fiz uma coisa indescritivelmente errada.

– Estou dizendo, faça isso agora – ordenou a Voz em um tom de perfeito desespero. – Leve-me para dentro do seu corpo! Você sabe como fazer isso! Sabe como isso foi feito em Akasha. Faça isso agora. Faça como você fez com aquela ali! Faça. Preciso me libertar dessa prisão. Você está louco? Faça isso!

– Não – disse Rhosh.

– Você agora está me traindo? Como ousa? Faça como estou dizendo.

– Não posso fazer isso sozinho. – Pela primeira vez, Rosh percebeu que todo o seu corpo tremia violentamente, e um suor de sangue irrompera no rosto e nas mãos. Ele podia sentir o coração batendo em sua garganta.

A Voz passara a xingar, balbuciar, berrar.

A mulher muda encontrava-se imutável. Então o grito distante de um pássaro pareceu despertá-la, e ela curvou a cabeça levemente para a esquerda, na direção de Rhosh, como se estivesse olhando para esse pássaro, esse pássaro do lado de fora da grade de metal do jardim.

Devagar, ela se virou e afastou-se lentamente de Rhosh através do delicado amontoado de samambaias e palmeiras, os pés produzindo um suave som de passos desprovidos de pressa pisando o solo. Uma espécie de zumbido escapou dela. Ela seguiu em frente, afastando-se cada vez mais dele.

A Voz chorava. A Voz estava soluçando.

— Eu lhe digo que não posso fazer isso sem ajuda – disse Rhosh. – Preciso de ajuda. Da ajuda daquele médico vampiresco, se for mesmo para eu fazer isso, não entende? E se eu também começar a morrer quando ela morrer, e se eu não conseguir fazer o que Mekare fez quando matou Akasha! Não consigo fazer isso.

A Voz gemeu e soluçou. Soluçou como algo quebrado e derrotado.

— Você é um covarde – sussurrou a Voz. – Um covarde miserável.

Rhosh foi até uma cadeira. Sentou-se, curvando-se para a frente, os braços ensanguentados segurando o peito. *E eu fiz um mal indescritível. Como vou poder viver agora depois do que acabei de fazer?*

— O que nós fizemos? – perguntou Benedict, em pânico.

Rhosh mal o ouviu.

Fizemos o mal. Inquestionavelmente. Fizemos o mal em comparação a tudo o que eu sempre considerei certo, justo ou bom.

— Rhosh – implorou Benedict.

Rhosh levantou os olhos para ele, lutando para se concentrar, para pensar.

— Eu não sei – disse Rhosh.

— Khayman está vindo – comunicou a Voz miseravelmente. – Você vai deixar que ele o assassine sem nem mesmo lutar?

Khayman apareceu apenas uma hora depois.

Eles haviam enterrado os restos de Maharet. Ficaram esperando, cada um de um lado da porta, armados com as machetes do jardim.

Khayman retornou cansado e apático, amarfanhado e triste, e entrou na sala como um trabalhador tão cansado que nem mesmo conseguia procurar uma cadeira para descansar. Por um longo momento, permaneceu lá parado, respirando lenta e equilibradamente com as mãos ao lado do corpo.

Então viu as escuras e gordurentas manchas de sangue por todo o chão enlameado. Viu a fuligem, as cinzas.

Viu a terra remexida onde ela havia sido apressadamente enterrada.

Khayman levantou os olhos e em seguida girou o corpo, mas não tinha chance.

Com as duas machetes, eles golpearam o poderoso pescoço de Khayman em ambos os lados, quase decapitando-o instantaneamente.

Nenhuma palavra escapou dele, e, quando a cabeça caiu, seus olhos pretos estavam arregalados de espanto.

Rhosh pegou a cabeça e bebeu do pescoço.

Segurou-a com ambas as mãos enquanto bebia, e embora sua visão estivesse embaçada e o coração batesse em seus olhos e ouvidos, ele podia ver o corpo decapitado morrendo enquanto puxava o sangue do cérebro — aquele sangue poderoso, espesso, viscoso, delicioso e antigo.

Ele jamais poderia ter bebido uma gota sequer de Maharet. Jamais. A mera ideia o revoltava. E de fato não pensou nisso. Mas, então, ele pensava apenas: "Este é um guerreiro como eu sou um guerreiro, este é um líder da Primeira Cria que lutou contra o Sangue da Rainha, e está agora nas minhas mãos, Khayman, o líder derrotado." E Rhosh bebeu o sangue sem cessar, e as imagens derramavam-se nele, o portal entre a Primeira Cria e o Sangue da Rainha abriu-se, imagens daquele ser quando era jovem, vivo e humano. Não. Rhosh soltou a cabeça. Ele não queria aquelas imagens. Não queria conhecer Khayman. Não queria aquelas imagens dentro de seu cérebro.

Ele queimou o corpo e a cabeça.

Havia uma fonte no jardim externo, uma fonte grega. Quando tudo estava terminado e o corpo enterrado, ele foi até lá e lavou as mãos e o rosto, molhou a boca e cuspiu a água na terra.

Benedict fez o mesmo.

— E o que vai fazer agora? — perguntou a Voz. — Essa coisa na qual estou enterrado vai procurar abrigar-se do sol muito em breve, pois isso é absolutamente tudo o que ela sabe, a soma total de todo o seu discernimento e de todos os seus milhares de anos.

A Voz riu. Riu como um mortal à beira da loucura. Um riso altissonante e genuíno como se simplesmente não conseguisse se conter.

A selva ao redor deles estava acordando. O ar matinal havia chegado, aquele ar que todo bebedor de sangue conhece quando o momento do amanhecer se aproxima, quando os pássaros da manhã cantam, quando o sol está se aproximando do horizonte.

Mekare moveu-se lentamente pelo jardim como se fosse um grande réptil até o interior da sala, atravessando o chão enlameado e passando por um umbral até alcançar uma câmara interna.

Rhosh não permaneceria naquele lugar. Ele queria ir embora agora. Estava se sentindo enjoado naquela sala.

— E então procuraremos abrigo no hotel essa noite — disse Rhosh. — E pensaremos no que fazer, como convencer esse Fareed a nos auxiliar.

— Bom, posso te dar um pequeno auxílio, meu tímido pupilo — disse a Voz amarga. Ela ficara finalmente extenuada de tanto rir. E assumira um tom angustiado que Rhosh jamais ouvira. – Vou lhe dizer exatamente como fazer para obter a cooperação de Fareed. Eu teria dito isso muito tempo antes se soubesse que você era um covarde tão miserável, que você era um tamanho ignorante! Lembre-se desses nomes: Rose e Viktor. Por Rose apenas pode ser que Fareed não acate sua oferta. Por Viktor, ele fará qualquer coisa, bem como a elite da tribo, toda a abençoada elite da tribo agora reunida sob o teto daquela casa em Nova York chamada Portão da Trindade.

Ele começou a rir novamente, tresloucado, fora de controle, um riso mais repleto de dor do que qualquer outro que Rhosh jamais imaginou ser possível.

– E Lestat acatará sua oferta também, estou certo disso. Ah, sim. Seu covarde. Você pode fazê-los cooperar, pelo amor de Viktor!

Ele continuou rindo.

– Esse Viktor é filho de Lestat, filho do corpo e do sangue dele, filho dos genes dele, sua cria humana. Apodere-se desse filho e você será o vencedor, e eu também serei. Ponha as mãos nesse rapaz, apodere-se dele, está me escutando? E triunfaremos juntos. E uma vez que eu estiver dentro de você, eles não ousarão deixar você irritado. Você e eu os dominaremos juntos.

Parte III

❧

RAGNARÖK NA CAPITAL DO MUNDO

20

Rose

Nas torres sem topo de Midtown

Ele era irresistível. Rose o estava escutando há horas. Ela poderia escutar para sempre aquela voz ligeiramente sonora dele. Viktor também o estava escutando, parado em silêncio ao lado da porta aberta da cozinha. Viktor em seu jeans e camisa polo branca com aquele adorável sorriso brincando nos lábios a distraía com sua presença intensa. Ela queria estar nos braços dele novamente, sozinha, logo, no quarto no fim do corredor.

Mas naquele exato momento ela estava escutando Louis.

Louis evitava as brilhantes luzes elétricas, uma alma do século XIX, ele confessava, preferindo aquelas antiquadas velas, sobretudo naquele apartamento de vidro com a luminosidade de Midtown os cercando por toda parte com toda a luz noturna que poderiam vir a necessitar.

De fato, o céu jamais estava negro acima do grande ponto agudo e prateado do Chrysler Building, em estilo art déco, e das incontáveis torres que se amontoavam em torno dele naquele seguro descampado onde se via uma miríade de janelas iluminadas que pareciam mantê-los ali com mais segurança no espaço do que as vigas mestras de aço desse arranha-céu cujos elevadores os haviam trazido até aquele acarpetado refúgio no sextagésimo terceiro andar.

Guardas no apartamento vizinho. No saguão de mármore do andar de baixo, nas estreitas calçadas da rua 57. Guardas no apartamento acima e no apartamento abaixo.

E Thorne estava ali, o bebedor de sangue ruivo, o bebedor de sangue viking, vestindo um casaco de lã cinza, parado como se fosse uma sentinela ao lado da entrada que levava ao corredor, de braços cruzados, encarando a noite. Se Thorne ouvia o que diziam um para outro, não dava o menor sinal disso. Estava imóvel desde que chegara.

Estavam sentados um em frente ao outro – Louis e Rose – a uma pequena mesa redonda de vidro com modernas cadeiras Queen Anne esmaltadas de preto. Ele usava um suéter comprido de gola rulê de lã preta. Os cabelos eram tão negros quanto o suéter, embora fossem lustrosos, e os olhos brilhavam como o anel de esmeralda que usava em uma das mãos.

O rosto era tão resplandecente que fazia Rose pensar em algo escrito por D.H. Lawrence, uma passagem de *Filhos e amantes* sobre o rosto de um homem que era "a flor de seu corpo" em sua juventude. Rose sentia então, pela primeira vez, que sabia o que Lawrence tivera a intenção de dizer com aquela frase.

Louis contava com sua voz paciente e carinhosa:

– Você acha que sabe, mas não tem como saber. Quem não ficaria cego pela oferta da vida eterna? – Ele estava lá havia horas, pacientemente respondendo às perguntas de Rose, explicando coisas sobre seu próprio ponto de vista. – Nós não temos a vida eterna firmemente em nosso poder. Nós precisamos trabalhar nela para permanecermos "imortais". Em toda parte, ao redor, nós vemos outros bebedores de sangue perecerem, porque não têm o vigor espiritual para a vida eterna, porque eles jamais transcendem os primeiros anos de choques e revelações ou porque eles são mortos por outros, arrancados da vida pela violência. Nós somos imortais somente no sentido de que não envelhecemos, de que as doenças não podem acabar conosco, de que temos potencial para viver para sempre, mas a maioria de nós vive vidas muito curtas na realidade.

Ela assentiu.

– O que você está tentando me dizer é que se trata de uma decisão completamente final. Mas eu não sei se você consegue entender o quanto eu fiquei absolutamente obcecada por tudo isso.

Ele suspirou. Havia uma tristeza nele mesmo nos momentos mais brilhantes, quando estava falando de Lestat e de como este era ebuliente e como se recusava a aceitar a derrota. Ele sorrira naquele momento, e fora um raro raio de sol aquele sorriso. Contudo, seu charme estava obviamente envolto em melancolia e em um inabalável abatimento.

Viktor deu um passo à frente e, pela primeira vez em uma hora, tomou uma cadeira entre eles. Um ligeiro aroma da Acqua di Giò que estava agora impregnado nos travesseiros e nos lençóis dela e em todos os seus sonhos.

— O que Louis está explicando – disse ele a Rose – é que, uma vez que a gente ultrapasse essa barreira, vamos saber coisas que nunca poderemos mudar ou esquecer. É claro que agora estamos obcecados por isso. Nós queremos isso. Como é possível não querermos? Do nosso ponto de vista, isso é uma coisa indiscutível. Mas ele está tentando nos avisar: uma vez que a gente cruze essa barreira, vamos ficar obcecados por uma coisa totalmente diferente, e essa noção obsessiva, essa noção de que não estamos mais vivos, que não somos mais humanos, essa obsessão nunca vai ser desfeita. A obsessão de agora, essa sim pode acabar.

— Eu entendo – disse Rose. – Pode acreditar em mim, eu entendo.

Louis balançou a cabeça. Levantou os ombros e então, aos poucos, relaxou novamente, pousando a mão direita languidamente na mesa. Ele olhava para a mesa, mas, na verdade, estava olhando para os próprios pensamentos.

— Quando Lestat chegar, isso vai ser decisão dele, evidentemente.

— Não tenho certeza se deveria ser assim – disse Viktor. – Eu não tenho nem um pouco de certeza do motivo pelo qual não posso tomar essa decisão com a concordância de Fareed ou de Seth. Foi Fareed quem, na verdade, me trouxe para este mundo. Não Lestat.

— Mas ninguém tomará essa decisão a não ser Tio Lestan – declarou Rose. – Isso está muito claro. Ninguém está disposto a tomar essa decisão. E, com toda a franqueza, esta noite a gente teve a chance de expor nosso desejo sobre isso, e estou muito grata. Tivemos a chance de dizer em voz alta o que *a gente* quer.

Viktor olhou para Louis.

— Você diz para a gente esperar. Você diz para a gente "não ter pressa". Mas e se a gente morrer enquanto espera? E aí? O que vocês iriam dizer? Será que vocês se arrependeriam de a gente ter esperado? Não sei mais qual é o motivo de esperar.

— Você morre para se tornar isso – disse Louis. – Você não consegue alcançar. Só consegue se tornar isso se morrer. Suponho que finalmente esteja dizendo isso. Pensa que está fazendo o que o mundo chama de tomar uma decisão informada, mas não está. Não tem condições de fazer tal coisa. Você não tem como saber o que significa isso, o que significa estar ao mesmo tempo vivo e morto.

Viktor não respondeu. Ele nem dava a impressão de estar muito preocupado. Encontrava-se muito excitado por estarem ali, muito excitado por terem chegado até onde estavam. Permanecia cheio de expectativas.

Rose desviou o olhar e em seguida observou novamente o pensativo rosto de Louis, seus olhos verde-escuros e sua boca. Um bonito homem de quem sabe vinte e quatro anos quando foi trazido para o Sangue, e que retrato mordaz ele fizera do mundo de Tio Lestan, seu criador, Lestat. Contudo, isso não tinha importância agora, tinha? Não, nem um pouco.

Pensou nos outros que avistara na noite anterior, entrando no salão de baile do terraço da imensa casa chamada Portão da Trindade. Ela se acostumara com o fulgor sobrenatural de Fareed, até mesmo com o do poderoso Seth, que sempre ficava afastado das brilhantes luminárias elétricas quando vinha ao encontro dela, que falava das sombras em uma voz baixa e sigilosa como se estivesse com medo de seu volume, de seu vibrato. Porém nada a preparara para ver todos eles naquele imenso salão de baile no topo da longa escadaria de mármore.

Fareed ficara inquieto com o fato de Rose ter sido levada para lá. Ela sabia disso. Podia sentir. Fora Seth quem tomara a decisão por ela e por Viktor, fora Seth quem indagara: "Por que mantê-los isolados?"

Até onde Rose podia ver, a decisão de Seth já estava tomada.

Mesas e cadeiras douradas haviam sido espalhadas ao redor do salão de baile, encostadas na parede de portas francesas revestidas com vidros espelhados. Sonolentas palmeiras verdes e flores azuis, vermelhas e cor-de-rosa em vasos de bronze estavam situadas a cada poucos metros em belos agrupamentos.

Nos fundos, encontrava-se o piano de cauda e o grupo de músicos e cantores, todos bebedores de sangue, que a haviam deixado encantada com sua beleza física, bem como com os sons que produziam – violinistas, harpistas, cantores fazendo uma espécie de sinfonia que preenchia a imensa sala de teto de vidro.

Rostos sobrenaturais eram vistos por toda parte sob os três lustres de cristal na sonhadora penumbra. Os nomes passavam por ela em uma corrente constante e entorpecedora à medida que ela era apresentada a Pandora, Arjun, Gregory, Zenobia, Davis, Avicus, Everard... Ela não conseguia se lembrar de todos eles, não conseguia recordar, mesmo que quisesse, de todos os notáveis rostos, de todas as particularidades que a haviam deixado cativada enquanto era levada de mesa em mesa ao longo do piso escuro e lustroso.

E então os arrebatadores músicos do outro mundo, o alto, careca e sorridente Notker, que fez uma mesura para ela, e seus violinistas das montanhas e os jovens de ambos os sexos que cantavam com tanto brilho e com suas latejantes vozes de soprano, e então Antoine, que parecia a personificação de Paganini com seu violino, e Sybelle, em um longo de *chiffon* preto, o pescoço completamente envolto em diamantes, levantando-se da banqueta do piano para apertar sua mão.

Direto das páginas que ela lera, dos romances que haviam permeado seus sonhos, eles estavam ali vivos ao redor dela, junto com uma multiplicidade de estranhos, e ela tentava desesperadamente gravar cada momento em seu trêmulo coração.

Viktor estava tão mais preparado para aquilo, uma criança humana criada em meio a bebedores de sangue, apertando mãos, balançando a cabeça e respondendo a perguntas com toda a facilidade, embora não saísse do lado de Rose. Ele havia escolhido para ela o vestido longo de seda branco no *closet*. Viktor usava ele próprio um paletó de veludo preto e uma camisa com o colarinho engomado para a ocasião, olhando radiante para Rose seguidas vezes como se estivesse orgulhoso de ter a mão dela em seu braço.

Ela estava certa de que todos os bebedores de sangue escondiam a curiosidade e o espanto ao vê-la, o que era bem engraçado, porque ela estava bastante chocada de ver todos eles.

Marius a abraçara, o único a fazê-lo, e sussurrara uma poesia para ela: "Ela ensina as tochas a brilhar/ E no rosto da noite tem um ar/ De joia rara..."[1]

Ele também beijara Viktor.

— Que dádiva grandiosa você é para o seu pai – disse ele. E Viktor sorriu.

Ela viu que Viktor estava prestes a chorar pelo fato de Lestat ainda não haver chegado. Mas ele se achava a caminho. Aquilo agora era certo. Ele havia ido para o sul em uma expedição até a Amazônia que não poderia esperar. Mas ele estava vindo, era certo que vinha. Seth em pessoa assegurara isso a todos. Ele afirmou na ocasião haver ouvido isso de uma fonte incontestável, a própria mãe de Lestat.

E Rose estivera prestes a dar a notícia, porém tudo isso tornara o suspense não só suportável como também atraente. Era certo que Seth não teria revelado toda a profundidade de seu mundo a ela se Tio Lestan – se Lestat – não fosse dar a eles dois o Dom das Trevas.

---

[1] SHAKESPEARE, William: *Romeu e Julieta*. Trad. de Bárbara Heliodora. Rio de Janeiro: Nova Fronteira, 1997.

– O Dom das Trevas. – Ela gostava de sussurrar aquelas palavras.

Em um determinado momento na noite anterior, pareceu que toda a companhia estava na pista de dança, e alguns dos bebedores de sangue cantavam suavemente junto com os músicos e todo o salão estava envolto em uma nuvem de luz dourada.

Ela dançou com Viktor, e ele se curvou e a beijou na boca.

– Eu amo você, Rose – disse ele. E ela mergulhou bem fundo em sua própria alma e perguntou a si mesma se poderiam dar as costas àquilo, dar as costas de verdade àquilo, e ir para algum outro lugar, algum lugar seguro onde o amor natural deles seria suficiente para turvar as lembranças daquela noite. Ela e Viktor haviam conhecido certamente a mais tentadora intimidade, o mais doce afeto, o mais puro amor físico que ela jamais poderia imaginar. Aquilo fez com que ela apagasse toda a feiura e todo o horror do que acontecera com Gardner, toda a vergonha e a esmagadora decepção. De dia, quando os bebedores de sangue dormiram e seus mistérios sumiram junto com eles, ela ficara abraçada a Viktor, com o corpo grudado em seu coração, e ele a abraçara, e aquilo foi o seu próprio milagre, seu próprio sacramento, sua própria dádiva.

Ela estremeceu.

Rose se dava conta de que Louis estava olhando para ela, e também Viktor. Louis muito provavelmente lia seus pensamentos. Será que ele vira aquelas imagens dela com Viktor, dos dois juntos? Rose enrubesceu.

– Acho que Seth tomou uma decisão – Louis falou telepaticamente com ela. – Do contrário jamais a teria trazido ontem à noite para o Portão da Trindade. Não. Está apenas esperando que Lestat ratifique a decisão. Ele está convencido.

Rose sorriu, mas sentiu as lágrimas surgirem em seus olhos.

– Ele vai vir essa noite, sei que vai – garantiu Louis.

– Fareed deposita um valor imenso na vida humana, na experiência humana – disse Viktor. – De repente, o meu pai também pensa da mesma forma. Acho que Seth não dá a mínima para a experiência humana.

Rose sabia que Viktor estava certo. Ela lembrava-se muito vividamente da primeira vez que pusera os olhos em Seth. Era de madrugada, e ela estava sentindo muitas dores, agulhas, esparadrapo, monitores ao redor dela. Viktor só retornaria quando amanhecesse, e a dra. Gilman não podia ser encontrada em parte alguma.

Seth viera até ela, um homem de olhos escuros vestindo o ubíquo traje branco hospitalar, se postara não muito próximo da cama e falara com ela em voz baixa.

Ele lhe dissera que a dor desapareceria se ela o escutasse, se simplesmente seguisse as palavras dele, e, de fato, à medida que ele falava com ela sobre a dor, à medida que pedia a ela que a descrevesse em cores, e que a visualizasse e que dissesse o que e onde ela a estava sentindo, a dor sumira.

Ela chorara. Contara-lhe sobre o Tio Lestan e sobre como ele queria que ela fosse uma jovem saudável e como arruinara seguidamente aquele plano. Quem sabe jamais houvesse sido boa o bastante para a vida, ela lhe confidenciara.

Um riso suave e frio escapara de Seth. Ele havia explicado com grande autoridade que ela não arruinara nada, que a vida estava encarregada da própria vida, que a dor estava em todas as partes, que fazia parte do processo da vida tanto quanto o nascimento e a morte. "Mas a alegria, a alegria que você conheceu, o amor que você conheceu, isso é o que importa, e nós, os conscientes, os que podem prantear, somente nós podemos conhecer a alegria."

Tinha sido um encontro estranho. E ela não o vira novamente até estar bem melhor de saúde, e tivera certeza naquele momento de que ele não era mais humano do que Tio Lestan, e ela soubera naquele momento também que Fareed não era humano e que a dra. Gilman tampouco era humana e que Viktor sabia de tudo aquilo com um entendimento muito mais amplo do que aquele que ela podia ter. Ela lutara bastante contra aquelas ideias, andando de um lado para outro em seu quarto naquele hospital deserto, interrogando os próprios sentidos, seu próprio senso de normalidade, e Seth aparecera e dissera: "Não permita que nós a levemos à loucura." Ele saiu das sombras e tomou as mãos dela nas suas. "Sou exatamente o que você acha que eu sou e o que você teme que eu seja", ele lhe dissera. "Por que você não deveria saber? Por que não deveria entender?"

O efeito daquelas conversas noturnas havia sido incalculável, e a primeira vez que ela e Viktor estiveram em intimidade, ela dissera em seu ouvido: "Não tenha medo de mim. Eu sei realmente o que eles são. Sei tudo sobre isso. Eu entendo."

"Graças a Deus", respondera Viktor. Estavam aninhados de lado e ele beijara os cabelos dela. "Porque eu não consigo mais mentir sobre isso. Eu consigo manter segredos. Mas não consigo mentir."

Ela agora olhava para ele, olhava para a maneira com a qual ele estava lá sentado na cadeira, olhando para a distante parede de vidro e para a paisagem urbana além dela. E sentiu muito amor por ele, muito amor e muita confiança.

Ela olhou para Louis, que a observava novamente como se estivesse lendo os pensamentos dela.

– Você foi mais do que gentil – disse ela –, mas se nós formos banidos dessa forma, se o desfecho de tudo isso for esse mesmo, eu não sei que futuro pode haver para nós.

Ela olhou para Viktor. A fisionomia dele não dizia nada, exceto que ele a amava e que tinha uma paciência com essa situação que ela não possuía.

Rose tentou imaginá-los juntos, casados, com filhos, os filhos deles de bochechas rosadas, pequeninos, perambulando pelo mundo no tapete mágico da riqueza legada a eles por seres de um domínio secreto e desconhecido. Ela não conseguia imaginar uma coisa assim, não conseguia.

Contudo, de algum modo, a situação jamais chegaria àquele ponto. Aquela história não seria toda consignada a uma lembrança milagrosa cujo intuito era desaparecer aos poucos a cada ano que passasse.

Ela olhou para Louis.

E ele abriu um daqueles raros sorrisos brilhantes. E pareceu subitamente simpático, humano e grandioso demais para ser mortal ao mesmo tempo.

– Isso realmente é uma dádiva, não é? – perguntou Rose.

Uma sombra caiu sobre o semblante dele, mas então ele sorriu novamente e segurou a mão dela.

– Se Lestat puder fazer isso direito, bom, nesse caso, isso será feito direito. Para vocês dois. Mas há outras coisas acontecendo neste exato momento, e ninguém vai trazê-los para o nosso mundo até que esses desafios tenham sido solucionados.

– Eu sei – disse ela. – Eu sei.

Ela queria dizer mais, que era muita gentileza de Louis ficar com eles, esperar com eles, quando obviamente deve ter sido muito difícil afastar-se da cada vez maior multidão no Portão da Trindade, mas ela já havia dito aquilo muitas e muitas vezes. E sabia que o agradecimento dela a todo e qualquer um deles estava se tornando uma espécie de fardo. Portanto, ela deixou tudo como estava.

Ela se levantou e foi até a grande parede de vidro para olhar a cidade, para deixar seus olhos passearem por aquela glamorosa floresta selvagem na qual a vida em si pululava em todas as partes ao redor dela tão certamente quanto pululava nas distantes ruas abaixo, e apenas a poucos metros de distância, parecia haver janelas escurecidas revelando escritórios esfumaçados e fantasmagóricos e quartos e salas repletos de pessoas e terraços diante dela com cintilantes piscinas azuis e alguns com jardins verdes, jardins perfeitos como se fossem de brinquedo, com árvores semelhantes a plástico. Tinha a sensação de que podia alcançá-las com os dedos caso esticasse as mãos, e tudo isso se espalhando em direção à grande sombra distante do Central Park.

Quero lembrar sempre dessas noites, pensou ela. Quero fixá-las em minha memória para sempre. Eu não quero perder nada. Quando a coisa tiver sido feita, quando tiver sido decidida e tudo tiver acabado, vou escrever minhas memórias tentando capturar tudo para sempre. Quando a coisa está acontecendo é bonito demais, sobrepujante demais, e você consegue sentir que ela está se perdendo a cada inalação de ar.

Muito subitamente uma profunda massa escura apareceu acima dela, alguma coisa semelhante a uma nuvem se formava e descia bem diante de seus olhos. Em uma fração de segundo, a massa se adensou e se ergueu em frente a ela, praticamente cegando-a enquanto ela caía para trás, afastando-se da parede transparente.

Um grande estrondo soou, um grande e terrível rugido de algo metálico se espatifando, e ela sentiu que estava caindo, e ao redor dela sobreveio uma chuva de vidro estilhaçado. Sua cabeça bateu no chão de madeira. Havia sons ensurdecedores, móveis sendo quebrados, quadros e espelhos caindo, e o vento frio e altissonante soprava pelo recinto. Portas batiam com força. Mais vidro se partia. Ela rolou de lado, os cabelos chicoteando o rosto devido ao vento, as mãos tentando agarrar alguma coisa, qualquer coisa firme, para se equilibrar, quando viu os traiçoeiros cacos de vidro por toda parte ao redor dela, e começou a gritar.

Ela viu Thorne voar na direção de uma figura de cabelos castanhos toda vestida de preto que se encontrava diante da mesa virada e quebrada. A figura, entretanto, afastou Thorne com tamanha força que ele deu a impressão de voar por toda a extensão da sala. Louis estava esparramado no chão em meio a uma poça de sangue.

Viktor saiu correndo na direção de Rose.

A figura de cabelos castanhos levantou Viktor com um único braço, embora o rapaz lutasse contra ela com toda a sua força, e, enquanto Thorne corria novamente para confrontar a figura, esta agarrou seus cabelos com uma das mãos e arremessou-o mais uma vez para longe.

Por um momento, aquela criatura alta que mantinha Viktor preso em seu braço esquerdo com tanta facilidade voltou os olhos para Rose e foi na direção dela, mas Louis se levantou atrás do ser como se fosse uma grande sombra, e o estranho virou-se, rodopiando para trás e acertando Louis com o punho direito.

Rose berrava sem parar.

A figura levantou-se do chão, envolvendo Viktor com ambos os braços, e partiu através do buraco na parede de vidro estilhaçada. E saiu do apartamento e desapareceu no céu. E Rose sabia para onde aquela figura de cabelos castanhos levara Viktor, ela sabia – cada vez mais para cima e com mais velocidade, com mais velocidade do que o vento, na direção das estrelas. Poderoso como Tio Lestan, impossível de ser detido como Tio Lestan, que a resgatara daquela ilhota no Mediterrâneo tanto tempo atrás.

Viktor desaparecera!

Rose não conseguia parar de berrar. Rastejou de joelhos através do vidro estilhaçado. Thorne estava deitado longe dela, à direita, com o rosto e a cabeça cobertos de sangue. Louis rastejou na direção de Rose.

De repente, Louis estava de pé. Ele ergueu-a em seus braços e carregou-a para fora da sala, para longe do vento frio e torturante. Thorne cambaleava logo atrás dele, seu corpo resvalava em ambos os lados da parede como um homem bêbado, o sangue escorria em direção a seus olhos.

Louis correu com ela pelo longo corredor. Rose agarrou-se nele, chorando, enquanto ele a levava para o quarto dela e a depositava delicadamente, como se ela pudesse se quebrar, na cama branca.

Thorne estava agarrado à lateral do umbral como se pudesse cair a qualquer momento.

Havia vozes no corredor, pés batendo no chão, gritos.

– Diga para todos eles saírem – ordenou Louis. – Ligue para casa. Nós estamos indo para lá agora.

Ela tentou parar de chorar. Estava sufocando. Não conseguia respirar.

– Mas quem era aquele que o levou, quem foi que fez aquilo? – quis saber ela, soluçando. Mais uma vez, começou a gritar.

– Eu não sei – disse Louis.

Louis cobriu-a com a colcha branca da cama, aconchegando-a, embalando-a, beijando-a até que se acalmasse.

Em seguida, ele tirou-a do apartamento e a manteve bem junto de si no elevador enquanto desciam para a garagem no subsolo.

Por fim, quando estavam no carro seguindo vagarosamente para o norte da cidade na direção da Madison Avenue, com Thorne no assento da frente ao lado do motorista, ela conseguiu parar de chorar por completo encostada no peito de Louis.

– Mas por que ele levou Viktor, por quê? Para onde o levou? – Ela não conseguia parar de perguntar, simplesmente não conseguia parar.

Rose podia ouvir Thorne falando com Louis em voz baixa.

Ela sentiu a mão direita de Louis sobre sua testa, virando seu rosto na direção dele; com a mão esquerda, ele tocava levemente sua cintura. Ele curvou a cabeça e encostou o ouvido no pescoço dela. A pele dele era sedosa, exatamente como a de Tio Lestan sempre fora, fria, mas suave como seda.

– Rose, Lestat chegou. Ele está na casa. Está esperando por você. Você está em segurança. Está tudo bem com você.

Ela parou de soluçar apenas quando o viu.

Ele estava no corredor da entrada com os braços estendidos, seu Tio Lestan, seu adorado Tio Lestan, um anjo para ela, eterno, imutável, para sempre belo.

– Minha Rose – sussurrou ele. – Minha querida Rose.

– Eles levaram Viktor, Tio Lestan. – Ela soluçou. – Alguém o levou! – As lágrimas escorriam pelo rosto de Rose enquanto ela olhava para ele. – Tio Lestan, ele desapareceu.

– Eu sei, minha querida. E nós vamos trazê-lo de volta. Agora venha comigo – disse ele, seus poderosos braços se fecharam em torno dela. – Você é minha filha.

21

Rhoshamandes

A artimanha do diabo

Ele estava enfurecido. Mas estivera enfurecido desde que derrubara Maharet, desde que curvara o corpo com a machete nas mãos, confrontado com o que fizera e com a pavorosa percepção de que não havia possibilidade de desfazer aquilo.

E agora que estava com Viktor em suas mãos, a quem a Voz o instara tão furiosamente a capturar, estava mais do que nunca fervendo de raiva contra a Voz, contra si mesmo, contra o mundo como um todo no qual sobrevivera por tanto tempo e no qual ele agora se encontrava preso e sem certeza alguma, exceto a de que não desejara que nada daquilo tivesse acontecido! Ele, pessoalmente, jamais desejara que nada daquilo tivesse acontecido.

Estava parado no amplo deque de madeira daquela casa em Montauk, na costa de Long Island – mirando o frio e cristalino Atlântico. O que, em nome do Inferno, deveria fazer? Como poderia alcançar o que a Voz insistia que ele deveria alcançar?

A notícia de que Viktor havia sido sequestrado chegara às ondas radiofônicas de imediato. Benji Mahmoud fora matreiro e brilhante: um imortal antigo cometera um ato pusilânime (sim, Edward R. Murrow, o vil serzinho vampírico utilizara esse termo) ao sequestrar "alguém estimado por todos os anciãos da tribo", e conclamara as Crianças da Noite em todo o mundo a ouvir o maligno coração e a maligna mente desse antigo, a descobrir os desígnios maléficos desse antigo e a ligar para os números do Portão da Trindade em Nova York assim que o monstro e sua desamparada vítima fossem descobertos!

Benedict estava sentado na espaçosa "sala de estar", estéril e excessivamente moderna daquela gloriosa cabana de camponeses no rico litoral a apenas algumas horas de carro de Nova York, encarando a tela do laptop enquanto escutava os relatos de Benji.

– Lestat de Lioncourt chegou! Existem agora inúmeros anciãos entre nós. Mas repito, eu as alerto, Crianças da Noite, fiquem escondidas seja lá onde estiverem. Não procurem vir para cá. Deixem os anciãos reunirem-se. Deem aos anciãos uma chance de parar essa destruição. E procurem, procurem esse marginal maligno entre nós que sequestrou um dos nossos. Procurem, mas tenham cuidado. Um antigo pode esconder seus pensamentos, mas não pode esconder a poderosa batida de seu coração, nem pode esconder inteiramente um zumbido baixo que emana dele próprio. Liguem para nós com todos os relatos. E, por favor, imploro, fiquem afastados das linhas telefônicas até que a vítima do sequestro seja encontrada ou até que tenham ouvido mais relatos vindos de mim.

Benedict baixou o volume. Ele levantou-se do sofá sintético que cheirava vagamente a derivados de petróleo.

– Mas isso é tudo – disse Benedict. – Não há bebedores de sangue jovens por aqui, nenhum, todos foram levados a se afastar dos espaços de caça de Nova York muito tempo atrás. Já vasculhamos toda essa área. Não há ninguém por aqui além de nós, e mesmo que nos encontrassem, o que isso importa, contanto que eu esteja ao seu lado quando você fizer sua explanação a Fareed?

Diversas vezes durante a estada deles na selva amazônica, e também naquele momento, Rhoshamandes era atraído pela percepção de que Benedict vinha exibindo um impressionante dom para a batalha e a intriga desde que aquele negócio desagradável havia começado realmente.

Quem teria esperado que o polido e genuinamente amável Benedict pudesse cravar a machete no crânio de Maharet no momento em que Rhosh estava paralisado de pânico?

Ou que carregasse tão habilmente o violento, porém indefeso, jovem Viktor até o quarto do andar de cima e o trancasse em segurança no grande banheiro sem janelas, observando com tanta frieza: "Esse é obviamente o melhor lugar para se deixar um mortal, com todo esse encanamento."

Quem poderia supor que Benedict fosse tão habilidoso com correntes e cadeados para manter em segurança aquela prisão-banheiro com gestos tão simples e inteligentes, comprando em uma loja na vizinhança madeira, pregos e um martelo caso outras medidas de seguranças fossem necessárias?

E quem senão Benedict para equipar o banheiro de antemão com todo tipo de conforto concebível – velas aromatizadas, artigos de toalete, inclusive revistas populares, um "forno de micro-ondas" para cozinhar os alimentos congelados que ele comprara, e pilhas de garfos, colheres e facas de plástico bem como tigelas e pratos de papel. Incluíra até uma pequena geladeira na banheira cheia de refrigerantes e uma garrafa da melhor vodca russa, e deixara para o rapaz diversos cobertores macios e um travesseiro para que ele pudesse dormir "confortavelmente" no piso frio quando a exaustão por fim chegasse.

– Não queremos deixá-lo em pânico – dissera Benedict. – Queremos que ele permaneça calmo e cooperativo para que essa coisa possa ser finalizada.

De dia, as tábuas e os pregos tornariam a fuga impossível, e, por enquanto, quando ele entrasse em pânico, poderia apertar o interfone para falar com seus captores.

Coisa que ainda não havia feito. Talvez estivesse simplesmente irritado demais para proferir palavras coerentes. Não seria surpreendente.

Uma coisa era certa. Alguém muito poderoso ensinara àquele ser humano como selar completamente a mente de toda intrusão telepática. Ele era tão habilidoso nisso quanto qualquer membro erudito da Talamasca. E, até onde Rhosh sabia, nenhum mortal ou imortal podia abrir uma linha telepática para outros sem abrir a si mesmo a intrusões. Portanto, isso significava que o rapaz não estava tentando freneticamente enviar mensagens a outros. E quem sabe ele nem soubesse como fazê-lo. Os vampiros que o criaram podiam tê-lo ensinado muitas coisas, mas não a ser um médium humano.

Rhoshamandes não acreditava muito em telepatia humana, de qualquer forma. Mas tinha de parar de pensar naquilo! Parar de pensar em todas as diferentes possibilidades de fracasso que aquela artimanha poderia vir a ter, e ocorreu-lhe fortemente que deveria ligar naquele instante para o Portão da Trindade e devolver o rapaz e se entregar à reunião de bebedores de sangue!

– Você está louco? – disse-lhe a Voz. – Você está simplesmente fora de si? Faça isso e eles o destroem. O que neste mundo poderia fazer com que eles tivessem a mais singela misericórdia de você? Desde quando bebedores de sangue possuem honra?

– Bom, é melhor terem alguma ou então esse plano simplesmente não vai funcionar – rebateu Rhosh.

Benedict sabia que Rhosh estava falando em voz alta com a Voz. Entretanto, permaneceu atento, desesperado para saber o que estava acontecendo.

– Vou lhe contar algo sobre minha honra – disse Rhosh em voz alta, em benefício não só de Benedict, como também da Voz. – A primeira coisa que vou fazer quando tiver o poder é destruir aquele pequeno beduíno! Vou pegar aquele monstrinho barulhento e insolente com as minhas mãos e espremer a vida, o sangue e o cérebro dele. Vou sugá-lo até ficar seco e arrebentar os restos dele. E vou fazer isso na presença de sua abençoada Sybelle, de seu abençoado Armand e do abençoado criador dele, Marius.

– E como é que – perguntou Benedict delicadamente – você vai tomar e manter esse poder?

– Não faz sentido se preocupar com essa questão – disse a Voz. – Eu mesmo já expliquei para o seu acólito de olhos estelares várias e várias vezes. Quando você me tiver dentro de si, ninguém vai poder lhe fazer mal! Você vai ser tão intocável quanto Mekare é atualmente.

Mekare.

Sem Benedict, será que Rhosh teria ousado tentar movê-la? Mais uma vez, Benedict assumira a liderança do processo.

Na noite após a morte de Maharet, enquanto Rhosh ligava para seus agentes mortais para que arranjassem um domicílio na América do Norte, Benedict entrara na selva para encontrar para Mekare uma tenra jovem vítima do sexo feminino de uma das tribos de pessoas nuas. Benedict pusera aquela mulher assustada e absolutamente maleável nos braços de Mekare enquanto não parava de sussurrar suavemente que ela deveria beber, que precisava da força, que eles tinham pela frente uma jornada, e ele se sentara lá paciente, esperando até que o monstro silencioso houvesse lentamente despertado para o cheiro do sangue, houvesse lentamente erguido a mão esquerda como se esta tivesse um peso insuportável e a depositara no seio da vítima debruçada.

Com a velocidade de um relâmpago, fechara os dentes no doce pescocinho da moça, bebendo lentamente até que o coração tivesse parado e não pudesse mais bombear sangue para ela. Mesmo depois, ela bebera, seu poderoso coração sugando o sangue até que a vítima estivesse pálida e trêmula.

Em seguida, havia se recostado, os olhos vazios como sempre, a língua rosada lambendo os lábios bem-feitos de forma lenta e eficiente. Não havia a menor fagulha de razão nela.

E fora Benedict quem sugerira que eles a enrolassem, que encontrassem a mais fina das cobertas ou roupas e a enrolassem como se fosse uma múmia naqueles trajes, para que então pudessem carregá-la para o norte em segurança para realizar seu propósito.

"Lembre-se, Marius enrolou o Rei e a Rainha antes de tirá-los do Egito", dissera ele. Sim, bem, se é que Marius contara a verdade em relação àquela antiga história.

Tinha funcionado. O elegante manto verde que ela vestia, de seda e algodão entrelaçados com adornos de ouro e joias, era irretocável, não havia nenhuma necessidade de mudá-lo. Apenas enrolá-la delicadamente com lençóis e cobertores recém-lavados, devagar, atando-a delicadamente, sussurrando para ela o tempo todo. Parecia que ela havia recebido de bom grado a venda feita com uma echarpe de seda macia. Ou, então, não se importara com aquilo. Não estava mais se importando com coisa alguma. Já havia ultrapassado o estágio de se importar com as coisas. Já passara bastante do estágio de sentir que algo lhe faltava. Ah, como nós havíamos nos tornado tais monstros era impensável. Aquilo fazia Rhosh estremecer.

Somente uma vez ocorrera um momento ruim, um momento alarmante. Benedict, após atar com cuidado a cabeça dela na seda, recuara subitamente, quase tropeçando, em sua pressa de se afastar dela. Ele tinha ficado parado, encarando-a.

"O que foi isso?", perguntara Rhosh. O pânico era contagioso. "Diga-me."

"Eu vi alguma coisa", sussurrara Benedict. "Vi alguma coisa que acho que ela está vendo."

"Você está imaginando coisas. Ela não vê nada. Vamos lá, termine."

O que havia sido aquilo, aquela coisa que Benedict vira?

Rhosh não queria saber, não ousava querer saber. Contudo, não conseguia parar de imaginar.

Quando haviam terminado de amarrá-la com toda a segurança, como se estivesse morta, coberta por um véu, fora possível então deixar aquele lugar horrendo, aquele lugar horroroso que havia sido a fornalha e o santuário de Maharet. Rhosh já passara tempo suficiente olhando os depósitos, os livros e pergaminhos e os antigos regalos, tempo suficiente olhando as escrivaninhas, os computadores, tudo aquilo. Tudo estava maculado pela morte. Ele teria levado as joias talvez, e o ouro, mas não precisava dessas coisas e não suportava tocá-las. Era, de certa forma, um sacrilégio roubar os tesouros pessoais dos mortos. Ele sentira-se incapaz de pensar em um modo sensato de sair de lá.

Quando estavam na beirada do jardim cercado, ele voltara, puxara o pino da granada que levara consigo e a lançara no umbral iluminado. A explosão fora imediata. As chamas enfurecidas haviam tomado conta das construções.

Então levaram o fardo silencioso para aquele litoral, para uma localização arranjada pelos advogados mortais após uma espera mínima, e a haviam posto para descansar em um frio porão escurecido com pequenas janelas logo vedadas pelo sempre engenhoso Benedict. Apenas os batimentos cardíacos daquele corpo enrolado davam evidências de vida.

Benedict estava ao lado dele na balaustrada do deque. O vento do Atlântico estava deliciosamente frio, não tão feroz quanto os ventos dos mares do norte, mas revigorante, limpo e bom.

– Bom, eu entendo, você ficará intocável, mas como vai conseguir manter o poder sobre eles, concentrar poder suficiente para, digamos, matar Benji Mahmoud diante dos olhos deles?

– O que vão fazer a respeito disso? – perguntou Rhosh. – E suponha que eu os ameace dizendo que me deitarei ao sol ao amanhecer, que é, a propósito, um costume meu, mas que vai ter que deixar de ser, a menos que eles queiram que os mais jovens sejam devorados pelo fogo quando meu corpo, o Corpo Fonte, sofra esse insulto?

– Eu morreria – perguntou Benedict –, se você fizesse isso? Quero dizer, uma vez que você tivesse o Cerne Sagrado?

– Sim, mas eu jamais faria isso! – sussurrou Rhosh. – Você não entende?

– Então o que adiantaria uma ameaça? Se sabem que você me ama...?

– Mas eles não sabem – disse a Voz. – Essa é a questão. Não sabem. Eles não sabem quase nada sobre você! – A Voz estava mais uma vez irritada. – E você pode fortalecer seu amigo com sangue, fortalecê-lo nos locais onde ele sofreu aquelas queimaduras, mas não de modo fatal! Por que você não deu para ele mais de seu sangue ao longo dos séculos? E também, é claro que seu sangue será o Sangue Fonte e o mais forte que pode existir, e você sentirá os motores do poder roncando dentro de você com nova eficiência e nova fúria...

– Deixe isso em minhas mãos – Rhosh garantiu a Benedict. – Pode ser que nem todos vocês morram caso eu concretize minha ameaça. Queimar, sim, mas não morrer. E eu lhe darei o meu sangue. – Ele sentiu-se subitamente como um tolo, obedecendo às ordens da Voz.

– Mas você nunca mais poderia criar um outro bebedor de sangue – lembrou Benedict –, porque se criasse você não seria capaz de fazer a ameaça...

– Cale-se! – ordenou Rhosh. – Eu agora não tenho escolha além de seguir com isso, certo? Preciso fazer com que Fareed coloque o Cerne Sagrado dentro de mim. Pouco importa o resto. Apenas lembre-se das instruções que lhe dei. Fique preparado para receber o meu telefonema a qualquer momento.

– Estou – disse Benedict.

– E não me ligue em hipótese alguma. Fique com o aparelho de prontidão. E quando eu ligar e der a você as instruções para começar a torturar o rapaz, quer dizer, se precisar fazer isso, então você vai ter de torturá-lo e eles vão ter de conseguir ouvir os gritos dele pelo telefone.

– Muito bem! – concordou Benedict a contragosto. – Mas você está ciente de que eu jamais torturei um ser humano antes.

– Ah, isso não vai ser assim tão difícil! Olha só o que já fez. Você já se acostumou com a ideia, sabe que já se acostumou. Você vai dar um jeito de fazê-lo gritar. Escute, é uma coisa simples. Quebre os dedos dele, um a um. São dez dedos.

Benedict suspirou.

– Eles não vão me fazer nenhum mal enquanto o rapaz estiver em nossas mãos, não percebe? E quando eu voltar para cá com Fareed, nós vamos cuidar da deusa no porão, está entendendo?

– Tudo bem – concordou Benedict com o mesmo tom de amarga resignação.

– E depois eu serei o Número Um! E você será o meu amado, como sempre foi.

– Muito bem.

Verdadeiramente, do fundo de sua alma, ele gostaria muito de não ter matado Maharet e Khayman. Do fundo de seu coração, gostaria muito que houvesse alguma forma de fugir de tudo aquilo. *Culpa de sangue*. Esse era o nome para a sensação que sentia. Milhares de anos atrás, quando era menino em Creta, ele conheceu o que era a culpa de sangue quando matou aqueles que eram de sua própria espécie, e Maharet e Khayman não eram seus inimigos.

– Ah, porcaria de poesia, porcaria de filosofia – disse a Voz. – Ela ia mergulhar no vulcão com a irmã. Eu disse a você. Fez o que tinha de fazer, como os modernos colocam a coisa. Esqueça os modos das culturas antigas. Você é um bebedor de sangue de imenso poder físico e espiritual. Vou lhe dizer o que é pecado e o que é culpa. Agora vá até eles, faça sua exigência e deixe seu acólito aqui para dilacerar a cabeça daquele rapaz lá em cima se não acatarem suas demandas.

– Quando eles descobrirem...

– Eles sabem – interrompeu a Voz. – Aumente o volume do seu computador, Benjamim Mahmoud está contando tudo para eles.

E era verdade.

Ele se sentou no sofá ao lado do laptop com a tela brilhante. O website de Benji Mahmoud passou a mostrar, entre tantas opções possíveis, a própria imagem de Benji, não numa fotografia imóvel, mas um vídeo. Lá estava ele com chapéu de feltro preto e os agudos e penetrantes olhos negros, seu rosto redondo furiosamente animado com a história que contava:

– Lestat está conosco. Ele esteve na selva amazônica em busca das Gêmeas Divinas, as mantenedoras do Cerne Sagrado, e voltou para nos relatar: a grande Maharet foi assassinada. Seu companheiro Khayman foi assassinado. Seus restos mortais foram deixados num vergonhoso túmulo raso, sua casa profanada. E a silenciosa, a passiva, a corajosa e duradoura Mekare está desaparecida. Quem fez essas coisas nós não sabemos, mas de uma coisa temos certeza. Estamos unidos contra esse ser perverso.

Rhosh suspirou e recostou-se no sofá branco.

– O que está esperando? – perguntou Benedict.

Sua casa profanada!

– Deixe eles virem – disse a Voz. – Deixe eles sopesarem suas perdas. E o que estão prestes a perder. Deixe eles aprenderem a obediência. A meia-noite ainda não badalou. E quando isso ocorrer, já terão se dado conta de seu total desamparo.

Rhosh não se deu ao trabalho de responder.

Benedict começou a questioná-lo novamente.

– Vá cuidar dos prisioneiros – disse ele a Benedict, e voltou a olhar para o mar e a considerar seriamente a possibilidade de se afogar, embora soubesse que aquilo não era possível e que ele não tinha nenhuma escolha a não ser participar daquele jogo até o final.

22

Gregory

Portão da Trindade
Herdando o vento

Gregory tinha de admirar aquele enigmático Lestat. Pouco importava que Gregory estivesse apaixonado por ele. Quem podia não admirar uma criatura com um porte tão perfeito, um timbre tão perfeito para se dirigir a todo e qualquer bebedor de sangue que se aproximava dele, uma criatura que podia mergulhar no maior carinho com sua pupila, Rose, nos braços, e em seguida voltar-se com tamanha fúria contra Seth, o poderoso Seth, exigindo saber como e por que ele expusera "aquelas crianças mortais" a tais desastres?

E também, com que facilidade ele chorara ao cumprimentar Louis e Armand e seu novato perdido, Antoine, a quem ele consignara muito tempo atrás à história, vivo ali e prosperando com Benji e Sybelle. Com que consideração segurara a mão de Antoine quando o outro gaguejava, tremia e tentava expressar seu amor, e com que paciência ele beijara Antoine e lhe assegurara que teriam muitas noites juntos, todos eles, e que viriam a conhecer uns aos outros e amar uns aos outros como nunca antes.

– Nós todos precisamos sentar à mesa e conversar sobre o que está acontecendo – disse Lestat, assumindo com muita facilidade o comando. – Armand, sou da opinião que devemos fazer isso no salão de baile do sótão. Irei para lá depois de deixar Rose em segurança no porão e conversar com ela. E Benji, você precisa estar lá. Precisa interromper a transmissão por tempo suficiente para estar lá, está entendendo? Ninguém pode se ausentar. A crise é grave demais. Maharet e Khayman assassinados, a casa deles queimada, Mekare desaparecida. A Voz está herdando o vento e nós temos de nos manter de pé contra isso!

Gregory sentiu-se tentado a aplaudir. As palavras de Lestat eram como fogos de artifício no hall de entrada.

Armand concordou de imediato, como se fosse a coisa mais natural do mundo fazer o que Lestat queria.

Mas não era isso o que todos queriam?

E que figura arrojada e bela era Lestat. O James Bond dos vampiros com toda a certeza. Como conseguira, com toda aquela pressão, aparecer no Portão da Trindade vestindo um conjunto novo de parar o trânsito, assinado por Ralph Lauren, composto por uma capa de lã escocesa e uma camisa de linho e seda em tom pastel com sapatos marrons e brancos com bico fino e sua farta e brilhante juba loura – possivelmente a mais lendária cabeleira do mundo vampiresco – presa na nuca por uma fita de seda preta sob um broche de diamante que podia muito bem ser oferecido como pagamento pelo resgate de um rei, mas que muito provavelmemnte não teria serventia alguma para trazer seu filho Viktor de volta?

A capa de lã escocesa era um paletó comprido e canelado, belo como uma sobrecasaca de um tempo passado no qual a moda era mais ousada e conscientemente romântica, e escondia bastante bem alguma espécie de arma, alguma arma de grandes proporções que ele carregava – cheiro de madeira e aço – sem perder a beleza de sua forma e de seu corte.

Ah, aquele era o bebedor de sangue do *agora*, o vampiro de agora, certamente. Quem mais poderia melhor captar que o *agora* era para todos os Mortos-Vivos a Era Dourada, transcendendo todas as épocas passadas, e quem mais poderia melhor tomar o elmo naquele momento perfeito? Então, e se aquela crise tivesse sido necessária para que ele pudesse ser trazido de volta a si mesmo?

Ao lado de Gregory, Zenobia, Avicus e Flavius manifestavam a mesma admiração e fascinação. Flavius ria disfarçadamente.

– Ele é tudo que todos sempre disseram que era – sussurrou ele a Gregory.

E Gregory realmente sentia o mesmo. Sim, eu o seguiria no que quer que ele decidisse fazer e colocaria à disposição dele toda a minha força, todas as minhas dádivas. Mas todos os outros não sentiam exatamente a mesma coisa? Por acaso todas as dicussões e conversas inquietas não haviam parado? A casa inteira reuniu-se na sala de visitas, no corredor, na escadaria. Por acaso não estavam todos unidos? Não é que mesmo Sevraine, a amada de Gregory, e o inescrutável e eternamente hesitante Notker, o Sábio, encaravam Lestat com a mesma completa submissão? Até a mãe de Lestat, encostada languidamente na porta da frente em seu surrado conjuntinho cáqui, observava o filho com certa satisfação ferrenha, como quem diz: "Bom, agora quem sabe alguma coisa vai de fato acontecer."

Rose, a pobre Rose, a pobre mortal Rose, a pobre, carinhosa e aterrorizada Rose, com seus imensos e inquisitivos olhos azuis e os fartos cabelos pretos e encaracolados. Quanto mais cedo fosse trazida para o sangue, melhor. Uma mente mortal podia ficar com defeitos irreparáveis com as coisas que aquela menina testemunhara.

Ela estava agarrada a Lestat, como uma noiva trêmula em seu vestido de seda branco, tentando tão desesperada e altruisticamente manter seu choroso silêncio, e ele, como um poderoso noivo, a segurava em seus braços, tranquilizando-a mais uma vez enquanto a entregava a Louis:

— Dê-me mais um precioso momento, minha querida, e logo estarei com você. Você agora está segura.

Gregory viu, perplexo, Lestat fazer um gesto para que sua mãe desse um passo para o lado e em seguida abriu a porta. Saiu em direção ao pequeno pórtico e olhou bem para os jovens novatos reunidos na calçada, nas sombras profundas das gigantescas árvores que se amontoavam na rua estreita, cuja iluminação elétrica havia sido desligada várias noites antes.

Um rugido que Gregory jamais ouvira em toda a sua vida elevou-se dos bebedores de sangue. Nem mesmo os velhos exércitos do Sangue da Rainha rugiam em tamanho apoio a um líder.

Tudo isso apesar de aqueles jovens terem desafiado os alertas de Benji, reunindo-se a todo momento para observar a casa e lutando para avistar os rostos que apareciam nas janelas, examinando cada carro que passava em busca de novos visitantes, embora na realidade as pessoas raramente chegassem, se é que chegavam, de carro, e aquelas que o faziam conseguiam deslizar para a garagem subterrânea do terceiro edifício do conjunto.

Nem um único mortal dentro da casa ousara reconhecer a existência daquelas desesperadas criaturas, nem por um instante, exceto Benji, através da transmissão radiofônica e sempre os instando delicadamente a não se reunir e a, por favor, ir embora.

No entanto, eles haviam vindo, e agora permaneciam, irresistivelmente atraídos até o único lugar em torno do qual ainda tinham alguma esperança.

E aquele ousado e brilhante cavalheiro vampiresco, aquele tal de Lestat, descia os degraus em direção à calçada para cumprimentá-los.

Aproximando-se, ele os chamou para perto de si, formando um imenso círculo coeso, dizendo a eles em sua voz cheia de autoridade que fossem sábios, cuidadosos e, acima de tudo, pacientes!

Por todas as partes ao redor de Gregory, bebedores de sangue no interior da casa foram na direção das janelas para assistir àquele espetáculo absolutamente sem precedentes. O príncipe pavão, com sua pele escura e cremosa e roupas impecáveis, dando-se ao trabalho de conversar com os súditos, e aqueles eram de fato seus súditos, os divagantes, cambaleantes vampiros bebês, todos tentando assegurár-lhe do amor que sentiam por ele, de sua devoção, de sua inocência, de seu desejo por uma "chance", de sua promessa de que iriam se alimentar somente de malfeitores, de que não haveria mais tumultos, brigas, que fariam o que ele queria, o que ele dissera, que teriam o amor e a proteção dele como um líder.

E, enquanto isso, os iPhones estavam piscando, até mesmo câmeras fotográficas piscavam, e os machos mais altos e fortes lutavam para aparecer cavalheirescamente à medida que tentavam colocar-se nas primeiras fileiras, que tentavam agarrar a mão dele, as fêmeas jogavam beijos e os que estavam atrás, pulando para poder acenar para ele.

Ao lado de Gregory, Benji Mahmoud estava tomado pela alegria.

– Está vendo isso? – gritou ele, saltando como se ainda fosse o menino de doze anos de idade que era quando o Sangue Negro o levou.

– Eu sinto muitíssimo – disse Lestat para a multidão na mais genuína e persuasiva das vozes – por ter demorado tanto a recobrar os sentidos, a conhecer as suas necessidades, a conhecer seu desespero. Perdoem-me por tê-los deixado desamparados no passado, por ter fugido de vocês, por ter me escondido daqueles cujo amor eu procurara e que em seguida ficaram decepcionados comigo. Eu agora estou aqui e digo a vocês que vamos sobreviver a isso, estão me escutando? E Benji Mahmoud está certo. Ele está certo. "O inferno não dominará!"

Novamente, o rugido elevou-se deles como se uma tempestade houvesse atingido a rua estreita. O que os mortais naqueles edifícios do outro lado da rua estariam achando disso? E quanto aos poucos carros que tentavam seguir caminho através da Lexington ou da Madison?

O que isso importava? Aquilo era Manhattan, onde uma multidão daquele tamanho podia muito bem reunir-se folgadamente do lado de fora de alguma casa noturna ou de uma galeria de arte, ou de uma igreja para um casamento, e eles por acaso não eram rápidos ao sair do caminho do mundo mortal se precisassem fazê-lo? Ah, a ousadia de tudo aquilo, ir lá fora e falar com eles, confiar que tal coisa era possível.

Seis séculos de superstição, sigilo e elitismo estavam sendo atropelados em um único e precioso momento.

Lestat afastou-se dos degraus de mármore e foi em direção ao pórtico, fazendo uma pausa com as mãos erguidas, deixando todos aqueles iPhones e câmeras fotografarem, exibindo inclusive um olhar radiante para um casal de mortais, jovens, curiosos, turistas na cidade grande, que passavam por lá imaginando que espécie de celebridade era aquela para em seguida sair às pressas, deslizando em meio à aglomeração oscilante de bebedores de sangue como se fossem meros meninos góticos que jamais fariam mal a ninguém.

— Agora vocês precisam nos deixar fazer o nosso trabalho! — declarou Lestat. — Peço que escutem tudo o que Benji tem a dizer, principalmente esta noite, entre todas as outras, e que sejam pacientes conosco. Voltarei a vê-los pessoalmente quando houver alguma coisa importante, de fato importante, para dizer a vocês.

Uma jovem fêmea avançou rapidamente e beijou a mão dele. Os machos emitiam gritos roufenhos de apoio. Na verdade, sons profundos e guturais irrompiam da multidão, tais como os sons que soldados mortais sedentos de sangue costumavam emitir, mas que eram agora comuns apenas nas audiências esportivas das arenas lotadas. Hurra, hurra!

— Onde devemos procurar Viktor?! — gritou um macho do meio da rua vazia. — Benji nos disse para procurar, mas por onde começamos?

Gregory podia ver que aquilo deixou Lestat chocado. Ele não estava preparado para nada parecido. Aparentemente, ele não sabia que Benji havia espalhado a notícia assim que Viktor fora sequestrado. Lestat, entretanto, aproveitou a oportunidade.

— Aquele que trouxer Viktor de volta em segurança a esses degraus terá sua cota do meu poderoso sangue em meu abraço de gratidão, juro a vocês.

Mais uma vez toda a aglomeração agitada e cintilante rugiu em uníssono.

— Mas tomem cuidado enquanto procuram, enquanto escutam, enquanto usam seus dons, lancem uma rede para a voz de Viktor, para imagens dele e para o local onde está sendo mantido em cativeiro. Pois essa coisa que está de posse de Viktor é implacável, um renegado e assassino dos maiores de sua espécie, e, portanto, estamos lidando com um desesperado. Venham até nós aqui ou liguem para Benji com qualquer informação. Agora, ajam com segurança, ajam com sabedoria e sejam bons! Sejam bons!

A multidão berrava.

Com um grande aceno da mão direita, Lestat afastou-se através da porta aberta e em seguida fechou-a.

Ficou lá parado como se estivesse recuperando o fôlego, com as costas voltadas para o revestimento de madeira escuro, e então olhou para cima, os grandes olhos cor de violeta lampejando sobre os rostos que o cercavam como se fossem luzes.

– Para onde Louis levou Rose? – perguntou ele.

– Lá pra baixo, para o porão – informou Gregory. – Nós nos vemos no sótão.

Toda a congregação seguiu para o andar de cima, rumo ao gigantesco salão de baile onde a reunião teria lugar.

Quando Gregory alcançou o último andar e entrou no vasto espaço parcamente iluminado, viu que uma mesa de conferência havia sido arrumada com a junção de diversas outras mesas quadradas menores, cada qual coberta com abas douradas, para formar um único e enorme retângulo resplandecente, com cadeiras de um lado e do outro.

O arranjo estava bem abaixo do lustre central iluminado pelos lustres anteriores e posteriores.

Todos os residentes e convidados da casa entravam na sala.

– Os lugares estão marcados ou podemos sentar onde quisermos? – perguntou Arjun em tom educado, enquanto se aproximava de Gregory.

Gregory sorriu.

– Acho que isso não tem importância, contanto que haja uma cadeira vazia naquela extremidade, na cabeceira da mesa.

Subitamente, Gregory percebeu que Sevraine estava parada ao lado dele, sua antiga e preciosa Esposa de Sangue, Sevraine. Mas não havia tempo para abraçá-la, para dizer a ela que alegria ele tivera antes ao vê-la atravessar o jardim dos fundos e entrar naquela casa com toda a sua companhia.

Ela não podia ler os pensamentos dele, não havia essa possibilidade, embora soubesse quais eram.

– Nós agora temos o futuro – sussurrou ela. – Por acaso importa que tenhamos desperdiçado tantas oportunidades de nos encontrar no passado?

Ele soltou um suave suspiro.

– Eu honestamente acredito que isso seja verdade. Nós temos um futuro. – Mas com aquelas palavras ele tentava tranquilizar tanto a si mesmo quanto Sevraine.

23

Lestat

Na multidão de conselheiros

Deviam estar presentes uns quarenta ou quarenta e cinco membros dos Mortos-Vivos no salão de baile quando entrei com Louis. Eu estava levando Rose. Nós tínhamos tido a mais breve das reuniões na quietude da sala do porão, mas eu fora incapaz de aquietar seus medos, ou os meus próprios, de forma que prometi não tirá-la de vista.

– Fique tranquila, minha querida – sussurrei. – Agora você está conosco, e tudo é novo.

Ela se aconchegou em mim, desamparada e confiante, o coração batendo perigosamente rápido de encontro ao meu peito.

Mirei o agrupamento. Havia dezesseis ou dezessete bebedores de sangue flanqueando a ampla mesa, arrumada como se fosse duas fileiras de pequenas mesas quadradas, e a maior parte conversava em voz baixa uns com os outros em pequenos grupos informais, Antoine com Sybelle e Bianca com Allesandra; alguns estavam sozinhos, tais como Marius ou Armand, ou minha mãe, meramente observando sem dizer uma única palavra. Daniel, próximo a Marius. Eleni e Eugénie estavam ao lado de Sevraine. Nas extremidades da vasta sala, encontravam-se outros pequenos grupos, embora o motivo pelo qual eles estavam fora do caminho eu desconhecesse. Um ou dois eram obviamente antigos. E os outros eram bem mais velhos do que eu.

A longa mesa retangular não possuía cadeiras na extremidade voltada para a porta.

Na outra extremidade, uma cadeira solitária estava vazia. Benji Mahmoud estava de pé ao lado do lugar vago. Respirei fundo quando vi aquela cadeira vazia. Se pensavam que eu me sentaria naquela cadeira, estavam loucos. Ou fora de si, para colocar a coisa com um pouco mais de gravidade e graça. Eu não faria aquilo. As duas cadeiras mais próximas da cabeceira da mesa também estavam vazias.

Louis trouxe o fardo de travesseiros de seda e percorremos a extensão do salão de baile enquanto os outros iam ficando em silêncio cada um a seu tempo. Quando Louis depositou as almofadas para fazer uma pequena cama quadrada com reforços para Rose no canto, já não havia mais ninguém falando.

Os braços dela estavam quentes em meu pescoço, e seu coração retumbava.

Eu a coloquei sobre os travesseiros e pus os cobertores sobre ela.

– Agora fique quietinha e não tente acompanhar o que está acontecendo. Apenas descanse. Durma. Tenha confiança no resgate de Viktor. Acredite, você está sob nossos cuidados.

Rose assentiu com a cabeça. Parecia uma delicada e corada princesa mortal depositada ali nas sombras, encolhida sob os cobertores, os olhos vívidos fixos adiante, concentrados no grande agrupamento ao redor da mesa.

Benji acenou para que eu me dirigisse à cabeceira da mesa. Ele gesticulou para que Louis se sentasse na cadeira em frente à dele. Ao lado de Benji, Sybelle olhava para mim com um extasiado fascínio, e, à esquerda dela, meu terno músico novato Antoine não podia estar com uma aparência mais venerável.

– Não – eu disse. Caminhei até a cabeceira da mesa, sim, mas não me sentei na cedeira. – Quem me coloca na cabeceira desta assembleia? – eu quis saber.

Ningúem respondeu.

Olhei para as duas fileiras de rostos. Tantos que eu conhecia e tantos que eu não fazia ideia de quem eram, e tantos antigos e obviamente dotados de um poder supremo. E nenhum dos fantasmas ou dos espíritos estava presentes.

Por que não? Por que a grande Sevraine trouxera três bebedoras de sangue antigas que estavam de lado, encostadas na parede de portas francesas, apenas nos observando, mas não os espíritos e os fantasmas da Talamasca?

E por que todos eles, todos os membros daquela augusta companhia, olhavam para mim?

– Agora me escutem – comecei. – Não tenho nem trezentos anos no Sangue como vocês estão dizendo agora. Por que estou aqui? Marius, o que você espera de mim? Sevraine, por que você não está neste lugar aqui? Ou você? – Eu me voltei para um dos mais suaves bebedores de sangue do grupo. *Gregory.* – Sim, tudo bem, Gregory. Existe alguém que conheça nosso mundo e o mundo deles lá fora melhor do que você?

Para mim ele parecia ser tão velho quanto Maharet ou Khayman, e sua postura era tão humana que podia convencer qualquer pessoa. Lustre, capacidade e uma força insondável, era isso o que eu via nele, vestido como estava com as roupas mais luxuosas que o mundo moderno poderia oferecer, com uma camisa feita sob medida e um relógio de ouro no pulso que valia tanto quanto diamantes.

Ninguém se moveu ou falou coisa alguma. Marius olhava para mim com um leve sorriso. Ele usava um terno preto, simples, com camisa e gravata. Ao lado dele, Daniel estava vestido de modo similar, totalmente restaurado, aquela criança que estivera tão louca e perdida depois do último grande debacle. E quem eram aqueles outros?

De repente, os nomes começaram a vir para mim telepaticamente em um coro de saudações: *Davis, Avicus, Flavius, Arjun, Thorne, Notker, Everard.*

– Muito bem, mas, por favor. – Levantei uma das mãos. – Escutem, estive lá fora e falei com a multidão porque alguém precisava fazer isso. Mas não posso ser o líder aqui.

Minha mãe, na metade da mesa à minha esquerda, começou a rir. Era um riso suave, mas que me deixou absolutamente furioso.

David, que estava sentado ao lado dela, como sempre o cavalheiro britânico de Oxford em seu paletó de tweed de Norfolk, subitamente se levantou.

– Nós queremos que você lidere. É simples assim.

– E você precisa liderar – disse Marius, que estava sentado em frente a ele e havia se voltado para mim sem se levantar –, porque ninguém mais sente que pode de fato ocupar uma posição de liderança.

– Isso é absurdo – retruquei, mas ninguém ouviu porque fui afogado pelo coro de exortações e encorajamentos.

– Lestat, nós não temos tempo para isso – disse Sevraine.

Outra bebedora de sangue com bastante autoridade, que estava sentada ao lado de Gregory, proferiu as mesmas palavras. Ela me disse num rápido estouro telepático que seu nome era Chrysanthe.

Ela se levantou e declarou em um tom suave:

– Se alguém aqui estivesse disposto a liderar, bom, isso teria acontecido muito tempo atrás. Você trouxe algo totalmente novo à nossa história. Agora, eu imploro a você. Siga em frente.

Outros balançavam a cabeça e sussurravam em concordância.

Eu tinha inúmeras objeções. O que fizera além de escrever livros, contar histórias, subir ao palco com meu rock, e como eles podiam romantizar aquilo de maneira tão desproporcional?

– Sou o Príncipe Moleque, lembram-se? – insisti.

Marius descartou minhas palavras com um risinho e me disse para "começar logo com isso!".

– Sim, por favor – disse um bebedor de sangue de pele escura que se apresentou como Avicus. O que estava ao lado dele, *Flavius*, loiro e de olhos azuis, apenas sorria para mim, observando-me com uma confiante admiração que eu via também em outros rostos ali presentes.

– Nada muito efetivo será feito – disse Allesandra – se você não assumir o elmo. Lestat, vi seu destino séculos atrás em Paris quando você avançou em meio àquela multidão de mortais de modo tão destemido.

– Estou de acordo – declarou Armand em voz baixa, como se estivesse falando somente comigo. – Quem além do Príncipe Moleque pode assumir o comando? Cuidado com qualquer outro aqui que possa vir a tentar.

Riso em toda parte.

Allesandra, Sevraine, Crysanthe, Eleni e Eugénie pareciam rainhas de épocas passadas em seus mantos simples, porém repletos de joias, com penteados tão espetaculares quanto os adornos de ouro nas mangas e os anéis nos dedos.

Até mesmo Bianca, a frágil e pesarosa Bianca, exibia uma postura majestosa que impunha respeito. E a pequenina Zenobia, com os cabelos pretos aparados como os de um menino, em seu belíssimo terninho de veludo azul, parecia um pajem querúbico de uma corte medieval.

Cada um de nós traz para esse nosso domínio um certo encanto, pensei comigo mesmo e, obviamente, não consigo me ver como eles me veem. Eu, o tolo, o parvo, o impulsivo. E onde diabos estava o meu filho?

Bem no fundo de minha mente, um pensamento lampejou por um instante, revelando que alguém que comanda deve por necessidade ser tresloucadamente imperfeito, ousadamente pragmático, capaz de compromissos impossíveis para os verdadeiros sábios e os verdadeiros bondosos.

– Sim! – sussurrou Benji, tendo captado aquelas ideias em minha mente.

Olhei para ele, para seu pequeno rosto radiante, e então encarei novamente a assembleia.

– Sim, você entendeu tudo com exatidão – disse Marius. – Tresloucadamente imperfeito, ousadamente pragmático. São meus pensamentos também.

David voltou para seu assento, mas dessa vez o suave se levantou, aquele chamado Gregory. Era certamente um dos bebedores de sangue mais impressionantes que eu havia visto. Possuía um autocontrole que rivalizava com o de nossa perdida Maharet.

– Lidere por enquanto, Lestat – pediu Gregory com uma cortesia decorosa –, e veremos o que acontece. Porém, por enquanto, você precisa nos liderar. Viktor foi levado. A Voz jogou sua fúria contra aqueles de nós que ficaram surdos a ela e agora está tentando transmutar-se do corpo de Mekare, onde quer que esse corpo esteja, em direção ao corpo de um outro, um escolhido para fazer a vontade da Voz. Agora certamente todos nós vamos colaborar no que faremos aqui. Mas você será o líder. Por favor. – Com uma mesura, ele se sentou e dobrou as mãos sobre a mesa dourada.

– Tudo bem, o que devemos fazer então? – perguntei. Por pura impaciência, decidi ser o chefe, se era isso o que queriam. Mas não me sentei na cadeira. Permaneci de pé ao lado dela. – Quem é esse que levou meu filho? – insisti. – Alguém tem a mais tênue pista de quem ele seja?

– Eu tenho – respondeu Thorne. Ele estava sentado exatamente sob o lustre central, o que fazia com que seus longos cabelos ruivos parecessem estar em chamas. Suas roupas eram simples, trajes de trabalhador, mas ele tinha o ar casual de um mercenário. – Eu o conheço, sim, cabelos castanhos e olhos azuis, sim, eu o conheço, mas não sei o nome dele. Ele caçava nas terras dos francos em minha época. Pertence aos primeiros anos e criou essas mulheres aqui. – Apontou para Eleni e Allesandra.

– Rhoshamandes – concluiu Gregory. – Como isso é possível?

– Rhoshamandes – repetiu Allesandra, espantada, olhando de relance para Eleni e Sevraine.

– Sim, trata-se desse aí – disse Thorne. – Eu não tinha nenhuma chance contra ele.

– Ele é um bebedor de sangue que jamais lutou com os outros – lembrou Sevraine. – Como foi que ele caiu no encanto da Voz? Não consigo imaginar isso ou o que o levou a assassinar Maharet e Khayman por conta própria. É uma loucura. Ele costumava evitar brigas. O domínio dele é uma ilha no mar do Norte. Ele sempre a manteve totalmente para si. Não consigo esquadrinhar isso.

— Mas foi Rhoshamandes — sussurrou Louis. — Eu vejo a imagem dele nas mentes de vocês e esse é o bebedor de sangue que quebrou a parede de vidro e levou Viktor. E vou dizer outra coisa a vocês. Esse ser não é assim tão habilidoso na tarefa que tem de realizar. Ele queria levar Rose, mas simplesmente não conseguiu, e em momento algum ele me machucou ou machucou Thorne, quando podia muito bem ter me destruído com facilidade, e também Thorne muito possivelmente, até onde eu sei.

— Ele tem cinco mil anos no Sangue — disse Sevraine —, o mesmo que eu. — Ela olhou para Gregory com a mais terna expressão e ele assentiu com a cabeça.

— Ele era meu amigo, e mais do que isso — disse Gregory —, mas quando eu ascendi na Era Comum nunca mais ouvi falar dele. O que houve entre nós foi naquelas noites escuras perto do início, no fim do primeiro milênio de nossa época, e ele fez grandes coisas para mim, sem nenhum interesse a não ser a devoção pessoal. — Obviamente, algumas dolorosas lembranças o detinham. Ele abandonou o assunto.

Benji levantou a mão, mas falou antes que qualquer um tivesse alguma chance de reagir:

— Quem tem ouvido a Voz ultimamente? Quem a ouviu esta noite? — Ele olhou ao redor, na expectativa.

Ninguém respondeu.

Antoine, meu adorado novato de Nova Orleans, confessou suavemente que jamais ouvira a Voz. Sybelle disse a mesma coisa. Assim como Bianca.

Então Notker falou, aquele bebedor de sangue careca, porém bonito, com olhos tristes, grandes olhos de filhote de cachorro, belos e muito profundos, mas caídos nas extremidades para deixá-lo com uma aparência trágica mesmo que estivesse sorrindo.

— Ela falou pela última vez comigo três noites atrás — contou Notker. — Ela me disse que encontrara seu instrumento, que não ficaria mais aprisionada. Ela me pediu para ficar em casa, minha casa nos Alpes franceses, como muitos de vocês sabem, e para manter meu povo lá, que o que estava para acontecer não dizia respeito a mim. Ela disse que adquiriria consciência e que somente os jovens e fracos morreriam, e que as minhas crianças eram velhas e fortes demais para serem afetadas.

Fez uma pausa e em seguida prosseguiu:

— Há muitos aqui nesta sala a quem essa Voz chamaria de jovem e fraco. — Ele olhou diretamente para Armand, que estava sentado a algumas cadeiras de distância de mim, à minha esquerda e em frente a ele, que olhou para Louis, mas não se importou em olhar para Sybelle, Benji, Antoine ou até mesmo Fareed.

"E vou dizer outra coisa. Essa Voz é capaz de deixar uma pessoa insana. Não há como pará-la agora. Meses atrás, sim, antes da matança começar, ela poderia ter sido bloqueada por alguém. Mas não agora. Ela está forte demais."

Aquilo me deixou impressionado. Eu não tinha refletido sobre o assunto. Porém, fazia todo sentido. Quanto mais a Voz matava vampiros pelo mundo, mais forte ficava.

— Isso é verdade — concordou Benji. — Isso é o que os jovens estão relatando de todas as partes do planeta. Não há como calá-la agora. As matanças a fortaleceram.

Fareed levantou-se. Estivera aquele tempo todo sentado em silêncio ao lado de Seth. Ambos estavam usando o que eu chamaria de batinas de veludo preto com colarinhos altos e muito bem ajustados no pescoço e longas fileiras de botões pretos. Ele estava me encarando.

— A Voz quer ser transferida do corpo de Mekare para o corpo desse escolhido, desse ungido. E quer que eu realize a tarefa. Ela me disse isso. Ela me disse isso na noite em que chegamos aqui. Ela quer a minha cooperação e a de Seth. Eu nunca respondi a Voz. E é verdade que ela está se tornando notavelmente forte. Ainda consigo desligá-la, mas é difícil. A Voz deve ser vista como uma força que pode afligir e levar à loucura qualquer mente que ela possuir. Isso agora faz parte do retrato. Não farei o que a Voz deseja que eu faça. Não darei um fim à inocente Mekare. Pelo menos não do jeito que as coisas estão no presente momento.

Ele sentou-se e Seth se levantou. De todos os vampiros reunidos, Gregory e Seth eram, quem sabe, os mais poderosos. E era visível que não havia nenhuma inimizade entre eles. Gregory olhava ansioso para Seth, e este recolhia seus próprios pensamentos lentamente, seus olhos passeavam sobre todos aqueles reunidos – exceto aqueles que estavam atrás dele, encostados na parede.

– Precisamos nos lembrar – disse Seth – que a Voz sabe o que estamos falando uns com os outros. Ela pode, obviamente, de acordo com sua vontade, visitar qualquer um de nós e ver através de nossos olhos e ouvir através de nossos ouvidos, mas não pode visitar mais de um por vez, ou pelo menos é o que parece. Porém, como não há nenhuma maneira de pegar a Voz de surpresa por qualquer decisão que venhamos a tomar aqui, então digo com todas as letras: a Voz deve ser impedida de alcançar esse Rhoshamandes. Ele não é espiritualmente forte. Forte ele é no Sangue, sim, mas não é espiritualmente forte. Como sei disso? Eu sei disso pelo que ele já fez, a brutal chacina de Maharet e de Khayman, que foram mortos a machadadas como se por saqueadores comuns. E se a Voz assumir o controle dessa mente, a Voz a dominará.

Em toda a mesa outros assentiram, murmurando em concordância. Todos estavam horrorizados pelo que sucedera à grande Maharet e ao indefeso Khayman. Eu estava horrorizado. Jamais desejei reviver minha última visita à instalação queimada, minha descoberta daqueles túmulos feitos às pressas. Uma raiva profunda condensou-se em mim contra aquele homicida Rhoshamandes. Contudo, realmente tínhamos de falar mais sobre isso agora.

– Isso não pode acontecer – concordei. – A Voz não pode entrar em Rhoshamandes. Isso não pode acontecer em hipótese alguma.

Ao chegar, eu tinha contado a eles sobre o que havia descoberto no complexo da selva. Os corpos mutilados e apressadamente enterrados, o local queimado. Eu tinha contado a eles sobre os destroços, livros antigos destruídos, baús de veneráveis joias arrebentados e objetos inestimáveis espalhados e pretos de fuligem. Entretanto, mais uma vez descrevi tudo isso brevemente para qualquer um ali que não havia ouvido ou que não entendera.

– Saqueadores ordinários, é verdade – disse, revoltado.

Jesse baixou a cabeça. Vi as lágrimas de sangue surgindo em seus olhos. Vi David abraçá-la.

Pandora, que estava sentada com a cabeça curvada, abraçada a seu companheiro, Arjun, enxugava as lágrimas de sangue de seus olhos.

Armand tomou a palavra, sem se importar em se levantar ou subir o tom de voz, meramente se dirigindo ao grupo de um jeito que forçava todos a se concentrarem nele. Excelente truque daqueles que sussurram, de modo que é preciso se curvar para a frente para ouvi-los.

— Qual é o caráter da Voz? — perguntou ele. — Ela nunca falou comigo. Qual é a alma por trás da Voz?

— Bom, você sabe muito bem — disse Benji — que é Amel, o espírito familiar de Mekare, que entrou em Akasha e destruiu sua mente durante todo esse tempo, esses zilhões de anos, essas épocas, esses milênios.

— Sim, mas qual é o caráter da Voz? — insistiu Armand.

— Sem nenhuma espécie de moralidade — respondeu um dos mais jovens, que não proferira nenhuma palavra até então. Tratava-se de um vampiro de cabelos pretos cortados de acordo com a última moda, vestido com um terno de couro de três peças bastante elegante e uma camisa de colarinho alto com uma vistosa gravata vermelha. Ele se virou na cadeira para me encarar. Informou seu nome em voz alta para todos ouvirem. Everard. E então prosseguiu:

— Ela quer destruir os jovens, jogá-los uns contra os outros. Ela seduz os velhos. Mas todas essas coisas vocês sabem, todos sabem disso. Ela não tem moralidade. Não tem caráter. Não tem amor pelos de sua própria tribo, como Benji diz. Trata-se de um monstro sem tribo. Ela prometeu me destruir.

— E a mim também — disse Davis, um espantoso e sedoso bebedor de sangue negro, dotado de uma beleza arrebatadora. — E ela pode enlouquecer qualquer um, simplesmente enlouquecer.

Arjun, o companheiro de cabelos pretos de Pandora, assentiu.

— Insanidade — sussurrou ele. — Ela é o sopro da insanidade no cérebro.

Allesandra se levantou.

— Ela veio até mim. Ela me atraiu para que eu saísse da terra. Ela possui grandes poderes de persuasão. — A volumosa cabeleira de Allesandra emoldurava seu longo rosto oval, seus olhos estreitos e amendoados. Que beldade se tornara, mais poderosa, inclusive, do que havia sido duas noites antes, não restando absolutamente nada da insana rainha dos velhos tempos que vivia sob o cemitério de Les Innocents. Mas ela ainda tinha aquela postura nobre e a voz estentórea. — Ela me convenceu de que eu podia me libertar do túmulo no qual ficara deitada por mais de duzentos anos. Recuperou a minha consciência e em seguida colocou-me contra os outros de Paris. Ela falava intimamente comigo. Conhecia meu sofrimento e me contava dos seus sofrimentos. Ela não pode entrar em Rhoshamandes. – Ela fez uma pausa olhando para Eleni, Eugénie e Bianca. – Rhoshamandes não possui ele próprio nenhuma força moral verdadeira. Jamais teve. Quando nós, suas crias, fomos capturados pelos velhos Filhos de Satanás, ele nunca nos resgatou. Ele se recusou a lutar com aqueles monstros. Ele nos abandonou à nossa perdição.

Houve muitas cabeças balançando em concordância e gestos afirmativos ao redor da mesa, embora obviamente Eleni estivesse em dúvida acerca daquilo. Mas não ousou falar nada.

– Não, ele ama a paz por natureza, mas não é fraco – disse Gregory. – Vocês não o estão vendo sob o prisma adequado. Ele jamais se importou em ser guerreiro. A vida nunca o satisfez, mas isso não significa que seja fraco.

– Mas a observação dela – Sevraine ergueu a voz – é que ele é fraco demais para lutar contra a vontade da Voz.

– E é velho o suficiente – completou Seth com frieza – para levar a Voz para dentro dele, para se queimar ao sol e matar montes e montes de jovens bebedores de sangue, e é exatamente isso o que a Voz quer. Vou repetir para vocês, ele não é espiritualmente forte.

– Mas por quê? – perguntou Louis. – O que ofende tanto a Voz em relação aos jovens?

– Eles a enfraquecem – explicou Seth. – Eles precisam enfraquecê-la. É por isso que o poder telepático dela está aumentando. A proliferação descontrolada de jovens a exaure. O corpo físico dela, esse inimaginável veículo pelo qual nós todos somos mantidos em estado de animação, não é infinito em tamanho. – Ele olhou de relance para Fareed, que balançou a cabeça em concordância. – E quando os novatos proliferam, o que ela deseja é queimá-los a todos. Agora, a quantidade exata de força que ela adquire nesse processo permanece sendo um mistério. Será que o sangue que saboreia no Corpo Cerne é infinitamente mais gostoso? Será que enxerga através dos olhos do Corpo Cerne com mais acuidade? Ela consegue, por acaso, ouvir sons com mais fidelidade? Não sabemos. O que sabemos é que a voz real telepática dela está mais forte agora como resultado das matanças. Isso nós sabemos. Mas aposto o seguinte com vocês: foi ela, a Voz, quem convenceu os anciãos naquelas noites, tanto tempo atrás, na aurora da Era Comum, a deixar Akasha e Enkil ao sol e ocasionar a primeira grande Queimada. E foi ela, a Voz, em algum disfarce na mente de Akasha, que a levou a exterminar tantos da tribo antes que ela seduzisse Lestat para seus propósitos ainda mais sombrios.

— Você não pode ter certeza de nada disso — retrucou Pandora. Era a primeira vez que ela falava e estava muito relutante, quase intimidada. Ela enxugou novamente o sangue nos olhos. Havia um certo encolhimento em Pandora, uma passividade, um acanhamento que a tornavam menos visível do que as outras fêmeas ali reunidas, embora fosse tão talentosa quanto as demais em todo e qualquer aspecto. Estava com um vestido ocidental confeccionado com um suave tecido indiano bordado, quase idêntico ao *sherwani* comprido e repleto de joias de Arjun. — Todos esses séculos em que convivi com Akasha, jamais vi coisa alguma agitando-se nela, nunca, que possa ter sido Amel.

— Eu não tenho certeza se você está certa — disse Marius com um leve lampejo de perturbação. Ele jamais, em circunstância alguma, seria paciente com Pandora.

— Também não tenho tanta certeza — concordei. — Eu estive com Akasha muito brevemente, mas vi coisas, momentos em que ela parecia trancar a si mesma, que parecia parar como se alguma coisa invisível houvesse assumido o controle de seu corpo. Não houve tempo para descobrir o que era.

Ninguém me desafiou.

— Mas preciso dizer o seguinte agora — continuei. — Não acho que a Voz seja necessariamente irredimível. Ou seja, não se nós não somos irredimíveis. Acho que a Voz deu nos últimos vinte anos um passo importante para dar início a uma jornada totalmente nova.

Eu podia ver que aquelas palavras chocaram alguns, que olhavam para mim, porém não deixaram nem Marius nem David chocados. Quanto a Seth, era impossível dizer.

— Isso importa agora? — perguntei. — Não tenho certeza se importa. Quero Viktor de volta. Nunca pus os olhos em meu próprio filho. Eu o quero aqui em segurança, e a Voz sabe disso. Mas, quanto à Voz propriamente dita, quanto ao próprio Amel, ele está longe de ser um monstro desprovido de consciência e sensibilidade.

— E por que você diz uma coisa dessas? — quis saber Benji. — Lestat, isso é inacreditavelmente vexatório. Como você pode dizer uma coisa dessas? Essa coisa está nos assassinando.

Sybelle fez um gesto para que ele se calasse.

— A Voz tem falado comigo há muito tempo — confessei. — A primeira vez que a ouvi foi poucos anos após Akasha ter sido destruída. Acho que a mente danificada de Mekare permitiu que a Voz adquirisse consciência. E sei que meus vídeos, minhas canções, o que quer que eu tenha feito no sentido de transmitir a nossa história, todas aquelas imagens, podem muito bem ter agitado a Voz dentro de Akasha da mesma maneira que agitaram sua mente consciente.

Todos conheciam a velha história de como uma gigantesca tela de vídeo no santuário de Akasha e Enkil havia levado minhas experiências com o rock diretamente ao Rei e à Rainha. Não havia motivos para discutir aquilo.

— A Voz veio para mim muito cedo. E talvez tenha vindo para mim por causa daqueles vídeos. Não sei. Mas, infelizmente, eu não sabia quem ou o que era a Voz. E não reagi como deveria.

— Você está dizendo que as coisas seriam diferentes agora se você soubesse quem ela era e houvesse reagido a ela de alguma outra maneira? — perguntou David.

Balancei a cabeça.

— Não sei. Mas uma coisa posso dizer a vocês. A Voz é uma entidade com sua própria história distinta. A Voz sofre. Ela é um ser que possui imaginação. É preciso ter imaginação e empatia para conhecer o amor e a beleza.

— O que faz você pensar isso? — O tom de Marius era ligeiramente reprobatório. — Seres cruéis e amorais podem apreciar a beleza. E podem amar.

— Mas eu acho que é verdade o que Lestat está dizendo. — O jovem Daniel não se desculpou por contradizer Marius. Eles estavam juntos havia muito tempo. — E não fico surpreso ao ouvir isso. Cada um de vocês aqui a quem já fui apresentado possui essa capacidade de apreciar a beleza e de amar.

— Você está provando minha tese com exatidão — declarou Marius.

— Chega disso — disse Seth. — Eu quero Viktor de volta. Ele é seu filho tanto quanto nosso.

— Sei disso — concordei.

— Mas se a Voz possui empatia — gritou Benji, curvando-se para a frente na cadeira, seu chapéu de feltro caindo sobre o rosto —, se a Voz possui imaginação e pode amar, bom, então é possível lidar com a voz utilizando a sensatez. É aí que você quer chegar, não é?

– É, sim – respondi. – É claro. O que coloca o nosso amigo Rhoshamandes em uma situação bastante perigosa. A Voz troca de lealdades facilmente. A Voz está desesperada para aprender assim como para alcançar seus fins.

Everard riu.

– Essa é a Voz, com certeza. Volúvel. Esse é o demônio que consegue deslizar para dentro da sua mente ou da minha, ou da dele, ou da dela como se fosse uma aranha deslizando pelo fio escorregadio e brilhante de uma teia para tentar convencê-lo a fazer coisas que jamais faria.

Durante toda a discussão, Bianca e Jesse permaneceram caladas. Na verdade, estavam sentadas uma ao lado da outra, Jesse exausta e alquebrada pelas notícias da morte de Maharet, e Bianca ainda mergulhada em um inferno particular por conta de seu companheiro perdido, mas subitamente era como se nenhuma das duas pudesse aguentar mais, e, depois de uma concordância silenciosa, Bianca levantou-se e perguntou em um tom estridente:

– Qual é o propósito disso tudo aqui? Nós somos indefesos em face dessa Voz e do que ela quer! Por que ficamos aqui sentados falando, tentando dar um sentido racional a isso? Essa Voz, olhem só o que ela fez conosco! Olhem! Ninguém aqui vai chorar por Maharet? Ninguém aqui vai pedir um momento de silêncio em memória dela? Ninguém vai falar por aqueles que poderiam muito bem ter vivido para sempre e agora estão mortos e sumidos na terra, despachados com a mesma facilidade com a qual teriam sido se fossem mortais?

Ela tremia. Seus olhos permaneciam fixos em Armand, que estava sentado mais próximo de mim do lado oposto da mesa. O rosto de Armand era o retrato do choque e da dor enquanto olhava fixamente para ela. Na realidade, seu rosto estava tão sombrio e vulnerável que nem parecia o rosto de Armand. E então ela se virou e olhou com raiva para Marius, como se estivesse fazendo alguma exigência silenciosa. Ele também olhava para ela com a mais profunda solidariedade. Em seguida, ela afundou na cadeira, levou as mãos ao rosto e chorou em silêncio.

Jesse mal se mexia. Jesse, a jovem, criada por Maharet com o sangue antigo. Tinha o rosto pálido e tremia com as mais humanas emoções, ainda que sustentada por um sangue tão poderoso. Fareed escondia a mesma fórmula de uma maneira infinitamente melhor do que ela.

– Minha adorada tia estava de fato pensando em destruir a tribo – confessou Jesse. – Ela me prometeu que não o faria. Mas estava pensando nisso constantemente.

– Isso é verdade – disse David. Ele estava bem ao lado dela.

– Eu entendo por que Rhoshamandes acatou o pedido da Voz – continuou Jesse. – E sei que se minha tia tivesse intenção de se manter viva, ela poderia ter detido Rhoshamandes. Poderia ter detido qualquer um de nós, inclusive você, Gregory, ou você, Seth. Ou ainda você, Sevraine. Ela não tinha dificuldade para se defender. Seu poder ia além de nossa imaginação, bem como sua experiência. Ela estava morrendo por dentro. E deixou Rhoshamandes tirar sua vida.

Ela se recostou na pequena cadeira dourada. David beijou seu rosto.

Levantei as mãos.

– É verdade. Maharet estava pensando em destruir a si mesma e Mekare. Em levar a irmã consigo para o cerne de um vulcão ativo. Vi essas imagens na mente dela. Pacaya, na Guatemala, é esse o vulcão. Odeio ter de dizer isso. Ter de admitir isso, porque ela não deveria ter morrido como morreu nas mãos desse indizível Rhoshamandes. Mas é verdade.

Todos esperaram, mas estava claro que eu não continuaria, nem Jesse, e finalmente Marius se levantou com seu costumeiro ar impositivo e esperou que todos os olhos se fixassem nele.

– Escutem, está muito claro que não temos como surpreender esse ser e que nós não temos como enganá-lo. Também não temos como viver sem ele. Portanto, vamos decidir onde se encontram nossas mais fortes linhas de defesa. Nós não concordaremos com nada a não ser que Viktor seja devolvido incólume. E aí então ouviremos a Voz, ouviremos o que a Voz tem a dizer sobre o que deseja.

– Ela não pode reivindicar Rhoshamandes! – disse Allesandra acaloradamente.

– Não, não pode – concordou Notker. – E posso dizer a vocês com muita convicção que o mais dedicado confederado dele, o que deve ser o seu aliado nisso, é um amante da paz, tão despreparado para batalhas quanto seu mestre.

– E quem é esse aliado? – perguntou Allesandra.

– Só pode ser Benedict – conjecturou Sevraine. – É claro. É com Benedict que ele vive naquela ilha nos mares do norte. É com Benedict que ele vive há séculos.

— Benedict — sussurrou Allesandra. — Não é aquele pobre menino ignorante com aspecto de santo que ele trouxe dos monges!

— Benedict? — repetiu Eleni. — Benedict foi aquele de quem Magnus, seu criador, Lestat, roubou o Sangue. Ora, ele tem quase duas vezes a minha idade no Sangue. Nunca foi forte, jamais. Todo o seu charme vem de sua fragilidade, como uma glicínia, como uma orquídea. Mas como nós podemos saber que esse é o único aliado de Rhoshamandes?

— Eu aposto que é — tentou Notker —, porque não conheço nenhum outro. E, a propósito, esse "pobre menino ignorante e com aspecto de santo" me trouxe para o Sangue e realizou um excelente trabalho ao fazê-lo.

Houve uma leve onda de risos na sala, mas que cessou quase de imediato.

— Mas que mistério temos aqui — continuou Notker. — Temos o gentil Rhoshamandes que se alimentava de beleza, poesia e música, que trazia para o sangue aqueles que o agradavam e jamais teve força para lutar por qualquer um deles contra outros, é agora Benedict, o santo Benedict. E você, Lestat, você diz que a Voz ama. Você diz que ela ama e que tem imaginação e uma alma. Bom, nós temos um quebra-cabeça aqui no sentido de que ela escolheu dois notáveis bebedores de sangue.

— Talvez sejam os únicos — analisou Seth, objetivo — que poderiam tolerar os ardis da Voz, que poderiam ser vítimas das ridículas fantasias dela.

— Por que ridículas? — perguntou Marius. — Como assim?

Foi Fareed quem respondeu por Seth:

— Lestat tem razão. A Voz está apenas começando sua jornada na condição de uma entidade consciente. Ela pode até ter exercido alguma influência sombria e brutal sobre o Corpo Cerne em épocas passadas, mas agora ela é uma criança no domínio dos propósitos. E nós não sabemos quais são todas as intenções dela. Desconfio que trocar de corpo, ser removida da muda e quase cega Mekare para o corpo vigoroso de Rhoshamandes, um macho bem-apessoado com indubitáveis dotes, é apenas o primeiro passo para a Voz.

— Bom, é por isso que precisamos detê-la — declarou Marius.

— Ela não pode ser de algum jeito extraída de um corpo vampírico? — perguntou Benji. — Dr. Fareed, você não pode colocá-la em alguma espécie de máquina e alimentá-la constantemente com o Sangue, ainda que ela seja incapaz de ver, ouvir ou viajar através de sua própria rede invisível?

— Não é uma rede, Benji — explicou Fareed pacientemente. — É um corpo, um grande corpo invisível, porém palpável. — Ele suspirou. — E não, eu não consigo vislumbrar uma máquina que possa sustentá-la. Eu não saberia por onde começar. Nem mesmo se tal esquema funcionaria, e quando essa coisa for removida do Corpo Cerne nós começamos a morrer, todos nós, certo? Era isso o que acontecia antes, conforme você disse.

— Era isso o que acontecia antes — confirmou Seth.

— Mas o Corpo Cerne estava morrendo — disse Magnus — quando foi removido pela última vez. O que acontece se você removê-lo enquanto o Corpo Cerne ainda está vivo, com o coração e o cérebro conectados?

— Isso não faz sentido — retrucou Seth. — A coisa vive no cérebro, e quando você remove o cérebro, o Corpo Cerne começa a morrer.

— Não necessariamente... — discordou Fareed.

— É claro. — Marius soltou um suspiro. Ele deu de ombros e fez um gesto de desamparo. — Isso está além do meu alcance. Total e completamente além do meu alcance. Eu simplesmente não consigo... — Ele parou.

Eu me solidarizava com a posição dele. Eu não sabia quase nada acerca da mecânica do que todos nós havíamos testemunhado quando Akasha foi morta. Tudo o que eu sabia era que Mekare devorara o cérebro dela e que isso foi suficiente para que Amel se enraizasse dentro dela.

— A questão é que, por mais inteligentes que possamos ser — prosseguiu Seth —, não somos capazes de criar uma máquina capaz de sustentar Amel, e não somos nem um pouco capazes de imaginar um meio infinitamente seguro de sustentar tal máquina, mesmo que pudéssemos construir uma. Nós ainda assim estaríamos atrelados à Voz em um cenário como esse, é claro. E a Voz poderia muito bem ficar constantemente à espreita, por assim dizer, tentando encontrar um aliado para libertá-la.

— Ela poderia, sim — eu disse. — E quem poderia culpá-la? Vocês estão falando sobre essa ideia de uma máquina como se esse ser não tivesse sensações e não fosse capaz de sentir dores excruciantes. Bom, ele de fato sente tais coisas. Estou dizendo a vocês que deve haver uma solução para tudo isso que não envolva o irremediável aprisionamento de Amel. Seu aprisionamento em Mekare foi o que levou a isso! Sim, a mente defeituosa dela deu a ele um vácuo no qual pôde adquirir consciência. E confesso que o estimulei quando estimulei Akasha. Não tenho a menor dúvida quanto a isso! Mas Amel sente, Amel deseja e Amel ama.

– Eu não a chamaria de Amel – corrigiu Marius. – É excessivamente pessoal. Até o presente momento ele é a Voz.

– Eu a chamava de Voz quando não sabia quem era. – Eu me opus. – E os outros que a descreveram como a Voz não sabiam quem ela era.

– Nós ainda não sabemos de fato quem é a Voz – insistiu Marius.

– Então o que você está dizendo, Lestat? – perguntou Armand naquele tom sutil tão típico dele. – Você está dizendo que esse espírito, Amel, é bom? Lestat, tudo o que nós aprendemos sobre ele com as gêmeas é que ele era maligno.

– Nem tanto – discordei. – Não foi exatamente isso o que as gêmeas nos disseram. Além do mais, por que seria inerentemente bom ou mau? E o que as gêmeas descreveram era um espírito brincalhão, orgulhoso, que amava Mekare, que tentava punir Akasha por ter feito mal a ela, e, de uma forma ou de outra, esse espírito entrou no corpo de Akasha e uniu-se a ela, uniu-se àquela que odiava. E agora, seis mil anos depois, ele se encontra restaurado ao corpo de uma pessoa que ele amava, e esta pessoa está morta, morta para tudo.

– Ah, essa é uma bela história – sussurrou Pandora.

– Mas isso tampouco faz dele um ser malévolo – insisti. – Quando Maharet nos contou essas histórias antigas deixou bem claro: bons espíritos eram aqueles que acatavam as ordens das bruxas; os maus criavam problemas. Essa é uma definição bem primitiva e quase inútil do bem e do mal.

Percebi subitamente que Benji gesticulava para Armand, pedindo que permanecesse calado, e também para Louis. E vi que Marius estava fazendo um gesto similar com as mãos dispostas sobre a mesa, como se dissesse: "Fique quieto." E tão logo me dei conta do gesto, Armand o captou igualmente.

Pensei por um momento, pressionando os dedos bem debaixo dos meus olhos. Então, declarei:

– Escutem, não estou falando em benefício da Voz. Não estou tentando ludibriá-la elogiando suas sensibilidades, seu crescimento ou sua capacidade de amar outros. Estou dizendo isso porque acredito nisso. A Voz pode nos dizer coisas que nenhuma outra entidade nesse mundo é capaz, e isso inclui, quem sabe, outros espíritos que estão entre nós. – Olhei de relance para Sevraine. Eu me referia a Gremt. – Entidades que não estão realmente confiando em nós! Ou nos ajudando. Tais espíritos podem ter tanta raiva de

Amel, podem ser tão contra ele, podem ser tão inveteradamente inimigos dele desde o tempo anterior ao próprio tempo que não podem ser confiáveis para nos dar alguma ajuda agora.

– Não sabemos disso – disse Sevraine. – Sabemos apenas que eles não ajudarão. Você está falando de espíritos poderosos que podem, no devido tempo, nos ajudar, mas que, por enquanto, estão esperando para ver quais são nossos objetivos.

– Não, eu não descartaria esses espíritos. – Pandora voltou à conversa de forma repentina. – Eles ainda podem nos ajudar.

– Exatamente – concordou Sevraine.

De imediato, todos estavam imersos em uma espécie de tumulto, porém era visível que muitos na mesa sabiam do que nós estávamos falando e muitos não. Benji não sabia. Tampouco Louis ou Armand, mas Marius tinha uma noção, assim como Pandora. E até o vistoso e garboso Everard sabia sobre o assunto.

– A Talamasca ainda não pode nos ajudar – informou Marius. – Mas eles estão conosco nisso.

– A Talamasca é composta por espíritos? – quis saber Benji. – Desde quando isso passou a ser do nosso conhecimento?

Rapidamente, Marius disse para ele ficar quieto, que tudo aquilo seria explorado.

E então levantei as mãos pedindo silêncio. Eu esperava ser solenemente ignorado, mas ocorreu exatamente o oposto.

– Meu ponto é simplesmente que esse Amel é um espírito de imenso conhecimento e de muitos segredos e, por acaso, ele é o *nosso* espírito! – Eu esperei. – Vocês não veem? Nós não podemos continuar falando dele como se fosse um vilão barato que invadiu nossa existência simplesmente para nos incomodar, assustar, perseguir e exigir coisas de nós. Ele é a fonte da nossa própria vida. – Eu me curvei para a frente e pousei as mãos na mesa. – Portanto, ele mata – eu disse. – Nós matamos. Dessa mesma forma, ele chacina implacavelmente. Quem aqui de minha idade ou mais velho não fez a mesma coisa? Essa entidade, esse ser, está na raiz do que nós somos. Independentemente de ter ou não um plano, além de tomar posse de Rhoshamandes, ele tem um destino! Nós todos temos! Foi isso o que essa crise me ensinou! Nós somos uma tribo com um destino e trata-se de um destino pelo qual vale a pena lutar. E Amel sente o que nós sentimos, que é um ser condenado a sofrer por motivos que ele não tem como saber, um ser que quer amar e aprender, que quer ver e sentir, e ele, como nós, possui um destino pelo qual vale a pena lutar.

Silêncio absoluto.

Quase não havia movimento, exceto o fato de os outros se entreolharem. Então, em voz baixa, Seth falou:

– Eu acho que o Príncipe Lestat fez uma observação excelente.

Marius assentiu.

– Então o que você está dizendo – disse Benji – é que a Voz é um membro da tribo.

Eu ri.

– Bom, ela é sim!

– E é maligna e nós somos malignos – sussurrou Armand.

– Não é isso! – retrucou Benji. – Nós não somos malignos. Vocês jamais entenderão isso. Jamais.

Uma mudança operou-se no semblante de Seth. Foi repentina. Ele se levantou, e o mesmo fizeram Sevraine e Gregory.

– O que é? – perguntei.

– Rhoshamandes. Ele está a caminho – informou Seth. – Ele está se aproximando daqui.

– Ele está sobre nós, diretamente em cima de nós – completou Gregory.

Marius levantou-se com eles.

Fiquei ali parado, com os braços cruzados, escutando. Olhei por sobre o ombro na direção de Rose, que estava em um sono inquieto sob as cobertas. Olhei para Louis, que me observava atentamente.

Mas qualquer um podia escutar, escutar os passos, e estava claro que o faziam, com exceção de Rose, que dormia.

Ele, aquele ser com a mente trancada como um cofre, estava descendo, com passos intencionalmente audíveis, uma escadaria em algum lugar, provavelmente de um portal sobre o telhado, e entrando no corredor além de adentrar o salão de baile.

Devagar, ele apareceu, um jovem arrebatadoramente bem-apessoado de rosto e de corpo, entretanto um bebedor de sangue de cinco mil anos quase que certamente. Tinha cabelos castanho-escuros e olhos azuis suaves e alertas, e estava vestido com uma vistosa jaqueta em estilo militar de veludo preto com adornos verde-floresta, bastante lisonjeira para sua significativa e bem-feita estatura, e ele caminhou bem na direção dos pés da mesa.

– Rhoshamandes – ele se apresentou. Havia um lampejo de hesitação em seu rosto. Em seguida, fez uma mesura para a assembleia. E, anuindo com a cabeça, fez suas saudações.

– Sevraine, minha caríssima. Gregory, Nebamun, meu velho amigo, e minhas queridas Allesandra, Eleni, Eugénie. Notker, meu adorado Notker. Everard, meu caríssimo Everard. E a todos vocês, minhas saudações. E a você, Príncipe Lestat, estou a seu dispor, por assim dizer, contanto que possamos chegar a um acordo. Seu filho encontra-se até o momento são e salvo.

Um vampiro que fazia parte do grupo de Notker se levantou, pegou uma cadeira que estava encostada na parede e trouxe-a para a mesa.

Aquela imponente e impressionante criatura, entretanto, contornou a mesa e dirigiu-se a Jesse, permanecendo parado atrás dela, sobre ela, e curvando-se para lhe falar com intimidade.

– Jamais foi minha intenção fazer mal a Maharet. E eu gostaria muito, do fundo do meu coração e da minha alma, ter encontrado uma maneira de evitar isso. Eu o fiz porque ela queria exterminar todos nós. Juro a você que é verdade. E eu matei Khayman porque pensei que, assim que ele tomasse ciência do que eu havia feito, tentaria me castigar.

Ela estava com os olhos fixos diante de si, embaçados e vermelhos, encarando o nada como se não ouvisse. Ela não se mexeu. David tampouco levantou os olhos para Rhoshamandes.

Rhoshamandes suspirou. E quando o fez, uma expressão bastante casual e desdenhosa surgiu em suas belas feições, uma expressão de muito desprezo. Ela apareceu apenas por um segundo, mas eu a captei e fiquei sobressaltado ao vê-la, sobressaltado por sua dureza em contraste com aquelas palavras elegantes e sensíveis.

Ele se virou e retornou ao pé da mesa, por assim dizer, e sentou-se na cadeira que havia sido providenciada para ele.

– Você sabe o que eu quero – ele se dirigiu a mim. – Você sabe o que Amel quer. Você sabe, Lestat, você sabe que seu filho está com Benedict. – Ele enfiou uma das mãos no bolso e estendeu um brilhante iPhone para que todos pudessem ver, em seguida colocou-o diante de si sobre a mesa. – Eu aperto o botão aqui e Benedict mata Viktor. – Ele fez uma pausa, os olhos varriam a sala de um lado ao outro, e então fixaram-se em mim. – Mas isso não precisa acontecer, precisa? E é claro que estou com Mekare em um lugar seguro, como vocês, sem dúvida alguma, devem ter imaginado.

Eu não disse nada. Com o poder de sua mente, ele poderia muito bem enviar uma rajada daquele telefone, imaginei. Mas será que sabia disso? Eu certamente não tinha certeza. Eu o odiava. A mera visão dele me era destestável.

– Por acaso eu preciso lembrá-lo que se alguma coisa acontecer comigo – prosseguiu ele –, a Voz incitará Benedict a matar imediatamente seu filho e que pode ser que vocês jamais descubram a localização de Mekare?

Os outros o encararam em um silêncio frio.

24

Lestat

Aquele que corta o nó

Tentei penetrar na mente da criatura, procurando encontrar a mais tênue imagem que pudesse talvez indicar com precisão onde Viktor e Mekare estavam. E eu sabia certamente que cada um dos bebedores de sangue à mesa fazia isso. Nada. E se a Voz estava dentro daquele ser naquele exato momento, olhando através dos olhos dele para mim e para todos nós, eu não tinha como saber.

– Posso explicar o que quero para vocês com muita simplicidade – prosseguiu Rhoshamandes. – A Voz deseja entrar em mim. Eu detesto a ideia de tentar isso por conta própria. Sinto que necessito do auxílio de outros aqui, muito especificamente de Fareed, esse médico vampiresco, eu necessito da ajuda dele.

Fareed permaneceu calado.

– Se nós entrarmos num acordo no sentido de que isso seja feito, levarei Fareed comigo agora e, quando a ação for realizada, quando Mekare estiver misericordiosamente libertada desta Terra e a Voz estiver dentro de mim, devolverei Fareed e Viktor incólumes. Eu então estarei de posse do Cerne Sagrado. E irei me tornar o líder, por assim dizer, desta tribo. – Ele sorriu com frieza enquanto olhava para Benji. – Asseguro a vocês que não sou despótico e nem obsessivamente interessado na conduta dos bebedores de sangue. A exemplo de muitos seres que ascendem ao poder, eu ascendo não porque desejo o poder, mas porque não pretendo ser governado por ninguém mais.

Ele estava prestes a continuar quando Seth fez um gesto pedindo a atenção dele.

— Você não tem nenhuma hesitação a respeito do fato de viver com essa Voz dentro de você noite após noite pelo resto de sua jornada imortal neste mundo?

Rhoshamandes não respondeu de imediato. Na verdade, seu rosto ficou inexpressivo e tornou-se um pouco rígido, um pouco sombrio. Ele mirou o pequeno e brilhante aparelho celular à sua frente e então olhou novamente para mim e em seguida para Seth.

— Estou agora comprometido a fazer o que a Voz deseja. A Voz deseja se libertar de Mekare. A Voz pode apenas temporariamente ter acesso a qualquer um de nós a qualquer momento determinado, e ela não enxerga nem escuta com clareza através de nós, quando está de posse de algum corpo. E em Mekare ela está presa a um instrumento tão estragado e embotado, tão destruído em função do isolamento e da privação, que não consegue escutar ou enxergar coisa alguma.

— Sim — concordou Fareed em voz baixa. — Todos nós sabemos disso. Estamos bem cientes do que a Voz está experimentando agora. Mas a pergunta de Seth era para você. Como vai sobreviver com a Voz dentro de você, noite após...

— Sim, bom, eu vou! — veio a resposta, enfática e impaciente. Rhoshamandes inflamou-se. — Vocês acham que tenho escolha? — Ele então recuou e fez um gesto pedindo silêncio. A Voz estava falando com ele, sem dúvida nenhuma.

Eu tentava esconder completamente meus pensamentos, o que significava deixá-los em um estado incipiente da melhor forma possível, mas estava claro que aquela criatura se encontrava em uma condição miserável, eu podia ver isso, miserável e repleta de conflitos, e seus olhos claros, fixos em mim novamente, não conseguiam expressar nada além de uma profunda frustração que beirava a dor.

— Isso deve ser levado a cabo — disse ele. — Fareed, eu devo pedir que me acompanhe.

— E o que acontece — perguntou Sevraine — quando a Voz se cansar de estar no seu corpo, Rhoshamandes, e decidir que quer ser transferida para outro?

— Bom, é muito provável que isso jamais venha a acontecer! — garantiu Rhoshamandes, furioso. — Porque a Voz tem coisas a aprender em meu corpo, um mundo que ela jamais viu antes. Essa coisa, essa... essa Voz... — Ele gaguejava, frustrado. — Essa Voz adquiriu consciência apenas recentemente.

— Sim, e ela quer um corpo hospedeiro melhor — disse Seth em um tom de voz frio e forte. — E ela escolheu você, um esplêndido espécime macho, mas você percebe que assim que recebê-la dentro de si ela pode muito bem deixá-lo total e completamente louco?

— Nós estamos perdendo tempo — retrucou Rhoshamandes. — Vocês não entendem?

— O quê? Que você não passa de um peão ou de um escravo dessa coisa? — Seth o encarava e eu não conseguia ver o rosto dele, exceto de perfil, mas seu tom de voz era tão devastador quanto antes.

Rhoshamandes recostou-se na cadeira e levantou as mãos. Ele olhou para o telefone novamente.

De súbito, Benji deslizou de seu lugar à minha direita e silenciosamente percorreu às pressas a extensão da mesa até postar-se à esquerda de Rhoshamandes e em seguida também voltou os olhos para o telefone.

— Toque nisso e o rapaz morre! — Rhoshamandes estava totalmente enraivecido. Os olhos flamejavam com fúria para Benji e a boca se contorcia, os lábios pressionados um contra o outro, e então ele liberou um pernicioso olhar zombeteiro: — Como eu disse, um sinal errante desse telefone e Benedict mata Viktor...

— E quando isso acontecer — disse Sevraine —, nós destruímos você, certo? Da maneira mais dolorosa porque você não terá mais nenhum poder de barganha. O que faz você pensar que pode obter o que deseja aqui?

— Estou avisando! — Ele levantou a mão direita. Direita, eu estava reparando. Ele tirou o telefone com a mão direita. Destro. — Isso vai acontecer como foi decretado pela Voz.

Marius limpou a garganta e curvou o corpo para a frente na cadeira, as mãos juntas sobre a mesa.

— A Voz é jovem para governar esta tribo. E acho que se você tiver o Cerne Sagrado dentro de si, irá expor a si mesmo ao sol, e mais pessoas de nossas gerações jovens perecerão, porque é isso o que a Voz deseja.

— E daí? — quis saber Rhoshamandes.

— E daí? — repetiu Marius. — Todos nós aqui temos novatos mais jovens a quem amamos! Você acha que quero ficar sentado com a perna para cima enquanto você destrói Armand ou Bianca? — Ele estava permitindo que sua própria raiva ascendesse. — Você acha que quero ver Benji e Sybelle mortos?

– Não importa o que você quer – retrucou Rhosh. – Vocês percebem que se não acatarem essa oferta dentro de alguns minutos, se eu deixar de entrar em contato com Benedict, ele matará o rapaz conforme o combinado, eu me afastarei de vocês e, não tenham nenhuma dúvida quanto a isso, eu me afastarei tão rapidamente daqui que vocês jamais me pegarão, e nós simplesmente teremos de repassar isso de novo, e de novo, e de novo, até que a Voz alcance seu objetivo?

– Isso me soa bastante cínico – comentou Marius.

– A mim também – era a primeira vez que Gregory falava.

– Vocês não percebem com o que estão lidando! – Rhoshamandes olhou com raiva para Gregory. – Nebamun. – Ele o chamou por seu antigo nome. – A Voz escuta cada palavra que nós estamos dizendo aqui. A Voz está aqui conosco. A Voz pode direcionar Benedict a matar o rapaz...

– Ah, mas será que Benedict fará isso pela Voz – perguntou Gregory – sem ouvir algo de você?

– Eu acho que não – opinou Allesandra. – Acho que seu delicado Benedict é uma má escolha de aliado nesta história.

– Não seja tão idiota! – Rhoshamandes estava desesperado. – Vocês não sabem onde está Mekare.

– Esse é um problema menor – disse Marius –, já que ela está em segurança onde quer que esteja, por enquanto, já que você não tem como tirar o Cerne Sagrado dela sem ajuda.

– Ah, sim, eu posso e eu o farei. – Ele se levantou. – Posso sair daqui, matar aquele rapaz mortal e operar a transferência da mesma maneira que ela foi operada antes. E posso muito bem compelir Viktor a me auxiliar nisso.

Comecei a rir. Não consegui evitar. Eu ri. Simplesmente caí na gargalhada e então, curvando-me para a frente, com a mão esquerda na cintura enquanto ria, lancei uma rajada do Dom da Mente no iPhone e trouxe-o para o meu lado na extremidade da mesa.

– Não ouse tocar nisso! – rosnou Rhoshamandes. Eu sabia que o volume da voz dele estava incomodando Rose, só podia estar incomodando-a, e podia ser ouvido lá fora na rua por qualquer um dos jovens que por acaso estivessem por ali.

Ri com mais ímpeto ainda. Simplesmente não conseguia evitar. Eu realmente não queria rir daquele jeito, mas não conseguia evitar.

Peguei o telefone, enfiei-o no bolso e, usando o assento da cadeira ao meu lado como um degrau, subi na mesa e, rindo descontroladamente, comecei a percorrer a extensão do tampo na direção dele.

– Ah, Voz – declarei em meio a rompantes de riso. – Você é uma criança tão precoce! Como foi que imaginou que esse plano pudesse funcionar?

A Voz entrou na minha cabeça, enfurecida.

– Eu vou destruir seu filho! – gritou ela. – Você não vai me impedir.

– Sim, sim – eu disse, rindo, dando um passo atrás do outro sobre os blocos dourados da mesa. – Eu sei. Ouvi as ameaças antes, não ouvi? Você não percebe que sou o único aqui que o ama de verdade?

Eu tinha alcançado o fim da mesa e, subitamente, sentei-me na extremidade perto de Rhoshamandes, que passou a olhar com ódio para mim.

Saquei meu machado do casaco, enquanto segurava o antebraço esquerdo de Rhoshamandes, e cravei o machado violentamente em seu punho esquerdo. Em um décimo de segundo, tudo estava feito. A lâmina em forma de crescente brilhou lindamente sob a luz.

A mão decepada voou pela mesa. Rhoshamandes berrou de terror. Os outros ao redor da mesa arfavam audivelmente e se mexiam nas cadeiras.

Rhoshamandes encarou a mão, com o sangue jorrando do punho, e tentou livrar-se de minha pegada.

Porém, exatamente como eu tinha esperado, ele não conseguiu fazê-lo. Ele não conseguia se mexer.

Marius, Seth, Sevraine e Gregory haviam se levantado e estavam olhando fixamente para ele, prendendo-o lá obviamente com o Dom da Mente como eu sabia que fariam.

O sangue continuava jorrando do braço esquerdo dele, espirrando em cima da mesa.

Ele tentou abafar outro berro, mas não conseguiu.

– Existe algum lugar – perguntei – onde talvez nós pudéssemos queimar essa mão? Enfim, posso incinerá-la aqui com facilidade, mas não quero queimar a mesa.

– Não! – berrou Rhoshamandes. Ele ficou enlouquecido tentando libertar-se de mim, contorcendo-se, lutando com a minha mão e com a força invisível que o detinha. Eu podia ver a carne sobrenatural sarando a abertura em seu punho.

– Chame agora aquele seu estúpido aprendiz de feiticeiro – eu disse – e diga a ele que liberte meu filho senão eu vou cortar você pedaço por pedaço. Vou queimar cada pedaço na sua frente. – Eu me curvei e olhei-o bem nos olhos. – Nem pense em tentar liberar aquele fogo fatal em mim. Ou eles o queimarão até que você fique carbonizado.

Ele estava paralisado de raiva e pânico. Triste para ele.

Estiquei o braço dele e movimentei o machado logo abaixo do ombro, decepando o braço e soltando-o do corpo.

Os gritos que irromperam dele sacudiram os lustres. Ele mirou o cotoco.

Joguei o braço pela mesa em direção ao centro do tampo. De imediato, vários dos outros afastaram-se dele arrastando as cadeiras no assoalho de madeira e recuaram de súbito.

Ele observou o braço, incapaz de interromper os gritos que irrompiam, até que colocou a mão direita na boca. Um longo e apavorante gemido escapou dele.

Outros haviam se levantado e estavam se afastando da mesa, uma reação que não me surpreendeu.

Ver alguém desmembrado é difícil até mesmo para vampiros com supremo distanciamento e autocontrole – mesmo quando sabem que os membros podem ser recolocados e voltar a funcionar normalmente. E, é claro, por falar em queimar membros, bem... Aquilo cuidaria de qualquer tentativa de recolocação futura, certo?

– Precisamos de um braseiro com carvão – pedi. – Ou será que deveríamos simplesmente incinerar esses fragmentos com o Dom do Fogo? – Olhei de relance para os outros e em seguida novamente para Rhoshamandes. – Eu mandaria a Voz para o inferno se fosse você e ligaria para Benedict agora e diria para ele libertar o meu filho.

Tirei o telefone do bolso.

– Benji, ponha esse trocinho no viva voz, por favor. – Joguei o aparelho com força sobre a mesa.

Benji fez o que eu pedi.

– Estou vendo que seu braço já está sarando, meu amigo – atestei. – De repente, eu deveria cortar as duas pernas ao mesmo tempo.

Contendo-se brutalmente, Rhoshamandes segurava os soluços. Eu via pura agonia em seus olhos quando ele se voltou para mim e em seguida encarou o braço e a mão decepados.

– Vou mandar Benedict matar o rapaz – ameaçou a Voz cheia de pânico e raiva como certamente também estava Rhoshamandes. – Vou mandá-lo fazer isso agora.

– Não, você não vai, Voz – retruquei suavemente. Baixei os olhos enquanto falava para deixar claro a todos ali presentes que eu estava falando com o próprio inimigo. – Porque se Benedict estivesse disposto a fazer isso, a coisa já estaria feita. Ele não fará algo assim até ter certeza de que seu criador está são e salvo. Eu apostaria que a lealdade a seu criador é muitíssimo mais forte do que a lealdade dele a você.

Eu me voltei para Rhoshamandes.

– Agora deixe-nos ouvir seu novato Benedict falar por esse telefone, com clareza e nitidez, senão vou cortar as suas pernas e dividir ao meio o seu tronco com esse machado.

Rhoshamandes levou a mão direita à boca como se estivesse prestes a vomitar. O rosto estava pálido e coberto com uma tênue camada de suor sanguíneo. Ele tremia violentamente, foi em direção ao telefone, levantou-o e, aparentemente, lutou para fazer com que os dedos trêmulos lhe obedecessem.

Ele jogou de volta o telefone na mesa ou o aparelho escorregou de sua mão tingida de vermelho.

Todos esperaram.

Uma voz veio do telefone, a voz de um bebedor de sangue.

– Rhosh? Rhosh, eu preciso de você. Rhosh, deu tudo errado!

A Voz me xingou em francês. Depois em inglês. Eu era uma abominação no entender dela. Por acaso eu estava ciente daquilo? Eu era um anátema e era todas as coisas ruins e dignas de danação.

– Benedict – eu disse serenamente –, se você não libertar o meu filho incólume, irei cortar seu criador pedaço a pedaço, está entendendo? Já decepei a mão direita dele e o braço. Em seguida, vou cortar o nariz, depois as orelhas. E vou queimar essas partes antes de cortar as pernas dele. Você quer que eu envie as fotos?

Benji estava de fato tirando fotos com seu próprio telefone. O número de onde Benedict ligava estava totalmente visível no aparelho de Rhoshamandes.

Benedict começou a choramingar.

– Mas eu não posso – disse ele. – Por favor, não o machuque. Eu não posso. O que estou querendo dizer é que... é que, o que eu quero dizer é que Viktor está livre. Ele está livre. Rhosh, deixe-me falar com Rhosh, Rhosh, eu preciso da sua ajuda, Rhosh, ajude-me. Ela está viva novamente. Ela acordou. Ela se soltou. Rhosh, ela vai me destruir. Viktor está livre. Viktor fugiu. Rhosh, deu tudo errado.

Rhosh recostou-se na cadeira e olhou para o teto de vidro escuro. Um longo calafrio percorreu seu corpo. O ferimento abaixo do ombro havia se fechado por conta própria e ele não sangrava mais.

– Ah, Benedict – disse ele com um longo grunhido.

– Conte-nos onde você está exatamente – pediu Benji. – Conte-nos agora. Você me força a rastrear esse seu telefone, e eu juro a você, Lestat vai arrancar a língua dessa criatura aqui.

Soltei uma gargalhada. Eu não conseguia evitar. A Voz entrara num ninho de suspiros, arquejos, sussurros malignos e rosnados.

– Você precisa voltar! – implorou Benedict. – Ela está atrás de mim. Está vindo pela praia.

– Alce voo – ordenou Rhoshamandes em uma voz baixa e rosnante. – Ela não sabe que você possui essa dádiva.

– Mas eu fiz isso – gaguejou Benedict. – Estou aqui em cima desse penhasco, mas Rhosh, se eu sair daqui e se ela sumir, se eu a perder de vista, se nós a perdermos, Rhosh, me ajude. Se ela cair em algum lugar onde o sol estiver batendo, se os raios do sol a atingirem, se nós a perdermos...

– Você vai morrer – eu disse. – Onde você está? Diga-nos agora!

– Montauk, costa do Atlântico, a pontinha de Long Island. Old Montauk Road. Pelo amor de Deus, venha.

De imediato, Fareed e Seth dirigiram-se à porta.

– Eu quero ir com vocês! – gritei.

– Não, fique aqui, por favor, e mantenha-o aqui! – Seth balançou a cabeça para Sevraine e Gregory. – Nós os traremos de volta, tenha confiança. – Ele olhou para o telefone. – Benedict, se você machucar esse rapaz, nós o mataremos assim que o encontrarmos. E seu criador vai morrer aqui. Você nunca mais vai vê-lo.

– Eu não vou machucá-lo – garantiu Benedict. – Ele está bem. Jamais tive intenção de machucá-lo. Ele está são e salvo. Está seguindo para o interior da ilha, na direção da estrada. Não encostei um dedo sequer nele.

– Quero ir com vocês. – Jesse se levantou da cadeira. David a acompanhou. – Se existe alguém que pode acalmar Mekare, esse alguém sou eu. Do contrário, pode ser que vocês não tenham condições de colocá-la em um local seguro. Deixe-me ir.

– Deixe-nos ir, eu e ela – apoiou David.

– É claro, vocês podem ir – autorizei. – Os dois, vão logo.

Seth assentiu com a cabeça, e todos eles saíram juntos.

A Voz estava me insultando em alguma língua antiga, prometendo me destruir, prometendo a mim o mais terrível acerto de contas, e eu estava lá sentado na ponta da mesa, um joelho para cima, a outra perna pendurada na beirada, o machado ainda na mão direita, contemplando a possibilidade de continuar ou não cortando aquela criatura – bom, só um pouquinho, de modo que Benedict pudesse ouvi-lo gritar. Contudo, não conseguia me decidir.

Tampouco conseguia parar de pensar. Aquele era o monstro que assassinara Maharet, a grande Maharet que jamais lhe fizera o mínimo mal. Aquele era o monstro que a atacara com a mesma brutalidade com a qual eu o golpeava naquele momento.

Ouvi Sybelle chorando. Ouvi uma voz feminina, acho que a voz de Bianca, tentando acalmá-la. Porém ela não conseguia parar de chorar.

A combatividade sumira por inteiro de Rhoshamandes. Sevraine o olhava fixamente, assim como Gregory. Era claro que ambos o detinham por intermédio de seus poderes. Eu, entretanto, imaginava se aquela ação ainda era necessária naquele momento.

Ele estava derrotado, olhando entorpecido para a mesa diante de si, mas parara de tremer e de transpirar, e então aquela explosão novamente tomou conta dele, aquele mesmo olhar de arrogante indiferença, quase um dar de ombros facial, e ele pareceu desabar mentalmente dentro de si mesmo.

– Isso não é o fim – rosnou a Voz para mim. – Isso é apenas o começo. Vou enlouquecer todos vocês antes disso terminar. Vocês vão implorar para que eu os deixe em paz, vão implorar de joelhos. Vocês acham que isso terminou? Jamais.

Eu a desliguei. Em um piscar de olhos. Eu a desliguei. Porém isso não durou. Ela retornou de forma explosiva em uma fração de segundo. Era como eles haviam dito. Ela estava mais forte.

– Vou tornar a existência de vocês um horror de agora em diante e para sempre, até alcançar o meu propósito. E em seguida vou fazer com todos vocês tudo o que estão fazendo com ele e comigo.

Allesandra veio lentamente em nossa direção e contornou a mesa para postar-se atrás de Rhoshamandes. Ela permaneceu atrás da cadeira e colocou as mãos muito levemente nos ombros dele.

— Não o machuque mais, por favor — ela apelou a mim. — Você desatou o nó górdio, Lestat. Esplêndido. Tudo isso é esplêndido. Mas ele foi vítima de um truque da Voz. A Voz o ludibriou, como também fez comigo.

— Você acha que pode me desligar! — retrucou a Voz. — Você acha que isso é assim tão fácil? Acha que é fácil agora que estou mais forte? Você acha que consegue fazer isso agora que recuperei tanto da minha força?

— Voz. — Suspirei. — Quem sabe nós dois tenhamos muito a aprender.

Ela começou a choramingar. Estava tão alto e nítido em minha cabeça como se estivesse naquela sala. Mais uma vez, tentei desligá-la. Mais uma vez não consegui.

Abri o casaco, limpei o sangue do machado com o forro, um lindo forro de seda marrom, e então pendurei o cabo novamente sob o braço.

— Devolva o meu braço e minha mão, por favor — pediu Rhoshamandes.

— Eu o farei quando meu filho for devolvido.

Para meu espanto, um som de choro veio do telefone.

A Voz estava quieta, mas eu podia ouvir um sibilo baixo que me dizia que ela ainda estava lá.

— Rhosh, você está aí? — perguntou Benedict em um tom de voz rouco e dolorido.

— Estou, Benedict, estou. Você a está vigiando?

— Ela está andando na areia. Ela me vê. Ela sabe onde estou. Ela está vindo lentamente na minha direção. Rhosh, isso é horrível. Rhosh, fale comigo.

— Estou escutando, Benedict — respondeu Rhosh, exaurido.

— Ela sabe que fui eu quem deu o golpe fatal — continuou Benedict, chorando. — Rhosh, foi tudo culpa minha. Eu não parava de pensar nisso. Eu não conseguia parar de pensar nisso, porque recebi esse lampejo dela quando a estava amarrando. Esse lampejo indicando que ela estava com a irmã dela, e a irmã dela, Maharet, estava viva e sentada lá ao lado dela e olhando fixamente para mim, e era isso o que eu via a partir da mente dela. E depois que você saiu, Rhosh, houve mais um desses lampejos vindo dela, das duas juntas, e eu soube que ela estava desperta lá embaixo, e eu não sabia o que fazer, e aí Viktor, aí Viktor pôs fogo na casa.

Nós estávamos lá sentados ouvindo tudo aquilo, sem dizer uma única palavra. Até a Voz estava ouvindo, eu tinha certeza disso. Naquele canto dos fundos, minha adorada Rose estava sentada com as costas contra a parede, os joelhos levantados, os dedos abertos diante dos olhos.

— Ele acendeu uma fogueira lá, Rhosh. Havia todas aquelas velas aromáticas por lá, fósforos, eu nem pensei nisso, em momento algum pensei nisso. Ele pôs fogo em uma trouxa de toalhas dentro do box. Colocou uma toalha pegando fogo debaixo da porta, daquela porta de madeira...

— Eu entendo, Benedict. — Rhosh suspirou longamente. Os olhos cansados estavam grudados no braço e na mão decepados.

— Eu subi para apagar o fogo e para tentar fazer com que ele parasse aquilo, para ver se ele se acalmava. Eu disse para ele que ninguém ia realmente machucá-lo! E então ouvi sons vindos do porão. Ela estava vindo. Percebi na hora. Ela estava vindo atrás de mim. Eu estava conversando com Viktor, e ela estava lá, Rhosh, na porta. Fiquei aterrorizado. Aterrorizado e sem conseguir tirar a imagem da cabeça de quando eu baixara aquela lâmina para matar Maharet. Ela sabia. Ela viu a coisa. Ela sabia. E pensei, ela vai me destruir agora, vai me esmagar com aquelas mãos brancas. Mas ela apenas passou por mim e foi na direção de Viktor. Ela foi até Viktor e, Rhosh, começou a acariciar o rosto dele e a beijá-lo. E eu fugi de lá.

Ele irrompeu em soluços.

Rhosh ergueu as sobrancelhas na mais amarga expressão irônica, e talvez isso seja bem mais indicativo de seu verdadeiro coração do que a arrogante expressão indiferente que continuava competindo com a outra enquanto olhava para os membros decepados.

— Eu preciso ir agora — declarou Benedict, arrasado. — Eles estão lá embaixo na praia com ela. Eles estão com Viktor. Mas para onde devo ir?

— Venha para cá — respondi — e recolha seu criador porque assim que meu filho estiver a salvo em meus braços eu devolverei a ele o que tirei. — Eu não prometi mais nada.

Eu me levantei, girei o corpo e encarei os outros. Imaginei quantos deles naquele momento queriam que eu fosse o líder da tribo. Bem, dera a eles um sabor medonho do que era capaz de fazer, atos que eram bem mais difíceis de colocar em prática para qualquer um com um pingo de humanidade em si do que mandar outros pelos ares com uma força invisível ou com um calor exterminante. Dera a eles um sabor realmente bom de que espécie de líder eu poderia ser.

Eu esperava certo desprezo em igual medida, era minha esperança, relutante solidariedade, mas não vi nada além de expressões simples, olhos fixos em mim tão aprazíveis e até mesmo generosos como sempre. Verdade que Sybelle estava chorando e Bianca tentava confortá-la, mas não sentia hostilidade de nenhuma das duas.

Flavius estava na verdade sorrindo para mim. E Zenobia e Avicus, totalmente calmos. Pandora parecia perdida em seus próprios pensamentos e Arjun apenas olhava para mim com óbvia admiração.

Gregory tinha um sutil sorriso no rosto. E a expressão de Armand era quase a mesma. Havia inclusive um tênue sorriso no rosto de Louis, e isso me deixou surpreso, embora houvesse outro elemento naquilo que não conseguia definir. Notker olhava para mim com uma expressão franca e afável, e Sevraine observava Rhoshamandes com frieza, sem demonstrar, aparentemente, a mais leve emoção, ao passo que Eleni olhava com franca admiração e Eugénie meramente observava, sem nenhum sinal de preocupação.

Armand levantou-se, seus olhos tão inocentes e submissos quanto sempre pareceram ser.

– Eles vão chegar no jardim dos fundos – disse ele. – Deixe-me mostrar o caminho.

– Eu acho que você devia destruir esse aí. – Benji franziu seriamente o cenho na direção de Rhoshamandes. – Ele não dá a mínima para nós. Ele só liga para o seu amado Benedict e para si mesmo.

Rhoshamandes não demonstrava nenhum sinal de que aquilo o deixasse surpreso ou mesmo que tivesse ouvido.

– Lestat – insistiu Benji. – Você agora é o nosso príncipe. Destrua-o.

– Ele foi ludibriado – explicou novamente Allesandra com suavidade.

– Eles mataram a grande Maharet – sussurrou Notker. Ele deu de ombros levemente, uma sobrancelha erguida, eloquente. – Eles a mataram. Não se aconselharam com ninguém. Eles deveriam ter ido até você, até os outros aqui, até nós.

– Exceto pelo fato de que a Voz os enfeitiçou – prosseguiu Allesandra –, e a Voz mente, a Voz é traiçoeira.

Eu podia ouvir a Voz rindo entre os dentes, murmurando e, em seguida, gritando, sobressaltando-me. Ela com toda a certeza gritava na minha cabeça, explodindo todo pensamento racional, mas rapidamente recuperei minha postura.

– Destrua-o – ordenou a Voz. – Ele estragou tudo.

Eu quase ri em voz alta, mas apertei os lábios em um amargo sorriso.

Rhoshamandes, entretanto, sabia o que a Voz acabara de me dizer. Rhoshamandes captara as palavras em minha mente.

Ele olhou para mim, mas nada mudou em seu rosto calmo, e então, lentamente, desviou o olhar.

– Eu dei a minha palavra – disse a Benji. – Quando Viktor chegar, eu devolverei a ele esses fragmentos. Não posso deixar de cumprir minha promessa.

Contornei a mesa e fui na direção de Rose.

Ela estava deitada, pálida e tremendo de encontro às almofadas de seda. Eu a peguei em meus braços e a carreguei para fora do salão de dança atrás de Armand.

25

Lestat

O jardim do amor

Era um vasto espaço, com paredes de tijolos, cercado por carvalhos com vívidas folhas verdes que se erguiam a uma altura de aproximadamente três andares. Havia canteiros de flores e trilhas que percorriam sinuosamente áreas floridas, e tudo isso artisticamente iluminado com lâmpadas elétricas escondidas nas raízes das árvores e nos arbustos, e por pequenas lanternas japonesas de pedra aqui e ali sobre faixas de grama com chamas tremeluzentes.

O rugido monótono e tranquilizante de Manhattan parecia abarcar o local com tanta certeza quanto o tênue contorno agigantado dos imensos prédios de ambos os lados e atrás dele. Três jardins, cada qual de um edifício, haviam sido unidos, obviamente, para produzir aquele pequeno paraíso, aquele local adoravelmente bem cuidado que parecia tão verdejante e vital quanto um pátio da velha Nova Orleans, a salvo do latejante mundo exterior, existindo apenas para aqueles que conheciam seu segredo ou possuíam as chaves de seus formidáveis portões.

Rose e eu nos sentamos juntos em um banquinho. Ela estava aturdida, silenciosa. Eu não disse nada. O que havia a ser dito? Era uma ninfa ao meu lado em seu vestido branco, e eu podia sentir seu coração batendo rapidamente, podia ouvir os angustiados pensamentos lutando para alcançar alguma coerência em sua mente febril.

Eu a segurava firme com meu braço direito.

Nós contemplávamos aquela pequena selva de espessas hortênsias cor-de-rosa e luminosos copos-de-leite, de margaridas-dos-campos que rastejavam sobre os troncos e de resplandecentes gardênias brancas que exalavam um aroma dos mais inebriantes. Bem acima, o céu brilhava com as luzes refletidas.

Eles apareceram como que do nada. Fareed, com aquele radiante rapaz mortal nos braços. Num momento eles estavam sozinhos, no outro, nós os vimos parados de encontro à parede dos fundos, diante da imponente passarela de árvores, e o rapaz – o jovem – veio em nossa direção na frente da hesitante figura sombria de Fareed.

Rose correu para ele. Ela correu na direção dele, e ele a abraçou de imediato.

Tivesse eu o conhecido em qualquer lugar deste mundo, teria ficado impressionado com sua semelhança comigo, os brilhantes cabelos dourados, do jeito que meus cabelos eram antes do Sangue das Trevas tê-los clareado e as repetidas queimaduras tê-los tornado ainda mais loiros de modo a possuírem agora um brilho quase branco. Eram assim no passado, fartos e naturais, exatamente daquele jeito, e o rosto que olhava para mim naquele momento era uma face que eu conhecia, que lembrava muitíssimo o rapaz que havia sido no passado.

Eu podia ver meus irmãos nele, meus irmãos há muito tempo esquecidos, que tinham morrido sem velório nas montanhas da Auvergne, corpos deixados para apodrecer por uma malta de camponeses naqueles dias horríveis de revolução, destruição e visões que competiam entre si por um mundo completamente novo. Uma torrente de sensações tomou-me de surpresa – cheiro de luz do sol nos montes de feno e a cama de palha no quarto iluminado pelo sol da estalagem, sabor de vinho, acre e ácido, e a visão sonhadora e inebriada a partir da janela da estalagem daquele arruinado *château* que se erguia das próprias rochas, ao que parecia, uma excrescência monstruosa ainda que natural na qual eu havia nascido.

Rose soltou-o carinhosamente enquanto ele caminhava na minha direção e eu o abracei.

Ele já estava ultrapassando minha estatura, e era mais corpulento e mais robusto do que eu havia sido, uma criança humana oriunda dos tempos modernos, e daquele coração vinha uma palpável generosidade de espírito, uma grande e respeitosa generosidade e uma disposição para saber, para amar, para ser sobrepujado. Ele era totalmente desprovido de medo.

Eu o beijei seguidamente. Não conseguia evitar. Aquela era uma pele humana tão fragrante e perfeita, aquela pele, e aqueles olhos que fitavam os meus não continham uma partícula sequer de maldade e nenhuma concepção de mim ou de nós como seres malévolos, e, por mais que eu não conseguisse entender aquilo, me reconfortei com a ideia quase ao ponto das lágrimas.

– Pai – sussurrou ele.

Assenti diante de uma inoperância vernacular de minha parte e, em seguida, murmurei:

– É o que parece, e é o que é. E o mundo jamais me deu um tesouro como esse. – Mas como aquelas palavras soavam fracas.

– Você não está zangado? – perguntou ele.

– Zangado! Como poderia estar? Como eu poderia estar zangado? – Eu o abracei novamente, segurei-o com o máximo de força que ousava.

Eu não conseguia conceber a vida dele, não era possível, e as imagens piscando diante de mim eram fragmentadas e não alcançavam em hipótese alguma uma história que pudesse seguir.

Subitamente, a Voz sobrepujou-me.

– Desfrute de seu momento. – Ela crepitava de raiva. – Desfrute dele porque você não terá muitos como esse. – E ela começou a cantar em voz muito alta um horrível hino em latim composto por apavorantes metáforas que eu já ouvira muitas e muitas vezes antes.

Eu não conseguia ouvir o que Viktor estava me dizendo. Não havia como deter a Voz. Tentei cortá-la, mas ela retumbava aquele hino de forma incessante. Rose estava parada atrás de Viktor, e ele virou-se e abraçou-a. Ela estava obviamente com medo.

Vi Mekare parada nas proximidades. E Rose também a via. Ela estava com Jesse e David e parecia atordoada, porém sob controle. Branca como calcita, emaranhados cabelos ruivos cintilavam sob as luzes do jardim. Seu manto estava amarrotado e rasgado. Os pés, nus.

David e Jesse conduziram-na até a escada dos fundos do apartamento, mas ela encarou Viktor ao vê-lo, e embora ainda seguisse seu trajeto, diminuiu a velocidade dos passos. Ela olhou para mim e então para ele. E parou.

E veio aquele lampejo dela, aquele lampejo que Benedict descrevera, Benedict que estava aqui no jardim agora com Seth. Aquele lampejo de Maharet e Mekare juntas, sentadas em algum lugar silencioso e tranquilo.

Eu vi o lugar. A Voz balbuciava. Era um lugar verde à luz do sol, as gêmeas tinham olhos claros e eram jovens. Por um segundo apenas ambas pareceram olhar para mim, filhas há muito mortas de uma outra primavera, e então a imagem sumiu.

– Você consegue ver tudo isso, Voz? – perguntei. – Você viu aquele lugar?

– Vejo, eu o vejo, sim, eu o vejo como você o vê, porque você o vê, sim. Eu o vejo, e eu o conhecia e eu era um espírito lá! E daí?

A Voz prosseguiu, rugindo seus insultos, muita linguagem antiga figurativa que tinha pouco ou mais nenhum significado real.

– Um túmulo! – rugiu ela. – Um túmulo.

E ela entrou na casa, no túmulo, e então o arrasado e choroso Benedict a seguiu, sem nem mesmo olhar na nossa direção. Que figura mais submissa e derrotada era aquele Benedict, belo como seu criador, com tristes olhos avermelhados, e caminhava com trejeitos modernos, de forma casual, sem aquele senso de presença refletido tão sem esforço dos mais velhos. Era possível pensar que era apenas um menino, apenas um estudante em algum lugar, nada além de um garoto.

Seth parou.

– O que você quer fazer com ele? – ele me perguntou. – Com os dois.

– Você está perguntando para mim? – eu disse com irritação. – De repente, devemos decidir isso em um conselho. – Eu mal podia ouvir minhas palavras por sobre a Voz. – Eu jurei apenas devolver a Rhoshamandes os membros decepados, mas e depois disso?

– Mate ambos – ordenou a Voz. – Eles fracassaram comigo. Mate-os cruelmente.

– Os outros aceitarão sua decisão, obviamente – continuou Seth. – Você agora é o nosso líder. Por que esperar pela reunião do conselho? Dê a ordem.

– Bom, ainda não fui de fato ungido líder, fui? E se fui, bom, vou convocar um conselho antes de eles serem sentenciados à morte. Deixe-os aqui com vida.

A Voz vituperou.

Viktor estava lá parado olhando para mim, enquanto eu falava com Seth, como se cada pequena expressão ou nuance em meu tom fosse de seu interesse, o absorvesse, o deixasse embevecido.

– Como você preferir – concordou Seth. – Mas duvido que alguém o questione se você os aniquilar.

Aniquilar. Que palavra!

– Essa é uma decisão infeliz, se for o caso – rebati. – E não vai acontecer dessa maneira.

Então aquela era a concepção que ele tinha de monarquia, não era? Tirania absoluta. Bom saber.

Se ele leu meus pensamentos, não deu nenhum sinal de tê-lo feito. Ele assentiu.

E saiu de lá atrás de Benedict.

26

Lestat

Reféns da sorte

Nós conversamos na biblioteca por horas. A princípio, pensei que a Voz tornaria o diálogo impossível com todas as suas intrigas e injúrias. Contudo, estava equivocado.

Era uma ótima biblioteca, uma de muitas no complexo residencial de três prédios, e em nada inovadora, apenas a mesma decoração europeia confiável e de boa qualidade que sempre acalentava meu coração. Paredes de livros até o teto de reboco, volumes com títulos fabulosos, incluindo grandes romances, peças de teatro e textos clássicos de história e de gênios modernos da prosa. O teto era uma obra de arte, com suas cornijas adornadas que percorriam o medalhão central, e o lustre, de tamanho modesto e com cristais de extrema qualidade, lançava uma luz agradável sobre tudo. Os murais italianos estavam ligeiramente desbotados como se anos de fuligem e fumaça houvessem se sobreposto a eles, mas, de certa forma, achei melhor assim do que o brilho extravagante que um novo trabalho pudesse, quem sabe, proporcionar.

Havia a costumeira escrivaninha francesa em um dos cantos, os computadores de tela plana e as inevitáveis e descomunais cadeiras de couro dispostas ao redor de uma antiga lareira de mármore cinza com duas figuras gregas arqueadas, robustas e completamente nuas, sustentando a prateleira. E o espelho, o inevitável espelho erguendo-se da prateleira sobre a viga, muito largo e alto, emoldurado em ouro com um conjunto de rosas entalhado bem no topo. Muito similar em tudo às salas e às lareiras que projetei para mim mesmo.

A lareira era a gás, mas mesmo assim não deixava de ser bonita. Eu jamais havia visto toras de porcelana feitas com tanto esmero artístico.

E lá conversamos, Viktor e eu, juntos por horas, e então Rose apareceu porque não conseguia se manter afastada, e ninguém pedira a ela que fizesse isso, mas ela quis nos dar aquele tempo juntos.

A princípio, tive de me esforçar para ouvi-lo apesar das momices da Voz. Em questão de minutos, porém, a Voz ficou entediada ou suas invectivas simplesmente se esgotaram, e ela começou a murmurar quase que sonolenta e passou a ser fácil ignorá-la. Ou então a Voz começou a ouvir, pois de fato permaneceu presente.

Viktor me contou tudo sobre sua vida, mas eu ainda não conseguia absorver aquilo, aquela criança criada por bebedores de sangue, ciente desde os estágios iniciais de que eu era seu pai, assistindo aos meus vídeos de rock que revelavam nossa história em imagens e canções. Viktor conhecia todas as músicas que eu havia composto. Quando tinha 10 anos, sua mãe entrara para o Sangue. Aquilo fora uma agonia para ele, vê-la transformada, mas tentara esconder isso dela, de Seth e de Fareed, mas não havia como esconder coisas de pais que podiam ler sua mente. E eles eram seus pais, os três, e então ele tinha um quarto pai. E disse que era abençoado. Que sempre soubera que seu destino era o Sangue, que a cada ano que passava ele se aproximava cada vez mais da companhia de sua mãe, de Seth e de Fareed.

Eu balançava a cabeça para tudo isso. Queria mais do que tudo escutá-lo. Ele tinha um jeito simples e direto, mas soava como um homem muito mais velho. Na verdade, tivera muito pouco tempo quando era criança para ficar na companhia de seres humanos, tendo sido educado diretamente por sua mãe e por Fareed. Em algum momento por volta dos 12 anos, ele começou a ter aulas de história e de arte com Seth, que tendia a falar todo tempo sobre esses assuntos, e frequentemente confessava o que ele próprio estava em busca de entender. Então vieram anos dolorosos em Oxford, na Inglaterra, onde ele fora aceito na condição de prodígio e tentara se misturar com outros mortais, tentara amá-los, compreender o que eles eram e aprender.

– Eu nunca tive medo de nenhum bebedor de sangue de maneira alguma – explicou ele – até Rhoshamandes aparecer, até ele irromper por aquela parede. Eu sabia que ele não ia me matar, não de imediato, isso era óbvio, e quanto a Benedict, Benedict era tão gentil quanto Seth ou Fareed.

A Voz permanecia em silêncio. Eu sentia profundamente que a Voz estava prestando atenção a todas as palavras de Viktor.

– Quando queimei as toalhas no boxe e debaixo da porta, atraí Benedict imediatamente. Foi o truque mais simples do mundo. Ele ficou em pânico. Ele não é o que alguém poderia chamar de inteligente. Entendi desde a primeira infância que imortais não são necessariamente brilhantes ou sagazes, ou profundamente talentosos. Eles se desenvolvem ao longo de séculos. Bom, ele é tolo. Não é nenhum ser incomparável como Fareed ou minha mãe. E isso também o torna perigoso, muito perigoso. Ele vive pelas ordens de Rhosh. Durante todo o tempo em que ele me manteve trancado dentro daquele banheiro, não parou de me garantir que eu ficaria confortável, que seria bem tratado, que Rhosh garantira isso. Que Rhosh não era cruel. Que Rhosh me libertaria logo, logo. Rhosh, Rhosh e Rhosh.

Ele balançou a cabeça e deu de ombros.

– Apagar as toalhas que pegavam fogo foi fácil. A casa não estava correndo o menor perigo. Na realidade, fui eu quem apagou as chamas com o chuveirinho. Ele só ficou lá parado apertando as mãos uma na outra. Ele começou a me pedir desculpas, me implorando que aguentasse aquilo tudo, dizendo que Rhoshamandes estava apenas me usando como alavanca, que tudo ia dar certo e que eu estaria com você antes do amanhecer.

– Bom, nisso ele estava certo. – Abri um pequeno sorriso. – E Mekare? O que aconteceu exatamente quando ela subiu a escada?

– Pensei que Benedict fosse morrer lá mesmo – prosseguiu Viktor. – Se imortais pudessem ter um enfarto e morrer do coração, bom, ele já estaria morto. A porta estava aberta e ela veio na nossa direção, e ela estava olhando diretamente para ele, movendo-se na direção dele com um tipo de passada indolente. Enfim, era, na verdade, horrível o modo como ela se movia. Mas então ela me viu, e seus olhos fixaram-se em mim. Ela passou por ele e entrou no banheiro. Ele teve de saltar para o lado para que ela pudesse passar. E ela foi na minha direção. Vou repetir, eu nunca tive medo de bebedores de sangue, jamais, e ela era só um pouco mais velha do que Seth. A brancura intensa da pele dela, esse era o aspecto mais impressionante dela. É claro que eu sabia tudo sobre ela, eu sabia quem ela era.

Ele estava imaginando aquilo mais uma vez, sacudindo a cabeça. Eu tentava anatomizar a expressão dele. Não era humildade o que exprimia, mas muito mais uma pureza de coração que encarava as coisas como elas surgiam, sem uma obsessão egoísta. Eu jamais tivera a metade do virtuosismo dele quando era jovem.

– Eu a cumprimentei respeitosamente – explicou ele. – Eu teria feito isso a qualquer momento. E então ela me tocou do modo mais delicado possível. As mãos dela eram gélidas. Mas era delicada. Ela me beijou. E foi aí que ele sumiu de vista. Ela não registrou isso de imediato. Acho que ela estava pensando que eu era você. Estava pensando que eu fosse você e não questionou como isso podia ser possível. Olhou para mim como se me conhecesse, mas, quando olhou para trás e viu que ele tinha sumido de lá, ela se virou e se afastou de mim. Eu esperei até ela partir. Esperei até ela descer todos os degraus e passar pela porta. E então fui atrás de um telefone. Eu ia ligar para Fareed ou Seth. Rhoshamandes levara meu telefone. Eu imaginava que ele estivesse em algum lugar. Só que não conseguia encontrá-lo. E a casa não tinha telefone fixo. Eu poderia ter usado o computador de Benedict, provavelmente, para alcançar Benji, mas não pensei nisso. Queria ir embora. Estava com medo de Benedict voltar a qualquer momento, ou de ela voltar. Eu não sabia o que fazer. Peguei a estrada. Eu ainda estava andando na direção dos portões da frente da propriedade quando Seth apareceu.

Assenti. Foi como eu havia imaginado. Benedict foi a pior escolha de cúmplice possível para tudo isso, como os outros haviam dito. Entretanto, nenhum daqueles dois, Rhoshamandes ou Benedict, era inerentemente perverso. E é um grande fato da história que os mais medíocres e bem-intencionados imbecis podem derrotar os poderosos com uma eficiência surpreendente quando existe uma disparidade de almas tão gigantesca.

Isso fez com que a possibilidade de eu lhes perdoar aumentasse? Não. Maharet foi vítima de uma morte vergonhosa, e eu estava com muita raiva por conta disso. E me sentia assim desde que vira as salas incendiadas na Amazônia e os restos mortais queimados. A grande Maharet. Eu tinha de reprimir aquela raiva por enquanto.

Houve um intervalo de silêncio e a Voz vituperou que era melhor eu desfrutar daquele pequeno e aconchegante momento de intimidade com meu filho porque ele poderia muito bem ser o último. Mas ela estava desanimada. Nada daquilo parecia ser convincente.

Viktor me fez então perguntas sobre o que estava acontecendo, e, quando começou a falar novamente, a Voz ficou quieta.

Eu estava bastante relutante em dizer a ele o que fiz, mas Rose havia testemunhado tudo, portanto contei:

– Todos nós somos humanos e sobrenaturais. Não importa o quanto vivamos. E poucos humanos podem suportar ver a mão ou o braço de alguém ser decepado. Essa era a melhor maneira de paralisá-lo, de fazer com que o poder mudasse de lado naquela sala com um ou dois golpes. E, francamente, desconfio que a maioria dos bebedores de sangue não são capazes de decepar membros dessa maneira, a não ser que eles estejam no calor da batalha, quando nós todos agimos como carniceiros lutando por nossas vidas. Eu sabia que isso o deixaria em xeque. Foi uma aposta, evidentemente, mas uma aposta que eu precisava fazer. Se Rhosh tivesse fugido...

– Eu entendo – disse Viktor.

Ele estava totalmente de acordo. Nunca fora intenção dele desempenhar papel algum no jogo da Voz.

A Voz escutava com toda a atenção. Eu sabia disso. Como sabia, não tinha certeza, mas podia sentir a intensidade do engajamento dela.

Viktor e eu conversamos durante um longo tempo depois disso. Ele me contou sobre os estudos em Oxford e mais tarde na Itália e como se apaixonara por Rose.

Eles formavam uma dupla e tanto no que dizia respeito a dádivas, Viktor e Rose. Rose florescera até se transformar em uma graciosa e arrebatadora jovem. Seus cabelos pretos e olhos azuis não eram o resumo disso. Ela possuía uma delicadeza em sua forma e feições que eu considerava irresistível, e o rosto era estampado com uma misteriosa expressão que a elevava de mera beldade a um domínio diferente e bastante sedutor. Mas Rose possuía uma vulnerabilidade que chocava Viktor. Ela havia sido ferida e derrotada de um jeito que Viktor mal conseguia entender. Aquilo havia aparentemente aguçado a atração que tinha por Rose, a desesperada necessidade que ele tinha de estar com ela, de protegê-la e de torná-la parte de si mesmo.

Chamava-me muito a atenção como era estranho o fato de ela ser a mortal neste mundo que Viktor, devido às suas origens, devesse amar. Eu tentara protegê-la de mim mesmo e de meus segredos. Mas isso nunca funcionara de fato. E eu deveria ter percebido de antemão que não funcionaria. Nos últimos dois anos, eu me mantivera afastado dela com as melhores das intenções, certo de que ela deveria encarar seus desafios sem mim, e o desastre quase a destruiu. No entanto, ela encontrava-se agora nos braços do meu filho. Eu sabia como aquilo acontecera, ponto a ponto, mas até aquele dia a história me deixava perplexo.

Eu sabia o que ele queria. E sabia o que ela queria. Aquele Romeu e aquela Julieta, tão luminosos e tão cheios de promessas humanas, estavam sonhando com a Morte, certos de que na Morte renasceriam.

Rose já estava aninhada ao lado de Viktor na grande cadeira de couro naquele momento, e ele a abraçava com óbvia afeição, e o rosto dela estava branco de exaustão. E parecia prestes a desmaiar. Eu sabia que ela precisava descansar.

Entretanto, eu tinha mais a dizer. E por que deveria retardar isso?

Eu me levantei e espreguicei, sentindo algo como uma silenciosa cutucada vinda da Voz, mas nenhuma daquelas tolices chatas, eu me dirigi à lareira, coloquei as mãos sobre ela e olhei para baixo na direção do dançante fogo a gás.

Estava quase amanhecendo.

Tentei pensar, pelo bem da decência, no que a vida poderia vir a ser para aqueles dois se nós lhes negássemos o Dom das Trevas. Eu não sabia se conseguiria viver com tamanha decisão, e estava certo de que eles não poderiam sobreviver mental ou espiritualmente a tamanha negação.

Contudo, eu me sentia compelido a ponderar. E ponderei. E sabia o que Rose estava sentindo agora, culpando a si mesma por todos os infortúnios, nenhum dos quais em hipótese alguma era responsabilidade dela. Eu sabia o quanto ela amava Viktor e o quanto ele a amava. Um laço como aquele fortaleceria ambos através dos séculos, e eu precisava pensar em nossa tribo, nossa espécie, para que não fosse algo não amaldiçoado, não, jamais amaldiçoado – uma tribo que não deve mais ser abandonada para afundar ou nadar em um mar de ódio entre seus membros e de depravação casual e de lutas sem objetivos. Eu precisava pensar em nós como aqueles dois nos viam – como se vivêssemos uma exaltada existência que eles queriam compartilhar.

Em suma, minha mudança de opinião em relação à minha própria natureza, e à natureza que eu compartilhava com todos os Mortos-Vivos, tinha de começar seriamente naquele exato momento.

Eu me virei para encará-los.

Rose estava então bastante desperta, e eles olhavam para mim não com desespero, mas com uma resignação tranquila e confiante.

— Muito bem, então – disse. – Se estão dispostos a aceitar o Sangue Negro, que assim seja. Não me oponho a isso. Não. Peço apenas que aquele que der a vocês o sangue seja habilidoso ao fazê-lo. E Marius seria a minha escolha para isso, se ele estiver disposto, já que sabe como fazê-lo, passando o sangue para a frente e para trás repetidamente, criando os efeitos mais próximos da perfeição.

Uma imensa mudança surgiu silenciosamente nos dois, à medida que davam a impressão de perceber a importância das minhas palavras. Eu podia ver que Viktor tinha uma infinidade de perguntas para me fazer, mas Rose exibia uma expressão quieta e digna em seu rosto que não havia visto nela desde que eu chegara. Aquela era a antiga Rose, a que sabia como ser feliz, não a trêmula e arrasada jovem que experimentara os eventos dos últimos meses com uma fé frágil e desesperada.

— Sugiro Marius também por outros motivos – expliquei. – Ele tem dois mil anos e é bem forte. É verdade que existem outros aqui que são infinitamente mais fortes, mas com o sangue deles virá um poder quase que monstruoso que é melhor compreendido quando acumulado com o passar do tempo. Acreditem em mim, sei disso porque bebi o Sangue da Mãe e tenho com isso muito mais poder em prol de mim mesmo. — E fiz uma pausa. — Deixem que seja Marius. E aqueles que são mais velhos podem compartilhar seu sangue com vocês, que compartilharão um pouco da força deles, e isso também será uma grande dádiva.

Viktor deu a impressão de ter ficado profundamente impressionado com essas ideias, e eu podia ver que ele me questionava com dificuldade.

— Mas, pai, toda a minha vida eu amei Fareed, e Fareed foi feito pelo filho de Akasha.

— Sim, Viktor – eu disse. – Isso é verdade, mas Fareed era um homem de 45 anos quando recebeu o sangue de Seth. Você é um rapaz e Rose uma moça. Aceite meu conselho nisso. Em todo caso, minha opinião aqui não é inabalável. Amanhã nós podemos tomar essa decisão, se vocês quiserem, e a coisa poderá ser feita a qualquer momento.

Viktor levantou-se e Rose ficou de pé ao lado dele, o corpo ereto e confiante.

— Obrigado, pai – agradeceu Viktor.

— Está quase amanhecendo. Quero vocês agora em segurança no porão.

— Mas por quê? Por que a gente precisa ir para o porão agora? – Viktor obviamente não gostava da ideia de ficar em um porão.

– Porque é mais seguro. Vocês não têm como saber o que a Voz fez.

– Isso é bem verdade. – A Voz soltou um riso dentro de mim, definitivamente um cacarejo.

– Ela pode muito bem ter incitado outros mortais contra nós – eu disse. – Quero que fiquem no porão até o pôr do sol. Este complexo possui uma excelente equipe de vigias mortais, e isso é bom, mas preciso tomar todas as precauções cabíveis. Por favor, façam o que estou dizendo. Vou ficar aqui nesta sala por enquanto. Isso já foi decidido. E logo eu verei vocês dois, isso é certo.

Fiquei abraçado aos dois por um longo momento antes que saíssem.

A porta tinha as costumeiras chaves de cobre com adereços e uma grande fechadura feita do mesmo material. Eu a tranquei.

Eu estava na mais completa expectativa de que a Voz fosse começar seus vitupérios. Contudo, havia apenas o silêncio e uma diminuta sonoridade, quase uma sonoridade reconfortante, das chamas a gás brincando com as toras de porcelana. Tinham um ritmo só delas, aquelas chamas a gás, uma dança própria. Quando apaguei as luzes, a sala ficou agradavelmente sombria e turva.

Eu estava me preparando para enfrentar a Voz.

Então a inevitável paralisia começou a tomar conta de mim. O sol erguia-se sobre Manhattan. Chutei os sapatos e me deitei no comprido *recamier* com um travesseirinho macio para a cabeça e fechei os olhos.

Um lampejo das gêmeas surgiu mais uma vez. Era exatamente como se eu estivesse lá com elas naquele lugar gramado, na cálida luz do sol. E podia ouvir os insetos que infestavam os campos nas proximidades, dominando a sombra debaixo das árvores próximas. E as gêmeas sorriam e conversavam comigo, e a sensação que eu tinha era que nós estávamos conversando havia uma eternidade, e então veio o som da Voz choramingando, e eu disse:

– Mas como você quer que eu o chame? Qual é seu verdadeiro nome?

E num tom lastimoso, ele disse:

– Como ela sempre me chamou. Ela sabia. Meu nome é Amel.

27

Lestat

Espelho, espelho meu

Depois do pôr do sol, entrei imediatamente no ar com Benji. A Voz sussurrara palavras odiosas em meu ouvido quando acordei, mas logo ela ficou completamente quieta.

Estávamos no estúdio do quarto andar com todos os microfones, mesas com telefones e computadores, e Antoine e Sybelle estavam conosco. Antoine atendia os telefonemas.

Eu estava bastante orgulhoso de meu belo Antoine, orgulhoso de suas composições, sua habilidade ao piano e ao violino, sua *expertise* com todo tipo de equipamento moderno, mas não havia tempo para nenhuma reunião de verdade com ele. Aquilo teria de esperar. O fato de que eu o manteria próximo depois de tudo aquilo era uma conclusão prévia. Ele era minha cria e eu assumiria total responsabilidade por ele.

Porém, naquele momento, meu foco era a transmissão. Benji lembrou-se que vampiros em todo o mundo estavam escutando, inclusive os novatos aglomerando-se na rua lá embaixo podiam ouvir a transmissão através dos celulares, e minhas observações seriam gravadas e reproduzidas ao longo de todo o dia seguinte. Quando Benji me deu o sinal, comecei a falar em voz baixa, muito abaixo da frequência que os ouvidos mortais poderiam ouvir.

Expliquei que Viktor, a desafortunada vítima de um sequestro operado por um bebedor de sangue, havia sido devolvido em segurança e que a ordem em nosso mundo estava sendo restaurada. Contei aos jovens vampiros do mundo quem era a Voz e expliquei diversas maneiras de se resguardar dela. Esclareci que a Voz era Amel, o espírito que nos animava a todos e que acabara de recobrar sua consciência. Expliquei que estava em comunicação direta com a Voz e que faria o máximo ao meu alcance para aquietá-la e desencorajá-la de tentar realizar quaisquer outras maldades. Assegurei a eles finalmente que sentia que as Queimadas haviam em grande parte encerrado – não tínhamos notícias de nenhuma Queimada havia duas noites, de acordo com Benji – e que a Voz estava então ocupada com outros afazeres. Em seguida, fiz uma promessa. Dentro de poucas noites, iria falar com eles em algum lugar onde pudéssemos nos reunir sem sermos vistos. Eu ainda não sabia onde seria isso. Contudo, eu lhes passaria uma localização assim que soubesse e daria a eles um tempo para que se reunissem.

Quando eu disse essas palavras e os ouvi rugindo sua aprovação na rua abaixo, um fantasma em forma de som subiu pelas paredes e penetrou no estúdio. Benji sorriu, triunfante, olhando para mim como se eu fosse um deus.

– Por enquanto, vocês precisam seguir minhas coordenadas – disse ao microfone. – Vocês já sabem o que vou explicar a vocês, mas precisam ouvir outra vez. Nada de brigas entre nós. Ninguém, mas ninguém mesmo, deve atacar outro bebedor de sangue. Isso está proibido! E vocês devem caçar os malfeitores, jamais os inocentes. Não pode haver exceções. E devem ter honra! Precisam ter honra. Se não sabem o que é honra, então procurem em seus dicionários on-line e memorizem a definição. Porque se nós não tivermos honra, estaremos perdidos.

Fiquei ali sentado em silêncio por um momento. Mais uma vez, eles rugiam e gritavam cheios de entusiasmo na rua abaixo. Eu examinava seus pensamentos. Sabia que as luzes piscavam à medida que os telefonemas vinham de todas as partes do mundo. Através dos fones de ouvido de Antoine, eu podia ouvi-lo saudando as pessoas que ligavam e pressionando o botão iluminado para deixá-los na espera.

A Voz não dissera uma palavra sequer. E eu queria dizer mais coisas a respeito da Voz e, portanto, o fiz.

Fui breve, mas disse o que tinha a dizer:

– Compreendam, Crianças da Noite, que a Voz pode ter conhecimentos a compartilhar conosco. A Voz pode ter dádivas a nos fornecer! Pode muito bem tornar-se ela própria uma dádiva preciosa para nós. A Voz é, afinal de contas, a fonte de tudo o que somos; e a Voz apenas começou a se expressar, a nos contar o que ela quer que saibamos. Não, nós não devemos permitir que a Voz nos faça de trouxas convencendo-nos a nos destruir mutuamente.

Nunca. Mas precisamos ter paciência com a Voz. Precisamos ter respeito, e eu estou falando sério aqui, precisamos ter *respeito* por quem e pelo que a Voz é.

Hesitei. Eu queria dizer mais.

— A Voz é um mistério, e esse mistério não deve ser tratado por nós com um desprezo apressado e tolo.

Dentro de mim houve uma convulsão silenciosa, como se Amel enfrentasse às minhas palavras e quisesse que eu soubesse que estava reagindo, mas ele não falou nada.

Continuei falando. E em muitas línguas. Falava suavemente para o microfone e para um grande silêncio. Falei da arte da Pequena Dose, de se alimentar sem tirar a vida, da elegância da compaixão, de se prover sem crueldade.

— Até os mortais seguem tais regras quando caçam animais selvagens. Por acaso nós não somos melhores do que eles? — Falei de territórios onde os malfeitores ainda se congregavam, lugares de violência e pobreza em que humanos eram levados à crueldade e ao assassinato. Falei de grandes comunidades desprovidas de tais vilões desesperados e que não podiam se tornar locais de caça dos Mortos-Vivos.

— Isso é o começo — continuei. — Nós sobreviveremos. Nós mesmos nos definiremos.

Uma profunda convicção de tudo aquilo havia se enraizado em mim. Ou melhor, eu a estava encontrando dentro de mim, porque talvez ela sempre houvesse estado lá.

— Nós não nos comportaremos como coisas a serem desprezadas simplesmente porque somos desprezados! Precisamos emergir dessa crise com uma nova vontade de prosperar. — Fiz uma pausa. Em seguida repeti a palavra "prosperar". E disse novamente porque não consegui me conter: — O Inferno não exercerá nenhum domínio sobre nós. O Inferno não exercerá nenhum domínio.

Houve mais uma vez aquele chiado de aplausos e vivas das ruas ao redor, como um grande suspiro expandindo-se para em seguida começar a evanescer.

Empurrei o microfone e, em um rompante silencioso de paixão, saí do estúdio enquanto Benji começava a atender as chamadas.

Quando desci para a sala de visitas no primeiro andar, vi que Rhoshamandes e Benedict estavam lá cercados por Sevraine, Gregory, Seth, Fareed e outros, e eles todos estavam envolvidos em rápidas conversas uns com os outros. Ninguém, nem mesmo o próprio Rhoshamandes ou Benedict, perguntou se podiam ser soltos.

Havia muito mais a ser feito, a ser decidido, tantas coisas mais que os bebedores de sangue em todo o mundo não podiam entender de todo. Mas, por enquanto, estava tudo bem sob aquele teto. Eu tinha essa sensação. Sentia isso.

Rhoshamandes, usando roupas novas, com o braço e a mão restaurados ao corpo, estava na verdade falando para Eleni, Eugénie e Allesandra sobre sua vida depois de ter deixado a França séculos atrás, e Gregory lhe fazia perguntas objetivas bem interessantes, e isso se dava, tudo isso, como se nós jamais houvéssemos estado em guerra na noite anterior e eu jamais tivesse agido como o monstro que era. E tudo aquilo acontecia certamente como se ele jamais houvesse assassinado a grande Maharet.

Quando me viu à porta, Rhoshamandes apenas balançou a cabeça para mim e, depois de um ou dois segundos respeitosos, voltou ao que estava dizendo, referindo-se àquele lugar que ele construíra, àquele castelo nos mares do norte. Ele me era indiferente. Porém em segredo eu detestava o simples fato de tê-lo diante de meus olhos. E não conseguia evitar imaginar como havia sido quando ele chacinou Maharet. Não conseguia perdoar-lhe por ter feito aquilo. Eu estava ofendido por toda aquela reunião civilizada. Estava profundamente ofendido. Mas o que isso importava? Eu tinha de pensar não apenas por mim mesmo, mas por todos os outros.

Chegaria um momento, talvez, em que acertaria as contas com ele, eu imaginava. E muito provavelmente ele nutria um ódio por mim em função do que eu havia feito que obrigatoriamente produziria um momento de acerto de contas para nós dois muito antes do que eu desejava.

Por outro lado, talvez o segredo da brutalidade dele fosse uma superficialidade, uma resiliência nascida de uma indiferença cósmica em relação ao que ele havia feito.

Havia outro bebedor de sangue encarando-o friamente de uma distância maior, Everard, o elegante novato de cabelos pretos de Rhoshamandes que agora mantinha residência na Itália, sentado silenciosamente em um dos cantos da sala. Seus olhos estavam fixos em Rhoshamandes com um frio desprezo, mas eu vislumbrava ali indícios de uma mente que fervilhava de raiva e não fazia nenhum esforço para esconder seu tormento. Fogos antigos, rituais, fantasmagóricos cantos em latim, tudo isso vagava pela consciência dele enquanto mirava Rhoshamandes, muito ciente de minha presença e ainda assim permitindo que eu vislumbrasse aqueles pensamentos.

Então aquele novato odiava seu criador, e por quê? Seria por conta de Maharet?

Lentamente, sem virar a cabeça, Everard levantou os olhos e sua mente ficou quieta, e captei dele a distinta resposta indicando que ele de fato odiava Rhoshamandes, porém por mais motivos do que tinha condições de revelar.

Como era possível que algum príncipe pudesse manter a ordem contra esses poderosos seres, pensei. De fato, a pura impossibilidade daquilo tudo me devastava por completo.

Eu me virei e deixei todos como estavam.

No andar de cima, Sybelle tocava sua música. Eles deviam estar no estúdio. Possivelmente, Benji interrompera a transmissão com aquela música. A melodia era reconfortante. Eu escutava com todo o meu ser e ouvia apenas vozes gentis em todas as diversas câmaras que compunham aquela grande e gloriosa casa.

Eu estava totalmente exausto, terrivelmente exausto. Queria ver Rose e Viktor, mas não antes de ter falado com Marius.

Encontrei-o em uma biblioteca bastante diferente daquela que eu passara a amar, um local mais empoeirado e amontoado no apartamento central do Portão da Trindade, uma sala cheia de mapas de globos terrestres e pilhas de periódicos e jornais, bem como de livros de cima a baixo nas paredes, onde ele estava em uma velha e desgastada mesa de carvalho com marcas de tinta, debruçado sobre um imenso livro a respeito da história da Índia e do sânscrito.

Vestia uma daquelas sobrecasacas pelas quais Seth e Fareed obviamente sentiam predileção, mas a escolha dele fora por um tecido em tons profundos de vermelho e púrpura, e onde ele havia conseguido aquilo eu não fazia a menor ideia, mas se tratava de Marius dos pés à cabeça. Os longos e fartos cabelos estavam soltos sobre os ombros. Nenhum disfarce ou sutis acomodações ao mundo moderno eram requeridos sob aquele teto.

– Sim, eles têm a ideia correta, certamente têm – me disse ele –, no que diz respeito a roupas. Por que motivo eu me incomodei no passado em trajar vestimentas bárbaras, jamais saberei.

Ele estava falando como um romano. Por vestimentas bárbaras ele queria dizer calças.

– Escute – comecei –, Viktor e Rose precisam receber o Sangue. Tenho esperança de que você possa fazer isso. Possuo minhas razões, mas qual é a sua opinião a respeito de ser você a realizar isso?

– Já conversei com eles. Sinto-me honrado e disposto a fazê-lo. Foi o que lhes disse.

Fiquei aliviado.

Eu me sentei em uma cadeira em frente a ele, uma grande cadeira estilo renascentista de madeira entalhada que Henrique VIII poderia muito bem ter gostado. Ela rangia, mas era confortável. Lentamente, vi que toda a sala havia sido decorada em um estilo muito semelhante ao Tudor. Aquela sala não possuía janelas, mas Armand imitara o efeito por elas causado inserindo pesados espelhos com molduras douradas em cada parede, e a lareira era definitivamente Tudor, com entalhes pretos e pesados suportes. O teto em caixotão era escorado por vigas escuras. Armand era um gênio para aquelas coisas.

– Então a questão é apenas quando. – Suspirei.

– Certamente você não quer transformá-los até que alguma decisão tenha sido tomada a respeito da Voz – atestou Marius. – Nós precisamos nos reunir novamente, todos nós, assim que você estiver disposto, não é verdade?

– Bom, você pensaria em termos do senado romano – concluí.

– Por que ele não está na minha cabeça ou na sua? – perguntou Marius. – Por que ele está tão quieto? Eu imaginaria que ele estivesse castigando Rhoshamandes e Benedict, mas não está.

– Ele está na minha cabeça agora, Marius. Posso senti-lo. Sempre soube quando estava ausente ou quando estava indo embora. Mas agora eu sei quando ele simplesmente está aqui. É mais como se fosse um dedo pressionado ao couro cabeludo, ou à bochecha ou ao lóbulo da orelha de alguém. Ele está aqui.

Marius pareceu exasperado e em seguida absolutamente furioso.

– Ele parou com toda aquela interferência incessante lá fora – continuei –, isso é o que importa. – Fiz um gesto em direção à frente da casa, na direção da rua onde os jovens estavam reunidos, na direção do mundo maior que ficava a leste, a oeste, ao sul e ao norte.

– Tenho a impressão que seria sem sentido para mim rabiscar uma mensagem aqui para você em um pedaço de papel – declarou Marius – porque ele pode lê-la através de seus olhos. Mas por que trazer aqueles dois antes de termos certeza de que essa coisa não destruirá a tribo inteira?

– Ele nunca quis fazer isso – eu disse. – E não há uma decisão definitiva enquanto ele existir. Mesmo no hospedeiro mais aquiescente ele ainda vai conspirar, depois viajar e fomentar intrigas. Vejo apenas um fim para isso.

– E qual seria?

– Que ele possa ter uma visão maior, algum desafio infinitamente maior com o qual ocupar a mente.

– Ele quer isso? – perguntou Marius. – Ou será que isso não é algo com que você sonhou, Lestat? Você é um romântico de coração. Ah, sei que você se considera durão e prático por natureza. Mas você é romântico. Sempre foi. O que ele quer talvez seja um cordeiro sacrificial, um bebedor de sangue perfeito, antigo e poderoso, de cujo cérebro em funcionamento ele possa assumir o controle incessantemente à medida que oblitera sua personalidade. Rhoshamandes era o protótipo dele. Só que Rhoshamandes não era pernicioso o bastante ou tolo o suficiente...

– Sim, isso realmente faz sentido – concordei. – Estou exausto. Quero voltar àquele pequeno refúgio que descobri no outro edifício.

– O que Armand chama de biblioteca francesa.

– Sim, exatamente esse. Ele não poderia ter projetado um espaço mais perfeito para mim. Preciso descansar. Pensar. Mas você pode fazer isso com Viktor e Rose quando bem quiser, e sou de opinião que o quanto antes melhor. Não espere, não espere por nenhuma resolução que pode jamais vir a acontecer. Faça isso, vá lá e faça, e você os tornará fortes, telepatas e desenvoltos, e você dará a eles as melhores instruções, portanto deixo isso por sua conta.

– E se eu fizer isso com uma pequena cerimônia? – perguntou ele.

– Por que não? – Eu me lembrei da descrição do processo de criação de Armand, de como ele levara o jovem Armand para uma sala pintada em seu palácio veneziano e lá, em meio a flamejantes murais coloridos, ele o criara, oferecendo o sangue como sacramento com as palavras mais apropriadas. Tão diferente da maneira como eu mesmo havia sido criado por aquele implacável Magnus, que se tornara um sábio fantasma, mas que naquele tempo era um bebedor de sangue pervertido e cruel, atormentando-me enquanto me trazia para o sangue.

Eu tinha de parar de pensar em tudo aquilo. Estava esgotado até os ossos, como dizem os mortais. Eu me levantei para partir. No entanto, parei.

– Se é para sermos uma tribo agora – eu disse –, se é para sermos uma verdadeira congregação, então podemos e devemos, quem sabe, ter as nossas próprias cerimônias, ritos, ornamentos, algum modo de cercar com um solene entusiasmo o nascimento de outros em nossas fileiras. Portanto, faça como preferir e estabeleça um precedente, talvez, que possa perdurar.

Ele sorriu.

– Permita-me uma inovação no começo – disse ele –, que eu encene os ritos com Pandora, que é quase da minha idade e bastante habilidosa em criar outros, obviamente. Compartilharemos a criação de cada um deles entre nós, de modo que os meus dons irão pra Rose e para Viktor, e os dons dela irão, da mesma maneira, para ambos. Porque, veja bem, eu não posso de fato criá-los sozinho com absoluta perfeição ao mesmo tempo.

– É claro, como você preferir – concordei. – Deixo isso em suas mãos.

– E então a coisa será feita com graça e solenidade para ambos ao mesmo tempo.

Eu assenti.

– E se eles emergirem desse processo telepaticamente surdos um para o outro e surdos para vocês dois?

– Então que assim seja. Há uma sabedoria nisso. Deixe-os ter o silêncio deles no qual aprenderão. Quando foi que a telepatia realmente nos proporcionou algo de verdadeiramente positivo?

Concordei com a cabeça.

Já estava na porta quando ele falou novamente:

– Lestat, tenha cuidado com essa Voz!

Eu me virei e olhei para ele.

– Não aja com aquele seu tradicional ego impulsivo, emprestando a essa coisa ouvidos solidários.

Ele se levantou e saiu da mesa, fazendo um apelo para mim com os braços estendidos.

– Lestat, ninguém é insensível com o que essa coisa suporta no corpo de alguém com a vista embaçada e os ouvidos sem funcionar, uma coisa que não pode se mover, que não pode escrever, que não pode pensar, que não pode falar. Nós sabemos.

– Você sabe?

– Dê tempo a Seth e a Fareed, enquanto a coisa está quieta, para que eles possam ponderar.

– Ponderar sobre o quê? A produção de uma máquina pavorosa?

– Não, mas possivelmente algum veículo pode ainda ser descoberto, algum novato trazido para o sangue com esse exato propósito, com os sentidos e as faculdades intactos, mas com pouco intelecto ou sanidade em jogo, e com fisicidade, na condição de novato, e que possa ser controlado.

– E esse novato seria mantido como prisioneiro, evidentemente.

– Seria inevitável. – Os braços dele penderam ao lado do corpo.

Dentro de mim a Voz emitiu um suspiro baixo e agonizante.

– Lestat, se ela está na sua cabeça, ela irá atacar sua mente. E você precisa nos comunicar, a todos nós, para que possamos ajudá-lo se essa coisa começar a afetar seu bom senso.

– Eu sei disso, Marius. Jamais conheci a mim mesmo, mas sei quando não estou sendo eu mesmo. Disso tenho certeza.

Ele exibiu um sorriso suave e desesperançado e balançou a cabeça.

Eu saí.

Voltei para a biblioteca francesa.

Alguém havia estado ali, um daqueles quietos e estranhos serviçais mortais de Armand que perambulavam pela casa como obedientes sonâmbulos, e tirara a poeira e disposto para mim uma coberta macia de seda verde sobre o *recamier* em um tom verde mais escuro.

As duas pequenas luminárias estavam acesas na escrivaninha.

Liguei o computador por tempo suficiente para confirmar em um volume nítido o que já sabia. Benji transmitia vigorosamente. Nenhuma Queimada em parte alguma do planeta. Nenhuma notícia da Voz em parte alguma. Nenhum telefonema de vítimas desesperadas.

Desliguei a máquina.

Eu sabia que *ele* estava comigo. Aquele toque sutil, aquele toque de dedos invisíveis na minha nuca.

Eu me sentei na maior das cadeiras de couro, aquela na qual Viktor e Rose haviam se aninhado na noite anterior, e levantei os olhos para o grande espelho sobre a viga da lareira. Ponderava as alucinações que a Voz uma vez criara para mim em espelhos – aqueles reflexos de mim mesmo que ela tão brincalhona injetava em meu cérebro.

Aquilo eram alucinações, certamente, e eu imaginava até onde ela poderia chegar com esse poder. Afinal de contas, telepatia pode fazer muito mais do que invadir uma mente com uma torrente de palavras lógicas.

Um quarto de hora se passou durante o qual avaliei todas essas coisas de um modo desprotegido. Eu olhava como em sonhos para o gigantesco espelho. Será que eu estava ansiando que ela se mostrasse como o meu duplo, como fizera antes? Será que ansiava para ver aquele rosto sagaz e demoníaco que não era o meu e que tinha de ser algo semelhante ao intelecto e à alma da Voz?

O espelho refletia apenas as estantes de livros atrás de mim, a madeira lustrosa, os volumes muito diferentes com espessuras e alturas variáveis.

Fiquei sonolento.

Alguma coisa apareceu no espelho. E pisquei, pensando que talvez estivesse equivocado, mas vi com clareza. Era uma diminuta nuvem avermelhada e amorfa.

A massa rodopiava, crescia e então se encolhia e se expandia novamente, indistinta na forma, inchando, evanescendo, ficando cada vez mais vermelha, adensando novamente.

Ela começou a ficar maior, dando a ilusão de que se aproximava de mim, viajando em ritmo constante na minha direção de algum ponto muito distante, profundamente inserido no mundo do espelho, onde seu tamanho diminuto era uma ilusão.

Vindo em ritmo constante na minha direção, ela se moveu e parecia então nadar, propelida pelos movimentos contorcionistas de uma miríade de tentáculos vermelhos, diáfanos e transparentes, movendo-se como se abrisse caminho pela água, como se fosse uma criatura marinha possuidora de inúmeros braços translúcidos.

Eu não conseguia tirar meus olhos da coisa. Parecia que o espelho era apenas um pedaço de vidro. Ela viajava na minha direção a partir de um vasto mundo escuro e enevoado no qual se sentia totalmente em casa.

De súbito, ela não se assemelhava a nada além de uma avermelhada cabeça de Medusa, mas com um rosto pequenino e escuro, com braços vermelhos e serpentinos que se contorciam além da conta. Eles não tinham a cabeça com serpentes, aqueles braços. E a imagem inteira retinha sua transparência tingida em um tom vermelho-rubi. O rosto – e aquilo se tratava de um rosto – ficava cada vez maior enquanto eu olhava para ele, perplexo.

A coisa ficou do tamanho de uma velha moeda de prata de meio dólar enquanto eu a observava, e os incontáveis tentáculos translúcidos pareciam alongar-se e tornar-se cada vez mais delicados, enquanto dançavam, alcançando a parte externa além da moldura do espelho de ambos os lados.

Eu me levantei.

Eu me movi na direção da lareira. Olhei diretamente para o interior do espelho.

O rosto ficava cada vez maior e eu podia por fim distinguir pequenos olhos cintilantes e o que parecia uma boca redonda de forma elástica e mutante, um buraco que tentava ser uma boca. A grande massa de tentáculos tingidos de carmesim preenchia o espelho até a própria moldura.

O rosto ficou maior, e pareceu que a boca, que era apenas uma cifra escura, esticou-se para produzir um sorriso. Os olhos pretos e cheios de vida piscaram.

O rosto se tornava maior, como se o ser estivesse de fato ainda se movendo na minha direção, rumo à barreira daquele vidro que nos dividia, e o rosto lentamente cresceu e atingiu quem sabe um tamanho semelhante ao meu.

Os olhos escuros expandiram-se, adquiriram os aparatos humanos de sobrancelhas e pálpebras; algo semelhante a um nariz apareceu, e a boca passou a ter lábios. O espelho inteiro agora estava preenchido pelo vermelho profundo e translúcido daquela imagem, um vermelho suave e elusivo, a cor do sangue inundando os tentáculos tubulares do rosto, lentamente escurecendo-o.

— Amel! — gritei. Arquejei em busca de ar.

Dos olhos escuros fixos em mim cresceram pupilas, e lábios sorriram como a abertura fizera antes. Uma expressão floresceu na superfície do rosto, uma expressão de impronunciável amor.

A dor juntou-se com esse amor, uma dor inegável. A expressão de dor e de amor fundiu-se tanto no rosto que eu mal conseguia suportar olhar para ele, subitamente ciente de uma imensa dor dentro de mim, dentro de meu coração, uma dor que florescia aparentemente impossível de ser interrompida, fora de controle, e que logo seria algo que eu não teria como suportar.

— Eu o amo! — eu disse. — Eu o amo! — E então, sem palavras, eu me aproximei da coisa. Eu me aproximei dela e lhe disse que a abraçaria, que a conheceria, que levaria seu amor, sua dor, para dentro de mim. *Eu levarei para dentro de mim o que você é.*

Ouvi o som de choro, só que não havia som. Escutei-o erguendo-se em todas as partes ao meu redor da maneira que o som de chuva caindo sobe à medida que atinge cada vez mais superfícies ao redor de alguém, batendo nas ruas, em telhados, folhas e galhos.

– Sei o que levou você a essas coisas! – eu disse em voz alta. Meus olhos estavam se enchendo de sangue.

– Eu jamais faria mal algum àquele rapaz – sussurrou a Voz dentro de mim, só que o som vinha daquele rosto, daquele trágico rosto, daqueles lábios, daquele ser que olhava bem dentro de meus olhos.

– Eu acredito em você.

– Jamais farei mal algum a você.

– Eu lhe darei tudo o que sei. Se ao menos você fizer o mesmo comigo! Se ao menos nós pudermos amar um ao outro! Sempre, completamente! Não farei você sofrer entrando em ninguém além de mim mesmo!

– Sim – concordou ele. – Você sempre foi o meu amado. Sempre. Dançarino, cantor, oráculo, alto sacerdote, príncipe.

Eu me aproximei para tocar o espelho, dando tapas no vidro. Os olhos eram imensos, e a boca longa e serena, com lábios curvos, expressivos.

– Em um corpo – disse a Voz. – Em um cérebro. Em uma alma. – Um suspiro veio dela. Um longo e agonizante suspiro. – Não tenha medo de mim. Não tenha medo do meu sofrimento, dos meus gritos, do meu poder frenético. Ajude-me. Ajude-me, eu lhe imploro. Você é meu redentor. Convoque-me a deixar o túmulo.

Eu me aproximei com cada fibra de meu ser, minhas mãos pressionadas no vidro, estremecendo de encontro a ele, toda a minha alma querendo passar para dentro do espelho, para dentro da imagem vermelha, cor de sangue, para dentro do rosto, para dentro da Voz.

E então a imagem sumiu.

Eu me encontrei no tapete, sentado ali, como se houvesse sido empurrado ou tivesse caído para trás, encarando o brilhante espelho vazio refletindo novamente o interior do recinto.

Houve uma batida à porta.

Em algum lugar, um relógio estava dando as badaladas. Muitas badaladas. Seria possível?

Eu me levantei e fui até a porta.

Era meia-noite. A última badalada acabara de ecoar através do corredor.

Gregory, Seth e Sevraine estavam lá. Fareed se encontrava com eles e David, Jesse e Marius. Outros estavam por perto.

O que os atraíra para aquela biblioteca justamente naquele momento? Eu me encontrava entontecido. O que poderia dizer a eles?

– Há muitas coisas sobre as quais precisamos conversar – começou Gregory. – Nós não estamos escutando a Voz. Nenhum de nós. O mundo está quieto, ou pelo menos é o que Benji está dizendo lá em cima. Mas isso certamente é apenas um *intermezzo*. Precisamos arquitetar um plano.

Fiquei lá parado em silêncio por um longo momento, as mãos unidas sob o queixo. Ergui a mão direita com um dos dedos levantado.

– Eu sou o líder de vocês? – Eu sentia dificuldade para falar, formar as mais simples palavras. – Vocês aceitarão a minha decisão em relação a como tratar a Voz?

Niguém respondeu por um momento. Eu não conseguia me livrar do langor que estava sentindo. Não conseguiria participar de nenhuma reunião. Queria que todos eles fossem embora imediatamente.

Então Gregory disse com suavidade:

– Mas que maneira possível pode haver de dispormos da Voz? A Voz está no corpo de Mekare. Mekare agora está quieta. A Voz está quieta. Mas a Voz começará a fazer suas cavilações novamente. A Voz começará a conspirar.

– Essa criatura, Mekare – disse Sevraine –, ela é uma coisa viva. Ela conhece, de algum modo brutal e simples, ela conhece suas próprias tragédias. Eu digo a vocês que ela conhece.

Ao que parece, Fareed comentou algo a respeito de ser sensato com a Voz, mas eu mal pude ouvi-lo.

Seth me perguntou se eu estava ouvindo a Voz.

– Você está estabelecendo uma comunhão com ela, não está? Mas você se fechou, se afastou completamente de nós. Você está lutando com a Voz sozinho.

– Então essa é a decisão que vocês querem de mim? – perguntei. – Que a Voz permaneça em Mekare?

– Que outra decisão pode haver por enquanto? – perguntou Sevraine. – E qualquer outra pessoa que venha a receber essa Voz dentro de si correrá o risco de ser levada à loucura por ela. E como alguém pode arrancar Amel de Mekare sem acabar com a vida dela? Nós não temos recursos além de sermos sensatos com ela enquanto estiver vivendo dentro de Mekare.

Eu me recompus. Precisava parecer alerta, mesmo que não estivesse, no controle das minhas faculdades, mesmo que não fosse esse o caso. Eu não era em hipótese alguma uma pessoa irracional. Simplesmente precisava retornar a um estado onde pudesse examinar essas coisas por conta própria, coisas que não tinha como compartilhar.

Gregory tentava ler meus pensamentos. Todos eles tentavam. Mas eu sabia muito bem como me proteger deles. E no pequeno santuário escuro de meu coração, vi aquele rosto vermelho-sangue, aquele rosto sofredor. Eu o vi, totalmente embevecido.

– Ponham de lado seus temores. – A minha língua estava espessa, e eu não soava como eu mesmo. Olhei diretamente para Gregory, depois para Seth, depois para cada um dos outros contanto que pudesse vê-los. Até mesmo Marius, que se aproximou para segurar minha mão. – Quero ficar sozinho agora. – Retirei a mão de Marius. As palavras latinas vieram a mim. – *Nolite timere* – eu disse. Fiz um gesto pedindo paciência enquanto começava a fechar a porta.

Lentamente, eles se retiraram.

Marius curvou-se para a frente para me beijar e me disse que todos estariam na casa até de manhã. Que ninguém iria embora. Que todos estavam ali, e que no momento em que estivéssemos preparados para dar prosseguimento à conversa com eles, todos viriam de imediato.

– Amanhã à noite – disse Marius –, na nona hora, Viktor e Rose serão trazidos para o Sangue por Pandora e por mim.

– Ah, sim. Isso é bom. – Sorri.

Por fim, a porta estava novamente fechada, e me voltei para o interior do recinto. Sentei-me novamente no *recamier*, perto do fogo.

Momentos se passaram. Talvez meia hora. Vez ou outra eu me atinha aos sons casuais da casa e da grande metrópole além, e então bania esses sons como se eu fosse um magneto no centro de uma consciência maior do que eu.

Tive a impressão de que o relógio do corredor soou a hora. Badaladas, badaladas e mais badaladas. E então, depois do mais longo dos tempos, o relógio deu mais uma badalada. A casa estava quieta. Apenas a voz de Benji seguia seu curso no estúdio do andar de cima, falando delicada e pacientemente com os jovens, com aqueles isolados em continentes distantes e em cidades mais além, ainda desesperados pelo conforto de suas palavras.

Fácil isolar-me de tudo isso. E o relógio dava novamente suas badaladas como se fosse um instrumento sendo tocado pela minha mão. Eu realmente gostava de relógios. Tinha de admitir isso.

Novamente surgiu-me aquela visão de luz do sol e campos verdes. O suave som musical de insetos zumbindo e o suave farfalhar de árvores. As gêmeas estavam sentadas juntas e Maharet disse alguma coisa para mim na suave língua antiga que achei muito divertida e muito reconfortante, mas as palavras sumiram com a mesma rapidez com que vieram, se é que alguma palavra havia sido dita antes.

Ouvi um lento e pesado passo no corredor além da porta, um passo pesado que fazia as velhas tábuas rangerem, e o som profundo de um poderoso coração batendo.

A porta se abriu lentamente e Mekare apareceu.

Ela havia sido muito bem restaurada desde a noite anterior e vestia um manto de lã preta com adornos em prata. Os longos cabelos estavam penteados, limpos e brilhantes. E alguém havia posto um fino colar de prata com diamantes no pescoço dela. As mangas do manto eram compridas e volumosas, e a veste tinha um caimento lindo nela, no corpo de menina que se transformara em uma figura pétrea.

Seu rosto estava ferozmente branco à luz do fogo.

Os olhos azul-claros, fixos em mim, embora a carne ao redor deles estivesse flácida como sempre. O fogo refulgia nos cílios e sobrancelhas dourados e nas mãos e no rosto brancos.

Ela veio na minha direção com aqueles passos lentos como se o esforço lhe custasse uma dor no corpo, uma dor que ela não reconhecia, mas que tornava lentos cada um de seus movimentos. Assumiu uma posição ao meu lado, o fogo logo à direita.

– Você quer se juntar a sua irmã, não quer? – perguntei.

Muito lentamente, seus lábios rosados, tão parecidos com o interior de uma concha, se abriram um sorriso. O rosto semelhante a uma máscara flamejava com uma sutil percepção.

Eu me levantei. Meu coração batia com força.

Ela ergueu ambas as mãos, as palmas voltadas para dentro, e gradualmente levou os dedos até os olhos.

Com a mão esquerda suspensa, ela levou a mão direita ao olho direito.

Arquejei, mas a coisa foi feita antes que pudesse detê-la, e o sangue escorria por uma das bochechas, o olho agora inexistente, arrancado e caído no chão, e apenas a vazia e ensanguentada cavidade ocular estava lá, e então seus dedos – os primeiros dois dedos – mais uma vez golpearam onde havia sangue e quebraram os tenros ossos, os tenros ossos occipitais, atrás da cavidade ocular. Ouvi o pequeno cone de ossos estalar e se despedaçar.

E entendi.

Ela se aproximou de mim, implorando, e de dentro dela veio um desesperado suspiro baixo.

Peguei a cabeça dela em minhas mãos e fechei meus lábios na cavidade ocular ensanguentada. Senti suas poderosas mãos acariciando minha cabeça. Suguei com toda a força, sorvendo o sangue com uma intensidade que jamais havia feito em minha vida, e senti o cérebro chegando em minha boca, fluindo com a mesma viscosidade e doçura que o sangue, fluindo dela e vindo para mim. Eu o senti enchendo-me a boca, um grande jorro de tecido de encontro a toda aquela carne tenra dentro de minha boca, e então enchendo-me a garganta ao passar para dentro de mim.

O mundo ficou escuro. Negro.

E então ele explodiu em luz. Tudo que eu conseguia ver era essa luz. Galáxias explodiam nesse clarão, grandes aglomerados de inúmeras estrelas pulsavam e se desintegravam à medida que a luz ficava cada vez mais brilhante. Ouvi meu próprio grito distante.

O corpo dela se tornou mole em meus braços, mas me recusava a soltá-la. Eu a segurava com firmeza, sorvendo o sangue, sorvendo o jorro de tecido, sorvendo sem parar e escutando a batida do coração dela inchar até um volume ensurdecedor e em seguida parar. E engoli até que não houvesse nada a não ser sangue em minha boca. Meu próprio coração explodiu.

Senti o corpo dela cair no chão, mas não vi nada. Novamente o negror. A escuridão. O desastre. E então a luz, a luz cegante.

Eu estava deitado no chão, braços e pernas esticados, e uma grande corrente causticante percorria meus membros, meus órgãos, as câmaras de meu coração. Ela impregnava cada célula da minha pele, por todo meu corpo, braços, pernas, rosto, cabeça. Como eletricidade, ela queimava através de cada circuito de meu ser. A luz piscava e brilhava. Meus braços e pernas se debatiam e não conseguia controlá-los, mas as sensações eram orgásmicas e haviam se tornado o meu corpo, todo tecido e osso pesado subitamente reunidos nessa coisa sem peso, ainda que gloriosa, que eu era.

Meu corpo tornara-se essa luz, essa luz latejante, pulsante e trêmula, essa luz ebuliente. E tive a sensação de que ela estava extravasando de mim através dos dedos de minhas mãos e meus pés, através do meu pênis, do meu crânio. Eu podia sentir que ela se criava e se regenerava dentro de mim, dentro de meu coração retumbante e extravasando de tal forma que eu me sentia imenso, imenso além da imaginação, expandindo-me em um vácuo de luz, uma luz cegante, uma luz bela, uma luz perfeita.

Gritei novamente. E ouvi, mas jamais tive a intenção de fazer aquilo. Ouvi.

Então a luz piscou como se para me cegar para sempre, e vi o teto acima de mim, o círculo do lustre, as cores prismáticas que escapavam do cristal. A sala desceu ao redor como se estivesse descendo dos céus e eu não estava, em hipótese alguma, no chão. Encontrava-me de pé.

Jamais em toda a minha existência eu me sentira tão poderoso. Nem ascendendo com o Dom da Nuvem eu conhecera tamanho destemor, tamanha leveza, tamanha força ilimitada e absolutamente sublime. Eu estava subindo até as estrelas, ainda que não houvesse saído da sala.

Olhei para Mekare. Estava morta. Caíra de joelhos e em seguida de lado, com a cavidade ocular destruída oculta, o perfil esquerdo perfeito no corpo deitado que olhava para a frente com um olho azul parcialmente aberto como se estivesse adormecida. Como se encontrava bela, como estava completa, como se assemelhava a uma flor caída ali na trilha de cascalho de um jardim, como parecia estar destinada àquele frágil momento.

O som do vento encheu meus ouvidos, vento e cantorias, como se eu houvesse adentrado no domínio de anjos, e então as vozes assaltaram-me, vozes de todas as partes, subindo e descendo em ondas, vozes incessantes, vozes em respingos, como se alguém estivesse espirrando grandes bocados de tinta liquefeita e dourada nas próprias paredes do meu universo inteiro.

– Você está comigo? – sussurrei.

– Estou com você – respondeu ele com clareza e distinção em meu cérebro.

– Você vê o que eu vejo?

– É magnífico.

– Ouve o que eu ouço?

– É magnífico.

– Eu vejo como nunca vi antes – eu disse.

– Como eu vejo.

Nós estávamos envoltos em uma nuvem de som juntos, um som imenso, interminável e sinfônico.

Olhei para as mãos. Elas latejavam assim como o resto do meu corpo, como todo o mundo brilhante. Jamais pareceram tamanho milagre de textura e perfeição.

– Essas são suas mãos? – eu quis saber.
– Elas são minhas – respondeu ele calmamente.
Eu me virei para o espelho.
– Esses são seus olhos? – perguntei, mirando meus próprios olhos.
– Eles são meus.
Soltei um suspiro baixo.
– Nós somos belos, você e eu – atestou ele.

Atrás de mim, no espelho, atrás de meu rosto ainda tomado de espanto, eu vi todos. Todos haviam vindo para a sala.

Eu me virei para encará-los. Cada um deles estava reunido ali, da direita para a esquerda. Encontravam-se perplexos. Eles olharam para mim, nenhum deles ousava falar, nenhum deles nem sequer olhava com surpresa ou horror para o corpo de Mekare no chão.

Eles haviam visto aquilo! Tinham visto aquilo em suas próprias mentes. Viram e sabiam. Eu não derramara o sangue precioso dela. Não cometera nenhuma violência contra ela. E aceitara o convite de Mekare. Todos eles sabiam o que tinha acontecido. Haviam sentido aquilo, inescapavelmente, da mesma maneira que eu percebera naquele dia muito tempo atrás quando Mekare tirara o Cerne de Akasha.

Jamais aquela ou qualquer reunião de pessoas me dera a sensação de ser tão distinta, cada indivíduo ali radiante com um poder sutil, cada qual estampado com uma assinatura de distinta e definidora energia, cada qual marcado com um dom singular.

Eu não conseguia parar de olhar para eles, maravilhando-me com os detalhes de seus rostos, com a delicadeza das expressões resplandecentes que brincavam em seus olhos e lábios.

– Bom, Príncipe Lestat – gritou Benji. – Está feito!
– Você é nosso príncipe – declarou Seth.
– Você agora está ungido – disse Sevraine.
– Você foi escolhido – concluiu Gregory – por mim e por ela, por ele que anima a todos nós, e por aquela que era a nossa Rainha dos Condenados.

Amel riu suavemente dentro de mim.
– Você é o meu amado – sussurrou ele.

E permaneci em silêncio, sentindo um lento e sutil movimento dentro de meu corpo, como se um pequeno emaranhado de gavinhas estivesse saindo propositadamente de meu cérebro e percorrendo a extensão da coluna vertebral e em seguida de meus membros. Eu podia ver aquilo enquanto sentia o processo seguindo seu rumo, podia ver sua sutil e dourada pulsação elétrica.

Das profundezas da minha alma, minha alma que era a triste e aguerrida soma de tudo o que eu jamais conhecera, senti minha voz ansiando para dizer: *E eu jamais estarei sozinho novamente.*

– Não, você jamais estará – concordou a Voz. – Você jamais estará sozinho novamente.

Olhei para os outros mais uma vez, todos reunidos ali e envoltos em tanta expectativa e admiração. Eu podia ver o mudo deslumbramento em Marius, a triste e silenciosa confiança em Louis e o espanto infantil de Armand. Vi suas dúvidas, desconfianças, questionamentos, tudo isso tão inquietamente oculto no momento destinado ao deslumbre. Eu sabia.

E como poderia explicar como alcançara aquele momento, eu que Nascera para a Escuridão a partir de uma violação e buscara redenção no corpo emprestado de um mortal, e seguira espíritos ainda desconhecidos até os domínios do inexplicável Céu e do horripilante Inferno, apenas para cair de volta na brutal Terra, alquebrado, devastado e derrotado? Como explicar por que aquilo, apenas aquilo, era a ousada e aterrorizante aliança que me daria a paixão para percorrer a estrada dos séculos, dos milênios, dos zilhões de anos compreendidos no inexplorado e inconcebido tempo?

– Eu não serei o Príncipe dos Condenados – disse. – Eu não dou poder algum a essa velha poesia! Não. Nunca. Nós agora reivindicamos a Estrada do Diabo como nossa estrada, e a renomearemos para nós mesmos, para nossa tribo e para nossa jornada. Nascemos novamente!

– Príncipe Lestat – repetiu Benji, seguido por Sybelle e então Antoine, Louis, Armand, Marius, Gregory, Seth, Fareed, Rhoshamandes, Everard, Benedict, Sevraine, Bianca, Notker, todos eles ecoaram aquilo, e as palavras não paravam de sair daqueles para quem, por enquanto, eu ainda não tinha nomes.

Viktor estava nas sombras com Rose, e ele também repetiu aquelas palavras, assim como Rose, e Benji as gritou mais uma vez, levantando as mãos e cerrando os punhos.

– Elas são belas – disse Amel. – Essas minhas crianças, essas partes de mim, essa minha tribo.

– Sim, amado, elas sempre o foram – garanti. – Isso sempre foi verdade.

– Tão belas – declarou ele novamente. – Como podemos não amá-las?

– Ah, mas nós as amamos – eu disse. – Nós certamente as amamos.

Parte IV

❧

A PRINCIPALIDADE DA ESCURIDÃO

28

Lestat

O discurso do príncipe

Minha primeira decisão de verdade como monarca foi expressar a vontade de ir para a minha casa na França. Este monarca governaria de seu ancestral Château de Lioncourt em um dos mais isolados planaltos montanhosos do Maciço Central, onde ele havia nascido. E também foi decidido que a luxuosa casa de Armand em Saint-Germaine-de-Prés seria de agora em diante o quartel-general da corte.

O Portão da Trindade seria a residência real em Nova York, e aconteceria a cerimônia para Rose e Viktor na noite seguinte no Portão da Trindade como havia sido planejado.

Uma hora depois da transformação – quando eu estava finalmente pronto para isso –, tiramos os restos mortais de Mekare da biblioteca e os enterramos no jardim dos fundos, em um ponto cercado por flores e aberto ao sol durante o dia. Nós todos nos reunimos para aquela ocasião, incluindo Rhoshamandes e Benedict.

O corpo de Mekare havia se transformado em algo semelhante a um plástico claro, embora eu deteste a crueza dessa palavra. O pouco de sangue que ela retivera formou uma poça sob o corpo deitado no chão e seus restos mortais já estavam em grande parte completamente translúcidos quando nós os carregamos para o túmulo. Mesmo seus cabelos perdiam a cor e se desfaziam em uma miríade de pontiagudos fragmentos prateados. Então Sevraine, minha mãe e as outras mulheres a dispuseram em um ataúde para o enterro, recolocando o olho que faltava na cavidade ocular. Em seguida, cobriram-na com um veludo preto.

Permanecemos em silêncio no local enquanto ela estava deitada para seu descanso no que era um túmulo raso porém completamente adequado. Pétalas de flores foram reunidas por alguns no jardim e salpicadas sobre o ataúde. Em seguida, outros juntaram mais flores. Virei o veludo uma última vez e me curvei para beijar a testa de Mekare. Rhoshamandes e Benedict não fizeram nada porque obviamente temiam a censura de todos caso tentassem esboçar qualquer gesto. E Everard de Landen, o novato franco-italiano de Rhoshamandes, foi o último a depositar diversas rosas sobre o cadáver.

Finalmente, começamos a encher o túmulo de terra, e logo toda a visão que ainda tínhamos da forma de Mekare desapareceu.

Ficou acordado que dois daqueles médicos vampirescos que trabalhavam para Seth e Fareed iriam para a instalação da Amazônia em algum momento do mês seguinte, exumariam o que quer que restasse de Khayman e Maharet e trariam aquelas relíquias para o Portão da Trindade para que repousassem com Mekare. E é claro que eu sabia muito bem que Fareed e Seth colheriam amostras daqueles restos. Possivelmente já haviam feito isso com Mekare, mas, pensando bem, talvez não, já que se tratava de uma ocasião tão solene.

David e Jesse também iriam para recuperar o que quer que houvesse sobrevivido da biblioteca e dos arquivos de Maharet, de suas recordações e pertences, e quaisquer documentos legais que valessem a pena serem preservados para sua família mortal ou a própria Jesse.

Eu estava achando tudo aquilo irreparavelmente sombrio, mas reparei que os outros, sem exceção, pareciam reconfortados por esses acertos. Aquilo me levou de volta à noite, muito tempo atrás, em que Akasha havia morrido nas mãos de Mekare. Percebi, envergonhado, que não fazia a menor ideia do que acontecera com o cadáver dela.

Não ligar, não questionar, não se importar – tudo isso fazia parte de minhas antigas maneiras, maneiras voltadas para a vergonha e a melancolia, uma existência na qual eu assumia completamente que éramos amaldiçoados e vítimas do Sangue com a mesma certeza que os mortais pensavam que eram eles próprios as vítimas culpadas do Pecado Original. Eu não nos via como sendo dignos de cerimônias. Não acreditava na pequena irmandade que Armand procurara resgatar daquelas pavorosas noites em que criara a velha Ilha da Noite para que nós nos reuníssemos na Flórida.

Bem, eu agora via o sentido de tudo aquilo. Via o imenso valor de tudo aquilo para os velhos e os novos.

Eu estava cansado antes da monstruosa mudança ter sido operada e, por mais exultante que estivesse – e a palavra faz pouca justiça para o que eu estava sentindo –, ainda me encontrava cansado e precisando ficar sozinho, sozinho com Amel.

Porém antes que me retirasse para a noite, para a biblioteca francesa, eu sentia que tínhamos de nos reunir no salão de baile do sótão mais uma vez, ao redor da longa mesa retangular e dourada que ainda estava no lugar que havia sido posicionada para nossa primeira assembleia.

Todos os habitantes imortais da residência me observavam, tentando entender como Amel estava me infectando e me afetando, e eu sabia disso, portanto não hesitava nem um pouco em passar mais tempo com eles agora.

Então nós retornamos à longa mesa dourada e às cadeiras. Postei-me na cabeceira como antes. Rose e Viktor mantiveram-se na parede com aqueles bebedores de sangue prestes a se retirarem e que haviam sido trazidos ao Portão da Trindade por Notker e Sevraine e que eu estava determinado a conhecer antes de deixar aquele lugar.

O que quer que tenha sido para Akasha ou Mekare a experiência de levar o Cerne, eu não tinha como saber. Entretanto, ter Amel dentro de mim multiplicava e expandia meus sentidos e minha energia além de qualquer possibilidade de mensuração. Eu ainda via cada um e todos eles quando olhava para a assembleia, de uma maneira nova e notavelmente vívida.

– Acho que esse salão de baile deve ser o lugar onde Rose e Viktor receberão o Dom das Trevas – comecei. – A mesa deveria ser encostada na parede. Acho que o lugar deveria ser coberto com todas as flores das lojas de Manhattan que puderem caber nele. Os agentes mortais locais de Armand podem certamente providenciar isso durante as horas do dia. – Ele concordou de imediato. – E sugiro que todos estejam presentes sob este mesmo teto, mas não neste recinto, deixando essa sala apenas para Rose, Viktor, Pandora e Marius, para a cerimônia de entrega do Dom.

Ninguém se opôs.

– Então, no momento em que a cerimônia estiver concluída, outros podem ser convidados a subir aqui, um a um, para lhes dar seu sangue antigo. Gregory, Sevraine, Seth. Talvez vocês concordem com isso. Marius e Pandora, vocês aprovarão. Rose e Viktor, vocês estarão dispostos. E eu também vou lhes dar uma porção do meu sangue.

Concordância geral.

– Marius e Pandora podem então levar os novatos lá para baixo, para o jardim – prossegui –, para a morte física e sua dor. Depois, eles poderão ser vestidos com novos trajes e adentrar na casa renascidos; aí, Marius e Pandora poderão levar nossos jovens lá para fora para que tenham sua primeira experiência de caçada.

Novamente, houve uma óbvia e entusiasmada concordância.

Rhoshamandes pediu permissão para falar.

Concordei.

Seu braço e sua mão estavam funcionando à perfeição desde que haviam sido recolocados sem absolutamente nenhum problema, como eu sabia que aconteceria, e ele estava muito bem-vestido com um paletó de lã cinza feito sob medida e um suéter da mesma cor e material, apenas um pouco mais leve.

Parecia estar calmo e era encantador, como se jamais houvesse decapitado ou sequestrado alguém, ou ainda ameaçado matar meu filho se não tivesse suas exigências cumpridas.

– Posso entender muito bem se ninguém quiser que eu faça algo mais do que ser um silencioso prisioneiro aqui – disse ele. – Mas darei meu sangue ao jovem casal se eles o aceitarem. E pode ser que isso represente um perdão a mim por parte do grupo.

Viktor e Rose esperaram pela minha reação. E eu, depois de olhar atentamente para Rhoshamandes e Benedict por um longo momento, notando a deslumbrante equanimidade do primeiro e a óbvia humilhação do último, concordei com a proposta se Marius e Pandora aprovassem e se Viktor e Rose dessem seu consentimento.

Entendam bem, eu mal conseguia acreditar que estava fazendo aquilo, mas o Príncipe estava no comando agora, e o Príncipe Moleque não existia mais.

A moção foi aceita, por assim dizer.

– Sinto muito do fundo do meu coração – desculpou-se Rhoshamandes com uma impressionante calma. – Eu, verdadeiramente, jamais em minha longa vida entre os Mortos-Vivos procurei conflito, nem mesmo quando outros pensavam que deveria. Sinto muito. Perdi minhas próprias crias para os Filhos de Satanás em vez de guerrear. Peço que a tribo me perdoe e que me aceite como um membro.

Benji olhava para mim com ferozes e estreitos olhos negros, Armand me observava de sua cadeira com as sobrancelhas ligeiramente arqueadas e Jesse apenas me contemplava com frieza, de braços cruzados. David não exibia nenhuma expressão discernível, mas eu sentia que sabia o que ele estava pensando, muito embora não pudesse ler seus pensamentos.

O que precisamente devemos fazer com esse aí se não o aceitarmos de volta à tribo? E que perigo representa ele para qualquer um se o aceitarmos?

Bem, de acordo com meu ponto de vista, ele não representava perigo. Se não fosse aceito, bem, nesse caso, talvez pudesse vir a se tornar um perigo, principalmente se outros entendessem que isso significava que ele havia sido "proscrito" como os antigos inimigos do ditador Sulla, que se tornavam então presas livres para serem assassinadas por seus irmãos romanos. Eu não era nenhum Sulla.

Ouvi silenciosamente a Voz de Amel, consciente de que queria muito saber o que ele tinha a dizer. Tudo havia mudado entre nós de maneira tão plena que ele não era mais nem mesmo o espectro em minha mente da velha Voz. Entretanto, se eu havia subestimado a complexidade de tudo aquilo, certamente queria algum indício naquele momento.

No silêncio, ouvi seu tênue sussurro.

– Eu o usei. Será que não podemos ser gratos por ele haver fracassado?

– Muito bem. – Eu me virei para Rhoshamandes. – Comunico que seu pedido de desculpas foi aceito. Você é um membro desta tribo. Não vejo nenhuma ameaça vinda de você a ninguém aqui. Quem discorda de mim nesse quesito? Fale agora ou permaneça calado para sempre.

Ninguém falou.

Mas havia lágrimas nos olhos da nobre Allesandra de cabelos cinzentos quando pronunciei essas palavras. Rhoshamandes fez uma mesura e se sentou. Não tenho certeza se mais alguém além de mim captou o agudo olhar pessoal de Everard para mim e o confidencial balançar negativo de cabeça.

Benedict parecia confuso, e então dirigi minhas observações a ele.

– Você está agora mais uma vez bem amparado. O que quer que tenha feito, e o motivo pelo qual o fez, tudo isso está agora encerrado.

Mas eu sabia que aquilo era um pequeno conforto para ele. Benedict viveria anos e anos com o horror do que havia feito.

Naquele momento já era quase quatro da manhã, e o nascer do sol ocorreria dali a pouco mais de duas horas.

Permaneci em silêncio na cabeceira da mesa. Podia perceber todos aqueles olhos tão fixos em mim, tão penetrantes como sempre, mas sentia com mais intensidade o escrutínio de Seth e Fareed, embora não soubesse ao certo o motivo.

– Temos muito o que fazer – eu disse –, todos nós, para estabelecer o que significa para nós e para todos esses bebedores de sangue lá fora e no mundo todo o fato de sermos agora uma tribo orgulhosa, um orgulhoso Povo da Escuridão, uma raça orgulhosa que procura prosperar nesta Terra. E, como recaiu sobre mim a tarefa de liderar, por convite e por uma singular seleção, quero liderar de minha casa na Auvergne. Vivo agora no castelo de meu pai nessa localidade, quase que totalmente reformado, um grande edifício de pedra que inclui tantas câmaras confortáveis quanto esta impressionante casa na qual estamos agora reunidos. E eu serei seu príncipe.

Fiz uma pausa para permitir que o ponto fosse absorvido e então prossegui:

– Príncipe Lestat eu serei. Esse é o termo que me tem sido dirigido seguidas vezes de uma forma ou de outra, ao que parece. E minha corte será no castelo, e eu convido todos vocês a ir até lá e ajudar a forjar a constituição e as regras pelas quais nós viveremos. Precisarei da ajuda de vocês para decidir inúmeras questões. E delegarei àqueles entre os que forem receptivos diversas tarefas para nos ajudar a dar um passo no sentido de uma nova e gloriosa existência que eu espero que todo bebedor de sangue do mundo venha a compartilhar.

Benji estava à beira das lágrimas.

– Ah, se ao menos isso estivesse sendo gravado! – declarou ele. Sybelle lhe pediu para ficar quieto, e Armand ria silenciosamente de Benji, mas também fazendo um gesto para que se contivesse.

– Você pode relatar as minhas palavras por completo sempre que desejar – garanti. – Tem a minha permissão expressa.

Com um sutil gesto, ele abriu seu pequeno paletó cortado de acordo com a última moda para revelar a pontinha de um iPhone visível no bolso interno.

– Marius. – Eu me virei para ele. – Peço que você escreva para nós todas as regras pelas quais você viveu e prosperou por séculos, já que jamais encontrei ninguém mais ético nesses assuntos do que você.

– Eu me esforçarei ao máximo – prometeu Marius.

— E Gregory – continuei. – Gregory, você que sobreviveu com tal sucesso estrondoso no mundo mortal, peço que ajude a estabelecer um código pelo qual bebedores de sangue poderão efetivamente interagir com mortais para preservar sua riqueza material, bem como seus segredos. Por favor, nos dê o benefício de tudo o que aprendeu. Tenho muito a compartilhar nesse quesito, e também Armand, mas você é o mestre do passado.

— Estou mais do que disposto a fazê-lo – concordou Gregory.

— Nós devemos auxiliar os novatos mais desnorteados lá fora a obter seja lá quais documentos sejam necessários para se deslocar de um lugar a outro no mundo físico. Devemos nos empenhar ao máximo para deter a criação de uma classe de vampiros vagabundos e saqueadores à beira do desespero.

Benji estava extremamente entusiasmado diante de todas aquelas medidas, porém ficou chocado quando me virei para ele e disse:

— E você, Benjamin, obviamente deve ser nosso Ministro das Comunicações de agora em diante; seja lá onde eu estiver neste mundo, me comunicarei com você aqui em seu quartel-general todas as noites. Precisamos conversar, você e eu, sobre o programa de rádio e o website, e sobre o que mais podemos fazer juntos através da internet para reunir as ovelhas desgarradas no Sangue.

— Sim! – declarou ele com óbvia alegria. Levantou o chapéu de feltro para me saudar, e foi a primeira vez que vi de fato seu adorável rostinho redondo e a cobertura de cabelos pretos e encaracolados.

— Notker, você trouxe seus músicos para cá, seus cantores, seus violinistas, e eles se juntaram a Sybelle e a Antoine, e nos deram o extraordinário prazer que somente músicos e artistas bebedores de sangue podem dar. Aceita ir comigo para minha corte na Auvergne e ajudar a criar minha orquestra e meu coro reais? Quero isso do fundo do coração.

— Ah, meu príncipe, estou a seu dispor. E o meu próprio humilde feudo está a apenas alguns minutos de distância do seu nos Alpes.

— Seth e Fareed – prossegui. – Vocês são nossos médicos, nossos cientistas, nossos ousados exploradores. O que posso fazer? O que podemos fazer para apoiar vocês no trabalho que estão empreendendo atualmente?

— Bom, eu acho que você sabe – respondeu Seth. – Há muitas coisas que nós podemos aprender com você e com... Amel. – O dito pelo não dito. Olhos flamejantes.

— Vocês sempre terão minha total cooperação – prometi. – E terão as suas salas em minha corte e o que mais necessitarem ou desejarem. Estarei aberto a vocês e oferecerei qualquer conhecimento ou experiência que eu possa ter.

Fareed sorria, obviamente feliz, e Seth estava satisfeito por enquanto, mas não sem graves desconfianças do que poderia haver mais à frente.

– Nós nunca mais, nenhum de nós aqui, nunca mais ficaremos isolados uns dos outros, exilados e inalcançáveis. – Fiz uma pausa, aproveitando esse tempo para encontrar os olhos de cada um dos presentes, sem exceção. – Nós todos precisamos fazer essa promessa. Precisamos manter nossas linhas de comunicação e precisamos tentar ver como podemos beneficiar uns dos outros como um povo unido. Pois isso é o que nós somos agora, nem tanto os Filhos de Satanás, mas o Povo do Jardim Selvagem, porque amadurecemos para nos tornarmos isso.

E parei. Povo do Jardim Selvagem. Eu não sabia se esse era o termo correto ou definitivo para nós. Precisava pensar a respeito da questão de um termo definitivo, consultar, escutar a inevitável poesia que surgiria da tribo inteira para criar um termo. Por enquanto, eu fizera o máximo ao meu alcance. Havia muito mais a ser feito. Mas eu estava cansado, um farrapo.

Fiz um gesto indicando que necessitava de um momento para reorganizar os pensamentos. E fiquei sobressaltado ao ouvir um suave aplauso irromper na sala que logo incluiu a todos, pelo que me pareceu, e então desapareceu silenciosamente.

Tantas coisas mais a dizer.

Pensei novamente em Magnus, aquele fantasma, que viera até mim nas cavernas douradas da cidadezinha de Sevraine na Capadócia. Pensei em Gremt, o grandioso espírito que também estivera lá.

– E precisamos agora discutir mais uma questão – eu disse. – Trata-se da Talamasca. Trata-se da questão do que eles revelaram a mim e a Sevraine acerca de seus membros.

– E a mim também – declarou Pandora. – Conheci Gremt, como sei que você também o conheceu, o espírito que na realidade deu à luz a Talamasca.

– Eu também fui contatado por eles – completou Marius. – E marcarmos logo uma reunião com eles pode vir a ser de grande benefício para todos nós.

Novamente, eu me concentrei para escutar Amel, mas havia apenas silêncio e o sutil e caloroso abraço sob minha pele que fez com que eu soubesse que ele estava lá. Eu olhava para baixo. Ficava esperando.

— Aprendendo, Príncipe Lestat – disse ele no mais baixo dos sussurros. – Aprendendo como jamais sonhei que fosse possível aprender.

Levantei os olhos.

— Sim, e nós efetivamente nos encontraremos com eles, nos encontraremos com aqueles que se revelaram a nós e determinaremos, entre outras coisas, como tratar a velha, atuante e mortal Ordem da Talamasca que esses pais fundadores espectrais aparentemente liberaram para que seguisse seu próprio destino.

Seth estava maravilhado, obviamente desejando saber muito mais sobre aquele assunto.

— Agora, se não houver mais demandas, gostaria de me retirar – pedi. – Fiz daquela biblioteca francesa meu covil, e ela está esperando por mim, preciso descansar, quem sabe agora mais do que em qualquer outro momento anterior de minha vida.

— Mais uma coisa – disse Seth. – Você agora carrega consigo o Cerne. Você é a Fonte. Você é a Fonte Primal.

— Sim – concordei calmo e paciente, na expectativa.

— Seu destino é o nosso destino – disse ele.

— Sim.

— Você precisa agora jurar jamais se afastar de nós, jamais procurar se esconder, jamais se descuidar de si mesmo, muito mais do que qualquer monarca terreno de quem a paz de seu domínio dependa.

— Estou ciente disso. – Suprimi uma pequena ponta de raiva. – Eu sou de vocês agora – ofereci, por mais difícil que fosse para mim dizê-lo. Um calafrio percorreu meu corpo, um horroroso pressentimento. – Eu agora pertenço ao domínio. Eu sei disso.

Subitamente, Everard, o jovem bebedor de sangue da Itália, tomou a palavra:

— Mas essa coisa está agora quieta dentro de você? Está quieta?

Uma onda de alarme percorreu a assembleia, embora o motivo para aquilo eu não saiba ao certo. Aquela pergunta estava na mente de quase todos reunidos ali. Só podia estar.

— Sim, Amel está quieto – respondi. – Amel está satisfeito. Amel está em paz.

— Ou quem sabe ele esteja em alguma outra parte neste exato momento, talvez – conjecturou minha mãe.

– Sim – concordou Everard –, por aí causando mais alguns problemas terríveis.

– Não – garanti.

– Mas por quê? – insistiu Rhoshamandes. – Por que está contente? – Aquilo foi dito com total sinceridade, e, pela primeira vez em seu rosto, vi um brilho de dor real.

Refleti por um momento antes de responder:

– Porque ele pode ver e ouvir mais claramente do que nunca. E isso é o que sempre desejou. Isso é o que ele sempre quis. Ver, ouvir e conhecer este mundo, este mundo físico, nosso mundo. Ele está observando e aprendendo, como nunca antes.

– Mas certamente – disse Zenobia, a diminuta amiga de Gregory – ele viu e ouviu quando estava em Akasha durante todo esse tempo, antes de Mekare aparecer em cena.

– Não – discordei. – Ele não via nem ouvia. Porque, naqueles tempos, ele não sabia como fazer isso.

Houve uma pausa.

As diversas e incríveis mentes da sala ponderaram sobre aquilo.

Dentro de mim, Amel soltou a risada mais suave e eloquente, desprovida de qualquer humor e repleta de toda a admiração que eu podia esperar ouvir.

Ergui as mãos pedindo paciência.

Eu precisava dormir. A manhã espreitava os jovens com seus manhosos dedos causticantes e estaria logo espiando inclusive a mim.

– Rose e Viktor – eu disse. – Esse dia será o último de vocês na Terra com o sol visível e simpático a vocês. – Senti um súbito frêmito em meu coração. Engoli em seco, tentando manter a voz equilibrada. – Passem esse dia como bem lhes convier, mas sejam sábios, mantenham-se em segurança e voltem para casa e para nós ao pôr do sol... para reafirmar sua decisão.

Vi meu filho com um olhar radiante para mim, e, ao lado dele, Rose, observando tudo em quieta admiração. Sorri. Encostei delicadamente os dedos nos lábios e deixei o silencioso beijo partir.

Saí rapidamente da sala. Haveria tempo para abraçá-los e chorar, sim, para chorar enquanto abraçava seus corpos cálidos, macios e mortais, apenas treze horas a partir daquele momento até a noite lançar seu inevitável manto mais uma vez sobre o grandioso Jardim Selvagem que era o nosso mundo.

Enquanto estava deitado para dormir na biblioteca francesa, falei suavemente com Amel:

— Você está quieto, estranhamente quieto, mas eu sei que está aí.

— Sim, estou aqui. E é como você contou para eles. Você duvida de sua própria explicação? — Houve uma pausa, mas eu sabia que ele iria dizer mais alguma coisa. — Anos atrás, quando você era um menino mortal em sua aldeia na França, você tinha um amigo, um amigo que adorava.

— Nicolas.

— E você e ele conversavam.

— Sim.

— Toda hora, todo dia, toda noite, toda semana e todo mês...

— Sim, sempre, naquele tempo em que éramos meninos, nós conversávamos.

— Você se lembra de como você chamava aquilo, as longas e fluentes trocas de palavras?

— Nossa conversação. — Eu estava admirado pelo fato de ele saber daquilo. Será que sabia simplesmente porque eu sabia? Será que ele podia vasculhar em minha memória mesmo aqueles acontecimentos dos quais eu não mais me lembrava? Eu estava sonolento e meus olhos se fechavam. — Nossa conversação — repeti. — E ela seguia e seguia e seguia...

— Bom, nós estamos tendo a *nossa* conversação, não estamos? — perguntou ele. — E a *nossa* conversação vai continuar para sempre. Não há necessidade de pressa.

Uma grandiosa calidez tomou conta de mim como se eu houvesse sido protegido por um cobertor de amor.

— Sim — sussurrei. — Sim.

29

Lestat

Pompa e circunstância

No pôr do sol espalhou-se a notícia de que eu apareceria diante de todos no parque, em uma localização deserta bem escondida do mundo mortal. E, enquanto eu me dirigia ao local, vestido com um paletó de veludo vermelho novo, calça preta e botas da moda que iam até a metade da panturrilha, generosamente oferecidas por Armand, com um lenço antiquado amarrado no pescoço, descobri que Seth e Gregory estavam indo comigo, que sob nenhuma circunstância eles permitiriam que o Príncipe caminhasse em meio a seu povo desguarnecido. Thorne e Flavius também nos acompanhavam sem dizer uma palavra.

Aceitei a companhia de bom grado.

Havia talvez setenta e cinco novatos no encontro marcado para as oito horas, e tive pouca dificuldade em cumprimentar cada um com um aperto de mão e uma promessa de que todos nós trabalharíamos juntos em prol da prosperidade. Todos eram jovens mortais quando foram criados, a maioria estava vestida de preto, alguns trajavam elegantes paletós e vestidos românticos do século dezenove, outros, lindos trajes pretos da moda atual, alguns ainda se apresentavam maltrapilhos, desgrenhados e com os cabelos despenteados, mas todos me cercaram com o coração aberto, com uma comovente disposição para me seguir e para o que eu porventura viesse a exigir deles. Um ou outro mais antigo também se encontrava lá, bebedores de sangue tão antigos quanto Louis ou eu mesmo, embora nenhum mais velho do que isso.

Assumindo uma posição no meio de um círculo, expliquei que passara a ser o príncipe deles e não os deixaria na mão. Decidi não lhes contar ainda que estava de posse do Cerne Sagrado. Não via motivo para aquilo ser anunciado de um modo vulgar em um lugar como aquele, ou mesmo que essa informação devesse ser anunciada por mim pessoalmente. Contudo, de fato, assegurei a eles que a devastação promovida pela Voz estava encerrada.

A escuridão do local era tranquilizadora e havia certa quietude, com os distantes edifícios de Manhattan flanqueando o parque de ambos os lados e as árvores acima de nós parcialmente nos ocultando. Eu não queria nenhuma perturbação.

Comuniquei a todos que eles podiam ter certeza de minha liderança.

— Eu logo estabelecerei a minha corte, à qual vocês poderão se dirigir a qualquer momento, com cômodos para viajantes, *todos* os viajantes sem exceção. E a voz de Benji Mahmoud jamais cessará de oferecer conselhos inestimáveis a vocês. Porém, se desejamos realmente cessar todas as batalhas e guerras de gangues e viver em segredo e harmonia uns com os outros, é preciso que haja regras, as mesmas coisas pelas quais lutei toda a minha vida, regras, e é preciso que haja uma disposição da parte de vocês, para o seu próprio bem, para obedecer.

Mais uma vez surgiu aquele suave porém poderoso rugido que eu ouvira emanando deles na calçada diante do prédio na noite anterior.

— Vocês precisam sair desta cidade. Vocês não devem mais se congregar diante do Portão da Trindade. Por favor, peço que concordem com isso.

Houve acenos de cabeça e gritos de afirmação vindos de todos os lados.

— Esta cidade, imensa como é, não pode sustentar tantos caçadores, e vocês precisam encontrar locais de caça onde possam se alimentar dos malfeitores e deixar os inocentes incólumes. Compreendam. Isso vocês precisam fazer, e não há como escapar.

Mais uma vez um coro de elogios e concordância emanou do grupo. Tão ansiosos, tão inocentes eles pareciam, tão carregados de uma convicção coletiva.

— Não há motivos sob a lua e sob as estrelas pelos quais nós não possamos prosperar. E nós prosperaremos.

Ouviu-se um rugido ainda mais alto, e o círculo mais próximo a mim tentava avançar enquanto Gregory e Seth gesticulavam para que permanecessem onde estavam.

— Agora, deem-me tempo. Deem-me oportunidade. Esperem até que eu os procure novamente e prometo que a paciência de vocês será recompensada. E espalhem ao mundo todo que eu agora sou o líder de vocês, que podem confiar em mim e que nós todos alcançaremos nossos objetivos juntos.

Eu então saí, mais uma vez apertando mãos de ambos os lados, enquanto Gregory, Seth, Flavius e Thorne me escoltavam para fora do parque. Ignoramos um dilúvio de perguntas irreprimíveis que eu não tinha como responder naquele momento.

Quando entrei no prédio, vi na sala de visitas as inconfundíveis figuras de Gremt Stryker Knollys e Magnus, com um antigo e impressionante bebedor de sangue de cabelos brancos e dois fantasmas – arrebatadores fantasmas de aparência tão sólida e real quanto a de Magnus. O brilhante e esfuziante fantasma de Raymond Gallant estava entre eles. Será que ele se encontrara com Marius? Eu certamente esperava que sim. Marius, entretanto, não se encontrava lá.

Armand estava com eles e também Louis e Sevraine, e todos olhavam para mim em silêncio enquanto eu adentrava o recinto. Fiquei alarmado diante da visão daquele bebedor de sangue antigo simplesmente porque ele não viera até nós antes. Porém pude ver, de imediato, pelas maneiras de todos os presentes que aquele era uma espécie de encontro decoroso e amigável. Seth e Gregory não me seguiram, permaneceram no corredor com Flavius e Thorne, mas não pareciam estar preocupados.

Gremt e Magnus estavam vestidos com mantos como antes, embora aquele bebedor de sangue antigo que me fornecera seu nome telepaticamente como "Teskhamen" usasse um moderno e bonito conjunto de roupas ocidentais. Os outros fantasmas estavam trajados da mesma maneira, exceto a fantasma que usava um vestido comprido da moda e um fino casaco preto. O grupo era simplesmente espantoso.

Será que Louis e Armand conheciam aqueles dois fantasmas? Sabiam que aquele tal de Gremt era um espírito? E quem era esse Teskhamen, um bebedor de sangue que obviamente conhecia aqueles fantasmas, mas não se apresentara a nós até agora?

Depois de um momento de hesitação, Louis deixou o grupo e Armand deu um passo para trás na direção das sombras. Sevraine deu um caloroso abraço no bebedor de sangue e em seguida também saiu.

O relógio deu a badalada da meia hora. Eu tinha apenas trinta minutos para estar com Rose e Viktor.

Eu me aproximei de Gremt. Percebi que, da primeira vez que encontrei aquele espírito, o considerara intimidador. Eu não admitira tal fato a mim mesmo. Mas naquele momento sabia disso porque não estava em hipótese alguma com medo dele. E uma certa simpatia definitiva por aquele ser surgiu em mim, certa receptividade em relação a ele, porque eu via emoções nele que compreendia. Ele não estava mais desprovido de emoções.

— Vocês sabem o que aconteceu — comecei. Ele me observava atentamente, encarando-me, e talvez enxergando através de mim, e através de meus olhos, via Amel. Eu não tinha como saber. Amel, entretanto, estava quieto. E permanecia lá como sempre estaria, porém som algum escapava dele.

E som algum tampouco escapava de Gremt. O fato de que aquele ser era definitivamente um espírito e não alguma espécie de imortal biológico era quase impossível de perceber enquanto eu olhava para ele, que parecia tão cheio de vitalidade, tão complexo e certamente repleto de sentimentos. Ele não estava à vontade.

— Logo, logo — eu disse —, vou querer falar com vocês, sentar-me com vocês, se estiverem dispostos, conversar com você, com Marius aqui e com todos os membros de seu pequeno grupo. Voltarei assim que puder para a casa de meu pai na França, o lugar onde nasci. Vocês irão nos visitar lá?

Mais uma vez, nenhuma resposta. E então Gremt pareceu ficar atento, pareceu forçar-se a estar alerta, estremeceu levemente e então falou:

— Sim. Sim, muito obrigado, muito obrigado mesmo. Nós queremos muito fazer isso. Perdoe-nos por tê-lo interrompido sem aviso prévio. Entendo que você está sendo esperado em outro lugar. Acontece que nós simplesmente não conseguimos nos manter afastados.

O bebedor de sangue, Teskhamen, um frugal ser de cabelos brancos e considerável elegância, deu um passo à frente. Ele apresentou-se novamente com uma voz suave e agradável.

— Sim, você nos perdoará, espero, por ter vindo até você de maneira tão inesperada. Mas perceba que estamos muito ansiosos por um encontro e simplesmente não conseguimos, depois do que aconteceu, permanecer afastados.

O que sabiam do que havia acontecido? Mas é claro que eles tinham conhecimento. Como poderiam não saber? Fantasmas, espíritos, que limites havia para o que era do conhecimento deles? Até onde eu sabia, eles tinham estado na casa, presentes invisivelmente quando recebi Amel dentro de mim.

Contudo, parecia de fato que aquele tal de Teskhamen queria me deixar à vontade.

— Lestat — disse ele calorosamente —, nós somos os antigos Anciãos da Talamasca. Você recebeu informações a nosso respeito. Nós somos os fundadores da Ordem. Em certo sentido, somos a verdadeira Talamasca e a que perdura, não mais dependentes da Ordem mortal que sobrevive, e queremos conversar muito com você.

Armand, silenciosamente de pé encostado à parede, não dizia nem fazia coisa alguma.

— Bom, eu mesmo não poderia estar mais ansioso para conversar com vocês — eu disse. — E entendo o motivo pelo qual vieram até aqui. Desconfio que entendo o motivo pelo qual liberaram seus acadêmicos mortais. Acho que entendo, de qualquer maneira. Mas preciso de um tempo para preparar minha casa na França antes de vocês me fazerem essa visita. E peço que venham me visitar lá, e logo.

— Meu nome é Hesketh — informou a mulher —, e nós estamos muitíssimo ansiosos por esse encontro. Não temos como dizer o quanto queremos que se realize. — Ela estava com os cabelos loiros penteados para trás em ondas muito belas, presos por pequenos pedaços de pérola e platina que o faziam fluir por sobre seus ombros em um estilo atemporal.

Ela estendeu a mão enluvada para mim, coberta por um macio couro de cabra cinza, e, evidentemente, a sensação era de que aquela mão era tão real quanto a de um ser humano. Eu podia sentir a enganadora pulsação nela. Por que eles se faziam com o físico tão perfeito? Os olhos dela eram arrebatadores, não só porque tinham uma tonalidade cinza-escura, mas porque ficavam ligeiramente mais separados um do outro do que a maior parte dos olhos humanos, e isso dava a ela um certo mistério. Todos os detalhes dela — cílios, sobrancelhas, lábios suculentos — eram esplendidamente convincentes e cativantes. E eu tinha de imaginar exatamente o que era responsável por aquilo e pelas outras lindas ilusões às quais meus olhos eram submetidos naquela sala. Seria habilidade, magnetismo, profundidade estética, genialidade? Seria a alma?

Os outros fantasmas estavam imóveis. Um deles, um jovem bastante apresentável, bem robusto, com pele morena e cabelos pretos encaracolados, parecia chorar em silêncio. Não pude deixar de notar que Armand estava quase que exatamente atrás do rapaz e muito próximo a ele. Entretanto, não havia tempo para que eu ficasse reparando em todas essas coisas, ou para que eu tentasse destrinchá-las.

— O que faz de nós os seres físicos que somos? São todas essas coisas. — Gremt reagiu diretamente aos meus pensamentos, é claro, lembrando-me que ele podia fazê-lo. — Ah, nós temos tantas coisas a lhe dizer, tantas coisas a... E nós iremos até você na França assim que nos chamar. Temos uma casa lá, não muito distante da sua, uma casa muito antiga que remonta aos primeiros dias juntos. – Ele ficou subitamente esfuziante e quase excitado. – Esse é o nosso desejo há muito tempo. – Ele parou como se houvesse dito coisas em excesso, porém em nenhum momento seu semblante se alterou de fato.

O fantasma de Magnus, tão sólido quanto antes, permanecia imóvel, mas em seu rosto surgiu um lampejo de amor, um amor senil.

Aquilo me pegou de surpresa.

– Escutem, meus amigos, há coisas importantes prestes a acontecer sob este teto esta noite e não posso convidá-los a permanecer e sentar-se conosco agora. Vocês precisam confiar em mim e na minha boa vontade. Mas logo, logo, sob o meu teto na França, estamos acertados, nós iremos com toda a certeza nos reunir. – Nós estávamos nos repetindo, não estávamos? Aquilo era como uma dança.

– Sim – disse Gremt, mas os olhos dele estavam quase vítreos, como se sua fisicidade estivesse tanto à mercê de suas emoções e obsessões quanto as de um ser humano.

Contudo, ele não fez nenhum movimento no sentido de ir embora. Nenhum deles fez. E, subitamente, entendi tudo. Eles estavam deliberadamente deixando o tempo passar, alongando a conversa essencialmente formal e insignificante porque me estudavam de perto. Estavam provavelmente monitorando incontáveis aspectos da minha fisicidade os quais eu desconhecia totalmente.

Eles sabiam que Amel estava dentro de mim. Tinham conhecimento que nós éramos uma única coisa. Que Amel os estava estudando também, da mesma maneira que eu fazia, e como eles me estudavam.

Creio que algo sombrio e ligeiramente agourento deve ter aparecido em minha fisionomia ou em minha postura porque imediatamente todos pareceram reagir, agrupar-se, trocar sinais infinitesimais e olhar para Teskhamen em busca de um gesto ou palavra decisivos.

– Agora queiram me dar licença, por obséquio. – Lutei para ser gracioso, tão gracioso quanto podia. – Há outras pessoas esperando por mim. Voltarei para casa daqui a algumas noites para preparar um lugar que possa funcionar como um novo... – Parei. Um novo o quê?

— Um novo reino – completou Magnus com delicadeza. Aquele mesmo sorriso amável permanecia em seus lábios.

— Um tempo totalmente novo já é suficiente – retruquei. – Não tenho certeza se quero que isso seja chamado de reino.

Ele sorriu ao ouvir aquelas palavras como se achasse a definição não apenas impressionante, como também, de certa forma, cativante. Eu não sabia se sentia amor ou ódio por ele. Bem, certamente não poderia se tratar de ódio. Eu estava mais do que completamente feliz por estar vivo.

Novamente, tive a sensação de que eles me estudavam de um jeito que eu não conseguia esquadrinhar, procurando em meu rosto e em minha forma sinais do que existia dentro de mim. Contudo, Amel estava em silêncio. E não me ajudava com eles. Amel se encontrava lá, sim, mas absolutamente quieto.

Teskhamen pegou minha mão. A dele era muito mais fria do que a minha. Tinha a textura gélida e dura das Crianças dos Milênios, porém seu rosto era bem cálido, e ele disse:

— Perdoe-nos por perturbá-lo esta noite, e tão cedo. Mas estávamos ansiosos para ver você com nossos próprios olhos. Nós iremos agora, certamente iremos. Peço-lhe desculpas pela nossa conduta. Acho que somos mais impetuosos e, quem sabe, estamos mais excitados do que você pode imaginar.

— Eu compreendo – declarei. – Obrigado, meus amigos. – Mas eu não conseguia reprimir as minhas desconfianças enquanto eles iam embora, passando por mim e saindo da sala de visitas na direção do corredor através da porta da frente.

Armand foi com eles, com um dos braços em torno do fantasma de cabelos escuros, o fantasma que chorara, e a porta se fechou.

Percebi que estava sozinho com Louis no recinto vazio. Os outros haviam partido.

— Você sabe quem eles são? – sussurrei.

— Eu sei o que eles me contaram. – Ele começou a caminhar ao meu lado. – E sei o que você me contou. E os outros obviamente sabem quem eles são e não têm medo deles. Mas todos estão esperando que você dê o comando, que apareça, que os cumprimente e os convide para ir até sua casa na França. Você é o líder deles, Lestat, não há dúvida quanto a isso. Todos sabem disso.

Parei. Eu o abracei. Puxei-o para mais perto de mim.

— Eu sou Lestat – eu disse em voz baixa. – O seu Lestat. Sou o mesmo Lestat que você sempre conheceu e, independentemente do quanto eu tenha mudado, ainda sou aquele mesmo ser.

— Eu sei – ele garantiu com simpatia.

Eu o beijei. Pressionei meus lábios nos dele e sustentei aquele beijo por um longo e silencioso momento. E então me entreguei a uma silenciosa onda de sentimentos e o tomei nos braços. Mantive-o bem junto a mim. Senti sua inconfundível pele sedosa, os cabelos pretos macios e brilhantes. Ouvi o sangue latejando nele, o tempo dissolveu-se, e tive a impressão de estar em algum lugar antigo e secreto, alguma gruta quente e tropical que havíamos compartilhado no passado, somente nossa de uma forma ou de outra, com o aroma de doces florações de olivas e o sussurro da brisa úmida.

— Eu amo você – sussurrei.

Em uma voz baixa e íntima, ele respondeu:

— Meu coração é seu.

Senti vontade de chorar.

Porém não havia tempo.

Naquele momento, Gregory e Seth reapareceram com Sevraine. Ela me disse que eles haviam preparado o salão de baile e tudo se encontrava em seu devido lugar. Marius e Pandora estavam prontos. As velas tinham sido acesas.

— Sinto muito pelos nossos convidados inesperados – desculpou-se Sevraine. – Parece que há uma enorme demanda por um verdadeiro príncipe. Mas agora vá encontrar-se com aqueles que estão à sua espera.

Viktor e Rose encontravam-se na biblioteca francesa.

Haviam escolhido uma espécie de refinamento contido para a cerimônia. Rose usava um vestido de mangas compridas de uma seda preta macia e justa que deixava seu pescoço à mostra e descia esplêndido até os pés. Viktor usava um *thawb* simples de lã preta. A severidade daqueles trajes tornava suas fisionomias resplandecentes ainda mais vívidas, os lábios ainda mais naturalmente róseos e os olhos ansiosos ainda mais devastadoramente inocentes, assim como vibrantes.

Eu queria estar com eles, mas senti de imediato que iria chorar, que não conseguiria conter as lágrimas, e quase fugi de lá. Contudo, aquela não era de fato uma opção possível para mim. Eu tinha de fazer o que era certo para eles.

Eu os abracei e perguntei se ainda estavam decididos a vir para nós.

É claro que estavam.

— Sei que não há retorno para nenhum de vocês dois — eu disse. — E sei que vocês dois acreditam estar preparados para a estrada que decidiram tomar. Eu sei. Mas precisam saber o quanto estou pesaroso neste exato momento pelo que vocês poderiam, quem sabe, vir a se tornar com o passar do tempo e pelo que agora jamais serão.

— Mas por quê, pai? — quis saber Viktor. — Sim, somos jovens, sabemos disso. Não estamos confrontando essa realidade. Mas já estamos morrendo como estão morrendo todas as coisas jovens. Por que você não pode estar completamemte feliz por nós?

— Morrendo? — repeti. — Bom, sim, isso é verdade. Não vou dizer que isso não seja verdade. Mas por acaso eu posso ser culpado por imaginar o que vocês poderiam vir a se tornar daqui a dez anos de vida mortal, ou mais vinte ou trinta? Isso é morrer, um jovem crescer e se transformar em um homem no auge de sua forma, uma jovem e bela tornar-se uma mulher pronta e completa?

— Nós queremos ficar para sempre como somos agora. — A voz de Rose era tão doce, tão carinhosa. Ela não queria que aquilo fosse doloroso para mim. E me confortava. — Com certeza, entre todas as pessoas deste mundo, você vai entender isso — insistiu ela.

Como eu poderia? Qual era o sentido de lembrar a eles que eu jamais escolhera o Sangue? Jamais tivera tal chance. E qual era o sentido de sentimentalizar o fato de que, caso houvesse levado a minha vida como um homem mortal, até os meus ossos já teriam se desfeito, perecido na terra se eu tivesse morrido em minha cama com noventa anos?

Estava prestes a falar com eles quando ouvi Amel dentro de mim. Ele falou no mais suave dos sussurros:

— Mantenha seu juramento. Eles não estão morrendo. Eles estão vindo a você como príncipe e princesa para fazer parte de sua corte. Nós não somos a Morte. Jamais fomos, certo? Somos imortais.

A voz dele era tão ressonante, num tom tão sutil, que me deixou chocado, e aquele era de fato o mesmo tom que usava desde que entrou em mim. No entanto, ainda assim era a mesma Voz que eu escutava havia décadas.

— Encoraje-os — sussurrou ele. — Eu deixo a você esses momentos. Eles são mais verdadeiramente seus do que meus.

Por dentro, agradeci a ele.

Olhei para os dois, Viktor à minha esquerda, seus olhos na mesma altura que os meus, e Rose olhando para cima, seu rosto uma forma perfeitamente oval emoldurada por brilhantes cabelos pretos.

– Eu sei – eu disse. – Eu realmente sei. Não podemos pedir que vocês esperem. Não devemos. Não podemos lidar com o simples fato de que algum acidente pavoroso possa tirar vocês de nós a qualquer momento. Uma vez que o Sangue houver sido oferecido, não há espera, não há preparação, realmente não há.

Rose beijou meu rosto. Viktor permaneceu parado pacientemente ao meu lado, apenas sorrindo.

– Certo, meus bebês – eu disse. – Esse é um momento grandioso.

Eu não conseguia impedir as lágrimas. O relógio logo daria as badaladas das nove horas.

Bem acima, no salão de baile, Marius e Pandora esperavam, e teria sido puramente egoísta da minha parte atrasar ainda mais o processo.

Toda a grandiosa casa do Portão da Trindade estava perfumada pelas flores.

– Essa é a dádiva maior – sussurrei. As lágrimas turvavam minha visão. – É a dádiva que *nós* podemos dar, que significa vida eterna.

Eles se agarraram a mim.

– Vão agora – pedi. – Eles estão esperando por vocês. Antes do sol nascer, vocês estarão Nascidos para a Escuridão, mas neste momento verão toda a luz como jamais imaginaram ver antes. Como Marius uma vez disse, "uma interminável claridade na qual se compreende todas as coisas". E quando eu voltar a vê-los, lhes darei meu sangue como minha bênção. E vocês serão realmente meus filhos.

30

Cyril

O silêncio ouvido ao redor do mundo

Ele estava novamente faminto e decepcionado por estar sendo incomodado por aquilo assim tão cedo. Ele ouviu e o grandioso vazio deixou-o impressionado. Estava deitado em sua caverna, em abençoada solitude e escuridão, e pensou: sumiram todos.

Quietas as cidades ao redor dele. Quieta a Terra. Somente os gritos, os estrondos e as vozes humanas.

Exceto por aquela voz no rádio, aquele bebedor de sangue dos Estados Unidos que falava através de um computador ou de um telefone celular e ecoava pela vastidão de Tóquio.

– A Voz é agora um de nós. A Voz é a raiz de nossa tribo.

O que aquilo poderia significar?

Ele deslizou para a noite cálida.

Parecia tratar-se de outro falando através do rádio e não um daqueles jovens desesperados choramingando para Benji Mahmoud em busca de alívio e ajuda. Não. Tratava-se de uma voz calma que simplesmente falava sobre a quietude que descera sobre o "nosso mundo".

Antes da meia-noite, Cyril visitou o silêncio de Pequim e o silêncio de Hong Kong.

Teria sido a sede o que o despertara ou a curiosidade? Algo acontecera, tão notável quanto o despertar da Rainha anos atrás, algo tão notável quanto o aparecimento da Voz.

Eles haviam sumido, os outros!

Para Mumbai ele partiu, em seguida para Calcutá e depois na direção das cidades dos dois rios e do poderoso Nilo.

Sumidos, todos eles, em todas as partes, aqueles monstrinhos miseráveis que lutavam por seus degraus na escada da vida eterna.

Finalmente ele chegou à antiga cidade de Alexandria perto do amanhecer. Aquela moderna metrópole que tanto detestava por conta das pedras e do sangue enterrado sob ela, as velhas catacumbas nas quais a perniciosa Rainha havia sido adorada pelo clero que o havia tirado da vida tanto tempo atrás.

Mesmo ali a voz de Benji Mahmoud continuava, embora daquela vez se tratasse de uma gravação:

– Estamos em uma nova era. Um novo tempo. Somos o Povo da Escuridão, somos o Povo da Vida Eterna. O Príncipe falou. O Príncipe lidera.

O Príncipe? Ele não conseguia esquadrinhar aquelas palavras. Quem era o Príncipe?

Ele percorreu uma rua estreita, escutando aquela transmissão gravada, até dar de cara com uma pequena taverna escura repleta de mortais bêbados e preguiçosos de quem ele poderia facilmente se alimentar. Havia peles de todas as nações ali. Aquele zunido pulsante em forma de música que ele odiava. E no canto, em cima de uma mesinha imunda encostada em uma parede coberta com uma cortina de miçangas, encontrava-se o computador através do qual Benji Mahmoud se dirigia ao mundo.

Uma bela garota mortal, que fumava um longilíneo cigarro cor-de-rosa, escutava Benji Mahmoud e ria baixinho. Ela viu Cyril. *Vem cá, grandão, deixa eu te fazer um agrado, vem cá, chega mais perto, mais perto. Eu faço uma dancinha bem legal para você na sala dos fundos.* A pele dela estava grossa de maquiagem, as pálpebras escuras. Tinha o sorriso vermelho de uma criança feiticeira.

Ele se sentou ao lado dela nas sombras. O fedor do lugar era repulsivo, mas ele não ficaria ali por muito tempo. E o cheiro do sangue dela era puro. Todas as mentiras morrem no sangue. Todo o mal é purgado no sangue.

– Sabia – disse ela – que ele poderia fazer você querer virar um vampiro? – E ela riu novamente, um riso denso, cínico e feio, erguendo seu drinque amarelo e derramando-o na frente do vestido escuro.

– Não ligue para isso – comentou ele enquanto a beijava.

A garota o empurrou impotente enquanto ele enterrava seus dentes. *Vendida para isso aos doze anos. Querida, conte-me tudo sobre isso!* E o sangue cantava sem cessar sua antiga e imutável canção.

Ele foi embora da cidade.

Ele foi embora do ar úmido e enevoado do Mediterrâneo em direção ao interior e às areias eternas. Dormiria ali na terra do Egito, quem sabe por anos, ele dormiria na terra onde nascera. Por que não?

Finalmente, encontrou-se sozinho no grandioso céu escuro, distante de todos os sons e aromas humanos, sendo purificado pelo vento frio do deserto, que levava para longe a imundície das terras estrangeiras que estava grudada nele.

Então a Voz suspirou dentro de sua cabeça.

– Ah, poupe-me! – gritou Cyril. – Saia de dentro de mim. Não me atormente aqui.

Entretanto, a Voz falou com uma inflexão que ele jamais ouvira antes e com uma profunda ressonância que era inteiramente nova. Era linda. E mesmo assim ainda era a Voz, que disse:

– Cyril, volte para casa. Volte para nossa tribo. Finalmente estamos unidos.

31

Rose

O povo da lua e das estrelas

A voz de Pandora chamou-a de muito longe:
— Rose, beba!
E ela ouviu Marius chamando-a e a Viktor, a desesperada súplica de Viktor.
— Rose, beba.
As gotas ardentes atingiram seus lábios e escorreram para dentro da boca. Veneno. Ela não conseguia se mover.
Gardner a mantinha presa e sussurrava no ouvido dela: "Você vai me decepcionar de novo, Rose! Rose, como você ousa fazer isso comigo!" *Comigo, comigo, comigo.* O eco evanesceu até se transformar na voz rosnante da esposa do pastor, a sra. Hayes: "E se você não puder convencer-se de seu pecado, convencer-se profundamente e admitir seu pecado, todas as coisas pavorosas que fez, e você sabe o que fez, jamais poderá ser salva!" Sua avó falava com eles. E estava no pequeno escritório de advocacia em Athens, Texas, mas ela se encontrava bem ali com Gardner. *Não quero essa criança, não mesmo, não sei quem é o pai dela.*
Gardner agarrou-se a ela, a respiração era quente em seu rosto, os dedos dele fechavam-se em sua garganta. Como aquilo podia ser verdade se o corpo dela havia sumido? Ela flutuava naquela escuridão, afundando cada vez mais. As nuvens escuras subiam até o céu, densas, cheias e cegantes.
Viktor soltou um grito, e Pandora e Marius chamaram-na, mas eles estavam desaparecendo.
Ah, ela vira tantas coisas espetaculares quando Pandora a segurara. Vira os Céus e ouvira a música das esferas. Coisa alguma jamais fora tão grandiosa.

Os dedos de Gardner apertavam seu pescoço. O coração dava saltos e em seguida os batimentos diminuíam de intensidade. Eles estavam tão lentos, e Rose se sentia tão fraca, tão pavorosa e inacreditavelmente fraca. Morrendo. Certamente ela estava morrendo.

"Você percebe o que isso significa, Rose, se você fizer isso comigo?", perguntou Gardner. "Você fez de mim um tolo, Rose. Você destruiu minha vida, minha carreira, todos os meus sonhos, meus planos, tudo isso foi arruinado por você, Rose."

"Se nós soubéssemos quem era o pai da criança", disse a senhora idosa com seu sotaque arrastado do Texas, "mas, veja bem, nós não tínhamos nenhum contato com nossa filha e, com toda franqueza, nós simplesmente..."

Não me querem, e por que deveriam querer? E quem quer que tenha me querido, ele não foi pago para me querer, pago para bancar meus estudos, pago para cuidar de mim, pago para me amar. Por que ainda não acabou? Por que estou afundando cada vez mais e mais?

Tio Lestan foi na direção dela. Tio Lestan, brilhando e vindo a passos rápidos na direção dela, em seu paletó de veludo vermelho e suas botas pretas, vindo, impossível de ser detido, sem demonstrar medo algum e com as mãos estendidas.

– Rose! – ele gritou.

Ela berrou o nome dele.

"Tio Lestan, me leva, por favor, não deixa eles...! Me ajuda."

Gardner esganou-a, cortando-lhe a voz.

Mas Tio Lestan assomou sobre ela, seu rosto tremeluzindo à luz das velas, todas aquelas velas, velas e mais velas. "Me ajuda!", gritou ela, ele curvou-se para beijá-la, e ela sentiu aquelas agulhas, aquelas pavorosas agulhas afiadas em seu pescoço.

– Não há sangue suficiente! – gritou Marius.

– É o suficiente – disse Tio Lestan – para me permitir entrar.

A escuridão tinha um peso, uma massa, e se adensava ao redor deles. Todos falavam ao mesmo tempo, Gardner, a sra. Hayes e sua avó. "Ela está morrendo", disse alguém, e era uma daquelas meninas na escola, aquela horrível escola, mas as outras meninas riram e fizeram piadinhas. "Ela está fingindo, é mentirosa, ela é uma vadia!" Risos, risos subindo em direção à escuridão com Gardner entoando um cântico: "Você é minha, Rose, eu lhe perdoo pelo que você fez comigo, você é minha."

Tio Lestan agarrou Gardner pelo pescoço e arrastou-o para longe dela. Gardner rosnou, berrou e lutou. Mordeu a mão de Tio Lestan, mas este afastou com força a cabeça dele, esticando seu pescoço como se fosse uma comprida meia elástica enrugada – ela arquejou e gritou –, e a cabeça de Gardner derreteu, a boca virando-se para baixo, o sangue escorrendo pelos olhos, pretos, fluidos e hediondos, a cabeça dele soltou-se na extremidade do pescoço enrugado e partido, e o corpo desabou em um mar de sangue. Belo sangue.

– Rose, beba de mim! – ordenou Tio Lestan. – Eu sou o Sangue. Sou a vida.

"Não faça isso, criança!", gritou a sra. Hayes.

Ela fez menção de segurar os cabelos dourados de Tio Lestan, teve a intenção de se aproximar dele, de seu rosto brilhante.

O sangue de Tio Lestan.

Preencheu a sua boca! Um grande gemido irrompeu de Rose. Ela tornou-se o gemido. Engoliu e engoliu seguidamente. O sangue do Céu.

O corpo de Gardner flutuou em uma torrente de sangue, sangue escuro, vermelho-rubi e preto, e o rosto da sra. Hayes expandiu-se, ficou imenso, uma resplandecente máscara branca de ira. Tio Lestan atacou-o, arrebentou-o como se fosse um frágil véu, e a voz dela morreu como seu rosto, como uma bandeira queimando, e ele curvou-se para baixo na torrente de sangue negro. A avó, a velha texana, deslizava para baixo com as mãos estendidas, tornando-se cada vez mais pálida, desaparecendo também no interior do rio de sangue.

Aquele mais parecia o rio das narrativas de Dante. Ele fluía e borbulhava, carmesim, negro, belo.

– E o Inferno não exercerá domínio algum – declarou Tio Lestan.

– Não, domínio algum – sussurrou Rose, e eles estavam subindo ao céu da mesma maneira que haviam ascendido da ilha grega que se despedaçava sob eles, os pedaços caindo no espumoso mar azul.

– Criança do sangue, flor do sangue, Rosa do sangue – disse Tio Lestan.

Ela estava a salvo nos braços dele. Seus lábios, abertos no pescoço de Tio Lestan, e o sangue dele fluía através do corpo dela, para a pele dela, coçava e pinicava. Ela viu o coração dele, o coração vermelho-sangue, que latejava e resplandecia, e as longas e adoráveis gavinhas do sangue que cercavam o coração e o cobriam. Parecia que um grande fogo queimava em seu coração e no dele também, e quando ele falou, outra imensa voz ecoou das palavras dele:

– A mais fina flor do Jardim Selvagem. Vida eterna.

Ela olhou para baixo. A escuridão esfumaçada estava evaporando e desaparecendo. O escuro rio de sangue sumira. O mundo resplandecia abaixo da névoa com milhares de diminutas luzes, e, acima deles, havia o firmamento – ao redor deles havia o firmamento e as galáxias de canções e histórias e a música, a música das esferas.

– Minha adorada Rose, você agora está conosco – disse Tio Lestan. *Com ela agora, conosco,* declarou a outra voz, a voz ecoante.

As palavras fluíram para dentro dela no sangue que latejava nos braços e nas pernas, que queimava sua pele. Marius sussurrou no ouvido de Rose que ela agora era deles, e os lábios de Pandora tocaram a testa dela, e Viktor, que a segurava mesmo enquanto Tio Lestan também fazia o mesmo, *Minha noiva.*

– Você sempre foi minha – disse Lestat. – Para isso você nasceu. Minha corajosa Rose. Você está conosco e é uma de nós, e nós somos o povo da lua e das estrelas.

32

Louis

Sua vez chegou por fim

O Portão da Trindade estava em silêncio naquela noite, exceto por Sybelle e Antoine que tocavam um dueto na sala de visitas e Benji no andar de cima conversando confidencialmente com seu melhor amigo que, por acaso, era o mundo inteiro.

Rhoshamandes e Benedict haviam ido à ópera com Allesandra. Armand e Daniel Malloy caçavam sozinhos sob a cálida e delicada chuva que caía.

Flavius, Avicus, Zenobia e Davis haviam voltado para casa em Genebra, com um ansioso e desesperado bebedor de sangue chamado Killer que aparecera por lá em trajes do Velho Oeste: macacão e jaqueta de pele de cervo com mangas amarfanhadas, implorando para ser recebido na casa. Amigo de Davis, o adorado de Gregory. Eles lhe deram as boas-vindas de imediato.

Jesse e David estavam na Amazônia, no antigo santuário com Seth e Fareed.

Sevraine e sua família também haviam voltado para casa, bem como Notker e os músicos e cantores dos Alpes.

Marius permaneceu trabalhando na biblioteca Tudor nas regras que apresentaria a Lestat no devido tempo. Everard de Landen ficou com ele, debruçado sobre um velho livro de poesia elizabetana, vez por outra interrompendo Marius suavemente para perguntar o significado de uma frase ou palavra.

E Lestat partira com Gabrielle, Rose, Viktor, Pandora, Arjun, Bianca Solderini, Flavius e ainda Gregory e Chrysanthe para seu castelo nas montanhas do Maciço Central a fim de preparar a primeira grande recepção da nova corte a qual todos eles compareceriam. Como Viktor e Rose estavam perfeitos e elegantes. E como eles ainda se amavam e como receberam de bom grado as novas visões, os novos poderes, as novas esperanças. Ah, novatos simplesmente corajosos.

Apenas uma chuvinha fina caía naquele banco de jardim atrás do edifício, sob a proteção do maior dos carvalhos. As gotas de chuva cantavam nas folhas lá em cima.

Louis estava ali sentado, as costas voltadas para o tronco da árvore, um exemplar de suas memórias, *Entrevista com o vampiro*, as memórias que haviam aceso a chama das Crônicas Vampirescas, aberto no colo. Ele usava seu velho paletó escuro, seu predileto, levemente puído, porém confortável, sua antiga e também favorita calça de flanela e uma elegante camisa branca que Armand o forçara a usar, com botões de pérola e ultrajantes detalhes em renda. Louis, entretanto, jamais se importara de fato com detalhes em renda.

Um calor fora de estação em setembro. Contudo, aquilo lhe agradava. Gostava da umidade do ar, da música da chuva e amava o inconsútil e interminável barulho da cidade, que fazia tanto parte dela quanto o grande rio era parte de Nova Orleans, a imensa população ao redor dele mantendo-o em segurança naquele diminuto espaço murado que servia como jardim, onde os lírios abriam suas gargantas brancas e botavam as línguas empoadas e amareladas para a chuva.

Na página, Louis lia as palavras que proferira anos atrás a Daniel Malloy, quando este era um ansioso e encantado ser humano, escutando Louis tão desesperadamente, e seu gravador cassete parecia uma novidade tão exótica, os dois juntos naquela sala vazia e empoeirada na Divisadero Street em San Francisco, fora da vista do mundo dos Mortos-Vivos.

"Eu queria amor e bondade nisso que é a morte em vida. Isso era impossível desde o início porque é impossível ter amor e bondade quando é sabido que o que você faz não passa de uma grande maldade, quando se sabe que todos os seus atos são errados."

Com todo o seu ser, Louis acreditara naquelas palavras; elas haviam dado forma ao bebedor de sangue que ele era naqueles tempos e também ao que continuara sendo vários anos depois.

E por acaso aquela convicção sombria ainda não estava dentro dele, sob o verniz da criatura resignada e satisfeita que parecia ter se tornado?

Ele honestamente não sabia. Lembrava-se completamente de como falava naqueles tempos em ir em busca de uma "bondade fantasma" em sua forma humana. E baixou os olhos para a página.

"Ninguém poderia, sob pretexto algum, me convencer do que eu mesmo sabia ser verdade, que eu estava condenado em minha própria mente e em minha própria alma."

O que de fato mudara? Ele aprendera mais uma vez, de certa forma, depois que Lestat despedaçou o domínio dos Mortos-Vivos com suas extravagâncias e seus pronunciamentos, a viver noite após noite em um estado que se assemelhava à felicidade e a procurar a graça mais uma vez nas óperas, sinfonias e nos corais, no esplendor das pinturas antigas e novas, e no simples milagre da vitalidade humana ao redor dele – com Armand, Benji e Sybelle ao seu lado. Ele aprendera que sua velha teologia não lhe servia de nada e talvez sempre houvesse sido assim, um incurável cancro dentro dele muito mais do que uma fagulha que pudesse acender qualquer espécie de esperança ou fé.

Entretanto, com o tempo, uma nova visão tomara conta dele, uma nova testemunha de algo que ele não conseguia mais negar. Sua mente não era mais teimosa e selada contra suas próprias possibilidades errantes e sua luz selvagem e cada vez mais acentuada.

E se as velhas sensibilidades que o haviam forjado não tivessem sido a sacrossanta revelação que ele no passado imaginara serem? E se fosse possível investir cada célula de seu ser em uma gratidão e uma aceitação de si mesmo que pudesse proporcionar não um mero contentamento mas uma segura alegria?

Parecia impossível.

Contudo, não era possível negar que ele sentia aquilo acontecer. E percebia uma certa aceleração em toda parte que lhe era tão surpreendentemente nova que ninguém, salvo ele próprio, poderia ou iria compreender. Mas nenhuma outra compreensão era necessária. Ele sabia disso.

Pois o que ele fora, o ser que havia sido, não requeria nenhuma confissão àqueles que conhecia e amava, mas apenas que os amasse e que afirmasse seus propósitos com sua alma transformada. E se ele no passado tivesse sido a alma de uma época como Armand muito tempo atrás lhe dissera, bem, então que assim fosse, porque ele via aquela época sombria e ilustrada com suas crenças decadentes e rebeliões fadadas ao fracasso como apenas um começo – um vasto e fértil jardim de infância no qual os termos de sua luta não haviam sido desprovidos de valor, mas que eram então muito certamente os fantasmas de um passado do qual ele havia, a despeito de sua vontade, inexoravelmente emergido.

Ele não perecera. Esse talvez tivesse sido seu único êxito significativo. Sobrevivera. Sim, ele havia sido derrotado, mais de uma vez. Porém a sorte se recusara a abandoná-lo. E ele estava ali, inteiro, e silenciosamente aquiescente ao fato, embora honestamente não soubesse o motivo.

Mas o que assomava à frente dele naquele momento eram desafios mais espetaculares e esplêndidos do que aqueles que ele jamais pudera prever. E ele queria isso, aquele futuro, aquele tempo no qual "O Inferno não teria nenhum domínio" e no qual a Estrada do Diabo se tornara a Estrada do Povo da Escuridão que, essencialmente, não mais eram crianças.

Aquilo estava além da felicidade e do contentamento. Aquilo não era nada além de paz.

Das profundezas do edifício veio a música de Antoine e Sybelle com uma nova melodia, uma furiosa valsa de Tchaikovsky, ah, a valsa da *Bela Adormecida*, e a música avançava em meio aos magníficos glissandos de Antoine e aos acordes retumbantes de Sybelle.

Ah, como agora ele ouvia aquela música triunfal de um modo diferente do que costumava escutar no passado e como ele se abrira para aquilo, reconhecendo suas magníficas afirmações.

Fechou os olhos. Será que criava letras para aquela rodopiante melodia, será que estava formando alguma afirmação para sua alma?

– Sim, e eu quero isso, sim, assumo isso, sim, eu guardo isso em meu coração, a vontade de conhecer essa beleza para sempre, a vontade de deixá-la ser a luz no meu caminho...

E eles seguiam tocando, cada vez mais rápido, o piano e o violino cantando sobre alegrias e glórias como se houvessem sempre sido uma única coisa.

Um ruído casual penetrou os pensamentos dele. Algo de errado. Esteja *en garde*. A música parou.

Sobre o topo da parede de vidro, à esquerda, ele viu um humano agachado na escuridão, incapaz de vê-lo ali como ele vislumbrava o humano. Ouviu os suaves sons sigilosos de Sybelle e Antoine aproximando-se da sacada de vidro que se alongava pelos fundos dos três edifícios unidos. Ele ouviu a respiração ofegante do intruso mortal.

O intruso, de traje escuro e uma capa negra que cobria sua cabeça, desceu na grama molhada. Com os habilidosos movimentos de um felino ele disparou dos arbustos em direção à parca luz amarela vinda da casa.

Aroma de medo, aroma de raiva, aroma de sangue.

Ele por fim viu Louis, a solitária figura no banco sob a árvore, e ficou rígido. De sua lisa jaqueta quebra-vento preta ele tirou uma faca que brilhava como prata na penumbra.

Lentamente, foi na direção de Louis. Ah, a velha dança ameaçadora.

Louis fechou o livro, mas não o colocou de lado. O aroma do sangue deixou-o ligeiramente delirante. Ele observou aquele jovem emaciado, porém poderoso, se aproximar. E viu o maligno rosto com infinitamente mais clareza do que o homem, endurecido por seus propósitos, podia ver o seu. O homem transpirava e ofegava, enlouquecido devido às drogas, em busca de alguma coisa que pudesse agarrar para encontrar o paliativo para seu estômago dolorido. Que olhos mais lindos. Que olhos mais negros. Bem, o motivo pelo qual ele havia decidido sobrepujar aqueles muros e não os de qualquer outro jardim não fazia a menor diferença, e antes que Louis pudesse proferir uma palavra ao menos a ele, o homem decidiu enterrar a faca no coração de Louis.

– Morte – disse Louis agora em voz alta o bastante para parar o homem, embora ele estivesse a apenas alguns metros de distância. – Você está preparado para isso? É isso o que você realmente quer?

Um riso sinistro emanou do intruso. Ele deu um passo à frente, esmagando os lírios, os robustos copos-de-leite debaixo dele.

– É isso aí, morte, meu amigo! – rebateu o homem. – Você está no lugar errado na hora errada.

– Ah. – Louis soltou um suspiro. – Seria bom para você se isso fosse verdade. Só que isso nunca foi menos verdadeiro do que agora.

Ele segurou o homem com firmeza.

A faca desapareceu, perdida nas folhas molhadas. Sybelle e Antoine esperavam nas sombras atrás da parede de vidro.

O homem lutava e esperneava em um pequeno e inútil acesso de fúria. Ah, como Louis sempre se entusiasmara com a luta, jovens músculos se esforçando para enfrentá-lo e os inevitáveis xingamentos estrangulados semelhantes a muitos aplausos involuntários.

Ele levou as presas diretamente ao fluxo arterial. Como conseguir traduzir para um mundo mortal o calor e a pureza daquele banquete tão simples? Sal, sangue e diminutas e quebradiças fantasias sombrias de vitória, tudo fluindo para dentro dele direto da vítima com o último protesto de seu coração moribundo.

Estava terminado. O homem, morto entre os lírios. Louis encontrava-se maravilhosamente satisfeito e reanimado, a noite abrindo-se acima dele através de nuvens luminosas. E a música no interior da casa recomeçou.

Corado com o sangue, corado com a velha falsa, mas sedutora, sensação do poder ilimitado, ele pensou em Lestat do outro lado do Atlântico. Que encantos teria seu grandioso castelo e que espécie de corte iria se reunir naquelas câmaras de pedra que Louis há tanto ansiava para ver? Ele teve de sorrir quando pensou na fácil arrogância com a qual Lestat preenchera os sonhos coletivos da tribo.

A estrada à frente podia não ser tranquila, e a simplicidade jamais poderia ser a meta. O fardo da consciência era parte do coração humano de Louis e do coração de todo bebedor de sangue que ele já conhecera, Armand inclusive. E a luta pela bondade, pela bondade verdadeira, iria, e deveria, obcecar a todos. Aquele era o milagre que passara a unir a tribo.

Como parecia fantástico, de repente, que tal luta pudesse então arrasar com um poder tão inegável as velhas e mortas dualidades que o haviam escravizado por tanto tempo.

Contudo, baixou os olhos para o homem que estava ali deitado, morto, a seus pés, e uma terrível sensação de pena tomou conta dele.

A morte é a mãe do belo.

Era um verso de um poema de Wallace Stevens que o alcançou naquele momento com uma dolorosa ironia. Beleza para mim, quem sabe, mas não beleza para esse aí que destruí.

Ele experimentou um terror por um momento, um terror que talvez jamais o abandonaria, por mais que viesse a conhecê-lo ou aprender a fundo como conviver ao lado dele. Terror. Terror que aquele tenro jovem mortal pudesse ter perdido sua alma à mais absoluta insignificância e aniquilação, e que todos eles, seus irmãos e irmãs bebedores de sangue, por mais poderosos que fossem, por mais velhos e grandiosos, poderiam um dia vir a cair vítimas do mesmo fim brutal.

Afinal de contas, que fantasma ou espírito, por mais eloquente ou habilidoso que fosse, poderia afirmar que qualquer coisa sensível existiria além do denso e misterioso ar que cerca este planeta? Mais uma vez ele pensou no poema de Stevens.

Quem sabe nosso sangue ainda virá
A ser do paraíso? Será a Terra
O único paraíso possível? [2]

Seu coração estava partido pelo jovem ali deitado, morto, os olhos fechados no sono final. Os restos mortais já lentamente pereciam na chuva morna. Seu coração estava partido por todas as vítimas, em todas as partes, da lascívia do sangue e da guerra, dos acidentes, da velhice, da doença e da insuportável dor.

Entretanto, seu coração também se achava levemente partido por ele próprio.

E talvez aquela fosse a grande mudança para ele, a mudança que recebia de bom grado – que por fim podia ver a si mesmo como sendo parte daquele grande e cintilante mundo. E não fazia parte de nenhuma força descerebrada que procurava destruí-lo. Não, ele era parte *daquilo*. E era parte de tudo aquilo, daquela noite com sua doce chuva suave e a brisa que movia os galhos. E era parte dos ruídos da cidade que se erguiam ao redor dele, e parte da música aguda e brilhante que vinha de dentro da casa. Era parte da grama sob seus pés e das incessantes e diminutas hordas de coisas aladas que procuravam devorar o humano que ali esperava desamparado por um túmulo adequado.

Ele pensou mais uma vez em Lestat, confiante, sorridente, vestindo o manto do poder com a mesma facilidade que sempre usara seus ornamentos antigos e modernos.

Ele disse em um sussurro:

– Adorado criador, adorado Príncipe, logo, logo estarei consigo.

Terça-feira
26 de novembro de 2013
Palm Desert

---

[2] STEVENS, Wallace. "Manhã de Domingo". In___. *Poemas*. Trad. de Paulo Henriques Brito. São Paulo: Companhia das Letras, 1987.

Apêndice 1

Personagens e sua cronologia

Amel – Espírito que se manifesta em humanos seis mil anos atrás, ou em 4000 a.c.

Akasha – A primeira vampira, criada a partir de uma fusão com o espírito Amel seis mil anos atrás, ou em 4000 a.C. Desde então conhecida como a Mãe, o Cerne Sagrado ou a Rainha.

Enkil – O marido de Akasha e o primeiro vampiro criado quase que imediatamente por ela.

Khayman – O segundo vampiro criado por Akasha no decorrer dos primeiros anos após a fusão.

Maharet e Mekare – Bruxas gêmeas nascidas seis mil anos atrás. Mekare foi criada por Khayman. Maharet foi criada por Mekare. Khayman, Maharet e Mekare tornaram-se a Primeira Cria, rebelando-se contra Akasha e criando outros bebedores de sangue quando e onde assim o desejassem.

Nebamun, mais tarde Gregory Duff Collingsworth – Criado por Akasha nos primeiros anos para liderar suas tropas do Sangue da Rainha contra a Primeira Cria.

Seth – O filho humano de Akasha, levado para o Sangue talvez quinze ou vinte anos após a fusão.

Sevraine – Nórdica levada para o Sangue ilegalmente por Nebamun (Gregory) mais ou menos cinco mil anos atrás, ou mil anos depois da Gênese do Sangue. Criadora de diversos vampiros ainda não nomeados.

Rhoshamandes – Macho de Creta, levado para o Sangue ao mesmo tempo que Sevraine para servir no exército do Sangue da Rainha. Criado diretamente por Akasha.

Avicus, Cyril e Teskhamen – Bebedores de sangue egípcios criados pelos sacerdotes do culto à Akasha muito antes da Era Comum. Eles beberam o sangue da Rainha, mas não foram criados por ela.

Marius – Patrício romano, sequestrado pelos druidas e trazido para o Sangue pouco depois do nascimento de Cristo, ou no alvorecer da Era Comum. Criado por Teskhamen, que foi logo em seguida dado como morto.

Pandora – Patrícia romana chamada Lydia, levada para o Sangue por Marius no primeiro século.

Flavius – Escravo grego levado para o Sangue por Pandora durante o primeiro século.

Mael – Sacerdote druida, sequestrador de Marius, levado para o Sangue por Avicus e dado como morto.

Hesketh – Astuciosa mulher germânica, levada para o Sangue por Teskhamen no primeiro século. Assassinada no século VIII.

Chrysanthe – Mulher de um mercador da cidade cristã de Hira. Levada para o Sangue por Nebamun, recentemente desperto e nomeado como Gregory no século IV.

Zenobia – Mulher bizantina, levada para o Sangue por Eudoxia (agora morta), que foi, por sua vez, criada por Cyril por volta do século VI ou VII.

Allesandra – Princesa merovíngia, filha do rei Dagoberto I, levada para o Sangue no século VII por Rhoshamandes.

Gremt Stryker Knollys – Espírito que entra nas narrativas no século VIII (748).

Benedict – Monge cristão do século VIII, levado para o Sangue por Rhoshamandes por volta de 800 d.C.

Thorne – Viking, levado para o Sangue por Maharet por volta do século IX da Era Comum.

Notker, o Sábio – Monge, músico e compositor levado para o Sangue por Benedict por volta de 880 d.C., criador de muitos vampiros músicos ainda não nomeados.

Eleni e Eugénie de Landen – Crias de Rhoshamandes transformadas no início da Idade Média.

Everard de Landen – Cria de Rhoshamandes transformado na Idade Média.

Arjun – Príncipe da dinastia Chola da Índia, levado para o Sangue por Pandora por volta de 1300.

Santino – Vampiro italiano criado durante a Peste Negra. Por muito tempo foi mestre de irmandade dos Filhos de Satanás. Dado como morto.

Magnus – Alquimista ancião que roubou o Sangue de Benedict durante os anos 1400. Criador de Lestat em 1780.

Armand – Pintor de ícones russo sequestrado nos arredores de Kiev e levado para Veneza como escravo. Transformado em vampiro por Marius por volta de 1498.

Bianca Solderini – Cortesã veneziana levada para o Sangue por Marius por volta de 1498.

Raymond Gallant – Fiel acadêmico mortal da Talamasca, dado como morto no século XVI.

Lestat de Lioncourt – Sétimo filho de um marquês francês, transformado em vampiro no ano de 1780 por Magnus. Autor do segundo livro das Crônicas Vampirescas, *O vampiro Lestat*.

Gabrielle de Lioncourt – Mãe de Lestat, criada por ele em 1780.

Nicolas de Lenfent – Amigo de Lestat, transformado vampiro por ele em 1780 e há muito morto.

Louis de Pointe du Lac – Proprietário de uma fazenda colonial na Louisiana Francesa, levado para o Sangue por Lestat em 1791. Louis deu início aos livros conhecidos como Crônicas Vampirescas com *Entrevista com o vampiro* em 1976.

Claudia – Órfã levada para o Sangue por volta de 1794. Há muito morta.

Antoine – Músico francês, exilado na Louisiana e levado para o Sangue por Lestat por volta de 1860.

Daniel Malloy – Macho americano de mais ou menos vinte anos que entra na narrativa quando "entrevista" Louis de Pointe du Lac a respeito de sua vida como vampiro, resultando na publicação de *Entrevista com o vampiro* em 1976. Levado para o Sangue por Armand em 1985, cerca de nove anos depois.

Jesse Reeves – Mortal, descendente de Maharet, levada para o Sangue por Maharet em 1985.

David Talbot – Superior Geral da Talamasca, levado para o Sangue em 1992 por Lestat. David, vítima de uma troca de corpos, perdeu seu corpo biológico original, o de um homem idoso, antes de ser transformado em vampiro no corpo de um homem bem mais jovem.

Killer – Vampiro americano de origem desconhecida, fundador da Gangue das Garras, que entrou nas narrativas por volta de 1985.

Davis – Dançarino negro de Nova York, membro da Gangue das Garras, levado para o Sangue por Killer um pouco antes de 1985.

Fareed Bhansali – Brilhante médico e cirurgião anglo-indiano, levado para o Sangue por Seth por volta de 1986 em Mumbai.

Benjamin (Benji) Mahmoud – Beduíno palestino de doze anos de idade, levado para o Sangue por Marius em 1997.

Sybelle – Jovem pianista americana levada para o Sangue com aproximadamente vinte anos por Marius em 1997.

Rose – Menina americana de cerca de vinte anos, resgatada muito pequena por Lestat de um terremoto no Mediterrâneo por volta de 1995. Sua pupila.

Dra. Flannery Gilman – Médica americana e desacreditada pesquisadora vampiresca, levada para o Sangue por Fareed no início do século XXI.

Viktor – Experimento humano conduzido sob os auspícios de Fareed Bhansali e seu criador, Seth, juntamente com a dra. Flannery Gilman antes desta ser introduzida ao Sangue.

Diversos novatos, fantasmas e espíritos não nomeados.

Apêndice 2

Um guia informal das Crônicas Vampirescas

1. *A Rainha dos Condenados* (1990) – Embora escrita por Lestat, essa história inclui múltiplos pontos de vista de mortais e imortais de todo o planeta, reagindo às reveladoras canções e vídeos de rock de Lestat, que despertam a Rainha dos Vampiros de seis mil anos, Akasha, de seu longo sono. O primeiro livro a tratar da tribo inteira dos Mortos-Vivos ao redor do mundo. Esse romance contém a primeira inclusão da misteriosa ordem secreta de acadêmicos mortais conhecida como Talamasca, que estuda o paranormal.

2. *Entrevista com o vampiro* (1991) – Nesse livro, as primeiras memórias publicadas de um vampiro em meio à sua tribo, Louis de Pointe du Lac conta sua história de vida a um repórter que conhece em San Francisco, Daniel Malloy. Nascido no século XVIII na Louisiana, Louis, um rico fazendeiro, encontra o misterioso Lestat de Lioncourt, que lhe oferece a imortalidade através do Sangue, e Louis aceita – começando uma longa busca espiritual sobre quem e o que se tornou. A vampira criança Claudia e o misterioso Armand do Teatro dos Vampiros são personagens centrais na trama.

3. *A história do ladrão de corpos* (1993) – Memórias de Lestat nas quais ele reconta seu desastroso encontro com um astuto e sinistro mortal chamado Raglan James, um feiticeiro com experiência na troca de corpos – uma batalha que força Lestat a um envolvimento mais íntimo com seu amigo David Talbot, Superior Geral da Talamasca, ordem cujos membros eruditos são dedicados a estudar a paranormalidade.

4. *Memnoch* (1997) – Lestat narra uma aventura pessoal, dessa vez recheada de surpresas e mistérios devastadores à medida que confronta um poderoso espírito, Memnoch, que afirma ser ninguém menos do que o Diabo na tradição cristã, o anjo caído em pessoa. Ele convida Lestat a acompanhá-lo em uma jornada ao Céu e ao Inferno, e tenta recrutá-lo como ajudante no domínio cristão.

5. *Pandora* (1998) – Publicada na série "Novos Contos Vampirescos", essa história é a confissão autobiográfica de Pandora, que reconta sua vida no antigo Império Romano durante a época de Augusto e Tibério, incluindo seu grande e trágico caso de amor com o vampiro Marius. Embora reconte também eventos posteriores, o livro é principalmente focado no primeiro século de Pandora como vampira.

6. *O vampiro Lestat* (1999) – Aqui, Lestat de Lioncourt oferece sua autobiografia completa – recontando sua vida na França do século XVIII como um empobrecido aristocrata provinciano, como um ator de teatro parisiense e finalmente como um vampiro em conflito com outros membros dos Mortos-Vivos, incluindo a irmandade dos Filhos de Satanás. Depois de um longo período de jornada física e espiritual, Lestat revela antigos segredos acerca da tribo vampiresca que manteve por mais de um século, emergindo como uma estrela do rock, ansioso para começar uma guerra com a humanidade que pode vir a reunir os Mortos-Vivos e acabar numa aniquilação vampírica.

7. *O vampiro Armand* (2000) – Aqui, Armand, uma presença marcante e enigmática nos romances anteriores, oferece sua autobiografia ao leitor, explicando sua longa vida desde a época da Renascença quando foi sequestrado ainda criança em Kiev e levado para Veneza na condição de escravo de bordel, apenas para ser resgatado pelo poderoso e antigo vampiro Marius. Contudo, outro sequestro coloca Armand nas mãos dos cruéis e notórios Filhos de Satanás, supersticiosos vampiros que adoram o Diabo. Embora Armand conclua sua história no tempo presente e introduza novos personagens às Crônicas, a maior parte do relato concentra-se em seus primeiros anos.

8. *Vittorio, o vampiro* (2000) – Um dos "Novos Contos Vampirescos", essa é a autobiografia de Vittorio da Toscana, que se torna membro dos Mortos-Vivos durante a Renascença. Esse personagem não aparece em nenhum outro momento nas Crônicas Vampirescas, mas é da mesma tribo e compartilha a mesma cosmologia.

9. *Merrick* (2001) – Contada por David Talbot, essa história é centrada em Merrick, uma crioula de uma antiga família de Nova Orlens e membro da Talamasca, que procura se tornar vampira durante os últimos anos do século XX. Esse é um romance híbrido, envolvendo um vislumbre de alguns poucos personagens de outra série de livros dedicada à história das Bruxas Mayfair de Nova Orleans, de quem Merrick é aparentada, porém se concentra principalmente no envolvimento de Merrick com os Mortos-Vivos, incluindo Louis de Pointe du Lac.

10. *Sangue e ouro* (2002) – Outro livro na série de memórias vampirescas, dessa vez escrito pelo antigo romano Marius, explicando muitos fatos sobre seus dois mil anos entre os Mortos-Vivos e os desafios que encarou ao proteger o mistério "Daqueles que Devem Ser Preservados", os pais ancestrais da tribo, Akasha e Enkil. Marius oferece sua versão de seu caso de amor com Armand e seus conflitos com outros vampiros. Esse romance se conclui no tempo presente, mas se concentra principalmente no passado.

11. *A fazenda Blackwood* (2004) – Romance híbrido narrado por Quinn Blackwood, que reconta sua história e envolvimento pessoal com a Talamasca, os Mortos-Vivos e as Bruxas Mayfair de Nova Orleans, que figuram em outra série de livros. Passado em um breve período de tempo no início do século XXI.

12. *Cântico de sangue* (2007) – Romance híbrido narrado por Lestat que reconta suas aventuras com Quinn Blackwood e as Bruxas Mayfair de outra série de livros. Essa história concentra-se em um breve período de tempo no século XXI.

13. *Príncipe Lestat* (2015) – O retorno de Lestat depois de anos de silêncio. Muitas vozes e pontos de vista revelam as crises da tribo de Mortos-Vivos no mundo inteiro.

Este livro foi impresso na
LIS GRÁFICA E EDITORA LTDA.
Rua Felício Antônio Alves, 370 – Bonsucesso
CEP 07175-450 – Guarulhos – SP
Fone: (11) 3382-0777 – Fax: (11) 3382-0778
lisgrafica@lisgrafica.com.br – www.lisgrafica.com.br
para a Editora Rocco Ltda.